JN271028

マラルメの辞書学

『英単語』と人文学の再構築

立花 史
Fuhito Tachibana

法政大学出版局

目 次

序　論　1

第一章　『最新流行』の人文学 …………………………… 15

第一節　歴史のなかの人文学　15

1　自由学科から人文学へ　15
　　パイデイアとフマニタス／コレージュの人文学
2　人文学の目的と内容　21
　　16世紀／17世紀と18世紀／19世紀
3　人文学の見直し　29
4　現用語の教師マラルメ　32
5　『最新流行』「教育の助言」の同時代性　37

第二節　『最新流行』の「教育の助言」概観　39

第三節　ブレアルと教科書たち　44

1　ダイレクトメソッド　47
　　『フランス詩人撰』／『日常語図解辞典』／『リズムと脚韻』／
　　『ウォルター・スコット作品撰』／『エッジワース嬢コント撰』／
　　『英語：作品撰集（散文と韻文）』
2　文献学メソッド　64
　　『伝記・歴史総辞典』／『国語教育について』／『基本文法』／
　　『フランス散文作家撰』／『フランス語語源辞典』／
　　『フランス語歴史文法』／『新フランス語文法』／『フランス語小文法』／
　　『16世紀フランス大作家撰集──16世紀の言語の文法と辞典付』／
　　『フランス語歴史文法』に対するリトレの「序文」／『フランス語辞典』

小　括　92

第二章　『英単語』の辞書学 ……… 97
　　　　　　　ラゼルスタイン再訪

第一節　『英単語』刊行まで　99

第二節　心の辞書学　106

第三節　新教材としての『英単語』　114
　　1　マラルメのダイレクトメソッド　114
　　2　言語の歴史教育　115
　　3　英語の（再）創造力　118

第四節　人文学のための辞典　122
　　1　マラルメの人文学　122
　　2　詩作辞典「グラドゥス」の歴史　125
　　3　グラドゥスの使い方　128
　　4　心の中のグラドゥス　131

補　論　マラルメとアール　134
　　1　『英語文献学』の背景　135
　　2　『英語文献学』の「前書き」　136
　　3　文献学の教科書か，文献学メソッドの教科書か　140

小　括　142

第三章　「一覧表」の構造 ……… 147

第一節　「一覧表」の分析対象　147

第二節　もともとの語彙　149

第三節　語家族と孤立語　152
　　1　語の家族とは何か　154
　　2　語家族の内訳　155
　　3　フランス語による翻訳と注釈　156

　　　　4　擬音語と間投詞の扱い　156
　　　　5　孤立語　158
　　第四節　イニシャルの説明　160
　　小　括　170

第四章　「一覧表」の包括的イメージ　171

　　第一節　ジャック・ミションの分析　172
　　　　　　二重の循環／二重の象徴
　　第二節　ミションの問題点　179
　　第三節　ミションの可能性　184
　　第四節　包括的イメージ　189

第五章　「一覧表」と辞書学　195

　　第一節　辞典とその目的　195
　　第二節　辞書学における配列問題　205
　　　　1　意味的分類による挑戦　210
　　　　2　語源的分類による挑戦　218
　　小　括　225

第六章　「一覧表」の分析　227

　　第一節　イニシャル内の恣意性　228
　　　　1　語たちの有縁化——語家族　228
　　　　　　語家族の類型　236
　　　　　　　1　もっともシンプルな語家族の場合
　　　　　　　2　潜在的な共通観念がフランス語で解説されている場合
　　　　　　　3　潜在的な共通観念がフランス語訳に明示されていない場合
　　　　　　　4　語家族の内部でイニシャルの異なる場合
　　　　　　　5　括弧つきの場合

6　古典語がつく場合
　　　　　　7　語家族の中に関連語の区切りがある場合
　　　　　　8　語源につながりのないように思われる場合
　　　　　　小　括　252
　　　　2　語家族たちの有縁化──イニシャルの説明　253
　　　　　　イニシャルの覚書／イニシャルFの説明
　　　　　　小　括　275

　　第二節　イニシャル間の恣意性　276
　　　　1　イニシャル間の形式的有縁化──音声学的序列　277
　　　　　　グリムの法則による序列／歴史的序列／多数決による序列
　　　　2　イニシャル間の意味的有縁化──「全体的な意味と音との諸関係」へ　284
　　　　　　唇音（B－〔W〕－V－P－F）／喉音（G－C－K－Q）／
　　　　　　歯茎破擦音・歯茎摩擦音（J－CH－SH）／歯音（〔S〕－D－T）／
　　　　　　流音（L－R）／鼻音（M－N）

　　第三節　「一覧表」と現代の言語科学　289
　　　　1　一覧表の挑戦　289
　　　　2　一覧表の難点　291
　　　　3　一覧表の歴史的位置づけ　292
　　　　4　心内辞典　295
　　　　5　知的記憶術　298

第七章　近代語と公共性　303

　　第一節　言語の自己反省　304
　　　　1　マルシャルによる辞書学　304
　　　　2　言語をめぐる反省　307

　　第二節　人類の生を生き直す　311
　　　　1　非人称的な生き直し　311
　　　　2　書物の遍在　314

　　第三節　一覧表のトポス　317
　　　　1　一覧表の可動性　318

         2　さまざまな観点　320
         3　さまざまな楽器　324
　　小　括　325

第八章　マラルメと人文学　…………………………………　327
　　第一節　近代語人文学からフランス語人文学へ　328
         1　近代語人文学　328
         2　フランス語人文学　334
　　第二節　パブリック・ドメイン　341
         1　爆弾と書物　341
         2　知の聖遺物　343
         3　フランスの高等教育　346
              歴史／文学の位置
         4　文学基金　351
　　第三節　マラルメの「文芸」　355
         1　「文芸」の二重性　356
         2　文字の神学　362
         3　人文学の空間　371
　　小　括　374

結　論　377
         人文学の危機／『英単語』の辞書学／人文学の再構築／マラルメ以後

　　主要な書誌　392
　　あとがき　411

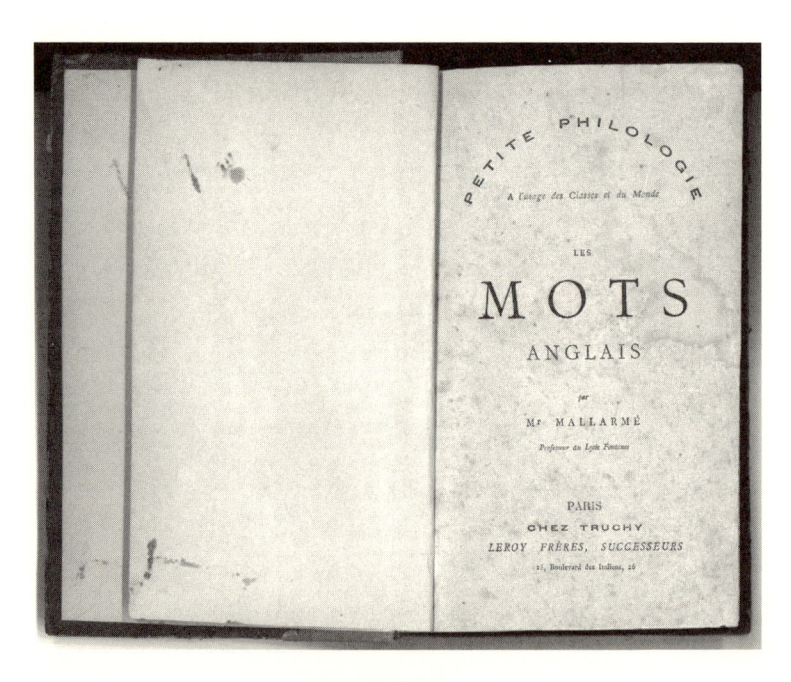

マラルメ著『英単語』扉

生徒たちに向けて、彼らが用いる形容語句や迂言表現を辞典で調べないよう促すのは正しい。しかしウェルギリウスかルカヌスを読むとき、まさしく彼らは、自分用の詩作辞典を心の中で作っているのではなかろうか。*

――ミシェル・ブレアル

---

* BRÉAL (Michel), *Quelques mots sur l'instruction publique en France*, Paris, Hachette, 1872, p. 223.

ステファヌ・マラルメ
(1842–1898)

序　論

　本書は，19世紀の詩人ステファヌ・マラルメ[1]（1842-1898）における辞典のテーマを研究したものである。アカデミー・フランセーズの辞典でよく知られているように，フランスは17世紀以来，辞書学の長い伝統を有する。本テーマは詩人の営みを深い歴史的な射程の下で捉えることを可能にするはずである。

　ただし，マラルメの作品——例えば『詩集(ポエジー)』『賽の一振り』『ディヴァガシオン』という三冊の著作，「音楽と文芸」「ヴィリエ・ド・リラダン」といった二つの講演録など——をいくらか知っている者にとって，そもそも本書のテーマは奇異なものに映るかもしれない。というのも，上述の主たる作品には，ほとんど辞典のテーマが登場しないからである。辞典は，全体が入念に作り込まれた構築物にして，言葉によって言葉を対象化した書物であると同時に，日常生活に必要な情報を得るための手段でもある。作品にして道具というこの両義的な存在は，マラルメのコーパスにおいても非常に周縁的なところに登場する。その代表例が，英語語彙の学習教材として書かれた『英単語』[2]である。したがって本書は，文学の自律性を体現するかのように，人が近寄れないほど彫琢された難解な文体で少数の詩を書いた詩人に対して，一見それとは異質で周縁的な辞書のテーマから迫るという試みである。

　さらに言えば，副題に「人文学」とあるとおり，本書は，文学をより広大な社会的実践のなかに置き直して捉えることを目指している。その意味で，本書

---

[1]　本論考では，マラルメのテクストはすべて，次のエディションを参照する。Œuvres complètes, I, éd. Bertrand Marchal, Bibliothèque de la Pléiade, Gallimard, 1998, 1529 p. Œuvres complètes, II, éd. Bertrand Marchal, Bibliothèque de la Pléiade, Gallimard, 2003, 1907 p. 以下，I巻は，O.C.1と略記し，II巻は，とくに断りのないかぎりページ数のみを表記する。

[2]　MALLARMÉ (Stéphane), *Les mots anglais*, Paris, Rotschild, 1878.

は，文学を教育制度の観点から研究した歴史学寄りの著作でもある。修辞学（レトリック）と の関係から近代文学を分析するといった類の研究と類似のカテゴリーに属し，本書自体がそうした先行研究に多くを負っている[3]。それでも本書が「人文学」という枠組みにこだわるのには一定の理由がある。それは，修辞学が学術的な専門領域を意味するのに対して，人文学（humanités）が特定の価値観に基づいた教育課程や教育文化を指す点にかかわる。19世紀フランスにおいて狭義の人文学は，公教育の一環として，多くの非文学者がラテン語作品を読んでみずからラテン語で詩作に励む独特の課程を意味した。また古典語の文法学習から古典語の模擬演説にいたる当時の中等教育は，宗教的あるいは社会的な目的と効用にもとづいていた。そこには，古典語と古典文学が公共的に利用される空間が存在した。要するに，当時の教育のなかでも，言語と文学の公共利用としての側面に重きを置いたのが，本書の研究である[4]。

---

[3] Cf. FUMAROLI (Marc), *Histoire de la rhétorique dans l'Europe moderne: 1450-1950*, Paris, PUF, 1999. フランス語ではその他たくさんあるが，日本語では次を参照。畠山達「七月王政の学校教育と文学――ボードレールを事例として」『仏語仏文学研究』第37号, 2008, pp. 3-28. また現在進行中の科研費研究課題「19世紀フランスの中等教育――規範の変遷と文学の生成」(2011-2015年) など。その他，修辞学と文学に関する科研費研究課題は過去にも何度か存在した。詳しくは前掲の畠山論文をご参照いただきたい。

[4] なお，文学研究ではないが本書の執筆にあたって参照した教育史関係の文献のうち主要なものを挙げておく。

CHERVEL (André), *Les auteurs français, latins et grecs au programme de l'enseignement secondaire de 1800 à nos jours, Paris*, Publication de la Sorbonne, 1986.

CHERVEL (André), *Histoire de l'enseignement du français du XVIIe au XXe siècle*, Paris, Retz, 2006.

CHERVEL (André) & COMPÈRE (Marie-Madeleine), « Les humanités dans l'histoire de l'enseignement », *Histoire de l'éducation*, N. 74, 1997, pp. 5-38.

COMPÈRE (Marie-Madeleine), « La tardive constitution de l'enseignement des humanités comme objet historique », *Histoire de l'éducation*, N. 74, 1997, pp. 187-203.

JACQUET-FRANCILLON (François) & KAMBOUCHNER (Denis) (dir.), *La Crise de la culture scolaire: origines, interprétations, perspectives*, Paris, PUF, 2005.

LAURENTI (Jean-Noël) (dir.), *Enseigner les humanités: Enjeux, programmes et méthodes de la fin du XVIIIe siècle à nos jours*, Paris, Kimé, 2010.

MILO (Daniel), « Les classiques scolaires », *Les lieux de mémoire*, t. II-3, Gallimard, 1986.

PRIAS (Louis-Henri) (dir.), *Histoire générale de l'enseignement et de l'éducation en France*, Paris, t. III (De la révolution à l'école républicaine), Nouvelle Librairie de France,

そもそも教育制度に着目した文学研究自体が，まだそれほど先行研究の多くない新しい分野である。中等教育の歴史研究が成熟し，研究対象が多岐にわたる「人文学」という枠組みがゆっくりと歴史的に対象化され，さらにそれが，文学研究と交差して一定の成果を生み出してゆく。そうした時期を待たなければならなかった。今日，その波は微弱ながらマラルメという作家の研究の方にも押し寄せてきているように見受けられる。実際，昨年の九月には，パリ郊外のマラルメ博物館において，« Le poète pédagogue » と題して，詩人の英語教師としての側面，とりわけ教材作家としての側面に光を当てた企画展が催された[5]。この企画展と連動して，最新のマラルメ全集の校訂者であるベルトラン・マルシャルが，マラルメの未刊の教材『気晴らしの英語』を論じた短い解説書を刊行している[6]。英語教材を扱っているという点で，本書の研究と密接に関係している[7]。

　もちろん本書の研究は，新たな動向への反応にとどまるものではなく，マラルメ研究の内部からの要請に基づいている。この作家の作品には，まずは研ぎ澄まされたごく少数の詩編があり，つぎに散文詩の形をとってはいるもののやはり難解で模糊とした文体で文学その他の主題を論じたパラテクストのような著作や講演録があり，さらにその外側に，周縁的とされる著作，本人が「必要に迫られた労苦」[8]と呼ぶテクストがある。本書で主に扱う『英単語』もそうした一冊である。本来，作家研究においてこうした著作は後回しにされるのが

　　　1981.
　　PROST (Antoine), *Histoire de l'enseignement en France, 1800–1967*, Paris, A. Colin, 1968.
　　SAVOIE (Philippe), *La construction de l'enseignement secondaire (1802–1914): aux origines d'un service public*, préf. par Antoine Prost, ENS, 2013.
5)　« Mallarmé pédagogue » du 20 septembre au 21 décembre 2014.
6)　MARCHAL (Bertrand), POULY (Marie-Pierre), *Mallarmé et L'Anglais récréatif: Le poète pédagogue*, Paris, COHEN & COHEN, 2014.
7)　マラルメ自作の英語教材としては，唯一刊行された『英単語』のほかに，『気晴らしの英語』，『英語と現代科学』（『英単語』の序文のリライト），『英語とは何か』（低年齢層向けに『英単語』を書き直したもの），『英語の美』（英文学のアンソロジー），『新英語商業文』（題名のとおりビジネス向きの英語書信の例文），『全文法対応の英作文』（英語のことわざの仏訳例文を100課分所収）があるが，すべて未完の草稿である。
8)　O.C.1, p. 789.

一般的である。しかしマラルメの場合，そもそも作品の絶対数が少なく，その内容もけっして理解しやすいものではない。さらに分量から言っても，周縁的とされる著作の方が圧倒的に多い[9]。そのため，周縁的とされる著作に一定の意義を認め，具体的な分析を加える研究も多い。パリ＝ソルボンヌ大学の教授でフランスのマラルメ研究の中心人物の一人である上述のマルシャルもまた，そうした研究手法によってマラルメ像全体を大幅に塗り替える大著を書いている[10]。周縁的とされるマラルメの著作をどう扱うか，それらを文学的とされる作品とどのように関係づけるかといった問いは，つねにマラルメ研究につきまとっている。

　本書が向き合うのもそうした問いである。その上でとりわけ『英単語』を研究対象に選んだことにはいくつか理由がある。一つは，研究の遅れのためである。『古代の神々』は，フランス語圏ではマルシャルによって，日本では竹内信夫[11]によって綿密な調査がおこなわれたのに対して，『英単語』は邦訳の『マラルメ全集』における非常に小さな扱いからもわかるように，けっして研究が行き届いている状況ではない。フランス語圏では，70年代という早期の段階にジャック・ミションがモノグラフィ[12]を書いたために事態は複雑になっている。ミションは，マラルメが参照した文献を一部探り当てた上で，『英単語』の内容についても当時の知的風土——表面的に理解された構造主義やポスト構造主義——に見合った周到な提示をおこなった。その結果，それ以降は大がかりな研究がなされずに来たのだが，かえって今日から見ると，執筆当時の文脈に即した研究が不十分なまま取り残された状態にある。煩雑な文体で英語文献学の議論が全集で100頁あまりつづく。一件，文学とほとんど無関係にも見えるので，研究の進んだマラルメ業界でも『英単語』を通読した者はほとんどいないと考えられる。つまり『英単語』は研究者たちにとってもいまだ未

---

9) 1870年代に立て続けに出版された『英単語』と『古代の神々』だけで，すでに『ディヴァガシオン』と『詩集』を超える分量である。
10) MARCHAL (Bertrand), *Religion de Mallarmé*, Paris, José Corti, 1988.
11) 「古代の神々」『マラルメ全集III　別冊　解題・註解』筑摩書房，1998年，119-170頁。
12) MICHON (Jacques), *Mallarmé et Les Mots anglais*, Montréal, Presses de l'Université de Montréal, 1978.

知のテクストなのである。本書は，そうした研究の欠落をささやかながら埋めようという試みである。

ただし『英単語』研究にはもう少し積極的な意義がある。同書は，当時の人文学論争に対する応答と見なすことができる。それは，マラルメの活動のなかで唯一，1870年代の中等教育を担う英語教師の立場から，職場での要請と現場の感覚によって，「人文学を修める」(faire ses humanités) という営みをはっきりと提示した著作である。この出来事は意外にも広い射程を有している。すでに述べたように，人文学とは，教養教育の一環として文学や言語が用いられる場，それらの公共性にかかわる場である。従来は古典語でなされてきた人文学を，英語という近代語でおこなう場合，どういう形態をとりうるのか。この問いは，古典語で書かれた作品を模範としてきた文学を，英語やフランス語で試みる場合，どういう姿をとりうるのかという問いと直結している。つまり人文学の現場とは，ロマン主義以降の言語文化の可能性がもっとも厳しく問われる現実の局面だったのである。マラルメはそうした現場に立ち続けた詩人である。このことは，後年に，文学の公共性を追究して「未来の祝祭」を構想したこととけっして無縁ではないだろう。したがって人文学という観点は，これまで周縁的とされた著作と，もっとも核心的とされた文学的試みとを同じ一つの問題系において捉えることを可能にするものと考えられる。そして『英単語』はいわばその蝶番である。

以上を踏まえて，本書は『英単語』という著作を取り上げ，辞典というテーマを選択し，人文学という枠組みでマラルメを論じることになるが，このことは，狭義のマラルメ研究の要請に応える以外にどのような射程を持ちうるのだろうか。その点について簡単に触れておく。公教育における人文学とは，国家が正典を設定し，価値づけ，読み方と書き方を教える制度でもある。本書は，そうした公的な制度に時に寄り添い，時に抗って文学と言語の富を取り返そうとするマラルメの身振りに着目する。彼が作品のなかで何を言っているかよりも，彼が社会のなかで何をしているのかが主な分析対象となる。これは，マラルメ受容のあり方にも一定の視座を提供しうるはずである。19世紀末以来，作家，芸術家から批評家，文学理論家，哲学者にいたるまで，数多くの者がマラルメに注目し，時にはそこに"文学以上"のものを見出してきた。それは，

単に後世の人間が彼に投影した神話だったのか。彼自身が，知ってか知らずか身につけた振る舞いに起因するのか。あるいは彼が実際に，注目に値する何かをそなえた詩人だったのか。そうした問いに関心をもつ読者にとって，本書が何らかの手がかりになるはずである。

以下では，『英単語』という著作をめぐる研究史とその問題点を確認しておこう。

*

マラルメが，英語の辞典や英語文献学の著作から作ったとされる著書『英単語』(*Les Mots anglais*)[13]は，1878年（1877年付）にトリュシー社から刊行され

---

13) 『英単語』の主な先行研究は以下に挙げておく（便宜上，論文表題は « » でくくっていない）。

LASERSTEIN (P.-G.), Mallarmé, professeur d'anglais, *Les Langues Modernes,* 43 (janvier-février 1949), pp. 25–46.

GENETTE (Gérard), *Mimologiques: voyage en Cratylie*, Paris, Seuil, [1999], 1976, pp. 293–359.

MICHON (Jacques), *Mallarmé et Les Mots anglais*, Montréal, Presses de l'Université de Montréal, 1978.

MARCHAL (Bertrand), *Religion de Mallarmé*, Paris, José Corti, 1988, pp. 131–136, 104–168, 456–467.

CHECCAGLINI (Isabella), Mallarmé et l'Anglais: question de point de vue, *Le Texte étranger*, no. 5 (s.d.), 2003?, pp. 54–61.

MADOU (Jean-Pol), Mallarmé, l'anglais à la lettre, *Littérature*, n° 121, 2001. Les langues de l'écrivain. pp. 32–47.

RUPLI (M.) & THOREL-CAILLETEAU (S.), *Mallarmé. La grammaire et le grimoire*, Genève, Librairie Droz, 2005.

LAROCHE (Hugues), Poésie de la linguistique: la tentation du dictionnaire, SEMEN, 24–2007. <http://semen.revues.org/document5933.html> (janvier 2012).

WISER (Antonin), D'un déplacement avantageux: *Les Mots anglais* de Mallarmé, *Littérature*, no. 157, 2010, pp. 3–16.

国内では次のような研究がある。

三木英夫「« Les Mots anglais » とマラルメの詩論」『言語文化研究』第2巻，1976年，209–231頁。

寺田光徳「言語の組織と有縁性：マラルメの『英語の単語』をめぐって」『文経論叢 人文学科篇』第3号，弘前大学人文学部，1983年，71–92頁。

た。さまざまな状況証拠から，執筆時期は1875年頃と推測される[14]。内容について言えば，本書は，アングロ゠サクソン語が，数奇な事情で，フランス語の強い影響をこうむって成立したという歴史的経緯を踏まえて，フランス語を介した英語の成立を，語彙の言語学的な分析と豊富な事例によって提示した書物である。構成面については著者本人の言葉[15]を引こう。

> 本書は，歴史記述を含んだ序論と結論のほかに三部からなり，三部それぞれがそのプランと同様に斬新なものである。第一部は，語基に従って，もともとの語すべてを語家族に分類する。第二部は，フランス語の古語が英語になった際の，音と意味との変化をつかさどってきた諸法則を研究する。第三部は，誤ってフランス語由来とされる語たちが実は古典語由来であること，ただし派生規則の大半はフランス語のものであること〔…〕を示す。
>
> (O.C.2, p. 1793)

彼が言うように，本書は，英語のうち，アングロ゠サクソン語に由来する語彙を論じた第一巻，フランス語に由来する語彙を論じた第二巻，ギリシャ・ラテン語を模した語彙を論じた第三巻と，本書の意義と英語の構造や歴史的経緯とを説明した序論，ならびに以上すべてを総括する結論の五部から成っており，さらに冒頭には本書の内容を節ごとに要約したプログラムが冠されている[16]。

　　佐々木滋子「マラルメの『言語の科学』」『人文科学研究』一橋大学研究年報24号，
　　　1985年，45-124頁。
　　菅野昭正『ステファヌ・マラルメ』中央公論社，1985年，624-634頁。
　　高橋達明「言語の科学」I–IV，人文論叢48-51号，2001-2004年。
　　大出敦「言葉と観念──『英語の単語』に見られるマラルメの言語観」『教養論叢』No.
　　　118，2002年，97-117頁。
　　なお，ラゼルスタイン，ミション，マルシャル，リュプリ＆トレル゠カイユトーの上掲
　　文献を，それぞれ L，JM，BM，RT と略記する。

14)　JM, pp. 42-52.
15)　以下は，マラルメが本書刊行前に，トリュシー（Truchy）社のカタログに載せた本書
　　の紹介文である。この文章の発見はミションの功績である。
16)　『英単語』のおおまかな構造を図示すれば次のようになる。
　　題名

なお，本書をとりわけ有名にしたのは，第一巻に見られる語家族の「一覧表」であろう。マラルメはアングロ＝サクソン語由来の語彙から，語頭に来るアルファベットのイニシャルそれぞれに意味づけのような試みをおこなっており，それが「文字の神学」や「クラテュロス主義」といった定式とともに注目を浴びてきた。

　ただし本書は，言語学や文献学の見地からはすこぶる評判が悪い。ヴェルレーヌに宛てて，マラルメ自身，「必要に迫られた労苦」で「語るに及ばないもの」と謙遜しており（O.C.1, p. 789），教師としてのマラルメを視察に来た役人にも酷評されていた[17]。1912年に初めて浩瀚な研究書を刊行したアルベール・ティボーデも，「言語学者はこうした児戯を一笑に付すだろうが」[18]と留保をつけて語っていた。こうした評価は，1949年に『英単語』の「一覧表」を言語学的に検討したラゼルスタインによって，マラルメは「言語の音楽のアマチュア」にすぎず，「彼の説明はしばしばまちがっている」としてきっぱりと追認された（L, pp. 41-42）。1953年になると，ピエール・ギローは，詩人の「一覧表」を，「言語学的にはナンセンス」[19]と断じている。

　むしろ本書は，そうした専門的評価とは別に，マラルメの「人と作品」とを理解する鍵として読まれてきたと言ってよいだろう。ヴァレリーは，「マラル

　前書き
　プログラムあるいは本書の梗概
　序論
　第一巻（アングロ＝サクソン語由来の語彙）
　第二巻（フランス語由来の語彙）
　第三巻（その他の言語に由来する語彙）
　補遺（固有名詞）
　結論
　記号・略号・正誤表

17) GILL (Austin), «Mallarmé fonctionnaire, d'après le dossier F 17 21231 des Archives Nationales», (I) & (II), in *Revue d'Histoire Littéraire de la France*, janvier-février et mars-avril, 1968, pp. 2-25, 253-284.
18) THIBAUDET (Albert), *La poésie de Stéphane Mallarmé: étude littéraire*, Paris, Gallimard, 1926 [2ᵉ éd], p. 222.（邦訳157頁）
19) GUIRAUD (Pierre), *Langage et versification d'après l'œuvre de P. Valéry*, Paris, Klincksieck, 1953, p. 143.

メの胸中に秘めていた労苦に関してわれわれが所有した恐らくもっとも暴露的な文献であろう」[20]と述べていた。ティボーデもさきほどの言葉に続けて，「それが児戯であるというのも誇張があるからにすぎず，おそらく〔…〕根底には一面の真実を含んでいて，詩人について多くを教えてくれる」と擁護している。ロバート・G. コーンは，『賽の一振り』を読み解く鍵を，『英単語』の「一覧表」に見出して，この散文詩においてシニフィアンが増殖していく過程を抽出した[21]。また，リシャールは，むしろ「一覧表」の分析のなかに，マラルメの想像的宇宙の諸テーマを読みとろうとした[22]。

　『英単語』からマラルメの詩学の一端を，さらには詩的言語についての深い洞察を析出すること——この試みは，60年代に入ると，新たな局面を迎える。ロマン・ヤコブソンに代表される，フランスの構造主義言語学は，言語を恣意性の原理に基づいた差異の体系と考えた上で，詩を，言語の再有縁化の試みと定式化しなおす。これにより，詩的言語におけるシニフィアンとシニフィエの相互関係に注目が集まる。ジェラール・ジュネットは，「一覧表」のマラルメを，「シニフィアンとシニフィエの有縁性」が19世紀の言語学によって否定された後になおかつ生き残った「ミモロジスム」の系譜に位置づけようとした。ジャック・ミションは，ツヴェタン・トドロフの象徴学を借用する。彼は，「言語学と詩の境界に位置した」マラルメの『英単語』のなかに，「象徴という第三世界」を明らかにしようとする（JM, p. 17）。そこではマラルメの「一覧表」は，文献学における語根としてのイニシャルから，その歴史的特性を捨象し，音素（あるいは文字）と形態素との中間項——通常の形態素より下位にありながら，なおかつ通常の音素とは異なって有意味な単位——に変容させる装置である。これが，（再）有縁化されたイニシャル，象徴となったイニシャルである。ミションの分析を人類学的次元に拡張しようとしたベルトラン・マルシャルも，「マラルメは，言語の単なる表象としての機能よりも象徴的機能に関心を示している」（BM, p. 462）と賛同を示している。彼は，イニシャルを頭

---

20) VALÉRY (Paul), «Sorte de préface», Œuvres Complètes, t. I, Gallimard, 1957, p. 686.
21) COHN (Robert Greer), L'Œuvre de Mallarmé: Un Coup de dés, traduit par René Arnaud, Les Lettres, 1951.
22) RICHARD (Jean-Pierre), L'Univers imaginaire de Mallarmé, Éditions du Seuil, 1961.

韻の一種と考え,「音楽と文芸」の「頭韻のキー〔clé allitérative〕」(p. 75) にまでつらなるマラルメの思考の痕跡を確認する。近年, リュプリとトレル゠カイユトーの二人もやはり,「一覧表」を,「語のイニシャルについての象徴的な夢想」(RT, p. 105),「頭韻的な鍵」の前身と見なす見解を追認して, この読みを, 他のテクストと関係づけて, マラルメの思索を時系列的に提示しようと努めている。要するに, これらの読解方法でゆけば,『英単語』は, よく言えば, マラルメが当時の言語学の術語や資料を酷使して編み出した, 詩的言語についての考察,「一つの言語哲学」(BM, p. 456) だということになる[23]。このアプローチによる研究の価値に異論はない。

しかし, 今日から考えると, このアプローチには, そもそも大きな欠陥がいくつかある。

第一に言えることは,『英単語』が真正面からは読まれてこなかったということである。このアプローチは, マラルメが英語について書いた教科書から, 詩人の文学的着想をとらえようとするあまり, 当の教科書としての構想に対してはあまりに関心が希薄なのである。こうして, 詩人の文学的着想ありきの『英単語』論では, 最初から,「一覧表」の奇妙さが, 文学的なものと想定され, マラルメがなぜあのような奇妙な「一覧表」を作成したのか, という問いが等閑視されてしまう。

ここから出てくる問題点は, ひとつには, 教育学的観点の欠如である。『英単語』は, 研究書ではなく, ましてや詩論ではなく, 教育目的の刊行物である。しかも教育関係の著作は,『英単語』だけではない。『古代の神々』のような神

---

[23] 日本でも同様である。佐々木滋子は, 詩人が, 詩的言語というものを深く理解する途上で,「英語という一言語に耳を傾け, 身をもって聞き取ったこの言語の潜在的連合関係(言語の文学性)に光を当て」(p. 104) たのが本書だと考えている。菅野昭正は,「一覧表」に特化して『英単語』を論じ, マラルメの英語観を述べるにとどめたヴァレリーやジュネットを訂正して,「英語研究に仮装された詩的行為」(p. 632),「英語教育に仮装した詩的考察」(p. 634) と主張している。大出敦は, 慎重な手続きを踏まえた近年の論文において,「この学問的手続きから,〈頭韻〉という技法を経て, 隠された観念を詩に織り込むことで, 新たな詩の世界を展開する原理を見出した」(p. 115) と述べている。佐々木論文は, 文学性の探求と綿密な調査・分析とを両立させた稀有な研究である点で特筆すべきものだが, やはり, 他の論文においてと同様,「一覧表」を, 詩人が探求した, 頭韻をめぐる文学原理の傍証と見なしている。

話学の概説書もあり，刊行にいたらなかったにせよ，英語教材の構想はいくつもあった（『英語とは何か』，『英語の美』，『英作文』，『新英語商業文』，『ナーサリー・ライム』，『遊びながら一人で英語を学ぶためのボックス』など）。『英単語』はこれらのうちのひとつであり筆頭である。マラルメがこうした著作を出した背景には，パリのリセの教員という立場から，職業上強いられたという経緯がある。その意味では，まぎれもなく「必要に迫られた労苦」である。また彼が言語科学一般についても英語についても乏しい知識しかもっていなかったことも，彼が教師という自分の職業にうんざりしていたことも，よく知られている。それでもやはり，彼のうちに，いくつかの教育上のメソッドを確認し，それを歴史的に評価することは可能である。というよりも，「一覧表」から詩人の文学的着想を読み取ろうとするのであれば，まずは，『英単語』で用いられている教育上のメソッドを理解しなければならない。なぜ，英語を知る上で，文献学が必要なのか，である。1870年代初頭に，フランスの言語教育においてなされていた論争を糸口にして，文献学的な教育方法がどういうものかを知る必要がある。「一覧表」もまた，そうした方法にのっとったものとして位置づけることが先決であり，そのあとにはじめて，「一覧表」と文学とがどのように関係するのかを検討することが可能となるのである。

　もうひとつの問題点——これもまた教育にかかわるのだが——は，学習辞典の観点の欠如である。『英単語』が，文献学関係の著作であること，文法ではなく語彙に特化した研究であることは，よく知られている。しかしそうした同書の構想が，大文字の〈辞書学〉（Lexicographie）である旨が記されていることについては，今まできちんと検討されてこなかった。なぜ同書は辞書学なのか。文献学と辞書学はどう関係するのか。また「一覧表」は辞書学とどう関係するのか。そこから考えていかなければ，「一覧表」の存在意義は十分に理解できないのではないだろうか。それゆえ，まずは，19世紀中葉にまでいたるフランス辞書学の歴史を振り返り，辞典における語彙の分類方法が，どのような教育的効果をもつのかを確認しておく。そうすれば，19世紀において辞書学と文献学がどのように交わるのか，また文献学メソッドと辞典の教育的効果とがどのように結びつくのかが明らかになるだろう。

　第二に，従来のアプローチには，以上のような読解上の欠陥以外にも，理論

的欠陥が見られる。それは、『英単語』のなかに文学性を読みとろうとするあまり、科学と文学、言語学と詩を安易に対立させてしまっている点である。象徴学は、本来、言語学と文学との中間領域である。しかし、象徴学を文学の方に引き寄せてしまえば、それらが科学と離反するのは必定である。こうして、『英単語』の文献学のなかに、文献学にさからって、文学性を読みとろうとする試みが、象徴学の名の下におこなわれる。それがまた、マラルメの言語学的誤謬を正当化する手段として利用される。しかしながら、こうしたアプローチは、トドロフの象徴学がもっている本来の柔軟性を不当に低く見積もっており、そこから帰結する文学性にも大幅な制約を課してしまう。こうした制約のもとでは、マラルメの文学的営為の射程も、十分に推し量ることができない。

それゆえ、トドロフに従って、象徴学に本来の射程を与えなおすところから始めなければならない。象徴学は、言語学と文学とを架橋するものであって、両者を対立させるものではけっしてない。つまり、象徴学が視野に入れる有縁化は、多種多様なものであって、文学的なものもそうでないものも包摂している。『英単語』をこのような観点から研究すれば、「一覧表」を、狭義の文学にとどまらない、混成的な有縁化を織り合わせたテクストとして読み直すことができるのである。

*

本書は三部構成となっている。大きく分けると、『英単語』以前、『英単語』、『英単語』以後の三つのパートが時系列順に配置されている。アプローチもそれぞれ大きく異なっている。『英単語』以前を扱う第一部は、人文学の歴史から始め、マラルメの伝記的事実に触れて、当時の教育政策における人文学のあり方を確認した上で、マラルメが論評している英語教材をつぶさに分析してゆく。歴史記述と情報収集が主な内容である。『英単語』本体を扱う第二部は、この書物の意図を明示し、そこに含まれる謎めいた「一覧表」の構造を解明する。その過程で、本書の詳細な分析、記号論的モデルへの言及、辞書学史の参照といったさまざまな過程を経るのだが、「一覧表」という謎めいたテクストの解明が主な作業と言える。『英単語』以後を扱う第三部は、マラルメが『英単語』執筆の前後から、象徴主義の領袖として注目を浴びた晩年の活動までを

検討する。70年代と80〜90年代における人文学をめぐる議論の推移に応じて，マラルメの発言を分析し，彼独自の試みを素描する。そこでは『ディヴァガシオン』や講演テクスト「音楽と文芸」および「有益な遠出」が主な分析対象となるだろう[24]。

---

24) なお本書では，歴史比較言語学，比較文献学，比較文法を区別せずに用いている。また単に言語学や文献学と表記することもあるが，今日的な意味での（共時的な）言語学や文献研究として理解することのないようご注意いただきたい。
　　また本書における「古典」という語の用法にも注意喚起しておく。古典語というときはまちがいなく古代ギリシャ語か古代ラテン語のことである。古典作家，古典作品の場合は，古代の正典とともに17世紀の正典を指すこともあり，その際，あえて区別をはかる場合には，古典語の作家，作品を，古代作家，古代作品と呼ぶことにする。

第一章

『最新流行』の人文学

第一節　歴史のなかの人文学

1　自由学科から人文学へ
　　　　リベラル・アーツ　　ヒューマニティーズ

パイデイアとフマニタス

　最初に「人文学」という言葉の簡単な解説から入ろう。

　人文学の元になったラテン語「フマニタス」（humanitas）は，古代ギリシャの「パイデイア」（παιδεία）の訳語である。パイデイアは，医者，商人，職人など特定の専門職の技術教育とは異なり，市民が，人間として共通に持つべき普遍的かつ一般的な知のことである。

　イソクラテスは，パイデイアを弁論術の理念として唱えた人物である。雄弁家であったイソクラテスは，若いときにはゴルギアスの教えを受けたこともあったが，やがて先行するソフィストが政治的・経済的利益を求めたのとは異なり，弁論術を人間性の涵養として位置づけてゆく。

　　互いに説得し，また欲するところのことについて自分自身に明らかにすることができるようになってはじめて，われわれは野獣の生活から訣別したばかりではなく，集まって城市を建設し，法律を立て，技術を発明したのである〔…〕。正邪美醜についての法を定めたのは言葉であり，そして法なくしては，われわれは共同の生を営むことができない。〔…〕この法を通してわれわれは無知無学な者を教育し，思慮のすぐれた者を見分ける。なぜならわれわれ

は，しかるべく語ることをすぐれた思慮の最大の証拠とみなすからであり，真実で法にかなった言葉こそは，信実のすぐれた魂をかたどる似姿なのである[1]。

　イソクラテスによれば，弁論術とは，言語とともに思慮を身につける術であるがゆえに，「パイデイア」と呼ばれるべきものである[2]。こうした教えを広めるべく，彼はプラトンのアカデメイアに先立って「修辞学校」を設立している。実践知でもあるイソクラテスの哲学は，理論知を重視したソクラテスやプラトンの哲学とはまったく異なるものだったが，「「徳を目指しての教育」としての一般教養・教育の理念」を掲げる点では，おおむね哲学者たちの共通認識が成り立っていたようである[3]。

　ローマ時代に入って，こうした教育理念を受け継いで，パイデイアを「フマニタス」と訳して新たな定式を与えたのがキケロである。彼は，「子どもたちの精神を人間的教養と徳に向かって形成するための学芸」[4]があると考えた。彼にとっても，フマニタスは全人的教育のための学芸であったが，「自由人にふさわしいあらゆる学術」として「自由学科(リベラル・アーツ)」を論じている。リベラル・アーツは，その後，徐々に学科が確定されてゆき，言語にかかわる「三学」としての文法，修辞学，論理学と，数にかかわる「四学」としての算術・幾何学・天文学・音楽から構成されるようになる。人間の人格育成という観点から，三学がまず必須の教育となり，四学は，それ以上を学ぶもののための上級の学科という扱いであった。

　フランスを中心に見て行くと，自由学科は，カロリング・ルネサンスの頃には，修道院学校で教えられていたが，12世紀になると，教会付属の建築物では生徒を収容できなくなり，教会の外で教育が行われてゆくようになる。そこから，よく知られているように，「ユニヴェルシテ」と呼ばれる教師の同業者

---

1)　イソクラテス『弁論集I』小池澄夫訳，京都大学学術出版会，1998年，41-42頁。
2)　廣川洋一『イソクラテスの修辞学校——西欧的教養の源泉』岩波書店，1984年，99-150頁。
3)　安酸敏眞『人文学概論』知泉書館，2014年，32頁。
4)　キケロ『弁論家について』下，大西英文訳，岩波書店，2005年，144頁。

組合が，徐々に自治権を確立して，いわゆる大学が成立した[5]。大学は，法学部・医学部・神学部のほかに，三者の基礎課程（今日の中等教育課程に近い）として学芸学部を持っていた。ついでコレージュが，大学に通う学生たちのための寄宿舎兼共同学習組織として成立してゆく。基礎課程である学芸学部が，コレージュともっとも密接な関係を有していたのは不思議ではない。ちなみに，当時の学芸学部では，当時のアリストテレスの再発見の流れもあって，論理学の教育が重視されていた。ただしこの頃からすでに，三学に由来する言語関連の諸学科は，下級二学年の文法学級と，上級三学年の学芸学級という近代フランスの中等教育に受け継がれる区分を持ち始めていたようで，四学に由来する「形而上学，道徳，数学，博物学，天文学」は，あくまで臨時講義として教えられていたらしい[6]。その後，さまざまな経緯から，15世紀中ごろまでには，「文法・レトリック・道徳・歴史学・詩学・道徳学をフマニタス研究とし，〔それらは〕神学・形而上学・論理学・数学・自然学などの学科からは区別」されていった[7]。ただしこの頃には，大学は各国の国家機関になっており，かつてのような自由な知の空間としての活況はなく，学問の中心はアカデミーに移っていた[8]。

　こうした長い伝統をもつフマニタス研究が，ルネサンス期に顕著に現れたことも触れておく必要がある。これは，聖書のような神にかかわる神聖な学問（litterae divinae / litterae sacrae）ではなく，世俗の人間に関する学問（litterae humanitores）の研究であった。キリスト教が優勢になる以前のギリシャ＝ローマの文学・哲学・文献学などの原典研究としてのフマニタス研究自体は，

---

5) 中世の大学の隆盛については次を参照。クリストフ・シャルル，ジャック・ヴェルジェ『大学の歴史』岡山茂・谷口清彦訳，白水社，2009年。
6) エミール・デュルケム『フランス教育思想史』小関藤一郎訳，行路社，1981年，281-283頁。
7) 根占献一『共和国のプラトン的世界』創文社，2005年，36頁。
8) 「サークルよりも格式があり長続きはするが，大学の学部よりは格式張らないアカデミーは，革新を求めるには理想的な社会形態であった。徐々にではあるがこうした集団は機関へと成長してゆき，会員の定員数，規約，定期会合をもつようになった。1600年までにイタリアだけで約400のアカデミーが設立され，ポルトガルからポーランドにいたるヨーロッパの他の地域にも存在した」（ピーター・バーク『知識の社会史』井山弘幸・城戸淳訳，新曜社，2004年，62頁）。

中世を通じておこなわれていたが，とりわけルネサンスの「人文学者」は，フマニタス研究を通じて，それまでのキリスト教的な人間観とは別の人間性をはっきりと探究し始めたのである。今日でも人文学とルネサンスが特権的な結びつきを有する所以である。そして人間性の再考の時代であったことからわかるとおり，それは新たな思想の到来でもあった。ラブレー，エラスムス，ラムス，モンテーニュらの思想は，いずれも学問論や教育論としての側面を有しており，それがのちの教育制度に多大な影響を与えてゆく。

コレージュの人文学

　フランス語の「ユマニスト」には，人道主義者という現代的な意味とは別に，大きくわけて二通りの意味がある。ひとつは，ルネサンス期の人文主義者に端的に見られるように，古代ギリシャ＝ローマの古典に傾倒する文化人や作家たちであり，もうひとつは──日本ではこちらの意味はほとんど知られていないと思われるが──コレージュ（フランスの中等教育機関）の新設クラスの生徒たちである[9]。

　そして注意すべきは，この中等教育における人文学にも二種類の用法があるという点である。コレージュの人文学は，狭義の意味においては，文法と修辞学(レトリック)のあいだの学級を指すが，もう少し広い意味でも用いられる。少し先回りをしてディドロとダランベールの『百科全書』から「人文学」の項目を引用しよう。

　　　人文学が意味するのは〔…〕俗人の学問〔lettres humaines〕，すなわちギリシャ語・ラテン語と，詩と，修辞学や古代の詩人，演説家，歴史家の研究であり，一言で言えば，哲学を除いて第6学級からコレージュで慣習的に教えられている事柄すべてである。これらの学級で抜きんでた若者は，「人文学をたいへん良く修めた」〔fort bien fait ses *humanités*〕と言われる。

---

9) CHERVEL (André) & COMPÈRE (Marie-Madeleine), «Les humanités dans l'histoire de l'enseignement», *Histoire de l'éducation*, vol. 74, 1997, p. 7.　以下，人文学についての記述は同論文に多くを負っている。

とくに，第2学級〔詩を学ぶ学級〕が人文学と呼ばれ，〔…〕この教授職を果たすものが人文学の教授，〔ラテン語で〕humaniatis professores と呼ばれる。

　要するに，18世紀には中等教育の教科一般を指す場合にも用いられている。人文学の含意はこのようにあいまいだが，原則として言えることは，コレージュの人文学のなかに，哲学が含まれないということである。それは，哲学科を有するかどうかでコレージュの名称自体が変化することや，アカデミー・フランセーズによる「人文学」の定義でも確認することができる[10]。このことはまた，すでに述べたように，15世紀末には哲学がつとにフマニタス研究から区別されていたことの延長上で理解することができるだろう。

　以下，本書では，人文学という言葉を，おおよそコレージュの教育全般の意味で用いる。ただし，あえて文法学級や修辞学級と区別したい場合には，「狭義の人文学」と記すことにする。

　狭義の人文学としての用法もまた，ルネサンス期にさかのぼる。イエズス会のコレージュでは，文法学級と修辞学級の中間を「人文学級」と呼んだことに始まる。パリ大学でも二番目の学級は「人文学級」，もしくは「詩学級」と呼ばれ，やがてその呼称はフランス中の大学に広がった。16世紀末になると，イエズス会の学校にせよ，世俗の学校にせよ，この区分はフランス国内で制度化され，下級から上級までを5学級に分け，そのうち下級の三つを文法学級，次の一つを人文学級，（哲学級をのぞく）最上学級を修辞学級と規定するようになる。

　その後，時代が下るにつれて，二点の修正が加えられる。一つは，初期には独立した学級として認知されていなかった第6学級が，正式に文法学級の一つへと統合される一方で，文法の最上学級が，人文学級の一部と考えられるようになる。この再編成は18世紀には正式に認可され，パリ大学が設置した1766年のアグレガシオン（教授資格）試験では，人文学のアグレガシオン取得者が，

---

[10] 1762年に刊行されたアカデミー・フランセーズのフランス語辞典には，「哲学を除いてコレージュで人が学ぶ物事を「人文学」と呼ぶ」と記されている。なお，『19世紀ラルース』の定義も，実はこれらとほとんど変わっていない。リトレの定義についてはあらためて第八章で触れることにする。

コレージュの第 2 学級と第 3 学級（旧・文法学級）の両方を担当するようになる。第 6 学級の一時的撤廃（1802 〜 1813 年）を実行したナポレオンも，その他の点では既存の制度を踏襲しており，2 年の文法学級のあと次の二つの学級を「人文学級一年」「人文学級二年」と呼んでいた。ここに 2 年の哲学級を含めて，合計 8 年間が中等教育とされる。まとめると，おおよそ下記のようになる。

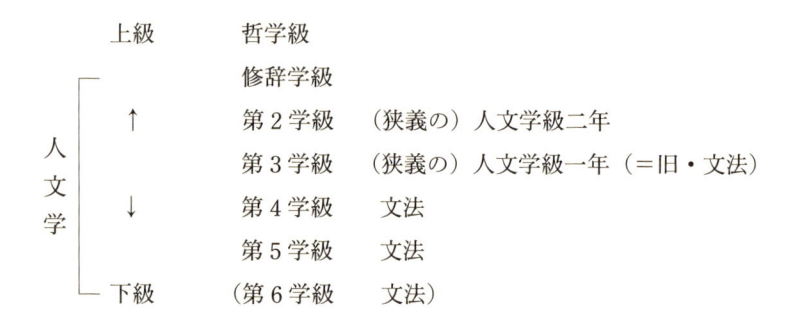

```
            上級        哲学級
           ┌─             修辞学級
  人        │   ↑         第 2 学級    （狭義の）人文学級二年
  文        │             第 3 学級    （狭義の）人文学級一年（＝旧・文法）
  学        │   ↓         第 4 学級    文法
           │             第 5 学級    文法
           └─ 下級       （第 6 学級    文法）
```

　19 世紀初頭の定義によれば，「人文学とは，学校教育の教科であり，生徒をラテン語の言語や文学に親しませ，詩（ラテン語韻文）による作文と散文（ナラシオンと模擬演説）による作文によって，生徒が古代の作家たちを模倣できるようにしてやることを狙いとしていた」[11]。その後，19 世紀のあいだにギリシャ語とフランス語が加わった。ただし中等教育では，（人文学には含まれない初等の第 8 学級や第 7 学級から最上学級である哲学級を含めて）終始ラテン語教育が貫徹され，修辞学級では模擬演説が中心的役割を担っており，厳格な修辞学の理論教育もなされていた。
　この時期以降の人文学を考えるにあたっては，コレージュ（やリセ[12]）と大

---

11) CHERVEL (André), «Les humanités classiques: la fin du modèle rhétorique (1800-1880)», *Enseigner les humanités*, Paris, Éditions Kimé, 2010, p. 66.
12) 「1802 年法」でナポレオンは，「中央学校」を廃止し，二種類の中学校を新設した。国立の「リセ」（年限を 6 年とするもの）と市町村立の「コレージュ」（リセより教育範囲が狭いもの）である。これ以降，19 世紀のあいだ，国立以外の中学校は，私立のものも含めてコレージュと呼ばれる。アントワーヌ・レオン『フランス教育史』白水社，1969 年，68 頁。

学の関係も見ておくのがよいだろう。まず，当時の「帝国大学」(大文字の l'Université impériale) は，ナポレオンが1806年の「帝国大学令」によって設立したもので，中等以上の教育に携わる各種の学校全般を監督する行政機関であった。したがって中等教育に関するかぎり，人文学とは，コレージュやリセの中等教育を意味し，コレージュやリセの管理組織がユニヴェルシテに該当するという形になっている[13]。

　また，ユニヴェルシテとは別に，今日でいう大学に相当するものは，17の大学区に設置された単科大学(ファキュルテ)(facultés) であるが，かつての学部の語義は失われ，独立の高等教育機関を意味するものとなっていた。ただし高等教育機関とは名ばかりで，ファキュルテの実情は，学位授与権をもつ試験機関にすぎず，リセの教授がファキュルテの教授を兼任することが多く，内容やレヴェルもリセやコレージュ（どちらも8年前後の教育機関）の教科課目とあまり変わらなかった。つまり5種類の単科大学のうち，文科大学でも，やはりリセやコレージュの延長上で，人文学を教えていたのである。したがって中等教育の改革は，必然的に高等教育の改革と連動してゆく（大学改革については第八章を参照されたい）。

2　人文学の目的と内容

16世紀

　後世の教育に影響を与えたと思われるルネサンス期の思想家として，エラスムスとモンテーニュを取り上げておきたい。

　エラスムスは，多彩な顔を持ち，著書も多いが，『痴愚神礼賛』刊行の翌1512年に出された『学問方法論』(*De ratione studii*) は，「ギリシャ語・ラテン語教育のガイドブック」[14]のごとき内容である。

　まず，エラスムスは，教師に対して百科全書的な知を得ておくよう求める。

---

13)　CHERVEL, *op. cit*., p. 66.
14)　上智大学中世思想研究所編『ルネサンスの教育思想』上，東洋館出版社，1985年，360頁。

哲学，神話，文学，地理学，天文学，博物誌，歴史など。しかしそれは，生徒にそうした知識を覚えさせるためではなく，「生徒はあらゆる著作者を知る必要は少しもない。ただその最良のもののうちから若干選ばれた著作者を知ればよいのである」[15]。こう言って彼が挙げるのは，ギリシャ語ではルキアノス，デモステネス，ヘロドトス，アリストパネス，エウリピデス，ラテン語ではテレンチウス，プラウトゥス（の若干の喜劇），ウェルギリウス，ホラチウス，キケロ，カエサル，サルスティウスなどである。そこでは知識は教育の目的ではなく，ただ教師が教育をおこなうための手段であった。

次に，エラスムスは，「知識は二つの形態をとることができる。その一つは観念についての知識であり，もう一つは言葉の知識である（観念と言葉の知識）。ところで，始めに学ぶべきは言葉のそれである」[16]。こうして青年期におこなうべき知的教育は言語教育にあるとする立場が打ち出される[17]。若者に，純粋かつ優雅な文体で書くように教える最良の方法は，モデルとなるような偉大な文学作品にできるかぎり緊密に接触して生活させることである。そうやって若者の嗜好を形成する。この条件に合う言語は，16世紀ではギリシャ語やラテン語だった。ラテン語の場合，このとき重要なのは古典期のラテン語である。（16世紀当時の）生活から引き離され，変化から守られ，変質や堕落を取り除かれたかつてのままの純粋で完全な状態において保持された言語でなければならなかった。それは死語になってようやく教育の言語となったラテン語である[18]。

このように，言語教育を基軸に据え，知識の付与ではなく嗜好の形成を目的として，教師の側が選別して文化の叡智に触れさせる，このような教育は，キリスト教的な教化と両立可能である。ここに，エラスムスのキリスト教人文主

---

15) エミール・デュルケム『フランス教育思想史』行路社，1981年，387頁。
16) 上掲書，389頁。
17) その他，『反野蛮人論』でも，「文法・修辞学・弁証論・詩などの総合的に実践するもの」としての弁論術が擁護されている。金子晴勇『エラスムスの人間学』知泉書館，2011年，61頁。
18) ちなみにエラスムスは，記憶術に対しては否定的である。「最上の記憶方法とは，覚えたいことを徹底的に理解し，理解したことを筋道立て，しかるのちに何度も繰り返して行ってみることである」（『ルネサンスの教育思想』上，371頁）。

義を見てとることができる。

　モンテーニュの教育論としては,『エセー』の「子供の教育について」[19]がよく知られている。「私は心に物を詰め込むよりは，心を鍛えたいと思う」[20]という言葉で知られるとおり，モンテーニュは知識より判断力に重きを置く。この点では一見，エラスムスと似ていなくもないが，モンテーニュの判断力は，徳をめざしたものであり，その徳とは，ストア派的な節度，中庸，合自然の原理を軸に据えたもので，生や健康を讃える。教育方法について言えば，体罰や威圧よりも子供の好奇心や欲望に沿った楽しい学習法を推奨し，教師主導ではなく生徒主導を，教科書中心の教授法ではなく実物を用いた教授法や経験学習を重視する。そこには，18世紀のルソーを先取りする教育論と同時に，デカルトにも連なる合理主義が見られる。そして当時の古典語の絶対的な位置づけに対して，母語の学習優先の現実的な必要性を説いた。またルネサンスが陥った脆弱な文芸趣味に対して，身体の鍛錬の重要性を指摘している。こうして「モンテーニュの教育に対する見解には，ギリシャ・ローマの古典的精髄に息吹く普遍的精神構造が横たわっていると同時に，それは後代のルソー，ロック，デューイ等を結び近代教育思想の先鞭をなしている」[21]と位置づけることができよう。

17世紀と18世紀

　1685年のナント王令廃止以後，すべてのコレージュはカトリックとなり，教師は全員が聖職者となる。なかでもイエズス会のコレージュは，もっとも数が多くもっとも大きな影響力を持っていた。一方で，パリ大学の下にある諸々のコレージュはジャンセニスム系であり，イエズス会の対抗勢力であった。

　イエズス会の教育者ジュヴァンシー神父やジャンセニスムの教育者シャルル・ロランの体系的な教授法[22]を見るかぎり，当時，コレージュの教える人文

---

19) モンテーニュ『エセー』一，岩波書店，276–346頁（第1巻第26章）。
20) モンテーニュ『エセー』五，岩波書店，63頁（第3巻第3章「三種の交わりについて」）。
21) 上智大学中世思想研究所編『ルネサンスの教育思想』下，東洋館出版社，1986年，113頁。
22) JOUVANCY (Joseph de), *De ratione discendi et docendi*, Paris, 1691: ROLLIN (Charles), *De la manière d'enseigner et d'étudier les belles-lettres, par rapport à l'esprit et au cœur* [*Traités*

学は，文化的な理想に基づいたものというよりも，信仰を広める手段の一つであり，若者の道徳的な感性を養い，真の改宗へと導くためのものであった。それゆえ若者には多読が勧められると同時に，読書が受動的にならないように，文章を書くこともまた促された。フランス語の文献も禁じられていなかったが，ラテン語の文献の翻訳をつうじてフランス語の運用能力の向上が目指された。狭義の文学のほかに，修辞学，教会の歴史，ギリシャやローマの歴史，神話学などが学ばれた（さらに人文学のほかに哲学や諸科学の学級も用意されていた）。若者たちが誘惑に負けて堕落しないように，テクストは厳しく選別され，布教に便利なように古代のテクストは裁断され，抜粋集の形で用いられた。

しかしこうした教育制度が，当初の宗教的な企図よりも後まで生きながらえた点に着目して，シルヴァン・ムナンは以下のように見ている。

> この体系的なプランはまた，自己表現と明晰な思考という実用的な効果を有し，他者理解，自己統御，知的努力の習慣化という心理的かつ道徳的な効果を有し，年少世代を，年長世代や他の欧州エリートが共有している文化へと招き入れるという社会的団結の効果を有している。[23]

若者の思考力を鍛えて道徳的感性を養うことは，宗教感情を深めることに貢献するのだが，同時に，文明社会や社会関係に適合させ，人間の生来の暴力や激情から身を守り，未熟な人間を待ち受ける不運な運命を避けるための方策と考えられてきた。アンシャン・レジームの教師たちにとって，コレージュの教育は「人間を作ることを教えるのであり，すでに見たとおり，それが humanités と呼ばれる所以である」[24]。

人文学に対する批判の歴史も長い。リヴァロールは書くことの自己目的化を皮肉ったし，ディドロやヴォルテール[25]もその教育効果を疑問視している。そ

---

  des études], Paris, 1726–1728.
23) MENANT (Sylvain), «L'enseignement des hunanités dans les collèges de l'Ancien Régime: buts et pratiques», *Enseigner les humanités*, Paris, Éditions Kimé, 2010, p. 26.
24) *Ibid*., p. 30.
25) 18世紀には，ヴォルテールが『哲学辞典』の「教育」の項において，イエズス会のコ

のなかでもっとも有名なのはルソーだろう。1761年にパリの議会がイエズス会のコレージュを廃止することを決定し，全国で200ほどのコレージュが閉鎖され，フランスのエリート教育は危機に陥った。新たな教育制度が議論されるなか，翌1762年に刊行されたのが『エミール，あるいは教育について』[26]である。この著作でルソーが，コレージュを不要なものと見なし，人文学による中等教育を批判したことは知られている。しかしルソーは，実のところ，人文学そのものを否定しているわけではない。子供の頃から，ラ・フォンテーヌの寓話を暗記させたり古典語を学ばせたりすることには猛反対したが，もう少し成長した思春期の若者にはむしろ読書を奨励している。その他，読ませるものを入念に選別し，虚構作品よりも歴史書を勧め，現代作品より古典作品の方が起源に近いということでホラチウスやプルタルコスを高く評価している以上，結論だけ見るなら，従来のコレージュの教育とさほど変わり映えしない。しかしルソーが，みずからの思想のなかで伝統的な人文学を位置づけなおすとき，その位置づけは従来と変化している。従来は，宗教的な啓発や道徳的な教化が主要な目的とされたが，ルソーのもとで人文学は，ずっと世俗的で，「若者の人格を開花させ，地上の幸福への道筋を発見するための手段」[27]となっているように見える。またそこには，従来とは異なり，現実の事物から学ぼうとする姿勢が顕著になっている。

　フランス革命期に活躍した政治家たちは，王政とカトリック教会に染まったアンシャン・レジームと断絶すべく，科学や理性を重んじる政策をとった[28]。同時に彼らには人文学の顕著な影響が見られる（例えば，ロベスピエールやカミーユ・デムランはパリの名門コレージュ，ルイ゠ル゠グランの卒業生で，古典の教科で優秀な成績を残している）。しかも彼らの人文学は，18世紀末によく読まれた

　　　レージュでは「いくばくかのラテン語と愚かな事柄」しか得られないと批判しており，また19世紀のあいだ教育の民主化という流れのなかで，そのつど改革が検討されてきた（CHERVEL & COMPÈRE, op. cit.）.
26)　ROUSSEAU (Jean-Jacques), Émile ou De l'éducation, Paris, 1762.
27)　MENANT, op. cit., p. 34.
28)　その点に限定すれば，19世紀全般の教育政策は，「一八世紀がすでに経験した思想の，ゆるやかな漸進的覚醒」と言えなくもない。Cf. デュルケム前掲書，606-607頁。

ルソーの価値観に彩られたものである。彼らは，ルソーのように，プルタルコスの『英雄伝』を読んで自由で共和主義的な精神を培い，腐敗した古代ギリシャにおけるスパルタの無垢と美徳を称え，隷属に甘んじていた同胞をみずからの厳格な法制度によって一変させたスパルタの伝説的人物リュクルゴスを奉じ，カエサルに立ち向かった古代ローマ人たち（カトやスキピオ）を愛した。さらに彼らは，モナ・オズーフが『生まれ変わった人間』のなかで指摘したように，人類を生まれ変わらせ，新たな人間を養成しようという情熱に駆られていた[29]。

　この人類再生のプランは，共和暦やメートル法の導入，地名・人名のギリシャ化やローマ化にとどまらず，まさに公教育のなかに認められるものである。コンドルセの案は，古典語の縮減，選択の自由，実学志向，国立学術院の設置など抜本的なものであったし，ルペルティエの案は，就学義務の制定や初等公教育の優先などひときわ平等主義的なものであった[30]。テルミドールのクーデターの後には，師範学校（高等師範学校の前身），中央学校（理工科学校の前身），東洋語学校が創設された。人類再生のための試行錯誤がひとまず終わりを告げるのは，ナポレオンが政権を握り，「帝国大学」の管理下に国立リセや公立コレージュを設立して，伝統的な人文学を復活させた時である。

19世紀

　かくして，復古主義的な動きによってコレージュの人文学は19世紀を生きながらえる。その意義に立ち戻るなら，人文学は，二重の意味でリベラルな教育の理念に基づく。第一に，特定の職業教育とは無縁で，利害や実利に関わらないこと。この教育においてラテン語の学習はきわめて象徴的な存在だった。それは教育を受けた者に，古典語の習得までは行かずとも，ラテン語の文章や引用に親しませる。第二に，それは自由な人間を作るためのものであり，若年

---

29)　OZOUF (Mona), *L'Homme regénéré: Essais sur la Révolution française*, Paris, Gallimard, 1989.

30)　ルイ16世の王政下でも，有能な将校に対してはラテン語の比重を減らした教育プログラムが考案されていた。革命後はその動向に拍車がかかった形である。Cf. JULIA (Dominique), «Les humanités dans les projets d'instruction publique pendant la Révolution française», *Enseigner les humanités*, Paris, Éditions Kimé, p. 47.

期から人間の思考と創作の極致に触れさせる[31]。

　1863年，ヴィクトル・デュリュイが中等教育の役割は「大学入学資格者を作るだけでなく人間を作ることだ」[32]と言ったとき，彼は人文学の理念に立ち戻っていたのである。中等教育で分析されるテクストの多くは，自己自身あるいは自己と他者という社会関係に関わるものであり，抜粋集の章題には「思慮」「正義」「勇気」「節度」といった主題が並んでいた。

　19世紀まで，人文学とは古典語人文学のことであり，古典語と結びついていた。16世紀にコレージュが設立された時期には，まだ西欧世界には古代のギリシャやローマに匹敵するコーパスが存在しなかった。17世紀になっても，フランスの古典主義の大作家たちは，長らくギリシャやローマの模範となる作品の優れた翻訳者・模倣者として受容されてきた。そこでは，ラ・フォンテーヌの作品は，アイソーポスの作品の系譜として，ラシーヌの『イフィジェニー』はエウリピデスの『イピゲネイア』を前提として，読まれ，学ばれ，朗読された。19世紀までは，フランス語のテクストがそれ自体で学習の対象となることはなく，説明もされなかった。参照されるのはあくまで，古典の模倣のフランス語による模範例として，そうした作家たちの文体やセンスに学ぶためである。こうしてビュフォンやモンテスキューが暗記・暗唱された。もちろんそれ以上に生徒たちは，自身の教養の基盤であると同時に作文の練習のモデルとして，オウィディウス，ホラチウス，ウェルギリウス，ホメロスの詩句，歴史家ティトゥス＝リウィウスの文章，キケロの演説を暗記していた。

　人文学の学習は，文法や修辞学の学習とも隣接・連続している。全体の教育課程を確認しておこう。まず下級学級では，提示されたテクストに見られる表現に対応した別の表現を見つける。この操作は，ラテン語同士，ギリシャ語からラテン語，ラテン語からフランス語，フランス語からラテン語など，さまざまな形でなされる。それは，文法に習熟し，熟語表現に親しみ，文章のリズムや

---

[31]　ただし19世紀に中等教育を受けることができたのは，実際には就学年齢の男性全体の5パーセントと言われている。ALBERTINI (Pierre), *L'École en France XIXe-XXe siècles: de la maternelle à l'université*, Paris, Hachette, 1992, p. 10.

[32]　Allocution prononcée à l'ouverture de la session du 7 juillet 1863, *Bulletin administratif de l'Instruction publique*. juillet 1863. n° 163. p. 127.

意味のニュアンスを習得するためである。第4学級になると，生徒たちは詩を学ぶ。最初は，教師に出題されたラテン語の散文の語句をひっくりかえして韻文に整え直す。それができるようになると，第3学級からは，辞典を片手に，類語や形容語句をいじりながら，自分で単語を選択する。さらに上達すると，暗記した表現のストックのおかげで，古代の大作家の詩句や言い回しを自由に組み替えて，自分でラテン語の詩を作ることができるようになる[33]。第2学級からはラテン語韻文のほかに，ラテン語ナラシオンの授業で出来事を順序立てて語る練習をする。最後は修辞学級であり，学習内容も韻文から散文に重点が移行する。さまざまな作文演習の成果を結集して，散文の演説文を創るのが，この学習の最終段階である。主題内容は韻文の場合とさほど違わないが，ここでの主な作業は，与えられた主題をふくらませて言語化することであり，韻文やナラシオンでやった作業を応用して散文で長い文章を展開してゆくことである。

　こうした古典教育は，マイナーチェンジを繰り返しながら，200年以上のあいだ続けられてきた。マラルメの生きた19世紀後半に，古典教育全体がどういう位置を占めていたのか，フレデリック・オザナンの発言を確認しておこう。

　　多くの人の誤りは，慣習的に若者にやらせている学習について理解していない点である。そこで設定されている直近の目標は，正確に言うと知ではなく練習である。重要なのは，文学，歴史，哲学など，たぶんそのうち忘れてしまう事柄ではなく，これからも残りつづけるはずの想像力，記憶力，判断力である[34]。

専門的な知識や技能を習得するのではなく，能力を鍛えること。（哲学を除く）人文学の意義が確認されているが，その定式はいささか極端にも見える。従来，人文学において博識が重んじられたり，文学作品より歴史書が奨励され

---

33)　人文学級が，詩学級とも言われる所以である。
34)　フレデリック・オザナン（Frédéric Ozanam）はソルボンヌ大学の外国語文学の教授であり，今日の比較文学の創始者のひとりに数えられている。教育に関する彼の発言は次の文献を参照のこと。CHAMPEAU (R. P.), *De l'éducation dans la famille, le collège et les institutions*, Paris-Bruxelles, 1868, p. 153.

たりしたことからもわかるように，それはけっして忘れてよいものではなかったはずである。宗教的な動機から導入された人文学が，やがて世俗化し，ついには時代に適合しなくなりかけている。古典教育の必要性がもはや自明のこととして受け止められなくなっていた。実は，19世紀半ばから「知的訓練」(gymnastique intellectuelle) という言葉が次第に用いられている。内容をすっかり抜き去って形式だけを残し，成果を度外視してもっぱら能力に訴えるこうした論拠は，「ラテン語教育を守るための最後の一線であった」と言われている[35]。この動向は，オザナンの物言いからも十分にくみ取れるだろう。

3　人文学の見直し

「正規兵にせよ志願兵にせよ，我が国の兵士は誰も，地理やドイツ語を知らないという怒りの声が各方面から繰り返し挙がっていた。兵士たちは自国の歴史さえ知らなかった。みんなが立派な地図を手にし，大半がフランス語を話せるドイツ軍将校たちとの対比は嘆かわしいものだった」[36]。これは，ティエール内閣の公教育大臣ジュール・シモンが，在任中の1874年に刊行した『中等教育の改革』の一節である。1870年の普仏戦争の敗北が，フランスのプライドを挫き，追いつき追い越すべき先進国としてドイツを認知させたことはよく知られている。そして敗戦の反省が真っ先に波及した分野の一つが，教育である。知識階層には，教育改革を急務と考える者も少なくなかった。エルネスト・ルナンは，1871年の『知的道徳的改革』のなかで高等教育再生の道を模索していたが，ジュール・シモンもそうした一人であった。そして教育のなかでも彼がまっさきに改革の照準を合わせたのは，著書にあるとおり「中等教育」である。彼の改革案は多岐にわたる。彼の改革の旗印と言ってもよいのが，「現用

---

35)　上垣豊「古典人文学による知的訓練──19世紀フランスにおける教養論争の一側面」『龍谷紀要』第33巻第2号, 2012年, 59-74頁。また次も参照されたい。CHERVEL (André), «l'histoire des disciplines scolaires. Réflexion sur un domaine de recherche», *Histoire de l'éducation*, 1988, vol. 38, pp. 59-119.

36)　SIMON (Jules), *La réforme de l'enseignement secondaire*, Paris, Hachette, 1874, p. 306. 以下，シモンの引用はすべて同書に基づくので，出典指示はページ数のみにとどめる。

語」（langues vivantes）の重視であるが，その対象はまずもって現代外国語である。

> 通商でも，商船でも，領事の職歴でも，現用語の教育を求める声が大きい。国家の海事や戦争でもそれを求める声は同じく大きい。現用語を少なくとも一つは知っていることが，社交人の教育を補うに不可欠である。書物や思想の交流によって，鉄道の創設以来増加し続ける旅行によって，国民同士の関係が急速に変化してしまった以上，われわれよりもはるか先んじたヨーロッパの笑いものになって，40年前や100年前のように，自国語と自国に引きこもり続けるのは狂気の沙汰だろう。　　　　　　　　　　　（pp. 309–310）

こうして大臣が下した決定は，「リセに入学した生徒は全員，家族が選んだ英語かドイツ語かのどちらかを，必修科目として学」ぶこと，しかもその際に重要なのは「現用語を単に読むだけでなく，会話を続けられるようにしておくこと」である（p. 407）。そのため，「ラテン語の授業の代わり」（p. 406）に，現用語の時間を少しだけ増やしている。

それでは逆に，ラテン語を含めた古典語人文学にはどういう評価がなされているのか。まずラテン語の詩作については，「単語を思いつき，想像し，選択すること，文体の装飾を整え，文学者としての作品を作ることについて言えば，それは母語でもできるのではなかろうか。ラテン語詩のこうした模作は，大半が凡作であって，成功が自己目的化した精神の遊戯であり続けてきた」（p. 419）とほぼ意義を否定している。次にラテン語作文については，文法理解のための初級の作文については維持を主張する一方で，修辞学級でおこなわれる，現代の考えをキケロ風のラテン語に翻訳する演習は撤廃するよう提案している。

総じてシモンの批判は，教育内容よりも教育方法に関わる側面が大きい。それは，ラテン語の仏訳の文脈でより明確になる。シモンは，個々の作家をもっと具体的に読解するよう訴えている。つまり個々の作家をそれぞれ尊重するべきで，ティトゥス＝リウィウスからタキトゥスへと，まるで二人が同時代人であるかのように一足飛びに移行しないこと，またテクストをそのコンテクストから切り離さずに，内容の面白味が十分に把握できるような長さで読むこと。

そのためには，四年生から簡単な作家を読むことができるようラテン語学習をもっと早めて，文法をむやみに暗唱するよりも，多くのラテン語文を読むようにすること。言い換えれば，一人の作家を趣旨がはっきりとくみ取れる範囲で学ぶことでもある。そのためにはまず，作家を当時の時代に置き戻して，学習対象のテクストに意義を与えるような歴史教育が必要である。こうした姿勢は，フランス語とフランス文学の教育に対しても見られる。彼は，これまでそうした教育がなされてこなかったことについても批判している。「生徒たちは，この言語の起源も歴史も 16 世紀の傑作も知らなかった。大半は，暗記した略述によって 17 世紀の傑作について何か知っている程度でしかなかった。ドイツのギムナジウムでドイツ語はそんな風に無頓着に扱われはしない。あらゆるプログラムは，あらゆる学級に対して，ドイツ語を筆頭に置いている」(pp. 314–315)。したがってシモンは，「あらゆる〔学年の〕学級で，フランス語による練習と課題作文を導入するのに加え，フランスの言語と文学を，その起源と展開に即して学習すること」を提唱している (p. 425)。

ジュール・シモン

　いっそのこと古典語人文学そのものを撤廃すればどうかという議論もなされていたことを考えると，内容よりも方法の改革を訴えるシモンの提案は，当時も「穏健派」の部類であったし，今日からすると一見月並みな提案のようにも見える。しかしここには，いくつかの新機軸が認められるのも事実である。一つは，歴史言語学の専門研究の反映である。道徳教育のために，古典作家の文章を細切れで抜粋するのではなく，ある程度の長さを取り出して，内容の理解や分析を重視する一方で，歴史的な位置づけも与えることができるようにする。当時の文献学者の学問的な姿勢が，教育方面にも還元されていることがわかる。こうした側面は，あとで見るブレアルの著作に倣ったものである。

　次に目を引くのが，現用語の重視であり，古典教育の時間を減らしてその代わりとして導入されている。シモンの教育政策では，現用語のコミュニケーション能力が重視されており，読み書きだけでなく会話の能力も問われている。

ただし中等教育の一環であるから,職業的な会話能力の鍛錬がおこなわれるわけではなく,英語の堪能な教師を配置して生徒に会話を促す程度であり,実際には,あとで見るように,英文学の基礎学習が排除されることはなかった。

この当時,古典語人文学に対して,「近代語人文学」という概念が台頭しつつあった。古典語でおこなっていた徳育や知的訓練を現用語のテキストでおこなうというものである。現用語で海外の学術的な情報を吸収させようというシモンやブレアルらは,どちらかと言えば近代語人文学の側の陣営に属する。

ただしシモンは,古典語人文学を削減し,同時に,フランス語のプラクティカルな能力を高める方向に舵を切っている。シモンらがめざす人文学は,「フランス語人文学」としての色合いが強い。これは,かつて古典語のテキストでおこなっていた人文学の教育を,フランス語のテキストに移し替えるものである。これもまた当時の大きな流れであり,古典人文学が急速に衰退する一方で,フランス語人文学の方法論が次第に蓄積されてゆくことになる[37]。

4 現用語の教師マラルメ

1842年にパリに生まれたマラルメは,地方で育ち,先祖代々の官吏の道に進むのを拒んで,英語教師の道を選ぶことになる。

50年にオートゥイユの寄宿学校に入ったあと,翌年パッシーのキリスト教同信者寄宿学校を経て,56年から地方のサンスの高等中学校の寄宿生となる。57年からは4年連続で数々の教科において優秀な成績をおさめている[38]。

---

37) 近代語人文学(humanités modernes)のなかにフランス語人文学(humanités françaises)を含める場合もある。またこれとは別に,将来の職業に合わせておこなう「科学人文学」(humanités scientifiques) も提唱された。Cf. CHERVEL (André) & COMPÈRE (Marie-Madeleine), *op. cit*., pp. 27–34.
38) 例えば次のとおりである。
　　57年　フランス語作文第三次席,ギリシャ語翻訳第一次席
　　58年　フランス語作文第二次席,ラテン語翻訳第二次席,ラテン語韻文第二次席,
　　59年　フランス語演説第二次席,英語最優秀賞
　　60年　フランス語ディセルタシオン第二次席,ラテン語翻訳最優秀賞,数学部門第二次席
　　詳細は次を参照のこと。ジャン=リュック・ステンメッツ『マラルメ伝』筑摩書房,

1863年にトゥルノンの高等中学校の英語教師に着任し，ついで1866年にブザンソンに，1867年にアヴィニョンに転任している[39]。60年代は若きマラルメの文学活動が多産な時代であった[40]。同時にこの時期は，彼の生涯を決する知人を得た時期でもある。同僚のエマニュエル・デ・ゼサールを介して早くからパリの文学サークルで友を得た[41]。往復書簡を多く残しているアンリ・カザリス，カチュール・マンデス，レオン・ディエルクス，テオドール・ド・バンヴィルなど。こうした人脈によって，マラルメは，パリの情報をいち早く得ることができていたようである。また，カザリスとの共通の友人である画家のアンリ・ルニョーとも付き合いは長いが，マラルメは，彼の婚約者のジュヌヴィエーヴ・ブレトンとも友人であり，彼女の父親ルイ・ブレトンは，当時パリ有数の出版社であったアシェット社の社長であり，教育業界にも一定の影響力を持っていた。またマラルメの教え子の母親で，その後も懇意にしていたディナー・セニョボスの夫は，のちにアールデシュの議員となり，マラルメに大いに協力している。

　しかし，それだけで職業生活がうまく行ったわけではなかった。70年から71年のあいだ，ブレトン親子の協力を得て，公教育大臣への仲介の労を取ってもらったようだが，結局，大臣から下った辞令は，アヴィニョンでの復職で

    2004年，37-53頁。
39) 公務員としてのマラルメについては，次を参照のこと。GILL (Austin), «Mallarmé fonctionnaire, d'après le dossier F 17 21231 des Archives Nationales», *Revue d'Histoire Littéraire de la France*, janvier-février et mars-avril 1968, pp. 2-25 et pp. 253-284. またアーカイヴを追加調査してジルの論文から漏れた情報も掲載した論文として次を参照のこと。佐々木滋子「国家と詩人（上）」『言語文化』第26号，一橋大学語学研究室，1989年，3-36頁；「国家と詩人（下）」『言語文化』第27号，一橋大学語学研究室，1990年，25-45頁。
40) 「願い」(62年) などの初期詩編や批評的散文詩「文学交響曲」(64年) をはじめ，66年には「エロディアード」や「半獣神」を主題とする詩作を試み，67年には激しい精神失調を来す。68年には「ソネ自身の寓意によるソネ」（後の「yxのソネ」），69年には神経症がさらに悪化し，筆が持てなくなることもあった（「イジチュール」の着手もこの頃である）。
41) デ・ゼサールについては次を参照のこと。川瀬武夫「エマニュエル・デ・ゼサールの役割——マラルメ初期詩篇註解 (3)」『早稲田大学大学院文学研究科紀要 第2分冊』第52号，2006年，71-85頁。

あった。そこでマラルメは，71年10月22日，再度パリ復職を所望する書簡を公教育大臣のジュール・シモンに送っているのだが，そのなかにこういうくだりがある。

> 私が省庁へ出向いた折，小生は偶然，閣下のご配慮によって〈現用語〉の課業に対する拡充がなされ，これによってパリの高等中学校数校への教師派遣事業が創設されたことを知りました。／小生はこの計画に組み入れられるよう希望し，小生の要請の時宜について意見を求めましたところ，副学区長は小生の表明しました要望を，あえて申しますが，好意的に受理されました。／大臣殿，閣下の第一の決定〔アヴィニョンでの復職〕にこめられておりましたご厚情あるご意向をこの計画の方へお移し下さり，アヴィニョンの英語教師にかえて，パリ大学区により任命される派遣教員の一員に小生をお認め下さるよう要望しますのは，小生には不謹慎でありましょうか。[42]

偶然が装われているが，実はこの時点でマラルメは派遣教師内定の報を受けており，20日にその旨をマンデスに送っている。21日にはルイ・ブレトンが副学区長にマラルメの件を申し入れており，その4日後には副学区長からリセ・コンドルセの校長宛てにマラルメ派遣の通達が出ている。そんなわけでマラルメは，すぐに自分がリセ・コンドルセの派遣教師になったことを知り，11月1日からさっそく着任している。

ここで重要なのは，マラルメの根回しの巧みさではない。彼が着任したリセ・コンドルセは，優秀な教員が集まっているのみならず，その学校名からもわかるとおり，パリでも有数のリベラルなリセで，教育改革の実験場であった。ジュール・シモンに派遣されたマラルメは，これ以降，給与待遇の改善のために，このリベラルな環境で自分のキャリアを築いていかねばならなくなったのである。

リセ・コンドルセでの初年度の年収は，週2時間の追加手当を含めて2000フラン未満であった。これはアヴィニョン時代よりはるかに少ない額であった

---

42) GILL, *op. cit.*, p. 254.

ため，72年の学期末から，人脈を使った個人的な賃上げ闘争を開始する。折しも彼の友人であったディナーの夫シャルル・セニョボスが議員となったので，彼が大臣との交渉役を引き受けることになる。このときのセニョボスや副学区長ムリエによるマラルメの推薦文が重要である[43]。

  パリ滞在をマラルメ氏に希望させた主たる動機は，学識豊かで教育的な英語文献の翻訳に着手したためです。　　　　（72年6月15日付，セニョボス）

  彼の教育は指導が行き届いており，訓練は正確で単純です。幼い子供たちに英会話の練習をたくさんやらせていて，それが生徒たちの興味を強く惹いています。　　　　　　　　　　　　　　（72年7月22日付，副学区長ムリエ）

  大臣閣下，申し添えておきますと，閣下がマラルメ氏に対してお示しの特別なご関心は，彼の個人的な功績を考慮すれば十分に根拠のあるものであります。英国での長期滞在と英文学の研究によって彼は，現用語の教育にきわめてふさわしい人物となったのです。　　　（72年12月22日付，セニョボス）

 ここに述べられていることは，ある程度は事実であろう。ジュール・シモンの教育政策を知った上で，英国での滞在経験を売りにして，会話重視の現代的な教育をほどこし，英語圏の学問的動向をいち早く取り入れることのできる教師。いかにも大臣が喜びそうな人材である。ちなみに，マラルメは，この時期にはすでに『英単語』にも着手していたと思われるが，セニョボスとの関係を考えれば，第一の引用の「英語文献」は，セニョボスへの献辞が付されることになる翻案書『古代の神々』（1880年）の原作者ジョージ・W. コックスの神話概説書のことである。また第三の引用の「個人的な功績」という物言いからして，未刊行のものを含めて考えると，「英文学の研究」はポーの翻訳であろう。
 交渉の結果，73年1月には，年収3800フランになった。これは，同じリ

---

43) *Ibid*., pp. 257, 259, 261.

セ・コンドルセの英語教師マッケンリーと同額であった。同年，ジュール・シモンを従えたティエール内閣が総辞職し，手立てを失ったマラルメの給与は，これ以降5年以上据え置きとなる。1878年，ようやく時間ができたセニョボス議員が，再びマラルメの待遇改善に乗り出すも，昇給はわずかな額であった。78年に赴任してきたドイツ語教師レシチニスキは，マラルメより若いにもかかわらず，すでに5000フランの年収を受け取っていた。マラルメが同額の給与に達するのは，82年以降である。

結局マラルメは，71年以降，毎年のように視学官のきびしい評価を受けながら勤めた。『英単語』や『古代の神々』は，キャリアアップのための「必要に迫られた労苦」であった。その意味で，ヴェルレーヌに宛てた書簡の「自叙伝」で語られていることに偽りはない。しかしそこからすぐさま，彼が教師としての仕事の一切を忌み嫌って真面目に取り組んでいなかったと考えるのは行きすぎだろう。考慮すべきことが三点ある。

第一に，「必要に迫られた労苦」は，単に出版すれば済むものではなく，内容も当時の教育界の需要に合わせたものだったということである。すでに見たように，外国語の会話が堪能で，海外から最新の学問的成果を取り入れることのできる教師の証拠として，『英単語』や『古代の神々』は書かれている。それに応じるようにして，視学官もまた，彼の著作を評価の対象にしている[44]。

第二に，教師としてのマラルメの能力が仮に高くなかったとしても，その評価内容を見ておく必要がある。例えば，彼に好意的な唯一の視学官であったエミール・シャスルは，彼を「良質な意欲はたっぷりあるが知性の正確さは乏しい。堅実な学識より好奇心がまさっている」と評している[45]。こうした資質からは，例えば『ナーサリー・ライム』や『遊びながら一人で英語を学ぶためのボックス』のような作品が，完全なルーティンではなかったことを思わせる。

---

[44] 視学官の一人は『英単語』をこう評している。「文学やその他の研究のなかでマラルメ氏は英単語についての書物を出版した。その書物は，フランス語であるとしても英語的表現をちりばめたフランス語で書かれており，おそらくは英語における自分のフランス語的表現を埋め合わせするためのものだろう」(MONDOR (Henri), *Vie de Mallarmé*, édition complète en un volume, Gallimard, 1950 (1941), p. 407)。

[45] GILL, *op. cit*., p. 264.

さらに言えば,『英単語』自体,「遊び」を交えて読者が自作する「一覧表」を提案していた。また『古代の神々』では, 神話的形象を大気現象に連れ戻すという内容の趣旨に合わせて, あえて挿絵を挿入し, 内容と挿絵とのあいだで生じる効果に注意を喚起していた。こうした手段自体は, あとで見るように, マラルメ自身の好みであると同時に, 時代が要請する教育方法の一種でもあった。そのどちらの点でも, 彼はけっして無関心や投げやりではなかった。それどころかプリーは,『気晴らしの英単語』の中にある紙製の動く時計盤に言及して, それまでは語学教育に無縁の世界で用いられてきた着想を, 英語教材に用いた先駆性を指摘している[46]。

第三に,『最新流行』の位置づけである。「自叙伝」では,『英単語』や『古代の神々』が「必要に迫られた労苦」と言われているのに対して,『最新流行』については,「そのほこりを払った時には今でも, 長い時間私を夢想させるのに役立っている」と, 楽しげに告白している[47]。しかしそのなかには「教育の助言」と言われる項目があり, 新しい教材や辞典の類が紹介されている。であるなら, もしかすると彼は, 教育法や教材の「最新流行」を追ってジャーナリストとして紹介すること自体は, それほど苦にしていなかったのではないだろうか。「堅実な学識より好奇心」に満ちた彼は, この雑誌にちりばめられた多彩な情報の一部として,「教育の助言」にも愛着を抱いていたのかもしれない[48]。

5 『最新流行』「教育の助言」の同時代性

『最新流行』は, 1874年9月から12月まで, マラルメが, さまざまな変名を使い分けて一人で編集していたモード雑誌である。『最新流行』(第一, 第二, 第四, 第五, 第七配本) には, マダム・ド・Pという筆名のもとに連載された

---

46) MARCHAL (Bertrand), POULY (Marie-Pierre), *Mallarmé et L'Anglais récréatif: Le poète pédagogue*, Paris, COHEN & COHEN, 2014, p. 85.
47) O.C.1, p. 789.
48) その意味で, バルバラ・ボアクの言う「日常的なものの美学」をこうした英語教材にも読み取ることができるかもしれない。Cf. BOHAC (Barbara), *Jouir partout ainsi qu'il sied: Mallarmé et l'esthétique du quotidien*, Paris, Classiques Garnier, 2012.

「教育の助言」という記事がある。第一配本の記事は，次号からの記事の予告とモードの記事に差し替えられているので，「教育の助言」の連載回数は，実質4回である。

　この記事は，マラルメが，『英単語』や『古代の神々』以前に，書簡以外で，言語学関連の文献に言及している唯一のテクストである。先行研究[49]において，「教育の助言」は，そこで語られている言語観が参照されたり，あるいはマラルメが言及ないし所有している文献のリストアップの際に数え入れられたりするだけで，正面から扱われることはほぼ皆無であった[50]。つまり，紹介されている教科書や辞典の著者の主張と，マラルメの紹介文とのあいだにどういう関係があるのかについて徹底して分析されたことはなかった。しかし，われわれの見るかぎり，これらの記事は，『英単語』をはじめとする教科書やその草稿を理解するうえでも，さらにはマラルメの言語観や文学観を理解するうえでも，非常に重要な内容を含んでいる。そして，これらの記事が，まさに1874年の下半期という時期に書かれた事実も，記事の存在意義を考えるうえで貴重である。

　こうしたことを明らかにするために，われわれはまず，「教育の助言」で言及されている書籍をすべて目録として提示し，それに対するマラルメの紹介文をおおまかに概観する。そのあと，当時の教育改革の方向性を示したミシェル・ブレアルの『フランス公教育小論』を読み解き，ブレアルの教育論と，マラルメの紹介文と，紹介された文献たちとの三者がとりもつ関係を浮き彫りにしてゆく。本章の最後で，再度ふりかえり，総括をおこないたい。

---

49) 　主要なものだけを時代順に挙げておく。
　　　MICHON (Jacques), *Les Mots anglais de Mallarmé*, Montréal, Presses de l'Université de Montréal, 1978.
　　　LECERCLE (Jean-Pierre), *Mallarmé et la mode*, Paris, Séguier, 1989.
　　　SASAHARA (Tomoko), *La Dernière Mode de Mallarmé: sa dimension historique et la réflexion sur son écriture*, thèse de doctorat soutenue à l'Université Paris IV Sorbonne en septembre 2004.
　　　RUPLI (M.) & THOREL-CAILLETEAU (S.), *Mallarmé. La grammaire et le grimoire*, Genève, Librairie Droz, 2005.

50) 　例えば，リュプリ&トレル=カイユトーの研究は，ブラシェ，マルティ=ラヴォー，ブレアルらにページを割いた稀有なものであるが，残念ながら，比較文献学の支持者たちとして言及されているばかりで，文献学を用いた教育者としては扱われていない。

第二節　『最新流行』の「教育の助言」概観

まずは，マラルメが言及している言語教育関連の著作をリストアップしておく（太字の強調は本論考執筆者）。また現在でもヴァルヴァンの別荘にマラルメの蔵書として所蔵されているものには＊を付してある[51]。

第二配本

Coll, *Anthologie des poëtes français depuis le XVe siècle jusqu'à nos jours*, Paris, Lemerre, In-16, 1873.

Coll, *Anthologie des prosateurs français, depuis le XIIe siècle jusqu'à nos jours, précédée d'une introduction historique sur la langue française*, Paris, Lemerre, In-12, 1874.

＊ MARTY-LAVEAUX (Charles Joseph)[52], *De l'enseignement de notre langue*, Paris, Lemerre, In-12, 1872.

＊ MARTY-LAVEAUX (Charles Joseph), *Grammaire élémentaire*, Paris, Lemerre, In-12, 1874.

LE BRUN (Armand), *Le Vocabulaire illustré des mots usuels français, anglais, allemands*, Furne, Jouvet et Cie, In-4, 1873.

＊ KUHFF (Philippe) & EISSEN (Jules), *Rythmes et Rimes*, Paris, Hachette, In-18, 1873[53]．

---

51) Cf. 中畑寛之『ステファヌ・マラルメの書斎』神戸，Éditions Tiré-à-Part, 2013 年。
52) 笹原朋子は，Marty-Lavaux を正しい綴りと見なし，Marty-Laveaux をマラルメの誤記（もしくは彼独自の綴り）と指摘しているが，マラルメの綴りの方が正しい。Cf. SASAHARA, *op. cit*., p. 278 note.
53) マラルメは 12 インチと書いているが，正確には 18 インチである。また，奇妙なことに同書は，同じ 1873 年に同じサイズ（In-18）で，同じページ付け（p. XIII-376）によって Gauthier-Villars 社から刊行されたものが，現在コロンビア大学およびその他に所蔵されている。ただし，この出版社のカタログ（1873 年と 74 年）に同書の紹介は見当たらなかった。

第四配本

LITTRÉ (Émile), *Dictionnaire de la Langue Française*, Paris, Hachette, 5 vol, In-4, 1863-1872.

DEZOBRY (Charles) & BACHELET (Théodore), *Dictionnaire général de biographie et d'histoire, de mythologie, de géographie ancienne et moderne comparée, des antiquités et des institutions grecques, romaines, françaises et étrangères*, Paris, Delagrave[54], 2 vol et 1 fasc. de supplément, In-14, 1857-1861.

第五配本

BATTIER (William) (éd), *Walter Scott / Morceaux choisis publiés avec une notice, des arguments analytiques et des notes*, Paris, Hachette, VIII-497 p, In-16, 1874.

MOTHERÉ (Jules) (éd), *Miss Edgeworth / Contes choisis, publiés avec une notice et des notes*, XI-291 p, Paris, Hachette, In-16, 1875.

SÉVRETTE (Jules) (éd), *Langue anglaise / Recueil de morceaux choisis (prose et vers), avec questionnaires et exercices de traduction orale, publié conformément au nouveau plan d'études des lycées / Cours inférieur / à l'usage des classes de septième, sixième et cinquième*. Paris, Belin, 190 p, In-12, 1877.

第七配本

＊BRACHET (Auguste), *Nouvelle Grammaire française / fondée sur l'histoire de la langue*, Paris, Hachette, XIX-248p, In-16, 1874.

BRACHET (Auguste) & DUSSOUCHET (Jean Jacques), *Petite Grammaire française / fondée sur l'histoire de la langue*, Paris, Hachette, IV-139 p, In-16, 1875.[55]

---

54) マラルメは、「E. マグドゥレーヌ商会」と書いているが、すでに1866年の段階で社名は「ドゥラグラーヴ」であり、「元デゾブリ社・マグドゥレーヌ商会」と併記されていた。

55) 第七回配本の『フランス語小文法』は、1875年刊行となっているが、マラルメがあたかも手にとって確認したかのような物言いからすると、記事を書いていた74年12月初

* BRACHET (Auguste), *Grammaire historique de la langue française*, 1874 [1éd, avec une préface par l'auteur, Paris, Hetzel, 1 vol, In-18, 1867].
* BRACHET (Auguste), *Dictionnaire étymologique de la Langue Française*, Paris, Hetzel, In-18, CVII-560 p, 1870.
  LITTRÉ (Émile), *Dictionnaire de la Langue Française*, Paris, Hachette, 5 vol, In-4, 1863-1872.
* BRACHET (Auguste) (éd), *Morceaux choisis des grands écrivains du XVIe siècle, accompagnés d'une grammaire et d'un dictionnaire de la langue du XVIe siècle*, Paris, Hachette, In-16, CI-318 p, 1874.
* BRACHET (Auguste) (éd), *Recueil de morceaux choisis des écrivains français du IXe siècle, à la fin du XVe*, 1875?[56]

　さて，マラルメは，「教育の助言」のなかで，子供をもつ婦人たちに，教科書や参考書を薦めている。その際，しばしば彼は，自分の薦める書籍が，気楽で，楽しく，外見も中身も優雅で，飲み込みやすいものであることを強調している。

＊

　第二配本から確認してみよう。パリのリセの教授の協力によるものとして，新学期に発売される，フランス語や古典語・外国語の教科書の紹介がなされている。『フランス詩人撰』と『散文作家撰』，マルティ＝ラヴォーによる『国語教育について』と『基本文法』，アルマン・ルブランの『図解辞典』，フィリップ・キュフの『リズムと脚韻』が言及されている。重要なのは，その紹介方法である。マラルメは，学校の授業を「取っつきにくい本と格闘する」ような

　　めにはすでに刊行されていたのかもしれない。しかしマラルメがカタログで見ていた可能性も否定できない。調査した範囲では，それらしい記述は見当たらなかったが，アシェット社のカタログは保存状態がわるく，なおも調査が待たれる。
56)　同書は刊行された形跡がない。ただし『16世紀の大作家選集』の1875年版には，この著作が「印刷中」とある。したがって中畑は1874？としているが，1875？としてもよいかもしれない。

「拷問」だと考えるのは時代遅れで，現代では，「外見はいかにも優雅，内容もまたそれにふさわしくいたずらに学者風を吹かすのはやめて，若い女性が手にしてもおかしくない本ばかり，しかも寄宿学校の要求にも〈リセ〉の要求にも応えているのです」(p. 535) と述べている[57]。

　それは，『基本文法』についても明らかだろう。というのも，「恒常的規則と現代的着眼とをともに含む，新しいと同時に伝統的でもある文法書」(*ibid.*) と評されているのだから。『図解辞典』や『リズムと脚韻』に話が及んでも，やはり趣旨は一貫している。前者については，「下に添えられた英語やドイツ語の単語は，いやフランス語の単語でも，生徒の記憶からこぼれ落ちてしまいそうですが，これらの図版のおかげで記憶へと引き止められ」(p. 536) るとある。また，童謡や大衆文学を集めた後者についても，「子供がはじめ回らぬ舌で言葉を語り，また歌うときでも，およそ言語というものは子供の魂のなかに根をおろしてゆくものなのですが，そういう根を深くおろしてくれるための本」(*ibid.*) と紹介されている。ここでも，不真面目ではない取っつきやすさが鍵となっていると言えるだろう。

　第四配本は，「非常に手短」(p. 576) と断ってあるとおり，情報がやや少なめだが，やはり情報源はパリのリセの教授となっている。教育関係の出版社として，アシェット，ドゥラグラーヴの名がまず挙げられ，前者からリトレの辞典が，後者からシャルル・デゾブリの『歴史・地理辞典』が紹介されている。次に，読み物の版元として，フュルヌとエッツェル，最後にルメールの社名が語られる。この三社の出す書物についても，「気晴らしになるが真面目な著作」(*ibid.*) と言われている。

　第五配本の内容は，『図解辞典』の著者アルマン・ルブランがアカデミー入りを果たしたという報告，ウォルター・スコットの抜粋集とマライア・エッジワースの抜粋集の紹介，そして最後に，マラルメの同僚，リセ・フォンターヌの教師が若者向けの講義を始めるという告知がなされている。注目すべきはや

---

[57] ここで，マラルメ自身の手によると思われる『英単語』の紹介文に，「リセや教育施設で勉強する若者たちを手助けするのにふさわしい」(p. 1793) とあることを思い出しておくのも無駄ではあるまい。

はり，抜粋集のくだりで，古い外国語教科書には「時代遅れで陰気な側面」と「無駄の多い衒学的な注釈」が見られたが，新しい教科書ではそういうことはないとして，マラルメが，これら教科書が初心者の脆弱な記憶がしょいこむ重荷を軽減してくれるだろうと指摘しているところであろう（p. 595）。

　第七配本では，前々回を受けて，外国語教育の話から始まるが，今回の記事で紹介されているのはフランス語の文法書と辞典である。そしてほとんどがブラシェの著作である。前半で『新フランス語文法』と『小フランス語文法』を紹介したあと，後半では，リトレを引き合いに出しつつ，ブラシェの『フランス語歴史文法』と『フランス語語源辞典』を挙げ，さらに『十六世紀の大作家たちの作品抄，付録十六世紀文法および語彙集』，『九世紀より十五世紀までのフランス作家撰文集』を紹介している。

　おそらく，第二配本や第五配本の記事を受けて，外国語教育のための教科書にはすでに「実用的かつ優雅な教科書がある」（p. 633）とした上で，マラルメは新たに，昨今刷新されたフランス語の教科書を紹介する。ここでも対比は明快である。従来の文法教科書が「抽象的な無味乾燥さ」に満ちていたのに対して，ブラシェの文法教科書は「子供の繊細でしかも論理的な精神」にふさわしく，「一貫性」と「明晰さ」とがある（*ibid.*）。

　以上のように，『最新流行』の初期から後期まで，マラルメの「助言」は驚くほど首尾一貫している。彼が推薦するものは，要するに次のようなものである。すなわち，従来の教科書のように真面目な内容ではあるが，子供にとっても取っつきやすいもの，そして，論理にせよ図解にせよ，リズムや脚韻にせよ，子供が記憶しやすいもの，子供にとって記憶の助けとなるものなのである。しかもそれは，数あるうちからそういうものをマラルメが単に選び出しているということではなくて，教科書のあり方が刷新されているという風に語られている。さらに言えば，実は言語そのものが，しかるべき手続きをとれば，人間の本能にそった，記憶しやすいものとして立ち現れるのだとさえ主張されている。こうした発言は，雑誌の読者に当てた，単なる口当たりのいい宣伝文句なのだろうか。その点を確認するために，ひとまず，彼が紹介する教科書を手に取ってみよう。

第三節　ブレアルと教科書たち

　マラルメが「教育の助言」で言及している教科書たちは，それぞれ，教育上の新たなメソッドを提唱している。こうしたメソッドの数々を包括的に捉えるには，ブレアルの教育論に着目するとよい。ブレアル[58]は，パリ・コミューン

---

58)　ミシェル・ブレアル（1832-1915）は，ランドーのユダヤ人家庭に生まれる。幼くして両親を失った彼は，ドイツの小学校に通い，アルザスのウィッサンブールのコレージュに，ついでロレーヌのメスのリセに通う。52年から55年に高等師範学校に通ったあと，ストラスブールやパリで教育実習をこなし，57年に「教授資格」を取得すると，再びドイツに渡る。王立図書館でルナンの後任を務めながら，ベルリンでフランツ・ボップの講義を受けるようになる。やがて63年には，「ギリシャ作家作品におけるペルシャ語名」についてのラテン語の博士論文と，比較神話学についての博士論文「ヘルクルとカクス」によって学位を取得。64年には，コレージュ・ド・フランスで比較文法の講義を担当し，66年には教授となる（40年後の06年に退職）。66年から74年まで，ボップの翻訳を手がける。66年にはパリ言語学協会に在籍し，68年に会長となる。同年，ヴィクトル・デュリュイ大臣の命により，新たな高等研究院（École pratique des Hautes Études）の創設に取り組む。71年には『歴史・文学批評』誌（*Revue critique d'histoire et de littérature*）の編纂に加わり，長年にわたって書評を執筆。72年に『公教育小論』を刊行し，ジュール・シモン公教育大臣の非公式の官房となり，翌年のティエール内閣失脚まで教育改革にたずさわる。75年に「グッビオの銅版」の翻訳刊行を手がける。同年，ミストラルを中心とした文学運動フェリブリージュと出会う。76年と78年には，パリの教師たちを対象とした講演を幾度もおこない，フランス中から多くの人が駆けつける。79年，ジュール・フェリー大臣の慫慂を断るも，「公教育最高評議会」の会員などを歴任。80年代になると，81年に高等研究院の教授職を若きソシュールに譲ったあと，オギュスト・バイイとともに古典語の教科書を編纂したり，フェルディナン・ビュイソンの依頼で，辞典などの編著書を手がける。80年代後半以降，ブレアルは，近代語教育について（86年・93年にダイレクトメソッドの奨励），古典語教育について（91年），さらには正書法改革について（89年，93年，05年），さまざまな提言をおこなう。97年には，長年の研究成果である『意味論試論』を刊行。94年のドレフュス事件以降，反ユダヤ主義の標的にされる。1905年から12年には，「フランス語の危機」をめぐる論争で提言をおこなう。15年に死去。
　マラルメがブレアルをどの程度知っていたかは定かではない。書簡での言及は，ボップの翻訳を通じた間接的なものにとどまる。ただし当時の知名度を考えるなら，教育者でありかつ教科書を編んでいたマラルメが，ブレアルについてある程度のことは知っていたと考えざるをえない。
　ブレアルの言語学研究に言及した文献は一定数あるが，彼の教育論に触れたものは必

の前後に，長年書き留めていたメモ書きをもとに教育についての本を執筆し，1872年に刊行した。それが『公教育小論』[59]である。本書の構成について言うと，巻頭の「本研究のきっかけと目的」と巻末の「結論」のあいだに本論が置かれ，本論は「小学校」「リセ」「単科大学(ファキュルテ)」と大きく三部に区分され，各部に複数の章があって個別の議論がなされている。

　本書の趣旨は明快である。普仏戦争敗戦を期に，これまでの問題点を本格的に洗い出し，教育制度の改革を求めるものである。ただし，現行制度の維持か撤廃かという安易な議論に陥ることを回避すべく，本書は，諸外国とりわけドイツの制度と比較して，問題点をできるだけ客観的に分析しようと努めている。「われわれは自分自身しか知らず，自分たちのものとは別の状況について見当がつかないので，それぞれの制度に対する問いはただ，あるべきかあらざるべきかになってしまいます。しかし，外国がわれわれの経験を活用するように，他人の経験を活用

ミシェル・ブレアル

　ずしも多くない。主要な文献を挙げておく。ブレアルのさらなる伝記情報については，ブータンの著作を参照されたい。

BOUTAN (Pierre), *De l'Enseignement des langues: Michel Bréal linguiste et pédagogue*, Paris, Hatier, 188 p, 1998.

CHEVALIER (Jean-Claude) et DELESALLE (Simone), *La linguistique, la grammaire et l'école: 1750-1914*, A. Colin, 386 p, 1986.

Coll., *Histoire, Épistémologie, Langage*, vol. 17, n° 1: Théories du langage et enseignement des langues (fin du XIXe siècle/début du XXe siècle), 183 p, 1995.

DÉCIMO (Marc), *Michel Bréal (1832-1915)*, Catalogue de l'exposition, Orléans, Centre Charles Péguy, 2 fascicules, nombreuses photographies, 84 p, 1997.

KAHN (Pierre), Enseigner les sciences en vue des «usages de la vie»: Réflexions sur un paradigme de l'école primaire au XXe siècle, *Carrefours de l'éducation*, n° 11, pp. 34-51, 2001.

RIDOUX (Charles), *La philologie romane et la réforme universitaire de la fin du XIXe siècle: le rôle du Collège de France*, *Le Moyen Age*, t. 115, pp. 469-486, 2009.

59) BRÉAL (Michel), *Quelques mots sur l'instruction publique en France*, Paris, Hachette, 1872. 以後，引用の際にはBと略記する。

するのが賢明でしょう」(B, p. 6)。そして，この「あるべきかあらざるべきか」という二択に対する対処法は，小学校の改革を論じた第一部で次第に明らかになる。「小学校の二重の有用性について」という章から引用しよう。

> 教育の本性と効果について省察した者はみな，若者に対しておこなうあらゆる授業のなかで，教師が二つの目的を自分に提起することができると認めることに同意しています。一方で，われわれの意図は，子供の知性を開花させ，その子の能力を覚醒させ，さまざまな事柄を理解する習慣を身につけさせ，のちのちには自分自身で習得できるようにしてやることにありますし，他方で，われわれは，精神に与える影響を捨象するなら，ある種の知識を直に伝達することを目指しうるのです。 (B, p. 26)

なおブレアルは，ドイツの教育学に依拠して，前者を「形式」教育，後者を「実質」教育と呼ぶ。そして，何を教えるかという実質教育の科目内容については，論者によって大差がないことを踏まえ，前者についてこう述べられる。

> すべては，われわれが授業をおこなうやり方と，われわれがそれをおこなう度合いによるのです。〔…〕それゆえ，調査すべきなのは，わが国の子供たちが物事を知る仕方であり，彼らの知識がおよぶ限界であります。 (B, p. 28)

こうして，教育方法の刷新に主眼が置かれる。しかもここで「知識のおよぶ限界」が問題になっているように，ブレアルの方法論は，いかに合理的に学ばせ，それゆえにいかに効率よく知識を獲得させるかに大きくかかわる。したがって彼は，本書において，記憶を合理化するさまざまな手段を提案している。それだけではない。方法の刷新は，実質教育の肝であるばかりでなく，形式教育の根幹にもかかわる。彼の見るところ，従来の教育方法は，教師が理由や目的もはっきりさせないままに規則を押しつけ，暗記を強いる一方，生徒はそれを言われるままに受け入れて詰め込むという，非能率的で理不尽なものだった。それゆえ，序文ではこう言われている。

わが国の歴史は，表面的には革命だらけですが，知性的かつ道徳的な根底をなすものはここ二世紀ほとんど変わりませんでした。　　　　　　　(B, p. 3)

　それに対して新たな教育方法は，効率的であるのみならず，教師は理由や目的を説明して知識を教授し，生徒は合理的思考に基づいて知識を吸収し，やがては合理的思考を自発的におこなえるようにすることを目指す。つまりブレアルのねらいは，教育方法に革命をおこし，教育の根幹を真に民主的かつリベラルなものにすることにあるといえよう。

　ちなみにブレアルは，本書刊行直後の同じ 1872 年に，ジュール・シモン公教育大臣に重用されて，非公式ではあるが官房となって教育改革にたずさわる。結局，内閣は翌年には倒れてブレアルは任を解かれるが，この当時，教育改革の代表的な学者であったことは間違いない。

1　ダイレクトメソッド

　こうした見地から，ブレアルはさまざまな改革案を提案している。

　例えば「小学校」のフランス語のクラスでは，休憩時間は実に饒舌に持論を語り合う子供たちが，授業になると急に歯切れが悪くなり，教室は静まり返る。なぜなのか。現行教育の問題点は二つあるとしてブレアルがいうには，「一方で，フランス語は規則によって学ぶものと想定され，他方で，話し言葉の教育よりも書き言葉の教育が優先されています」(B, p. 32)。こうした文法偏重は，あきらかにラテン語教育の影響である。しかしラテン語であれば，母語のフランス語に置きなおせばよいだけだが，当のフランス語の授業が規則でがんじがらめでは，子供たちが途方にくれてしまう。そもそも言語行為は，歩いたり手を使ったりするような日常的な活動の一部であることを目指すものである。ブレアルはそのことを指して，国語教育は，「刑法の授業」ではなく「民法の授業」たるべきだという (B, p. 33)。そこで要請されるのが，いわゆるダイレクトメソッドである。

　生徒たちにフランス語を教えるのであれば，彼らにしゃべらせ，さらにしゃ

べらせ，もっとしゃべらせるのです。本を手に持って，あなたが大きな声でそれを読み聞かせるのです。内容の面白いものを選ぶことです。子供が喜んで聞いて自分で読みたがるように。どれかひとつ——なにか簡単でなじみやすい〔familier〕もの，例えば『ロビンソン・クルーソー』の一章とかペローの童話の一篇とか——を読み聞かせたら，生徒にそれを繰り返し暗誦させるのです。　　　　　　　　　　　　　　　　　　　　　　　　　(B, p. 39.)

　ただしこれは小学生の高学年を対象とするものだと断りながらも，もっと年少の生徒にも同じ方法が適用できること，そしてその一例として，ドイツには「初級読本」（fibel）というものがあること，さらにフランスでそれに対応するものがないわけではないがドイツのものに比べて教育的で良識的すぎることを指摘した上で，ブレアルは，年少の生徒の教育方法について次のように続ける。

　　子供が言語を自由に使いこなすようになるのは，とりわけ詩をつうじてなのです。韻文であれば，いっそう楽に記憶に刻み込まれますし，いっそう生き生きと心に響きます。したがって，詩作品を読ませることにいくら費やしても費やしすぎるということはありません。ドイツには，小学生向けの名句集（crestomathies）の類が存在しており，あちらでは，韻文がそうした本たちの半分をつねに占めています。
　　われわれも，わが国の初等の小学生の生徒のために似たような選集が必要です。ラマルティーヌの『瞑想詩集』やユゴーの『東方詩集』を与えろというのではありません。〔…〕むしろそのかわりに，家庭の感情や日常の生を理想化した詩，ブリズーやタスチュー夫人のいくつかの作品がそれにふさわしいのです。〔…〕子供の想像力に語りかけましょう。ただし，田園なり工房なりの庶民的生活の魅力を理解させるためです。　　(B, pp. 41-42)

　ここで，従来の作家はそうしたニーズのために書いてきたわけではないのだから，そうした作品はいまだ十分なだけの数が存在しないのではないか，という疑問に答えて，ブレアルは，もっとも高貴な作品のほかに次のようなものも加えるべきだと主張している。

こうした詩的原典にもうひとつのものを付け加え，混ぜ合わせるべきです。一世紀来，もっとも偉大な作家たちが民謡から着想を得て，思考の一貫性や知的な詩の明晰さに，率直な詩の純情で心にしみる性格を結びつけた作品を，そこから引き出してきました。ゲーテ，ウーラント，バーンズの名前をここで思い起こしておけば十分です。〔…〕ルノー王の悲歌は，わが国の多くの地域でいまだに歌われていますが，これなどすばらしい作品で，さまざまなヴァージョンから取捨選択すれば再編集も簡単にできるはずです。それとは別の類の作品たち，トリマゾ，ロンド，ギラヌーも，丹念に選び取れば小学校で用いることができるでしょうし，わが国の農家の子供たちは，いっそう洗練された形になっているとはいえ，自分の村の歌をそこに見てとって喜ぶことでしょう。ただし，われわれの国土から摘み取られた作品に収穫を限定する必要はありません。上述の詩人たちが，着想の源となる主題をヨーロッパ全土から探し求めたように，われわれも，わが国の小学校のために，海外のそれぞれの文学の中からこのジャンルで最良のものを取り入れることです。子供たちは，こうした類の詩を一度味わえば理解するはずです。というのも庶民的な感情はどこの国でも同じだからです。　　　　　　　(B, pp. 42–44)

　以上をまとめると，ブレアルの主張は次のようになる。すなわち，言語教育で肝要なことは，まず生徒にしゃべらせることであり，しゃべるための言葉を記憶させることである。そのためには，子供が興味を持てるように，平易で面白い読み物を与えること，そして覚えやすくて子供の生活環境に適した庶民的な詩や歌を教えることである。目的は，文学や教養に触れることではなく，身の丈にあった語学力を身につけることであり，その手段として，子供の好奇心や想像力にうったえて，記憶を促進する。

　ブレアルのこうした主張は，現代外国語に関しても一貫している。彼の場合，外国語教育は小学校ではなくリセで始めるべきだという立場だが，それでも，文学と語学の峻別という点では同じである。

　　　英国とドイツは，〔ジョージ・〕グロート，〔トーマス・〕マコーリー，マック

ス・ミュラー，シュロッサー，ゲルヴィーヌス，グリム，Al. フォン・フンボルト，ドゥンカー，G. グロティウスによって代表されるはずです。われわれがリセで外国語を習うのは，ゲーテのバラードやロングフェローの叙事詩を理解するためではありません。隣国人たちの学術活動〔la vie scientifique〕を知って追跡することができるようにするためです。したがって，散文で書かれた著作を読みましょう。クラスの普段の勉強にできるだけ近いものを。しかもクラスの勉強に教育的なことをもたらしてくれるものを。(B, p. 259)

　要するに，ブレアルにとって語学はコミュニケーションの手段である。『公教育小論』では，実用性を重視した現代外国語教育の再評価を唱えるにとどまっているが，後年，彼の外国語教育論はもっとニュアンスに富んだものとなる。「韻文を暗証する方がいいですし，それを歌う方がさらにいいでしょう。どういう誤った恥じらいによってか，どういう間違った威厳への気取りによってか，わが国の教師たちは歌を拒絶します。歌は，ほかの何よりも早く，国から国へと伝わります。歌は今でも言語の最良の案内人なのです」[60]。これは，一見，さきほどの引用と矛盾して見えるかもしれないが，実際はそうではない。外国語の実用的な運用能力を鍛える手段として，韻文や歌を活用しようという主張である。外国語教育の目的は文学ではないという点で一貫している。実際，さきほどの引用では，「クラスの普段の勉強にできるだけ近いもの」とあった。小学校のクラスでは，同じく実用的なフランス語運用能力の向上のために，読み物や韻文や民謡が奨励されていたのだから，学習内容が外国語となってもやはり同じことが当てはまる。外国語教育でも，ダイレクトメソッドが重要なのはいうまでもない。

　しかしながら，ブレアルは文法教育を軽視しているわけではない。それどころか，後に見るように，いっそう洗練された文法教育を提唱しているのだが，ここではひとまず，彼がダイレクトメソッドと文法教育との関係をどう見ているか確認しておこう。

---

60)　BRÉAL (Michel), *De l'enseignement des langues vivantes*, Paris, Hachette, 1893, pp. 33-34.

われわれは，フランス語文法の初歩の説明が載った小冊子を，小学生たちから取り上げようなどとは思っておりません。ただしこの教科書の役割が変わらなければならないのです。現在まで，教科書は授業の主役で，教師は教科書の解説者にすぎませんでした。逆に，教師の口頭をつうじてこそ，子供たちは規則をまずもって知るべきなのです。教科書は閉じておいて，教師が規則を説明するのです。そして，みんなが教師の言葉をしっかりと把握して汲み取ったあとで，教科書は，記憶(メモリメント)のよすがとして参照され，言うなれば，暗記されるのです。こうした学習の結果，われわれはまたもや次のことを指摘せざるをえないはずです。すなわち，フランスでは，リセでも小学校でも，教師があまりに二次的なところに押さえ込まれてきたのだ，と。そして，そこでの教育が，教科書類と作文課題でほとんど押しつぶされていたのだ，と。

(B, pp. 48–49)

　ここにも一貫性が見られる。読み物や詩や歌の役割が，まず口頭で聞いてしゃべること，それを通じて暗記する内容であったように，文法書の役割も，口頭をつうじて記憶にとどめる対象として位置づけなおされている。以上が，書き言葉と文法の偏重が見られた従来の教育方法に対するブレアルの処方箋である。

　こうした教育論を背景に据えるなら，『最新流行』の「教育の助言」も理解しやすくなる。マラルメのもとに戻ることにする。
　まず，第二配本を見てみよう。前述のとおりマラルメは，その年の語学の教科書の新しさを述べている。前置きでは，今年の新学期向けの教材が，前年度までのように「拷問」だと思うのは間違いだと指摘して，こう切り出している。

　　今回は，子供や若者がこんなふうに思うのは間違い。取っつきにくい本と格
　　闘する時代はもう昔のこと。いまでは，いやずいぶん前から，アシェット社，
　　ルメール社，あるいは他の出版社の刊行する書物は，どの一冊もすべて，外
　　見にしろ内容にしろいかにも優雅で，いたずらに学者風を吹かすのはやめて，
　　若い女性が手にとりそうなものでありながら，寄宿学校の要求にも〈リセ〉

の要求にも応えているのです。 (p. 535)

　それでは，マラルメが論じているのはどのような教科書なのか，具体的に見てゆこう。

『フランス詩人撰』
　まず最初にあがっているのが，1873年ルメール社刊行の『フランス詩人撰』(*Anthologie des poëtes français depuis le XVe siècle jusqu'à nos jours*) である。編者の名は明記されていない。副題には，「15世紀から現代まで」とある。短い「前書き」によると，本書は，若者を対象とした本で，文学者と大学人の協力による幅広い選択を売りにしており，17世紀の作品が中心であるが，15世紀の古いものから，評価が固まっている19世紀の詩人にいたるまで掲載している。マラルメが，「わが国の古典派の詩の富と現代詩の富とを初めて並べてある」(p. 535) と評しているとおりである。しかも，本書は全体で400頁ほどであり，100人の詩人からの短い抜粋が収められており，個々の作品の前には短い紹介文が付され，時代ごとの概観もあり，さらに冒頭には，「前書きの」直後に韻律法の簡単な解説まで付されている。こうしたコンパクトで手にとりやすい構成が，「若い女性が手にとってもおかしくない本」に数えいれられている理由であろう。くわえて本書は，表紙の表題の下に明記されているように，「公教育会議」が学校の図書館向け書籍として採用したものである[61]。それゆえ，「公立のリセの要求にも応えている」というところも納得がゆく。こうした体裁は，おおよそブレアルの趣旨にも沿っている。

　なお，上掲書の姉妹版である『散文作家撰』と，マルティ゠ラヴォーの『国語教育について』と『基本文法』とについては後述するので，ひとまず脇に置いておこう。

---

61)　«Ouvrage adopté par le Conseil de l'Instruction publique pour les Bibliothèques scolaires».

『日常語図解辞典』

　つづいて，外国語の教科書を見てみよう。マラルメが挙げているのは，フュルヌ&ジューヴェ社刊行のアルマン・ルブランによる『日常語図解辞典』(Le Vocabulaire illustré des mots usuels français, anglais, allemands, 1873年）である。マラルメの紹介を見てみよう。

　　きわめて行き届いた何千もの図版が生徒の興味をとらえ，下に添えられた英語やドイツ語の単語が，いやフランス語の単語でも，生徒の記憶からこぼれ落ちてしまいそうな時でも，これらの図版のおかげで木や家や動物や家具等々の形状は生徒の眼にくっきりと示されて，単語が記憶へと引き留められるのです。　　　　　　　　　　　　　　　　　　　　（pp. 535–536）

　ひょっとすると，ここでマラルメがいう「生徒」は，ルブランのいう小学生のことかもしれない。ルブランの「序文」を見てみよう。序文の冒頭で，「現代言語の学習は，いまや「無駄な教育」のうちには入らない。これは実務の側よりもずっと理論の側の人たちが主張してきたとおりだ」（p. V）と述べられている。この「理論の側の人たち」のうちには，あきらかにブレアルが数え入れられていると思われるが，以下，ルブランの言い分を確認しておく。
　今日，近代語の学習を軽視する傾向が見られるが，いまや近代語は古典語と同じくらい重要である，とルブランは主張する。商業，科学，文学，政治などさまざまな分野で必要とされているにもかかわらず，フランスはその点で立ち遅れている。もちろん，すでに外国語学習は奨励されていて，教授の数は二倍になっているし，数々の著作や方法論によって近代語の学習が容易となってきてはいるが，十分ではない。中等教育ばかりが取り沙汰され，子供のことが忘れられている。
　ルブランは，子供の語学学習に二つの段階を見ている。第一段階で子供に必要なのは，手引書や概論ではなく，「音，図画，感覚」（p. V）であり，母親もしくは外国人につきそわれて，会話や読書の簡単な練習をおこなうことである。この時期の訓練によって，「聴覚器官や発声器官が繊細さや柔軟さ」（ibid.）を身につけると，その後の学習もスムーズにおこなえるようになる。しかし問題

VOCABULAIRE ILLUSTRÉ.

LÉVRIER.
Greyhound. — *Windhund*, m.

LÉVRIER (*écossais*).
Lurcher. — *Spürhund*, m.

LÉZARD.
Lizard. — *Eidechse*, f.

LÉZARD (*à crête*).
Crested newt. — *Kammmolch*, m.

LÉZARDE.
Chink. — *Risz*, m.
LIAISON.
Connection. — *Verbindung*, f.
LIAISON (*d'amitié*).
Tie.
Freundschaftsverhältnisz, n.

LIANE.
Bindweed. — *Liane*, f.
LIARD.
Farthing. — *Pfennig*, m.
LIARDEUR.
Skinflint. — *Knicker*, m.
LIASSE.
File. — *Actenstosz*, m.
LIBELLE.
Libel. — *Schmähschrift*, f.

LIBELLULE.
Dragon-fly. — *Libelle*, f.
LIBÉRALITÉ.
Liberality. — *Freigebigkeit*, f.
LIBERTÉ.
Liberty. — *Freiheit*, f.

LIBRAIRE.
Bookseller. — *Buchhändler*, m.
LIBRAIRIE.
Bookseller's shop.
Buchhandlung, f.
LICE.
List. — *Schranken*, pl.
LICENCE (*diplôme*).
License. — *Licenz*, f.
LICENCE (*liberté excessive*).
Licentiousness.
Zügellosigkeit, f.
LICHEN.
Lichen. — *Flechte*, f.

LICORNE.
Unicorn. — *Einhorn*, n.
LICOU.
Halter. — *Halfter*, m.

アルマン・ルブラン『日常語図解辞典』より

は，その次の段階である。発音を学んだ後は，「知的で反省的な記憶の学習」(*ibid.*) が必要となる。そして，子供の記憶に焼きつけるには，知性と五感に訴えかけなければならない。それに応えるのが『図解辞典』なのである。

同書では，項目に対して，まず日常語のフランス語，ついでそれに対応する英語とドイツ語が並べられ，それが 3350 個の挿絵で補完されている。挿絵が定義のかわりとなっていて明快である。英語とドイツ語を併置することで，その類似が，「比較能力と判断を喚起しながら記憶を助けてくれる」(p. VI)。フランス語を大文字で，ドイツ語をイタリックで表記し，一切の説明を省くことで，さまざまな混乱を回避している。また従来の辞典は登録語が多くて混乱してしまうこともあるが，本書では表現が一つなので，正しく正確な言葉にまっすぐにたどり着ける。最後にルブランは，匿名ではあるが著名な学者の推薦文を引用している。そこでは，『図解辞典』は「絵の技術と趣味を広め」，子供は絵を見るために本書を開くだろう，そして「楽しみながら学ぶだろう」(*ibid.*) と述べられている。

このようにルブランのメソッドは，現代外国語の教育を重視し，しかも音・図画・感覚による現場の実践を想定した教育に力を入れ，そこで記憶の合理化・強化を図る点で，ブレアルのダイレクトメソッドと同系統のものであることがわかる。実際，第五配本の導入文からも，ルブランが当時の教育政策の需要に応えていることがうかがえる。

> 実に喜ばしいことですが，フュルヌ＆ジューヴェ社が編纂し，本連載で賞賛した，英語・ドイツ語・フランス語対応の興味深い図解辞典の著者アルマン・ルブラン氏が，この出版物によって，公教育大臣からアカデミーのオフィシエに指名されていることをお知らせいたします。国際的な公衆が，成功という最初の承認をすでに与えていた，書物であると同時にアルバムでもある名著を，大学によって付与された是認に際して，もう一度お薦めするのも当然のことです。 (p. 595)

もう少し正確に言えば，この引用からは，ルブランが当時の教育政策の需要に応えているとマラルメが考えていることがうかがえるわけだが，同時に，マ

ラルメ自身がこの著作にそれなりの関心を示していた可能性もある。というのも、『英単語』には、本書を下敷きにしたかのような物言いが見られるからである。例えば、英語の重要性を商業・政治・科学・文学の四つの観点から主張している点[62]や、児童の教育を二段階に分けて、教材の焦点を第二段階の知性と記憶の働きに当てている点である[63]。さらに言えば、そのルブランが『図解辞典』という辞典を編んでいるのに対して、マラルメが、みずからの教材を「辞書学」と位置づけていることも、この文脈でよく吟味する必要がある。

『リズムと脚韻』

アシェット社およびゴーチエ゠ヴィラール社刊行の『リズムと脚韻』(Rythmes et Rimes, 1873年)[64]は、8年生（10歳）と7年生（11歳）を対象とした教科書で、童謡や大衆文学を扱っている。英仏対訳のテクストのあと、仏訳の練習問題と、英作文の問題とがついている。

キュフは冒頭でこう述べている。「現代を教えるにあたって、純粋に文法的

---

62) 次のとおり。
　　ルブラン：「商業，科学，文学の観点でも政治の観点でも，外国語の有用性を〔今さら〕力説するまでもないであろう」(p. V)。
　　マラルメ：「政治関係や商業関係の観点では，国際的普及の面で英語にまさる言語はない。文学の観点あるいは，ポエジーから科学までを包括する精神の著作の観点では，フランス語を除いて，英語より高貴なきらめきによってどの言語が英語にまさるだろうか」(p. 947)。
63) 次のとおり。
　　ルブラン：「聴覚器官や発声器官は，若い時期に，もはや失われることのない繊細さ〔finesse〕や柔軟さ〔flexibilité〕を獲得する。／しかし，音と発音の学習のあとで，知的で反省的な記憶の学習を考えなければならない」(ibid.)。
　　マラルメ：「別の時期になれば，器官が低年齢期に持っていた甘美な繊細さ〔délicatesse〕は薄れる。しかし，この事実の重要性を誇張してはならない。限られた会話ができるようになる時期の最初の片言までに子供が要する長い時間を考えてみていただきたい。他の多くの能力の働きの中でもこの点で卓越した能力である記憶は，聡明さをもって学ぶ習慣を通じて発達する。すなわち，記憶は知性を必要とするのだ。外国語の本当の勉強は，小さいときに着手してから，大人や大人になりつつある読者たちが継続していかなければならない」(p. 948)。
64) 都合によりゴーチエ゠ヴィラール社版しか入手できなかったが，同じページ付けであることを信頼して，以下，こちらに沿って分析している。

な方法（ギリシャ語やラテン語の場合のスコラ的方法）も，実践的とか日常的と言われる方法も，記憶術的な方法も，大型客船の船縁や鉄道の車両で読まれる旅行者向けの会話や手引きも用いるのはよろしくない」(p. V) と。語学に関して，時間と手間を省かないことが肝要である。その点で，従来の教育は原則にかなっているように見える。しかし，彼に言わせれば，従来の教育には「文法のつめこみ，方法の味気なさ，余裕・風通し・自由の欠如」(p. XIII) といった欠点がある。つまり，規則を覚えさせて，無味乾燥な文を書かせる。しかしこうした教育では，子供から若々しさや好奇心を取り去ってしまう。この点では，上述のその他の方法も同じである。

フィリップ・キュフ
『リズムと脚韻』

　それに対してキュフが掲げるのは，「事物とともに言葉を，言葉とともに事物を」(p. V) という標語である。「思うに，事物とともに言葉を，言葉とともに事物を教えなければならない。意味で刺激を与え，視覚に語りかけ，聴覚にうったえ，さらに本当の意味での，建設的で興味深い概念と文によって子供の思考を満足させなければならない」(p. VI)。そして，近代語ではそれが可能である。というのも，現行の言語では，子供向けの平易な文学がそろっているからである。彼は，「単純で生き生きとしていて，古典になっているがゆえに，大衆文学のなかからテクストを選ぶ」(ibid.)。この方法の利点はまず，そうした文学の想像力が，生活世界という身近なところに向けられている点にある。次に，これらにはそれぞれの国民の精髄が息づいており，英語らしい特徴の直観を得ることができる。その上これらの撰集は，哲学者の体系ではなく，庶民の英知を獲得したような人を理解させてくれるのだから，道徳的関心もはぐくんでくれる。要するに，「脚韻，一般にあらゆる半諧は，新しい語の奇妙さを，その魅力でおおってくれる。脚韻は語を反復し，互いに喚起させ合う。脚韻は，金床の金槌のように生徒の耳に響いて，生徒の注意を何度もひきつける」(p.

VIII)。こうして覚える単語が，子供が最初に手に取る辞典の語彙に対応しているという利点も指摘されている。なお，キュフによれば，この方法はストラスブールのギムナジウムで長年かけて培って，すでに実績を得ているものである。この方法は，生徒たちに，課題の枠をこえて英語に関心をもたせようとするものであり，学習の後，学習した以上のことを生徒の記憶に残そうとするものである。童謡や大衆文学を扱った本書にはそれが可能である。

　ここに，ブレアルのメソッドとの共通点を見てとることは容易だろう。

　そしてマラルメが，「教育の助言」で，後述のルブランの辞典の次に本書を挙げて，「子供がはじめ回らぬ舌で言葉を語り，また歌うときでも，およそ言語というものは子供の魂のなかに根をおろしてゆくものなのですが，そういう根を深くおろしてくれるためのもう一冊の本」(p. 536)と呼んでいるのはそのためであろう。

　ところで，もう一つ注目すべきは，『リズムと脚韻』の内表紙の冒頭に，「近代語人文学」，さらにその直下に「有機的方法」と書かれてあることである。「有機的方法」のほうは，すでに述べられたような，機械的でない生き生きとした教育方法のことだろうと察しがつく。人文学の方をもう少し見てみよう。キュフによれば，本書の児童文学は「学校教育にまったく新たな特徴を与える。それは，わが国の子供のクラスに近代語人文学を導きいれ，もちこむだろう」(p. VII)。「序文」の最後の方で，寓話を書いたフェヌロン，ラ・フォンテーヌ，ペロー，フロリアンに言及したあとで，こう続く。「今日，みずからの伝統に忠実なフランスが，諸々の現用語に，人間精神のかくも多様な諸形式を認め，それを「近代語人文学」の階層にまで高めているとき，このプログラムを満たすためには，教科書が巨匠の作品に寄与するよう求められるだろう」(p. XIII)。ここでの人文学とはおそらく，現代の諸言語によって多様な形をとった新たな古典をプログラムに組みこんだ，新たな人文学教育を意味する[65]。

---

65) シェルヴェルとコンペールは次のように説明している。「近代語人文学——そのスローガンが19世紀の最後の30数年間における教育学論争の中心を占める——もまた，古代語と同等に，一般教養の生産者としての地位を求めている。古典派たちの能書きから，諸言語と諸文学の教育の重要性と，生徒の言語的のみならず知性的な養成における翻訳，作文もしくは課題作文の練習の決定的な役割とを引き継いでいる。それは古代語を「外

先回りして言えば，マラルメは『英単語』の「序論」において「人文学」に言及している。従来よりもずっと深く言語を学び，言語と一体化する方法，それを「人文学」と呼んで，次のように述べるのである。すなわち，「「人文学」を修めた者あるいは修めんとする者の管轄にある，おぼろげな記憶一切の類は，曖昧なものも危ういものも，諸概念や諸事実に並ぶ能力として，〈記憶〉という名にふさわしいものに対して劣っているだろう。物事を知るための最良の手段は，依然として〈科学〉である」(O.C.2, p. 948) と。『英単語』の「方法」自体は文献学的なものであって，キュフの方法とは異なるが，それでも従来の教育以上に記憶を促す新たな方法論という点で，キュフの「現代的人文学」とマラルメの「人文学」とは響き合う。

　次に，第五配本も見ておこう。前述のルブランのアカデミー入りについて告げたあと，マラルメは次のように「助言」を語り始める。

　　権威あるすべての出版社——まずはアシェット社，次にドゥラグラーヴ社，ドゥララン社とベラン社を挙げておきます——が良き趣味と知性を競い合っていますが，それは，時代遅れで陰気な側面そのものを取りさると，同様に，無駄の多い衒学的な注釈や，かつて中学校，寄宿学校，家庭でその注釈に付されていたほとんど同量の序論を取りさった，英語やドイツ語の教科書の制作においてです。言っておかねばなりませんが，新しいプログラムは，外国語の本の書棚でその特徴をすっかり浮き彫りにしました。古典の大作家たちとはいえ抜粋になっていて，そのぶん初心者の脆い記憶から重荷を取りさってくれます。同じく抜粋になっているのは，現代の作家たち，バティエ氏が切り取ってきたウォルター・スコット，モトゥレ氏が切り取ってきたエッジワース嬢，さらにはセヴレット氏による英語作品選集で，これは若者向けであると同時に文学的であって，実に稀有な結びつきです！　これらの読み物

　　国の現用語」に置き換え，ホメロス，デモステネス，ウェルギリウス，キケロの代わりにシェイクスピア，ゲーテ，ダンテ，セルバンテスを生徒たちに提供するにとどめる」(CHERVEL et COMPÈRE, *op. cit.*, pp. 31-32)。

すべては，対話や物語のなじみやすい調子〔ton familier〕のおかげで，まずもって興味を搔きたててくれます。以上が，今時の若者向けの著作としてすぐれた今日の目新しさの一端です。　　　　　　　　　　　　　(p. 595)

　ここには，注目すべき事柄がいくつかある。まず，導入のルブランのニュースから英語教材の「新プログラム」の話への流れでわかるのは，マラルメが，政府の教育政策を意識した上で書いているということである。そして彼によれば，新プログラムは，最初に国語教育に適用され，ついで外国語教育にも適用されたのだとうかがえる。さらに新旧のプログラムの違いは，古いものがやたらと情報量が多くて難しいものであるのに対して，新しいものは，知識のない初学者の記憶を軽減するように工夫されていること，しかもその工夫とは，「抜粋」という提示方法や「会話や物語のなじみやすい調子」である。こうした教材が，ブレアルの改革の延長上にあるのは明らかだろう。具体的に見てみよう。

『ウォルター・スコット作品撰』
　同書（*Walter Scott / Morceaux choisis publiés avec une notice, des arguments analytiques et des notes*）は，アシェット社から1874年に刊行されている。リセとコレージュの英語教授ウィリアム・バティエの手による。冒頭8ページにわたる「紹介文」では，スコットの生涯と作風について述べられている。各作品の冒頭，さらにその各節の冒頭には，「分析的な梗概」が付されている。細部には「注記」もある。これらはすべてフランス語であるが，本文はすべて英語である。スコットの小説と詩の抜粋が，英語原文のまま500ページほど収められている。マラルメの「助言」と明確に対応するのは，「抜粋」という点だけだが，本書の特徴はその配列にある。散文作品の順序が，発表順や執筆順ではなく，作品に描かれている時代の順になっている。全体として，「11世紀から19世紀までの，中世の習俗と現代の習俗との見事な描写」(p. V) となるように，教育的配慮がほどこされているのである。パリの騎士を主人公とした作品の抜粋が劈頭に配置されている点もまた，本書を手にとるフランスの若者たちを意識したものと思われる。

『エッジワース嬢コント撰』

同書（*Miss Edgeworth / Contes choisis, publiés avec une notice et des notes*）は，アシェット社から 1875 年付で刊行されている．全文がフランス語で，紹介文が 11 ページにわたり，そのあと全 300 ページほどの本文に，エッジワースの短編 12 篇が収められている．紹介文を書いているジュール・モトゥレは，マラルメがサンスで知り合った高校教師である．紹介文でモトゥレは，撰集の構成や独自性についてほとんど述べておらず，エッジワースの生涯と作品の特徴の素描が大半である．すなわち，英国人の家庭に生まれたエッジワースが，教師として働くかたわら，父親の手ほどきで作家としての頭角をあらわし，やがてスコットランドの情景を描いた小説をものし，ウォルター・スコットとも親交を結んでいたことなど（スコットとエッジワースが並べられているのはおそらくこのためである）．ただしエッジワースの作風をまとめた末尾の文章は留意しておく必要がある．

> 対話は，場面や人物に応じて，かぎりなく多様である．優雅な生活の場面でも，会話はいっしょにいて楽しい調子をもっている．それは，平易で，生き生きとして，自然であり，機知に富んだ人たちの口元では，気の利いたからかいなり才気煥発な意地悪さなりの風味がほどこされ，愚かな人たちは，そうとは気づかず大真面目のまま，あからさまに愚行をやらかし，その面白さは実に申し分がない．〔…〕エッジワース嬢の作品群，このすぐれた作家が若者向けに書くのを軽んじなかった作品群のなかには，きびしい道徳，実直な感覚，興味深さ，平明できちんとした文体，端正でありながら同時に汎用に適した言葉づかい，要するに，このジャンルのほとんどあらゆる利点が寄り合わさっているのがわかる． (p. X–XI)

要するに，若者向けに書かれたもので，適度に興味深くて道徳的であり，言葉が平易かつ正確で，そしてなにより対話がヴァラエティに富んでいて，「いっしょにいて楽しい調子」をかもしている．こうした特徴は，マラルメが前置きした「対話もしくは物語のなじみやすい調子〔ton familier〕のおかげで，まずもって興味を掻きたててくれます」という言葉が念頭においているものである

ことがうかがえるし，さらにブレアルが，ペローの作品や『ロビンソン・クルーソー』を挙げて，「なにか単純でなじみやすいもの」について述べていたことと重なり合う。

ちなみに視学官による 1874 年の評価には，「上手に選び抜かれた作品（エッジワース嬢の「フランク」）」[66]とあり，本書かどうかはともかく，エッジワースの作品が授業で用いられており，視学官にも好評であったことがわかる。

『英語：作品撰集（散文と韻文）』

同書（Langue anglaise /Recueil de morceaux choisis (prose et vers)）は，1875 年付でベラン社から刊行されている[67]。マラルメは「教育の助言」で，「新しいプログラムは，外国語の本の書棚でその特徴をおおよそ浮き彫りにしました」と評していたが，本書の副題には，上掲のとおり，「リセでの学習の新プランに沿った口頭翻訳の問題と演習」とある。さらに序文では，「英国作家の作品選集はすでに膨大な数にのぼるので，さる 7 月 25 日の条令で定められた最近のプログラムが，そもそもまったく新たなジャンルの刊行物を出せるよう時宜を見計らってくれていたとしたら，作品選集をまたひとつ増やすのはためらわれていたことだろう」（p. V）とある。条令が出されてから秋の新学期まであまり時間がなかったため，新プログラムに対応した教科書は本書以外にほとんど存在しないという判断が示唆されている。さて，セヴレットのいうとおり，「1874 年 7 月 25 日の条令」では，第二種バカロレアの口答試験のなかに，30 分の「現代外国語の問題」が組み込まれている[68]。それに対応した本書とはどのようなものか。確認しておこう。

まず本書の対象学年は，7 年生，6 年生，5 年生である。分量は 188 ページ

---

66) GILL, *ibid.*, p. 268.
67) ただしセヴレットは，1875 年に次の教材を刊行しており，マラルメがこの時点で手にしていた可能性もある。SÉVRETTE (Jules), *Petite grammaire pratique de la langue anglaise à l'usage des commençants, accompagnée de nombreux exercices par M. J. Sévrette*, Paris, Belin, IV-92 p, 1875.
68) 条令の条文は次を参照のこと。BEAUCHAMP (A. de), *Recueil des lois et règlements sur l'enseignement supérieur*, t. II, Paris, Imprimerie de l'université de France, 1880, pp. 887-891.

と短めだが,韻文と散文をおりまぜて162個の抜粋が収められ,それぞれの最後に,問題と演習が付されている。問題は,主人公はどういう人か,どこに住んでいたか,何をしたのかなど,内容把握を問うものである。また演習には,問題文に出てきた単語を用いて,さらに嚙み砕かれた暗記用の例文が置かれており,その下には例文のフランス語対訳がある。本書の使用法は,「文法規則をひとたび身に着けたあとに,平易なテクストを学び,はっきりと声に出して練習し,最後に,こうしたテクストから慣用的な語を選び取って,とにかくそれらを集め,それを用いて会話で出会うような文を組み立てる」(p. VI) ことにある。あらかじめ文法を学習したあとで,本書の抜粋を読み,付属の問題と発音演習をやれば,効果的に学習できる。

　さてここで,セヴレットがダイレクトメソッドのゆきすぎをいさめるような指摘をしているのも興味深い。正確な人物像ではないが,ブレアルを念頭においているように見える。「外国語の学習にたずさわっていた,大学が輩出したもっとも優秀な閣僚の一人が,ともかく生徒たちにはしゃべらせるように,母語を習うのと同じやり方で彼らに現代言語を教えるように奨励して以来,いくつかの教育システムが登場したが,それらはみな,〔その閣僚の〕こうした発想を出発点としてきた」(p. VII)。しかしセヴレットに言わせれば,母語の学習と外国語の学習は条件がまったく異なるのであり,後者のための「もっと直通の道,もっと合理的な方法」(p. VII) がある。それは,「理論を実践の基礎と考え,こうした規則の学習のあとでのみ規則を適用し,こうして生徒を,論理的であると同様に確固たる手続きで,諸言語についての完全な知解へと導く」(ibid.) という方法である。ここで目指されている「完全な知解」とは,「日々の実際の生活の日常会話」(p. VIII) である。このため本書は,文学作品の撰集という形をとりつつも実際には,「文学の授業というよりむしろ系統だった英語の演習」(p. V) なのである。「会話に必要な語を生徒たちの記憶に身に着けさせる」(ibid.) ための道具として編まれているのである。それゆえセヴレットの教育方法は,ダイレクトメソッドに,対象年齢にあわせた文法教育を統合したものと見ることができる。そしてこれは,結果的にはブレアルの教育方法と同種のものといえるだろう。

2　文献学メソッド

　ブレアルによると，現行教育には書き言葉と文法の偏重という問題があり，ダイレクトメソッドの導入によって対処する必要がある。たしかに「小学校」であればそれでよいかもしれない。しかし「リセ」（中学と高校）ではどうなのか。フランス語やラテン語の文法教育が必要な場ではどうすればよいのか。この点でこそ文献学者ブレアルの教育論が真価を発揮する。

　「ラテン語教育」の章を見てみよう。

　中等教育を運営する大学サイドによれば，ラテン語とは手段であって，ラテン語学習の目的は，大いなる手本であるラテン語文学によって生徒の精神と心を育てることにあるという。しかし実態はそうではない。作文の練習と作家の理解のために，パターン化された構文の置き換えを学んでいるにすぎない。文法規則の道理を教えず，文法規則の例文を覚えさせる。テクストは，翻訳のための忠告と秘訣の寄せ集めとなっている。あたかもラテン語がそのものとして存在せず，フランス語に翻訳するために，あるいはフランス語がラテン語を翻訳するために存在するかのような扱いである。こうした文法教育は「皮相で機械的な方法」（B, p. 170）というほかない。なぜそうなったのか。ブレアルはその原因を，パリの古い大学の遺物にあると考える。ナポレオンがリセを創設した折に，旧来の教育の残骸をかき集めたので，不用意な選択がなされてしまった。それが1780年に刊行されたロモンの文法書である。ロモンは子供を愛していたが，子供は知性が弱く，言葉の使い方の道理を考える能力をもたないと考えたため，彼の教科書は，規則を例文とともに提示し，ただそれを記憶させるばかりで，生徒に規則の道理について自分で考える余地を与えなかった。その後，ビュルヌフが新たな文法書を編んだが，ロモンの教科書が定着しているため，ほとんど普及していない。ブレアルは，こうした現状を哲学と歴史の欠如と診断する。逆に言えば，教育改革のために，文法の「哲学的」学習と「歴史・比較的」学習とを導入しなければならない。

　それでは，文法の哲学的学習とはどのようなものか。

　　文法の哲学的学習は，言語の諸事実の完全な知解と合わされば，そのつど知

性と推論とのすぐれた訓練になります。例えば、ポール＝ロワイヤルのラテン語手引きを読めば、必要とされる精確な手段をもたないときでさえ、生まれつき明敏で公正な人が文法形式の分析をどれだけ深くつきつめることができるかを知って、人は驚くものです。　　　　　　　　　　　　　(p. 176)

　こうして彼は、ロモンの説明にもビュルヌフの説明にも不満をもらしたあと、ランスロがジェロンディフ（フランス語の en＋現在分詞の構文）について説明する様子を引き合いに出して、このように述べる。

　　最後にランスロは、「ジェロンディフが能動的に用いられるのか受動的に用いられるのか」という問いにたどりつき、名詞と同じく、人は随意に、それを両方の意味で理解することができると答えます。〔…〕ただしランスロは、「時として、能動と受動にはほとんど違いがなく、どちらかの意味にとるに際して多少違った側から見てみさえすればよい」と付け加えています。われわれはここに、名詞の分析がそのつどその裏づけを与えるひとつの原理を認めるのです。つまり、能動態と受動態はもともとわれわれの言語で表現されてはいなかったのであり、われわれの精神が、場合に応じて、われわれが用いる名詞の中に能動あるいは受動の観念を導入しているのだ、という原理を。
　　以上が、ラテン語学習に適用された道理が発見しえたことです。この理論が、文献学の著作のなかで新たに提示されているのを見いだすには、コルセン氏にまで進まなければなりません。彼は別の方法で、すなわち比較文法によって、そして語尾の分析によって、そこに到達しました。しかもそのことを、〔ランスロと〕ほとんど同じ術語と同じ事例とでもって、1863年刊行の『批判的寄与』のなかで詳述しました。　　　　　　　(B, pp. 177-178)

　ブレアルは、こうした説明であれば3年生（15歳）の生徒にも理解できるもので、生徒に外国語の特質を見抜く習慣を身につけさせてくれるだろうと主張する。また5年生（13歳）の生徒にもわかるような歴史的説明も提唱している。このように、規則の道理を理解させる教育を、「文法の哲学的学習」と彼は呼んでいる。

次に，文法の歴史・比較的学習を見てみよう．

> ラテン語を考察するもう一つのやり方で，子供の洞察力を開発するのにほとんど同じくらい有用なのは，歴史・比較的方法です．比較文法という新しい呼び名のせいで，これがわが国の中学校に導入されるべき新しい何かだと人は考えてしまいます．しかし歴史的方法は，古典学習の有用性を本当に意識してきたあらゆる人々によってつねに推奨され実践されてきたものなのです．
> （B, pp. 181–182）

そういってブレアルは，シャルル・ロランのラテン語音声学とポール゠ロワイヤル文法を引き合いに出している．そのうえで，中学校のラテン語教育に比較文法を応用しようと試みて，事例を挙げている．例えば，授業のなかで，「人物が二人の場合だけに用いる代名詞は何ですか」と手始めに聞いてみる．するとみんながすぐさま「uter です」と答える．つぎに教師が，「それでは，uter〔どちらかの〕と alter〔片方の〕の形をよく見比べてください」と言って，語尾の対応に注意を向けさせる．それで反応がなければ，「ラテン語では二人〔二つ〕と三人〔三つ〕以上との違いを大変重視しますよね」と言って，Validior manuum（両手のうちの強い方）の規則を思い出させる．すると生徒の一人が気づいて，「ギリシャ語の σοφότερος〔より賢い〕みたいに，uter と alter は比較級じゃないですか」と言い出す．こういう答えが出たら，授業にははずみがつく．ここから，「よくできました．では比較級の印をもつのは形容詞だけですか」と聞いていけば，生徒たちは，πότερος（二つのうちのどちら）のような名詞の比較級にも気づくはずである．そして，ラテン語にはかつて，ギリシャ語と同様，比較級が二形式あって，ギリシャ語語尾 -τεροσ に対応するのがラテン語語尾 -ter で，ギリシャ語語尾 -ιων に対応するのがラテン語語尾 -ior であることが理解できれば，比較級の含意がしだいに薄れていった歴史を思い描かせることもできる．interus や exterus が比較級であると感じられなくなったとき，それは単に「内側」や「外側」を意味するようになったのであり，interior や exterior も同様である，と．以上のように，いささか非現実的な授業風景を描いたあと，このような展望をいだく．

こうした観察やそれに類するものは，若者たちに言語の歴史への洞察を開眼させ，若者たちに対し，言語を変更し刷新するゆっくりとした働きについての入門指導となるでしょう。

　たった一度，自分で何かを見つけた生徒は，獲得された多くの知識よりも，それをうれしがるものです。彼は，自分がなした発見のことを授業の外でも考えるようになり，似たような事実をいくつか集めて，自分の発見を補強しようと模索します。つまり彼は，観察者となるのです。生活をしているうちにわれわれは，リセで習ったどれほど多くを忘れていることでしょうか。おそらくほとんどです！　しかし，自分自身で発見したことは，永久にわれわれの精神の深くに残るもので，多くの年月が過ぎたあとでも，同じようなものを目の当たりにすれば，われわれの発見の思い出がわれわれの記憶に再浮上し，われわれの心をひそかに喜ばせるのです。　　　　　　　　(B, p. 185)

　ブレアルが教育に求める楽しみは，なじみやすさや面白おかしさだけではない。重要なのは，引用からわかるように，自分で考えて発見してゆく楽しみ，知性の喜びである。こうした喜びは，われわれに思考の自由を許すと同時に強靭な記憶を与える。そうした効果をひきだす方法の導入を，彼は提唱している。ただし彼自身がことわっているように，肝心なのは，最先端の専門知識ではなく，そこにひそむ考え方や発想を，言語の歴史的事実ではなく歴史的な道理やその表象を理解させることである。それが学べるのであれば，わざわざ最新の比較文法書を用いずとも，実はロランやポール＝ロワイヤルで事足りる。以上が，ブレアルの考える，文法の歴史・比較的方法である。

　以上で述べた二つの方法を，さしあたりひとまとめにして「文献学メソッド」と呼んでおく。この教育方法の見地に立って，ブレアルが辞典の問題点について語っているのでそちらを参照しておこう。まずは一つめの問題点である。

　わが国の辞典のなかで，意味の本当の順序がいつもひっくり返されていることをわれわれは知っています。しばしば，たったひとつの名詞でさえ，わが国の辞書学者たちに二つの項目を提供しています。ポール＝ロワイヤルが指

摘したことですが，一定数の抽象名詞は，それが人間に用いられるのを目にするのが習慣になるうちに，性が変わってきたのです。かくして optio は，選ぶという行為をあらわす女性名詞ですが，同時にそれは，出席できない護民官や百人組隊長が代理として選ぶ士官を指し，ローマの兵士たちはこの資格に慣れて，ついにはこれを男性形にしてしまったのです。こうしてランスロが付け加えるように，われわれはフランス語で un trompette〔トランペット奏者〕, un garde〔親衛隊員〕と言うのです。わが国の辞典は，あたかも二つの別々の単語であるかのように二つの項目を置いて，子供がこんな簡単な変化を事実にそって把握するのを妨げてしまうのです。　(B, pp. 179–180)

辞書学者自身は言語の変化に通じているものの，辞典が提示するのは言葉の結果や表面だけで，その深みや厚みを理解させるようには作られていない，そうブレアルは考えている。つぎに二つめの問題点を見てみよう。

わが国の辞典は，あまりに内容が豊富で情報が細かすぎるので，努力もせずにテクストの網の目を通り抜ける別の手段を生徒に与えてきました。辞典はこの点で，文法の当然の補助手段です。もっとも精巧な機械が人間の役に立っている工房の場合のように，生徒が，実際にはその子の能力を超えている課題を，さしたる苦労もなくこなせるようにすべては企てられているように思われます。誰かが授業用の教科書を検討しようものなら，同じ精神がほとんどいたるところに見つかることでしょう。注記や特殊語彙の付された本，注釈のついた作文教本，判で押したように同一プランにそった文法書，〔これらは〕知性や推論の役割を切りつめることしか考えていません。決まりきった型の長い伝統が，わが国の学習の本当の目的を忘れさせてきました。

(B, p. 181)

要するに，辞典は旧来の教科書と同じ欠点をもつ。両者はどちらも，情報がこまかすぎて，生徒はそれらを使っているあいだは，まるで自分が賢くなったかのように高度な問題に取り組めるのだが，実際にはその情報は生徒の理解を超えているために，生徒自身が理解し考える余地を与えず，何も教えてはくれ

ない[69]。いったんそれらを手放せば，何も残らないのである。

　したがってブレアルにとって，通常の辞典は，必要なものが足りていないか余分なものが多すぎるかで，教育効果は低いということになる。

　最後に，「フランス語の歴史教育」の章を見ておこう。

　リセを運営する大学サイドによれば，ラテン語を学習する公的な動機は，フランス語がラテン語に由来するという事実にある。しかしいったんラテン語教育の制度ができあがると，実際の教育内容は，当初の動機をまったく忘却したものになる。すなわち，フランス語とラテン語を別物のように対置して教える。ラテン語教育といいながら，古典ラテン語を偏愛し，俗ラテン語を扱おうとしない。また17世紀のフランス語をほめそやし，ときには16世紀のモンテーニュやアミヨにふれることはあっても，それ以前のフランス語は黎明期の産物としか見ていない。それゆえ，フランスの子供たちは，ラテン語とフランス語を学ばされながら，両者の関係を学ぶ機会をあたえられていない。しかし，実際には，その両者のはざまを観察してゆくことこそ，若者のもとで比較と発見の精神を開発するのに最適である。そう述べてブレアルは，「おそらくそのため，英国人たちは，自国語に優先して，フランス語を文献学の練習帳として選択しているのだ」(B, p. 233) と指摘する。

　それでは，現状にどう対処すべきか。ここで文献学メソッドが適用される。ブレアルは，まず2年生（15歳前後）がわかるような音声学の規則をいくつか教え，それを使って，ラテン語からフランス語への変化において生じるゆるやかで規則的な働きをじっくり学ばせるよう提案している。規則がわかれば，「初めて見るものには複雑に映るこうした変化は単純であって，やすやすと精神に刻み込まれる」(B, p. 233) ようになる。この教育には，生徒たちに対して次のような効用がある。

---

[69] さらにこのページの脚注では，「生徒は不規則動詞の時制を知る必要さえない。というのも，どんなに小さな異例についても，そうした時制は，アルファベット順で動詞が占める位置で言及されているからである」と補足されている。ブレアルは辞典の問題を重視しているらしく，「特別に一章を必要とする辞典の問題」について後述すると予告しているが，結局それは実現されていないようである。

彼らが，われわれの現代言語の単語の検討に甘んじることはありません。彼らのなかに，フランス語の古いテクストを知りたいという欲望が生まれるでしょう。文学者は，みずからにジョワンヴィルやクレチアン・ド・トロワのフランス語の読書を課す際，みずからに対してこの種の努力を必要とするものですが，そうした努力が〔生徒たちの〕楽しみに変わるでしょう。というのも彼らは，大半の困難を解く鍵を手にするでしょうし，それぞれの単語が彼らにとって文法的かつ歴史的な問題のようなものになるでしょうから。
(B, p. 234)

　こうしてわれわれは，特定の時代を特権化することなくフランスの文学史を学ぶことができる，とブレアルはいう。現在の中学校では，マレルブ以前を成長期，それ以後を衰退期ととらえるが，こうした文学史観は現在では徐々に採用されなくなりつつある。成長とか衰退という考えは個人には言えても，国民や言語には必ずしも当てはまらない。そして「17世紀の傑作を学習したりすることは，われわれの歴史全体をそこに集中させなくとも可能である」(B, p. 236)。
　さらに，フランス語の歴史教育には別の効用がある。彼によれば，たえず規則を気にしてラテン語を書く習慣のせいで，われわれはフランス語を書くときも臆するようになってしまった。フランス語はいまや死語のように扱われはじめている。言葉を選ぶのにも権威が求められ，文法書にない表現は非難される。他人の文章を訂正したがる厳しい審判が多くいる。しかし言語においてこうしたことは無意味か有害である。そういって，ブレアルはこう述べている。

古フランス語まで，そして言語が単語の形成においても文の構成においてもずっと自由をもっていた時代までさかのぼるならば，文学の生に劣らず言語の生においても必要であるような，イニシアチヴや巧みな発明の才の何がしかをわれわれは見つけることでしょう。すぐさまわれわれは，ジョワンヴィルを読んだであろう人々を，彼らの用いる言語の味わいや属性のなかに見出すことでしょう。
(B, p. 237)

そして，とりあえず名句集があれば十分として，ブレアルは，『英単語』で言及されている『聖エウラリアの続誦』や『ローランの歌』のほかに，「ストラスブールの誓い」，『列王紀』，『狐物語』，それからヴィルアルドゥアン，ジョワンヴィル，フロワサールの作品をあげている。また南仏であれば，プロヴァンス語の作品も加えればよいのではないかと提案している。
　フランス人はラテン語もフランス語も規則によって学ぶ。規則を護持する権威さえ存在する（ここで，17 世紀の言語を規範とするアカデミー・フランセーズがほのめかされているのは明らかである）。だから，言語を用いるとは規則に従属することだと思っている。それに対して，ブレアルはここで，ある特定の理由で自由に言語を用いたほうがよいという当為を提唱しているのではない。事実として，もともと言語は自由かつ創造的に用いられていたのである。ブレアルにとって，言語の歴史を学ぶことは，こうした原初的な自由と自発性を学ぶことなのである。これが，彼の文献学メソッドの射程である。

　以上を踏まえて，マラルメの「教育の助言」を確認してゆこう。
　第四配本は，執筆者自身が「簡潔に」と前置きしているとおり，ほかの回より分量が少ない。内容も，アシェット社やドゥラグラーヴ社など，教育関係の出版社を挙げた上で，リトレの辞典とともにもう一冊，固有名詞辞典が紹介されているだけである。

『伝記・歴史総辞典』
　同書（*Dictionnaire général de biographie et d'histoire, de mythologie, de géographie ancienne et moderne comparée, des antiquités et des institutions grecques, romaines, françaises et étrangères*）は，1857 年にシャルル・デゾブリがテオドール・バシュレとともに編集した，全二巻の固有名詞辞典である。けっして新しい辞典ではないが，何度も改訂された上で版を重ねている。マラルメがいまさらこの辞典を挙げた理由は定かではないが，前年の 73 年に出た本書の第六版の記憶が残っていた可能性はある。
　ともあれ，本書の「序論」を見てみよう。人名については伝記的記述が，地名については地理的記述が，歴史を考慮して記載されている。各界の専門家に

記事を書いてもらい，最新の情報と独創的な内容が盛り込まれている。長すぎず，短すぎずを心がけている。対象読者は限定されておらず，一般人には歴史や地理の手引きとして，学生には勉強に必要な手がかりとして，学者には記憶のよすがとして利用するよう勧めている。刊行中に亡くなった人名の記事は，補遺に掲載されている。こうして，ブレアルが指摘しそうな問題点に先手を打つかのように，「正確で厳選された多くの情報，説明と見解とが整然と簡潔に，しかも精神がそれらを難なく把握でき，記憶がそれらをたやすく留められるようなサイズで提示されている」(p. V) と述べられている。

このように，マラルメの評価以前に，デゾブリの辞典そのものが，理解と記憶の効率化をはっきりと謳っている。そして，本書が必ずしも子供向けではないことを踏まえてのことだろう。マラルメは，「親たちが自分たちのために手に取る見事な辞典たち」(p. 576) に数えている。

ここで，第一配本に目を向けよう。

まずはシャルル・マルティ゠ラヴォーについて。彼は，古文書保管人，フランス国立古文書学校の書記官，フランス学士院の司書を歴任するかたわら，フランス語の語彙やフランス語文法の研究をおこない，16世紀や17世紀の作家のエディシオン・クリティック（校訂本）を手がけている。

『国語教育について』

1872年の刊行当時，マルティ゠ラヴォーは，歴史研究・学者協会委員会の一員であり，この小冊子（*De l'enseignement de notre langue*）は，公教育省が学校図書館用の本として認可したものである。ここで彼は，冒頭から，現行の国語教育を批判し，教育改革を訴えている。

彼は，19世紀初頭以来の言語学の発達に比して，国語教育が旧態依然たる状態にあることを嘆いている。そして，「ロモンの文法書」(p. 3) がその象徴のように語られている。もちろん現代では，個別の具体的な成果は教育内容に反映されているが，彼に言わせれば，教育の「原理と方法の完全な変更」(p. 2) こそ，第一に実行しなければならないのである。こうして彼は，まず「一言語の十分に深い知的理解のために不可欠な条件」(p. 3) を明らかにし，それ

の現状と課題，彼の言葉でいえば，「これまでのフランス語の教育方法」と「フランス語を学ぶのに必要な方法」(*ibid.*) とを提示してゆく。それでは，「一言語の十分に深い知解のために不可欠な条件」とは何か。彼の定式を確認してみよう。

　申し分なく一言語に精通するためには，以下のことが必要である。

1. 言語をなすすべての単語を知ること
2. これら単語たちが言説の中で果たしうる多様な役割について正確に理解すること
　辞典と文法書が，この二つの成果をわれわれが容易に手に入れるための二冊の著作である。しかしこの二冊がその成果に寄与しうるのは，非常に不完全なかたちでしかない。　　　　　　　　　　　　　　　　(p. 4)

　そして，語彙研究における辞典の不完全さについて，リトレなど従来の辞典を引き合いに出しながらこう論じている。

　これらのアルファベット順の形式は，検索を容易にし，既知の語を即座に調べることができるのだが，語彙について推論にもとづいた学習をおこなったり，語彙を全般的に修得したりするのを妨げる。〔…〕〔アカデミー辞典初版にあった語源的〕順序は，その後，決定的に放棄された。そして，形態の類似にせよ意味の類似にせよ，単語を取り集めて，フランス語の語彙の単語の理解を容易にするために，大半はかなり不都合な試みがいくつかなされたことがあったが，それもわずかである。　　　　　　　　　　　(pp. 11-12)

　マルティ＝ラヴォーは，「形態の類似」に着目した辞典としては，フレデリック・シャラサンの『フランス語の語根・派生語辞典』などいくつかの文献を，「意味の類似」に着目した辞典としては，レジェ・ノエルの『フランス語の記憶辞典』，ロベルトソンの『観念形態辞典』，ボワシエールの『関連語辞典』を挙げている。そして，現代の語彙研究でさえも，「この種のあらゆる研究の唯

一の現実的基礎であるフランス語の歴史には基づいていない」(p. 13) ことを指摘し，フランス語の語彙の体系的な研究の必要性を説いている。

つまるところ，フランス語の文法は，フランス語がラテン語から派生したという事実から，単純なアナロジーによって議論されてきた。語彙の方は，語形や意味の類似による憶測や想像によって議論されてきた（ついでに言えば，「もっとも重要でもっとも困難なもの，とりわけもっとも新しいものは，語彙の実用的研究のようだ」(p. 65) と彼は述べている）。しかし，言語学が厳密科学となった今日，フランス語の文法も語彙も，そのたゆみない歴史的変化のなかで観察され，検証されている。そうした現状に鑑み，まずは児童教育においても，こうした言語学の「原理」を教えるところから始めなければならない。そこでマルティ゠ラヴォーは，初等・中等教育の中に，言語学についての「異論の余地のない諸概念を導入すべき」(p. 81) だと主張する。

最後に彼は，こうした新たな教育プログラムの効用を述べている。言語学に基づいた国語教育は，「16 世紀・17 世紀の大作家の言葉遣いと文体の外見上の奇妙さ」を解きほぐしてくれる。これによって自国の古典作品を深く味わい，そこから身の丈にあった自分の表現力を得られるようになる。これこそ，「真の国語教育の主たる目的」(p. 83) なのだと，彼は結論づける。

ブレアルとマルティ゠ラヴォーの主張はかなり似ている。ただし微妙な相違点も見受けられる。まずブレアルがなるべくフランスの伝統にそって文献学メソッドを提起しているのに対して，マルティ゠ラヴォーは最新の知見への志向が強い。しかもその延長で，マルティ゠ラヴォーは文献学の成果を語彙と文法に分けて，それぞれの問題点に具体的に踏み込んでいる。また彼は，出版時期のせいかブレアルには言及していないが，ブラシェの『フランス語の二重語・二重形式辞典』には触れている (p. 70)。またアカデミー・フランセーズや 17 世紀の作家への言及が多い。本書の表紙の表題の上には「フランス語の歴史教本」(COURS HISTORIQUE DE LANGUE FRANÇAISE) とも書かれているが，マルティ゠ラヴォーの考えるフランス語の歴史教育は総じて，ほぼ 16・17 世紀のフランス語を主な対象としているように見える。

『基本文法』

　同じくマルティ゠ラヴォーによって1874年に刊行された本書（*Grammaire élémentaire*）は，上述のプログラムに則って編まれた文法書である。マラルメが，前著を「序文がわり」と言うのもうなずける。最初に「予備概念」（文法，語・音・シラブル，文字，アクサンその他の記号，性，数，単語のさまざまな種類）を説明した後，「変化する単語」の章で，名詞，形容詞，代名詞・代名形容詞，動詞を扱い，「変化しない単語」の章で，前置詞，副詞，接続詞，間投詞を扱い，「補遺」で，有音のHと動詞の活用について論じている。比較的，現代の教科書に近い体裁だと言えよう。

　「はしがき」を読むと，前著との連続性がよくわかる。本書では，「ここ50年以上フランス語に対してなされてきた研究成果を，妥当な範囲で，もっとも初歩的な文法教育に」（p. I）導入するのだと宣言されている。そして過去の国語教育が，300年来フランスで伝わってきたラテン語を基礎としたプランを受け入れてきたのに対して，本書では，「フランス語そのものの文法事実」（*ibid.*）を研究しているのだと説明している。また，「われわれがここで提示するのは，われわれの言語の根本原理のみ」とあるように，文法家のあいだで議論のある事柄，大作家たちによって使い方が分かれる事柄は省かれている。標準的なフランス語一般におよそ当てはまるような原理が示されているのである。それだけではない。マルティ゠ラヴォーは，教育法の点では，ロモンをしりぞけてはいるが，「彼が用いた文そのもの」（p. III）を残して，なるべく「彼の正確な言葉遣いを模倣」（*ibid.*）している。そして，「子供たちにとってわかりやすく」（*ibid.*）なるように，「子供たちに暗記させる」（p. II）ために，全体として簡潔さを心がけている。「教育の助言」で，マラルメが「恒常的規則と現代的着眼」と評する背景には，このように，文献学にもとづいたフランス語一般の原理の提示と，記憶術的な簡略さとが含まれているはずである。

『フランス散文作家撰』

　「ダイレクトメソッド」の節で，さきほど『フランス詩人撰』を取り上げたが，本書（*Anthologie des prosateurs français, depuis le XIIe siècle jusqu'à nos jours, précédée d'une introduction historique sur la langue française*）はその姉妹版であり，

同じルメール社から 1874 年に刊行されている。こちらも編者の名前が書かれていない。副題には,「17 世紀から現代まで」とある。マラルメが「近く刊行される」と述べているところからして,「助言」執筆の時点では,いまだ彼の手元にはなかったと見てよい[70]。

いくつか注記をしておく。『詩人撰』では,「前書き」の直後に韻律法の解説が付されていたのに対応して,『散文作家撰』では,「前書き」の直後に「フランス語の歴史的導入」が付されている。「導入」の記述は,「フランス語の起源」「15 世紀」「16 世紀」「17 世紀」「18・19 世紀」に分かれる。本書所収のテクストは 17 世紀以降にかぎられるが,「導入」ではむしろ,「フランス語の起源」に多くのページが割かれている。紀元前後のガリアから語りおこし,俗ラテン語の影響下でおぼろげながら 8 世紀に現れた姿を確認し,かろうじて残っていた二つの格変化が完全に抜け落ちた 14 世紀をひとつの区切りとなす。

注目すべきはフランス語史の提示方法で,ていねいな例示にもとづいている。例えば,俗ラテン語との関係については,文学ラテン語,俗ラテン語,フランス語の順に,対応語彙のリストを示している。同様のリストは,8 世紀のフランス語を確認する上でも採用されている。9 世紀のフランス語については,「ストラスブールの誓い」に際して,シャルル 2 世とルートヴィッヒ 2 世とが交わしたそれぞれの誓文を,対訳つきで引用している。13 世紀まで見られた格変化がラテン語と対応していることを示すために,people という単語を例にとり,古フランス語とラテン語の主格と目的格とをそれぞれ単複の両方で比較し,その類似性を指摘している。

フランス語の歴史的紹介を付した撰集である本書は,「前書き」によると,「フランス語散文のもっとも特徴的な諸形式」を示すと同時に,「記憶ないし文体の訓練」にその素材を与えるものであるようだ (p. 1)。ここに,文献学メソッドを容易に確認することができよう。そして,「導入」の参考文献は,ブラシェ,リトレ,マルティ＝ラヴォーのものであり,「教育の助言」のラインナ

---

70) 実際,1874 年 4 月刊行のルメール社の出版カタログでは,『詩人撰』が刊行済み,『散文作家撰』が印刷中となっている。マラルメがこのカタログを見て記事を書いた可能性がある。次を参照のこと。*Catalogue de la Librairie*, Paris, Lemerre, avril 1874, p. 18.

ップと同じである。本書もまた同系統の著作であるのが明らかである。

　最後に第七配本を確認しよう。
　「教育の助言」全体を見回しても，マラルメがもっとも紙幅をさいて紹介しているのが，彼よりも年下の文献学者オギュスト・ブラシェ（1845-1898）である。独学でロマンス語とロマンス文学の研究に専念したあと，ガストン・パリスに頼んで，1864年に古文書学校の講義を聴講している。69年に理工科学校（エコール・ポリテクニック）の講師をへて，72年に同校のドイツ文学の教授に着任する。すでに65年にはトゥルヴェールの研究を，66年にロマンス語の音声学的研究を世に問うており，67年には，ロマンス語研究の成果を踏まえて『フランス語歴史文法』を，68年には『フランス語の二重語・二重形式辞典』を，70年にはさらにその成果を踏まえて『フランス語語源辞典』を刊行している。そのあともさまざまな文法書や撰集を出している。60年代から70年代にかけて，フランスの文献学者でもっとも多作な人物の一人といってよい。彼の文法書や辞典は，独自の研究成果を発表しているというよりもむしろ，近年の研究動向を簡潔にまとめた一般向けのものが多く見られる。ブレアルも彼の著作を高く買っている。『公教育小論』では，現役のフランス人研究者としてはめずらしく名前が挙げられており，「オギュスト・ブラシェのかくも明快で興味深い歴史文法が，現職の教師たちのもとでおこなわれている授業の代わりとなるだろう」（B, p. 66）と述べている。
　それでは，ブラシェの著作のうち，「教育の助言」でマラルメが紹介しているものを順番に見てゆこう。

『フランス語語源辞典』
　同書（*Dictionnaire étymologique de la Langue Française*）は，1870年にエッツェル社から刊行されている。冒頭にエミール・エジェルの「序文」，ついでオギュスト・ブラシェの「はしがき」，それから辞典の本論というふうに構成されている。エミール・エジェルは，フランスにおける比較文法の受容と教育の歴史を俯瞰している。それゆえ，ブラシェの方針を確認する前に，まずエジェルの「序文」を見てゆこう。

① エミール・エジェルによる「序文」

　エミール・エジェル（1813-1885）は，1855年以来没するまで，パリ大学文学部のギリシャ文学の教授であった。比較文献学を取り入れてフランスの古典語研究を復興した功労者である。1854年に碑文・文芸アカデミーの会員となり，1873年には公教育最高評議会のメンバーとなり，教育改革にもたずさわる。彼は，フランスにおける比較文法の受容と教育の歴史を，以下のように概観している。

　1820年代に，ウージェーヌ・ビュルヌフの古代サンスクリット語とその派生言語の研究が，そしてフランソワ＝ジュスト＝マリー・レイヌアールのロマンス諸語の比較文法が世に出る。これが刺激となり，1829年に国立古文書学校が創設されると，言語の歴史研究が活性化した。この機関では，1839年発刊の『古文書学校の蔵書』よりもむしろ，フランス語の古文書の刊行や，ゲサール，キシュラ，その弟子のガストン・パリスやポール・メイエルらの手による小論文の出版によって，若い古文書学者を育成してきた。

　さて，古文書学の研究を，古代ギリシャ・ローマの十分な教養によって補完したのは，高等師範学校だった。古代文学を専門に教えていたこの機関では，古典語とフランス語との比較・検証において成果をあげた。しかしここでは，当時，作家の解説という実用的な目的でしか文法の教育がなされていなかった。1829年から33年にかけて，ビュルヌフが比較文法の講義をおこなったが，確固たる教義を打ち立てるには至らなかった。しかし，この学校での文法教育は，しだいに改善されてゆく。53年には，エジェル自身が『比較文法の基本概念』を刊行し，やがてアナトール・バイイの『ギリシャ語とラテン語の語根の便覧』（1869年）が，高等師範学校での教育に貢献する大著となる。この機関の数々の講演がきっかけとなり，ミシェル・ブレアルによるボップの『歴史文法』の訳業が始まった。

　それだけではない。大学の文学部には，プロヴァンス文学の研究で有名なシャルル・フォリエルが1830-40年代に研究を出した。コレージュ・ド・フランスのジャン＝ジャック・アンペールがフランス語の形成についての著作を1841年に出しており，彼はレイヌアールのアプローチを深め，公衆の注意を歴史文法の問題に向けさせ，ドイツ語圏の研究，とりわけディーツのロマンス

語研究を広めた。こうした成功によって，1852年，この機関にロマンス系の言語と文学の教授職が設置され，ポーラン・パリスが職に就いたのである。また，エミール・リトレも，独自の立場から，彼の辞典などによって確固たる地位を築いている。

1821年，純文学アカデミーがヴォルネー賞を創設した当初は，まだ前世紀の哲学の影響下にあったが，やがて応募作品や受賞作品は，時代に即して変化する。アカデミー・フランセーズもこの動向に無関心ではなかった。ヴィクトル・クーザンは，テクストの校訂を文学教育の中に取り戻した。また，コルネイユやセヴィニェ夫人のそれぞれに特化した語彙集を手がける一方，アカデミー・フランセーズは1858年以来，『フランス語歴史辞典』の計画を進めている。

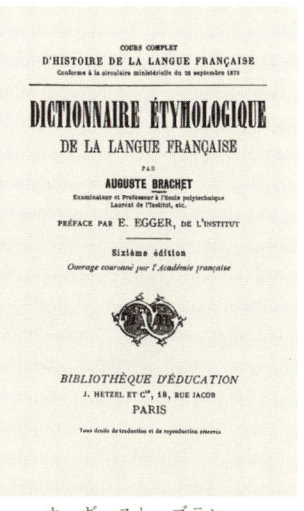

オーギュスト・ブラシェ
『フランス語語源辞典』

以上で概観したように，言語学はここ30年で急速な進展を遂げ，厳密な科学となった。語源学と音声学とが補完し合い，語の有機的構造の解明をますます進めていった。こうした現状のなかで，初心者向けに書かれたブラシェの『語源辞典』が，言語科学に対する公衆の信頼をいっそう堅固なものとしたことはまちがいない。彼は，異論の余地のない成果を，古いものも新しいものも順序だてて明快に提示しているので，言語学を「わが国の学校に通う若者にも一般の人にも」(p. j) 取っつきやすいものにしてくれたのである。

② ブラシェ自身による「はしがき」

ブラシェは冒頭で，「この『フランス語語源辞典』は私が昨年刊行した『フランス語歴史文法』の自然な続編である」(p. III) と述べている。前著ではフランス語の文法形式の研究をおこなったので，それを補完すべく，本書ではフランス語の語彙の歴史を書く。それゆえ本書の目的は，既存の語源辞典を補完しつつ，「文献学的科学〔la science philologique〕」(*ibid.*) の華々しい成果を教養

第一章 『最新流行』の人文学　　79

ある公衆に広めることだという。マルティ＝ラヴォーが文法研究と語彙の研究をはっきりと区別し，前者を文法書で，後者を辞典で代表させているが，すでにブラシェも似たような考え方をしていたのである。

　ブラシェはつづける。1836年，ディーツのロマンス語研究によって，ラテン語がどのようにして不変の法則に従い，フランス語，イタリア語，スペイン語，ヴァラキア語へと派生していったかが示された。同時にこの研究は，フランス語の科学的な歴史を作り出した。それ以降，フランス語文献学は観察科学となった。その最新の成果は，順次，三つの著作に登録されてきた。一つめがディーツの『語源辞典』(1853年)，二つめがシェレールの『フランス語語源辞典』(1862年)，三つめがリトレの『フランス語辞典』(1863年) である。

　ただし二種類の著作がある。ひとつは特殊な読者に向けたもので，既知の成果は脇において，最新の研究をおこない，係争中の問題について解決を図ろうとするもの，もうひとつは広い公衆に向けたもので，既得の知識を教育し伝達するものである。ディーツ，シェレール，リトレの辞典は前者である。それに対して，ブラシェの辞典は後者である。すなわちこれは，「科学を現状において捉え，〔…〕それ以前に発見された語源の証明にとどめ，それらについて，読者の目の前で，その興味深い成果がよりどころとするあらゆる文献学的原理を詳述する」(p. v)。つまりそれは，「語源科学の〈教科書〉」(*ibid.*) なのである。

　ブラシェがブレアルの講義を引いて，「すべてを説明しようとして，多くのことについて無知に甘んじる術を知らない方法」の危険性を指摘してもいるように，本書で重要なのは科学的態度の提示であり，既知の成果の教育である。ブラシェの『語源辞典』は，辞典であると同時に教科書なのである。エジェルが「序文」で，文献学の教育や教科書について語ったのもそのためである。

『フランス語歴史文法』／『新フランス語文法』／『フランス語小文法』
　『新フランス語文法』(*Nouvelle Grammaire française / fondée sur l'histoire de la langue*) は，1874年にアシェット社から刊行されている。ブラシェの序文は非常に示唆に富んでいるが，それをみる前に，「新」ではなく「旧」の方を，すなわち『フランス語歴史文法』の方を確認しておくのがよいだろう。

『フランス語歴史文法』(*Grammaire historique de la langue française*) は 67 年にエッツェル社から刊行されていた。フリードリヒ・ディーツへの献辞があり，初版ではブラシェ自身の序文が掲載されている。しかし第二版からはリトレの序文にさしかわっている。マラルメはどちらを念頭においていたのだろうか。時期的にはリトレの序文である可能性が高い。そちらの方はのちほどリトレの節で確認する。『新フランス語文法』からの流れを確認する意味で，ひとまずブラシェの序文を見ておこう。

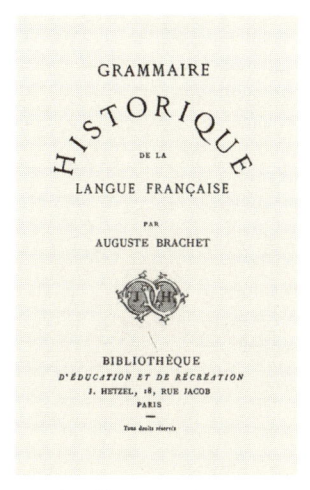

オーギュスト・ブラシェ
『フランス語歴史文法』

　ここでは，言語学が「化学や博物学」(p. 2) と同じく，観察科学であるとされる。またブレアルのコレージュ・ド・フランスの比較文法講義の開講講演から，従来の文法が規則の強要であり，比較文献学は合理的な説明を与えるものであるとする対比を参照している[71]。そしてブラシェは，文法においても語彙においても，「言語の現在の状態〔l'état présent d'un idiome〕は，唯一それを理解させてくれる過去の状態の帰結である」(p. 5) という本論での主張をあえて引用している[72]。そしてフランスでも，歴史文法の「歴史と比較という二重の方法」(p. 6) を導入して，フランス語の文法の規則性と不規則性とを研究するべきだと力説して

---

71) 光と闇が対比されている。「比較文献学は，こうした闇の中に良識の光をすべりこませ，機械的な従順さのかわりに，生徒に合理的な服従を求める」(p. 4)。『英単語』にはこういう一節がある。「論理への漠然とした欲望をおいて導きの光はほとんど皆無だが，その欲望を，まずもってもっとも錯綜した混乱の中に持ち込めば，おそらく英語の辺土を解明できるだろう」(pp. 1041–1042)。
72) 「補遺」では，「中間物」の重要性が力説されている。「足をとられない唯一の手段は，ラテン語の単語の漸進的変形を学習するために，中間物〔intermédiaires〕を少しずつ観察することである〔…〕」(P. 299)。『英単語』を見てみよう。「フランス語をラテン語に結びつけるのはフランス歴史文法の著作で，ラテン語を古代アーリア語に結びつけるのはラテン文法の著作である。中間物にそむいてはならない」(pp. 1098–1099)。この一節に脚注がほどこされ，ブラシェの『フランス語歴史文法』と『新フランス語文法』が引用されている。

いる。くわえて，歴史文法は，英国やドイツでは中学やギムナジウムで教えられているのに，フランスでは，高等教育の現場でさえ普及していないことを嘆いている。とはいえ，1853年にイポリット・フォルトゥール公教育大臣が，リセの上級クラスで歴史文法を教える条令を出したことに始まり，シャプタル中学校の校長モーリス・モンジャンが中学校でフランス語史の授業を導入した流れを好意的に評価もしている。この改革に貢献することが，自分の著作の目的だと述べている。本書の段階では，隣国の研究や教育と比較したときのフランスの遅れが指摘され，制度改革が急務であることを主張する論調となっていた。

さて，ここで74年刊行の『新フランス語文法』の「序文」に戻ろう。

ブラシェの主張は一貫しているが，状況が一変したことがうかがえる。ブラシェによれば，20年来毎年，エジェルがソルボンヌで，フレデリック・ボードリーが『公教育誌』で，教育の現状を批判してきた。61年には，文法教育の成果についての行政の調査のなかで，1207人の教師のうち243人が現状を問題視して改革を訴えていた。それでもなかなか変わらなかったのだが，1870年の普仏戦争と，1872年のブレアルによる愛国的な警鐘『公教育小論』のおかげで，大学のプログラムと方法の改善が進行しはじめた。ジュール・シモン公教育大臣は，1872年10月8日の通達で，「今後，文法教育は，規則の単に機械的な学習にとどまらず，これら規則は教授による説明事項になる」としていた。翌年10月の通達は，従来の教育をあらゆる点で見直すものだった。デュパンルー閣下とエジェル氏，パンタン氏らによって構成された最高評議会委員会が，「文法教育は変更され，教授はあらかじめ暗記させた文法規則を生徒に説明するにあたって，比較文法の研究を模範としなければならない」と決議した。

したがって，比較文法の効用をもはや擁護する必要はなくなった。これの教育への適用は，いまや正式な教義となったのである。しかし教育界ではまだ，必ずしも多数の支持を得られているわけではない。無知から，あるいは古い教育への執着から，改革を拒む者もいる。彼らが口をそろえて言うのは，フランス語文法の説明は古フランス語の学習にすぎず，子供にはまだ早いというものだ。これに対してブラシェは，「序文」においても，いかに現代フランス語の

文法を理解するにあたって歴史文法が役に立つかを、みずから実演している[73]。

しかもブラシェは、ブレアルの『公教育小論』の主張を引用したあとで中等教育に適用できるさまざまな文法事項を挙げている。しかしその文法事項が、実はブレアルが引用したものと同じなのである。彼が trompette や garde について言ったことを、ブラシェは事例を aide, élève, enseigne, manœuvre などに変えて繰り返している。彼によれば、これらの名詞は従来の教育において、男性名詞になったり女性名詞になったりすると教えられてきた。しかしこんな風に例外を列挙するよりも、行為のときは女性名詞になり、行為者のときは男性名詞となると説明すれば、「記憶を楽にするのにこれほど簡単なことがあろうか」(p. VII) と提案している。それゆえ、重要なのは「規則の道理を子供にあたえること」(*ibid.*) である（ここでもブレアルが垣間見える）。こうした説明に、「6年生の生徒の平均水準を越えるものは一切ない」(*ibid.*)。肝要なのは、「子供の知性とその子のラテン語の知識に応じて説明を少しずつ増やしてゆくこと」(p. XIV) である。そうすれば、「記憶を助けに来る知性が、記憶の力を倍増して」(p. IX) くれるはずである。そしてここで言われている歴史文法に、語彙の形成も含まれていることは言うまでもない。語基と派生語の区別を教えてゆけば、「この学習は、教師にとっても生徒にとっても、文法分析と論理分析のあとで、語源分析の名において、われわれの授業で扱われるような有益で魅力的なエクササイズとなるだろう」(p. XIII) とも述べられている。ブラシェもまた、文法の分析の先に要請されるものとして、語彙の分析を置いている[74]。

以上からわかるように、ブラシェにとって歴史文法の導入の目的は、言語の歴史を学ぶことにはない。「忘れないようにしていただきたいが、ここで文献

---

[73] 活用の生死の区別は『英単語』にも見られる。「死んだ活用と生きた活用というフランス語の諸動詞の単純な区別〔…〕」(p. XII)。これは『英単語』の「一言語は、存在しつつある生きた部分と、抽象的な部分としての死んだ部分とに区別される」(p. 1015) を彷彿させる。

[74] 接辞についての記述。「生徒に、語とそれらを隔てるニュアンスとの精確な意味を提示するのにもまた、接頭辞と接尾辞との研究以上に有用なものがあるだろうか」(p. XII)。これは、『英単語』の「〈辞典〉〔Dictionnaire〕のアルファベット順が隔てるすべての語」(p. 965) を髣髴させる。

学は目的ではなく，手段である」。彼は，『フランス語歴史文法』を振り返って，こう述べている。「文法教育において，単なる断言を説明に置き換え，理性が省くことのできるものを取り去って記憶を軽減することで母語の学習をより迅速なものにするように，教授や教師たちに勧めるため」にその文法書を出版したが，「本音を言えば，純粋に機械的な従来の方法をこれほどあっさりと，これほど根本的に捨て去ることがよいなどとはまったく思っていなかった」（p. XV）と。要するに，新しい方法を採用したからといって暗記が不要になるわけではない。重要なのは，あくまで歴史文法による説明によって，児童の記憶を知性によって補完させることなのである[75]。

　ブラシェは，ブレアルによる「歴史文法の前に，もはや障害物はない」という言葉を引用し，歴史文法導入がいまや正式な教義になったことを再び確認する。ただしその一方で，一部の人々が熱心さのあまり子供に高度なことを教えようとしたり，情報の不正確な本を刊行したりしているのを懸念している。最後に，「文法は記憶の飲み込みづらい重荷であることをやめ，可能な限度内で理性のエクササイズとなるだろう」（『学校問題』パリ，アシェット，1873年）というフレデリック・ボードリーの言葉を引いている。

　1875年にブラシェはもう一冊，『フランス語小文法』（Petite Grammaire française / fondée sur l'histoire de la langue）を刊行している。「序文」で彼は，本書は小学生と中学生と高校生という三つの段階に同時に対応できるように書かれた「新しい著作であって，『フランス語文法』の単なる抜粋や要約ではない」（p. I）と断っている。そしてボードリーの言葉を引用して，外国人と子供の言語教育は異なっていて，前者にはいちから教えなければならないのに対して，す

---

75)　この点について，ブラシェはビュルヌフにも言及している。というのもビュルヌフもまた同様の批判にさらされたからである。比較文献学の発見のいくつかを，ラテン語の実用教育に応用したことを批判されて，彼はこう答えている。「私の著作はまったく実用的で，最年少の者たちの知性が及ばないようなことは何も入れないように配慮してきた。〔…〕〔必要でないことをやっていると思っている〕人々には，まずは次のことに注意するようお願いしたい。すなわち，記憶は，精神が理解したことだけを確実に留めてくれるのだということを〔…〕」（ビュルヌフ『ラテン語文法』, VII）。こうして見ると，19世紀前半から比較文法導入派が，教育の効率化，記憶の合理化を売りにしてきたことがわかる。

でに一定のフランス語を身につけている後者には書き言葉の規則を習得させることが重要だと説いている。ただし，ブラシェの言葉とは裏腹に，本書はつぎはぎの印象が否めない。地の文には，文法が「記憶の飲み込みづらい重荷」ではなく「理性のエクササイズ」となるという話が出てくる。これはボードリーからの借用であるが，彼は何の断りもはさんでいない。「記憶は精神が理解したことだけを確実に留めてくれる」という話はビュルヌフの借用である。「この学習は，教師にとっても生徒にとっても，文法分析と論理分析のあとで，語源分析の名においてわれわれの授業で扱われるような有益で魅力的なエクササイズとなるだろう」という部分は，前著で述べたことの引き写しである。そして，本論も巻立てや章立てが前著とほぼ同じ構成になっており，抜粋や要約に近い。

『16世紀フランス大作家撰集——16世紀の言語の文法と辞典付』
　1874年，ブラシェは『新フランス語文法』とは別に，もう一冊の本を刊行している。『16世紀フランス大作家撰集——16世紀の言語の文法と辞典付』(*Morceaux choisis des grands écrivains du XVIe siècle, accompagnés d'une grammaire et d'un dictionnaire de la langue du XVIe siècle*) である。公教育最高評議会の決定により，1874〜75年度から，修辞学の授業に16世紀の大作家の学習が義務づけられた。本書はそれに対応した教科書である。ブラシェは，「来年には，この改革が9世紀から15世紀のわが国の文学の学習によって補完されることを願う」（p. I）と述べている。要するに，彼は現行の改革に満足していないのである。その理由は以下にある。まずブレアルが引用される。17世紀をフランス文学の頂点とする従来の考え方に対して，もっと広い見地から再検討するならば，「一民族に対して完全には当てはまらない若さ・成熟・堕落という観念をわれわれは退けることになるだろう」と，『公教育小論』では述べられていた。それに続けてブラシェは語る。たしかに16世紀には大きな転換期があり，「単なる文学史の観点」（p. III）からすれば，ルネサンスの作家たちをそれ以前と切り離して学ぶことはできる。しかし，「言語史の観点」（*ibid.*）からはそうは行かない。16世紀のフランス語は，それ以前のフランス語抜きには成立しない。古フランス語という「中間物」（*ibid.*）を学ばなければ，ラテン語と16

世紀のフランス語の関係も理解できない[76]。本来であれば，リセの授業でフランス語史が教えられるべきである。しかし現状はそうなっていないので，本書の「序論」で，言語史的観点から16世紀のフランス語の概説をおこなう。その意味で，序論の第一巻の「文法」も，第二巻の「16世紀の正書法と発音について」も，「文献学的というより実用的」(*ibid.*) である。さらに，作家の抜粋のあと，文学史的な「注釈」がつき，巻末には「語彙集」もついており，「序論」の解説と対応した構成になっている。

同じ74年刊行の『新フランス語文法』の同作者の著作リストには，この『撰集』が掲載されていることから，『新フランス語文法』の方があとに書かれたと考えられる。そしてこの『文法』には，もうひとつ『9世紀から15世紀末までのフランス作家撰集』も「印刷中」とあることから，ブラシェとしては，すでに後者の撰集のほうも刊行直前にまでこぎつけていたのだろうが，その後出版された形跡がない。1880年代に著者自身によって書かれた第6版の「前書き」では，9世紀から16世紀のあいだのフランス語の教育は，1880年にようやく実施されたことが告げられている。「新たな学習プランによれば，二年生のクラスでは12世紀と13世紀のさまざまなテクストの学習が，三年生のクラスでは，「16，17，18世紀の撰集」の学習が命じられている」[77]とある。こうした事情を考慮すると，9世紀から15世紀の撰集の方は，教育カリキュラムの改革の遅れから立ち消えになった可能性が高い。

*

「教育の助言」のマラルメは，従来の文法教科書に比べて，ブラシェの文法教科書について「何とみごとな一貫性，何とみごとな明晰さ」と激賞する (p. 633)。実際，従来の教育のように，文法規則の例文をいたずらに増やして長々と釈義をおこなうよりも，文法規則の「道理」を提示すれば，一見ばらばらの現象に「一貫性」を見いだすことができ，「明晰」な理解にいたる。子供は，

---

76) 「中間物」については，ブラシェの著作についての脚注54を参照のこと。

77) «Avertissement de la sixième édition», *Morceaux choisis des grands écrivains français du XVIe siècle* (la 6e édition), Paris, Hachette, 1884, p. I.

柔軟ではあるがいまだ安定しておらず, ひとつのことを覚えたら, 度をわきまえずにどんどん突き進めてしまう。そんな子供の精神に, ブラシェの文法書は, あることを明らかにしてくれるという。

> 子供の繊細でしかも論理的な精神にとって抽象的な無味乾燥さなどこれっぱかしもないこの本は, あなたに, はっきりと示してくれるのです——言語というものは, みずからの形成を偶然にゆだねるどころか, ちょうど, 刺繡かレース細工による見事な作品と同じように構成されているのだと〔…〕。観念の糸筋のただひとつたりと, どこかに消えてなくなるということはない, いま辿っているこの糸筋が見えなくなると, すこし先のほうで別の糸筋と結びついてまた姿をあらわし, その全体が, あるひとつの図柄, 複雑な場合も単純な場合もありますが, とにかくあるひとつの理想的な図柄〔un dessin […] idéal〕をつくりあげるのです。そして, 記憶がこの図柄を, いつまでも留めておくのです, いいえ, 記憶と言ってはいけない！ 大人でも青少年でも, おのれのうちに持っているあの調和本能, それがこの図柄をいつまでも留めておくのです。 (pp. 633–634)

一見, 詩的な表現だが, 表現はマラルメでも, 語られている内容はブラシェの文法書がおこなっていることである。ひとまずブラシェに即して理解しておく必要がある。具体的にはどういうことを指しているのだろうか。例えば, 「序文」で彼は, 歴史文法が説明できる次のような文法事項を例に出している。ラテン語では, amat, finit, rumpit のように, 三人称単数の動詞の語尾に t がつく。ラテン語からフランス語が生まれたので, もともとフランス語でも il aimet と書いていた。しかし, 今日の ils aiment が示すように, すでに il aimet の t は無音になっていた。フィリップ・オギュストの時代（12 世紀後半）にはついに, 直説法現在の活用から t の文字そのものが消滅する。しかし aime-t-il? となるように, 疑問文においては t は残っていた。しかし, さらに時代がたつと, この文字の起源と存在理由さえ忘れられていった。かくして, 「人々はこの t を, それが一部をなしている語基から切り離した。そして aime*t*-il という古い形が, 16 世紀ごろに aime-*t*-il となり, もはや現代の語形の真ん中で,

中世の活用の最後の痕跡でしかなくなった」(p. VIII)。こうした事例でマラルメの引用を考えるなら,「観念」とは,ここでは「三人称単数の動詞の語尾に t がつく」というものである。この観念の糸は,古フランス語ではほとんどの動詞に張りめぐされていたが,現在ではところどころに散見されるだけである。しかしそれは完全に消えてなくなったわけではない。たしかに, il aime の活用において観念の糸は隠れてしまっているが,そのもう少し先では, aime-t-il? という形でふたたび糸の先が現れる。ここでは,例えば「倒置の際に母音衝突を回避する」といった観念の糸と結びついて残っているといえる。もちろん,どのような動詞でどのような場合に t が残っているかというような問題を考えてゆくと,単純な規則性が見つかる場合もあれば,少々複雑な規則性をなしている場合もあるだろう。しかしいずれにせよそこには,理想や理念として描けるような規則性が見つかる。それが,マラルメのいう「理想的な図柄」であろう。こうした図柄を,記憶は留めておく。記憶は,留めやすいものを留めるのだが,留めやすいのは,そこに調和があるからで,われわれの「調和本能」がそれを好むからである。要するに,こうした図柄は,われわれの調和本能にうったえるからこそ,記憶に残る。引用の文章は,ブラシェのような歴史文法的な教育方法が,記憶に残りやすいメカニズムを説明した箇所を,マラルメの言葉で表現したものとひとまず理解することができる。

　さて,『英単語』は,こうした図柄を言語の形成の歴史とともに再構成するものであった。言語を歴史的な観点から学ぶことで,言語記憶を強化することができる。そのため,言語科学は,言語教育のための格好の手段とされる。そしてブラシェもまた,上述のように,文献学それ自体を目的とするのではなく,文献学を手段として言語を歴史的に学ぶことで,「記憶を助けに来る知性が,記憶の力を倍増」するように仕向けることを,みずからの教育方法としていた。そのことからして,ブラシェの文法書にマラルメが「明晰さ」を見出しても不思議ではない。また,ブラシェの文法書が同時に歴史記述をなしているせいだろうか,マラルメはそれらを「ほとんど一冊の読み物」と評している。このことからすると,「教育の助言」で言われている「一貫性」とは,提示の論理的一貫性であると同時に,語の歴史的一貫性のことでもありうるだろう(後述のように,リトレもまたそうした一貫性にこだわった人物であることはいうまでもな

い)。

　ちなみに，同じ「教育の助言」で，辞典や文法書，作家撰集とに言及したあとで，マラルメは「まずは花々，ついで花束，レトリックによるものだが。つまり，言語の単語たちと言語の文学」(O.C.2, p. 634) と記している。複数の語が最初にあって，次に語たちが組み合わさった言い回しがレトリックとされ，それが文学と重ねられている。ここに，「本当のところ，散文など存在しません。アルファベットがあり，ついで，多かれ少なかれぎっしり詰まった状態か，多かれ少なかれ拡散した状態の詩句があるのです」(O.C.2, p. 698) という晩年の言葉の原形を見出すこともできるだろうか。ともあれ，歴史文法が見つけるような言語の動き，観念の図柄，それが描き出す言葉の花，そうしたものの延長上で文学が考えられている。これが『英単語』を読み解く「鍵」[78]となるだろう。

　エミール・リトレは，第四配本と第七配本で触れられているので，ここで言及しておく必要があろう。ただしマラルメが言及しているのはあくまでリトレの辞典の方であるが，そのリトレがブラシェの『フランス語歴史文法』の「序文」を書いていたことが判明しているので，そちらも合わせて確認することにしよう。

『フランス語歴史文法』に対するリトレの「序文」

　前述のとおり，1866年刊行のブラシェの『フランス語歴史文法』には，当初はブラシェ自身の「序文」が添えられていたが，60年代の時点で何度も刷を重ねていた本書は，第二版からリトレの「序文」を冠する[79]。リトレはまず，ブラシェの著作を，知のあらゆる領域における科学的方法の勝利として賞賛する。言語学において「この本質的な方法は，比較と系統にある」(p. III)。それは，まさに「実証的な方法」(p. IV) なのである。ただし，本書の眼目が古フ

---

78) ちなみにシャッセによると，マラルメはブラシェの『フランス語語源辞典』を一部所有していたらしい。Cf. CHASSÉ (Charles), *Les clefs de Mallarmé*, Paris, Aubier, 1954, p. 37. このことは中畑の調査によって確証されている。中畑前掲書を参照。
79) さらに本書は，アカデミー・フランセーズ，碑文・文芸アカデミー，基礎教育協会から，1870年と1872年に賞を授与されている。

ランス語の習得にはないこともリトレはきちんと断っている。「現在の慣用は，古い慣用に基づいている」(p. V) ので，現代フランス語を理解するかぎりでの古フランス語が言及される。リトレはこうした姿勢を，ブラシェ本人の言葉に依拠しながら述べている。そのあとでリトレは，著作の構成に従って内容を紹介している。第一巻の「音声学」は，「言語研究における新たな観点」(p. IX) であり，非常に話が細かいが，突きつめてゆくと「語の形成についての確固たる規則」(*ibid.*) を得ることができる。リトレは，ディーツとブラシェの功績を紹介したあと，自説に言及している。第二巻の「屈折または文法形式」は，比較文法である。これによって，本当の意味で文法を一般化して語ることが可能となるのである。「一般文法は，言語グループのそれぞれの文法によって与えられる機能でしかありえないので，すぐさま，この分野において未熟なものと成熟したもの，形而上学的なものと実証的なものとを見分けられる」(p. XIII)。第三巻は「語の形成」である。なかでもリトレは，言語の繁栄と文学の繁栄とをパラレルに見ている。11, 12, 13 世紀においてフランス語は「総合的」な言語で，「非常に多くの文献，とりわけ評価の高いものが発達する」(p. XVIII) が，14 世紀から屈折が変質し，15, 16 世紀にはそれが行き着くところまで行った。こうしてフランス語は，「純粋に分析的で現代的な特性」(p. XIX) をもった言語に生まれ変わる。「文学の進化という考えを抱きたいときは，こうした文法の進化を心に思い浮かべればよい」(*ibid.*) と述べている。

　『フランス語辞典』

　本書 (*Dictionnaire de la Langue Française*) は，1863 年から 72 年にかけてアシェット社から刊行された記念碑的著作である。本書に冠されたリトレ自身の「序文」で，自著の取扱説明書をかねて持論が披瀝されているのだが，前掲のような進化論的な思想がよく現れている。

　比較文法の時代の辞書学者として，ブラシェとリトレは似ている点が多い。たしかにリトレもまた，現代のフランス語を知るためにこそ古いフランス語を学ぶべきだと主張する。「言語の教義やさらに慣用も，その古い基礎に基づかなければ収まりがつかない」(p. 116) と語っている。その意味で，ブラシェの著作と同じく，「ここでは博識は目的ではなく手段である」(p. 121)。文献学は，

現代のフランス語をよく学び，よく使えるようにするために用いられる。だが，リトレの独自性はその先にある。彼は，こうした文献学の道具化を，語源辞典や歴史辞典の建前にとどめるのではなく，慣用辞典の原理に昇華する。それが「完全な慣用」(p. 121) である。その時代に応じた規範を押しつける従来の「慣用」は，「それ自体ではその理由を欠いている」(ibid.)。「辞書学的かつ文法的な検討」を経ることによって，「一般的理由が個別事象と結びつく，これが科学的方法のすべてである」(pp. 121-122)。こうした方法にのっとって初めて，われわれは十分に理由のある「完全な慣用」に到達することができる。ただし「慣用」という概念が成り立つには，やはり一定の時間的制約が必要である。「古い制約からはずれた本能的で自発的な運動のさなかにあって，批評は，よいものを識別し，残って持続するものを予見しながら，選別を試みるのが妥当である」(pp. 118-119)。こうして抽出されるのが，リトレの「同時代」概念である。それは「古典主義時代の始まりから今日まで流れた時間」(p. 119) であり，「マレルブで始まって，200 年以上」(ibid.) の期間である。この期間の言語を意味する「同時代」の慣用が，「辞典の最初にして主要な対象」(p. 118) である。このように，従来の規範から歴史へと開かれたかに見える言語が，再び新たな慣用へと連れ戻される。それに応じて，古典主義を原理とするかつての言語観が，古フランス語を介したラテン語からの持続的な変化へと向きを変えたかと思えば，再度，言語の進化論によって，古典主義の権威が再確認される。こうした点において，リトレはブラシェとは大きく異なる。ブラシェが，あくまでフランス語の文献学と文法学を堅持するのに対して，リトレはそこから大きくはみ出して，新たな慣用概念を着想する。前者が文献学者として正当であったとすれば，後者は，辞書学者として斬新であった[80]。

「教育の助言」でマラルメは，リトレの辞典について二度言及している。まずは第四配本で，「親たちが自身のために手に取る見事な辞典たち」(p. 576) として，デゾブリの辞典とともに並べているときである。そして次に第七配本で，ブラシェの『フランス語歴史文法』と『語源辞典』を，「リトレのフラン

---

80) リトレの「同時代」概念の重要性については次を参照のこと。QUEMADA (Bernard), *Les Dictionnaires du français moderne: 1539-1863*, Paris, Didier, 1967.

ス語大辞典に類した書物たち」と呼んでいるときである。リトレとブラシェの近さは客観的にも確認できるものだが，それ以上に「教育の助言」の記述は，マラルメがブラシェの『フランス語歴史文法』をリトレの序文つきで読んでいた可能性を示唆している。

　また，学問的に考えても，ブラシェとリトレの対比は示唆的である。一方は文献学の成果の普及という立場を堅持し，他方は文献学の成果を，一言語全体を把握するためのひとつの辞書学的な原理へと昇華する立場をとる。リトレが後者であることは言うまでもないが，こうした立場が，『英単語』の「辞書学」になんらかの影響を与えていないかどうか，よく考えてみる必要があるだろう。

小　括

　マラルメが，『最新流行』の「教育の助言」で紹介している出版物は，文字通り「新しい」教材だった。しかし，今日のわれわれの目には，末端の教師が職場で使うありきたりな教科書類にしか見えない。これらの教材がどのように新しかったのかを知るには，まず古い方を知らなければならない。それは，19世紀まで連綿と続いた伝統的な古典語人文学である。この伝統の重みを再認識するべく，本章では，古代ギリシャにまで遡る人文学の伝統を振り返って，パイデイア，フマニタス，自由学芸，人文学となって第三共和制にいたるまで，その内容や目的にさまざまな変化が加わってきた経緯を確認した。ジュール・シモン公教育大臣（とミシェル・ブレアル）の改革は，こうした伝統的な教育に対する，フランス革命以来の未曾有の試みだったのである。

　そしてマラルメのパリ上京は，まさにこの改革の波に乗じたものだったことを忘れてはなるまい。ルイ・ブレトンやセニョボスが公教育省に向けて推薦するマラルメ像は，一介の英語教師のみならず，長期留学の経験者で英文学の研究者にして，先端科学に則った教科書の執筆者でもある。マラルメは，パリの教育界において，近代語人文学の申し子として登場したのである。このことの意義は，次章以降の議論の際にもつねに考慮する必要がある。

さて,教育改革に着手しようにも,当時の第三共和制は,いまだ共和派の基盤が盤石ではなかった。シモンは,古典の教科の削減を目指すが,プログラム変更の権限を持つ高等評議会を招集することなく,回状を出すにとどまった。1873年にはシモンが辞職して保守政権が成立すると,シモンの回状は空手形に終わり,すぐさま伝統的な古典語人文学に戻ってしまう(状況が根本的に変わるのはフェリーが文相に就任する1879年以降である)。ただし世紀半ばから,教科は減るより増える傾向にあった。古い教科が廃止されることなく,時代の要請に応えて新たな教科が付け加わりつづけた。そのため,生徒たちの準備が追いつかず,保護者からも不満の声が出ていた[81]。教科書の「最新流行」を紹介した「教育の助言」からは,新しい教科書とともに,少しずつ近代化が進むフランスの教育現場の様子が垣間見える。

教育制度における比較文献学の導入は,オギュスト・ブラシェによれば,1853年に,イポリット・フォルトゥール公教育大臣がリセの上級クラスで歴史文法を教える条令を出したことに始まる。その後も,エジェルがソルボンヌで,フレデリック・ボードリーが『公教育誌』で改善を訴えつづけ,行政側も教師たちに文法教育のアンケート調査をおこなうという動きがあったが,敗戦を機に1872年に出されたブレアルの『フランス公教育小論』の前後から,ようやく政府が改革に乗り出す。同年10月,文法教育における規則の機械的な学習に歯止めをかけ,「規則は教師による説明事項」とする通達が出されたのをはじめとして,教育制度の抜本的な見直しが始動する。その2年後には大きく事情は変わり,ブラシェは,比較文献学の導入はすでに政府の公式教義だと述べることができた。このロマンス語学者は,1874年に,その公式教義の提唱者の一人だという自負とともに,『新フランス語文法』を上梓したはずだ。同じく彼によれば,74〜75年度には,文学の授業にも改革の兆しが見られる。リセの修辞学(レトリック)の授業に16世紀の作家の学習が義務づけられ,新学期にはその

---

81) 「1879年まで,中等教育を更新する必要性によって新しい教育モデルに特徴的な筆記練習の手段が全学級に浸透していた。しかし旧モデルの練習のどれもが廃止されなかった。そのため,生徒たちの学力低下が生じている」。Cf. «Devoirs et travaux écrits des élèves dans l'enseignement secondaire du XXe siècle», Histoire de l'éducaton, no. 52, Paris, 1992, p. 38.

ための教科書が書店に並ぶ。また、ジュール・セヴレットによれば、74年7月25日の条令によって、第二種バカロレアには現代外国語の口答問題が設置され、それに対応した教科書も出版されるようになる。したがって、マラルメが「教育の助言」で、新学期の教科書の斬新さを繰り返し語っているとしても、それはけっして商業主義的な惹句や身内贔屓の偏向記事として片づけられるものではない[82]。この年にしか語れない新しさは確実に存在したのであり、「教育の助言」という企画自体が、まさにこの年の「最新流行」を初めから狙いすましたものであるかのような印象さえ、われわれに与える。

『公教育小論』が転機となったわけだが、ミシェル・ブレアルが説く教育論の原理はひとつである。教育の目的は、規則を教え、規則にうまく従属して生きる人間を作ることにあるのではなく、むしろ、規則の道理を理解し、それに基づいて、自由に考え、主体的に活動する、そういう人間を作ることにある。この点でそれは新たな人文学の原理でもある。それゆえ、年少者には主にダイレクトメソッドを適用し、頭で覚えたことを復唱するより、実践のなかでふるまい方を覚えさせる。そこから、日常の会話、物語の朗読、韻文の朗誦、童謡の歌唱が奨励される。また青年層には、主に文献学メソッドを導入し、文献学の規則の習得をつうじて、ラテン語の文法やフランス語の歴史を、説明可能で合理的なものとして学習させる。どちらも記憶の効率化をはかると同時に、個人の興味や関心に応じて主体的に応用・実践が可能となるように設計される。個性と自由との尊重を目指すブレアルの教育は、方言の多様性と古フランス語の創造性を肯定する。民主制社会における自由と、生まれながらの自由とが同時に肯定されるように。彼の教育論は大きな反響を呼び、わずか1年ほどでは

---

[82] 笹原は、婦人雑誌によくある育児欄の場合と異なり、マラルメの「教育の助言」には道徳的な色合いが希薄であることを指摘した上で、その理由を、(1) マラルメの専門領域が英語・英文学の教育である点と、(2) 彼の推薦する本が彼自身と関係のある出版社のものである点とに求めている（SASAHARA, *op. cit.*, pp. 276-278）。(1) も (2) も、マラルメによる取捨選別を考える上での大前提ではあるが、笹原が伝記情報だけを判断材料にしているのは少し残念である。本論考のように、アシェット社から出たブレアルの著作の社会的意義や、マラルメが選んだ教科書群の新機軸をきちんと見据えるなら、「教育の助言」はマラルメのコーパスのなかで従来とまったく異なる新たな情報源と見ることができる。

あるが，ブレアルはジュール・シモン大臣の参謀として教育改革にたずさわり，その後の改革に先鞭をつける。

さて，マラルメが「教育の助言」を書いたのはその2年後であるから，時代はブレアルの教育論より少しばかり進んでいる。改革のプログラムにそったマルティ＝ラヴォーとブラシェの文法書・文学撰集や，ダイレクトメソッドを英語教育に適用したキュフの童謡・民謡撰集や，ダイレクトメソッドの行き過ぎを想定してトータルな英語学習を提唱するセヴレットの教科書が，すでに刊行されている。そうした書籍の個性を，マラルメはおぼろげながら書きとめている。そして，ブラシェの文献学メソッドに感化されて，言語における規則と記憶の関係について，独自のイメージを描きはじめている。そのうえ，ブラシェが文法の分析の先に見すえた語彙の分析と，マルティ＝ラヴォーが文献学の見地からおこなったさまざまな辞典の問題点の検証と，さらにリトレが辞典という一冊の書物を実現するために要した文献学からの新たな原理の確立とに，マラルメは自分の思索の糸口を見いだしていたのかもしれない。少なくとも，その後未完に終わることになる彼のいくつかの教材のヒントはそこにあったことだろう。そして後述するように，キュフも用いていた「近代語人文学」という概念は，確実に『英単語』の構想に影響を与えることになる。マラルメの1874年は，そういう年であった。

第二章

『英単語』の辞書学

ラゼルスタイン再訪

　1870年前後のマラルメは,「言語に関するノート」に見られるように, 言語学の学位論文を書こうと奮闘していた。1877年末に刊行される『英単語』が, この研究の延長上にあることは周知の事実である。詩人が創作の過程で言語学と出会い, やがてまた詩人に戻ってゆく。その事実を踏まえるなら, 『英単語』を「言語学と詩との境界」としての「象徴理論」の枠組みで分析するというミションの立場は正当なものと思われる。これ以降ほとんどすべての論者が, ミションの設定した地平で『英単語』を論じている。しかし, 言語学と詩の二極のあいだで考えるかぎり, 『英単語』のなかに「ポエジーをあらゆる局面から確証する言語学的知識の目録のようなもの」[1]以上の何かを見出すことは難しい。

　そこで, 1949年のラゼルスタインの論文[2]を参照しよう。

　「ステファヌ・マラルメ――英語教師」と題されたこの論文は, 今でこそ「一覧表」の言語学的な難点を指摘したものとしてかろうじて言及される程度であるが, それに尽きるものではない。むしろ, 一覧表をはじめ, 教育者としてのマラルメにまつわるさまざまな情報を正面から検証した最初の研究である。ラゼルスタインは, イニシャルの説明を, 詩人のみがなしえた「全面的に新しい

---

1) Michon, *op. cit.*, p. 161.
2) LASERSTEIN (P. G.), Mallarmé, professeur d'anglais, *Les Langues modernes*, t. XLIII, 1949, pp. 21–46. 以下, 本章でのこの論文からの引用はLと略記する。

着想，天才の一挙措」であり，『英単語』の「本質的な部分」だとたたえている。にもかかわらず，言語学的見地から彼が繰り出す批判は手厳しい。「マラルメが往々にして行き着く音の説明は，非常に表面的で，ときには誤りさえ見られ」(L, p. 41)，結局，「音の表意文字的価値についてのマラルメの指摘がわれわれに示しているのは，彼が言語の音楽家のようなアマチュアである〔…〕ということだ」(L, p. 43) と判断を下している。彼の論文は今日，マラルメの文献学の学術的な不正確さを検証したものとして言及されることが多い。

しかし注目すべきは，言語学と詩の二極で考えるミションとは異なり，ラゼルスタインが言語学，詩，教育法という三極のあいだで『英単語』を分析していることである。彼は，この教育の点で，『英単語』をもっとも評価している。アルファベットの人形を作って幼い娘ジュヌヴィエーヴに言語教育をほどこす父親に「注目すべき才能」を指摘し，「ステファヌ・マラルメは，ダイレクトメソッドの先駆者の一人」(L, p. 31) と賞讃している。また，イニシャルの説明についても，「マラルメ先生は，英語語彙の勉強を容易にするために，単語の意味を，聴覚的記憶と同時に視覚的記憶によって理解させるために，最初にこれらの〔音の表意文字的価値の〕知識を用いた」として，ここにこそ「天才の一挙措」を見ている (L, p. 42)。また『ナーサリー・ライム』を用いた授業は，当時の視学官には嘲笑されたが，現代では英語文の発音，アクセント，脚韻を学ぶ上で大事な教材であることは教育者のあいだでの合意事項だとして，この点でも「英語教育の現代的メソッドの先駆者」(L, p. 44) と高く評価する。

さらにラゼルスタインは，論文を次の言葉で締めくくっている。「ステファヌ・マラルメは，生涯にわたって，あらゆる分野において，言語の完成を追及したのであり，教育上のメソッドの改善はその条件の一つにほかならない」(L, p. 46) と。ここで「言語の完成」として念頭に置かれているのは，まちがいなく，詩句が諸言語の欠陥に対して哲学的に報いるという「詩の危機」の一節である。驚くべきことに，論文の書き手は，マラルメの教育法と詩学とを結びつけている。これが正確な理解かどうかはあやしい。しかし，言語学・詩・教育法という三極で『英単語』をとらえる立場は，今日から見ても有効である。まさにこの見地が，ミションと彼の追随者にはまったく欠如しているのである。

『英単語』は，英語の概説書である。「前書き」には，「教育から出たものが，

正当にも教育に帰着するように」（p. 939）とある。『英単語』は，まずもって教育的著作として把握しなおさなければならない。ラゼルスタインのような専門家から見ても，『英単語』の持ち味が，その言語学的厳密さではなくその教育学的斬新さであることを考えれば，この三極地平は必須であろう。言語学と詩の二極を接続するのであれば，そこに教育法の極を媒介するのが賢明である。現代のマラルメ研究の知見を踏まえた上で，この三極に立ち戻る必要がある。すなわち，教育法という極を前景化して，『英単語』を位置づけなおさなければならない。マラルメが本書のなかで何度も強調している「記憶」の鍵もそこにあるのではないだろうか。

第一節　『英単語』刊行まで

『英単語』の成立経緯を述べる前に，いくつか指摘しておきたいことがある。

文献学に対するマラルメの関心は，『英単語』以前に，「言語に関するノート」とされる草稿で確認できる。そしてこの「ノート」には，言語の科学を前にした詩人の抽象的な思考の断片が見てとれる（1869年から71年のあいだのものと推定できる）。おりしも，精神的危機の直後ということもあって，この「ノート」は，詩人が精神的冒険のあとに逢着した詩学の萌芽を見いだす意図から言及されることが多い。そしてマラルメ自身が，言語学で博士論文を書くという遠大な野望を語っているために，彼の言語学への関心の真剣さが強調されるきらいがある。しかし，1869年から71年の書簡を見ると，マラルメの発言は安定していない。よく知られているように，69年12月5日付の友人ルノー宛ての書簡で博士論文の計画を語ったしばらくあとから書簡のなかで言語学の話題が登場しはじめるのだが，その翌日付の公教育大臣宛ての書簡では，高等教授資格の取得計画（つまり論文執筆とは少し別の進路）をにおわせている。また，計画中断の背景には，第二子アナトールの誕生やリセ・コンドルセへの赴任があげられるが，書簡のなかで言語学の話題がつづく71年の夏のあいだに，マラルメはロンドンでコックスの神話学入門書の版権をとっている。そして翌年には『英作文』に着手する。こうした経緯を見ていくと，マラルメの言語科学

への関心は，さまざまな点ではじめから教育と深くかかわっている。

　実はこうした傾向は，マラルメだけのものではない。1860年代の自由帝政期には，デュリュイ文相が高等教育の改革に着手しており，彼のもとには，後に共和派知識人となる人々が集っていた（第八章参照）。その重要メンバーの一人であったブレアルは，1866年から74年にかけて，フランツ・ボップの『比較文法』を翻訳し刊行している。通常これは，フランスでの比較文法の導入の一ページとして語られる。しかし，それに尽きるものではない。66年刊行の第一巻のブレアルによる「序論」を見てみよう。

　　ほとんど言い添えるまでもないことだが，われわれは，職業言語学者たちだけを想定してこの翻訳にとりくんでいるわけではない。というのも，彼らにはこんなものは必要なかっただろうから。〔…〕大きな発見がいくつもなされたのである。〔…〕わが国の教育は，この新たな学識を活用するのが当然である。この学識は，教育をややこしくしたりむずかしくしたりするどころか，そこに秩序，明瞭さ，活気をもたらしてくれる[3]。

　ブレアルの文献学メソッドは，すでにボップの翻訳プロジェクトとともに始動していたといえる。そしてフランスでの比較文法の本格的な受容がこうした言葉とともに幕を開けたのである。したがって，70年3月25日付マラルメ宛ての書簡で，ルフェビュールが「もし君が言っているインド＝ヨーロッパ語族の比較文法というのがボップの本なら，それはブレアルによって最近翻訳されている」[4]などと話題にしていたことも考えると，マラルメにおいて，言語学と教育とが最初から近い問題関心であったはずである。これは，彼が最初から職業上の近視眼的な目的しか持っていなかったということではない。むしろ，教育の現場に隣接したところに，当時のフランスの言語学が存在していたということである。

---

[3] BOPP (F.), *Grammaire comparée des langues indo-européennes* …, t. 1, avec l'introduction par Bréal, pp. V–Vl.
[4] MONDOR (Henri), *Eugène Lefébure, sa vie et ses lettres à Mallarmé*, Galliamrd, 1951, p. 319.

ただしマラルメの言語学への関心が文学と結びついているのも事実である。1870年5月22日付のカチュール・マンデス宛て書簡では，「僕はソルボンヌに出すために，何か論文のようなものを準備しているが，これはボードレールの思い出とポーの思い出に捧げられたものだ」[5]と語っているからである。「言語に関するノート」を見るかぎりでは，ポーやボードレールとの関係はまったく見当たらない。ならば言語学と二人の文学者はどう関係するのか。

　ポーに関していえば，具体的な作品のどれかという以前に，やはり訳業に関係するものと思われる。マラルメは，ポーの翻訳を長年続けて，1875年6月に，マネの石版挿画入りの豪華版『大鴉』を刊行している。同年の夏に『英単語』が書き上げられたと考えられるので，「言語に関するノート」から『英単語』の執筆前まで，彼はポーの翻訳をしながら言語について考えていたはずである。そして言語学についての言及がまだ見られる1871年に，3月1日付の書簡でこう述べていたことを思い出そう。「僕が知っている英語は，ポーの詩書で用いられている単語だけで，僕はこれらを発音できるし，たしかにうまくできている。——詩句にそむかないようにね。／辞典と直感的予見の助けを借りれば，僕は翻訳者を上手にやれるよ。とりわけ詩人たちの翻訳者ならね。これは稀有なことだよ」(MCL, p. 493) と。ここに，マラルメのダイレクトメソッドの実践を見てとることができるが，ともかくポーの翻訳は，このように韻律にそって発音し，辞典を引きながら，直感を働かせて考える，そうした一連の作業とともになされていたはずである。しかもそれと同時に，言語学への関心が続いていたことを考えると，彼が言語学と辞典の関係について思いをめぐらせていたとしても不思議ではあるまい。

　そういう文脈で考えるならば，「ボードレールの思い出」の方も意味深長である。1867年9月24日付ヴィリエ宛ての書簡で「あわれでかつ神聖なわれわれのボードレールが終えたところから，まさに僕は始めた」(MCL, p. 367) と語っていた若き詩人は，思い出のなかでボードレールと言語学をどのようにつないでいたのだろうか。答えの出ない問題だが，『英単語』の執筆・刊行まで

---

5) MARCHAL (Bertrand) (éd), *Mallarmé / Correspondance / Lettres sur la poésie*, Gallimard, 1995, p. 475. 以後，ここからの引用はすべて MCL と略記する。

を見越して考えると，例えば次の一節が思い浮かぶ。ドラクロワの発言を引き合いに出して，ボードレールが言葉をついでいる。

> 「自然は一冊の辞典にすぎない」と彼はしきりに繰り返していた。この一節に含まれる意味の射程を理解するには，辞典の数多い普段の使用法を思い描いてみる必要がある。われわれはそこで，いくつかの単語の意味を，単語の形成を，単語の語源を探し，ついには，文や物語をなすあらゆる要素をそこから抜き出す。しかし，かつて誰も，辞典を，この語の詩的な意味におけるひとつの作品構成〔composition〕として考えたことはなかった[6]。

周知のように，これは「1859年のサロン」の一節だが，ボードレール自身この一節を気に入っているようで，63年の「ウージェーヌ・ドラクロワの作品と生涯」においても，微修正をくわえて自己引用している。辞典をひとつの詩的な作品構成と考えること，辞書学をひとつの「構成の哲理」と考えること。マラルメが，「言語に関するノート」から『英単語』へいたる思索の過程で，このような着想にいたったと考えるのは，はたして穿ちすぎだろうか。

ともあれ，われわれが提起したいのは，文学から言語科学を考えるのではなく言語科学から文学を考えること，そして，教育を文学とも言語科学とも切り離さないことである。そういうわけで，本章では，文学と教育学と言語科学の織りなす円環のなかで，『英単語』をとらえなおすことにしよう。

『英単語』の刊行時期は1877年末だが，執筆時期は1875年のロンドン行き直前と考えられる。その理由は，すでにミションが指摘したように，1876年の時点でトリュシー社のカタログに近刊のタイトルとして並んでいるからであり，1875年の夏に，書簡の数箇所で，締め切りのある仕事に励んでいるのが見られるからである。くわえて，同じ年の8月21日に，「〈文献学〉のための労働」[7]という言葉がはっきりと残されている。また，8月14日の時点で，す

---

6) BAUDELAIRE (Charles), *Œuvres complètes II*, Gallimard, 1976, p. 624.
7) Corr. IV, p. 404.

でに「一ヶ月前から，日夜私を閉じこめている仕事」[8]と述べていることから，この年の執筆期間がおおよそ7月半ばから8月半ばの一ヶ月ほどであったであろうことが推測される。ただしこれは，あくまでも執筆時期であって，構想自体はもっと早くからあった可能性が高い。

　構想を考えるには，マラルメが『英単語』を書く上で参照した資料を見てゆくのが早い。ミションは，本書の原典らしきものを二つ特定している。ひとつは，ジョン・アールの『英語文献学』(1873年版)[9]と，『チェンバース語源辞典』(1874年版)[10]である。しかし，これらからの具体的な借用箇所は，『英単語』の細部にすぎないので，構想時期はもっとさかのぼることもできる。具体的な構想時期までは確定できないが，ミションは，マラルメの構想の源として，いくつかの著作を指摘している（JM, pp. 26-42）。

　一つめは，フリードリヒ・マックス・ミュラーである。マラルメとルフェビュールの往復書簡にミュラーの名前が出てくること，また，翻案書『古代の神々』の原書であるコックスの本にはミュラーへの謝辞があること，さらに，ミュラーとその一派の影響と思われる地質学的な比喩が見られることなどから，まず確実と言える。ただし，1875年までにミュラーが英語文献学の著作を書いた形跡はなく，またミュラーの記述を引用したというはっきりとした証拠も発見されていない。現在のところ，『英単語』に対するミュラーの影響は，おおまかな参照点以上のものとは考えにくい。

　二つめは，ヒュー・ブレア[11]の著作を介した，ジョン・ウォリスとド・ブロスである。ただしこれらは，『英単語』の「一覧表」におけるイニシャルの意味に限定された類似点である。この類似点は，たしかに一考に値するが，しかし一覧表という小さなまとまりで見ても，むしろ相違点のほうが目につく。そ

---

8) Corr. II, p. 68.
9) EARLE (John), *The Philology of the English Tongue*, 2nd ed. revised and enlarged, Oxford, Clarendon Press, 1873.
10) DONALD (J.), *Chambers' Etymological Dictionary of the English Language*, London, W. et R. Chambers, 1874.
11) 例えば次のもの。BLAIR (Hugh), *Leçons de rhétorique et de belles-lettres*, traduites de l'anglais par J. P. Quénot, Paris, Lefèvre, 1821, 3 vol.

れにミュラーとは異なり，マラルメがあきらかにこの人物を認知していたという確たる証拠も存在しない。

三つめは，エミール・シャスルである。彼は，公教育大臣ヴィクトル・デュリュイの下で，中等教育の調査と報告を担当していた。その仕事の一環で，彼はマラルメの授業を視察して比較的好意的な評価を残し，マラルメも書簡で彼の名に言及している。シャスルとマラルメが教室で話し合っていたという生徒の証言もある（この時期のマラルメは，改革派の要人とあちこちで接点を持っている）。二人に接点があったことは事実である。それどころか，『応用文献学についての覚書』[12]のシャスルと『英単語』のマラルメには，確実な共通点がある。

ミションも指摘するように[13]，シャスルは，言語学に即して力説した「観念を捨象して，音あるいは音を表象する文字の本性を観察すること」(EC, p. 4) を手がかりに，イニシャルの分析をおこなっている。この指摘とは別に，本論考とかかわりのあるマラルメとの共通点を挙げておくと，「今日，言語学は科学である」(EC, p. 3) 以上，「単語を，偶発物やばらばらのものの寄せ集めのように考えたり，辞典を，記憶を裏切る膨大な百科事典のように考えたり〔…〕することは，もはや許されない」(EC, p. 4) こと，そして，「言語学のこうした〔音声の面と観念の面との〕二通りの応用は，学生の精神のうちで，彼の記憶を疲弊させてきた曖昧であやふやな概念を，単語の諸グループと音の諸階梯とに取り替えてくれる」(EC, p. 5) ことが述べられている。とりわけ応用文献学が，記憶の合理化・強化の観点から，言語教育と辞書学との再検討を促していることは注目に値する。ただしシャスルのこの著作はわずか6ページにすぎず，「一覧表」の着想の典拠としてはあまりに内容が薄い。そして，ミションの調査にもかかわらず，シャスルの他の著作と『英単語』との接点もはっきりしていない。

---

12) CHASLES (Émile), *Note sur la philologie appliquée*, Paris, Imprimerie impériale, 1865. 以下，EC と略記する。
13) その他，ミションの指摘としては，錬金術から化学への変化に相当するものが19世紀の言語学に生じた点についての二人の記述は似ており，シャスルもまた，そもそもグリムの法則などの文献学の成果が現代言語の教育に有益であることを主張している。

シャスルが英語文献学の著作[14]を書いているだけに，ミションがシャスルを重視したくなるのは当然である。しかし，いみじくもミション自身が指摘するように，シャスルの主張が「現代言語の教育における文献学の有用性」(JM, p. 38) であること，そしてシャスルの主張が，公教育大臣の教育政策にかかわっていたことを踏まえるなら，そもそもマラルメの原典を英語関係の著作（英語学，英語教育，英語文献学など）に限定する必要はない。むしろ，シャスルの意向は，当時のフランスにおける教育界の一般的な問題提起だったはずである。そしてこれは，われわれが第一章で確認したとおりである。

　『英単語』の三つの情報源を確認して言えることは，「細部の情報源」と「構想の情報源」とをひとまず分けて考える必要があるということである。マラルメが英語文献学を論じている以上，英語文献学の著作，とりわけ英語圏の著作から借用している可能性は高い。実際，ミションがおおよそ明らかにしたように，ジョン・アールの著作やチェンバースの語源辞典はこの部類に入る。また，エミール・シャスルが注目されるのも理にかなっている。しかし，著作全体の構想まで考慮せずに，細部だけを借用することもできる。逆に，別の言語の文献学から構想だけを借用して，英語の細部の分析に転用することも可能である。シャスルの英語文献学を研究するのであれば細部の情報源の調査になりうるが，実際にミションが論じているのは，シャスルの応用文献学の方である。こちらはむしろ構想の情報源というべきである。このように，発想の近い著作という点で，マラルメの情報源を探すのであれば，英語関係の著作に限定せずにもっと広く，当時の文献学界や教育学界の著作も視野に入れなければならない。第一章でわれわれがおこなったマラルメの教育ジャーナリズムの研究は，構想の情報源を探求する準備作業にあたる。そして，構想の具体的な情報源が見つかっていない現時点では，構想の情報源という言葉をゆるくとり，単なる引用元に限定せず，おおまかな着想の類似点を抽出して，当時の教育言論との関係で『英単語』を位置づけてゆくのが，有意義な試みであると思われる。

　したがって，以下でわれわれがおこなうのは，弱い意味での構想の情報源の

---

14)　CHASLES (Émile), *Pratique et théorie. Loi de la prononciation anglaise*, Paris, P. Dupont, 1873.

探求であり，それをつうじて，それとの対比で，マラルメ自身の構想を浮き彫りにすることである。そののち，補論というかたちではあるが，ジョン・アールの著作の構想を分析して，情報源の区分に一定の正当化を与える予定である。

第二節　心の辞書学

　『英単語』とは，どういう類の著作なのか。
　前節での情報源の調査によって『英単語』という著作の本質を見誤ることのないよう注意しよう。『英単語』は『古代の神々』と並び称されることが多いが，両者は性格が異なる。『古代の神々』は英語教師としての英語力を生かして英語圏の学術情報を紹介する著作であり，翻訳・翻案であることを公言している。それに対して『英単語』は，いわば英語教師としてのマラルメの本職に近い仕事であり，それを翻訳や翻案の趣旨を示さずに刊行することは，周囲に自著として，自分の研究として認知させることを目的としている。事実，視学官はそうした著作として目を通している。たとえその内容がさまざまな外部の情報源に頼ったものであっても，マラルメが自著としてはっきりと引き受けて書いている事実は否定できない。
　実際，本書は，複数の資料のパッチワークのようなまとまりのないものではなく，はっきりとした構想にもとづいている。執筆分野の点から，「文献学書」であるとひとまず言えるが，専門書や研究書というわけではない。その対象や目的も，詩人自らが明快に語っている（『英単語』の構成を紹介した箇所は，本論考の序論冒頭ですでに引用したので割愛する）。

> 本書は，現代科学の観点から英語を研究したフランス初の書物である。しかし，文献学的研究に対する〈公衆〉の新たな趣向を満たしうるものであるとすれば，明快で歴史に沿ったその方法が，主に，リセや教育施設で勉強する若者たちを手助けするのにふさわしいからである。〔…〕この〈辞典の鍵〉のおかげで，日ごろ言語学習が記憶に強いる労苦は，知性にとっての遊び〔un jeu〕となる。／概説書である『英単語』は，それゆえ，フランスで英国

の言語に専心するあらゆる人を対象としている。　　　（O.C.2, p. 1793）

　『英単語』は，その副題にあるとおり，「授業と一般読者のための文献学小冊子」である。だから，著作の種類としては，研究書ではなく「概説書」であり，広い意味での教科書というべきである。そしてこの紹介文にもまた，マラルメの「教育の助言」の文句と同じ特性が見られる。『英単語』もまた，文献学の成果を中等教育の言語教育に応用して，記憶の効率化をはかる「文献学メソッド」の教科書であるらしい。「辞典の鍵」もそこにかかわる。
　それでは，『英単語』は実際にはどういう内容の本なのか。本書の序論を確認してゆこう。序論の第一節「英語」では，現代社会での英語の位置づけがなされている。「政治関係や商業関係の観点では，国際的普及において英語にまさる言語はない。文学の観点あるいは，ポエジーから科学までを包括する精神の著作の観点では，フランス語を除いて，英語より高貴なきらめきによってどの言語が英語にまさるというのだろうか」(p. 947) と。そして文学においてはシェイクスピアをはじめとして，英語で書いた錚々たる巨匠がひしめいている。使用地域については，グレートブリテン島とアイルランド（つまり内地），合衆国全土と英国領の北アメリカ，オーストラリア，ヴァン・ディーメンズ・ランド，ニュージーランド，南アフリカにインドなど，きわめて広範囲におよぶ。このように英語の実用的意義と文化的意義の両方を指摘したあとで，さらにマラルメはいう。「どの民族もフランス人ほどの関心は持っていない。もっとも隣接しているからというのもあるが，しかし，英語とフランス語との歴史的関係からでもある。本書で読んだりめくったりされる全章が，そのことを明らかにするだろう」(*ibid.*) と。とりわけフランス人にとって，英語を学ぶ歴史的意義があるというのである（その内実は後述）。このようにマラルメは，いくつもの意義を挙げて，英語という現代言語を学ぶことの重要性を強調している。こうした点にも，ブレアルとの同時代性が見てとれる。
　第二節「文献学」に移ろう。ここでは，いよいよ文献学と教育の関係が，つまり「文献学メソッド」が論じられる。外国語を習得するためには，「器官が低年齢期に持っていた甘美な繊細さ」(p. 948) がおとろえない年少時に，外国人の多い環境で生活することである。しかしそれができる人は少ない。しかし

器官の繊細さがおとろえたらもう手遅れというわけではない。むしろその時期は基点にすぎず，それから長い時間をかけて，われわれは言語を話すようになってゆく。それゆえマラルメは，言語学習には，知性の助けを借りた記憶の訓練が必要であると説く。「他の多くの能力の働きの中でもこの点で卓越した能力である記憶は，聡明さをもって学ぶ習慣を通じて発達する。すなわち記憶は知性を必要とするのだ。外国語の本当の勉強は，小さいときに着手してから，大人や大人になりつつある読者たちが継続しなければならない」(*ibid.*) と。前述のとおりこうした記述には，『図解辞典』のルブランが指摘した幼児教育の二段階論との類似性が見られる。そして，知性をつうじて記憶をどのように活用するかが，まさに当時の教育学者たちにとって非常になじみぶかい問題であったことは，前章で確認したとおりである。

　それでは，例えば語彙の記憶は，一冊の分厚い辞典があればそれで事足りるのだろうか。マラルメはここで，語学の初学者にとっての辞典の不都合さを実に生き生きと描き出している。

> 辞典をまるまる一冊渡される，それは膨大で恐るべきものだ。辞典を所有すること〔辞典に精通すること〕は，大冒険であり，読書に助けを借りたり，文法の初歩を一通り学び終えたりが伴う。教室であれ，一般社会であれ，学生が一人でそれを成し遂げることはできないだろう。というのも，単語が，簡略的であらざるをえない主要な観念たちと持つ関係は，それら単語の数とほとんど同じくたくさんあるからである。単語は，なんと多くのニュアンス（原初的なものではまったくない）を意味していることか。小辞典〔lexique〕の欄の中に配列されるこのような語の乱雑な集まりは，そこに恣意的に，そして悪い偶然によって，呼び集められるのだろうか〔…〕。　　　　(p. 948)

　教育学者たちが，語彙の学習における辞典の問題点を指摘しているのはすでに見たとおりである。マラルメの引用からは，ブレアルが指摘した辞典の二つの問題点が見てとれる。ひとつは，辞典の情報過多である。辞典は，読者の年齢や学力を無視して膨大な情報を供給するため，初学者にはその場かぎりの手助けしか与えてくれず，とうてい暗記には不向きである。もうひとつの問題点

は，辞典の不親切さである。ひとまずアルファベット順序を採用した通常の辞典を考えてみればよい。辞書学者は，単語の現在の姿を文字の順に並べ，現在の意味を重要とされる意味の順番に並べているだけである。辞典は，単語と単語の関係も，単語が現在のような意味をもつ理由も，ほとんど教えてくれない。だから，初学者にとって，辞典は「語の乱雑な集まり」に見えてしまう。言語学習に辞典を用いるのであれば，辞典を読み解く手がかり，「辞典の鍵」が必要である。引用の問いに対するマラルメの答えを見てみよう。

〔…〕そこに恣意的に，そして悪い偶然によって，呼び集められるのだろうか。とんでもない。各々の語は，諸地方または諸世紀を通じて，遠くから，自分の正確な位置に着く，この語は孤立させられ，あの語はある一群に混ぜられるといった具合に。それは魔術さながらで，そのとき，白紙ページの数々に語彙集を表象する――と推測される――われわれの精神にとって，それぞれの語の過去の成り立ちについて一つの新たな表象を与える器用な手つきに知恵をつけられて，語が，お互いに溶け合ったり争ったり，退け合ったり惹きつけ合ったりして，かつての有様のように立ち現れようものなら，あなたがた自身が，諸々の語が今日作り上げている言語そのものと一体になる，つまり一人前の人間としてその言語に精通する〔その言語を所有する〕ようになるであろう。 (*ibid.*)

単語たちは，たまたま偶然に今ある姿をとって，一言語の語彙として辞典の中に投げ込まれているのかというとそうではない。文献学の手を借りれば，乱雑に見える単語の集まりのなかから，単語たちが現在まで経験してきた長い道のりが，まるで魔術のように，ありありとよみがえる。そしてこの文献学メソッドを採用すれば，文法や単語の事例だけではなく，それらの道理がわかるわけだから，つまるところ一言語の全体をわがものとすることができ，その言語に精通できるようになる。

この引用は，ブレアルの教育論から解釈できる側面も大きい。しかし同時に，マラルメの考えているものが通常の文献学メソッドではないことも明らかである。文献学によって「それぞれの語たちの過去の成り立ちについて一つの新た

な表象」を手にする様子が，まるで心の中の白紙ページに新たな辞典を書きつけてゆくように描かれている。それは，さきほど辞典の所有・精通とされたことが，そのあとでは言語の所有・精通と言い換えられていることからもわかる。マラルメにとって，言語の学習とは，心の中で辞典を編纂することであり，言語の精通とは，心の中で辞典を所有すること，すなわち辞典の中身を完成させて，それを自由に使えるようになることである。こうした含意を汲むのであれば，マラルメの教育方法は，「文献学的辞書学メソッド」，略して「辞書学メソッド」と言ってもよいだろう。

　以上を踏まえたうえで，念のため，マラルメの指摘をいくつか確認しておく。

　文献学について，彼はこう定式化している。「〈文献学〉は，授業料を何度も支払って〈英語〉を身につける代わりに，まずはそれと同じ成果に達した後，ついでまったく別の成果に達することにこそ他ならぬその目的がある，つまりそれは，発見の数々が整理されて，まさに，一言語についての知識を深める歩みのことなのである」（pp. 948-959）と。文献学は，単に語学力を身に着ける以上のことを含意する。それは，情報を身に着けるだけでなく，数々の発見をつうじて知識を整理する。つまり，規則を見出して体系化するのである。

　言語という「科学的素材」について，彼はこう述べている。言語は，一方で世界を表象する道具として，「反省的」かつ「意志的」に作られている。だが他方で，言語には正反対の性格もある。言語は，ある場合には，地層のように層をなす。「辞典の中の単語たちは，似た時代であったり，時代さまざまであったりして，層のように横たわっている」（p. 949）。またある場合には，言語は有機体に似ている。「単語は，その母音や二重母音の中で肉のようなものを提示し，子音の中で，解剖するには脆い骨格のようなものを提示する」（*ibid.*）とあるように。この意味で，言語は「運命に流されるもの」であり，「盲目のもの」である。ともかく，地層や有機体のように，新たな言語はそれ以前の言語たちを土台として形成される。よく指摘されるように，この箇所から，言語を地層のようなものと考えるマックス・ミュラーの言語学の影響がうかがえる。現在われわれが使っている言語も，先行する言語の瓦礫の上で成り立っており，その言語もまた先行する言語の瓦礫の上で成り立っている。そうやってほとんど果てしなく続いてゆく。そうであれば，言語は，われわれにとってはきわめ

て不透明なものである。もし言語を本当に理解するのであれば，現在にいたる言語の歩みを見渡さなければならない。そしてそれこそ，辞書学者たちがやっていることなのである。

> 〔…〕わが国のアカデミーついでリトレのような巨匠たちや英国の巨匠レイサムが，後の時代になって自らの一般辞典を作る際には，まさしく必ず，すでに仕上がった言語の過去の永きにわたる冒険を喚起する。　　　(p. 949)

マラルメはここでも辞書学的な枠組みで考えている。言語の歴史を知る手段は文献学であるが，辞典を編むのは辞書学である。それゆえ，マラルメは，辞典を読む際には，辞書学者が心の中でおこなうように，言葉の奥行きを考慮して読むことを薦めているのである。これが，「辞典の鍵」である。したがってこの第二節の最後で，次のように本書の構成が語られている。

> 何があるのか。まずは単語である。単語自身，それらをなす文字の元で認識されうるもので，そうした単語が結びついて，文が出てくる。息吹と同じく，知性の流れとして，精神はこれらの単語たちを動員し，それら複数の間で，単語たちは複数のニュアンスを持った一つの意味を表現する。こうして，名詞と形容詞，代名詞と動詞，あるいは冠詞，前置詞，副詞，間投詞など，〈言説の諸部分〉と名指されるグループがある。語の綴りの変動が，複数の語の集まりにおいて活気づけられ，一つの完全な意味をなすこと，すなわち，文の中で意味によって決定される文字の変化，それが〈文法〉または言語の形式研究である。残りは，単独で取り出された不動の語そのものの実質研究，それが〈辞書学〉である。今からお読みいただく文献学は，他のすべての文献学と同じく，のちには，〈規則〉と〈語彙〉というこれら二物を包摂する予定である。本書の二巻が，この二様の問いの片方ずつを扱うこととなるが，現にここにあるのが，語に関する巻である。各ページで，多くの語に共通の法則の周りに，その事例を与える主要な語たちのいくつかを集めようとしている。この事実により，まずはそれらの語たちが忘れがたいものとなり，やがて〈読者〉が自分で研究することに専心し見つける同種の語たちもそうな

る。少しずつ,この言語そのものが,その対称性〔調和〕と偶然において,目の前に顕わになる〔…〕。 (pp. 950–951)

『英単語』は語彙研究であり,文法研究はまた別の巻でおこなうとされているが,周知のように,結局それは果たされずに終わる。文献学を文法と語彙とに下位区分するやり方は,ブラシェやマルティ゠ラヴォーでも見られたことである。しかしこの語彙研究を「辞書学」と名づけるのはマラルメらしい。辞書学者のように,文献学をつうじて,言葉に奥行きをあたえながら辞典を読むこと,そして,歴史の奥行きをもった辞典を心の中にこしらえてゆくこと,それが彼のいう「辞書学」である[15]。

それでは,この奥行きとはどのようなものか。引用後半を見てみよう。この記述は「教育の助言」を思わせる。後者では,ブラシェの文法書が,一見無秩序に映るがよく見ると,ある規則の観念の糸があちこちでつながっていて全体として「理想的な図柄」を描き,そこにある調和が人間の調和本能に訴えるがゆえに記憶しやすくなることが語られていた。『英単語』のマラルメは,それを語彙に特化して実践しているといえる。基本単語である「主要な語」たちを一定の規則とともに提示することで記憶しやすくすると同時に,いったん記憶したあとでは,今度は自分で,その規則を他の語たちにあてはめて「図柄」を広げてゆく。するとそこでは,言語が,偶然とともに,偶然のなかにひそむ,人間の本能に訴えるような対称性を際立てながら,われわれの目の前に現れる

---

15) 念のために補足しておく。リトレは lexicographe を「辞典に入る語をすべて集める人」ないし「レキシコグラフィの研究に携わる人」と定義し,lexicographie を「レキシコグラフが従事する研究や科学」と定義している。ここには辞典関係の意味しか登録されていない。ちなみに,邦訳の『マラルメ全集』ではこの箇所が「語彙論」と訳されているがこれは誤りである。それは,単に lexicologie との混同によるばかりではない。lexicologie という言葉自体は当時から存在したが,語彙の研究が独立して「語彙論」として確立されてゆくのはむしろ,共時的な言語学の発達する 20 世紀のことである。『英単語』の当時,語彙の研究は,まだ文献学や比較文法の一部にすぎなかった(シャーヴェのレキシオロジー(lexiologie)は広く支持されていなかったし,ブレアルの意味論が登場するのももう少し先である)。マルティ゠ラヴォーが,文法との対比で「辞典」しか引き合いに出していないのもおそらくこのためと考えられる。したがって,やはりここは「辞書学」ないし「辞書編纂」と訳しておくのが適切であろう。

というわけである。このように，単語同士を幅広く結びつけるだけでなく，時間的にも長く伸び広がって，言語の歴史を表象する図柄。これが，心の中の辞典の鍵であり奥行きである。

以上を踏まえて『英単語』を見返すと，実は，辞典にかかわる単語があちこちに見られる。

例えば，本書の目次のような位置にある「プログラム」には，lexique という語が見られる。「§4. 本書によれば，言語とは〈語〉であり，しかも単独で取り出された語の形と，文における語の役割である。前者から Lexique が，後者から Grammaire が生じる。これは，あらゆる文献学に属する二巻あるいは二部である。本書では〈語〉そのものを扱い，〈規則〉は概説書別巻の主題となる」(p. 941)。「文法」という語には，規則とそれを教える教則本との二種類の意味があるように，ここでの lexique も，「語彙」とそれを教える「小辞典」との二種類の意味でとることができる。

次に，第一巻第一章第一節の「一覧表」の周辺にも，こうした類語が見られる。一覧表とは，マラルメが，読者に英語のイメージをつかんでもらおうと考えて，英単語のうちアングロ゠サクソン系の「単純語」だけを，独自の配列で集めた一覧表である。マラルメはその一覧表を，「名称目録〔nomenclature〕」(p. 968) や「語彙集〔vocabulaire〕」(p. 969) と呼んでいるが，前者は辞典の項目の意味にもなり，後者は用語辞典の意味にもなる。そして，「一覧表が従う順序は，〈辞典〉の順序とは別のものである」(p. 969) という断りも見られる。あえて辞典の順序とは異なると断るのは，マラルメがそれをある種の辞典とみなしていることの裏返しではないだろうか。だとすると，あの特殊な配列をなす一覧表は，いったいどういう意味で辞典なのだろうか。それは，マラルメのいう心の辞書学や理想的な図柄とどのようにかかわるのだろうか。これらの点については，のちほど詳述したい[16]。

---

16) なお脚韻辞典についても言及がある。「フランス語に由来し，ついでラテン語に浸し直された英語の語尾のすべてがここに出ているのだろうか。いいや，というのも，この種の研究は，その最後の限界まで推し進められようものなら，英語とフランス語で詩作に用いられる二冊の脚韻辞書の全面改訂を必要とすることになるだろうから」(p. 1068)。

第三節　新教材としての『英単語』

すでに確認したように,『英単語』の「序論」には, ブレアル以降の新教材のいくつかの特徴が見られる。ひきつづき,『英単語』の構成を追いながら, 新教材としての特徴を見てゆこう。

1　マラルメのダイレクトメソッド

同じく「序論」第二節の「注記」では, 次のような語りかけが見られる。

> 読者よ, あなたは目の前に, この一冊の書き物を手にしている。その教育は, ・書・き・物に固有の特徴, つまり・綴・りと・意・味とに限定される。二つの場合〔書き物と発音〕の片方である発音については, 人はもう精通しているか, 本書のページに現われた英語のあらゆる語を発音すべき教師, つまりそのあらゆる語を補完すべき教師からそれを受け取るかすること。そのうえ, この言語の教師がやむなく自ら用いるにしても, その教育法がどのようなものであれ, 外国語の勉強は, すぐれた作家を大きな声で読むことに基づく。私は, 自著のかたわらに『ロビンソン・クルーソー』か『ウェイクフィールドの牧師』か, 人が練習用に用いるほかの本のどれかを開いている。　　　　　(p. 950)

よく考えると奇妙な注記である。本書は,「文献学」という副題を持ちながら, 発音の習得か教師の付き添いかをほとんど義務づけている。しかしこれこそブレアルが力説していたことである。言語教育において大事なのは, とにかく口に出して発音して使ってみることである。文法書であっても, テクストが主役になってはならず, あくまで教師が口頭で説明し, 生徒もその場で覚え, 教科書は記憶のよすがとしてのみ用いるべきである。しかも, ブレアルはこう書いていた。「どれかひとつ——なにか簡単でなじみやすい〔familier〕もの, 例えば,『ロビンソン・クルーソー』の一章とかペローの童話の一篇とか——を読み聞かせたら, 生徒にそれを繰り返し暗誦させるのです」(B, p. 39)。そし

てマラルメは，手元に『ロビンソン・クルーソー』があることをこれ見よがしに書きつけている。当時の教育関係者は，こうした発言をブレアル流ダイレクトメソッドのあかしと受け取ったにちがいあるまい。

2 言語の歴史教育

ところで，われわれはさきほど，どんな言語も先行の言語の瓦礫の上で成り立っていることを確認した。この説をまじめに受け取るなら，ひとつの現代言語を学ぶためには，その言語に先行するあらゆる言語と，その言語の語彙にかかわるあらゆる現存言語とを知る必要が生じる。しかしこれではいつまでたっても言語の学習が始められない。こうしたパラドックスを提示したあとで，マラルメはこう答える。「ただ単に英語をフランス語から研究することだ」（p. 954）と。そして英語学習においてフランス語の見地に立つことの適切さは，英語とフランス語の関係において示されるとして，詳述は「序論」の第二章「来歴」に先送りする。もちろん，英語とフランス語の関係といえば，ノルマン・コンクエスト以降，フランス語が「中英語」[17]に与えた大きな影響のことを指しているのは言うまでもない。マラルメは，序論第二章の四つの節でそれを説明している。

　第二章の第一節では，征服王ウィリアムの指揮の下，ノルマン人たちがブリテン島を征服したことにより，アングロ＝サクソン語とオイル語という，すでに独自の文化を誇っていた二つの言語がぶつかり合いまじり合って，ひとつの新たな言語が生じたのだと語られる。つぎに第二節では，アングロ＝サクソン語の歴史を振り返り，コンクエスト以前に格変化は減っていたが，すでに洗練された言語となっていたことが例証される。そして第三節によれば，オイル語はロマンス語だが全面的にラテン語に由来するわけではなく，ガリア人がラテン語を元に作った独自の言語であった。第四節では，アングロ＝サクソン語と

---

17) マラルメが想定している「英語」は，今日の言語学では，「中英語」（およそ11世紀〜15世紀）に該当するが，簡略化のため，本論考では「英語」とだけ表記する。Cf. 寺澤盾『英語の歴史』中央公論新社，2008年。

フランス語との融合には時間がかかり，14世紀半ばに初めて英語で公的文書が出るが，議会に受け入れられず，チョーサーの作品の普及によって事実上，この新しい英語は定着していったとされる。それ以来，シェイクスピアやミルトン，シェリーら巨匠たちも，英語の二重の起源を尊重した。綴り字の古典語化はあったにせよ，ポーたちアメリカの巨匠たちも同様であった。その結果，英語は現代言語のうちで独特で，もっとも豊かなものとなった。以上のように，英語とフランス語の幸福な結婚が語られる。と同時に，フランス語から英語を研究するという見地が正当化される。というのも，フランス語は，英語の二重の起源のひとつであって，それゆえに英語の理解に要請されるものだからであり，そしてまた，英語のなかで，フランス語からは消えた単語の将来を知ることができるからである。

英語の「来歴」をたどるこの序論二章で重要なのは，その教育的配慮である。英語の成り立ちは，たいへん人口に膾炙していて，それ自体はめずらしくないが，マラルメは，第二節と第三節と第四節で，それぞれ少しずつ抜粋して，古英語と古フランス語の変容と，英語の誕生とを例証している。

第二節では，古英語の「主禱文」の一節を比較している。最初に，4世紀にモエソゴート語で書かれたウルフィラス版『福音書』を対訳つきで提示する。そこには「無傷なままの豊かな屈折の古風な堅さ」（p. 952）があるとされる。そして，低ドイツ語の分枝を数えあげたあと，ブリテン島の歴史をいちから語り始める。ケルト人の存在，カエサルの征服，アングル人・サクソン人・ジュート人の侵攻，キリスト教の伝来，ブリテン島でのキリスト教文化の開花，デーン人の侵略，そしてアングロ＝サクソン人の大王アルフレッドによるブリテン島の統一と文化的復興。ここでようやくマラルメは，アルフレッド版『福音書』から，さきほどと同じ「主禱文」の一節を取り出して読者に見せる。そこでは格変化と前置詞が並存しているものの，「綴りの成熟とおおよその完成，その形式の操作の規則性」（p. 955）といった洗練が確認される。

第三節では，古フランス語の資料として，10世紀の『聖エウラリアの続誦』と12世紀の『ローランの歌』から，それぞれ一節が抜粋される。マラルメはまず後者を出してから前者を見せて，前者にはまだ現代フランス語との類似点が見つかるが，後者にはむしろラテン語との接点が見つかると指摘する。つぎ

に,「ウェルギリウスとタキトゥスの言語から,あるいはその言語の庶民的な諸形式から,古フランス語がほとんど絶対的に由来する」(p. 957) として,俗ラテン語からの影響にも留意して,ラテン語からフランス語への変化の傾向を概観する。六つの格変化に苦労した「野蛮人」(例えばガロ・ロマンス人) たちが次第に格変化を落としてゆき,二つ以外は前置詞や冠詞に置き換え,単語に新たな外観がそなわっていったこと。そしてその外観は発音の変容も伴っていたこと。例えば,文字が重なって二重母音となり,oi や ail は音がくずれ,eu や ou はある程度残存していた。北方にゆくほど発音が消えて,オック語に比べてオイル語はラテン語からすぐさま乖離し,語末の音があいまいになり,子音もひとつひとつ発音されなくなり,消えた子音の前後の母音が合わさって新たな音に変わっていった。このように概観したあと,「この言語は,それがその元で神秘的に練り上げられた民衆から,司祭たちや偉人たちに移った。それゆえユーグ・カペーはラテン語を知らない」(p. 957) と総括される。マラルメによれば,こうした言語に,ゲルマン地方からフランク人が持ち寄った言葉がわずかにまざったのがオイル語である。

第四節では,いよいよ英語の誕生が論じられる。しかしここでも,マラルメは比較を怠っていない。チョーサーの14世紀末の英語や,1250年ごろの英語から,それぞれ抜粋によって証拠提示がなされる。ただしその前にまず,コンクエストがブリテン島の言語におよぼした影響が述べられる。すぐさまアングロ=サクソン語の豊かな格変化語尾が失われる。政治や狩猟など領主の生活にかかわる言葉が (ノルマン) フランス語となり,庶民の生活にかかわる言葉はもとのまま残ったため,フランス語と英語の併用がつづく。やがて,二言語併用の反動からか,ラテン語がふたたび普及しはじめ,13世紀半ばに『アレクサンドロス・ロマンス』も広まった。マラルメが最初に引用するのは,その詩句の一節である。そこでは,二言語の混合というより並置というべき現象,すなわち,英語とフランス語とが一行の半句ずつをなしている様子が見られ,英語がフランス語から「みずからを切り離そうという確実な意志」(p. 959) が指摘される。その後も,民衆からの要望で領主からの通達に英語が用いられるようになるが,14世紀でさえ,議会は英語を受け入れなかった。結局,英語を定着させたのはチョーサーの文学であるとして,『カンタベリー物語』からの

引用がなされ,「二つの形容詞の間に一つの名詞を置くという,現代英詩のもっとも甘美な文体形式の一つはここに由来する」(p. 960) と指摘される。

こうした記述の過程で,誤りやばらつきはしばしば見られるものの,マラルメの意図は明らかである。それは,文学作品の抜粋にあらわれている言語の外観を見せることにある。作品の巧拙や言葉づかいの貴賤を論じるのにこだわりすぎず,言語の変化の傾向性や規則性を学び,現代の言語の「来歴」を理解することにある。それは,ブレアルのめざす「フランス語の歴史教育」でもあった。『公教育小論』では,「初めのうちは名句集があれば十分でしょう。そこでは,「ストラスブールの誓い」と『聖エウラリアの続誦』と『聖アレクシス伝』のほかに,『ローランの歌』,『列王紀』,『狐物語』の抜粋がほしいものです」(B, p. 237) と述べられていた。また,『16世紀フランス大作家撰集』のブラシェは,修辞学(レトリック)の授業に,16世紀の大作家の学習が義務づけられたことをひとまず喜びつつ,「来年には,この改革が9世紀から15世紀のわが国の文学の学習によって補完されることを願う」(p. I) と語っていた。実際,マラルメが引用しているのも,『聖エウラリアの続誦』と『ローランの歌』であり,10世紀と12世紀のフランス語である。序論第二章は,言語の歴史教育の意図を汲んで,それを英語にまで,さらには英語でのみ生きのびた古フランス語にまで[18]拡張したものと見ることができる。

3 英語の(再)創造力

マラルメは,英語の来歴を描くだけでなく,それを言語の一般史の中に位置づけている。彼によれば,言語の形成にはおおよそ三種類ある。第一の形成は「自然的形成」であり,例えばラテン語がフランス語をもたらすような「単一の言語がこうむる緩やかな破損」(p. 962) である。第二の形成は「人工的形成」であり,その当時の学者が過去の言語の一部を借用して学術用語を作るような場合である。そして,第三の形成は少し複雑だが,英語の成り立ちにおいて見

[18) 「自国語の過去と同時代の宝物を負っている知識人特有の愛国心を持っているなら,英語に昔のフランス語の単語を認めること以上に貴重なことはない」(p. 1046)。

られるものである。上述のとおり，英語は1066年以降のノルマン・コンクエストを機に，古英語と古フランス語の闘争と融合をつうじて成立した。両者はともに印欧語の一種であるが，そこからこまかく枝分かれして，古英語はゲルマン系の言語の特質を，古フランス語はラテン系の言語の特質をそなえていた。このように，いったん別々に特殊化した言語同士が，歴史的な事情によって人為的に「接ぎ木」（p. 962）されて，まったく新たな一つの言語を形成するような現象が第三の形成である。

　興味深いのは，これらの形成が単に三つの様態であるだけでなく，はっきりと肯定か否定かの価値づけがなされている点である。第一と第二の形成についての記述を見てみよう。

> 入植した民族は，別の環境の作用の下で自らの言語を変質させるし，敗北した民族は，征服者の言語を変質させる。この変化から，模糊とした時代の間練り上げられた新たな言語が出てくる。これが，自然的または庶民的，さらに言えば本能的な形成である。しかし，文献学のこの正確な見解に，最近の時代は，同じく本物のもう一つの形成を付け加える。相当数の用語を発明し，それを周囲の空気から引き出すようなことを決してせず，後の時代（創造力が，それとともに伝統が失われる）の教養人たちは，発生器となる言語の中で幾千もの新たな語を探す。彼らは，作り物の規則に従って，好きなように新語を引き出した。これは，まったく人工的，言うなれば学術的な派生である。古代の時代に知られていなかったこの現象を特定するのには，諸芸術や文芸の復興か，科学の長足の進歩さえあれば十分である。　　　（pp. 949–950）

　ここからわかるのは，第一の形成は必ずしも土着のものではないが，民衆による長期的で本能的なものであるのに対して，第二の形成は学者による相対的に短期的で知的なものであるということである（その端的な例はルネサンス期と読める）。しかしそれだけではない。括弧の内容からわかるように，第一の形成には「創造力」があるが，第二の形成は規則に従うだけである。どちらも新たな言葉を多く生み出しているが，価値づけは明らかである。そして，こうした価値づけは，原初の自由を謳うブレアルにも潜在的に見られる。『フランス

公教育小論』ではこう述べられていた。「古フランス語まで，そして言語が単語の形成においても文の構成においてもずっと自由をもっていた時代までさかのぼるならば，文学の生においてと負けず劣らず言語の生において必要であるような，イニシアチヴや巧みな発明の才の何がしかをわれわれは見つけることでしょう」(B, p. 237) と。言語はその始まりにおいて創造的であるが，やがて文芸や科学が発達するにつれて単語の形が定まり，構文が安定して，言語そのものが規則的なものとなる。ブレアルもマラルメもそう考えているようである。

　問題はその先である。ブレアルは支持しないと思われるが，マラルメはそれ以外に，第三の形成が存在すると考える。そのとき彼は「接ぎ木」のイメージにうったえるが，言語は先行する言語のがれきの上に成り立つ以上，あらゆる言語は接ぎ木といえる。むしろ第三の形成で重要なのは，「ほとんど出来上がった言語の中に注がれたほぼ出来上がった言語の場合であり，二言語間でなされる完全な混合」(p. 962) という点である。言いかえれば，それはおそらくは第二の形成の時期にあり，すでにほとんど創造力を失った言語たちが互いに融合した結果，新たな言語が誕生する場合である。このようなとき，言語は創造的たりうるのだろうか。

　答えの方向性は明らかだろう。明言を避けている風ではあるが，マラルメは，「言語の年代史において新しく，またある言語に固有のこの特性」(ibid.) と考え，比較的最近のものであるうえに英語以外に事例が存在しないとして，「英語を現代言語のうちでもっとも独特で，もっとも豊かなものの一つにした解消できない結婚」(p. 961) として英語の形成を褒めたたえているわけだから，おおよそ答えは出ている。ただし彼は，この結婚について非常に微妙な物言いをしている。

　　柔軟な言語たち——そこでは，発展する力の何ものもまだ途切れていなかったが，それぞれがすでに，自らの歴史における一状態を表すのに十分なだけの安定性を備えていた，そういう言語たち——，それらのあいだで，融合は可能だった。
　　　　　　　　　　　　　　　　　　　　　　　　　　　　　　　(p. 958)

アングロ＝サクソン語とオイル語は，実のところ，まだ力を失っていなかったということである。一見，前言を翻したかのように見えるが，ここでは「創造力」（la force créatrice）ではなく，「発展する力」（de la vertu de se développer）と言われているので，第三の形成は，純粋な創造力をもたないにせよある種の発展力をもつ，と考えることができる。それでは，この発展力とはどのようなものなのか。

　実のところ，この発展力をマラルメなりに記述することが，『英単語』の目的なのである。そして，アングロ＝サクソン語の単語たちが，そのまま，ただし微妙な変化を遂げながら英単語となるその契機に，彼はとりわけ関心を抱いている。少し先取りして，第一巻の「梗概」を見てみよう[19]。

> 　私が神秘的秩序をそこに見出そうとする言語創造はアングロ＝サクソン語から英語への移行にあり，それに特化した本巻ではフランス語の介入を考慮に入れることはないので，さしあたりは，アングロ＝サクソン語の単語のうち，そのまま英語にやってきてから，廃れたり，規則的形成からはずれたりしたものをきちんと認識する以外の別のことを私に求めないでいただきたい。
>
> （p. 964）

　誤解のないようにせねばならないが，この第一巻ではフランス語の単語を扱わないというだけであって，「アングロ＝サクソン語から英語への移行」がフランス語の流入によって生じたことを否定しているわけではない。また，フランス語の英語化やラテン語の英語化を言語創造に数え入れていないというわけでもない。おそらくは，英語の全体にある種の言語創造を認めているはずである。ただし，なかでも，アングロ＝サクソン語の英語化にこそ，彼は「神秘的秩序」を見ようとしているのである。そして，この神秘的秩序を浮き彫りにする試みのひとつが，「一覧表」であることはいうまでもない。

---

[19] 『英単語』では，言語名がつねに大文字で表記されているが，本論考ではそのつど訳出しない。ただしその他の語の大文字については原則として〈　〉を用いる。

第四節　人文学のための辞典

1　マラルメの人文学

『英単語』の「人文学」についてもう少し考えてみよう。先ほど確認した文章を，飛ばしながらその先まで読み進めてみよう。

> 辞典をまるまる一冊渡される，それは膨大で恐るべきものだ。辞典を所有すること〔辞典に精通すること〕は，大冒険であり，読書に助けを借りたり，文法の初歩を一通り学び終えたりが伴う。〔…〕あなたがた自身が，諸々の語が今日作り上げている言語そのものと一体になる，つまり一人前の人間としてその言語に精通する〔その言語を所有する〕ようになるであろう。複雑ですっかり忘れられたかくも多くの行為が，そうした行為たちの歴史に注意を払ったあなたがた読者にとってのみ，素直に再開される。もっとも高貴な目的に入る目的であり，実に哲学的な目的だ。この目的は単純であり，ある時代もしくは現代では，人は，大いに理解することによって初めて，あるいは，多くの事物の間で何らかの関係を把握することによって初めて，少しだけ何かを学ぶ，ということに基づいている。才能があれば十分だが，方法があれば，それでもまた十分である。そしてこの方法は，「人文学」を修めた者あるいは修めんとする者の管轄にある。おぼろげな記憶一切の類は，曖昧なものも危ういものも，諸概念または諸事実に並ぶ能力として〈記憶〉という名にふさわしいものに対して劣っているだろう。物事を知るための最良の手段は，依然として〈科学〉である。

括弧つきとはいえ，「人文学」という言葉がはっきりと見てとれる。「人文学を修める」と訳したフランス語表現 faire ses humanités は，「ギリシャ語やラテン語の勉強をする」という意味から転じて，「文芸で精神を培う」という意味があるが，いずれにせよ古典語人文学の原義から生じた慣用表現であることは言うまでもない。そこから出発して引用全体を見渡すと，なるほど人文学を

念頭においた表現が節々に見られる。例えば,「一人前の人間としてその言語に精通する」という一節には,人間を育てるという人文学の理念を認めることができる。また諸概念や諸事実と並ぶ能力として記憶が挙げられているように,本書は専門的な知識を身につけるより,まずもって語彙を記憶するための「知的記憶術」(p. 969) である。多くの物事のあいだで「少しだけ何かを学ぶ」という態度も含めて,想像力,記憶力,判断力を養うという人文学の目的にかなっている。

ただしもともと,人文学はすべからく古典語人文学であった。つまりギリシャ語やラテン語の文献を扱っていた。しかし本書は英語に関する著作である。従来であればこれは,人文学のカテゴリーには入らなかった。しかしこの時代には,「近代語人文学」という概念が存在する。すでに述べたように近代語人文学は,従来は古典語でおこなっていたような教育を,現代外国語によっておこなおうとするものである。『英単語』のなかで「人文学」を括弧つきで提示するとき,マラルメの念頭には古典語人文学とは異なる近代語人文学のことが念頭にあったと考えてよいだろう。実際,この引用は,さまざまな点で人文学の刷新を跡づけている。一つには,「歴史」の重視である。テクスト同士を時代の違いを無視して突き合わせるのではなく,その時代の文脈に置き直して吟味するという姿勢である。もう一つは,そうした歴史の重視の背景には,歴史を浮き彫りにする当時の言語「科学」への期待がある。ジュール・シモンやブレアルの言葉にも見られるとおり,当時,人文学は文献学的な知性によって再定式化されつつあった。

中等教育の「最新流行」にばかり目を奪われていると見逃してしまう側面もある。そもそも狭義の人文学とは何であったか。それは,文法のクラスと修辞学のクラスのあいだの中間のクラスである。「文法の初歩を一通り学び終えたり」という表現には,本書の対象が,文法の初歩を終えたあとの人文学級の学習であることをほのめかしているようにも受け取れる。前章の内容とも重複するが,人文学の学習光景は例えば次のようなものである。

> 下級学級では,文法形式に慣れるような仕方で〔…〕与えられたテクストに現れる表現に相当する表現(ラテン語からラテン語,ギリシャ語からラテン

語，フランス語からラテン語，ラテン語からフランス語）を見つける。詩については，4年生以降，詩句を「ひっくり返す」，つまり教師が散文で与えた短いテクストの単語を韻律法に合う順番に並べることから始める。次の段階では，各自のグラドゥスを手にして，類語や形容語句と戯れながら〔…〕自分なりの単語を選択する。さらにその先では，暗記したテクストが豊富なおかげで，自作文に，古代の大詩人たちから借りた半句や言い回しをふんだんに詰め込むことができるようになる[20]。

人文学級では，コピア（copia）やエレガンティア（elegantia）といって，詩作を通じて類語を増やす。こうした作業の過程でしばしば用いられたのが，引用では「グラドゥス」と呼ばれている「詩作辞典」である[21]。引用でマラルメは英語の話をしているのだが，初等文法を終えたあと，辞典を用いて類語を覚えるという点でも，マラルメの辞書学は古典語人文学と対応している。『英単語』は，古典語人文学を想定しながら，その方法と内容を当時の比較文献学に合わせて組み替えたものと見ることができる（なお記憶術と人文学の関係については第六章第三節5で詳述する）。

---

20) CHERVEL et COMPÈRE, *op. cit.*, p. 15.
21) むろん古典教育の場では，詩作辞典以外の辞典も用いられている。ただしどちらにせよ，古典文学を学ぶための道具である以上，本論で導いた結論が当てはまる。そのことを踏まえた上で，旧体制の時代に戻って中等教育の場の辞典の受容を確認しておこう。まず6学年から，生徒たちはラテン語作文の授業とラテン語仏訳の授業を受けていた。初級での簡単な作文では辞典を用いることがほとんどなかったのに対して，仏訳の授業では羅仏辞典が用いられた。18世紀にもっとも用いられたのは，「プチ・ブドー」の名で愛されたジャン・ブドーの『羅仏辞典』である。この辞典は長く使われ，1820年代まで要約版が普及した形跡がある。しかしこれも下級学級で用いられた辞典である。3年生になって「人文学」の授業でようやく生徒たちは，本格的にラテン語の散文や韻文の訓練を受けることになる。Cf. COMPÈRE (Marie-Madeleine) & PRALON-JULIA (Dolorès), *Performances scolaires de collégiens sous l'Ancien Régime: Étude de six séries d'exercices latins rédigés au collège Louis-le-Grand vers 1720*, Paris, Publications de la Sorbonne, 1992, pp. 66-67.

2　詩作辞典「グラドゥス」の歴史

　人文学級で，ラテン語韻文の授業のなかで用いられたのが「詩作辞典」(dictionnaire poétique) というものである。これには通称があって，パルナッソス山への階梯を意味する『グラドゥス・アド・パルナスム』，略してグラドゥスと呼ばれる（日本語では「詩学階梯」と訳されることもある[22]）。ラテン語詩作用の一種の類語辞典である。フランスで生まれ，やがてドイツ，英国，イタリア，米国へと広まった[23]。ドイツやイタリアでも優れた改良がなされているが，マラルメとの接点を考えながら，ここではフランスの事情に限定して，グラドゥスの歴史を振り返っておきたい。

　当初，フランスではイエズス会がその流通を一手に引き受けていた[24]。この種の教材の最初の「ベストセラー」は，16世紀末の『パルナッス・ポエティクス』である。17世紀になると，1645年にパジョー神父がラ・フレーシュで『詩法』[25]を，1652年にブリエ神父が『テサウルス・ポエティクス』[26]を公刊するなど，類書は多数出ていた。ただしいわゆる『グラドゥス』は，カルティエ・ラタンのサン＝ジャック通りにあるベナール家の製本屋で生まれた。同じ1652年に，ギヨーム・ベナールは，共同経営者のジャン・ジュリアンとともに，匿名のイエズス会士による『類語と形容語句の辞典』[27]を上梓する。好評を博して飛ぶように売れたので，国王による出版允許状を得た新版『ノウム・テサ

---

[22]　ウォルター・J. オング『声の文化と文字の文化』林正寛・糟谷啓介・桜井直文訳，藤原書店，1991年，52-53頁。

[23]　19世紀末，アメリカのダートマス・カレッジの学生デヴィッド・ホーヴェイ (David Hovey) が，学校創設者のエリエザー・ウィーロック (Eleazar Wheelock) を茶化して「グラドゥス・アド・パルナスムと聖書とドラムを持って，インディアンを教育すべく彼は荒野に出かけた」と歌ったものが，長らく同校の校歌だったが，20世紀に Alma Mater と題名を変え，その際に歌詞も変更されて現在にいたっている。

[24]　グラドゥスについては以下を参照した。CHAPRON (Emmanuelle), « Le Gradus ad Parnassum: Pratiques éditoriales et usages familiers d'un dictionnaire poétique latin (XVIIe-XVIIIe siècles) », Bulletin du bibliophile, 2013/2, pp. 1-15.

[25]　PAJOT (le père), *Art poétique*, La Flèche, 1645.

[26]　BRIET (le père), *Thesaurus Poeticus*, 1652.

[27]　(anonyme), *Synonymorum et Epithetorum Thesaurus*, 1662.

ウルス』[28]が1659年に刊行され，その際，副題に「グラドゥス・アド・パルナスム」とあった。しかしこの副題はベナールの独創ではなく，実は，52年にベナールとジュリアンが二人で出した『テサウルス』の改良版として，ジャン・ジュリアンが単独で55年に出版許可を得て刊行した『グラドゥス・アド・パルナスムあるいはラテン語詩法入門』[29]に由来する。60年にジュリアンが亡くなって『グラドゥス』はベナール一人の商品名となり，版を重ねるうちに，「ミューズの扉」や「パルナスの宮廷」を名乗ったライヴァル商品を圧倒してゆく。ついに66年には，ジュリアンの『グラドゥス』の内容を自社刊本に統合して，ベナールは新本『グラドゥス・アド・パルナスムあるいは類語，形容語句，詩的表現の辞典　新版』[30]を出版する。これがおよそ3年ごとに1500から2000の部数で順調に売れてゆき，次第に『グラドゥス』は，詩作辞典の代名詞となっていった。

　グラドゥスの成功は，それまでばらばらに売り出されていたものを一冊に統合したその構成の妙にある。例えば，単語のリスト，類語，それらと一般に結びつけられる形容語句，音節の数の表示，単語の用法を例示した古典詩，作詩法の原理の注意喚起など。17世紀末まで副題が長くなり続けたことからも見てとれるように，名詞の性と属格，動詞の完了形とスピーヌムの記載，歴史・神話・地理の用語の手引きなど，使用説明書の部分の増補が続いた。1687年の版では，ラテン語作詩法概論がフランス語に訳されている一方で，リスト化されたラテン語の単語にもフランス語訳が付されている。このことから，早くも学校教育においてラテン語が衰退しつつあることが見てとれるが，いずれにせよ一冊の分量は増え続け，1663年版で688頁だったものが，1698年には1271頁にまで膨らんでいる。

　18世紀初頭には，ヴァニエール神父が既刊のグラドゥス再版本の監修・補完に乗り出し，1710年に1300頁以上の分量で『詩作辞典』[31]を刊行する。つ

---

28)　(anonyme) *Novum Thesaurus: Gradus ad Parnassum*, 1659.
29)　(anonyme), *Gradus ad Parnassum sive Latinae poeseos tyrocinium*, 1655.
30)　(anonyme), *Gradus ad Parnassum sive Novum synonymorum epithetorum et phrasium poeticarum thesaurus*, 1666.
31)　VANIÈRE (le père), *Dictionarium Poeticum*, 1710.

いで1717年には学校教育用の要約版（1000頁弱）も出版された[32]。後者は, 新たなグラドゥスとして刷を重ねるが, しばしば出版者による独自の修正が加えられていった。そのうちの一つが, ジャン・ボワンヴィリエ編集の1804年版だが, イエズス会弾圧後に初めて刊行されたこのグラドゥスでは, タイトルのページから初めて「イエズス会」の文字が消えている。

19世紀になると, このボワンヴィリエ版の版権をもつドゥララン社が, 新たな編集者を添えてグラドゥスを刊行し続けたが, その一方で, 1810年代にはヴァニエール版を改定した新たな版がいくつか登場する。その一つがル・ノルマン（Le Normant）社のものであり, 最初はフランソワ・ノエルが編集を手がけ, 世紀後半にはフェリックス・ド・パルナジョンによる編集で刊行され続ける。このパルナジョン版は, 1860年以降, アシェット社から出るようになり, 20世紀まで刷を重ねている。

なお, ノエル版以降, グラドゥスは小さな手引書であることをやめ, サイズも含めて, ヴァニエールの百科全書的な詩作辞典の再来となった。これまでの八つ折り版とは異なり, 四つ折り版で, 字もこまかい。内容も段組みで, 片方のコロンに詩句を納められるようになっている。また, 語彙のリストも増えて, レパートリーも変わった。意味のニュアンスをていねいに整理しようとする努力も見られる。さらにノエルは, ヴァニエール自身のラテン語詩のほか, イタリアのラテン語詩人たちの引用も収め, 出典が豊富なものとなった。さまざまな神々の名前や系譜と, それが体現する能力や寓意など。固有名や動植物まで掲載されている。1867年以降, ノエルの仕事を引き継いだアンリ4世リセの教師パルナジョンはアシェット社から新版を出しており, 教会文書の用語や, 近代ラテン語詩人から取った用語などを載せている。ちなみにランボーが使ったとされているのがこの67年版である[33]。

マラルメ自身, グラドゥスを使った経験があると思われるが, さらにリセの教師としてこうした実践を近くで見ていたはずである。それだけでなく, 彼は,

---

32) VANIÈRE (le père), *Epitome Dictionarii Poetici*, 1717.
33) FRANC (Anne-Marie), ««Voyelles», un adieu aux vers latins», *Poétique*, n. 60, 1984, p. 412.

1870年代初頭に，アシェット社の経営者のブレトン一族と懇意になり，『最新流行』の「教育の助言」でも同社の教材をいくつも取り上げている。したがって，あくまで推測の域を出ないが，当時，アシェット社のカタログでパルナジョン版のグラドゥスが，マラルメの目に留まっていても不思議ではない。

3　グラドゥスの使い方

ラテン語詩は，一詩行が短音節や長音節（通常は短音節2拍分）から構成されており，一定数の音節によって形づくられる詩脚（mètre）の構成と数に応じて，さまざまな韻律となる[34]。ラテン語詩でもっとも多く用いられているのが，ヘクサメトロス（hexamètre），つまり六歩格である[35]。六歩格は六つの詩脚から成る。詩脚の構成には，同じ四拍格の場合でも，プロケレウスマティコス（短短短短格），アナパイストス（短短長格），ダクテュロス（長短短格），スポンダイオス（長長格）などの種類が見られるが，一般的な六歩格詩行で用いられるのは，ダクテュロスかスポダイオスである。したがって，長音節を―で，短音節をvで表示すると，一行の韻文は次のどちらかの形をとる。

――／――／――／――／― vv／――
― vv ／― vv ／― vv ／― vv ／― vv ／――

最初の4詩脚は，長短短格か長長格のどちらであってもよい。詩脚の切れ目が語の切れ目であるとはかぎらない。いずれにせよ，ここからわかるのは，六歩格詩句では，三つの短音節が続いたり，短音節の前後に長音節が置かれたり

---

34) ALLEN (J. H.), GREENOUGH (J. B.), *Allen and Greenough's New Latin Grammar*, Boston, London, Ginn & Company, 1903, pp. 401-427. 日本語では次を参照されたい。國原吉之助『ラテン詩の誘い』大学書林，2009年，1-27頁。逸見喜一郎『古代ギリシャ・ローマの文学――韻文の系譜』放送大学教育振興会，1996年，317-285頁（補遺）。
35) その次に多いのが，エレゲイオンという詩形であり，これは第一行目が六歩格で第二行目が五歩格（pantamètre）となる二行詩である。ギリシャでは挽歌に用いられたところからこの名称となっているが，ラテン語では，悲哀の少ない恋歌や寸鉄詩，短詩で用いられる。

してはならないという点である（その他，語の配置に関するさまざまな細かい規則が存在する）。アンヌ＝マリー・フランの出す例[36]で言えば，nĭvĕā vācca（雪色の牛）は，短音節が三つ続くので採用できないが，ĕbūrnĕā vācca（象牙色の牛）は採用できる。反対に，ĕbūrnĕā stēlla（象牙色の星）は，短音節の前後に長音節が置かれるので採用できないが，nĭvĕā stēlla（雪色の星）は採用できる。

当時のリセの生徒は，ラテン語韻文の授業で，この六歩格詩句を作らなければならなかった。生徒がこうした詩句を作るには，音節の長短だけでなく，類語，併用可能な形容語句，迂言表現，引用などの一式が必要となる。それがグラドゥスの役割である。「白い」に当たる表現が必要であれば，白さを現わす表現一式を見比べる。雪色は不可だが象牙色は可であると言った具合に。

スタンダールは，『アンリ・ブリュラールの生涯』のなかで，こうした詩作の準備練習の場面を描いている。それは第12章の「ガルドンの手紙」で読むことができる。

　　私のうちに詩才を伸ばそうとして，デュラン氏は大型十二折本を一冊もってきたが，その黒い装丁はひどく手垢まみれで汚かった。〔…〕本人もあまり身なりがきれいとは言えないデュラン氏の黒い本については，お察しにまかせる。この本には，あるイエズス会士が作った，牛乳の鉢のなかでおぼれる蝿の詩があった。牛乳の白さと蝿の体の黒さ，蝿が牛乳のなかでもとめる甘さと死の苦さから生じる対立，気が利いていると言えば，それだけのことだった。
　　先生は，形容詞を除いてこの詩を私に書き取らせた。例えば次のように。
　　Musca（形容詞）duxerit annos（形容詞）multos（類語）．
　　〔…な蝿は…多くの…な年を数えることであろう。〕
　　私は『グラドゥス・アド・パルナスム』を紐解き，蝿に関するあらゆる形容詞を読んで行った。volucris（飛ぶ），acris（はげしい），nigra（黒い），そして自分の作る六歩格詩句や五歩格詩句の詩脚を合わせるために，たとえばmusca（蝿）に対してはnigraを，annos（年）に対してはfelices（幸福

---

36) *Ibid*., p. 413.

な）を選んだ[37]。

　また，実際にグラドゥスのページを見ると，パルナジョン版であれば，Nの項のなかのNOで始まる語のブロックに，nobilisという見出し語がある。そのあと，二重の縦線で仕切られて，意味が並べられている。nobilisであれば，意味はconnu（有名な）と，illustre, célèbre, fameux（三つとも「名高い」）と，noble（高貴な）の三種類である。意味のあとには，時には長い引用があっていずれも翻訳は付されていない。出典の著者名はイニシャルのみで示されている（V.はウェルギリウス，H.はホラチウス，O.はオウィディウス，Plaut.はプラウトゥス）。Voy.（〜を見よ）という指示とともに別の見出し語が並んでいる。意味と用法のあとには，SYN.で類語が，名詞であればEPITH.で形容語句が，場合によってはPHR.で迂言表現が，それぞれ置かれている。また詩作のために，それぞれの語の母音の上には，短音節か長音節かわかるように目印が付されている。

　引用の作業はまだ初歩的なものだが，人文学級では独力で詩作をするところまでいたる。「ラテン語韻文」という学科は，「ラテン語模擬演説」以前，さらには出来事の展開を表現する「ラテン語ナラシオン」以前の段階で，その準備作業であった。こうした古典語人文学は，フランス語での執筆のために役立つと考えられていた。それは，いわば「ラテン語詩人を輩出するためのものではなく，生徒のもとで，文体として純度の高い言語を鍛える」[38]ためのものだっ

---

37)　スタンダール『アンリ・ブリュラールの生涯』上巻，桑原武夫・生島遼一訳，1974年，185-186頁（適宜改訳）。

38)　SAMIDANAYAR-PERRIN (Corinne), «Baudelaire poète latin», *Romantisme*–Vol. 31–Issue 113, 2001, p. 88.

た。グラドゥスの序文も，この辞典そのものが「詩的文学の講義」[39]であると自認している。ラテン語韻文によるこのような教育は，学校の外でも，専門誌やコンクールのような賞レースによって奨励されていた。

4　心の中のグラドゥス

ところで，古典語人文学のなかでもっとも批判にさらされたのが，このラテン語詩作である。この点で，西欧の諸外国に比べてフランスは100年遅れていると考えるミシェル・ブレアルの批判をここで確認しておこう[40]。「古典学習の反対者たちによってなされてきた批判を繰り返すつもりはない」とした上で，ラテン語韻文という教科の是非について意見を述べている。ラテン語韻文の支持者の見解として主に二つが挙げられている。一つは，「若者は，学校でラテン語詩を自分で試みなければ，古代詩人を理解できない」とする見解であり，もう一つは，「若者は，この練習によって自分たちのセンス，想像力，文学的感情を発達させるのだ」という見解である（p. 222）。これに対して，ブレアルから見れば，センスや想像力を鍛えさせることの重要性には同意するが，しかしフランス語の散文で二つの観念を組み合わせたこともない若者に，ラテン語の六歩格でしゃべらせることから始めるのは自然な進め方だと思われない。ごく一部の生徒しかうまくついて行けないこうした教育を施すより，生徒全体がついて来られることから始めるべきである。またラテン語詩を学ぶにしても，他の韻律を顧みずに，六歩格や長短短五歩格の詩作ばかりをやらせるのはおかしい。まずは韻律法と韻律学を幅広く教えるだけで十分で，あとは生徒たちが実際に詩を読んで楽しみを見出せればよい。事実上，ブレアルはラテン語詩作の廃止を主張しつつ，かつて韻律法を教育に持ち込んだ人文学の方も，韻律法が今日ほど重視されることになるとは予想だにしていなかったのではないかと皮肉っている。

ここまでは，今日からすれば比較的ありきたりな意見だろう。しかし他方で

---

39)　NOËL (François), Préface du *Gradus ad Parnassum*, 1856, p. VII.
40)　BRÉAL, *op. cit.*, pp. 221-226.　以下，本書からの引用はページ数のみで示す。

彼は，ラテン語詩作の弊害についてこう述べている。ラテン語詩作の支持者たちの実際の主張は，「作詩法はわれわれが詩人をよりよく理解するのに役立つ」というよりむしろ，「詩人を読むことは作詩法に役立つ」と言っているに等しい（ibid.）。生徒に詩作をさせるために，ウェルギリウスの詩を丸暗記させ，形容語句，迂言表現，送り語，句切りを頭に詰め込ませ，他の韻律を顧みずに，六歩格や長短短五歩格の詩作ばかりをやらせているのだから。これに対する反論として，「生徒が古代詩人を読んで詩を味わえるようになりさえするなら，物事の論理的順序が逆になってしまっても大した問題はない」（p. 223）という意見を予想ししつつ，ブレアルは，論理的順序の逆転の帰結は見た目より深刻で，この逆転によって，詩の読み方自体がゆがめられてしまうのだと主張して，こう続ける。

> 生徒たちに向けて，彼らが用いる形容語句や迂言表現を辞典〔Thesaurus〕で調べないよう促すのは正しい。しかしウェルギリウスかルカヌスを読むとき，まさしく彼らは，自分用の詩作辞典を心の中で作っているのではなかろうか。彼らは，いつか自分たちに役に立ちうると思われるものを拾い集め，自分が模倣したいと思うものを注視する。関心の偏ったこうした見方を持つだけで，読書の知性的かつ道徳的な効用はすでに危ういものとなる。（ibid.）

このように警鐘を鳴らしてブレアルが提示する代案は，まずは生徒自身に物事を自発的に見つめさせ，最低限の情報を合理的に提示することである。しかし，彼のラテン語詩作批判は図らずも，古典語人文学のあり方を照射しているように思われる。従来の古典語人文学では，詩はそれ自体を味わうために読まれるのではなく，自分が表現をくみ取るべきリソースとして用いられる。それは最終的には韻文ではなく，散文へと昇華される。このとき，自在な表現を身につけることは，類語や形容語句と組み合わされた「詩作辞典を心の中で作っている」（« se composer mentalement un dictionnaire poétique »）こととしてイメージされうるのである[41]。

---

41) ついでに言えば，ブレアルの提唱する人文学もまた，詩をそのものとして味わう営為

そうした事情を考慮すると，興味深いことに，心の中の辞書学を構想するマラルメの『英単語』には，ブレアル風の人文学と古典語人文学の双方の要素が見られる。一方で，歴史科学によって英語を正確に知ることが目指されており，これはブレアルの言う合理的な教育方法に則っている。他方で，やはりそれが心の中の辞書学として表象されている。「一覧表」にはある種の類語のリスト（語家族）が含まれることを考えるなら，まさにここに，一種の「グラドゥス」を見てとることができるのである。

　ただし『英単語』を人文学と関係づけることに意義があるとすれば，それは言語と文学の独特の関係について人文学が提供する観点を獲得することを可能にするからである。そこでは文学そのものは鑑賞の対象ではない。Faire ses humanités には「文芸によって精神を培う」という意味があったが，同時にそれは，「文学によって言語を学ぶ」ことでもある（文学によって言語をどこまで精密に捉えられるかはともかくとして）。文学を模倣しつつ，文学という資財から，文学を手段として，みずからの言語表現を磨き上げる。そこには，作品としてそれ自体を尊重する態度は希薄だが，同時に文学は，社会生活のための表現モデルであり，そのかぎりでそれは重要な「公共性」を担っている。中等教育の現場に立ちつづけたマラルメは，おそらく，否が応でも文学と言語のこうした公共性と向き合わされていたはずである。したがって彼が後年，祝祭を論じるとき，そこに人文学の影が潜んでいないかどうかをよく見定めなければならない。

　辞典もまた，公共性の観点から理解しておく必要がある。グラドゥスのような詩作辞典は，一方で，言語のアーカイヴを詩的な表現の蓄えという形で貯蔵しているかぎりで，すでにして潜在的に文学と結びついている。しかし他方で，そもそも辞典とは，集団的な言語と個人の発話とを関係づける道具である。古代詩人たちの表現を裁断した道具箱であり，そこから自由に単語を組み立てて

　ではない（これは「教育の助言」で言及された教材すべてにも当てはまる）。生徒が興味を持ちやすい作品を選んで，彼らの好奇心をうまく学習に利用しているのである。またそうした作品は，言語史や文学史を知るための資料としても活用されている。いずれにせよそこでは，教養を深め，精神を培うという名目で，文学作品が道具化されていることに違いはない。

新たな表現を作ることができる以上，それは膨大な言語資料へと開かれつつも，その時々の新たな表現に対する備えでもある。したがって『英単語』におけるマラルメの辞書学を，従来とはちがって，文学よりも人文学の側に位置づける方が妥当となる。そこにどれほど詩的な要素が含まれていようと，それは「授業と市井で用いられるための小さな文献学」(p. 1793) なのである。

補論　マラルメとアール

　ジャック・ミションは，その著作『マラルメの英単語』のなかで，マラルメが『英単語』を執筆するにあたって，彼の書斎に保存されていたジョン・アールの『英語文献学』第二版（1873年）と，『チェンバース語源辞典』(1874年版）を参照していることを突きとめた。さらにミションは，アールの『英語文献学』とマラルメの『英単語』とを詳細に比較検討している。「縮減」(JM, p. 64)，「接ぎ木」(JM, p. 67) といった原典の加工に加え，原典の換骨奪胎による「意味の産出」(JM, p. 71) も指摘されている。マラルメが，ジョン・アールの著作を参照して，序論の第二章「来歴」の第二節と第四節の歴史記述を書き，アールの著作と『チェンバース語源辞典』を参照して，本論の第二巻と第三巻の接尾辞の解説を書いたことが，ジャック・ミションの研究によって明らかとなった。

　ただしミションは，なぜマラルメが，ほかならぬアールの著作を参照したのかという点については説明していない。われわれは，マラルメの『英単語』の奇妙さをよく知っている。しかし，今日から見た場合，アールの著作もまた奇妙である。それは，アールの「前書き (Preface)」を読めば読むほど感じられる。ここで，われわれはこの二冊を比較してみよう。

1 『英語文献学』の背景

まず，英国の文献学事情に目を留めよう[42]。1840年代のオクスフォード大学では，「文献学」は文献研究ではなく，「歴史言語学」のような分野を意味するようになっていた。19世紀初頭以来英国では，フリードリヒ・マックス・ミュラーが比較言語学のめざましい成果を仲介する役割を担ったのは事実であるが，英語学を主導していたのは，実は「英国文献学協会」とその周辺であった。なかでもリチャード・トレンチは，すでに50年代から，英語語彙の歴史に関する精度の高い講演をおこない，協会による新たな英語辞典編纂を牽引した。こうして登場するのが『オクスフォード英語辞典』である。それと前後して，60年代以降，比較言語学の研究を取り入れた精度の高い辞典が次々と編纂されていった。

では，ミュラーやアールのような大学教授たちはどうしていたのか。実は当時，教授たちはきわめて周縁的な位置に置かれていた。1870年代の大学改革まで，オクスフォードは教養教育のための機関としての性格が強かった。そのため，大学生の指導はすべて準講師（college tutor）たちによっておこなわれており，専門教育を担当した大学教授の講義の聴衆は，ごく一部の大学院生にかぎられていた。大学教授たちは，高い給与と高い名誉が与えられていたが，大学のなかで実質的な権力はなかった。ジョルジュ・デュフルーによると，ジョン・アールの場合，おそらくは出席者不足のためと思われるが，しばしば講義が中断されていたらしい。ミュラーは講義を代理人に任せて自らの研究にいそしむようになり，アールは地方大学の学長職に精を出し，狭い専門に閉じこもるようになってゆく[43]。

---

[42] Brock (M. G.), Curthoys (M. C.), *The History of the University of Oxford: Volume VII: Nineteenth-Century Oxford, Part 2: Nineteenth Century Vol 7*, Clarendon Press, 2000, pp. 414-427.

[43] こうした何気ないエピソードが，実は「音楽と文芸」の意図にもつながってゆく。英国の大学改革については第八章であらためて触れる。

2 『英語文献学』の「前書き」

　以上のような背景が，マラルメが所蔵していたアールの代表作『英語文献学』にも反映しているのだろうか。本書は，その浩瀚さにもかかわらず，研究書の類ではない。「初学者（learner）」（p. iv）たちの「教育という目的」（p. iii）のために書かれた，文献学の概説書である。ただし，アールが文献学と教育を結びつけるその方法は，非常に奇妙なものである。
　まず，アールは，文献学が「言語の比較に基づいた言語の科学」（p. iii）であり，その目的が，「言語そのものによって示された諸原理に基づいて，言語の研究を整序すること」（*ibid.*）にあると述べている。その上で，文献学の「教育的利用」（*ibid.*）を考えている。

>　〔…〕われわれの言語知識はあまりにばらばらで分裂している。われわれの大半は，土着のものとして，ある言語〔母語〕をもっともよく知っており，文法的には別の言語〔外国語〕をもっともよく知っている。われわれの言語教養がむしろもっと母語に向けられれば，しかもわれわれの土着の獲得物と文献学的な獲得物とがもっと効果的に支え合うまでになれば，何かがもっと得られるだろう。
>　　　　　　　　　　　　　　　　　　　　　　　　　　　　（p. iii-iv）

　こうしてアールは，英国人にとっての母語すなわち英語を，文献学的に学習することの意義を力説している。この箇所は，エジェル，ブラシェ，ブレアルたちの主張に似ているようにも見える。しかしその先で，もう少し別のことを言い出すのである。

>　もし〔文献学〕教育の素材が母語によって供給されるなら，文献学のレッスンはもっと完璧で，同時にもっと都合よく教えられるだろう。文献学の勉強の効果は，言語同士のアナロジーの知覚を迅速化する点にあり，われわれの文献学がもっと母語に基づけば，この利点は，その見返りの点でもっと即時的なものとなろう。
>　　　　　　　　　　　　　　　　　　　　　　　　　　　　（p. iv）

アールもまた，外国語を効率よく習得するには文献学が役に立つと考える。しかし，そのためには，まず文献学を習得しなければならない。そして，文献学を効率よく習得するには，母語が役に立つと考える。本書が英語についての文献学を主題とするのはそのためである。逆に言えば，英語文献学そのものに対しては何の必要性も正当性も語られてはいない。たまたま，母語が英語である人にとっての，文献学一般への入り口として英語文献学が提示されているのである。

　それにしても，なぜ文献学を学ぶにあたって母語に立脚するのが望ましいのだろうか。それを説明するためにアールは，「科学研究に入るための二つの主要な方法」（p. iv）を述べている。一つは「原理的方法」であり，文献学を原理から学ぶ方法である。この場合，原理を知るにはさまざまな言語の事例を知っていなければならないので，近道とは言えない。もう一つは「要素的方法」であり，こちらは一言語の研究から文献学を始める方法である。特定の言語を時系列的に研究し，何らかの原理が必要となればそのつど取り出して導入することになる。この場合，一言語を時系列順に学び終えるまで，原理の理解が先送りされるという難点がある。原理的方法でも要素的方法でも，初学者には大きな困難が待ち受けている。アールの提案は，母語を軸にして，「要素的方法」を採用することにある。対象言語が母語であるなら，時系列に沿った事例の精査や原理の適用も相当楽なものとなる。「対象言語が学習者自身の母語であるなら，この道筋は傾斜がもっともなだらかな側から山に登るようなものになるだろう」（p. v）とアールは指摘する。これが，母語に立脚する理由である。

　では，こうしたアールの「前書き」の教育法を，『英単語』の「序論」にある教育法と比べてみよう。ミションが見つけたほど酷似した箇所は存在しないが，マラルメは節々で，アールを思わせる記述を残している。

　一つめの共通点は，文献学と文法の関係である。「前書き」ではなく「序論」の方で，アールは文法と文献学とを対比している。彼によれば，両者は「言語が熟視される観点」〔the point of view from which the language is contemplated〕が異なると言う。「一言語の文献学は，その文法が意味するすべてを含むが，同時にそれとは区別された研究である」と前置きした上で，彼は文法と文献学とを対置する。まず，文法は一言語に限定した注意しか払わないが，文献学は他の言

語にも開かれている。こうも述べられている。

> 〔…〕文法法則は，論理的意味〔logical sense〕を参照して正当化されるが，文献学の法則は，外的な比較や演繹によって確証されなければならない。文法は言語の局所的かつ内的な研究であるが，文献学は外向きで（その傾向としては）普遍的〔universal〕である。　　　　　　　　　　　　　　　　　（p. 1）

アールによれば，文法は「論理」にかかわる一言語の内的な研究であるが，文献学は，比較と演繹に基づく普遍的な多言語の研究である。

マラルメの物言いもこれによく似ている。彼によれば，文献学とは文法研究と語彙研究とを合わせたものである。そして，彼が念頭においている文法とは，あきらかに一言語の文法つまり「発話の諸部分」（O.C.2, p. 951）あるいは「文の中での語の役割」（O.C.2, p. 940）を意味していた。さらにこうも述べている。

> 一見こう見えないだろうか。一言語を感じ取り，その全体を把握するためには，現存する全言語と，過去に実在した全言語さえも知らなければならないか，さもなければ，一言語を内側から，その部分同士のみを比較するか，どちらかであると。後者は，論理的配置〔ordonnance logique〕を見出すに至るかもしれない。しかし，全言語の知識（savoir universel）もなければ，英国人でもない者にとって，どちらも困難である。　（O.C.2, p. 950）

要するに，マラルメにとっても，文法は一言語内の「論理」に関わるものとみなされている。他方で，文献学そのものは「普遍的な知識」である。こうして彼は，「向こう側〔英語〕に目を向けるためのどこか」（O.C.2, p. 950），「観測地」（ibid.）を探すことになる。いずれにせよ，アールにとってもマラルメにとっても，文献学の知見は言語学習にとって大変有益である。

二つめの共通点は，母語への立脚である。アールは，原理と要素の懸隔を，母語を介して埋めようとする。われわれは，母語を「土着のものとしてもっともよく知って」（p. iii）いる。だから，「自分自身の経験の中に横たわる諸事実」（p. v）によって，文献学の原理を精査することができる。ここで彼の念頭にあ

るのは，いわば経験によって自動化された言語知識のことである。アールはそう名指してはいないが，これはある種の「記憶」である。文献学の原理と要素の懸隔を，母語の記憶によって穴埋めしようというわけである。

実はマラルメもまた，母語の記憶を機軸に据えている。ただし二通りの方法で。一つは，フランス語という母語に頼る方法である。全言語を知っているわけではない上に英語の母語話者でもない，つまり全体も当該部分もわからないとき，フランス語という母語から始めよ，と彼は言う。「どうすべきか。ただ単に英語をフランス語から研究することだ。というのも向こう側に目を向けるためのどこかに身を持さなければならないのだから」（O.C.2, p. 950）。こうして「〈フランス語的〉観点」（p. 940）が選択され，その是非が検討されるのだが，本書が英語をアングロ＝サクソン語とフランス語との婚姻の産物だと力説している以上，この観点があらかじめ正当化されていることは言うまでもない。『英単語』は，英語を研究するに際して圧倒的に有利なフランス人の母語を足場にした概説書である。

とはいえ，本書は，英語についての教科書である。フランス語の英語化をたどる前に，まず「英語のもともとの語彙」[44]（O.C.2, ,p. 969）に特有の性格を直観的に知っている方が都合がよい。つまり，「読者の方々にとって未知であると思われる語の意味と，その外面的布置との間の関係と」（O.C.2, p. 965）が，自動化されている方がよい。そのとき，「読者の方々は英語がもっとよくわかるはず」（O.C.2, p. 965）である。何がわかるのかと言えば，それは「〈英語〉の魂」（O.C.2, p. 967）であり，「（英語を書く者にとっては平凡な）しかじかの秘密」（ibid.）である。つまり，英語話者なら，無意識に身に着けているような記憶である。だから，一覧表は，「一言語の理論に，あるいは知的記憶術に，これほど合致したものはない」がゆえに，「これほど実用的なものはない」（O.C.2, p. 969）とも述べられている。また，「この〈辞典の鍵〉のおかげで，知性は，日ごろ言語学習が記憶に強いる労苦を，いともたやすく成し遂げる」（O.C.2, p. 1793）のである。一覧表は，英語の母語話者でない読者のために，まずは英語の母語話者の自動化された知識や経験的な記憶を仮構しようという

---

[44]「もともとの語彙」という表現には注意が必要である。第三章で詳述する。

ものである。その意味で，マラルメの教育法はアールの教育法と似ている。

要するに，両者ともに，論理を分析する文法ではなく，多言語の比較をつうじた文献学によって，英語を提示している。しかも文献学は，ただ学術的であるだけでなく，語学の学習を合理化するもの，記憶を軽減するものと主張されている。またその一環として，母語に依拠している。両者はよく似ている。このことは，マラルメがアールの本を用いた理由ないし帰結をいくらか説明してくれるように思われる。

3 文献学の教科書か，文献学メソッドの教科書か

しかし，一見ささいに見えるが，実は大きな違いがあることに注意が必要である。両者はともに，題名ないし副題に「文献学」を用いているが，まったく意味合いが異なるのだ。アールの著作は，文献学の原理を学ぶための入り口として英語を扱っている。つまり，あくまで文献学という専門科目の概説書である。これから文献学を本格的に学ぶかもしれない学生を対象にしている。主に大学生以上が念頭にあると考えられる。それに対して，マラルメの場合，副題に「教室や一般読者を対象とした文献学小冊子」とあるように，対象はリセの生徒である。しかし，なぜリセの生徒に文献学を学ばせる必要があるのだろうか。その点について，マラルメ自身の手によると思われる紹介文を確認しておこう。

> 本書は，現代科学の観点から英語を研究したフランス初の書物である。しかし，文献学的研究に対する〈公衆〉の新たな趣向を満たしうるものではあるが，明快で歴史に沿ったその方法は，主に，リセや教育施設で勉強する若者たちを手助けするのにふさわしい。〔…〕この〈辞典の鍵〉のおかげで，日ごろ言語学習が記憶に強いる労苦は，知性にとっての遊びとなる。
>
> (O.C.2, p. 1793)

『英単語』の目的は，主に英語の学習であって，文献学そのものではない。文献学は，言語学習を合理的かつ快適におこなうための手段である。つまり，

マラルメの著作は，アールの著作と異なり，文献学の概説書ではなく，むしろ英語の教科書なのである。中等教育の英語学習に，最新科学としての文献学の観点を導入した，現代的な教科書である。

　この違いは非常に大きい。なるほど，両者はともに文献学による言語学習の合理化をうたっている。しかし，アールが述べているのは，どのようにすれば文献学の原理を効率よく学べるかであって，その副産物として，言語相互のアナロジーが働くということである。せいぜい，言語間の構造的類似性の理解を早めるというにすぎない。しかし，マラルメはそうではない。彼によれば，「辞典の鍵」という言葉があるように，文献学の観点から英語の語彙を整理することで，語彙の暗記が合理化されるのである。アールのように，文献学の原理をがんばって習得したあかつきには……というような遠い話をしているのではない。マラルメは，文献学に即効性のある実用性を見ている。語彙の記憶を迅速化する。まさにそれゆえに，中等教育の場で，文献学が要請されるのである。

　こうして考えるなら，アールの著作とマラルメの著作は，ずいぶん内容がちがうことに気づく。アールの著作は，シンタックスや韻律の話まで含めた，包括的な文献学の概説書となっているのに対して，マラルメの著作は，文法を別の巻に分け，あくまで語彙を，その成り立ちによって分類した文献学的な記述である。両者は，構成がまったく違うのである。そう考えるなら，マラルメが，アールの著作からほんの一部しか借用していないのも理解できる。まったく異なるコンセプトの本を編むために，役に立つ部分だけ借用したにすぎないのだから。

　それでは，マラルメは，どうして『英単語』のような本を書こうと考えたのか。さらに言えば，なぜ文献学が中等教育に適用できると考えたのか。それに答えるためには，「細部の情報源」だけでなく，「構想の情報源」を考慮しなければならない。われわれが，構想の情報源の調査を第一章でおこなったのは，まさにそのためであった。

小　括

　これまで,『英単語』が文献学関係の著作であり, 文法ではなく語彙を扱ったものだということは誰もが知っていた。しかし, われわれの知るかぎり, かつて誰も, その語彙の研究が「辞書学」であるというマラルメの発言をまともに取り上げてはこなかった[45]。この事実をひとつ取っても, 文学研究者たちが

---

45)　参考までに言えば, 辞典の再構築という主題を『英単語』から抽出してはっきりと注釈したのは, おそらくマルシャルが最初である。心の中の辞典編纂を描いた「序論」の一節をとりあげて, 彼はこう述べている。「辞典を作り直すこと, 語の乱雑な集まりと見えるものに, ちょっとした整序と論理とを与え直すこと, それは——こういう風に予想されかねないが——類義的な再編成もしくは意味論的近接のみによる再編成に資するべく, 伝統的なアルファベット順序を忌避することではない。反対に, 語源学を通じて, アルファベットの原初的な有縁性を, そのうわべ上の恣意性の奥に見つけ出すことによって, アルファベット分類の十全な権利を裏付けることである」(BM, p. 458)。こうしたアルファベット順序の全肯定は,「一覧表」のイニシャルの順序の理解になんら寄与しないという点では, いささか不毛である。のみならず, マルシャルは, ミションとともにすぐさま, 詩人におけるイニシャルへのこだわりを頭韻へのこだわりと同一視して,「言語学的観点」と対比された「文学的観点」に接続し, 言語の「表象的機能」と対比された「象徴的次元」の中にマラルメを閉じ込めてしまう (BM, p. 462)。
　マルシャルが依拠しているミションの見解の検証については本書の第四章を,『英単語』に関するその他の点についてのミションやマルシャルへの異論は第七章を, それぞれご参照いただきたい。
　なお, ミションとマルシャルを追認したリュプリ＆トレル＝カイユトーの場合も同断である。「語の純粋さとは——語は詩句において完遂される一方で詩句は逆に語に重きを置くという点で——もちろん至高の妥当性の一形式である。この妥当性は, 語の物質性とその力に由来するが, 詩的な証し立てが完遂されるのは, 語がおのれ自身の名〔おのれの固有名〕——必然的に正当なそれ——になる時である。それゆえ, これは, 同語反復の論理であるよりむしろ, 自己指示〔l'autonymie〕の論理であり, これによって, マラルメは, おのれの言語を新たな小辞典〔lexique〕として練り上げることが, すなわちそれぞれの語を定義し直すことが, しかも彼がそれぞれの語を生ぜしめるのと同時にそうすることが, 可能となる」(RT, p. 208)。
　ラロッシュの雑誌論文は, 比較言語学の時代である 19 世紀の文学がもつ, 詩的経験の土台としての辞典の主題を概観したもので, ミュラー, ブレアル, リトレと, ユゴー, ボードレール, マラルメ, グールモン, シュオッブとを交差させている。ラロッシュは,

いかに『英単語』を文字通り読んでいなかったかがうかがえる。言語学者は門外漢の奇書のように敬遠し，文学者はマラルメの必要に迫られた労苦として受け流すか，さもなければそこに無理やり文学的着想を汲み取ろうとする。ここにはつねに，文学か言語学かという二極構造が潜在している。そこでわれわれは，教育学の見地からマラルメを評価したラゼルスタインの分析を出発点として，『英単語』の「序論」を読み直すことにした。それは，詩人の著作だという先入見にとらわれずに——とはいえわれわれはやはりそこにボードレールの影響をかぎとってしまうのだが——，教育学や言語科学の中をかいくぐって進展するマラルメの思考を読みとるためであった。

その結果，われわれが確認したのは，「辞書学メソッド」とでもいうべき教育法である。たしかに，マラルメは，文献学の説明能力を応用して生徒の記憶を強化しようとする。その点では，シャスルの応用文献学やブレアルの文献学メソッドと似ている。そこには，まぎれもなくなんらかの影響関係がある。しかし詩人には，彼らのように，厳密な応用をやりとげるだけの専門知識がなかった。そのためなのか，彼は応用の実践にとどまらず，むしろその先で，みずからの教育法をイメージ豊かに描いている。それが，心の中の辞典である。英単語を文献学的に学ぶことは，辞典という"結果"よりも，辞書学者の仕事の"過程"を追体験することであり，それは各自が心の中でみずからの辞典を書きあげることなのである。『英単語』が「辞書学」と位置づけられているのもそのためである。

さて，マラルメが同時代の教育論から受けついだのは文献学の応用だけでは

マルシャルとリュプリ＆トレル゠カイユトーに多くを負っていて独自の主張が見られないが，次の二点において特筆すべきものがある。第一に，辞典の構成をめぐるボードレールの指摘とともに問いを立てている点である。「ボードレール（「1859年のサロン」第4章）が辞典に見出した，構成と想像力との欠損を埋め合わせるような辞典の詩的な一形式を，人は夢見ることができるだろうか」と（paragraphe 14）。第二に，『英単語』「序論」における心の中の辞典の主題を，はっきりと『英単語』のプランとして定式化された〈辞書学〉に結びつけている点である。「それは，語の「実質的研究」にのみ特化した「辞書学」概論である。〔…〕それゆえ，言語を習得することは，その旅程を再構成することである。〔…〕ここで，辞典のもつ危うい〔hasardeux〕分類に何も負っていないある秩序（ある構成）が描かれてゆくのが見られる」（paragraph 34-35）。とはいえ，彼もまた最終的には，この「秩序」を「頭韻」と重ね合わせてしまう。

ない。文献学と名乗りながらも，本書の「序論」第一章末尾の「注記」には，英語の発音の習得もしくは発音を指導する教師の付き添いがほとんど義務のように書かれていた。ここに，ダイレクトメソッドの影響を見てとることができる。そもそもマラルメ自身，このメソッドの意図せざる実践者ではなかったか。というのも，ときおりその運用能力が疑問視されるように，彼の英語は，学問によってではなく経験をつうじて，リセ卒業後は，ポーを口ずさむか，もしくはロンドンでの実地訓練もしくは交友関係をつうじて培われたものだからである。また，「序論」第二章には，古典教育ではなく歴史教育として言語を教えようとする当時の新たな動向が見られること，そしてその帰結として，制度化された言語の洗練をめでるよりもむしろ，生まれたての言語の創造力を再評価していることを確認し，その延長上で，マラルメが英語の形成に見られる第二の創造力に関心を寄せていることを指摘した。「一覧表」もまた，そのような問題関心に由来するのである。

　第一節，第二節では，『英単語』が示す新教材としての側面を取り上げたが，そもそも同書が"心の辞書学"という形を取った背景を考えてゆくと，むしろ従来の古典語人文学との関係が浮かび上がった。文法学級のあとの人文学級で，初等文法を終えた生徒は，グラドゥスと呼ばれる詩作辞典を使いながら，心のなかに自分用のグラドゥスを作り上げてゆくことが求められた。当時，午前と午後の授業のほかは，自習や暗記のための時間が多く取ってあって，授業もそうした作業を前提として進められていた[46]。そしてブレアル（ついでシモン）がラテン語韻文の授業の不要論を強く主張したように，当時，古典語人文学のうちでもっとも矢面に立たされた学科である。ここで興味深いのは，『英単語』が，心の辞書学という基本構想を保持したまま，その内実を，語彙の文献学的な学習方法に置き換えている点である。それゆえ心の辞書学の体現者は，先行する何らかの詩人ではなく，文献学的な辞典を作成した辞書学者となっている。また覚える語彙も，文学から取られたものではなく，次章で見るように，言語

---

46) 横山裕人「学校とレトリック―― 19世紀フランス中等教育の場合」『規範から創造へ――レトリック教育とフランス文学』，平成6・7・8年度科学研究費（基礎研究（B）(2)）による研究成果報告書，1997年，35-37頁。

学的な規則性に沿ったものとなる。ちなみに，大きなリセの場合，通常，人文学級は大学で教授資格を取得した上級教員が担当していたが，教授資格を持たない下級教員であるマラルメが，外国語重視の教育政策の流れに乗ってパリに赴任し，こうした教材を出版しているという点も注目に値する。

　さらに本章では『英単語』の原典調査についても問題提起をおこなった。従来の調査では，細部の情報源と構想の情報源とのちがいがはっきりと意識されておらず，狭いコーパスの中で議論がめぐっていたが，二つの情報源に概念上の区別を設けることで，従来の調査にくわえ，あらたに他の言語の文献学や教育論にも調査の手を広げる必要があることを指摘した。そして，この立論の補強もかねて，マラルメの『英単語』の「序論」とジョン・アールの『英語文献学』の「前書き」とを比較検証し，前者が外国語教育のための文献学の応用であるのに対して，後者がむしろ文献学の学習のための母語の応用であること，前者が後者から細部を借用しつつも，両者にははっきりと構想のちがいがあることを示しておいた。

　以上の成果をふまえ，次章ではいよいよ「一覧表」の研究に入ることにする。

第三章

「一覧表」の構造

第一節　「一覧表」の分析対象

　イニシャルの一覧表は,『英単語』の中でもっともよく注釈される箇所である。ラゼルスタインが「彼の説明はしばしばまちがっている」とマラルメを論難するのもこの箇所であるし，ミションやマルシャルが言語の象徴的機能の前景化を見出すのもこの箇所である。だが，従来の研究は，本書が文献学と外国語参考書の両方の企図にまたがる作品の一部であることを十分に理解していないために，多くの誤りや不注意を積み重ねてきた。本章では，正確な読解の道筋を舗装するために，まずは第一巻の内容を概括し，ついでイニシャルの一覧表を論じることにする。

　同書の第一巻が，英語語彙のうち，アングロ＝サクソン語由来の語彙を扱った巻であることはすでに確認した。いまや，その論述の具体的な章立て・節立てと手続きを見ていかねばならない。マラルメは，本巻で初めて，語彙についての分類をおこなっている。単語自体は，単純語と合成語に大別され，その両者の間に語彙の構成単位として，派生・指小接尾辞・接辞（接頭語・接尾語）という区別がある。彼は，単純語を，しばしば「語基」(radical)とみなしている[1]。実際，当時の学校の教科書には，「語基はしばしば単純語と形容される」

---

[1]　例えば，「プログラム」の次の箇所。「諸言語の形態論的な諸状態をふりかえるなら，単音節，膠着，屈折がある。英語はそのどこに位置するのだろうか。英語は，その〔単〕音節語基から，接辞がついたりつかなかったりするその語の合成から，その格変化の痕跡，その指小接尾辞，その活用から，三つのそれぞれ〔の状態〕に位置する」(p. 946)。

とある[2]。現代の（アングロ＝サクソン系の）言語学で言えば，単純語は，単一の自由形態素から構成される語である[3]。マラルメに沿って，これらを別の角度から見てみよう。合成は，複数の単純語の組み合わせであり，「二つかそれ以上の語たちが集まってたった一語になる」(p. 1023)[4]。単純語や合成語が「存在している最中の生きた部分」(p. 1015)と呼ばれるのに対して，接辞は「抽象的な死んだ部分」と称される。現代では拘束形態素に分類されるものである。死んだ部分とはいえ，「現代の言語の中で意味を持っていたりいなかったりする」(p. 1018)と言われるように，すべてが意味を欠いているわけではない。最後にマラルメは，単純語と接辞の間に，「非常に曖昧な，今日では意味を欠いた幾多の形式的な補助物」(p. 1015)として派生と指小接尾辞とを位置づける。かくして本巻では，単純なものから複雑なものへという順序に従って，単純語とその派生や指小接尾辞を第一章で扱い，つづいて第二章で，単純語に意味を付加することの多い接辞と，単純語の集まりである合成語とを扱う[5]。

---

2) LECLAIR (Lucien), ROUZÉ (C.), *Grammaire française rédigée d'après le programme officiel des écoles de la ville de Paris*, 1880, p. 288. 念のため，引用箇所の前後も挙げておく。「二つの部分から成っているのだが，語基はしばしば「単純語」と形容される。§334。── 単純語の前に一つないし複数の接頭辞をおいて得られる語は「合成語」と呼ばれる。」
3) 英語圏の言語学の教科書には以下のようにある。「語とは，一つの形態素か，もしくは単一の自由形態素の生起の自由さをともなった二つ以上の形態素かである。**単純語**は単一の自由形態素から成る。例えば，dog や eat である。**合成語**（または「自由形式」）は二つかそれ以上の形態素から成る。dogs は二つ（dog-s）から，unhappily は三つ（un-happi-ly）から，disagreements は四つ（dis-agree-ment-s）から成るといったように」。Cf. HUDSON (Grover), *Essential introductory linguistics*, 1993, p. 533. ただし，フランスの『新・言語理論小辞典』によれば，最小の意味単位の本性にいまだ結論が出ていない。Cf. DUCROT (O.), SCHAFFER (J.-M.), *Nouveau dictionnaire encyclopédique des sciences du langage*, Paris, Seuil, 1995, pp. 358-365.
4) 現代の用語でもう少し正確に言えば，単純語か合成語かは，そこに含まれる語の数だけでなく，形態素（拘束形態素も含む）の数にもよる。形態素が，拘束形態素であるような接辞をともなう場合は合成語である（例えば，faire は単一の自由形態素，refaire は合成語）。
5) つまり第一巻は次のような構成となっている。
　　梗概
　　第一章　　　単純語と派生
　　　第一節　　語家族と孤立語

第二節　もともとの語彙

　第一巻は，アングロ＝サクソン語由来の英単語が研究対象であって，アングロ＝サクソン語そのものは扱われない。また，アングロ＝サクソン語に溶け込んでいる，デンマーク語あるいはアイルランド語，スコットランド語，オランダ語，フラマン語，さらにはスコットランド語内部の古い諸方言などは，直接には扱われない。その理由は，本書があくまで英語固有の事象の研究を目指しているからである[6]。

　マラルメが，比較言語学でおなじみの「語根」(racine) や「語幹」(thème) という概念を退けるのも同じ理由からである。本巻第一章第一節で，「語根や語幹は，本来的に言えばもはや存在しない」(p. 1014) と言われる。「それらを見出すためには太古の時代まで遡らざるをえなくな」るからである。なるほど，サンスクリット語からゴート語やアングロ＝サクソン語さらには英語へと至る系統学的分類をおこなうには，こうした概念は非常に有用である。しかし研究対象を英語のみに限定したとき，英語語彙の外観と意味との関係を知る上で，語根まで持ち出すのは迂遠である。そこで彼が参照するのは，「語基」(radical) という概念である。語基は，語根の表現形であり，本書の文脈で言えば，派生や指小接尾辞をまといながらも語根が英語の個々の単語に具体化された姿である。マラルメ自身，「概念の点でも外見の点でも単純な語」(p. 1015) と説明している。

　一覧表の次に，派生について述べられている。派生とは，彼にとって，まず

　　第二節　　派生
　第二章　　接辞と，語の合成
　　第一節　　接辞
　　第二節　　合成語
　要約

[6] ただし『英単語』全体で言えば，アングロ＝サクソン語以外のゲルマン諸語がまったく扱われていないわけではない。フランス語以外の言語に由来する語彙を扱った第三巻の第一章第二節「アングロ＝サクソン語ついで英語に混じった，ラテン語，ケルト語，スカンジナビア語の痕跡」で論じられている。

は同じ「語家族」における関係性を指す。例えば第一章第一節の一覧表で、stick と stake は、同じ家族の一員として出てくるが（p. 995）、第一章第二節では、この両者が、名詞から名詞への派生の一例として扱われている（p. 1015）。その次に、指小接尾辞が論じられるが、その「かなりの部分」は、**drab** から **drabble** へ、**drag** から **draggle** への派生のように、ほとんどが一音節の語彙である。ただし第一章の最後では、一音節をなす指小接尾辞（–IKIN や –LOCK）をそなえた派生語が列挙されており、これらは二音節以上となっている。その意味で、本章は一貫性を欠いているが、二音節以上の派生語を扱う末尾が、二章への橋渡しにもなっている。第一章第一節の「一覧表」の意図も、こうした本書全体の展開のなかで読み解いていく必要がある。

　ところで、マラルメは第一節「単純語」で、単純語の紹介に本巻で最大分量のページを割いている。「語家族」というグループに分類して「一覧表」を作成し、そこでイニシャルの説明をおこなっているためである。このことをもって、彼がアングロ＝サクソン語由来の語彙を「特権化」していると主張する論者[7]がいるので、英語の単純語にマラルメがこだわる理由をもう少し補足しておこう。本書の序論では、英語がアングロ＝サクソン語と古フランス語との結合による言語形成の第三様態の産物であることが述べられていた。つまり、アングロ＝サクソン語では第一や第二の様態は見られるとしても、第三の様態は見られない。だから彼は、英語になった時期の語彙にこだわるのである。注意深く読めば、彼は繰り返しそのことを強調している。

> 私が神秘的秩序をそこに見出そうとする言語創造はアングロ＝サクソン語から英語への移行にあり、それに特化した本巻ではフランス語の介入を考慮に入れることはないので、さしあたりは、アングロ＝サクソン語の単語のうち、そのまま英語にやってきてから、廃れたり、規則的形成から外れたりしたものをきちんと認識する以外の別のことを私に求めないでいただきたい。
>
> （p. 964）

---

[7]　例えば、序論で挙げたジュネットの前掲論文を参照。日本でもそうした指摘を時折見かける。

すなわち、本巻で扱うアングロ゠サクソン語由来の英単語とは、アングロ゠サクソン語そのままの姿をとどめているものではなくて、むしろ古フランス語との衝突によって変容したものなのである。それらはまた、「ノルマン・コンクエストまで生きて、その後変容した言語」(p. 965) と、はっきり述べられている。ちなみにどのように変容したかもマラルメは書いている。

> もともとの語彙のこの要約に目をやった者の注意には、二つの注記が重きをなしてくる。まず、ほとんどすべての語が、アングロ゠サクソン語から英語への移行のなかで主に獲得された帰結として、単音節の状態で現れているということである。　　　　　　　　　　　　　　　　　(p. 1013)

> 賢明に語ろうとする者は、英語について一つのことしか言えない。すなわち、英語は、語が〈単音節〉の形をとる傾向があるために、また語形に変化が乏しいニュートラルな性格から複数の文法機能を同時に表すのに適しているために、〈語基〉をほとんどむき出しで提示する、ということである。
> 　　　　　　　　　　　　　　　　　　　　　　　　　　(pp. 1014-1015)

アングロ゠サクソン語は屈折語であり、格変化を持っていた。しかし、言語形成の第三様態によって、アングロ゠サクソン語が英語に変容したとき、英語は格変化やその他の性格をそぎ落としていった。その結果、自由形態素を一つしか持たない単純語は単音節となった。例えば、アングロ゠サクソン語には、*habban* や *secgan* という動詞がある。これらは、直説法現在で、それぞれ、*habbe, hæfst, hæfð, habbaþ, secge, segst, segð, secgaþ* と活用する。時折、二音節となっている。他方で、英語では、これらに対応する動詞 (have と say) の直説法現在は、has と says しか存在しない。これらはすべて単音節である。それだけではない。英語になる過程で、アングロ゠サクソン語は、短く切り詰められ、形態素である語基そのものがむき出しになっているような印象さえある。そして、こうした語彙は、名詞から名詞、動詞から名詞 (**to cut - cut**) に派生する際に、もはや語尾を必要としなくなる場合もある。この現象は、今日の言

第三章　「一覧表」の構造　　151

語学では,「ゼロ派生」(zero derivation) と呼ばれる[8]。かくして, その単音節性と中性性によって, これらは語基のように機能し, そこに本当の意味での語基を読み取ることを容易にしてくれる[9]。

この帰結ゆえに, 英語の単純語は, きわめて英語らしい特徴を備えているのである。アングロ゠サクソン語由来の英単語が「もともとの語彙」と呼ばれるとき, こうした特徴が念頭に置かれている。「もともとの語彙」という呼称からアングロ゠サクソン語に近い姿を連想させるが, マラルメがそういうものを念頭に置いているのではないことは強調しておかねばならない。「もともとの語彙」とは, アングロ゠サクソン語のうち,「ノルマン・コンクエストまで生きて, その後変容した言語」である。彼の強調点は, 変容の起源よりむしろ変容の過程にある。彼がそれを研究するのは, 英語になる過程すなわち「神秘的秩序」を見つけ出すためである。個人的好みではなく, 文献学的関心による。そういうわけで, 本書ではもともとの語彙が前景化されているのである[10]。

第三節　語家族と孤立語

さて, すでに述べたように, 本巻の第一章第一節「単純語」では, 英語の単純語の分類がおこなわれる。単純語とは, 語基があらわになった単音節の単語であるから, 単純語の分類とは, 語基がつなぐ関係, つまり「読者が知らないと思われる語の意味と, その外形的布置との間の関係」の分類である。この分類のために, マラルメは,「語家族」というグループを作る。また語家族に収まらないものは「孤立語」として別に分類される。

---

[8] 寺澤盾『英語の歴史』中央公論新社, 2008 年, 89-94 頁。
[9] 言語のなかでもっとも進歩的である(とされる)英語は, 驚くべきことに, その諸形態によって起源を映し出す。マラルメはこう指摘している。「この言語は, 回顧性と同時に先進性という現代の二重の特性がきわだっている点で, すぐれて同時代的な言語である」(p. 1100) と。
[10] したがって, マラルメは, もともとの語彙を本巻で「前景化」してはいるが,「特権化」はしていない。特権化とみる主張は, 本書の掛け金をまったく見失っている。

ここでひとまず，語家族の分類を可能にする前提について少し述べておこう。
　一言語の膨大な語彙を分類するとき，もし語家族が2,3個に収斂するなら，グループの数が少なすぎて役に立たない。逆に，もし語家族が数千個に膨らんでしまうなら，今度は多すぎて，これも使いづらい。マラルメは，語家族という概念を導入するとき，それが，2,3個でも，数千個でもなく，「真実は，この両極端の想定の中間にある」(p. 965)ことを見越している。そう断定する根拠は希薄だが，一応彼の言い分は次のようなものである。語家族作成は，語根による分類ではなく，英語の語基による分類である。ゆえに同じ語根の語彙のうち，第三の言語形成によって英語に変容したときにはっきりと見分けられる共通の語基を持っているものだけをグループ化してゆく。そうすれば，語根の数を大きく超えないということである[11]。

　ここで，こう問いたくなるかもしれない。もし英語語彙を語基によってグループ化してゆくなら，それに語家族などと新たな名称をつけずとも，単に語基のグループにすぎないのではないか，と。だが，そうではない。というのもマラルメは，語基を次のように説明しているからである。

　　〔…〕ここで〈語基〉という名称が，概念の点でも外見の点でも単純ないくつかの語（これらはすべて，両方の点でそうであると主張しうる）を指すとすればの話だが。しかし，概念の中には，〈語家族〉の意味を大きく拡張するものも時にはあるし，外見の中には，今では純粋に形だけの痕跡となっているもの，つまり言語の中で現代では意味を持たないものもある。これらを正確に理解しようとすれば，各々の〈接辞〉を認知しなければならない。
　　　　　　　　　　　　　　　　　　　　　　　　　　　　(p. 1015)

　単純語同士が，形式上は同じ語基をもつと同定できても，すでに概念内容が大きく拡張して，両者の間に概念上の関係が切れてしまうこともあるし，逆に

11）マラルメは，印欧語比較言語学で用いられる語根の数が500程度だと考えている。「サンスクリット語は，500を大きく超えない語根を持っている」(p. 1014)。

第三章　「一覧表」の構造　　153

概念の上で同種のままでも形式の上で大きく変質してしまうこともある[12]（その行き着く先が，接辞である）。どちらにせよ，言語学的に同系統だと確証されても，必ずしも語家族を形成しない。そして，同系統の語彙のうち，どこまでを一括りにするかは，われわれ自身が判断しなければならない。そういうわけで，マラルメは，語の家族をなす概念的紐帯についてこう述べている。「極度の繊細さが必要な区別だ。というのもこの区別はいかなる絶対的な規則にも基づいていないから」(p. 1014)。語の家族は，発見法的に識別されるものだと言える。

以上が，語家族という概念の前提である。

1　語の家族とは何か

語家族の分類についての規則を次に列挙してゆこう。語家族とは，基本的に語基の分類であるが，語基のうちで概念上のつながりが可視的なものだけをグループ化したものである。例えば，**dry** と **thirst** は似た意味だが，形態上はまったく異なるので同じ語家族にならないが，「刈る」の **mow** と「積みわら」の **mow** の関係もまた無効である。二つの **mow** の場合，意味的にも連想を感じさせ，なおかつ，表面的な形態も同じである。しかし，語源つまり語基がまったく別なので，言語学的な意味での形態が異なる。ゆえに，これらは同じ語家族にはならない。語基を前提として，語家族は，次のような具合に発見されてゆく。

> 「家」の house と家長としての「夫」の husband といった語，「パン」の loaf と，パンを割り振るのがその役目である「領主」の load といった語，「拍車」の spur と「相手にしない」の spurn といった語，「輝く」の glow と「血」の blood といった語，「よろしい」の well！と「富」の wealth といった語，

---

[12]　マラルメはこう念を押している。「可能なかぎり，これら語同士の可視的なつながりは，語たちの現在の状態のはるか以前に位置づけられたりしないようにすべきである」(p. 965)。つまり，語源的なつながりが可視的でない場合，そうした語たちを同じ語の家族に組み込んではならないとされている。

穀物を打つ「場所」の thrash と，敷石のように積まれてまとまった「敷居」の threshold といった語の間に認められるつながり以上に〔…〕魅力的な発見がどこにあるだろうか。(p. 966)

かくして，house と husband が，loaf と lord が，spur と spurn が，glow と blood が，well と wealth が，thrash と threshold が，語家族を形成するのである[13]。ただし一つの語家族の成員たちは，概念的に類似していなければならないわけではない。「語によってはこうした合致の印象を示すのではなく，不一致のようなものを示す」(p. 966) が，これで無効になるわけではない。例えば，heaven（天国）と heavy（重い）はまったく反対の印象を与えるが，heave（持ち上げる）という語を介して，三者は一つの語家族を形成する。

2　語家族の内訳

語家族は，基準語（mots régulateurs）と関連語（mots alliés）に分かれる[14]。一つないし複数の基準語が，語家族のうち，関連語と呼ばれる他の成員たち全体の媒介項となる。一覧表では左側に基準語が置かれ，右側にその他の関連語たちが置かれる。例えば，上記の例で言えば，heave が基準語で，heaven と heavy が関連語となっている。マラルメは，「もっとも使用頻度の少ない単語がしばしば，多くの二語の隔たった二重の意味の間で，唐突で貴重な導き手として役に立つ」(p. 966) と指摘しているが，この場合，heave が，使用頻度の少ない貴重な導き手となっているのは明らかである。

---

13)　ただし glow と blood の語基上のつながりは確認されていない。これについては第六章で再論する。
14)　原語の意を正確に汲むなら，mots régulateurs は他の語たちの関係を調節する「レギュレータ語」である一方で，mots alliés は語家族に組み入れられた「縁組語」という意味だが，含意を訳出しすぎると用語として使いづらいため，本書ではさしあたり大出が用いている基準語／関連語を踏襲する。Cf. 大出敦「言葉と観念——『英語の単語』に見られるマラルメの言語観」『教養論叢』No. 118，2002 年，97-117 頁。

3　フランス語による翻訳と注釈

heave の語家族からわかるように，基準語と関連語それぞれには，フランス語の翻訳と注釈が付されており，これによって，マラルメがどんなふうにグループ分けをしているのかがわかる[15]。heavy の仏訳が「重い」で，heaven の翻訳と注釈が「*天*，かかげられたもの」であるから，両者は「かかげる，持ち上げる」と仏訳された heave を基準にして語家族をなす。

このように，語家族において，単語に付された仏訳がしばしば重要な役割を果たす。マラルメ自身，こうした事態が時には批判を呼びうることを自覚していて，「既知の語をはるか遠くの親戚に結びつけるために，既知の語の意味のうち，ほとんど付随的なニュアンスしか示していない場合」(p. 969) があることを素直に認めている。例えば，B の項目には，動詞 to bear（運ぶ）を基準語とする語家族がある。関連語を見ると，burden とその古語 burthen（重荷）と，barm が並んでおり，barm には「*泡*，ビールが運ぶもの」という翻訳と注釈が付されている。この語家族は，フランス語なしには共通項が到底わからないだろうし，そもそもほとんど言葉遊びに近い。ただし，マラルメ自身，語家族作成において，「妥当な範囲で，遊び」(p. 966) が入ることを尊重してさえいる。

4　擬音語と間投詞の扱い

ところで，語家族の成員のうち，同じ語基を共有しなくても許されるものがある。それは，擬音語である。擬音に由来する動詞や名詞[16]を除き，擬音語は，歴史的にはどの語家族にも属さないがゆえに，低く扱われている。擬音は，歴史を持たないがゆえに最近生まれたような姿をしているが，実は言語創造の最古の方法である。擬音語は，歴史的には語家族に属さない，しかし「論理的にはそうではない」(p. 967)，とマラルメは言う。そしてこう続ける。擬音語は，

---

15)　一覧表に付されたフランス語のうち，イタリックのものが「翻訳」で，そうでないものは「注釈」に当たる。

16)　マラルメが出している例で言えば，to write, to fillip, to giggle, to mumble, hurly-burly など。ただし hurly-burly は今日では擬音語由来とは見なされていない (p. 967)。

歴史を持たないがゆえに孤立語としてはほとんど残存しない。「いくつかの擬音語は，ほとんど常に，ここで語家族に配置される」。逆に，何かしらの語基とつながりをもって相互影響を与えることによって，かろうじて生き延びる。「関係が留め具になるはずだ」と彼は考える[17]。そしてその一方で，擬音語とつながりをもった語家族にも，擬音語と同じく，「意味と形式とのアナロジーを一つならず示す」のである。かくして，一覧表において擬音語は語家族に含まれることになる[18]。

　一覧表の手前では，マラルメは間投詞についてほとんど言及していない。かろうじて，擬音語を擁護したついでに述べられているのみである。「ふうんの tut や，しっ！の pshaw！のような間投詞をまとうかである。間投詞の話はすぐにやめにしたい」(p. 967)。かといって，間投詞が，一覧表でとるにたらない存在というわけではなく，どちらかというと，擬音語に準ずるものとみなされている。実際，いくつかの語の家族（ugh！と ugly の家族など）では，間投詞が語基をもつ語と関連づけられている。それだけではない。一覧表のあとではこう付け加えられている。第三の形成をこうむりながらも，一般に英単語は「冠詞や前置詞によってしかじかの使用を割り当てる者にとって，間投詞の状態にとどまる」(p. 1018) とか，「間投詞的でさえあって，同じ語がしばしば動詞にも名詞にもなる」(p. 1099) とされている。彼にしてみれば，語基はその形態が動詞にも名詞にもなりうるという点で中性的であるかぎりにおいて，間投詞的とされている。マラルメが，間投詞たちを一覧表に入れている背景には，こうした言語観が前提にある。

---

17)　同様の考えは，別の箇所にも見出せる。「他の語たち，擬音語あるいは語の日々の劣化，それらは，複数の俗語が，言語の自然な資財とのアナロジーに従って，形成したりゆがめたりしている当のもの」(p. 1025)。ミションも，似た見解を示している。すなわち，『英単語』で「まずもって擬音的記号が示すのは，音の事物に対する正しさではなく，音の意味に対する正しさである。〔…〕マラルメは，アール同様，音調的ないし美学的な基準で記号を判断する。語の調和ないし美を基づけるのは，事物の直接的模倣ではなく，その間接的暗示力である。〔…〕擬音語の正しさはアナロジーの産物である」(JM, p. 135) と。

18)　とはいえ，普通名詞や動詞になっていない擬音語を一覧表から見つけ出すのは難しい。shriek には「金切り声」という仏訳が付されているし，cuckoo も coucou という仏訳はおそらく鳥の名前の方であろう。

5 孤立語

　他方で，「もともとの語彙」の単純語のうち，語家族を形成しないものは孤立語と位置づけられ，一覧表の中で列挙されている。語家族の中にも見られるが，とりわけ孤立語の群の中で目立つのが，ギリシャ語やラテン語の語彙の並置である[19]。アングロ＝サクソン語由来の語彙を扱う本巻で，なぜマラルメは執拗に古典語に言及するのか。その点について本人はこう釈明している。

> 孤立語とされる語たちは，語家族の語たちほど関心を引かないように見える。当然である。しかし確認すべきは，言語のうちでもっとも重要ないくつかは数の中にあること，そして，語たちを，読者になじみの他の語たち，つまり語家族の中ですでに与えられたギリシャ語やラテン語の語たちに結びつけうるつながりが，さらに頻繁でさらに連続したものとして現れてゆくが，それは，事実そのままではないにせよ，少々そっけない名称目録〔nomenclature〕をどうにかして例証しようとするわれわれの気持ちにのみよるのだということである。　　　　　　　　　　　　　　　　　　　　　　（p. 968）

　一覧表で言及される英単語は，古典語由来のものでは決してない。それは「事実そのままではない」。だが，孤立語なり語家族なりが，語基を通じてある一定の意味をまとっていることを「例証」するために，おそらくは印欧祖語から枝分かれしたもののどこかで並行性が確保されているだろうことを見越して，古典語が言及されているのである。それらは実証済みではないが，これから実証される可能性のあることである。ただし，古典語の語彙との類似が，既得の事実でないことは，本書で何度も強調されている。「ギリシャ語やラテン語が，この分類である種の系列に現れるからといって，関連する英単語がそれらの末裔だということを，なにがしかの点で含意するというふうには思い描かないよう，そう，とりわけよく注意していただきたい」（p. 969）。したがって，マラルメの「気持ち」は理解できるものである。

---

19) 語の家族の中に出てくる古典語については後述する。第六章を参照のこと。

以上からわかるように，マラルメは，文学者らしい夢想にひたって恣意的な記述や分類をおこなっているわけではない。実際にはその反対である。一覧表のルールを思い出そう。「音と意味とが，語家族の分類で〈文献学〉を導く二重の指標である」(p. 966)。ここには，文献学の立場がはっきりと表明されている。もちろん彼は，一覧表に「遊び」があることも認めている。「複雑かつ単純なこの作業のようなことを成功させるには，妥当な範囲で，遊びというものが必要である」(ibid.)と。しかしそれは，彼が，文献学とは無縁の文学的な遊びをやっているということではない。遊びの要素が入るのは，むしろ，前述のように，語の家族を組み立てていく際に，発見的方法が採用されていることによる[20]。それだけではない。マラルメは，自分の一覧表が与える奇妙さを自覚しており，「思うに，初めておこなわれたというより試みられたとでもいうべきこの分類」(ibid.)と断っている。とはいえ，これらをすべて考慮しても，彼が，あくまで文献学者として自覚的に記述していることに変わりはない。その証拠に，読者自身が語家族を加筆修正することを念頭におき，「あとで読者は，この分類を好きなようにいじることができよう。ある語を孤立語から語家族へ移したり，ある語が居候でしかないとなればそうした遠戚から，語家族の一つを解放してやったり，粗を整えて遺漏を埋めたり，と」(p. 966)と述べている。そして，こうした作業が，「〈文献学〉の明敏さを体得したい生徒たちには，すばらしい練習となる」(p. 966)と推奨している。要するに，一覧表は，あくまで文献学のディシプリンの範囲のものとして提示されているのである。

　にもかかわらず，なぜそう読まれてこなかったのか。なぜ語家族が，言語学でいう語基に基づいたものだと理解されてこなかったのか。それには事情がある。一つ目の事情は，マラルメ自身による語家族の説明とは裏腹に，本書で実際に作成された語家族が，必ずしも語基に即したものになっていないからであ

---

[20] 「遊び」の発言の直後で，こう続けられている。「厳密すぎると，言語の諸法則よりもむしろ，言語の確実で神秘的な意図を侵害してしまうことになる」と。神秘主義的な物言いではあるが，のちに見るように，詩人の立場は当時の文献学と矛盾するものではまったくない。

る。擬音語や間投詞の扱いを含め，例外が見られる。また，文献学的な誤りも含まれる。ラゼルスタインが検証した時点ではすでに，語家族は同じ語源に基づくものではないと判定されていた。また『チェンバース語源辞典』と突き合わせた論者たちにとっても，マラルメが語基に忠実だとは見えなかった[21]。二つ目の事情は——論者たちにその非が帰せられるべきものだが——語家族の問題の水準と，イニシャルの説明の水準とが混同されてきたためである。それでは，イニシャルの説明とはどういうものなのだろうか。ひとまずそれを確認しておこう。

第四節　イニシャルの説明

　まずは語家族や孤立語とイニシャルとの関係から見ていこう。
　前節で，語家族がどのように作成されるかがわかった。上述のように作られた語家族は，左側に配置された基準語のアルファベット順に並べられてゆく。さきほどの基準語 heave の語家族を例にとれば，その前に，head を基準語とする語家族が来て，その後には hedge を基準語とする語家族が来る。こうして複数の語家族が，基準語のイニシャルごとに整理される。このイニシャルは，「名字的イニシャル」（p. 968）と呼ばれる。そしてイニシャルそれぞれの語家族たちの最後に，孤立語がアルファベット順に列挙される。
　例えば，イニシャル S の中には，仏訳「這う」の to sneak を基準語とした語家族が，仏訳「蛇」の関連語 snake と，仏訳「カタツムリ」の関連語 snail とを持つ。また，その後ろにあって同じく SN を持つ to sneer は，仏訳「苦笑いをする」を付された基準語で，その語家族には，仏訳「くしゃみをする」の to sneeze, 仏訳「いびきをかく」の to snore, 仏訳「わめく」の to snivel, 仏

---

21) 例えば佐々木滋子は，『チェンバース語源辞典』（資料的制約のため 1966 年刊行のものだが）によって一覧表の語家族を検証した結果を注記している。それによると，計 401 の語家族のうち，語源がすべて共通のものが 238 例，語源がまったく異なるものが 74 例，一部異なるものが 89 例であった。Cf. 佐々木滋子「マラルメの『言語の科学』」『人文科学研究』一橋大学研究年報 24 号，1985 年，113 頁。

訳「うなる」の to snarl といった関連語が並ぶ。S の中には他にも多数の語家族があるのだが，最後に孤立語も多数並んでいる。その中には，同じ SN を持つものとして，仏訳「雪」の snow がある。またイニシャル F を見ると，仏訳「平ら」の flat, 仏訳「流れる」の to flow, 仏訳「飛ぶ」の to fly が，それぞれ基準語となって語家族を作っている。こうして，語家族や孤立語の列挙は，人にある種の「印象」を与える。それは，次のように述べられている。

　　〔…〕sneer はいじわるな笑いで，snake は蛇という邪悪な生き物であるので，SN は，雪の snow などの場合を別にすれば，不吉な 2 文字として英語の読者に印象づける。Fly は飛ぶか。to flow は流れるか。しかし，平らというこの単語 flat よりも飛翔や流体と遠いものがあろうか。　　　　(p. 968)

従来きちんと区別されてこなかったが，この引用における fly と flat との不一致（あるいは snake, sneer と snow との不一致）と，前節で挙げた heaven と heavy との不一致とを混同してはならない。マラルメは，後者を語家族の中の不一致として語っているのに対して，前者を異なる語家族の間の不一致として語っているからである。さて，前者のように，語家族を横断したイニシャルの印象はさらに，FL のほかに FR でも生じ，さらにその上位で，イニシャル F の印象というものを前提としているはずである。そういうわけで，マラルメは，語家族の列挙と孤立語の列挙の間に，そうしたイニシャルの印象の記述を挿入する。「一つならぬ語の意味を，基調となる子音によって説明する試み」[22]がおこなわれる。これがイニシャルの説明もしくはイニシャルの覚書である[23]。

---

22) イニシャルの説明は，心理的には単調な作業にめりはりをつけるため，そして内容的には複数の語家族を結びつけるためとされている。「目を通さねばならない者にとっては単調なリストをおしゃべりによって中断するために，と同様に，各系列に含まれて与えられた語集合の二つを結びつけるために，時にはここで，一つならぬ語の意味を，基調となる子音によって説明する試みが現れるようにしていただきたい」(p. 968)。
23) ちなみに，イニシャル S の説明の概要は次のようになる (pp. 997-998)。
　　S は，R とほぼ同じく，子音の中で第一のものであり，文法的にも重要で，語頭に S を持つ語は数知れない。H を伴って新たな音になる。さまざまな文字と結合して非常に多様な意味を持つ。それが，やわらかい C を語頭に持つことがもともとなかった言語

実際に，イニシャルFの説明を見てみよう。

> Fは，BやPといった他の唇音の二つよりも語頭にくる頻度は少ないが，非常に独特な価値をもっている。Fは単独で，強くしっかりと包み抱くことを示し，母音や二重母音の前に来る。LやRといった普通の流音とくっつくが，この文字は，Lとともに，飛翔や空間を打つ動作を表わす大半の語を形成する。その動作が，レトリックによって，光かがやく現象の領域に移されることさえある。また古典語におけるように，流れる動作をも表わす。Rを伴って，戦いや隔たりであったり，お互いにつながりのない複数の意味であったりする。　　　　　　　　　　　　　　　　　　　　　　　　　　(p. 984)

こうして見ると，語家族作成とイニシャルの説明とでは，作業の性格がまったく異なることがわかる。つまり，語家族の場合，それは語基に基づいて作成される。たとえ事実上は語基を異にする語彙が含まれていたとしても，語基に基づいたものだと解釈して実践することが可能である。その意味で，語家族は，

おいてとりわけ，このスー音を語頭に持つ語が多い理由である。網羅的に見ていく前にまずこのSそれ単独で，次にその結びつきを見ていくことにしよう。Sは単独では，置いたり据えたり，あるいは反対に探したりという非常にはっきりした意味しかほとんど持っていない。さて，等価性の観念とそれほど遠くない分離の概念を除けば，他の諸観念は，Wを伴うことによって形成され，速さ，ときには膨張，吸収を表わす。Cを伴うと，分裂，散乱，溝，刈り込み，摩擦，切れ端，強い揺れなどになり，これらの大半は，SHによっても与えられる（SHは，アングロ＝サクソン語のSCの堕落態なので）。SHは，はっきりと，遠くへのほとばしり，またしばしば影，恥，避難，また反対に，提示する動作を表わし，そこから単独のSに戻る。STは，多くの言語で，安定性，率直・免除，焼入れ，硬さ，塊を表わし，言語同士でのつながりを示す。さらに奨励の意味もある。これはSがもつ主要な意味でもある。STRになると，力，駆け出し，さらに散布やさまよいを意味する。フランス語やラテン語・ギリシャ語に比べると英語に特有なものとして，SL，SM，SNや，SPL，SPRがある。フランス語が締め出したSCやSNは，英語では悪い意味でしか出てこない。一方で，弱さや臆病さ，傾きや滑走，割ること，罪などの観念を示す。他方で，蛇のように這うような倒錯や，罠や邪悪な笑いを意味する。よい感情はしばしばSMで現れ，微笑や誠実な仕事を含意する。SPは，繊細な仕事を意味する。また，はっきりとした鋭敏なものや，どこかはっきり決まった場所の意味もある。SPRは，生に現れ，広がり，展開するもの全体のほとばしりを，SPLは，割れ目の概念を示す。

原理的に文献学的操作たりうる。しかしイニシャルの説明はそうではない。語家族に分類するということは、逆に言えば、別の語家族に属する単語は、原則として言語学的に無関係だと判定することである。にもかかわらず、語基のつながりを無視して語家族同士をつなげ、一つあるいは複数のイニシャルに一つの意味内容のようなものを付与するということは、原理的に文献学を逸脱した操作たらざるをえない。後述するように、マラルメ自身もそのことに自覚的である。

また同様に、説明されるイニシャルとは、「語根」でもなければ「語基」でもない。マラルメは、語根とは、「しばしば子音である文字の集まり」と説明していた。たしかにそこでは、子音が中心になっている。その点ではイニシャルを語根と解したくなる気持ちもわからなくはない[24]。しかし、当のマラルメが語根として挙げている例は、すべて最低一つの母音を含んでいる（ac, ar, bha, bhar, gan, gna, lok など）。語根は、母音を含むからこそ一音節をなす。他方で、語家族をなす単純語たちはすべて一音節であるから「英単語は、その機能と、外形的で迅速で音響的なその形式とに関して非常に原初的」（p. 1013）とされ、語根と比較されているのである[25]。したがって、語根や語基との類比は、語家族のレヴェルにある。そこから取り出されたイニシャルは、当然、マラルメにとって、語根や語基とは別のレヴェルにあることは間違いない。その意味でも、イニシャルの説明は文献学を逸脱している。

もう一つ付け加えておくべきことは、一覧表で問題となるイニシャルは、マラルメ自身が「文字」と呼んでいることがあるにせよ、厳密には音である。それは、例えば、一覧表の配列についての説明からもうかがえる。「そこに、唇音・喉音・歯音・流音・スー音・帯気音への分類を認めることができるが、これは、科学的装置の借り物ではなく、全体的意味と文字との諸関係によるものである」（p. 969）と。実際、例えば、イニシャルRの覚書で、明らかに発音が問題になっている。「〔…〕Rは、Lと同じく独特な発音を持つ。RはLと同

---

24) ミションは、マラルメのイニシャルの覚書を引用しながら、「語根T-」とはっきり名指している。彼以降、イニシャルを語根と同一視する論者が多い。

25) 「上で引用された語たちはすべて、語根として、語基として存在するのかどうかということを自問しなければならない」（p. 1014）。

第三章 「一覧表」の構造　163

じく後方部でのふるえ〔arrière-vibration〕にすぎないが非常に繊細である」(p. 1010) と。

では，イニシャルの説明によってマラルメは何をやろうとしているのか。

語家族の分類は，同じ語基を持つ語たちを比較し，そこに見出される類似や不一致から，それらの関係を作っていくものであった。語家族は，語同士の水平の意味連関にかかわる。しかしマラルメは同時に，擬音語にも言及していた。擬音語は「語の音と意味との間のかくも完全なつながり」を持つ。擬音語は，音と意味（というより指示対象）との垂直の意味連関を示すものとして提示されていた。だがそれだけではない。擬音語は，事実上は語家族に貢献し，通常の語もまた，垂直の意味連関を示していた。ということは，語家族をなすあらゆる語が，水平の意味連関だけでなく垂直の意味連関も有する可能性がある。

では，そのとき，文献学の将来はどのように描けばよいのだろうか。マラルメ，「文学の観点あるいは洗練された言語の観点」が台頭する可能性を示唆している。

　　現代言語学の諸原理の厳格な遵守は，われわれが文学的観点あるいはいったん洗練された言語の観点と呼ぶものに席を譲ることになるのだろうか。厳密にはそうしたものはわれわれの分類には何もない。それが英語の魂そのものだと言う以外には。われわれの分類は，時にはかなり先まで及ぶが，（英語を書く者にとっては平凡な）しかじかの秘密が認められたなら，分類はなくなり，消えることになるだろう。いっそう偶発的な遠方からのごとく語たちが到来するがゆえにいっそう，言語の魔法と音楽とに貢献する巧みさが増すように結びつく語たちを近づけることは，高次元で自由な本能によって，詩人の役目であり，知的な散文家の役目でさえある。これこそが，北方の天才に固有の方法であり，多くの著名な詩句が多くの模範を示している方法，つまり，〈頭韻〉である。世界の諸光景の中に忽然と姿を現すシンボルに甘んじるだけでなく，それら諸光景と，それらを表現する言葉との間に，ある種のつながりを打ち立てようと望む〈想像力〉のかくも見事な努力は，〈言語〉の神聖で危険な神秘の一つにかかわる。　　　　　　(pp. 967–968)

文学は何を知らせてくれるのか。文学は，「いっそう偶発的な遠方からのごとく語たちが到来するがゆえにいっそう，言語の魔法と音楽とに貢献する巧みさが増すように結びつく語たちを近づける」。頭韻は，ゲルマン諸語の詩人たちが具現化してきたものであり，それは，一見無関係に思える言葉同士を，共通のイニシャルによって呼び集めて，そこに魔法的な意味構成と独特の音声的調和を生み出す技術である。頭韻はまた，単語同士の水平の意味連関だけでなく，垂直の意味連関をも作り出す。頭韻は，「世界の諸光景の中に忽然と姿を現すシンボルに甘んじるだけでなく，それら諸光景と，それらを表現する言葉との間に，ある種のつながりを打ち立て」ようとする。つまり，言葉と物との垂直の意味連関をも確立しようとする。そして，垂直の意味連関までも手に入れようとする文学の試みは，「言語の神聖で危険な神秘の一つにかかわる」とされる。いつの日か，文献学が，こうした神秘，つまり作家たちが打ち立てる垂直のつながりに到達する可能性は否定できない。そのとき，文献学は，洗練された言語の観点に至ることとなる。

　ただし，ここで確認しておくべきなのは，作家たちが「頭韻」によっておこなうこの試みが，日常言語とそうかけ離れたものではないということである。マラルメ自身が語っているように，それは「英語の魂そのもの」である。つまり，ある語と別の語が意外なところで音が似ていて不思議なつながりを感じたり，あるいはある語が，擬音語ではないのに外界の音や感覚と似ていたりする。それは，英語の中に表立って現れてはいないという意味では「秘密」にとどまるが，英語の使用者なら誰でも感じ取っている「平凡」な事実である。そして，その秘密が，いったん一覧表として明るみに出されれば，それはもはや秘密でさえなくなる。こうした平凡な秘密の先に，「危険な神秘」がある。だが，マラルメはさしあたり，この神秘を追及するわけではない。垂直の意味連関を脇において，水平の意味連関の研究に専心する。

　　〔言語の神秘を〕分析するのは，次のようないつかある日にとどめておくのが慎重だろう。すなわち，地上でかつて話された言語たちの膨大な目録をたずさえて，科学が，全時代を通じた全アルファベット文字の歴史を書き，科学が，単語の作者である人間によってある時には見抜かれ，ある時には見落と

された，アルファベット文字たちの絶対的な意味がほどのようであったのかを書くだろう，そんないつかある日に。だがその時には，絶対的意味を要約する〈科学〉も，それを口にする人もいなくなっているだろう。以上は空想であり，さしあたりは，見事な作家たちがこの件について投げかける淡い光に甘んじておこう。そう，sneer はいじわるな笑いで，snake は蛇という邪悪な生き物であるので，SN は，雪の snow などの場合を別にすれば，不吉な2文字として英語の読者に印象づける。Fly は飛ぶか。flow は流れるか。しかし，平らというこの単語 flat よりも飛翔や流体と遠いものがあろうか。

(p. 968)

　注意すべきは，「絶対的意味」は原初の意味ではなく，「全時代を通じた全アルファベット文字の歴史」を総括するような意味である。もし原初の意味であったなら，それは「歴史」である必要はない。逆に歴史であるということは，原初の意味から派生したあらゆる言語とあらゆる時代の意味変化が考慮されなければならない。絶対的意味とは，水平の意味連関の網羅であり，「多くの結合から帰結しうる意味」(p. 972) であり，アルファベットがその組み合わせによって歴史上持ちえた意味のヴァリエーションの総体である。アルファベット文字を用いるあらゆる時代とあらゆる地域の言語において，イニシャルがどのような意味の変転を遂げてきたかがほぼわかる時代が来るとマラルメは仮定する[26]。そのときには，もはやアルファベットの絶対的意味は明らかなので，誰もそのつど要約しないし，誰もあえて口にしない。そうなってこそ，ようやく，慎重に，「言語の神聖で危険な神秘」を，（水平の意味連関と直角に交わるはずの）垂直の意味連関を，分析することが可能となる。

　しかし，現時点では，絶対的意味の解明など程遠い。そこでまず，絶対的意味の解明に先鞭をつけるべく，「見事な作家たちがこの件について投げかける淡い光」に甘んじなければならない。作家たちは，絶対的意味の一端をいわば先取り的に「要約」している。その理由は，さきほど述べられたことにある。

---

26) マラルメはアルファベットと言っているだけで，イニシャルとは限定していない。しかしさしあたりイニシャルにかぎって話を進める。

詩人は,「高次元で自由な才能」によって,「いっそう偶発的な遠方からのごとく語たちが到来するがゆえにいっそう,言語の魔法と音楽とに貢献する巧みさが増すように結びつく語たちを近づける」ので,水平の意味連関を精査するには,うってつけである。ここで作家が投げかける「淡い光」は,「神聖で危険な神秘」よりむしろ「絶対的意味」に関係し,垂直の意味連関というより水平の意味連関にかかわる。マラルメが挙げる事例を見てみよう。それが先ほどあげたイニシャルの印象である。sneer と snake が与える不吉な印象であり,fly または flow の流動性と flat の平板性との不一致の印象である。ここで問題になっているのは,FL や SN といったイニシャル音が,何か外界の対象に似ているかどうかではない。むしろ,語の家族たちをざっと見ていったときに生じる印象がどうなっているかである。これは,水平の意味連関の問題である。ところで,こうした事例には,別の特徴も見られる。この文脈で,マラルメは「見事な作家たち」に言及するのだが,それはただ,意味と音との関係を深く追求するためである。絶対的な意味を求めて巨匠から何かを汲み取ろうとしているのだが,彼が汲み取るのは,イニシャルの印象であり,それは,非常に「平凡」なものに見える。そしてこの平凡さが,言語の日常的実践に内在する「英語の魂」の証しとなっている。

　イニシャルの覚書に戻ろう。いまや,覚書の微妙な位置が明らかとなった。イニシャルごとに分類される語家族は,さしあたりは文献学的なものである。また,彼が待ち望むアルファベットの絶対的意味の「膨大な目録」もまた文献学的なものである。しかし,イニシャルの説明を含み,また絶対的意味の解明の途上にあるマラルメの一覧表は,いまだ十分に文献学的なものではない。その対象は,英語の魂である。当時の英語話者たちはこの魂を活用しているが,この魂はいまだ文献学ではうまく扱うことができない。

　一覧表の先行研究を見ると,ほとんどの論者は,「文学的観点」についての記述を手がかりに,一覧表を位置づけようとしてきた。かくして,言語学から文学へ,語根や語基から頭韻へ,というわけで,語家族からイニシャルの説明まですべてが,言語の象徴的機能の前景化として(つまり言語に潜在する文学的なもの・詩的なものの対象化として)解釈されてきた。だが,マラルメの観点は,言語学から文学への移行や,言語学に対する文学の優位や,言語学か文学かの

二択を意味するのではない。そもそも一覧表は，文学的観点を提示するものでも，絶対的意味を示すものでもない。その狙いは，英語の「秘密」と「魂」にある。頭韻が最終目標でないことは，マラルメ自身，本書の冒頭のプログラムで，本節の内容について「ここでは，詩人や作家たちの「頭韻」までは行くべきではない」(p. 942) と書いていることからもわかる。彼は，英語の文献学的研究に徹しているのである。だから，彼は，イニシャルの説明について次のように述べる。

> これは，観察によってもたらされ，科学のなにかしらの努力に有用だが，いまだ科学に属していない覚書の寄せ集めである。 (p. 968)

イニシャルの説明が，言語学を完全に逸脱した，言語の象徴的機能の前景化であるなら，このような記述は不要だったはずである。マラルメは，「文学の観点」を言い出してはいるが，やはりそれは，科学を目指して提起されている。『英単語』の冒頭（p. 948）で，マラルメが「科学」という言葉で主に文献学を指していたことを思い起こそう。イニシャルの説明は，文献学に属していないが文献学に役に立つ。それはまずもって，アングロ＝サクソン語由来の英単語の「語の意味と，その外形的布置との間の関係」を提示している。それだけではない。SN や FL を持つ単語たちの間に生じる印象を，マラルメは「アナロジー」と呼んでいる。先ほど引用した箇所から再び引いてみよう。

> そう，sneer はいじわるな笑いで，snake は蛇という邪悪な生き物であるので，SN は，雪の snow などの場合を別にすれば，不吉な 2 文字として英語の読者に印象づける。Fly は飛ぶか。flow は流れるか。しかし，平らというこの単語 flat よりも飛翔や流体と遠いものがあろうか。のちのち英語の文献文化に専心しようと野心を抱く学生は，諸々の語家族の中にも諸々の孤立語の中にも，この種のアナロジーを見出すことになろうが，こうしたアナロジーを自分の記憶に委ねるようにしていただきたい。そして待っていただきたい。語のグループの配置の基となる文字たちを，名字的イニシャルと考える以外のことをしてはならない。 (p. 968)

マラルメはイニシャルを名字のように考えている。家族の成員は同じ名字をもっているので，名字は，人々を親族関係で分類することを可能にする。しかし，同じ名字を持ちながら，親族関係のない人々もいるので，名字は必ずしも親族関係を表さない。これは，語の家族たちを包括するおのおののイニシャルにも当てはまる。同じイニシャルが，語源的つながりを示しているとはかぎらない。語の家族は，文献学的つながりで成立しており，イニシャルの包括的印象は，アナロジー的つながりで成立している。先に行きすぎないように，ここでとどめておこう。形態が似ているからといって，英単語が古典語の直接の末裔だと考えるのは安易であることを指摘するマラルメは，やはりイニシャルの包括的印象の中にも，アナロジー的つながり以上のものを見ることを自制している。

　以上にとどめつつ，今ひとつ指摘しておくなら，一覧表でのイニシャルの説明は，学生が記憶すべきものである。一覧表は，文献学の研究に役立つ。それにしても，引用ではいったい何を「待って」いるべきなのだろうか。一覧表がある秘密を明らかにし，アナロジーがその秘密を内面化することを可能にするとしても，こうした秘密と「英語の文献文化」とのあいだにどのような関係があるのだろうか。そもそも，この秘密の分析は，本書の文献学にとって必要なのだろうか。こうした問いに答えようと思えば，いま一度，「秘密」の性格を考えるだけでよい。イニシャルの覚書は，特定のイニシャルをもつ語の家族たちの包括的な印象を提示する。このイニシャルの覚書は，語の家族を記憶するのを容易にしてくれる。では，この印象の性格はどのようなものかと言えば，「英語の魂」，すなわち，英語話者たちの平凡な秘密である。作家たちは，本人たちが気づいていようといまいと，この魂にのっとって，文学作品を書いている。それだけではない。言語の歴史を思い出そう。言語変化が生じるとすれば，それは，一般民衆がその言語でもっておこなう平凡な発話を通じてである。変化の動因となるこうした言語実践は，人々にとって自発的ないし本能的にとどまる。それはほとんど無意識である。それは，マラルメが言うところの「秘密」でもある。英語を話す人々の秘密はまた，われわれが資料調査によって分析する言語形成の秘密でもある。こうした秘密を分析することで，人々は文献

学に取りかかる。一覧表はつまり，この学科のイロハ（abécédaire）なのである。

小 括

　近代英語は，第三の形成による，アングロ＝サクソン語とフランス語との交流の成果である。そうした歴史ゆえに，アングロ＝サクソン語のもともとの語彙は，二重の性格をおびる。それが，単音節性と中性性である。フランスの読者にその手ほどきをすべく，『英単語』の著者は，単純語を選び出して，語の家族と孤立語とをもつ一覧表を作成する。引用された単語はすべて，フランス語で訳され，さらにはフランス語で注釈されることさえある。語の家族は，語基に従って形成される（ただし擬音語と間投詞を除く）。その結果，同一（ないし類似）のイニシャルをもつ単語たちは同じ家族に組み込まれ，そうした家族すべてが――少し辞典にも似て――それぞれのイニシャルの欄に組み込まれる。ところで，一覧表の特異性は，それぞれの欄ごとに，イニシャルについての覚書が付されている点にある。この覚書は，欄の内部の語の家族と孤立語すべてを見通したときに生じうる包括的な印象を記述している。これはミモロジスム（垂直の意味連関の探求）だろうか。そうではない。たしかに，著者は，頭韻の名手たちのもとに，ミモロジスム的野心を認めている。しかし，マラルメ自身は，この技術の神秘を直接に解明しようとはしていない。また，アルファベット文字の絶対的意味を手にするという未来の科学を夢みつつも，彼自身は，そうした意味の探求そのものに乗り出してはいない。絶対的意味の手前で，こうした覚書によって，著者は，「英語の魂」を明るみに出そうと，つまりイニシャルについての通常の印象を提示しようと，試みているのみである。それは，英語の日常的な実践のなかで人が抱きうるような印象である。しかもその際，覚書が，言語の記憶術や語学教科書としても，辞書学的手引きとしても役立つことを，著者は忘れずに指摘している。

第四章

「一覧表」の包括的イメージ

　従来,『英単語』のうちではイニシャルの意味づけが,集中的に議論されてきた。しかし,われわれが見たように,イニシャルの意味づけは一覧表の一部としてしっかりと組み込まれており,一覧表そのものが,本書のプランの一部としてこれもまたしっかりと組み込まれている。そうであれば,本書のプランに沿った形で,一覧表の展望全体を説明する必要がある。この展望の包括的イメージをどのように描ければよいのだろうか。この素描に際して,ひとまず『マラルメの『英単語』』におけるジャック・ミションの分析が有力な手がかりとなる[1]。

　ミションは,極力,他のテクストへの依拠や権威づけを排して,『英単語』という著作をていねいに分析した稀有な研究を残している。その点で,いまなお再検討に値する。本書でも,その記念碑的な成果を評価するにやぶさかではない。しかしながら,今日の知見に立つかぎり,ミションの研究には多くの難点が存在する。本章でミションの議論をたどる過程で,少なからぬ批判をおこなうことになるが,それは彼の研究に引導を渡すためではなく,今日あらためて再評価すべき箇所を剔抉するためである。

---

1) 本章では,他の章とは異なり,ミションの著作からの引用はページ数のみとし,逆に,マラルメの『英単語』からの引用は,O.C.2 と略記する。

第一節　ジャック・ミションの分析

まずは従来の試みを見てゆこう。

マラルメは，ジェラール・ジュネットがミモロジスムと呼ぶ伝統の中に位置づけられることがしばしばある。イニシャルの覚書だけを取り出せば，マラルメの先人は何人も見出される。プラトン，ド・ブロス，ジョン・ウォリス，クール・ド・ジェブラン，オギュスタン・ド・ピイスなど[2]。しかし，違いも大きい。たとえば，マラルメが英語だけに意味づけをおこなっていること，つまり原初の言語の話ではなく，「英単語たちの同時代の状態」(p. 965) の話であることを考慮すると，彼の試みを単純にミモロジスムの系譜に位置づけることはできそうにない[3]。また，前章で見たように，一覧表がミモロジスムとは明らかに距離を置いていることを踏まえると，いっそうこの比較は疑わしい。

ジュネットの研究に対するミションの態度はあいまいである。一方でミションは，自著の第1章で，ミモロジスムの伝統を引き合いに出してはいるものの，イニシャルの意味づけを，過去のいくつかのミモロジスムと簡単に比較検討するにとどめている。その第1章の題名が「前-テクスト」とされていることからも，ミモロジスムの系譜との関係が，テクストの素材という程度の扱いでしかないことがわかる。しかしながら，他方でミションは，ジュネットに倣って，ミモロジスム一般の背景に有縁化という原理を想定している。もっともミションは，この有縁化を，シニフィアンとシニフィエとのあいだ（ジュネット的な意味でのミモロジスム）だけではなく，シニフィアンとシニフィアンのあいだ，シニフィエとシニフィエのあいだにも見出しているのだが。一覧表が詳細に分

---

[2] さらにそこに，文献学的観念学のオノレ・シャーヴェを加えてもよいだろう。
[3] ミションが指摘しているように，ジョン・ウォリスとの類似はひときわ目立つ。ウォリスもまた，原初の言語ではなく，英語について，しかも語頭（と語末）のイニシャルの意味を分析している。さらに言えば，英語の単音節性の表現力に着目している点でも似ている。にもかかわらずウォリスは，ジュネットが引用しているように，英語の特異性を，「膨大なフランス語ががらくたの山となって英語へ侵入し，非常に夥しい数の原始語が追放され忘却に付される以前」(GENETTE, *op. cit.*, p. 61) に求めている点で，フランス語との出会いによって生じた英語の単音節性に着目するマラルメと，明らかに異なる。

析されるのは，この第5章においてである。「言語の詩学」と題されたこの章は，『英単語』を分析した章の中ではもっとも大部を占めるばかりではない。第1章から第5章までなされてきた『英単語』の分析を，最終章である第6章「詩的言語」で俯瞰されるマラルメの文学的な創作活動とつなげる要の役割をも担っている。そのことを踏まえて，ミションの議論を確認してみよう。

二重の循環

　一覧表について，はじめて体系的な分析を試みたのはミションである。彼は一覧表を，ミモロジスムに限定せずに（ミモロジスムも含めた，広い意味での）「アナロジー的分類」(p. 112) によるものと考える。

> マラルメが関心を持つのは，もはや語彙ではなく，照応のネットワークの中に単語を書きこむ，語の構成要素である。彼がこだわるのは，語たちの特有の現象であるが，それは，語たちを互いに惹きつけ合い，社会や個人のあらゆる干渉の外で，その音－意味両面の親近性によってお互いに自分たち自身を指し示すような，そうした語たちの特有の現象である。　　　　(p. 113)

　ここでの「語の構成要素」とは，文字であり，母音や子音のような音である。「文字と音のあいだのぶれ」はあるものの，総じて単語ではなく，それ以下の構成要素，つまり音を念頭においた文字によって，単語が分類されている。ミションによれば，「『英単語』におけるマラルメの務めのひとつは，文字にその権利，そのシニフィアンとしての自律性を与えなおすことにある」(p. 117)。つまり，単語以前に，音が何かを意味する。それゆえ，音とそれに伴う意味によって，つまり「音－意味両面の親近性」によって，単語たちが分類されるのである。
　こうしてミションは，音と意味との二つの循環として，一覧表を記述している。音の単位をなすのは「語根」であり，ミションによれば「語の音声的あるいは文字的範列〔パラディグム〕」(p. 124) とだけ規定されている。そして，意味の単位をなすのは「主題」であり，語根が示す「漠然とした意味」(p. 128)

とされている。

　一覧表は，一方で，語根を中心に構成されている。以下を見てみよう。

Racines	Signifiants（racines + voyelles）
SH-	*SHY, SHADE, SHED*, [...]
SN-	*SNAKE, TO SNEER, SNEAK*, [...]　　（p. 124）

　この表は，『英単語』の一覧表の仕組みを説明するために，ミション自身が作ったものである。これを作るにあたって，彼はまず，イニシャルSの覚書を参照している。「SHは〔…〕しばしば影，恥，避難を〔…〕表す」。「SNは，英語では悪い意味しか出てこない」。こうして意味づけされたイニシャルの1～3個の集まりを彼は「語根」と呼び，この語根にそって，一覧表の語家族の単語たちを並べなおす。それが，上記の図である。語家族のリストには，shadeを基準語とする語家族（shade, shed, shoe, shy, to shun）があり，sneakを基準語とする語家族（sneak, snake）と，別の語家族の基準語 to sneer がある[4]。ミションはそれぞれの語根 SH，SNのもとで，母音を受け取った単語たちが，複数の「主題」へと分節化されると考える。

　以上のように考えるなら，基本的にイニシャルにそって語家族が並ぶ一覧表は，語根による主題の分類と考えたくなる。だが，ミションは一覧表のなかに，それとはほとんど反対の現象も見てとる。そのときイニシャルSとTの覚書が参照されている。

　　STは，多くの言語で，安定性（stabilité），率直・免除（franchise），焼入れ，硬さ，塊を表わす結合のひとつで〔…〕。　　　　　　（O.C.2, p. 998）

　　Tは，ほとんど自分から語家族にまとまった多数の語の語頭に来る。この文字は，他の文字に比べて，停止の意味が強い〔…〕。th は，強いものにせよ

---

4) 事例を，同じ語家族からとったり，異なる語家族からとったりしているという事実に見出されるちぐはぐさが引き起こす問題については後述する。

やわらかいものにせよ，フランス語やラテン語にはまったく新しい文字だが，ギリシャ語ではなじみで，英語ではもっともはっきりとした意味，客観性の意味を持つ。物や思考，〔…〕あらゆる指示詞や定冠詞はこの文字で始まる。安定や駐留という根本的な意味は，st によって見事に表現されているが（s を見よ），th による客観性の概念によってもしばしばもたらされる。したがって，取る・生み出す・言う〔take, teem, tell〕や，結ぶ・耕す〔tie, till〕などの多様な行為を表わす。tr は他とそれほど大きく変わらないが，いったん安定性を道徳領域に持ち込んで，真理・信頼〔truth, trust〕のグループを形成し，足で踏む〔tread〕という意味へと至る。　　(O.C.2, pp. 1003–1004)

この二箇所を見ると，SとTについて多くのことがわかる。まず，Tは「停止」を，ST は「安定性」を，TH は「客観性」を意味する。また TR は，精神領域での安定性の意味に限定されるのに対して，ST は，安定の「根本的な意味」を持つとあるように，「硬さ」（steel, stone）のような物理的安定性も，「率直さ」（stark）のような精神的安定性も含意する。以上を念頭において，ミションはそれを下表（p. 125）で示している[5]。

```
                    T- /arrêt〔停止〕/
                   /              \
          ST- /stabilité〔安定性〕/
         /          \              \
ST- /dans le      TR-, /ST- dans le    TH-, /objectivité〔客観性〕/
domaine           domaine moral
physique          〔精神領域〕/
〔物理領域〕/

TO STEEP /tremper〔浸す〕/   TRUTH /vérité〔真理〕/   THING /chose〔物〕/
STONE /pierre〔石〕/         STARK /franc〔率直〕/    TO THINK /penser〔思考〕/
```

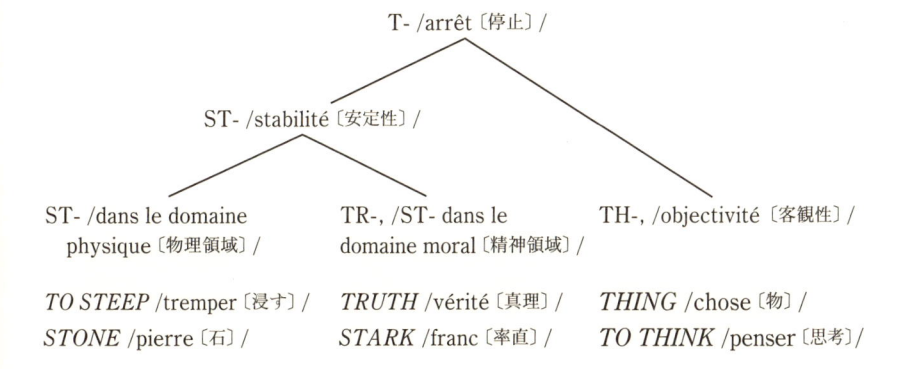

5) TO STEEP は，基準語 to stoop をもつ語家族の成員。STONE は基準語。TRUTH は，true を基準語とする語家族の成員。STARK は基準語。THINK と THING は同じ語家族に属し，前者が基準語である。

ミションは，イニシャルの覚書の記述を頼りに，主題のツリーを再構成する。停止のTから，安定性のSTと客観性のTHが分化し，前者がさらに物理領域のSTと，精神領域のTR／STとに分化する，といった具合に。そして，これらの語根に母音が肉付けされたものとして，単語を並べてゆく。このツリーで興味深いのは，語家族の成員である単語たちが，主題の観点からまったく別様に配置されている点である。たしかに，TO STEEPは基準語to stoopをもつ語家族の成員であり，ほかの単語も似たような位置にある。ここには，イニシャルSTによる主題の分化がある。これが一つめの表の構造である。しかし同時に，二つめの表のように，主題の側から見ると，TO STEEPは，イニシャルを超えた主題の分化の中にも位置づけることができるのである。

　ミションによれば，一覧表には1400近くの単語（孤立語を除く）が，402個の基準語によって語家族に分類され，それがさらに42個の語根に集約される[6]。一覧表はこうして，語根と主題という二重の循環によって緊密に関係づけられていると考えられる。

二重の象徴

　それでは，この二重の循環とはどういうものなのだろうか。ミションは，バンヴェニストとトドロフに依拠して，それは象徴(シンボル)だと答える。

　象徴とは何か。（言語）記号は必然的かつ非有縁的であるのに対して，象徴は非必然的かつ有縁的である。トドロフによれば，象徴そのものは記号とは直接に関係がない。ただし記号を用いた象徴について言えば，次のように対比される。すなわち，記号は意味を与えるのに対して，象徴は，有縁性を与える。それは，特定範囲の記号群におけるアナロジー的（もしくはダイヤグラム的）関係性である。

6）　ちなみに，42個の語根とは，イニシャルの覚書で，マラルメがはっきりと意味を付与しているかぎりでの1字のイニシャル（Vを除く）17個（B, W, P, F, G, J, C, K, Q, S, D, T, H, L, R, M, N）と，2, 3個のイニシャルのまとまり25種類（BL, BR, PL, PR, FL, FR, GL, GR, KN, CL, CH, SH, SC, SW, ST, STR, SL, SM, SN, SPL, SPR, DR, DW, TR, TH）に相当する。

ミションは，言葉で記号を例示し，語根と主題で象徴を例示している。たとえば，stop という語と「停止」の意味とのつながりはまったく恣意的であり，ずれてゆくことさえあるが，しかし stop が「停止」という意味をもつあいだは，stop と「停止」は必ず結びつけて用いられる。これが記号の非有縁的かつ必然的な特性である。一方，「停止」を意味する stop と「石」を意味する stone とのあいだで，語根 st- に（物理的）安定性の主題を見てとるとき，この主題は，stop と stone を結びつけてはいるが，stark は結びつけていない。それゆえ，語根 st- の主題があたえているのは意味ではなく，有縁性である。これが象徴の非必然的かつ有縁的な特性である。

　記号の意味作用をコードとみなすなら，象徴とは，音・意味・文字などのアナロジーによって発見され構築される，コード化されていない閉じた回路である。象徴は，「記号の自律的存在をもたない」（p. 130）とはいえ，コードに還元不可能な記号のあらゆる部分が，原理的には，象徴となりうるのである。

　以上を踏まえた上で，もう一度，一覧表の分析に戻ろう。ミションは，ここに音と意味の二重の循環を見出した。記号と象徴の区別を導入して定式化しなおすなら，一覧表とは，音と意味の二重の象徴化である。これは，シニフィアンの次元でも，シニフィエの次元でも，有縁化がなされている。前者の有縁化とは，語源と擬音の二つであり，後者の有縁化とは，比喩・転義と連鎖との二つである。

　それぞれを簡単に確認しよう。

　まず，一覧表において，ひとつの家族をなす単語たちは，音声面でどのように関係づけられているのだろうか。マラルメは，語家族の中で，spleen の横にラテン語 splen を置くといった具合に，英単語の横に古典語を添えている。ただしそれに直接の証拠がないことも認めていた。それをとりあげてミションは，「マラルメは，ラテン語・ギリシャ語・英語の単語のあいだのダイヤグラム的関係を，それらの歴史的血統抜きで打ち立てる」（p. 131）と指摘する。このように，多言語における形態のアナロジーを用いること，それが，語源による有縁化である。次に，ミションは，おそらくは「語の音と意味とのかくも完全なつながり」というマラルメの言葉を受けて，「彼は擬音語を正しい語，音と意味との合致によって内側から有縁化された語と考えており，それゆえ擬音

語は，語家族たちのダイヤグラムすなわち言語の音象徴性と調和している」（p. 133）と述べている。さらにここからミションは，マラルメが，ミュラーやアールとは異なって，「歴史をそっちのけで，アナロジーに優先権を与えている」（p. 134）と結論づけている。これが，擬音という象徴化である。

次に，一覧表において，ひとつの家族をなす単語たちは，意味面でどのように関係づけられているのだろうか。ミションは，マラルメが三つの転義を用いていると考える。たとえば，「重い」の heavy と「天」の heaven を（「持ち上げる」の heave を介して）取り集めるとき，そこに「対句」を見出す。また，to blow と to boast を同じ語家族に含めるとき，そこでは充実の観念が共有されているので，「隠喩」が働いており，to bear と birth が同じ語家族に含めているのは，「換喩」だと考える。これらが，転義という有縁化である。ただし語家族をつくる転義がひとつだとはかぎらない。ミションは，「軽く触れる」の to whisk と「束」の wisp のあいだに，「軽く触れる〔effleurer〕」→「花〔fleur〕」→「花束〔bouquet〕」→「束〔touffe〕」といった転義の連なりを見ている。これが，連鎖という有縁化である[7]。そのほかにも，語家族の中に，マラルメの詩作品のテーマとして現れているようなものもミションは指摘している。これらは，「個人的神話」による有縁化とされる。

ここまでの分析を終えたあとで，次のような結論が述べられている。

> 語家族たちのなかで，すでにわれわれが示したとおり，マラルメは英語語彙の範列，より正確には，詩的表現の背景ないし地盤をなすもろもろの象徴連合を，記述ないし明示することに専念した。〔…〕記号における象徴の存在を明らかにしながら〔…〕，言語のうちなる詩の土台を明らかにした。結合軸の上に象徴論理を投影しながら，彼は，文学の諸形式そのものに迫ろうとしている。 (p. 143)

要するに，バンヴェニスト，トドロフ，ヤコブソン，さらにはデリダにまで言及しながら，ミションが引き出そうとしたのは，マラルメにあっては，記号

---

[7]「連鎖」の誤りについては次節で扱う。

のいたるところに象徴があるということ,つまり言語において文学的リソースが遍在しているのだということである。一覧表はそのとき,言語における詩の基礎の証言となる。いささか時代性を感じさせるこの結論の是非はひとまず置いておく。

それよりむしろ,「文献学小冊子」と題された著作で,なぜ象徴や詩が取り上げられているのだろうか。その事情は,ミションの研究書の序論にある。そもそもミションは,マラルメが「文献学を,言語の詩学へと変容させている」(p. 16) と考える。『英単語』から浮かび上がるマラルメは,「詩学についての現代的研究の先駆者」(pp. 16-17) であり,言語学と詩学のはざまに立つ人物であり,20 世紀に探求される「象徴学」(p. 17) を先取りしている。そう考える以上,ミションは,「マラルメが,言語学からその名を借りつつ,同時に,いかにその言説に異議を申し立てているかを例証することを試みている」(*ibid.*) と考え,著作の最後では,「ポエジーをあらゆる局面から確証する言語学的知識の目録のようなもの」(p. 161) が『英単語』であるという結論にいたる。

要するに,ミションに言わせれば『英単語』は,詩人の雑多な試行錯誤の痕跡であり,文献学と銘打っておきながら,故意に文献学を無視している。そして,まさにこの無視によって,マラルメは新たな地平を切り開いている。それが,20 世紀に解き明かされる象徴学であり,新たな文学理論である。その意味で,マラルメは,やはりというべきか,20 世紀の文学の先駆者なのだというわけである。

第二節　ミションの問題点

たしかに,一覧表には,文献学には単純に還元不可能な過剰さがある。この過剰さを,記号と対置された意味での「象徴」として定式化するのは,アプローチのひとつとして有効であると思われる。ミションは,「象徴」概念を導入する際にも,十分な注意を払っている。マラルメが「頭韻」を論じた箇所に言及して,次のように述べているからである。

ここでは，頭韻，つまり「北方の天才に固有の方法」が，マラルメによって，文学記号の原型として把握されている。英語の詩に遍在する頭韻は，自然言語にもまた住まっている。ここでわれわれに留意させるのは，言語のなかに象徴がこのように存在するということである。頭韻の記述は，象徴の機能と構造についての精確な定義をわれわれにもたらす。第一に，象徴（もしくは頭韻）は，関係の記号として定義される〔…〕。それは，ある語をある物に，あるいは，ある語を別のある語に結びつける。つまりこれは，「世界の諸光景〔…〕と，それらを表現する言葉」とのあいだの有縁化された記号である。マラルメは，稀有な例外（例：TO WRITE）を除いて，象徴の模倣特性を信じていない。象徴は，事物そのものを復元するどころか，言語の内部自体の照応を用いて，事物を喚起する。それが，語家族の一覧表から出てくる原理である。　　　　　　　　　　　　　　　　　　　　　　　　　　　（p. 115）

　事実，マラルメ自身が「頭韻」を引き合いに出して，語基，ついでイニシャルの議論を進めている。そしてそのイニシャルが，一覧表のなかで，英語のアングロ＝サクソン語直系の単純語たちを「内部」で結びつける「関係の記号」であることも事実である。それゆえ，一覧表の過剰さを象徴と定式化することには，妥当性がある。
　しかしながら，ミションの最大の問題点は，一覧表の象徴特性が，『英単語』という文献学の構想とどのように両立しうるのか，それを解明できなかったところにある。その結果，彼は，記号に対置された象徴を持ち出すと同時に，『英単語』から文献学としての構想を排除してしまう。かくして，さしたる証拠も論証もないまま，『英単語』における記号から象徴への変容が，そのまま，文献学や言語学から象徴学や「言語の詩学」への変容につなげて語られてしまうのである。
　ここから帰結するのは，ミションによる『英単語』の文献学に対する徹底した軽視である。『英単語』のなかで，マラルメがしばしば初歩的な文献学的誤謬を犯していることが指摘されるが，彼は文献学と自分の試みとを混同しているわけではない。すでに前章で見たように，マラルメは，科学に属することと，

科学にいまだ属さないことをきちんと意識しながら述べているのである。しかし，ミションはそれに対してまったく注意を払っていない。

その初歩的な例が，「頭韻」である。ミション以降，しばしば頭韻は，一覧表を詩的試みとして読み解く鍵として言及される。しかし，マラルメが冒頭の「プログラム」の方でこう書いていることは，ほとんど語られない。「どのような語が，語家族に加わったりそこからはじかれたりするのか。利点は，かなり興味深い発見の例があること。ただし混同しないこと。ここでは，詩人や作家たちの頭韻までは行かないこと」(pp. 941-942) と。マラルメは，一覧表が作家の言葉遊びにならないように事前に注意を払っているのである。

ミションの分析には，もっと重大な問題がある。それは，「語根」をめぐる分析である。そもそもマラルメは，一覧表の中に語根があるなどとは一度も書いていない。一覧表のあとで，わざわざ，英語の単純語は「語根」だったのかと自問したあと，せいぜいそれは「語基」と呼べるにすぎないと述べて，サンスクリット語から本物の語根を例示している。彼は，少なくとも，当時の文献学において，語根がどういうものか知っているのである。ところが，ミションは，マラルメさえ配慮している専門用語の含意を無視する。語根を，「語の音声的あるいは文字的範列〔パラディグム〕」(p. 124) と単純に考え，マラルメのイニシャルと同一視している[8]。「語根を，比較文法の意味における，言語の原初的かつ歴史的な形象とするどころか，マラルメはそれを，記号と音素の中間段階として，言語の体系の中に書きこんでいる」(p. 127)[9]。言うまでもなく，これは事実無根である。

---

8) ミションが，マラルメのイニシャルと，セム語の語根との類似性を指摘していることはなんら説得的根拠にならない。マラルメは，英語とセム語との共通性などまったく述べていないし，彼自身が挙げている語根の例は，セム語の語根の例とは明らかに異なる。
9) 同種の誤りは，「語幹」(thème) の扱いにも見られる。この誤りには伝統がある。ジャック・デリダは『散種』のなかで，リシャールに対して次のような疑念を投げかけていた。「たしかにマラルメは，『英単語』の中で，*thème* という語の定義を書き写しているが，これは，慣習どおり専門的かつ文法的な意味〔＝「語幹」の意味〕であって，その場合の *thème* という語を〔通常の「主題」の意味へと〕越境させると問題が生じてしまう〔…〕」と。デリダを援用しているミションが，こうした失態を冒しているのは，なんとも驚くべきことである。Cf. DERRIDA (Jacques), *La Dissémination*, Paris, Seuil, 1972, p. 277.

それだけではない。「語根」という呼称をひとまず認めるとしても、ミションの分析には致命的な欠陥がある。それは、語家族の水準と、イニシャルの水準とをはっきり区別していない点にある。ミションの分析には、「語家族」の説明が見当たらない。唯一それらしいものが見られるのは、一覧表の構成に対して、マラルメが残した『英単語』第二版の草稿の指示を論じるときである。

> アルファベットごとに分配され、それぞれのグループは、同じ音素から始まり、三つのセクションに分割されている。1) 音と意味とのアナロジーによって、単語たちが語家族へと分類されたセクション、2) われわれが音の象徴学と呼んだ、基調となる音素の主要な意味にあてられた部分、3) 最後に、語家族たちと、音と／あるいは意味のアナロジーをいくらか提示する、孤立語たちのリスト。マラルメが奨励する訂正は、語家族の数を半分減らして、孤立した語たちをほぼ全面的に削除し、音の象徴学にあてられた部分を、手つかずのまま保つことにある。　　　　　　　　　　　　　　　　(p. 51)

第二版の草稿には、語家族の構成に修正は見られない。にもかかわらず、「音と意味とのアナロジーによって、単語たちが語家族へと分類され」るとミションが注釈しているのは、彼が『英単語』初版もそういう構成になっていると考えているからである。実際、音と意味との二重の循環についての二つの表において、ミションは、イニシャルを「語根」と、単語を「シニフィアン」と呼んで並べていた。イニシャルが母音によって肉付けされ、意味が分化したものが単語だという考えである。ここでは、語家族の水準はまったく等閑視されているのである。

しかし、マラルメが一覧表のなかでもっとも文献学に配慮しているのは、まさにこの語家族の水準ではなかっただろうか。というのも、「英語に入ってきた時点であまり違いが出ていなかった」(p. 965) 単語たちは、「その実際の過去に沿って集め」(*ibid.*) るべきだというのが、語家族の分類の指針なのだから。語家族の分類はさしあたり文献学という名の科学に基づくのに対して、イニシャルの覚書は、「科学のなにかしらの努力に有用だが、いまだ科学に属していない覚書の寄せ集め」(p. 968) である。マラルメが意識的に線引きしているこ

の水準の区別をなくしては，一覧表も，ひいては『英単語』というテクストそのものも，けっして理解できないであろう。ミションが，一覧表のなかに象徴学しか見出せなかった原因のひとつは，この水準の違いを見落としたことにある。

マラルメの文献学の象徴学への還元——そこまで行かずとも，『英単語』の文献学的配慮をなおざりにして，直接的にマラルメの創作や詩論と結びつけてしまう態度——は，ミションだけに見られるものではない。『英単語』の引用のかたわらに「詩の危機」の一節が並ぶのは，マラルメ研究においてほとんどおなじみの光景である。『英単語』という周縁的なテクストの価値をすくいとるためには，ある意味でやむをえない手段なのかもしれない。しかし，こうした身振りは，たいてい，なぜ英語なのか，という問いを捨象してしまう。なぜマラルメは，イニシャルの意味づけを，英語に対しておこなっているのか（なぜほかの言語にはおこなっていないのか）。ここで問われているのは，マラルメの英語教師職やポーへの傾倒といった伝記的な理由ではなく，英語を文献学的に掘り下げた理由である[10]。

それは，『英単語』を読めば明らかである。英語は，アングロ＝サクソン語と古フランス語との婚姻の成果であり，しかも言語の歴史上，かなり新しい「第三の形成」の産物であり，その英語は，単音節性と文法的中立性をそなえている。その結果，もっとも現代的な形成を経た英語の語彙が，まるで語根か語基に立ち戻ったかのように，原始的な様相を呈している。この先進性と回顧性の並存こそが英語の特性である。それだけではない。英語は，第三の形成の過程で，アングロ＝サクソン直系の語彙にまで，フランス語や古典語の面影を反映させ，さらには世界中のありとあらゆる言語からその語彙を借りている。同じ先進国の近代語のうちで，英語が諸般の事情からこうむったこの不均質さこそが，（アカデミーの手で磨き上げられた）フランス語の均質さ[11]に対する最

---

[10] ほとんど唯一，ジュネットだけが，この点にかすかに触れているが，母語と外国語との非対称性一般の問題へと，惜しくも解消してしまっている（GENETTE, *op. cit.*, pp. 311-312）。

[11] 「すぐれて中立的な言語は，フランス語である。フランス語に届いて，そこでフランス語化しなかったような流離の単語を一つでも見かけることほどまれなことはない。とい

大のアンチテーゼとして立ちはだかっている。このように，イギリスとフランスとのあいだの，何重にも絡み合った歴史的かつ地政学的な状況こそが，『英単語』から読みとれる文献学的関心の本質なのである。一覧表もまた，他者としての英語を知る糸口である。『英単語』があからさまに語っているにもかかわらず，文学を当然含みこんだ，こうした非常に大きな問題意識を踏まえていないために，ミションのみならず，たいていの研究が，一覧表についてきわめて表面的な分析しかなしえていない。この問題意識だけが，一覧表の存在理由だとは言わないが，少なくとも，テクストの上で言える最低限度の存在理由であることはまちがいあるまい。

第三節　ミションの可能性

　以上のように，ミションは一覧表のなかに文献学ではなく象徴学を見出したが，むしろそこに，文献学と同時に象徴学を見出すべきではないだろうか。そのために，いま一度，ミションの分析に戻ろう。

　ミションは，語家族が，意味の面では転義による有縁化だと考えた。すなわち，heaven と heavy が「対句」によって，to spell と to spill が「隠喩」によって，to bear と birth が「換喩」によって，それぞれ結びつけられているといった具合に。たしかに，ここに転義を見出すことは可能である。しかし，マラルメが縷々述べている一覧表の構成に従えば，これは第一に，語源的なつながりと考えるべきである。マラルメが所蔵していた『チェンバース語源辞典』を引いてみよう。語源記述（［　］の内部）には次のようにある。

うのも，フランスの特殊な特質（génie）は，鮮やかすぎるあらゆる色と極彩色との緩和を要求するからである。アカデミーは，ほとんど数世紀を経た操作によって消され変化させた後でしか，そうした語たちのきらめきを認めない。フランス人たちによってさえしばしば放棄されて，単語たちは，私が述べた方法で加工された後でのみ，よそで息を吹き返す」（p. 1078）。

　またアカデミー・フランセーズととマラルメの関係については拙論をご参照いただきたい。立花史「言語の不完全さに抗して——辞書学とマラルメ」『戦争と近代——ポスト・ナポレオン 200 年の世界』社会評論社，2011 年，131–146 頁。

heavy
[A.S. *hefig*—*hefan*; old Ger. *hewig, hebig*.]
heaven
[A.S. *heofon*—*hefan*, to lift.]

to spell
[from **Spill**, *n*: so Dutch, *spell*, a splinter, *spellen*, to spell, Fris. *spjeald*, a splinter, *letterspjealding*, spelling.]
to spill, *verser* goute à goute
[A.S. *spillan*; Norw. *spilla*. See **Spoil**, to waste.]

bear
[A.S. *beran*; Goth. *bariau*; L. *fero*; Gr. *pherô*; Sans. *bhri*.]
birth
[A.S. *beorth*. a birth-*beran*, to bear or bring forth.] See **Bear**.

　注釈を一応つけておけば，heavy と heaven は，「持ち上げる」を意味するアングロ＝サクソン語 hefan から意味が分岐して，持ち上げられたものとしての天国と，持ち上げるときの感覚としての「重さ」が生じたのだろうし，to spell は to spill に由来し，アングロ＝サクソン語にさかのぼらずとも，後者が一滴ずつ注いで捨て去るところから，インクで字を書く「つづる」の前者が出てきたと考えられ，また bear と birth の関係も，アングロ＝サクソン語で「生む」を意味する beran から前者が，その名詞形 bearth から後者が誕生したことも，容易に察しがつく。この三つの語家族は，それぞれ語源を共有し，英語語彙としての形態も共有している。それゆえ，音と意味という，「語家族の分類で〈文献学〉を導く二重の指標」(p. 966) によって語家族を構成しているのである。
　ミショーにも一理ある。語家族は，ある種の転義的関係によって，たしかに有縁化されている。重要なのは，転義と語源の二者択一で考えないことである。

語源が，転義の形をとることもありうるのである。むしろ，われわれが語源に納得するとき，たいていの場合，転義や逸話のような形をとる。それにしても，ミショーはなぜそのように考えなかったのか。その理由を考えるには，彼が依拠したトドロフの「象徴学序論」[12]を参照するのがよい。

> ダイヤグラム的関係は，非常に多くの言語学的事実を再編成する。西洋では，ダイヤグラム性の研究は，たいていの時代，語源学の名の下におこなわれてきた。語源学は語同士の歴史的血統の研究にほかならないと反論する人がいるかもしれないが，それは，狭隘で，誤りでさえある見解だ。語源学を，語彙の親族〔*parent*〕のみの研究に限定するなら，語源科学の歴史は理解できまい。実際には，語源学は，親族の関係と同様に，類似性〔*affinité*〕の関係にもまた専念してきたのである。そもそも，この事象はまったく知られていなかったわけではない，というのも，19世紀半ばに，まさに親族関係を扱わない語源学の部分を指すために，「民間語源学」という語が作り出されたからである。概念上のこうした分離が含意するのは，それまで，二つの語源学が区別されずにきたということである〔…〕。 (T, p. 288)

そして，トドロフはまさにこの文脈で，民間語源学の復権を求めている。「ヤーシュカから，ヴァロン，クール・ド・ジェブラン，ブリセにいたる，こうした古来の語源学的推論を，忘却と軽蔑から救い出さなければならない」(T, p. 291)。それらは，立派な言語学的事実であり，研究に値する。ただしそれは，「こうした類似性の語源学が詩的なものではないと言うためではない」。むしろ「そうした語源学は，ダイヤグラム的仕組みを明らかにするのだ。詩がそうするのと同様に。というのも，ダイヤグラムなしに詩は存在しないのだから」(*ibid.*)。こうして，トドロフは，詩と同じく，民間語源学を言語に遍在するダイヤグラムの研究として再評価する。これと軌を一にするかのように，ミショーの方も，ウルマンの次のような発言を脚注で引用している。「語源学に

---

12) TODOROV (Tzvetan), Introduction à la symbolique, *Poétique*, 11 (1972), pp. 273-308. 以後，ここからの引用はTと略記する。

は二種類あり，ひとつは歴史的で，もうひとつは共時的で，前者は語の系統を研究し，後者は，所与の言語体系のなかで語と語をお互いに結びつける，形式的かつ意味論的な連結網を研究する」(p. 132) と。ミションが，マラルメの一覧表を共時的語源学としてとらえようとしているのは明らかである。しかし，残念ながら，マラルメの語源学は共時的でもなければ，民間的でもない。19世紀の文献学に基づいているのである。

　もちろん，ミションにも言い分はある。たしかにマラルメは，英語の語彙の「現在の状態」(O.C.2, p. 965) に特化している。また，英語のアングロ゠サクソン系の語彙の直接の先祖ではない古典語の単語を引き合いに出して，「ギリシャ語やラテン語が，この分類である種の系列に現れるからといって，関連する英単語がそれらの末裔だということを，なにがしかの点で含意するという風には思い描かないよう，そう，とりわけよく注意していただきたい」(O.C.2, p. 969) と断っている。ミションは，こうした記述を根拠にして，「伝統的な語源学の機能はここで方向転換をする。語の系統を提示するどころか，それは語家族の体系を補強するのだ」(p. 131) という。こうして，「詩的もくろみ」(p. 132) を抱いたマラルメが，現在の英語の音やつづりを有縁化する手段として，語源を用いているのだ，とされる。

　しかし，これは極論である。マラルメが，英語と古典語を直接につなげていないのは事実だが，それは「中間物にそむいてはならない」(O.C.2, p. 1099) という文献学の方法論を重んじているからである。それを裏返して言えば，中間項を介して，遠くの方で交わると考えているわけで，系統的に無関係だと考えているのではない。実際，マラルメは，ゲルマン語という中間項を介して，英語と古典語が「ある程度結びつく」と述べている[13]。

　一般に語源辞典では，近接する言語の中で，その語に近い形態のものを挙げることはめずらしくない。さきほどの『チェンバース語源辞典』の引用を見返そう。bear はアングロ゠サクソン語の beran に由来するが，さらにゴート語

---

13) さきほどの『英単語』の引用の直前に，彼はこう書いている。「たとえ，ある程度結びつくにせよ，lick と tongue のあとに *lingua* を置いたりしないし，head のそばに，χεφαλή を置いたりしない，というのも私はドイツ語で頭の haupt を経由しなければならないからである」(O.C.2, pp. 968–969)。

のbariau, ラテン語のfero, ギリシャ語のpherô, サンスクリット語のbhriが挙がっている。これは，英語のbearが，ラテン語feroの末裔だということを指しているわけではない。むしろ印欧語内部でのさまざまな類似形態を列挙しているのである[14]。そもそも，民間語源学であれば，形態が類似していれば一緒にまとめてしまうのではないだろうか。形態の類似を確認しながら，そこに中間項の介在を考慮して，慎重に列挙するにとどめる，という姿勢こそ，民間語源学と袂を分かった19世紀の科学的語源学の身振りではないだろうか。このように，ミションがマラルメ独自の振舞いだと考えたものは，むしろ当時の文献学の方法論と考えた方がよい。

　実際，ミションのように，ダイヤグラムの担い手を，民間語源学に限定する必要はない。トドロフは，前掲の長い引用のあと，こう述べている。

　　親族性と類似性は，語源学において，互いに相容れないわけではない。類似性は，親族性でありうるが，そうでなければならないわけではない。逆に，あらゆる親族性は，必ずしも類似性とはかぎらない〔…〕。他方で，親族性の研究は，通時的なもの（これが，語源学の現在の仕事に割り当てられている研究だ）でも共時的なものでもありうるし，その場合，この研究は，派生の研究と同じことになる。派生による親族性は，ほとんどつねに類似性でもある。
　　　　　　　　　　　　　　　　　　　　　　（T, p. 289：強調は立花）

　つまり，語源学に有縁化の機能を見出すにあたって，ミションのように，わざわざ民間語源学を持ってくる必要はない。たいていの派生関係のなかには，類似性が見出せる。そして，類似性がダイヤグラムをなす以上，科学的な語源記述もまた，有縁化たりうるのである。ところで派生関係とは，理由や因果の見出せる親族性のことである。事実マラルメは，語家族の作成にあたって，音と意味との二つの指標を設けていた。それはつまり，親族関係のうち，音の上でも意味の上でも派生が可視的な場合にかぎって，語たちが家族をなすという

---

14) 詳細は後述するが，『チェンバース語源辞典』(CED) の凡例では，語源の扱いについて「語の語源が疑わしいときは，さまざまな意見が与えられている」と書かれている。

ことである。したがって，ここに科学的語源学と有縁化との両方を見出すことが可能である[15]。

第四節　包括的イメージ

　以上のように，必要な変更をくわえるなら，ミションの分析には可能性がある。この可能性を引き出すためにはまず，『英単語』の文献学を全面的に民間語源学や共時的語源学に置き換えるのをやめて，科学的語源学に余地をあたえなおす必要がある。そして，マラルメが払ったさまざまな文献学的配慮を，もう一度文字通りに取り上げることである。そのときわれわれは，一覧表のなかに，文献学と有縁化とが両立した姿をはっきりと捉えることができるだろう。では，ミションの分析を修正することによって，われわれは一覧表について，いったいどのような包括的イメージを獲得することができるのだろうか。その手がかりは，やはりミションにある。一覧表について，彼が語源学による有縁化を論じたくだりを読み直そう。

　　語源学は言語を過去へと浸しなおすが，それは現在において，当該言語を一貫性あるものとして再構成するためである。過去を現在に直面させつつ，語源学はひとつの言語を創造するのだが，その言語は刷新されており，いっそう調和的であり，その言語の詩的なもくろみを促進する。すなわち，「各々の語は，諸地方または諸世紀を通じて，遠くから，自分の正確な位置に着く，

---

15) ただしトドロフは，文学と文学以外にまたがるものとして象徴学を提示しているにもかかわらず，その分析対象の大半は文学に依拠している。そしてトドロフ自身がこの点に自覚的であり，理論的立場と分析の内容とのずれをあらかじめ断っている。「本論考の教示内容は，いまだ文学を特権化しており，他のタイプの言説を顧慮していない。このような選別はまったくもってイデオロギー的であり，諸事実のなかにいかなる説明も有していないということに対してはっきりと意識的でなければならない」(T., p. 275)。
　トドロフとミションのずれについては，拙論で詳述している。「マラルメの辞書学――『英単語』第一巻「一覧表」解読」『日本フランス語フランス文学研究』102 号，2013 年，189-204 頁。

この語は隔離され，あの語はある一群に混ぜられるといった具合に」〔…〕。
(p. 132)

　この「正確な位置」は，どこにあるのだろうか。『英単語』の序論を読み直そう。

　　辞典をまるまる一冊渡される，それは膨大で恐るべきものだ。〔…〕単語たちは，なんと多くのニュアンス（原初的なものではまったくない）を意味していることか。小辞典の欄の中に配列されるこのような語の乱雑な集まりは，そこに恣意的に，そして悪い偶然によって，呼び集められるのだろうか。とんでもない。各々の語は，諸地方または諸世紀を通じて，遠くから，自分の正確な位置に着く，この語は孤立させられ，あの語はある一群に混ぜられるといった具合に。
(O.C.2, p. 948)

　答えは辞典である。だが，話はそれほど簡単ではない。
　語たちは，二重の意味で，「正確な位置」にある。第一に，語たちにはそれぞれの歴史的経緯があって，他の語から孤立したり，他の語と一団をなしたりして，現在の形態にいたっている。その意味で，語の正確な位置とは，語の現在の形態そのものである。それだけではない。第二に，辞典をつくる側もまた，語の歴史的経緯にそって，語を分離したりまとめたりする（語源記述を記した辞典では，その手つきが浮き彫りになったりもする）。その意味で，語の正確な位置とは，しかるべき処理を経て辞典のなかに用意された語の場所のことである。しかし，いずれにせよ，われわれにとって通常，辞典は「語の乱雑な集まり」に見えてしまう。語の形態の必然性も配列の必然性も感じられない。そこで，辞書学者たちのように[16]，文献学の観点で語を見直してはどうかというのが『英単語』の趣旨であった。

---

16) 「わが国のアカデミーついでリトレのような巨匠たちや英国の巨匠レイサムが，後の時代になって自らの網羅的な辞典を作るにしても，すでに仕上がった言語の過去の永きにわたる冒険をまさに必ず喚起するのである」(p. 949)。

その『英単語』の記述において，一覧表が現れることは興味深い。というのも，一覧表にはまさに，語が孤立させられたり，語が家族にまとめられたりしているからである。序論によれば，辞典における語の正確な位置とは，「この語は孤立させられ，あの語はある一群に混ぜられる」という仕方で浮き彫りになるものであるから，一覧表もまた，語の正確な位置を告げる装置，つまり辞典と見なすことができる。しかも，普通の辞典ではなくて，語源によって単語同士が結びつけられた（有縁化された）辞典である。こうしてわれわれは，ミションの分析をたどった末に，一覧表のなかに"有縁化された辞典"という包括的なイメージを発見するのである。
　それでは，一覧表を，有縁化された辞典もしくは辞典の有縁化として捉えなおすことに，どのようなメリットがあるのだろうか。いくつかのメリットを挙げておく。
　第一に，それは，一覧表を全面的に分析する視座をわれわれに与える。辞典の有縁化という言葉には，すでに有縁化の機能が文学的なものや想像的なものに限定されず，真剣な文献学にもまた認められるという立場が含意されている。従来，文学的有縁化の立場に立った場合，一覧表のなかで分析できるのは，イニシャルの意味づけなどごく一部である。ただしイニシャルの覚書には，イニシャルの意味づけにとどまらず，実に豊富な情報が含まれている。そこで，辞典の有縁化の立場に立った場合，分析の対象を，一覧表のありとあらゆる要素にまで拡張することができる。と同時に，われわれの立場は，さらに詳細な分節もまた可能にする。一覧表の中には，科学的な有縁化と非科学的な有縁化の両方がある。その双方を，ひとつの構想の中でとらえることが可能となるのである。
　第二に，辞典の有縁化の立場は，一覧表を平面ではなく立体として，ページではなく書物として研究する可能性をもたらす。従来，ミモロジックな立場であれ，象徴学的な立場であれ，一覧表の分析は，イニシャルごとになされていた。しかしながら，もしイニシャルに意味づけがなされているのであれば，イニシャル同士の関係も問われなければならないし，さらに言えば，なぜ一覧表が，アルファベット別ではあるが，アルファベット順ではないのかということもまた，有縁化の問題として検討されなければならないはずである。しかし従

来の研究では，こうしたことがまったく不問にされてきた。これが致命的な瑕疵であるのは，分析として不十分であるばかりでなく，マラルメのテクストの無視でさえあるからである[17]。それに対して，辞典の有縁化の立場は，イニシャルごとに語彙を集めた連続的なエクリチュールとして一覧表をとらえなおすがゆえに，イニシャル同士の有縁化の問題もまた視野におさめることができるのである。

第三に，辞典の有縁化の立場は，一覧表をフランス辞書学の長い伝統と対峙させることができる。例えば，辞典における語彙の配列は，辞書学者たちの伝統的な難問だった。言語辞典には，実にさまざまな分類方法があり，そのなかでもとりわけアルファベット順が強い勢力をもってきたが，辞書学の歴史はまさに，このアルファベット順に対するオルタナティヴの模索過程であった。あとで確認することになるが，17世紀末以降の辞書学において，アルファベット順に対する新たな対抗策への期待が高まるのは，文献学が辞書学に取り入れられた19世紀のことである。本書の立場は，マラルメを，辞書学の過去と同時代とに直面させることができる。

第四に，辞典の有縁化の立場は，一覧表を，さらには『英単語』を，ある種の作品として受け取りなおす契機を与える。辞典は，学問的成果の記述そのものではないし，かといって日常の言語活動そのものでもない。辞典は，学問的成果を特定の仕方で提示する手段であり，日常の言語活動の手がかりを与える道具である。辞典は，理論にも実践にも，知にも生にも還元不可能な，ひとつの装置である。しかもそれは，有縁化されたテクストである。ここに，文学作品との類似性を見てとることができる（この点でミションは正しい）。しかし同時に，辞典は，還元不可能ではあれ，理論にも実践にも，知にも生にも奉仕することができる。いわば，知に対しても，大衆に対しても開かれた装置と言えよう。したがって一覧表のなかに，文学性そのものを見出すより，文学性と非

---

[17]　「従う順序は〈辞典〉〔Dictionnaire〕の順序とは異なる。そこに，唇音・喉音・歯音・流音・スー音・帯気音への分類を認めることができるが，これは，科学的装置の借り物ではなく，全体的意味と文字との諸関係によるものである。この諸関係は，もし実在するなら，語の発声に際してしかじかの発声器官を特別に使用することにのみよるものである」（p. 969）。

文学性との奇妙な共犯性を見出すほうが，後年のマラルメの営みを考える上で生産的だろう。そしてこの共犯性は，例えばブレアルの「自分用の詩作辞典を心の中に作っている」という一節に見られるように，文学の公共的利用と密接に関係している。またそれが後年のマラルメの詩学と結びついてゆく過程は第七章で論じるつもりである。

　以上を踏まえて，一覧表のさらなる分析にとりかかる前に，ひとまず，辞書学の議論を確認することにしよう。

MOTS SIMPLES & DÉRIVATION

Plus d'une critique visera la traduction en Français de ce vocabulaire : parfois donnant le sens primitif et à présent le moins usité ou fondant dans une stricte généralité mille nuances quotidiennes ; c'était à faire. Un cas fréquent même c'est, afin de rattacher un mot connu à quelque parent très-éloigné, qu'on ne montre de la signification de celui-là qu'une nuance presque accessoire.

TABLE

FAMILLES DE VOCABLES ET MOTS ISOLÉS, COMMENÇANT PAR a, e, i ou y, o ET u : AVEC DES REMARQUES SUR LEURS SIGNIFICATIONS PRINCIPALES. — FAMILLES DE VOCABLES ET MOTS ISOLÉS, COMMENÇANT PAR LES LABIALES b ET w OU v, PUIS p ET f ; LES GUTTURALES g ET j, c OU k OU q ET ch, LES DENTALES d ET t OU th, L'ASPIRÉE h, LES LIQUIDES l, r, m, n : AVEC DES REMARQUES SUR LEURS SIGNIFICATIONS PRINCIPALES.

Voyelles.

Combien peu de mots, ayant pour lettre initiale une voyelle, appartiennent à l'Anglais originel, c'est-à-dire au fond anglo-saxon, tout le monde le remarquera : c'est une consonne principalement qui attaque dans les vocabulaires du Nord.

『英単語』
「一覧表」冒頭

第五章

「一覧表」と辞書学

第一節　辞典とその目的

　まずは，どのような意味で，一覧表が辞典たりうるのかを見ておこう。辞典の定義から始めることにする。著名な辞書学者シドニー・ランドウはこう書いている。

　　辞典とは，語の意味を記述し，文脈の中でのそれらの使われ方をしばしば例示し，それらの発音の仕方を通常は明示する。書物という伝統的形態の辞典では，通常，収録された語たちはアルファベット順のリストになっている。[1]

　したがって，ひとまず辞典とは，「語をアルファベット順序で列挙してその意味を記述する本」（p. 8）と規定される。辞典と百科事典とは異なる。百科事典は同じくアルファベット順序だが，各部門の知識についての記事を集めたものである。重点は知識の方にある。対して辞典は語義を提示する。それは，通常，読者が未知の単語を理解するのに必要な情報にとどまる。収録されているすべての情報は，その単語の意味にかかわり，詳しいものであれば，発音，用法，歴史に直接関係する。重点はあくまで語そのものである。だがそれも辞典

---

[1] LANDAU (S.), *Dictionaries: The Art and Craft of Lexicography*, 2nd edition Cambridge, Cambridge University Press, 2001 [1st ed. 1984], p. 6. 以下，ここからの引用は LAN と略記する。なお，本書には初版の邦訳がある。和訳に際しては邦訳を参照させていただいた。ランドウ（シドニー・I），『辞書学のすべて』研究社出版，1988 年。

によりけりである。今日では，イニシャルのアルファベット順はますます辞典の本質的構成要素でなくなりつつある。電子辞典の場合，イニシャルをクリックするなり，検索エンジンに綴りの一部を入力するなり，単語を発音するなりすれば，目当ての単語の情報が得られる。この時，紙の辞典の場合のように，情報が物理的に並んでいるわけではない。だから，アルファベットごとに分類してあるからといって（イニシャルが）アルファベットの順序で並んでいるとはかぎらない。アルファベット分類の辞典においてさえ，イニシャルのアルファベット順は本質的であるとは言えない（アルファベットの順序を知らなくとも電子辞典は使用可能である）。アルファベット分類の辞典の特性は，イニシャルごとに単語の規定が記述されていることである[2]。

この観点から，語家族と孤立語についての一覧表を見てみるとどうなるか。一覧表では，アルファベット順ではないがアルファベットごとに英語の語彙が集められ，フランス語の訳がついている。ひとまず，二言語辞典の体裁をなしていると言えるだろう。

マラルメ本人はどう見ているのだろうか。

彼の記述は極端である。すでに確認したように，『英単語』そのものを「レキシコグラフィ」と呼び，同じものを「語彙」〔lexique〕と呼ぶ。研究のアプローチに関して，『英単語』は「辞書学」であると考えられるが，その内容について，語彙と，文法や規則とに二分される。ただし，本書全体が英単語のリストであるわけではないように，マラルメの著作において lexique という語は，単に語の集合としての「語彙」を意味するにとどまらず，辞典に類する「小辞典」も意味する。それが明らかなのが，「小辞典の欄」〔colonnes d'un lexique〕（p. 948）に話題が及ぶ場合である。

同じことは，vocabulaire という語についても言える。「もともとの語彙」と言われる際には，この語はたしかに「語彙」を意味している。しかしマラルメは，「白紙ページの数々に vocabulaire を表象するわれわれの精神」（p. 948）に

---

[2] 単語がイニシャルのアルファベットごとに分類されていることと，そのイニシャルがアルファベット順序で配置されていることとは，ひとまず別々に考えることができる。このアルファベット分類とアルファベット順の分離は，あとでマラルメのもとでまた見出すことになろう。第六章第二節を参照のこと。

ついても語っている。これも語の集合を指すのだろうか。そうではない。というのも、彼は言葉をついで、その語たちが「それぞれの語たちの過去の成り立ちについて一つの新たな表象を与える器用な手つきに知恵をつけられ」る光景を描いているからである。これは単なる語のリストではなく、「知恵をつけられた」（instruits）語のリストであり、意味や語源など語にまつわる知識（instruction）を付されている。辞典はたいていそのような形態をとる。

　一覧表について nomenclature という語が用いられる際にも、著者はこうした二重の意味をこめている。

〔…〕語たちを、読者になじみの他の語たち、つまり語家族の中ですでに与えられたギリシャ語やラテン語の語たちに結びつけうるつながりが、さらに頻繁でさらに連続したものとして現れるとすれば、それは、それが事実そのままではないにせよ、少々そっけない nomenclature をどうにかして例証しようとするわれわれの気持ちにのみよるのだということである。　（p. 968）

　言うまでもなく、「少々そっけない nomenclature」とは一覧表を指す。しかしどのような意味でか。この語もまた、主に「名称目録」と訳され、語のリストを意味する。nomenclature について言えば、この言葉を「語のリスト」の意味にとっても、「例証」のくだりが意味不明になる。というのも、語のリストは、正当化を要するものとは考えにくいし（ここでは網羅の度合いが問題になっているわけでもないのだから）、ましてや古典語を参照する必然性もないからである。nomenclature を何か例証を要するものと考えるなら、それは語のリストであるだけでなく、何かもっと技術や操作にかかわるものと考えねばならない。仏仏辞典『トレゾール』（TLF）によれば、実際、nomenclature には、「（辞典の）項目」や、さらには「方法論的に命名する技術、与えられた名称と事物との合致」という意味がある。それは、事物の名称であるような語のリスト（の項目）である。言い換えると、事物として何かを意味する語のリストなのである。一覧表で例証が必要とされるのもこの意味の部分である。ここにもまた、辞典を見出すことができよう。

　さらに『英単語』には、一覧表が出てくる際に、通常の辞典に向けて対抗心

をもやした参照が見られる。「従う順序は〈辞典〉の順序とは異なる」(p. 969)と。これもまた，一覧表と辞典の緊密な関係をほのめかしている。

次に，もう少し詳しく一覧表を検討してみよう。

一覧表は，わずか千数百の語しか含んでいない。これは辞典とみなすには少なすぎるようにも見えるが，ここでマルキールの分類が役に立つ。彼は，一覧表の「記述範囲」を三つの基準から分析している[3]。

(1) 密度
(2) 言語の数
(3) 集中度

三つめから見てゆく。集中度とは，その辞典項目の記述が，どの程度網羅的かである。この基準からすると，一覧表の記事はたいていの場合，記述はフランス語訳だけであり，たまに注釈がつく程度であることを考えると，一応最低限の記述は含んでいるが，その集中度は極度に低いと言えよう。ところで，フランス語訳が記述の主たる部分を占めることは，まさに第二の基準にかかわる。この基準は，その辞典がいくつの言語をカバーしているかに着目するからである。記述に用いられる言語の数は，基本的に英語とフランス語の二つである。一覧表は，二言語辞典，英仏辞典である[4]。最後に，第一の基準に移ろう。密度とは，辞典がその言語の語彙をどの程度カバーしているかにかかわる。一覧表の英単語の数は，おおよそ2500個ほどである。英語の語彙全体（おそらく数十万個）[5]を基準に考えると，この密度は恐ろしく低い。もっとも小規模なポケット辞典でも数万語を収録していることを考えると，辞典の名に値しない。ただしそれは，一覧表を，一言語の語彙全体を収録した「一般目的辞典」とみなした場合にすぎない。すでに見てきたように，一覧表は，英語のうちアング

---

[3] Cité par Landau, pp. 7–8. Cf. MARKIEL (Y.), A typological Classification of Dictionaries on the Basis of Distinctive Features, *Problems in Lexicography*, Bloomington & Hague, Indiana University & Mouton, 1967, pp. 3–24.

[4] それゆえ，一覧表は「一方向的」である。一覧表は英単語を知るためのものであって，フランス語から英語へのアクセスは考慮されていない。

[5] なお，マラルメはこう書いている。「サクソン語あるいはゲルマン語の単語の数が13000個でしかないのに対して，古典語（とフランス語）の語彙は29000個から30000個である」(p. 1094)と。それゆえ，少なくとも英単語は42000個にのぼる。

ロ=サクソン系の語彙のさらにその単純語しか扱っていない。この密度はどのように測定すればよいのだろうか。

　辞典の規模は，カバーされる言語の相によって異なる[6]。クラレンス・バーンハート[7]は，対象が言語の一つの相に限定された辞典を「特殊目的辞典」(special-purpose dictionary) と呼び，対象が相を問わない辞典を「一般目的辞典」(general-purpose dictionary) と呼ぶ[8]。ランドウはこの区別に次のようにコメントしている。

> 特殊目的辞典はジョセフ・ライトの六巻から成る不朽の名作『英語方言辞典』(1898-1905) のような学術的辞典から，未就学児童のための絵が飛び出す辞典に至るまで，あるいはチャールズ・トールバット・アニアンズの『オックスフォード英語方言辞典』(1966) から，読者の語彙力増強を手助けしたり，作文力を向上させたり，語法を規範的に正しいとされる模範に合わせて矯正したり，あるいはそのようになるだろうと期待して彼らに購買意欲をそそらせるような大衆的・商業的書籍に至るまで，広い範囲に及んでいる。
>
> (LAN, pp. 35-36)

　ランドウは例として語源辞典を挙げている。語源の観点から切り取った領域は，言語の一つの相をなす。さらに，語源だけでなく，類義，俗語，方言，新語，語法や発音も相に含めている。特殊辞典は，実に多様な辞典を包含する。ウォルター・W. スキートの『英語語源辞典』から，ハロルド・ウェントワースの『アメリカ俗語辞典』あるいはウェブスターの『六千語』(『ニューインタ

---

6) シドニー・ランドウは，相を使用域と区別している。後者は，どこで誰が話すのかが問われる比較的客観的な範囲を指すが，前者は，特定の観点なり目的なりに応じて切り取られる比較的恣意的な範囲を指す。原理的には，相は使用域を含む。ただし，おそらくは便宜上から，ランドウは，専門用語辞典を「分野別の扱い方の規模」という別の箇所で論じている。

7) BARNHART (Clarence L.), American Lexicography, 1947-1973, American Speech, 53-2, 1978, pp. 83-140.

8) ランドウは，「特殊辞典」／「一般辞典」という（ズグスタによる）別の術語にも言及しているが，彼によれば，これはバーンハートの術語と内容上の違いはない。

ーナショナル辞典』第三版の付録）をまたいで，ダニエル・ジョーンズの『英語発音辞典』まで。こうした観点からすると，アングロ゠サクソン語由来の単純語の範囲もまた，言語の一つの相をなしうるはずである。その意味で，マラルメの一覧表も，特殊目的辞典の一種である。

　したがって，一覧表の「密度」を測るには，アングロ゠サクソン由来の単純語のうち，その総数との関係で，一覧表がカバーする語数を検討すればよい。一覧表の密度は高いと言えるのだろうか。少なくとも，マラルメの意図としては，すべての単純語を網羅しようとしていた節がある。その証拠に，語の家族の概念について語っている際に，彼は「もともとの語彙の全単語」がただ一つの家族の中に集まる可能性を考慮に入れている（p. 965）。「単純語と派生」と題された第一章で，単純語の一覧表の議論の最中であるから，この「もともとの語彙の全単語」とは，英語のうちアングロ゠サクソン語由来の単純語のすべてを意味すると考えるのが妥当である。もちろんそれは彼の意思であって，成果ではない[9]。ただし成果の方も真実とそれほどずれているわけではない。一覧表の単純語の数は2500個ほどだ（はっきりとした数字は数え方による）。単純語の同定に若干の誤りが混じっている可能性を考慮するとしても，一覧表は，語数の点で極度に密度が高いと言える。ウィリアム・チェンバースがこのことを保証してくれている。

　　英語においては，およそ5万3000語が数えられ，そのうち3820語が原始
　　語である。これら原始語のうち，2513語は英語とゲルマン諸語に共通のも

9）　マラルメ自身，自分の成果に意識的であったようだ。本書のプログラムには次のようにある。「本書を通じて引用された事例すべては，その現状を，すなわち，その全系列ではけっしてなくて，規則や注意を承認するのに合わせて，そこそこ大量の語の中から選び取ったものしか掲載していないはずである。総覧ではなく例証である。ただし，第一巻に載せた，語同士の派生と接辞，第二巻に載せた古フランス語の単語，第三巻に載せたユリウス・カエサルのラテン語の痕跡やスカンジナビア語の痕跡は例外である（これらは，そこそこ網羅的な目録になっていて，それが本文献学書の財産そのものである）」（p. 946）。ちなみに，「そこそこ網羅的な目録」を自負しているのは，権威ある資料を参照したことの裏返しかもしれない。ジャック・ミションが発見したように，第一巻と第三巻の接辞は，チェンバースの辞典からの借用であることを考えればなおさらである。この点については，さらなる参照元が発掘された折に，いま一度検討する必要がある。

のである。1250語は英語と古典諸語に共通のものである。この計算は、ギリシャ語やラテン語と現代ヨーロッパ諸語とを習得するに際して英語の知識がいかに役に立つかということを示すのに役立つ。[10]

　チェンバースの算出では、英語の「原始語」3820個のうち、2513個がゲルマン語系で、1250個が古典語系で、57個がその他の系統となる。「原始語」を説明している箇所を読むかぎり[11]、マラルメの「単純語」とほぼ同じものを指している。すると、一覧表の単純語の数と、チェンバースのはじき出した単純語の総数とは、ほぼ等しいという結果になる。ついでながら、マラルメは、専門家の誰かが示したこの総数に通じていたと考えられる。『英単語』の中で、一覧表の補完を読者に勧めている一節を思い出そう。「あとで読者は、この分類を、好きなようにいじることができよう。ある語を孤立語から語家族へ移したり、ある語が居候でしかないとなればそうした遠戚から、語家族の一つを解放してやったり、粗を整えて遺漏を埋めたり、と」（p. 966）。ここでマラルメは、単語を別の家族に移すかどうか、あるいは家族の語を孤立語に置きなおすかどうかについて考えているが、新しい単純語が付け加わることをまったく想定していない。あたかも、一覧表が、アングロ＝サクソン由来のすべての単純語を網羅しているかのような物言いである。

　ここで、ランドウがコメントしていた「特殊目的辞典」の件に戻ろう。この種の辞典は、大人向けとはかぎらず、子供向けの場合もある（「未就学児童のための絵が飛び出す辞典」）。その「目的」は必ずしも、厳密な知識を得ることではなく、時には正確さや真剣さをさしおいて、娯楽や利便を優先する場合もあ

---

10) CHAMBERS (William & Robert), *Chambers's information for the people*, t. 2, London, Orr and Smith, 1849. この著作は、初版以降40年にわたって何度も版を重ねている（一巻本にまとまった1842年の第二版、1848-49年の第三版、1857年の第四版、1874-75年の第五版）。
11) 「名詞、動詞、代名詞的な単語は、そういうわけで名の原始的クラスあるいは言葉の主要な部分とみなされるので、われわれは次に、言葉の残りの部分と、原始語そのもののさまざまな種類とさまざまな屈折とが、これら原始語からいかに形成されているかを示さなければならない」（*ibid*, p. 22）。あらゆる派生語の源泉という意味で、ここでの「原始語」は、マラルメのいう「単純語」に相当すると考えられる。

る(「読者の語彙力増強を手助けしたり、作文力を向上させたり、語法を規範的に正しいとされる模範に合わせて矯正したり、あるいはそのようになるだろうと期待して彼らに購買意欲をそそらせるような大衆的・商業的書籍」)。

さて、マラルメにも、彼なりの「目的」があった。『英単語』は、「リセや教育施設で勉強する若者たち」(p. 1793)の英語学習を手助けするためのものである。その一環で、一覧表は、「読者が英語をもっと知ることができる」(p. 965)ように、「読者が知らないと思われる語の意味と、その外形的布置との間の関係」を提示していた。一覧表は、「〈文献学〉の明敏さを体得したい学生たち」(p. 966)や、「のちのち英語の文献文化に専心しようと野心を抱く学生たち」(p. 968)を対象とする。しかし、単に彼らを対象とするサブテクストだというわけではない。マラルメが書いたとおぼしき紹介文にも、一覧表を含めた『英単語』は、「日ごろ言語学習が記憶に強いる労苦が知性にとっての遊びとなる」ことを目指している。一覧表の構造は、この目的に沿って作成されていると見てまちがいない。したがって、一覧表は「特殊目的辞典」であり、とりわけその目的は教育、さらに言えば、学習の合理化である。

ここでようやく、「学習辞典」(school dictionaries / children's dictionaries)という概念にたどり着く。これには少し説明を要する。というのも、辞典を引くことが言語について学ぶことである以上、そもそも辞典とは、すべからく、学習者を対象とするものだからである。実際、ランドウも認めるとおり、16世紀まで二言語辞典(羅英辞典)が学生を対象に編まれてきたし、一言語辞典の編纂も、初期には学生の勉強用のものであったし、初期の一言語辞典の中には、若い学生や独学者のために、教師たち自身の手で編まれたものもあった(LAN, p. 25)。この意味で言えば、学習辞典は、辞典編纂そのものと同じくらい古い歴史をもつ。始めに学習辞典があった、やがてそれが、より多様な機能を身につけ、より包括的なものとなっていった。これが辞典の歴史だと言えよう。ただし、厳密に言えば、辞典一般の教育効果と、特定の辞典の教材化とは別問題である。ランドウによれば、「簡略化され、段階別になった語彙、大きな活字、興味をひく挿絵などを載せたわれわれの知っているような学習辞典は厳密に言えば20世紀の産物である」(LAN, p. 16)。

そうすると、厳密な意味での「学習辞典」の先駆者は、ランドウによれば、

エドワード・L. ソーンダイクである。1930年代から40年代に，彼は教育心理学の原理を辞書学に応用した。膨大なコーパスの中から生起頻度数に応じて単語をリストアップし，小学校の児童のために，三つの段階に分けた辞典を編纂した。それが『ソーンダイク・センチュリー辞典』シリーズである。それがやがて改良に改良を重ね，われわれが手にする学習辞典となる。今日では，小学生低学年から高校の最終学年まで，こまやかに対応できるよう，段階も細分化されている。学習辞典のもう一つの特徴は，「語彙制限」にある。もちろん，一般目的辞典つまり普通の国語辞典にも語彙制限があって，通常，語の定義に用いられる単語は，辞典で項目化された単語にかぎられる。しかし学習辞典は，外国人用の辞典とともに，語彙がさらに制限されている。こうした辞典では，項目化された単語よりはるかに少ない語彙で，語の定義がなされている。これは，「定義用制限語彙」（limited defining vocabulary）と呼ばれる。

　マラルメの時代には，もちろん本格的な学習辞典はおろか，生起頻度数の統計も存在しなかった。だが，文献学を相手にもがいているうちに，マラルメは学習辞典のようなものを作り上げてしまった，あるいは彼が手探りでこしらえたものは，将来，学習辞典として体系化されるものの途上にあったと言えよう。それが，彼の一覧表である。そこには頻度数による語の選択はないが，単純語だけを扱うという手法がある。これは語彙制限として機能しうるだろう。さらに，「飛び出す絵」や挿絵はないが，一覧表には，語の家族の作成・入替やイニシャルの覚書のように，親しみやすい仕掛けがいくつもある。イニシャルの覚書は，まずもって，「目を通さねばならない者にとっては単調なリストをおしゃべりによって中断するために，と同様に，各系列に含まれて与えられた語集合の二つを結びつけるため」（p. 968）に付されていた。一覧表は，実用的要素と娯楽的要素を兼ね備えている。ラテン語の言い回しにあるように，まさに「喜ばしくかつ有用」（dulce et utile）である。以上を踏まえると，一覧表は，フランス語話者の若者に英語学習を手助けすることを目的とした学習辞典であり，制限語彙としてアングロ＝サクソン由来の英語単純語を，定義用制限語彙としてフランス語を用いている，と定式化することができる。

　ところで，すでに確認したところでは，『英単語』は「〈辞典の鍵〉」であり，一覧表もそうであると見なすことができる。現在のところ，一覧表は（特殊目

的辞典の一つとしての)学習辞典と考えられる。この二つの判断は矛盾するのだろうか。そうではない。まず，一般目的辞典と特殊目的辞典が相補的であるという点を確認しておこう。例えば，学習辞典は子供たちにとって，辞典一般の主要な配列であるアルファベット順の使用をマスターするための補助輪をなし，基本的な語彙に慣れてもっと分厚い辞典を扱えるようにサポートする[12]。もっと具体的な事例を挙げてみよう。『六千語』という冊子がある。ランドウはこれを，特殊目的辞典の一つ，引用辞典として取り上げている。ひとたびある語の定義を身につけた者に対して，この辞典は，その語の用法がどのようなものか教えてくれる。まさにこうした理由から，この冊子は，ウェブスター社の『新インターナショナル辞典』の別売りの付録として刊行されている。つまり特殊目的辞典は，学習辞典のように入門の役割を果たすこともあれば，引用辞典のように応用の役割を請け負うこともあるが，いずれにせよ，一般目的辞典を補完する。

　しかしこうも考えられるだろう。もし特殊辞典が一般辞典を補完するとすれば，前者は片方が持っていないものをもっており，それゆえ，前者が後者の不備を穴埋めし，場合によっては，前者が後者の批判となるのだ，と。この文脈において，19世紀の辞書学者プリュダンス・ボワシエールは好例をなす。詳細は次章に譲るが，彼は，既存の辞典を手厳しく批判して，1860年に独自の『類義語辞典』を発明した。次に，1872年にそのダイジェスト版を刊行した。しかもそのダイジェスト版の題名が，『辞典の鍵——あらゆる辞典においてそれまでほとんど不可能であった多くの研究を楽なものにする手段』であり，『英単語』の紹介文と似ている[13]。さきほどのランドウの特殊目的辞典の説明に

---

12) ランドウが指摘するように，学習辞典そのものがかえって大人用の辞典への移行をさまたげるのではないかという批判もある。Cf. LAN., p. 27.

13) BOISSIÈRE, *Clef des Dictionnaires: au moyen de laquelle beaucoup de recherches jusqu'alors à peu près impossibles deviennent faciles dans tous les dictionnaires*, Paris, Broyer, 1872. 『英単語』の紹介文には，«*Clef du Dictionnaire*» と書かれており，若干の異同があるものの，時期的にもかなり近い。なお，ヴァルヴァンの別荘には現在もマラルメの蔵書としてボワシエールの『類義語辞典』が確認されているが，これは，1890年刊行の第6版である。この年のメリー・ローラン宛で書簡でも言及がある。中畑寛之『ステファヌ・マラルメの書斎』前掲書，32頁。

は，類語辞典が含まれていたので，ボワシエールの辞典も特殊目的辞典と見なしうる。そして彼の場合，（特殊目的）辞典は，（一般目的）辞典の鍵であると同時にそれに対する挑戦でもある。実は，マラルメについても同様のことが言える。一覧表はどのような意味で辞典に対する挑戦なのだろうか。それを見る前に，まずは辞典の歴史について知見を深めておこう。

第二節　辞書学における配列問題

　『英単語』の冒頭――序論第2章――を思い出そう。
　マラルメにとって語学の習得とは，「辞典に精通すること」である。しかし，通常の辞典とは「膨大で恐るべきもの」である。その理由は二つある。一つは，辞典には大量の単語が載せられており，その意味する観念も，概略的なものだけを数え上げても単語の数に匹敵するからである。もう一つは，辞典の与える奇妙な印象のせいである。「小辞典の欄の中に配列されるこのような語の乱雑な集まりは，そこに恣意的に，そして悪い偶然によって呼び集められるのだろうか。とんでもない。各々の語は，諸地方または諸世紀を通じて，遠くから，自分の正確な位置に着く，この語は隔離され，あの語はある一群に混ぜられるといった具合に」。この「正確な位置」を知るには文献学の知恵を借りなければならない。ということは，辞典の欄に配列された語たちは，それが整然と並べられているにもかかわらず――あるいはむしろそれゆえに――「乱雑な集まり」（fouillis）に見えるのである。ここで念頭に置かれているのは，通常の辞典の順序であるアルファベット順序である。アルファベット順序は，なぜそのような印象を与えるのだろうか。アルファベット順序には，どのような種類の恣意性が伏在するというのだろうか。本節では，配列をめぐる辞書学の議論をおおまかに振り返って，マラルメの関心のありかを浮き彫りにしたい。
　ベルナール・ケマダは，その記念碑的著作『近代フランス語の辞典』[14]のな

---

14) QUEMADA (Bernard), *Les Dictionnaires du français moderne: 1539–1863*, Paris, Didier, 1967. 以下，ケマダのこの著作は，Q と略記する。

かで，辞典語彙の配列方法をおおよそ7つに分類している。分類は第一に，語の形態によるものと，語の意味によるものとに区分され，前者の形態的分類にはアルファベット的分類[15]，音声的分類，語源的分類の3つがあり，後者の意味的分類には方法的分類，類義語的分類，関連語的分類，観念形態的分類の4つがある[16]。ただし，ケマダ自身，随所で断りを入れているように，この分類は一見明快でありながら，実は非対称的である。というのも，アルファベット的分類は，別格の位置にあるからである。他の6つの分類はたいていの場合，アルファベット的分類を部分的に導入せざるをえない[17]。アルファベット的分類のこうした強みについて確認するために，ひとまずその歴史をひもとくことにする。

　アルファベット順序の歴史は長い。ディーツに拠れば，『ライヒェナウ語彙註解』など，中世の難語辞典の大半はアルファベット順序の補遺を備えていた。ただし，その順序も，最初の二, 三字までに限られていた。四文字目からはア

---

[15] 詳細は後述するが，ケマダは，アルファベット別とアルファベット順を区別していない。
[16] ケマダによる分類と本節で言及する辞書学者たちは以下の通り。
　　(1) 形式的分類
　　　　A) アルファベット的分類：リシュレ，フュルチエールその他多数
　　　　B) 音声的分類：フォンテーヌ，ダルボワ
　　　　C) 語源的分類：第一版のアカデミー，シャラサン，（ルイ・バレ）
　　(2) 意味的分類
　　　　A) 方法的分類
　　　　B) 類義語的分類
　　　　C) 関連語的分類：ボワシエール
　　　　D) 観念形態的分類：リヴァロール，レジェ・ノエル，ロジェ，ロベルトソン
　　なお，本節では，「方法的分類」と「類義語的分類」には言及しない。前者は主に中世の著作であるし，後者は本節の議論に含意されているからである。というのも，本節で扱う「関連語的分類」は，ケマダ自身が「本来の意味での類義性の拡張」（Q, p. 374）と位置づけているからである。
[17] こうした繊細さを考慮して，ケマダは，アルファベット的分類をもっとも細かく区分している。アルファベット順は，語頭にかかわるものと語尾にかかわるものがあり，後者に語尾辞典や脚韻辞典が来るのは当然であるが，前者はさらに「主にアルファベットを用いる分類」と「付随的にアルファベットを用いる分類」に分かれている。後者は，例えば，別の6つの分類を用いながらアルファベット順のインデックスをつける場合などに該当する。

ルファベット順序になっておらず，共通の語源を持つ単語がまとめて並べられていた。つまり語源的順序が同居していたのである。その後，16世紀には，アルファベット順序はもっとも一般的な形式となる。17世紀末には，フュルチエールが『フランス語汎用辞典』（1690年）を刊行し，ついでアカデミー・フランセーズの辞典の第二版（1700年）も刊行された。ただしこの当時はまだ，正書法が定着していなかった。1740年に，アカデミーがiとjやuとvの区別を規範化した頃から，現代のフランス語の正書法に近いものがようやく定着してくる。アルファベット順序がうまく機能するようになったのも，この時期以降である。いみじくもベルナール・ケマダが，「実際の体系化は，18世紀の著作においてようやく現れることになる」（Q, p. 324）と述べている。

　アルファベット順序は，16世紀の時点でもっとも一般的な順序となった。ついで17世紀になると，規範的な順序として君臨する。例えば，アルノーは『化学序説』（1650年）において，アルファベット順序を「美しい秩序」（le bel ordre）と呼んでいる。また，G. コピエは『語についての試論と定義』（1663年）で，「私はあなたがたに向けて〔…〕アルファベット順序で作成した（なぜなら順序というものは万物の魂だからである）」[18]と述べている。フュルチエールもまた，自分の辞典で，ordre（秩序・序列・順序）という語について，「お互いに特権も階級も自然の優先権も持たない万物でなされる配置」と定義した後，「人は語をアルファベット順序で整序する」という例を出している。あたかも，アルファベット順序が，自然にかなう秩序（ordre）であるかのように語られている。

　また『フランス語辞典』の著者リシュレは1680年に，「辞典」を「言語や芸術や科学の語をアルファベット順序で含む書物」と定義していた。ここから次第に，辞典の概念とアルファベット順序の概念とが一体化してゆく。一方で辞典は，「アルファベ」（Alphabets）や「音節文字」（Syllabaires）とだけ呼ばれるようになる。他方で，もはや語の定義を目的としない本が，アルファベット順序であるというだけで，「辞典」と呼ばれるようになってゆく。『樹木・小潅木概論』（1755年）の著者は，「私はこの二巻でアルファベット順序に従った。

---

18) COPPIER (G.), *Essays et Définitions de Mots*, Lyon, 1663, p. 1.

だから人はこれらを辞典とみなしてよい」[19)]と述べている。この風潮は，19世紀にまで及ぶ。例えば，『辞典的順序による登記権料』（1843年）の著者デプレオも，「辞典的順序」や「辞典の形式」を「アルファベット順序」の意味で用いている。17世紀にアルファベット順序で編まれた『教会統治概論』は，1856年に，『聖職規律辞典』となった[20)]。

このように，アルファベット順序で編まれた著作が「辞典」と呼ばれ，辞典が今度は「アルファベ」と呼ばれていた。この二つの概念の結託にはっきりと見てとれるように，アルファベット順序は，17世紀以降の近代辞書学において，いわば絶対的な秩序をなしている。

アルファベット辞典の長所は，やはりその利便性にある。アカデミー・フランセーズは，初版で採用した語源的分類をわずか6年後に取りやめた。1700年には，アカデミーはこう述べている。「公衆にとっての最良の利便性を考えて，次回の刊行ではアルファベット順序に従うよう努めることになる」と[21)]。もはや古典語の知識は必要とされない。綴りさえわかれば，単語を見つけることができるようになる。フレロンもこう証言している。「辞典の形式が，この上なく簡潔かつ方法論的であるように見えた。これこそ，普遍的な神託とでも言うべきもので，万人が接触できるようになっていて，大人も子供もいつでも参照できる上に，精確・明晰でためになる答えを，控えめに言ってもしょっちゅう得られるという確信がもてる」[22)]。

しかし，アルファベット辞典には，いくつかの欠点がある。辞書学の歴史は，その欠点を補う試みの歴史でもある。まずは歴史的な欠点が挙げられる。例えば，アルファベット分類が成立するためには，正書法が存在するか，少なくとも綴りの規約が存在しなければならない。だが，周知のとおり，フランス語の正書法（綴り）は長らく揺れてきた。そのため，形式上の分類の枠内では，こ

---

19) DUHAMEL DU MONCEAU (L.-H.), *Traité des arbres et arbustes qui se cultivent en France en pleine terre*, t. 1, Paris, H. L. Guerin & L. F. Delatour, 1755, 2 vol, p. iv.

20) BOURASSÉ (J.-J.), *Dictionnaire de discipline ecclésiastique*, Paris, chez l'abbé Migne, 1856.

21) *Registres de l'Académie française*, t. I (1672–1715), Paris, Firmin Didot, 1895, p. 356.

22) Fréron, *Année littéraire.*, t. 19, n. 1, 1772, p. 114.

の難点に対して，おおよそ二つの手段が講じられてきた。複数表記（multigraphisme）と音声的分類である。

　複数表記には，いくつかの綴りで単語を調べるためのさまざまな工夫がある。例えば，特定の綴りを選びとって，その単語の項目を作り，この項目への「送り」を，想定可能な別のつづりの箇所に挿入してゆく。例えば，ABBAISSER で項目を立てた場合，ABAISSER の箇所には，「abbaisser を探せ」と指示を入れてゆくといった具合に。ケマダが指摘するように，「表記が増えるに従って，記事も増加して，各々の見出しのもとに，記事の全面的あるいは部分的な複写を載せてゆくはめになった」(Q, p. 327)。これでは，ますます煩瑣なものとならざるをえない。アルファベット分類がうまく機能するには，正書法の定着を待たねばならなかった。フランスでは，1740 年にアカデミーが，i と j，u と v の区別を設けた前後からようやく，アルファベット順序が体系化されていった。

　音声的分類はどうか。複数表記が，いずれかの綴り方を理解できる読者に向けられたものであったのに対し，音声的分類は，単語を音によって分類することによって，綴りを見つけ出そうとするものである。これは主に，18 世紀から 19 世紀の正書法辞典と同音異義語辞典に見られる。この分類を用いた有名なものとしては，フォンテーヌの『正書法小辞典』(1795 年)，ついで L. ダルボワの『辞典の辞典』[23] (1830 年) がある。この分類は，複数のつづり方をカバーできるように，フランス語の音声の典型的な発音を表現する方法を提示するところから始まる。ダルボワによれば，この分類は，「綴りをあらかじめ知るよう強いられることなく，探したいものを即座に見つけ出す」[24]ようにしてくれる。この分類の支持者たちは，明らかに，当時生まれつつあった大衆社会の期待にこたえようという野心を持っていた。『同音異義語と同形異義語』(1857 年) の著者ドゥガルダンはこのように述べている。

---

23) DARBOIS (L.-F.), *Dictionnaire des dictionnaires. pour apprendre plus facilement et pour retenir plus promptement l'orthographe et le français*, Paris, l'auteur, 1830.
24) Darbois, *op. cit.*, *Préface*, p. 1.

〔…〕厳密なア･ル･フ･ァ･ベ･ッ･ト･順序の辞典は，自分が見つけたい単語の正書法をすでに知っている人たちにしか役に立ちえない。〔…〕ろくに学のない人々（それが大半だ）には使える辞典がないのだ！　彼ら〔＝初学者と外国人〕を念頭において，この同音異義語辞典の中では，文･字･の順序を犠牲にして，音･の･順･序をとった。〔…〕子供が私の辞典で単語を引くのはもっぱら，発音の同じ別の単語のようにその単語を書いたりしないように，その綴りを学ぶためである〔…〕。25)

　ここに教育的配慮があることは間違いがない。しかしケマダはこう総括している。「問題関心の鋭さは認めるにせよ，著者たちの努力は，実用的順序をめぐる，発音による分類に固有の難点を克服するに至らなかった」26)。
　こうして，複数表記は，正書法の定着によって不要となり，「形式的分類」のうち，音声的分類はその難点を克服できず，歴史上，敗れ去っていった。

1　意味的分類による挑戦

　ところで，19世紀には，アルファベット順序そのものが辞典と見なされるほど，アルファベット順序が優位を誇っていたのだが，この事態は，時には当の辞書学者にとって厄介なものであった。例えば，1860年に，ボワシエールの『関連語辞典』27)の序論は，アルファベット順序を「古くさい偏見」と指弾している。

　　残念なことに，『関連語辞典』が皆に，さきほど指摘した多様な形で役に立ち

---

25)　DEGARDIN (F.), *Homonymes et Homographes*, Paris, Vve Maire-Nyon, 1857, Préf, p. 8.
26)　Q., p. 342. ちなみに，克服できなかった理由の一つを，ケマダはこう考えている。19世紀中葉までの段階では，「登録された語彙の音声学的側面についての分厚い研究がすでに実現されていたときでさえ，どの著者も，音声学的表記法を，分類の基盤として用いることを検討しなかった」(*ibid.*)。
27)　BOISSIÈRE (Prudence), *Dictionnaire analogique de la langue française: répertoire complet des mots par les idées et des idées par les mots*, Paris, Larousse et A. Boyer, 1862.

うるとすれば，それは，非常に手ごわい敵，〈真理〉そのものの矢がしばしばそれに対して無力にとどまる敵の一角，古くさい偏見に，皆が打ち勝ったのちのこととなるだろう。〔本書を前にして〕あらゆる立場の人々がこう叫ぶはずだ。「なんと！ この本は，『辞典』をあえて名乗りながらアルファベット順序じゃないぞ，きちんとしたアルファベット順序じゃないぞ！〔…〕わが国の学者たち，文学者たち，わが国の〈大学〉および世界の各大学の教授たちが，アルファベット順序の他の順序に対する圧倒的な優越性を認知し公言している。この問題は異論の余地なく判断が下されているんだぞ」と。（p. IX）

ボワシエールは，彼の著作が「辞典」と称していながら純粋にアルファベット順序でないことに驚く人々（2世紀のギリシャの弁論家ユリオス・ポリュデウケスもアルファベット順序を知っていれば，その順序で『オノマスティコン』を書いていたはずだと言いそうな人々）を念頭において，そうした攻撃は，アルファベット順序に慣れきった人間の偏見であると，激しく批判している。

ボワシエールによれば，辞典には二つのタイプがある。一つは，単語の意味を教えるためのもので，もう一つは，単語を見つけさせるためのもので，前者がアルファベット辞典で，後者が関連語辞典である。「子供，ほとんど無学な人，あるいは外国人」（p. I）は，単語そのものを探すことが多く，彼らにとってみれば，「アルファベット辞典は，人があえて足を踏み入れようとしない〈新世界〉の原生林の一つに例えることができる」（p. IX）。つまり不便きわまりない。したがってこの辞書学者は，偏見に反駁して，観念や表象からそれに対応する未知の単語を探す場合には，関連語による分類に頼らざるをえないのだと主張する。

関連語辞典はけっして彼の独創とは言えないが，ともあれ，ボワシエールは，アルファベット順序がもつ偶然性と無秩序さを見てとって，単語と単語の意味論的な関連性にもとづいた新たな順序を構想している。要するに，アルファベット順序に代表される形式的分類に対して，意味的分類を提起しているのである。『関連語辞典』は，ケマダが「関連語的分類」に位置づけている辞典である。

ボワシエールは，従来のアルファベット順のきびしい批判者であり，新たな代案の提唱者である。彼の辞典は，フランス語における類義語辞典の発展形と

して，一定の成功をおさめた。ちなみに，よく見ると実は一覧表との類似点が見られる。

> あらゆる現存言語は，実際には二つの言語をなしており，一方は慣用的で，もっとも無知な人たちにも知られている言語で，もう一方は完全で，すでに前者の言語に含まれた単語たちにくわえて，学識が一般水準を上回るにつれてのみ，知性と記憶に入ってくる一群の語たちを収めている言語である。慣用言語の語たちは，非常に若い時期から学ばれるのだが，それは書物においてでも教師の授業によってでもなく，むしろ子供と子供をとりまくあらゆる人々とのあいだに確立されるあらゆる性格の諸関係をつうじてである〔…〕。
> (p. III)

ひとつの言語は，「慣用言語」と，（それを含めた）「完全言語」に分類される。慣用言語は，子供たちが最初に母語として習得する部分であり，それを介して，知性と記憶によって，徐々に多くの言葉を学んでゆく。その総体が，完全言語である。ボワシエールの辞典は，この慣用言語を骨組みとして構成される。言語には，幼児期に本能的に習得される部分と，知性や記憶とともに習得される部分の二つがあるという考えは，それほどめずらしくないが，さしあたり『英単語』の序論と共通する発想である。それだけではない。ボワシエールは，慣用言語について次のようにさえ述べている。

> およそ二千の慣用的な語が，いくつかの観念の表現を探しにくるべき場所をこのように記すものとして選び出された。これらの単語のそれぞれのあとに，なにかはっきりとした仕方でそれと結びつくあらゆる語を集めておいた。その結びつきは，観念の共通性によるか，慣用法・原因・手段・結果などの関係，一言でいえば，なにがしかのアナロジーによる。　　　　　　　　(ibid.)

慣用言語は，およそ2000個の単語である。著者が，長年さまざまな文献にあたって調査したものである。それぞれの単語はグループをなし，そこには，意味・共起・因果・手段などアナロジーでつながるあらゆる語が集められる。

慣用言語の数は，マラルメが一覧表にとり集めた単純語の数とかなり近い。くわえて，基本的な単語によってグループ分けをするという点でも着想は似ている。グループの一例を見てみよう。

AGE

Antenais *ou* Antenois, agneau de plus d'un an qui n'a pas terminé sa seconde dentition. 〔歯が生え変わりきっていない一歳以上の子羊〕

Médiéval, qui se rapporte au moyen âge; — Médiévisme; — Médiéviste. 〔中世の——中世学——中世学者〕

　ここで相違の方も指摘しておく。慣用言語のアナロジーは，意味という指標のみによるものである[28]。さらに根本的なのは，ボワシエールは慣用言語を骨組みにして完全言語のグループ分けをおこなっているのであって，慣用言語の内部でグループ分けをしているわけではない（antenais や médiéval は慣用言語ではない）。くわえて，『関連語辞典』の1グループは，しばしば100以上の語を含むということにも注意せねばならない。
　一見，ボワシエールの辞典は，アルファベット順に対する徹底した抵抗に見えるが，実は二つの意味で妥協の産物でもある。ひとつは，完全言語をアルファベット順に並べたインデックスを含んでいること，もうひとつは，慣用語が自明でも一定でもないという理由から，グループ内（antenais-médiéval）とグループ間の順序がアルファベット順であること。くわしくは後述するが，実は，一覧表にもこの種の妥協が見られる。イニシャル内部の基準語の順序は，アルファベット順を採用しているからである。
　ところで，最後の共通点だが，ボワシエールは，自分の辞典の教育上のメリ

---

[28]　ボワシエールの辞典は，原則として語源を顧慮していないが，一定の有用性は認めている。例えば，フランス語の père の意味を知る上でラテン語は必要がないが，「この語をひとたび認めたあとで，なぜ pérel ではなく paternel と，péreté ではなく paternité と言わねばならないのか？ 言語の尊厳そのものが，この種のあらゆる食い違いの説明を要するのだ」(p. V)。ここに，ブラシェやマルティ゠ラヴォーに似た，文献学の教育的価値の指摘を見ることができる。

ットをいくつかあげている。「関連語グループは，単語の学習にも大変大きな手助けを与える」(p. VIII) と。彼によれば，現行の教育には矛盾がある。単語の使い方としての文法をあれだけていねいに教えながら，単語そのものを教えない。しかしその矛盾も，彼の辞典があれば解消しうる。

> 〔…〕単に形式だけでなく，事象の現実に基づいたこの新しい順序の中では，混沌が解明され，闇が光と交替し，良識が偶然に取り代わられる。それによって，むろん，研究が可能となり，それがうまくおこなわれるなら，必ずや実り豊かなものとなりうる。それぞれのグループは，個別の学課の対象となりうるような別々の章のようなもので，その学課が含むあらゆる語は，共通の紐帯によって互いに結びつけ直され，努力も要さずに記憶に刻み込まれる。
> (*ibid.*)

　ボワシエールの辞典は，単語を意味のアナロジーによってグループ分けするので，単語の形態だけで配列されたアルファベット順の蒙昧や偶然を払いのけてくれる。単語とそれが指す内容との関係が明示されるからである。この辞典のおかげで，語彙は「努力も要さずに記憶に刻みこまれる」。ここにもまた，辞典の有縁化の試みと，語彙の記憶の合理化とが見出される。このように，アルファベット順からの隔たりという点で，ボワシエールとマラルメは似たような発想を抱いている。

　しかし，意味的分類のうち，もっとも抜本的な試みは，「観念形態的分類」[29]である。これこそ，アルファベット的分類にかわる最大の代案である。その代表は，今日，われわれがシソーラスと呼ぶところのものである。すでに18世紀末に，リヴァロールが，観念形態的分類の辞典を構想していた。結局，彼の辞典は日の目を見ないのだが，この構想には，一瞥の価値がある。

---

29) 「観念形態的分類」(classement idéologique) は，文字通り，観念学と無縁ではないようだ。死後出版となった『記憶辞典』(本論で後述) には，言語学者で語彙観念学の提唱者オノレ・シャーヴェが，著者のノエル自身に寄せた言葉が，銘句のような形で記されている。すなわち，「最良の教育方法は，既知から未知へ向かうことである。「私には必要がない」と誰も言えないような一冊の本がここにある」と。

それぞれの観念は，みずからが自己の所有としたすべての語に取り囲まれて，さまざまな語家族の中で，その語家族たちにみずからの明晰さを伝達し，今度はその語家族たちの光の反映を受け取ることだろう。本義的な語法から比喩的な意味への移行が，そこでおのずと姿を現すことだろう。言語の偶然と呼ばれるガリシスム〔フランス語特有の語法〕の数々がこうしてよりよく知られることだろうし，大作家たちの秘密はもはやそれほど神秘的なものではなくなることだろう。ただしアルファベット順序は，われわれの方法に耐えられないだろう。たしかに精神の方はわれわれの方法を欠くことができないのだが，これから立証するように，目の方はもう一方の方法〔アルファベット順序〕を欠くことができない。われわれは，〈辞典〉たちの便利で不可欠な形式を妨げることなく，観念同士のあいだに，ある紐帯を持ち込む〔…〕。30)

　リヴァロールの構想は，いまだアルファベット順から自由ではない。しかし，主要な観念に沿った分類は，語とその観念との関係に明瞭さが付与されるがゆえに，そのおかげで，われわれ自身もまた明晰さを手に入れることができる。かくして，「われわれが採用する，記憶，判断，趣味にも適したシステムは，言語の最大の欠陥を治癒するはずだ」(*ibid.*) と，主張されるにいたる。書き手の秘密の啓示を含め，ここにはマラルメ的な主題が見てとれる31)。

　ともあれ，観念形態的分類は，語の意味論的有縁化を強化してくれる一方で，それによって記憶の合理化も促進する。それゆえノエルの構想，『記憶辞典』が，観念形態的分類の一種であるのも不思議ではない。本書は1847年に告知され，未完のまま，1857年にランフロワの長い「プロレゴメナ」とともにその一部が刊行された32)。ランフロワの解説を見てみよう。

---

30) *Prospectus d'un Nouveau Dictionnaire de la langue française par A. C. de Rivarol*, Paris, Imprimerie de Jansen et Perronneau, 1796, p. xx.
31) 「われわれの分類は，時にはかなり先まで及ぶが，（英語を書く者にとっては平凡な）しかじかの秘密が認められたなら，分類はなくなり，消えることになるだろう」(p. 967)。
32) NOËL (Léger). *Dictionnaire mnémonique universel de la langue française*, Paris, Siége [*sic*] de la publication, 1857.

こうして,『辞典』は,あなたが知りたがっているすべてを,あなたの手中に置く。これは,思考のあらゆる需要に応える。そして,お互いのあいだで,ある類縁性を,ある関係をもつあらゆる語たちの驚くべき関連づけによって,あなたに一目でそれらの正確な価値を把握させ,あなたにそれら独特の用法を明らかにし,あなたの記憶の中にそれらを刻み込む。この効果は,30年におよぶ継続的な訓練と勤勉な読書とにさえ上回るだろう。言語学習は遊び〔un jeu〕,楽しみ,会話の無尽蔵で興味深い主題となる。 (p. X-XI)

『記憶辞典』は,単語たちを類似性や関係性にそって集めているので,それらの正確な意味やその個別の用法もまた容易に把握できる。こうして,言語の学習は,「遊び」となる。『英単語』の紹介文を思わせる物言いである。みずからの一覧表を,「一言語の理論や知性的記憶術にこれ以上に合致したものはない」(p. 969) と豪語したマラルメは,『記憶辞典』を紐解いていたのだろうか。その可能性は低くない。というのも,『最新流行』の「教育の助言」で,彼が紹介しているマルティ＝ラヴォーの『フランス語教育』で,本書への言及があるからである[33]。

さて,本格的なシソーラスの誕生もまた19世紀である。ピーター・マーク・ロジェの『英語の語・句シソーラス』(1852年) を嚆矢とする。著者は次のように書いている。

> 本書は〔…〕語たちのコレクションを供給することを意図しているが,そのコレクションは,辞典の場合のようなアルファベット分類ではなく,語が表す概念に従って整理されている。〔…〕〔普通の辞典の目的は単に語の意味を説明することにあるが〕本書の仕事で目指されている目的はまったくその逆である。すなわち,概念が与えられているときに,その概念が最も適切かつ巧みに表現される語や語句を見つけることにある。こうした目的のために,英語の語や句は,ここでは,それらの音や正書法に従ってではなく,厳密にそれらの

---

33) MARTY-LAVEAUX, *op. cit.*, p. 12.

意義に従って分類されている。[34]

　アルファベット順序は形式的順序であるがゆえに概念的には恣意的なものにならざるをえない。そこでロジェは，むしろ概念の方を，抽象関係・空間・物質界・知性・意志・感情・徳性の六つに大別し，それぞれに下位区分を置いて，その中に単語を配列してゆく。これによって分類には概念的な根拠がそなわる。あとは，その概念に相当する単語を見つけ出してゆけばよい。またシソーラスは，概念的分類によって，正書法を知らなくても単語を調べることが可能になっている。しかしシソーラスの問題は，概念的順序が必ずしも自明でない点にある[35]。読者はしばしば，巻末に付されたアルファベットの索引を参照することを余儀なくされる。

　そういうわけで，シソーラスの索引は，往々にして分厚い。例えば，1850年代にロジェの辞典をフランス語に翻案しようとしたテオドール・ロベルトソンの『観念形態辞典』の構想[36]にいたっては，アルファベット索引が全体の半分近くを占めている。ロジェのシソーラスは，版を重ねるごとに索引が膨らんでゆき，1997年版では，「読者はまず索引を見ることから始めるように」との指示が付されるまでにいたる[37]。リヴァロールがいみじくも述べていたように，「精神の方はわれわれの方法を欠くことができない」が，「目の方はもう一つの方法〔アルファベット順序〕を欠くことができない」ことが確認できる[38]。

---

34) ROGET (Peter Mark), *Thesaurus of English Words and Phrases*, London, Longman, Brown, Green and Longmans, 1852, p. 13.
35) これは，『記号論と言語哲学』のエーコが主張するはるか以前に，ルイ・バレがすでに1842年に指摘していたことでもある。「実際のところ，当該言語の単語たちを，諸観念の生成に応じて方法論的に配列しようと試みても，尺度のそれぞれの段階で，その有無が，肯定と否定の二肢や，中動，能動，受動の三肢を構成するような，そうした特性を決定する手段が〔…〕われわれには存在しないだろう」(p. xi-xii) と。
36) ROBERTSON (Théodore), *Dictionnaire idéologique: recueil des mots, des phrases, des idiotismes et des proverbes de la langue française classés selon l'ordre des idées*, Paris, A. Derache, 1859.
37) Cf. Robert L. Chapman (ed), *Roget's International Thesaurus*, the 5th édition, 1992, p. xi.
38) RIVAROL, *op. cit.*, p. XX.

2　語源的分類による挑戦

　前節で意味的分類の辞典から浮き彫りにしたのは，アルファベット順序が類義語や関連語を見えなくする，ということであった。しかし，アルファベット順序の欠点はそれだけではない。この順序は，同族語たちをも寸断する。この問題に挑戦するのは，むしろ形式的分類に属する，語源的分類である。

　アルファベット分類による同族語の散乱はどのように解決されるのだろうか。その対策には，例えば語源的分類がある。語源的分類は，アルファベット分類と対立するものではない。この順序は，語根や単純語をアルファベット順序で並べた後，各々の単純語の後に，その派生語や合成語を挿入してゆく。語根の順序とアルファベットの順序との併用である。その古い例は，すでに述べた中世の難語辞典である。ただし大抵の場合，アルファベット分類と語源分類とが，一貫性のないまま混在していた。語源的分類と言えるものがはじめて体系的に実現されたのは，1694年であり，アカデミーの辞典の初版である[39]。序文を見てみよう。

> 〈フランス語〉には〈原始〉語と〈派生〉語があるので，〈辞典〉を〈語根〉ごとに整理すること，すなわち，〈派生〉語と〈合成〉語を，それらが由来するところの〈原始〉語——それが純粋に〈フランス語〉起源であるにせよ，〈ラテン語〉もしくは何か別の〈言語〉に由来するにせよ——のうしろに並べてゆくことが，快適かつ教育的であろうとわれわれは考えた〔…〕。　　(p. iii)

　この辞典では，出だしの三文字が語根として，大文字で表示される。例えばTのページであれば，TAB, TAC, TAF, TAH, TAI, TAL……といった具合に。次に，それを冠した原始語がアルファベット順序で配置され，さらにそれら一つ一つの直下に，その派生語，ついで合成語が挿入されている。つづけて序文を見てみよう。

---

39) *Le Dictionnaire de l'Académie françoise*, Paris chez la veuve de J. B. Coignard et chez J. B. Coignard, 1694, 2 vol.

こうした語の順序では，〈派生〉語は〈合成〉語の前に置き，〈原始〉語は，それに属するあらゆる語で成り立つ家族の〈長〉〔Chefs de famille〕として，大〈文字〉で印刷させることを遵守した。これによって，語の〈歴史〉をこのように述べる必要があるかどうかがわかり，語の〈誕生〉と〈進展〉に気がつくので，その語の系列全体を読みたいとは思わないような〈原始〉語のどれかに，ほとんどはまり込まないで済むし，これによって，〈語根〉による順序に従わなかった他のどんな〈辞典〉よりも読むのが快適になる。 (p. iii)

　語源的分類は，語の成り立ちを提示する。その意味で，編者は，序文の冒頭から，「『アカデミー辞典』は，わが国の〈言語〉を愛する〈外国人〉に対してと同様に，ときおり語の本義を気に病む〈フランス人〉，あるいは，その美しき慣用を知らない〈フランス人〉に対しても有益である」と，辞典の教育効果を最大限に強調している。語根 DIF の項目にある，すべての単語を引用してみよう。

　　　　DIF

DIFFAMANT,
DIFFAMATEUR,　　　｝ *Voy* aprés FAMEUX
DIFFAMATION,
DIFFAMER.

DIFFEREMMENT,
DIFFERENCE,　　　｝ *Voy* aprés DIFFERER
DIFFERENCIER,
DIFFERENT.

DIFFERER.（retarder）
DIFFERÉ, ÉE.

DIFFERER.（estre divers）
DIFFERENT, TE.
DIFFERENT.（Debat）
DIFFEREMMENT.
DIFFERENCIER
INDIFFERENT, TE.
INDIFFERENCE.

DIFFICILE,
DIFFICILEMENT,
DIFFICULTÉ,
DIFFICULTUEUX
} *Voy* sous FAIRE

DIFFORME,
DIFFORMITÉ.
} *Voy* FORME

DIFFUS,
DIFFUSÉMENT
DIFFUSION.
} *Voy* sous FONDRE

　このように，語根，原始語，派生語（そして合成語）に区別され，派生語や合成語は，大文字ではあるが二文字目からは小さく表示される。また，派生語や合成語の項目には，すべて，その原始語への送りが付されている。
　この分類の欠点もまた明白である。刊行前からすでに，この分類に反対の側からの批判があった。実際，フュルチエールが「使ってみれば，いろいろ不便だとわかるはずだ」[40]と予見していたとおり，初版刊行のわずか6年後には，アカデミーは利便性を優先し，アルファベット分類を採用することになる。それ

---

40) FURETIÈRE（Antoine）, *Second factum pour Messire contre quelques-uns de l'Académie françoise*, Amsterdam, Henry Desbordes, 1686, p. 69.

どころか，とうとう第四版では，アカデミーが「語根による順序は，思惟においては最適に見えたが，使ってみるとかなり不便であった」[41]と認めるにいたる。

ところでアカデミー辞典の第一版は，イニシャルによる原始語の分類といい，原始語による家族の形成といい，一覧表を彷彿させるものがある。そこで，語源的分類の亜種と思われるもう一つの辞典[42]を一瞥しておく。それは，19世紀に編纂された，フレデリック・シャラサンの『語根・派生語辞典』（1842年刊行）[43]である。

まず，マラルメと同様にシャラサンも，「辞典たちの近寄りがたい膨大さのなかにちらばった単語たち」を前にした困難から出発して，「新たな分類」の構想へといたる。その目的は，語彙の記憶を合理化することであり，その方法は，語根を，派生語たちを結びつける記憶の結節点として用いるというものである[44]。

ただし，「語根」を用いるにしても，シャラサンの分類は歴史的分類ではない。彼は，古代ギリシャからヴァロンやクール・ド・ジェブランにいたる言語の研究者を例に出して，語源学に疑義を呈する。語根を探し始めると，フランス語は「ラテン語に由来し，ラテン語は？　ギリシャ語から，ギリシャ語は？　サンスクリット語から，つぎはサンスクリット語だ！となる……それゆえ，困難を先送りすることは解決になるのだろうか」と。人間と同じく単語も，「その先祖のためではなく，それ自身のために知られる」ことが大事である[45]。英

---

41) La *Préface* de la 4e édition, p. xxxii.
42) ケマダは，この辞典を「語源的分類」の項に分類している。Cf. pp. 356–360.
43) CHARRASSIN (Frédéric), *Dictionnaire des racines et dérivés de la langue française*, Paris, A Héois, 1842.
44) 「語の普及を，辞典たちの近寄りがたい長大さからついには解放するための基本書の書式を，将来，人間精神は見つけなければならないということを，人間精神の歩みから予想してわれわれが推測したのは，この書式の秘密は，新たな分類にあるということである。その分類において，語根は，みずからがおよぼす名詞たちへの影響の見本のように，いくつかの派生語たちに伴われるにとどまるのではなく，派生語たちを，記憶の中で結びつけられた状態で保持するのに役立つだろうし，語根そのものが，派生語たちの全般的な繋留点〔point d'attache〕となるだろう」(p. xxxiii).
45) 「それら〔語たち〕は，語の源泉にさかのぼるのだが，まるで源泉がみずからの源泉をもたないかのようである。ラテン語に由来し，ラテン語は？　ギリシャ語から，ギリシャ語

語語彙の「現在の状態」の研究にとどめたマラルメに似て,シャラサンもまた,言語の歴史の無限遡行を危惧して,フランス語の共時的な分析にとどめようとする。そして,歴史的分析ではないがゆえに,語源にこだわらないつながりを扱うことができる。

こうして,「意味・響き・構成の点で互いに似ていること,これが,単語たちにとって,共通の血統を示す十分な証拠である」という判断から,意味,音,文字の上で同じような内容の語は,同じ血統と見なされる[46]。これが,シャラサンが「自然家族(familles naturelles)」(p. xi)と呼ぶ分類である。それぞれの家族は,ひとつの「能産語」(mot générateur)と,複数の「所産語」(mots engendrés)から構成される。生成語はまた「家長」(chef de la famille)とも呼ばれる。しかも,この家長たる生成語が「基調を与え」て,他の語たちは,意味,音,文字の点で,生成語の「多様な変化や変調」となる。家長は,「意味がもっともはっきりとしていて,もっとも用いられ,組成にもっとも結合が少ないもの」でなくてはならない[47]。この点でも,マラルメの一覧表における基準語の位置とのあいだに共通点が見られる。

具体的に,語家族を見てみよう。

PILLER:

pillard, pilleur, pillage, pillerie, houspiller, expilation, gaspiller, gaspilleur,

---

は? サンスクリット語から,つぎはサンスクリット語だ!となる……それゆえ,困難を先送りすることは解決になるのだろうか。〔…〕語たちに,どこから来たのかと問わないでおこう。くれぐれもお願いしたい。人間同様,これらはたいていの場合,みずからの出自を偽るということにしかなりかねない。〔…〕人間同様,語たちは,その先祖のためではなく,それ自身のために知られることを望んでいるのである」(p. xxix–xxx)。

46) 「同じ思考にかかわり,同じ仕方で耳に響き,一語における同形の要素が目につくということ,意味・響き・構成の点で互いに似ていること,これが,単語たちにとって,共通の血統を示す十分な証拠である〔…〕」(p. x–xi)。

47) 「家族の長,すなわち,いわば家族の基調を与え,他の語たちがそれの多様な変化や変調であるような支配的な語については,そうした語をあらゆる語のあいだで探したあと,語根の定義にもっともよく合う語,すなわち,意味がもっともはっきりとしていて,もっとも用いられ,組成にもっとも結合が少ない語のもとで,選択を決しなければならなかった」(p. xi)。

gaspillage, éparpiller, éparpillement, peuille, puiller, dépouille, dépouiller, dépouillement, empouille, expoliation, spoiler, spoliateur, spoliatif, spoliation [...]．

　こうしてみると，一覧表との相違もまた，明らかである。語家族が基本的に単純語のみで構成されていたのに対して，シャラサンの自然家族は，単純語（≒語根）の家長を中心とする派生語の集まりである。しかも，これは一言語内の派生関係の分析なので，言語の歴史をまったく顧慮する必要がない。例えば，spolier は，piller の派生語とは考えにくいし，語源的なつながりもあやしい。しかし意味論的なつながりはかなり明らかである。これこそ，トドロフやミションが参照したダイヤグラム的関係としての有縁性であろう。自然家族は，文献学とはまったく無縁である。また，家族に派生語が入ることによって，規模の点でも大きく異なる。自然家族の中に，被生成語は 20 以上あり，シャラサン自身，自然家族の数を，およそ 3000 個から 4000 個と概算している。およそマラルメの語家族の 10 倍である。さらに言えば，シャラサンの立場はある種のアトミズムである。辞典に登録したあらゆる派生語を，接頭辞と語基と接尾辞に分解し，それぞれに意味素を付与してゆく[48]。

　以上のように，シャラサンの辞典は，従来のアルファベット順序を，語の家族による分類に置き換えて，語の構造を明示し，記憶を合理化するという点では，一覧表の問題意識と通じ合うものがある。しかし，文献学に対するまったくの無視と，そこから出てくる家族の構成そのものの相違によって，最終的に，シャラサンの辞典は，一覧表と似ても似つかない姿となってしまう。『語根・派生語辞典』と題しながらも，シャラサンの辞典は，厳密には，語源的分類の辞典ではなかったのである。

　ここで，もう一度，語源的分類に戻ろう。17 世紀のフュルチエールは，アカデミーの初版を批判したが，しかし語源的分類の意義を全否定していたわけではない。一応の有効性も見抜いていた。

---

[48]　「ACQUITTER：A－方向；cqu－購入・獲得を意味する語根；it－行為・動くことを意味する語根；er－行くこと」。

この方法は，もろもろの〈東洋言語〉や祖語においては都合がよい。というのも，それらは，自分のあらゆる合成語と派生語を同じ自分の資財からとっているからである。しかし，この方法はわれわれの生きた言語たちに対しては何の価値もない。というのも，それらは，われわれの隣国の言語たちと混ざっているからである。[49]

　フュルチエールにとって語源的分類の障碍は，外来語の扱いにあった。逆に言えば，古代言語のように，すべての語彙が同一の言語に由来するような場合（東洋の言語や祖語の場合），この分類が有効だというのである。それを考えるなら，歴史比較言語学が盛んになった19世紀になって，語源的分類が再び脚光を浴びたのもなんら不思議ではない。この時代，あらゆる言語が，近い将来，唯一の始原に由来することが立証されると信じられていた。1842年にアカデミーの辞典の『補巻』[50]にたずさわった主要な著者の一人バレは，序文で次のように書いている。

　〔…〕もうひとつの分類方法がなおも存在する。それが語源的順序である。サンスクリット語の語基にさかのぼって，言語のあらゆる要素の全般的一覧表を，単語の数百の種族に還元することもできよう。そうした単語の種族のおのおのが，ギリシャ語の部族，ラテン語の部族，ゲルマン語の部族を含むことになろう。部族のおのおのが複数の〔単語の〕家族に下位分割され，おのおのの〔単語の〕家族が複数のグループに分割され，などなど。これこそ，語源辞典にふさわしい順序であり，われわれが絶えず刊行してゆくつもりの語源辞典と同種の分類である。この分類は，アルファベット分類よりはるかに優れており，かぎりなく教育的である〔…〕。　　　　　　(p. xii)

---

49)　Furetière, *op. cit*., pp. 69–70.
50)　BARRÉ (Louis), *Complément de Dictionnaire de l'Académie française*, Paris, Firmin Didot frères, 1842.

ただし、バレ自身は、自分の編集作業の中で、語源的分類ではなく、アルファベット分類を採用している。その理由が二つ挙がっていて、一つは、語源的分類が、使用に際してあまり便利でないこと、もう一つは、「われわれの言語学や民族誌学の知識がいまだ不完全」（*ibid.*）で憶測の域を出ないことにある。とはいえ、重要なのは、バレが語源的順序の意義をはっきりと見抜いている点である。語源的順序のさしあたっての意義は、教育にある。そうであるならば、使用上の不都合を克服して、立証された知識の範囲に対象をしぼれば、語源的分類を用いて、非常に教育効果の高い辞典を作ることができるのかもしれない。しかし、語源による辞典は、バレの挙げた二つの不都合をいまだ完全に克服しているとは言えず、その構想は今日でさえ、特殊辞典の域にとどまっている。

小　括

かくして、他の形式的分類にせよ、さまざまな意味的分類にせよ、どの方法をもってしても、アルファベット分類からの王位奪還に成功していない。それほどこの分類は、強力な有用性を誇っている。

しかし同時に、いまやマラルメの問題意識もまた明らかになった。『英単語』において、「小辞典の欄の中に配列されるこのような語の乱雑な集まりは、そこに恣意的に、そして悪い偶然によって、呼び集められるのだろうか」(p. 948)と彼が問うたのは、ボワシエールの『関連語辞典』のわずか20年後である。ボワシエール、ノエル、ロベルトソンたちの意味的分類が浮き彫りにするのは、アルファベット順序が、類義語や関連語を覆い隠してしまうということであった。そしてまた、アカデミー初版から、シャラサン、そしてルイ・バレが検討した語源的分類が示唆するのは、アルファベット順序が語の家族を寸断してしまう、ということであった。これら二点が、アルファベット順序の恣意性である。

そこから、それぞれの試みの可能性も明らかだろう。意味的分類は、語と語の関係を、語と事物との関係を提示してくれるがゆえに、われわれの記憶を強

第五章　「一覧表」と辞書学　　225

化し，言語的思考を鍛錬する。とはいえ，一覧表を考えるにあたって，とりわけ重要なのは，語源的分類である。アルファベット分類に対する不信感から出発して，われわれは，語源的分類にたどりついた。この分類の利点は，それぞれの語の家族（語基，単純語，派生語，合成語）を明示してくれることであり，この分類の効果は読者の言語教育にあり，この分類に望ましい条件は，すべての語彙が同一の起源を共有していることである。

　ちなみにマラルメは，語と語の関係を「アルファベット配列が隔てる」と指摘して，「一覧表が従う順序は，〈辞典〉の順序とは別のもの」（p. 969）を採用している旨を断っていた。しかも，その対象語彙は，文献学的に抽出された，アングロ＝サクソン語由来の英語であり，その方法は，あるときはアナロジーに頼り，あるときは語の成り立ちに依拠する。マラルメの一覧表は，アルファベット順序の辞典の問題点をはっきりと見据えた上で，その代案，とまでは行かないにせよ，その補完物——辞典の鍵——を提案している。それゆえ，『英単語』の一覧表が，どのような伝統の中に位置するかは自明であろう。マラルメは，ミモロジスムの歴史よりはるかに歴然と，辞書学の歴史に名を連ねている。実際，詩人本人が，みずからの仕事を「辞書学」と位置づけているとおりである。

第六章

「一覧表」の分析

　辞典のアルファベット分類に対して，マラルメの一覧表はいかなる挑戦をつきつけているのだろうか。

　まず，アルファベット分類の欠点を再確認しておこう。この分類は，類義語同士に仕切りを立て，同族語を散乱させてしまう。形態論的な観点からしても，アルファベット分類は恣意的である。というのもそれは，それぞれの単語がもつ事情や歴史を考慮せず，それらの現時点での綴りだけを基準にして配列してゆくからである。そもそも，アルファベットの順序からして恣意的である。Aの文字がBの文字の前に来る必然性がないのと同じく，Aから始まる語群が，Bから始まる語群よりも前に来る必然性もない。このように，純粋に規約的な分類が，類義語同士や同族語同士を見えにくくさせる。ここでアルファベット分類の恣意性を二つに区別しておこう。

1) イニシャル内の恣意性
2) イニシャル間の恣意性

　前者は，単語をイニシャルによって分類する際の恣意性であり，後者は，イニシャルそのものをアルファベット順序で配列する際の恣意性である。以上が，本節で扱うアルファベット分類の欠点である。一覧表は，これら二種類の恣意性をどのようにしりぞけようとしているのだろうか。

第一節　イニシャル内の恣意性

1　語たちの有縁化——語家族

　まず，一覧表は，語源分類を採用している。ここで注意すべきは，語源分類と語源辞典との相違である。通常の辞典は，語の定義を述べたものであり，語源辞典は，語の語源を説明するものである。つまり通常の辞典と語源辞典とではその内容が異なる。分類に関して言えば，語源辞典は，アルファベット分類でも語源分類でもテーマ分類でもありうる。ややこしいのは，『英単語』そのものは，ある種の語源辞典だが，その中の一覧表は，語源分類の通常の辞典に近いということである。『英単語』全体の構造を思い出そう。第一巻では，アングロ＝サクソン系の単純語を列挙したのち，英語特有の派生形態や接辞の解説がある。第二巻では，フランス語系の語彙が，英語として定着するに際してどのような変化をこうむったかを，分類して解説している。第三巻では，ギリシャ語やラテン語系の語彙について同様の分類と解説がおこなわれている。つまり，『英単語』は，テーマ別の語源辞典の一種と見ることもできるかもしれない。それに対して，一覧表は，マラルメ自身が「引用してしまえば，他にどうしようがあるか」（p. 965）と述べているとおり，引用されているだけである。正確に言えば，「集めて省く」（*ibid.*）ということをやっているのだが，いずれにせよ，語を列挙し，分類し，仏訳を添えるだけで語源の説明は付されていない。というわけで一覧表は，英語のもともとの語彙の単純語のみを扱った語源分類の辞典である。

　前章では，それぞれの分類方法に欠点があることを確認した。本章では，語源分類の欠点をもっと具体的に見てゆこう。主に二つある。

　一つめは，合成語の扱いにかかわる。単純語の場合は話が単純である。マラルメのテクスト（p. 1021）にある単語を例にして考えてみよう。語源分類をおこなうのであれば，まず単純語 man を項目に立て，その後に派生語の manlike や manly や unmanly を挿入すればよい。これが，通常の意味での語の家族である。同族語が，指小接尾辞や接辞をもつだけなら，これで首尾よく分類でき

る。やっかいなのは，合成語がからんでくる場合である。同じくマラルメのテクストから事例を引いてみよう。詩人によれば，standish（インクつぼ）は stand と dish の合成語である（p. 1023）。その際 standish は，stand と dish の両方の見出しの中に項目を立てるべきだろうか。もし片方にしか立てないのなら，例えば dish の見出しの中に項目を立てる場合，stand の中にも項目を立てて dish を参照するように指示を挿入しなければならない。ところで，Moleskin（mole と skin の合成語）の際にはもっと面倒になる。詩人は，「もっぱら言語の本能によってくっつけられて，複数の単語は，しばしば，原初の意味のようなものを失うか，全面的にそれを変化させていても，驚くにあたらない。さらには，スペル自体が消えてしまう」（*ibid.*）と述べているが，Moleskin はその典型である。実際，この語は，今日では「モグラの皮」という原義をはずれて，「エナメルを塗った綿布」を意味する。この語を分類する際には，mole か skin の見出しの中に項目を立てるべきなのだろうか。意味が異なる以上，どちらに入れても場違いになる。だから，Moleskin を独立した見出しにしてしまうという手もある。いずれにせよ，面倒をこうむるのは読者の方で，この語の意味を調べる前に，見出しから見出しへと，たらいまわしに遭うおそれがある。これが，アカデミーの初版の編集以前から問題になっていた欠点である。

　二つめは，外来語の扱いにかかわる。語源分類の辞典を調べるためには，その語と同じ家族の単純語を見つけなければならない。その際，すべての語彙が，同一の先行言語に由来するなら，単語を見つけるのはたやすい。東洋の言語や祖語では問題はない。これは，フュルチエールの指摘である。しかし言語が外来語をどんどん輸入するにつれて，語源分類の使用は，言語学的知識をますます必要とする。しかも，残念なことに，英語には，全世界からの外来語が存在する。それだけではない。マラルメは繊細な分類をおこなっている。例えば，英語には，「一見英語に見えるがフランス語由来の語たち」（p. 963）があり，それとは別に，フランス語由来に見える英単語がある。これは「疑いもなく同じ単語であるが，それぞれが，将来結合することになっている二つの言語に，自分の力で出現した」（*ibid.*）場合，つまり共通の語源から並行的に派生した場合である。これらを見分けて，しかるべき単純語の見出しを探すのは至難である。したがって，容易に見てとれるように，多かれ少なかれ混血の近代言語

に，語源分類をじかに適用するのは，少々ばかげている。

　こうした欠点に対して，マラルメの対処は明快である。一覧表の場合，アングロ゠サクソン語由来の英語の単純語しか扱わない。したがって，外来語の知識は不要となり，派生語の順序や，合成語の位置に煩わされることはない。ついでに言えば，前述した見かけ上の英単語は第二巻に回され，変化法則ごとにフランス語由来の単語として分類されている。また著者は，フランス語由来に見える英単語については，網羅的とはいえないが，具体例を挙げて，読者の注意を促している[1]。

　しかしながら，一覧表の語源分類は，他の語源分類とはまったく異なる。違いは，語の家族という概念そのものにある。

　通常の語源分類の辞典では，それぞれの単純語が同族語（派生語，接頭辞ないし接尾辞のついた語，合成語）を引き連れる。この分類の目的は，単純語と，その同族語の下降的関係を明示することである。その際，語の家族という概念は，単純語と，何らかの形でそこから作られた単語をまとめあげる集合を指し示す。例えば，単純語 stand（p. 995）は，接頭辞ないし接尾辞のついた understand(ing)，withstand，by-stander（p. 1019）と，合成語 standish（p. 1023）とともに一つの家族をなす。同様に，単純語 merry（p. 1011）は，接尾辞つきの merrily（p. 1021）や合成語 merry-thought（p. 1023）と家族関係にある。

　しかし『英単語』においてはそうなっていない。著者は，単純語，派生語，指小接尾辞つきの語，接頭辞ないし接尾辞つきの語，合成語を，それぞれ別々に扱っている。そして，単純語だけが一覧表に収録されている。一覧表のおのおのの基準語が，みずからの関連語を引き連れる。一覧表の分類の目的は，基準語であれ関連語であれ，単純語同士の上昇的関係を指し示す。その際，語の家族という概念は，単純語同士のうち，意味論的にも形態論的にもお互いに似か

---

[1]　「例えば，bloc に当たる **block**，bleu に当たる **blue**，brand(on) に当たる **brand**，**hail**（迎える），rouler に当たる **roll**，rôtir に当たる **roast** など。だがフランス語に属するわけではない。英語とフランス語は，共通の起源を持っている。それは，フランス語にかなり大量の語彙を提供しつづけているゲルマン語という起源だ。上に挙げたものは，疑いもなく同じ単語であるが，それぞれが，将来結合することになっている二つの言語に，自分の力で出現したのだ。」（p. 963）

よっているが，（少なくとも英語の内部では）お互いに派生関係にないような，そういう単語たちをまとめあげる集合を指し示す。かくして，一覧表の中では，stand と stem から一つの語の家族が形成され[2]，merry と mirth との間で，もう一つの語の家族が形成される[3]。たしかに，英語の中では，stand と stem はお互いに派生関係にないし，merry と mirth も同様である。しかし，それぞれ，双方の意味が似ている上に，共通の音ないし文字をもつ。例えば，前者であれば，ST という子音と鼻音（M ないし N）であり，後者であれば，MR という子音とその間の母音の介在（E ないし I）である。実際，これらの家族関係には，文献学的な確証がある。merry と mirth は近戚関係にあり，前者はアングロ＝サクソン語 myrige（楽しい）に，後者は同じ言語の myrgð（快楽）に由来する。stand と stem の場合，双方ともに，印欧祖語の語根 *sta- に由来する[4]。これらの縁戚関係は遠すぎると言いたくなるかもしれないが，古典語の単語が併記してある辺りに，少なくとも，「少々そっけない名称目録をどうにかして例証しようとする」（p. 968）マラルメの気持ちを読み取ることは可能である。ここで，彼が，ある語の家族（**house/husband/hustings**）[5]について述べていたことを思い出そう。「家の house と家長としての夫の husband といった語〔…〕の間に認められるつながり以上に魅力的な発見がどこにあるだろうか」（p. 966）。詩人にとって，husband と house はともに，英語の単純語である。さて，husband の hus- と house は形が類似して見えるし，意味のつながりも容易に見てとれる。両者に血縁関係はあるのだろうか。文献学が明らかにするところによると，hus- はアングロ＝サクソン語 hus（家，家族）に由来し，husband は，こ

---

2)　次のとおり（p. 995）。
    to stand, *se tenir*.　　**stem**, *tige*,
    　　　　　　　　　　　　　Lat. sto. (Gr. ἵστημι).
3)　次のとおり（p. 1011）。
    merry, *joyeux*.　　**mirth**, *joie*.
4)　実は，マラルメ自身，一覧表のあとに，いわゆる印欧語の語根のひとつとして，この語根を例に挙げている。Cf. p. 1014.
5)　次のとおり（p. 1006）。
    house, *maison*.　　**hus**(**band**), *mari*.
    　　　　　　　　　　　hustings, *lieu du vote*, Lat. casa.

の言語における hus と bondi（居住者・所有者）との合成語である。マラルメは，こうした関係にある house と husband のうちに語の家族を見出している。

ついでに言えば，通常，語源分類の際には，「語の家族」(famille de mots) を用いるのだが，マラルメは，語の家族についての独自の概念を，たいてい「語家族」(famille de vocables) と呼んでいる。自分の分類を名指すために，著者はわざとこのまれな言葉を選んでいる可能性がある[6]。

こうしていまや，マラルメが一覧表を作成した意図がさらに明らかとなる。単純語は，それが元素的であるかぎりにおいて，英語の中では分解不可能である。単純語のあいだで何らかのつながりを見出すことができるとすれば，それは，英語以前の段階，つまりアングロ＝サクソン語の段階にさかのぼる場合にかぎられる。詩人は英語の単純語についてこう述べている。「英語に入ってきた時点であまり違いが出ていなかった複数の語たちが，それ以前に長らく一つの語でしかなかった場合には，語たちをその実際の過去に沿って集めないとすれば，単なる冗語法になってしまうだろう」(p. 965) と。ただし，あらゆる英単語をその過去の段階にそって分類してしまうなら，それは普通の語源辞典になってしまう。さらにまずいことに，それぞれの家族がもっと煩雑になってしまうだろう。というのも，一つの語の家族の中に，語源が同じというだけで，英語においては形のまったく異なる単語たちが一堂に会することになるだろうから。これでは，読者に英単語に親しんでもらうという当初の目的にはなんら

---

[6] 一般には，famille de mots が流布している。筆者が調査したところ，この言葉の生起は，まずはアカデミー，それからルナン，ブレアルのもとで，ならびにフンボルト，ボップ，ミュラーの仏訳者たちのもとで確認できるのだが，famille de vocables の生起は，きわめてまれである。マラルメのテクストでは，たいてい後者を用いている。例えば，第一巻第一章第一節のタイトルは，«FAMILLES DE VOCABLES ET MOTS ISOLÉS» (p. 965) であるし，「一覧表への注記」では，«FAMILLES DE VOCABLES donc, et MOTS ISOLÉS: voilà notre classification de MOTS SIMPLES» (p. 969) である。とくに二つめの場合，単純語と孤立語の場合には mots を用いていながら，家族の場合だけ vocables が使われているのは興味深い。筆者の知るかぎり，マラルメが famille(s) de mots を用いているのはただ一度だけである。すなわち「のちのち英語の文献文化に専心しようと野心を抱く学生は，諸々の語の家族や諸々の孤立語の中に見出すことになろう，この種のアナロジー」(p. 968) においてである。それ以外の箇所では，単に famille(s) とだけ書かれている。

貢献しない。したがって，マラルメは，語源の参照について一定の制約をもうける。「可能なかぎり，これら語同士の可視的なつながりは，語たちの現在の状態のはるか以前に位置づけられたりしないようにすべき」(*ibid.*)である，と。一覧表は，英単語の「現在の状態」に忠実であろうとする。著者が，英語以前の段階であるアングロ＝サクソン語を参照するのは，英語の単純語たちを分類するため，つまり意味論的であると同時に形態論的でもあるつながりを，現在の状態にある英語の単純語のあいだに見出すためなのである。

　前述のように，語源系統上の連続性は，意味論的連続性も形態論的連続性も保証しない。例えば，同じアングロ＝サクソン語の語基を継承していても，英語の中に再登場した際に，意味の点でも形態の点でもそのままであるとはかぎらない。マラルメの，語根不在説もこの文脈で理解されなければならない。「語根や語幹は，本来的に言えばもはや存在しない，というのも，それらを見出すためには太古の時代まで遡らざるをえなくなったからである」(p. 1014)。語根は，歴史的想定である。語根が語根としての形を提示しているのは太古の時代のみで，それ以降は，「語基」という形をとって，語根の状態からどんどん変化してゆく。だから，「一言語内の幾千の語がお互いに血縁関係を持っているということだ。あとは，その家族的つながりを開始して終了すること，あるいはこのつながりが多かれ少なかれ引き伸ばされてゆくなかで，どの段階で途切れたのかをはっきりさせる」のが，文献学の務めである。語源系統の重要性は，言語学者にとっても，また詩人にとっても明白である。ただし，彼の場合，語基の概念を語るとき，詩人はとりわけ意味論的連続性にこだわっている。「概念の中には，〈語家族〉の意味を大きく拡張するものも時にはあるし，外見の中には，今では純粋に形だけの痕跡となっているもの，つまり言語の中で現代では意味を持たないものもある」(p. 1015)。そのため，現在の状態にある英語の単純語で語の家族が作られる際，語基のつながりが，意味や概念の点で連続しているか断絶しているかによって，そのつながりは，重要であったり重要でなかったりする。マラルメが，「極度の繊細さが必要な区別」(p. 1014) と言うのもそのためであるし，彼がその際に発見的方法をとるのもそのためである。この意味で，マラルメにとっての「語家族」は，原理的に，通常の意味での語の家族よりもはるかに単位の小さなものである。

第六章　「一覧表」の分析　　233

詳細な分析に移る前に，もう一点，別の角度から，一覧表の辞書学的な特徴づけをおこなっておく。本書ではすでに，辞典の「記述範囲」をめぐるマルキールの位置づけとその三つの基準（密度／カバーされた言語の数／集中度）を確認した。マルキールの分析はそれに尽きるわけではない。実際には，三つの基準をもつ「記述範囲」という概念自体が，マルキールが辞典を位置づけるために提起した三つのカテゴリーの一つにすぎない。本書第五章冒頭で挙げた『辞書学のすべて』で指摘されているように，マルキールによると，辞典は，記述範囲（range）・記述方法（perspective）・記述様式（presentation）の三つのカテゴリーによって分類することができるという。

　記述方法とは，編者がその辞典をどのような見方でとらえているか，どのような方法を採用しているかに基づく。その基準として，(1) 辞典は通時的か共時的か，(2) 辞典はアルファベット分類か音声分類か，あるいは概念分類か，(3) 辞典の記述の調子は，客観的か，主観的ないし規範的か，諧謔的かの三つが挙げられている。一覧表は，英語の現在の状態を明らかにするものであるから[7]，ひとまず「共時的」[8]であり，とはいえ，単純語を家族関係によって区分けしている点で「語源分類」にのっとっている。記述の調子は，「諧謔的」の部類に入るだろう。というのも，一覧表には，アナロジーに依拠した遊戯的側面があるからである。マラルメ自身，こう述べていた。「複雑かつ単純なこの作業のようなことを成功させるには，妥当な範囲で，いくらか遊びというものが必要である」(p. 966) と。

　記述様式はどうか。これは，ある所与の記述方法による資料がどのように提示されているか，とりわけ語義がどこまで充実しているかという点にかかわる。まずは辞典の情報量について見ると，一覧表の場合，フランス語による翻訳とせいぜい注釈がついているだけであり，語義は一語からせいぜい一行ほどの内容にとどまる。これについてはマラルメ自身が弁解もおこなっている[9]。その

---

7) ただし，前述のとおり，『英単語』全体は，英語を第三の言語形成の産物として分析する語源辞典であるという意味で「通時的」である。これは，リトレの「同時代の慣用」に観られる両義性と似ている。Cf. Q., pp. 202–234.
8) 実際のところ，一覧表は別の意味でも共時的である。その点については後述する。
9) 「一つならぬ批判が，これらの語彙の仏訳に向けられるだろう。時には，原初的で現在

単純さと簡潔さの点で，英仏のポケット辞典に似ている。一般に，一言語辞典は二言語辞典よりも情報量が多くなるし，同じ一国語辞典でも，母語話者を対象とする辞典は，子供や外国人を対象とする辞典よりも記述内容が充実している。本書では，さしあたり，一言語辞典と二言語辞典のあいだに本質的な差異を認めず，情報量の差異だけを考慮しておくことにする。

ところで，記述様式の第二の基準は，例文がどのように提示されているかをめぐるものだが，一覧表には用例や挿絵がないのでこの基準は関係がない[10]。第三の基準は，発音や語法など，「特別な説明」が含まれているかどうかであるが，言うまでもなくこの両者は含まれていない。ただし一覧表には「特別な説明」がまったくないわけではない。それは，語家族と孤立語の一覧表という形式そのものが示す家族関係であり，その関係を構成するアナロジーであり，そのアナロジーを示唆するフランス語による翻訳や注釈である。しかもこの特徴こそが，一覧表における語義の簡潔さと記述の諸譎性とを説明してくれるのである。

一覧表の記述様式の一環として，ジャック・ミションの分析にも言及しておく。その分析によれば，「語家族を支配するすべての関係」（p. 136）は，アナロジーの諸様態，つまり対句・換喩・提喩・隠喩といった転義をなすと言う。なるほど，語家族の意味的つながりには，こうしたものをいくつか見てとることができる。しかし，本書ではこの分析を踏襲しない。理由は大きく分けて二つある。第一に，転義とは，基本的に，文の中で用いられるものであって，語の羅列のなかに見出すべきものではない。そこから，ミションの分析にはさまざまな不都合が生じている[11]。第二に，ミションとちがって本書では，語家族

ではもっとも使用頻度の少ない意味を提示していたり，あまたの日常的なニュアンスを厳格な一般性の中に融合していたりする。そうせざるをえなかった。もっとも多いのは，既知の語をはるか遠くの親戚に結びつけるために，既知の語の意味のうち，ほとんど付随的なニュアンスしか示していない場合である」（p. 969）。

10) もちろん一覧表を作成する上で参照された原典の調査は今後も続行されるべきである。
11) 「対句」の適用の不自然さは，「語家族の類型」で扱うのでここで触れない。ミションの分析の不自然さは，例えば，隠喩の扱いに見られる。彼は，グループμによる隠喩の二重提喩説に依拠して，被喩辞と喩辞の両方が共通の類概念を含む関係を隠喩と規定している（JM, pp. 136–138）。なるほど，to blow（吹く）／to boast（自慢する）は，ど

の意味的つながりを転義によって分析する必要がそもそも存在しない。これは，語家族の構成について，ミションと解釈が異なるところに由来する。彼によれば，語家族の構成は，語の歴史よりアナロジーに優位を置いている。しかし，すでに述べたとおり，語家族の構成を考えるにあたって，歴史とアナロジー（もしくは転義）の二者択一もしくは優先順位を採用する必要はない。それゆえ，われわれは，語家族の分析をおこなうにあたって，いきなり転義を適用するのではなく，まずは語家族にひそむ派生関係を解明するつもりである。転義はそこに自動的に見出されることだろう。いみじくもトドロフが述べているように，「派生による親族性は，ほとんどつねに類似性でもある」(T, p. 289)。

語家族の類型

本書では，語家族を分析するにあたって，マラルメが参照した可能性の高い『チェンバース語源辞典』(CED)[12]を用いる。参考までに，この辞典の性格をいくつか述べておく。

まず，ジョン・アールの『英語文献学』が学生向けだったのと同様に，本書もまた，学生向けの辞典である。「前書き」の冒頭で，「**本書は，語の語源関係に基づき，最新の文献学的研究の成果を提示し，それぞれの学校**〔every School〕**で楽に手の届く範囲の価格の辞典**がほしいという，非常に長きにわたって感じられてきた求めに応じるものであると信じている」(CED, p. v) と述べられているように。また略号リストの直前に，「学生〔student〕は，本書に出てくる以下の略号リストをただちにマスターすることを推奨する。このリスト

ちらも「充実」の類概念を持つ。だが，常識的に考えて，to blow と to boast の間に，必ずしも隠喩が成立しそうにないことは明白である。グループμも，すべての二重提喩が隠喩になるとは述べていない。したがってミションの分析は，受け入れられない。このような不都合は，to blow と to boast を用いて文を作ろうと思えばすぐにわかることである。それが気づかれなかったのは，文ではなく語の列挙に当てはめられたことによるところが大きいのではないだろうか。とはいえ，ミションが，語家族を，文のように扱ったこと自体は，それこそ，マラルメが狙った効果でもあったと考えられる。その点については，第七章で再論する。

12) DONALD (J.) *Chambers's Etymological Dictionary*, London & Edinburgh, Chambers, 1874. 以後，ここからの引用は CED と略記する。

が略号の意味を提起しているということが，わかるはずである」(CED, p. viii) とあるように。

次に，この辞典では，語源的関係が，主に三つの仕方で提示されている。「前書き」で説明がなされているので，引用してみよう。

> **語源**——それぞれの語の語源は，意味のあとに，ブラケットで囲んで与えられる。語についてのさらに詳しい情報がどこかに与えられている場合は，送りによってそう指示されている。語のあとに語源が載っていないときは，その派生関係がそれより上で与えられ，その派生元である主要語の下にあることを，示唆している。語の語源が疑わしいときは，さまざまな意見が与えられている。そして不明のときは，研究（?）〔query［?］〕が添えられている。
>
> (CED, p. viii)

一つめの提示方法は，通常の辞典と同様に，各見出し語の下にブラケットで語源が提示されている場合である。本書の分析でも，それを主にとりあげる。しかし語源からすぐさま，英単語同士の親族関係が判明するわけではない。そこで，二つめの提示方法として，ブラケット内もしくはブラケット外の「送り」が参考になる。ブラケットの内部もしくは後部には，しばしば，"See Flake." や "connected with Flap." などの形で親族関係が示されている。場合によっては，それさえも明示されていない。そのときでも親族関係は，見出し語の位置とサイズによって暗示されている。それが三つめの提示方法である。例えば，glisten, glister, glitter の三つの語にはそれぞれブラケットがついており，おのおのの語源が示されているが，この三つがどういう関係にあるかは明示されていない。しかし，辞典を見ると，大文字で Glisten と書かれ，その直後に，小文字で glister と glitter が並んでいる。ここから，Glisten が「主要語」であり，glister と glitter とが派生語であることがわかる。また，主要語 Terror は，派生語 terrible や terrify より後にあることからも，必ずしもアルファベット順が最優先されていないことがわかる。さらに，派生語 groats が，主要語 Grit の下に置かれているが，両者はアルファベット上は位置がまったくちがうため，groaning, groat のあとに gorats の見出しがもう一度もうけら

れ，そこには "See under **Grit**." と「送り」がついている。このように，本書の構成は，典型的な語源順序となっている。

　なお，引用にあるとおり，ブラケットの内部が語源を示しているとはかぎらない。語源が「疑わしい」場合や「不明」の場合もある。その際は，フランス語，オランダ語，ゲール語，ラテン語，ギリシャ語などで類似の語ないし関係のありそうな語を挙げるにとどめている。「研究（?）」もそうした提示方法のひとつである。語家族の類型を見ていくときに明らかになるはずだが，CEDの「研究」における古典語のこうした間接的参照は，マラルメの一覧表におけるそれを連想させるのみならず，両者の内容が，ときおり一致している。そのことを念頭において，分析に入ることにしよう。

① もっともシンプルな語家族の場合
　　feud, *querelle*.　　　　　　　　**foe**, *ennemi*.

CED を見ると，語源が次のように提示されている。

　　feud：［A.S. *foehdh*; Ger. *fehde*: A.S. *fian*, to hate.］
　　foe：［A.S. far-fian, fiogan, to hate］See **Feud**, a quarell.

ここから，feud も foe も同じ語源に由来することがわかる。形の点でも F＋母音という類似点を示し，意味の点でも，基準語 feud が「反目・不和」で，その関連語 foe がその対象である「敵」であるから，換喩的な関係にある。こうして，feud と foe は，二重の指標によって，一つの語家族を形成する。

　関連語は一つとはかぎらず，たいていの場合，複数である。意味内容も，場合によっては大きくかけ離れているように見える。次の例を見てみよう。一覧表の前にマラルメ自身が例として挙げている語家族である。

　　to heave, *élever et soulever*.　　　　**heavy**, *lourd*.
　　　　　　　　　　　　　　　　　　　　heaven, *ciel*, ce qui est élevé.

「意味の転換が,本物のアナロジーと同様に興味深くなるほど極端になることもありうる。かくして,heavy は,それが記す重さの意味から突然解放されて,霊的な滞在地として考えられた,高みの繊細な天国 heaven を提供するように思われる」(p. 966)。ここで,heavy と heaven の関係を,「対句」と取るべきではない[13]。ここには,対句のように,無媒介に正反対のものが対比されているわけではない。heavy が重さの意味から解き放たれて,heaven に到達することを可能にしているのは,基準語の to heave の介在である。こうして,一見,相反するように見える heavy と heaven のあいだに,意味的つながりが明示されている。

ただし,このつながりは,詩人が,語家族を作るためにでっちあげたものではない。CED では次のとおり。

> **to heave**: [A.S. *hefan*, Ger. *heben*, Goth. *hafjan*, to lift.]
> **heavy**: [A.S. *hefig — hefan*; old Ger. *hewig, hebig*.]
> **heaven**: [A.S. *heofon — hefan*, to lift.]

三つの語はすべて,「持ち上げる」を意味するアングロ＝サクソン語 hefan に由来する。そして,三つとも,形態論的に,HEAV- の部分を共有している。こうして,いみじくもマラルメが,「語家族は非常に多様な単語を数に入れるのだが,すべて共通の何かの周囲を回っている」(p. 966) と述べていたとおり,三者は,to heave を基準として関連していることがわかる。

② 潜在的な共通観念がフランス語で解説されている場合

語家族の単語の仏訳はつねにイタリックで示される。ある語が語家族の他の要素とどのように関係付けられているかがわかりづらい場合,通常の字体のフランス語で,関係性が解説されていることもある。その極端な例が以下である。

> **black**, *noir*, d'abord; *pâle*, puis *neutre*.　**to bleach**, *pâlir*, et —, *pâle*.

---

13) ミションはこの語家族を,「対句」の例として出している。Cf. JM, p. 136.

bleak, *livide*.
blight, *brouis*.

どれも bl- を冠しているので, 形態論的に似通っているのはわかる。しかし, この語家族の場合, 意味論的な関係性は自明ではない。black と to bleach（白くなる）は, ほとんど正反対の意味である。しかし, この家族の場合もまた, 対句で成り立っていると考えるべきではない。というのも, 家族が基準語を中心とするグループであるという原理からすると, 基準語とその他の語が対をなすというのはやや不自然であり, さらにいえば, この家族の場合, 対にさえなっていないからである。

フランス語訳をよく見てみよう。black のフランス語訳で, 関連語とのつながりが示されている。フランス語訳では,「まずは noir, そして pâle〔色あせた〕, つぎに neutre〔精彩のない〕」とある。ここで, 黒とはまずもって, 輝きのあせた色と考えられていることがわかる。次に, to bleach のフランス語訳が pâle の動詞形 pâlir なので, pâle と対応していることがわかる。また, bleak のフランス語訳が livide（蒼白の）であるから, これも pâle に対応している。neutre は「精彩のない」を意味するので, 色あせていることから生命力が枯れていることにつながる。blight の brouis は,「（太陽や霜で）ひからびる」を意味する brouir の派生語なので, フランス語 neutre を介して black と関連づけられていることがわかる。

そもそも, black のフランス語訳に pâle と付されているのも, 根拠がないわけではない。CED を見てみよう。

    black: 〔A.S. *blaec*.〕
    bleach: 〔A.S. *blaecan*—*blaec*, pale.〕
    bleak: 〔A.S. *blac, blaec*, pale.〕See Black[14].
    blight: 〔A.S. *blaecan,* to bleach—*blaec*, pale, livid.〕

---

14)　CED の black の項目には, 語源ではなく, 項目の冒頭に, "orig. *bleak*, pale; of the darkest colour" とある。

このように，家族の全成員が，古英語の blæc にさかのぼる。相反する意味をもつようにも受け取れる black は，blæc に由来する。後者の語からして，「焼く」や「輝く」を意味する印欧祖語 *bhleg- に由来するため，中英語では，それが「黒い」を意味するのか「白い」を意味するのか，しばしばわかりづらかったとされる[15]。つまり意味論的転倒は，派生の結果ではなく，blæc から black への直系の変化のなかですでに生じているのである。したがって，black に付されたフランス語訳は，単に語家族を組み立てるために持ち出されたものではない。この語家族の場合，フランス語訳は語源を提示し，その語源を通じて，関連語たちを基準語に結び付けている（なお，フランス語訳のうち，英単語に該当する部分だけイタリックで，その補足や注釈は元の字体で表記されている）。これによって，読者は，文献学の成果である語源に基づいて，さまざまな関連語の記憶を強化すると同時に，今度は逆にそうした語家族によって，語源を覚えることができる。マラルメが試みた「知的記憶術」とはまさにこうした点に端的に見られる。

③ 潜在的な共通観念がフランス語訳に明示されていない場合

  to whisk, *effleurer*   **wisp**, *touffe*

to whisk は払う動作のために「軽く触れる」という意味で，*wisp* は束の意味である。両者に関係がありそうには見えないし，さらに困ったことに，フランス語の解説も付されていない。これまでに比べると，今回の語家族はかなり不親切に見える。ここに，仏訳の単語の方から連想して，*effleurer → fleur → bouquet → touffe* といった「連鎖」を見出すべきだろうか[16]。しかしそれでは，

---

[15] 『オックスフォード英語辞典』（OED）にこう書かれている。"In ME. it is often doubtful whether blac, blak, blake, means 'black, dark,' or 'pale, colourless, wan, livid.'"「中英語では，blac, blak, blake が，「黒い，暗い」を意味するのか，あるいは「白い，青ざめた，青白い，蒼白の」を意味するのか，しばしば決定しがたい」。

[16] ミションは，二重の転義の潜在化の例として，**to whisk**, *effleurer* / **wisp**, *touffe* を挙げている（JM, p. 138）。コーンの『賽の一振り』の分析から effleurer／fleur の有縁性を

語家族は成立しない。語家族とはまずもって，基準語を中心とした語彙のグループなので，②を参考にして，語源に立ち返る必要がある。

  to whisk: [Dan. *wiske*, Sw. *wiska*, to whisk, dust, wag: from the sound]
  wisp: [Ger. *wisch*; Ice. *wisk*. See **Whisk**.]

 CED を紐解くと，to whisk と wisp は語源を同じくすることがわかる。両者ともに，デンマーク語やスウェーデン語に由来し，「払う，はたきをかける，振る」を意味する語である。ここから，「払う」と，払うものである何らかの「束」との関係を想定することができる[17]。したがって，少しわかりづらいが，マラルメが念頭においているのは，whisk（払う）→ wisp（払うもの）という単一の換喩である。

 ④ 語家族の内部でイニシャルの異なる場合
  block, *bloc*.   **plug**, *tampon*.

 片方が BL，もう片方が PL で音が似ている。意味も，block が「障害物」，plug が「栓」で，ふさぐものとしての意味を共有している。語源を見てみよう。

  block: [Fr. *bloc*; old Ger. *bloch*; Gael. *bloc*, round.]
  plug: [Dutch, *plug*, a bung, a peg; Sw. *pligg*, a peg; conn. with **Block**]

 抽出し，effleurer → fleur → bouquet → touffe という連想が読み取れて，ここには，花から花束への提喩と，花束から束への隠喩との二つの転義が機能している，とミションは主張する。だが，この解釈には三つの問題点がある。第一に，これでは基準語と関連語との関係が遠すぎる。第二に，これではアングロ＝サクソン語の語基が見えない。第三に，仏訳の方の字面でのみ語家族が関係づけられるとすれば，それは一覧表の致命的な瑕疵の確認にすぎない。

17) 他の語源辞典を引いても，wisp は，焼いたり掃除したりするために用いる「一握りか一束の干草」で，語源は不詳だが，「時折 whisk と関係していると言われる」とされている。Cf. *Online Etymological Dictionary* (http://www.etymonline.com/).

CEDでは，blockの語源として，フランス語，古ドイツ語，ゲール語の三つが，plugの語源として，オランダ語，スウェーデン語の二つがあがっている[18]。そして，根拠は定かではないにせよ，両者のつながりが指摘されている。イニシャルがちがう語がまじっている場合，とりわけ重要な条件は，おなじ種類の音の場合である。BとPとFは同じ唇音であり，グリムの法則に従うので，一定の互換性が認められている。

　もちろん，それ以外の事例もたくさんある。次を見てみよう。

> **to fly**, *voler*.　[…]
> **to flap**, *battre des ailes*
> […]
> **flag**, *flasque* et *pendant*
> **lap**, *giron* où le vêtement d'une personne est lâche et fait des plis.

　flyを基準語とする家族には関連語が多いので，詳細はあとにまわすとして，必要なところだけ取り上げる。四つの単語のうち，三つがFLを共有し，lapはflapと多くの音を共有している。語源を見てみよう。

> **to fly**: [A.S. *fleogan, fliogan, flion,* Ger. *fliegen*; akin to A.S. *fleotan*, to float, *fleowan*, to flow, L. *volo*, to fly, Sans. *plu*, to swim, fly.]
> **to flap**: [from the sound, conn. with **Flabby**, **Flaccid**, **Flag**.]
> **flag**: [A.S. *fleogan*, to fly.]
> **lap**: [A.S. *lappa*, Ice. *lapa*, to hang loose, Ger. *lapp*, slack *lappen*, anything

---

18)　blockについては，『英単語』の第二巻でこう述べられている。「一見英語に見える（そう見えること請け合い）がフランス語由来である語たちとは別に，フランス語に属しているように見える，別の語集合がある。例えば，blocに当たる**block**，bleuに当たる**blue**，brand(on)に当たる**brand**，**hail**（迎える），roulerに当たる**roll**，rôtirに当たる**roast**など。だがフランス語に属するわけではない。英語とフランス語は，共通の起源を持っている」(p.963)。

第六章　「一覧表」の分析　　243

hanging loose; connected with **Flap.**]

　CED によると，fly と flag はアングロ＝サクソン語で飛ぶを意味する fleogan に由来し，flap は，擬音から作られているが，flag と関係があるとされている[19]。そして，lap は，lappa というアングロ＝サクソン語に由来するとされているが，flap との関係が指摘されている。こうして，四つの語が語源的にも関係していることがわかる。

　意味の方はどうか。fly は「飛ぶ」，flap は「羽根をばたつかせる」，flag は「たるんだ，たれさがった」を，lap は「ひざ」を意味する。これでは，一見，他の語と関係がないように見えるが，マラルメは，フランス語で「ひざ，人の衣服がたるんで皺になっているところ」と補足している。実際，CED の語源を見ても，lap は，「ゆったりと吊るす」に由来する点で，その直前の flag と意味連関がある。ついでに言うなら，flap の「羽根をばたつかせる」から，語源を共有する fly や flag への移行には，フランス語訳によって「ばたつかせる」という意味が介在することがわかる。こうして，四つの語の意味連関が明らかになる。このように，イニシャルが異なっても，語源，形態，意味の接近したものが，ときおり関連語に登録されているのである。

⑤ 括弧つきの場合
　英語としては単純語でも，アングロ＝サクソン語にたち戻って語を分析してみると，接辞がついている場合，形態論的な共通項を示すために，括弧がつけられていることがある。

　　　bole, *tronc* rond.　　　　　**bul**(**wark**), *boulevard* (fait de troncs).

　bul という語は英語に存在しない。bulwark で単純語となる。しかし bulwark の bul- は，bole と音が似ている。このように，単純語のあいだで，一部だけ似ている場合は，その一部以外を括弧に入れて提示される。

---

19)　なお，マラルメの一覧表に，flabby, flaccid は登録されていない。

意味は，そのまま取ると，「幹」と「道路」で，一見つながらないように見える。しかし，フランス語訳を見ると，両者の関係がかなり可視化されている。bole は，幹を意味し，bulwark は，「幹で造った道路」である。また boulevard に「環状道路」の意味があることを考えるといっそう，bole の「（丸い）幹」と響きあっている。語源を見てみよう。

> **bole**: [Dutch, *bol*, swelling: from *bol*, round.]
> **bul**(**wark**) : [Ger. *bollwerk*, Fr. *boulevard*, from root of **Bole**, trunk of a tree, and *werk*, work.]

CED によると，bulwark は，木の幹の bole と同じ語源から派生している一方で，bole の方では，こぶを意味するオランダ語 bol との関係が指摘され，それが丸いという意味に遡る。要するに bulwark は，木の幹から何かを作る仕事を指し，bole は，丸みから，こぶをへて，木の幹という意味を受け取ったのである。こうしてみると，フランス語訳は，語源関係の簡潔な補足になっているのがわかる。

⑥ 古典語がつく場合
  tear, *déchirer*.   **tire**, *fatiguer*, Lat. tiro (Gr. τείρω).

形の類似は明らかである。どちらも T ＋母音＋ R の形をとっている。意味論的にも，「引き裂く」と「疲弊させる」で，アナロジーが成立する。次に語源を参照する。

> **tear**: [A.S. *teran*, Fr. *tirer*, to drag; allied to L. *tero*, Gr. *teirô*, to rub to pieces.]
> **tire**: [A.S. *tirian*, to vex, from root of **Tear**]

CED によれば，tear は「引っ張る」のアングロ＝サクソン語 teran に，tire は「いらいらさせる」のアングロ＝サクソン語 tirian に由来するが，どちらも

同じ語根から派生している。これで，二語の関係は保証されたことになる。

　ではここで，古典語の役割はなんだろうか。

　すでに「孤立語」の解説で確認したように，語家族や孤立リストには，ときおり古典語の該当語が補足されている（語家族の場合，古典語はすべて関連語の方につく）。「語家族の中ですでに与えられたギリシャ語やラテン語の語たちに結びつけうるつながり」は，「少々そっけない名称目録をどうにかして例証しようとするわれわれの気持ちにのみよるものだ」（p. 968）と述べられており，「ギリシャ語やラテン語が，この分類である種の系列に現れるからといって，関連する英単語がそれらの末裔だということを，なにがしかの点で含意するという風には思い描かないよう，そう，とりわけよく注意していただきたい」（p. 969）とある。要するに，遠い関連性を指摘するものであって，直接の語源系統の指摘ではない。

　この語家族で言えば，ラテン語の tero は「こすって磨耗させる」であり，ギリシャ語の teiro は「こすってぼろぼろにする」である。これが先にあって，その後に，「引き裂く」の tear と，「疲弊させる」の tire が生じたと考えると，引き裂きと疲弊を同じ観念の中でとらえることもできる。こうして，両者は，アングロ＝サクソン語の関係に留まるより，いっそう普遍的な関係性の中にあると感じられる。ひとまず，古典語の該当語の併記にはこのような機能を認めることができる。

　さて，一覧表では，古典語は関連語の方につくので，tire につく。そして CED から tear と tire は同じ語源なので，tear の語源記述に見られるラテン語やギリシャ語が，tire の方に登録されていても不思議ではない。実際，tire のギリシャ語と，CED の tear のギリシャ語とはどちらも同じ teirô であり，ラテン語の該当語もほぼ同じである[20]。こうして考えるなら，マラルメの古典語併記は，遠縁関係の指摘というだけでなく，CED の記述方式にそっている場合が多いと考えられる[21]。

---

[20] マラルメは tiro としているが，ギリシャ語との関係からも，「こすってすり減らす」を意味する tero の誤記と思われる。

[21] とりわけ CED の語源記述からの影響が考えられる。つまり，語源がはっきりとしない場合，複数の意見を挙げるか，「研究」と称して，可能性のあるものをいくつか並べる

⑦ 語家族の中に関連語の区切りがある場合

　基準語が，単一の意味によって関連語と結びついているとはかぎらない。関連語が，基準語の複数の意味と結びつく場合，意味ごとに区分されている。

　　to bear, porter　　　　　**burden**, *fardeau* ou *refrain* et
　　　　　　　　　　　　　　　　burthen.
　　　　　　　　　　　　　　　　barm, *écume*, que porte la bière.

　　　　　　　　　　　　　　　　birth, *naissance*.
　　　　　　　　　　　　　　　　berth, *case* (lit dans les vaisseaux).

　まず，六つの単語のどれも，B＋母音＋R という形をとっている。また，意味の点では，上の関連語三つは，基準語の意味「持つ」とかかわり，burden, burthen は「負担」，barm は「(ビールがもつ) 泡」[22]である。残りの関連語二つは，基準語の意味「子を宿す」(porter) にかかわり，birth は「誕生」，berth は「(船の) 寝台」である。語源を見てみよう。

　　bear: [A.S. *beran*; Goth. *bariau*; L. *fero*; Gr. *pherô*; Sans. *bhri*.]
　　burden: [A.S. *byrthen, byrden*—*beran*, to bear.]
　　burthen　See **Burden**.
　　barm: [A.S. *beorm*—*beoran, beran*, to bear.]
　　birth: [A.S. *beorth*. a birth-*beran*, to bear or bring forth.] See **Bear**.
　　berth [See **Birth**]

　という形をとっている。たとえば tire の項目であれば，項目執筆者は，tire がアングロ＝サクソン語の tirian から来たのか，あるいはフランス語の tirer から来たのか，判断を下せていないので両論併記となっており，さらに，フランス語であれば，ラテン語 tero やギリシャ語の動詞 τείρω との関連性も指摘される。

22)　ちなみに CED にも，barm の定義には "yeast; the scum that rises upon malt liquors when fermenting" と書かれており，マラルメのフランス語訳に酷似している。

五つとも，アングロ＝サクソン語の beran に由来することがわかる。birth は，一見 bear の派生語のように見えるが，語源を見るかぎり，アングロ＝サクソン語 beran の派生語 beorth に由来するので，英語の中では別々の単純語として登録されている。

　五つの関連語はアルファベット順ではない。意味の近い burden とその別綴り burthen が先に並び，次に barm が来る。残りも同様で，単なる名詞化である birth が先に来て，berth が後に続く。

　ちなみに，この家族の場合，どの単語も直接に bear と結びついている。一般に，関連語のリストに改行がある場合，しばしばそこから別の語家族が始まっているかのような印象を受ける場合が多いが，ミションのように「連鎖」と考えるより，やはり基準語を中心とした系列と考える方が妥当である。

to burn, *brûler*.　　　　**brand**, *fer chaud*, brandon,
　　　　　　　　　　　　　et **to —**, *marquer au*.
　　　　　　　　　　　　　brandy, *eau-de-vie*.

　　　　　　　　　　　　　brown, *brun*, couleur brûlé（sic）.
　　　　　　　　　　　　　brinded, *tavelé*.
　　　　　　　　　　　　　bruin, *l'ours brun*.

　形の上では，どれもＢとＲとＮを共有している。上段の関連語のうち，brand は「焼きを入れた鉄」であり，「燃えくず」である。動詞になれば，「〜に焼印を押す」という意味になる。どちらも to burn の「焼く」という意味と関連している。下段の関連語を見てみよう。brown もまた「茶色」は「焼き色」なので基準語と関連している。残りの二つの関連語も色にかかわる。brinded（ブリンドル柄）は動物の表皮の柄であり，bruin（茶色のクマ）は，その表皮をもった動物そのものである。brandy を宙吊りにして，語源を見てみよう。

　　burn: [A.S. *byrnan*, Ger. *brennen*, to burn.]

brand: [A.S. *byrnan,* Ger. brennen, to burn.]

brandy: [old E. *brandwine,* Ger. *branntwein—brennen,* to burn, to distil, *wein,* wine.]

brown: [A.S. *brûn,* Ger. *braun*—A.S. *byrnan,* Ger. *brennen,* to burn.]

brinded: [A.S. *brand—byrnan,* to burn.]

bruin: [Dutch, *bruin,* Ger. *braun,* brown.]

　CEDを見ると，すべてが，ドイツ語のbrennenやbraunを経由して，アングロ＝サクソン語byrnanに由来する。

　brandyは蒸留するという意味でのburnに関係していること，つまり色ではなく製造工程によるので，下段の関連語ではなく上段の関連語になっていることがわかる。

　また，この家族の場合，上のto bearとは異なり，基準語のto burnがbrindedやbruinとは直接に結びついていないように見える。つまり，to burnがbrownを導いたあと，brownから連想されるものとして，brindedやbruinが導かれている。ここでは，to burnを基準語とした家族の中に，brownを基準語とした家族が入れ子状に入っているような印象を受ける[23]。しかし，その見方は二重の意味で的をはずしている。表面的に見ると，brownからbruinが導

---

23) ミションは，to burn → brown → bruin の流れには，換喩（焼く・茶色）と提喩（茶色・クマ）という二つの転義を経由しなければならないことから，この家族は，to burn を中心にまわるものではなく，むしろ brown を媒介とした「連鎖」と考えている。しかしマラルメは，音と意味との二重の指標によって語家族を作っており，たとえ意味の点で遠くとも，その他の要素で基準語に直接の結びつきがあれば，そこに語家族は成立するのである。ついでに言えば，ミションは，この「連鎖」の節で，マラルメの次の言葉を引いている。「もっとも使用頻度の少ない単語がしばしば，多くの二語の隔たった二重の意味の間で，唐突で貴重な導き手として役に立つという事実を指摘しておかねばならない」。しかしこれは二重の意味で誤った引用である。一つには，to burn と bruin の導き手である brown は，「もっとも使用頻度の少ない単語」ではない。二つには，文脈的に見て，ここで言及されている「導き手」は基準語であり，さらには，heaven と heavy を結びつける to heave のことを念頭においているのである。実際，to heave は，この三者の中でもっとも使用頻度の少ない単語である。いずれにせよ，ミションの解釈は，語家族が，基準語を中心に構成されているという規則に対する無理解にもとづいている。

かれているのではなくて，brinded を経由している（色→獣皮模様→動物）。そうなると，bruin は，burn からさらに遠い関係になるのだろうか。そうではない。語源に従えば，brinded は焼き柄であり，やはり byrnan に直接由来しているし，bruin もまた，brown よりはむしろ，焼き色を意味するアングロ＝サクソン語の brûn やオランダ語の bruin に形が近い。

　それを考えるなら，やはり to burn を基準語と考えるのが適切である。形態の上でも語源の上でも，六つの単語は類似点が多い。この点で，「語家族は非常に多様な単語を数に入れるのだが，すべて共通の何かの周囲を回っている」(p. 966) という規則は守られているのである。

⑧ **語源につながりのないように思われる場合**
　これまでの事例は，すべて語源をおおよそ共有するものばかりだった。実際，語源が似ていれば，意味や音の関係も見えやすい。では逆に，語源を共有しない家族はあるのだろうか。

　　hog, *cochon*.　　　　　　**sow**, *truie*.

　この場合，形態の点では，オの音を持つこと以外，ほとんど共通点は見当たらない。意味はどちらも豚で，hog がオスに対して，sow がメスである。語源を見てみよう。

　　hog: [W. *kwch*; Bret. *hoc'h, houc'h*, swine — *houc'ha*, to grunt.]
　　sow: [A.S. *sugu*; Ger. *sau*; L. *sus*; Gr. *hus*; Sans. *sukara-su*, to bring forth; also given from its grunt. See **Hog**.]

　CED によると，hog はウェールズ語やブルトン語の「豚」に由来し，sow は，アングロ＝サクソン語の sugu に由来する。かろうじて，CED の中で sow から hog への送りがあるだけで，両者のあいだには意味上のつながり以外は見出せない。しいて言えば，どちらも泣き声から作られたらしいということくらいだろうか。ただしこの二語は，少なくとも CED の項目の上で関係づけられ

ていることがわかる。次を見てみよう。

  to glow, *briller*.   **to blow**, *s'épanouir*.
            to bloom, *en fleur*.
            blossom, *épanouissement*.
            blush, *rougeur, et* to —, *rougir*.
            blood, *sang*.

形の点では，*G* は喉音，*B* は唇音で，*B* と *P* ほど似ているわけでもないが，*GL* と *BL* にはある種の並行性を認めることができる。意味の点でも，「開花する」と「輝く」で少し似ている。では，語源はどうなのか。

  glow: [A.S. *glowan*, to glow, as a fire; Ger. *glühen*, akin to Ice. *gila*, Sw. *gloa*, to sparkle.]
  blow: [A.S. *blowian*, Ger. *blühen*.] See **Bloom, Blossom**
  bloom: [Dutch, *bloem*, Ger. *blume*, a flower—Ger. *blühen*, to shine, to blossom.]
  blossom: [A.S. *blosm*, from root of **Bloom**, found in L. *florere*—*flos*, a flower.]
  blush: [A.S. *ablisian*; Dutch, *blosen*, to blush—*blo*, a blush, from root of **Bloom, Blow**.]
  blood: [A.S. *blod*; Dutch, *bloed*; Ger. *blut*, from *blühen*, to glow.]

CED を見るかぎり，B で始まる五つには語源的つながりがはっきりと見てとれるが，glow との関係は一切示されていない。マラルメは無理やり押しこんだのだろうか，あるいは不注意を犯したのだろうか。そうとは思えない。というのも，一覧表の前に，彼はこう述べていたからである。

  家の house と家長としての夫の husband といった語，パンの loaf と，パンを割り振るのがその役目である領主の load といった語，拍車の spur と「相

第六章 「一覧表」の分析

手にしない」の spurn といった語,輝くの glow と血の blood といった語,よいの well と富の wealth といった語,穀物を打つ場所の thrash と,敷石のように積まれてまとまった敷居の threshold といった語の間に認められるつながり以上に〔…〕魅力的な発見がどこにあるだろうか。 (p. 966)

house/husband, loaf/load, spur/spurn, well/wealth, thrash/threshold は,それぞれ一覧表でも家族を形成しており,どれも語源を同じくする。これらは形の上でも意味の上でも,いかにも類似が感じ取れる。そうした端的な事例とともに,マラルメは,glow と blood を挙げているのである。ここで,glow と blow ではなく,glow と blood を挙げているのがまた不思議である。唯一考えられる可能性は,CED の blood の語源記述のところに,"from *blühen*, to glow" とあることだろう[24]。

まれではあるが,このように,関係性の希薄な家族が見られる。

小括

前述のとおり,マラルメは,英単語のうちで外来語を除外し,派生語と合成語を省いた上で,アングロ＝サクソン系の単純語だけを取り出す。そして,語源を同じくする単純語のうちで,いまだ音の点でも意味の点でも関係を見いだせるものだけを「家族」として分類している。語家族を八つのタイプに分けることによって,マラルメが,家族構成の際にさまざまな工夫をしていることがわかった。

一覧表は通常,意味と形の点で,基準語を中心として関連語をとりまとめている。その関係はアナロジーによるが,これによってときには,基準語を中心に,関連語同士がまったく反対の意味をもつように見える場合もある。また,家族関係は,単語の並びだけでわかるとはかぎらない。そこでマラルメは,各単語にフランス語訳と注釈をほどこし,これによって家族関係の説明を試みて

---

[24] ミションは,この語家族を,*Song* や *The Haunted Palace* といったポーの詩の影響と見ている。「こうした語の連想（*blush/glow; glory/bloom*）が,リシャールの示したように,深いテーマ的共鳴をもっているとすれば,その連想は,たしかに,エドガー・ポーの詩のなかにその語彙的支えをもっているのである」(JM, p. 24)。

いる。ときには説明不足の場合もあるが、基準語が中心から外れることはない。ところで、一覧表の語彙のうち、英語としては単純語だが、アングロ＝サクソン語において派生語だったものも家族をなすが、その際、アングロ＝サクソン語としての接辞は括弧に入れて、共通観念をになう語基の部分を浮き彫りにしている。また、基準語と関連語の関係が一義的でない場合、関連語のリストを改行し、意味の系列を可視化している。さらに、家族関係を強化するために、間接的な根拠としてギリシャ語やラテン語の単語が引き合いに出される場合もある。そのやり方が、ときには、CEDの語源記述に対応していることも確認した。また、語家族において、語源的にほとんど関係がないように見える場合でも、時にはCEDの記述によってかすかにつながっている可能性があることもわかった。

以上のように、一覧表は、語家族のおよそ八つのタイプとその組み合わせによって、二千ほどの単純語を分類している。一覧表の語家族は、おおよそ語源的分類であるが、その家族内の派生関係は、さまざまな転義と言葉遊びを駆使したフランス語の訳と注釈によって補完されている。語源の共有、音と意味との二重の類似性、言語遊戯的な関係性によって、一覧表は、アルファベット順の乱雑さに対抗しようと試みている。

2　語家族たちの有縁化――イニシャルの説明

英語の単純語たちを語家族によって分類することで、語は、語源的関係にもとづいて、意味的にも形態的にも近いものが集められる。これによって、ひとまず語が有縁化されたと言ってよい。

しかしこれで問題が解決したわけではない。今度は、語家族同士の関係が問題になる。語家族の内部でいくら有縁化されていても、その語家族は、やはり基準語ごとに、そのアルファベット順で配列されている。その点において、やはりアルファベット順の恣意性は払拭されていない。もちろん、あらゆる語源順序の辞典は、部分的にアルファベット順序を併用しているのであって、これはひとえに一覧表固有の欠点ではない。だがそれは、一覧表もまた通常の語源順序の辞典と同じく、アルファベット順序の欠点を引き継いでいるという事実

の確認でしかない。

とはいえ，一覧表は，語家族に尽きるわけではない。語家族の順序の恣意性に対する処置がなされている。それが，イニシャルの説明である。

イニシャルの覚書

マラルメは，「一つならぬ語の意味を，基調となる子音によって説明する試み」をおこなうと書いており，それらしきものが，一覧表のイニシャルの覚書に見られるのは事実である。これについて，従来，多くの注釈がなされてきた。この「試み」について触れる前に，指摘しておかねばならないことがある。それは，覚書は決してこの「試み」に還元できるものではないということである。覚書には，その他のさまざまな情報がこめられている。

(1) そのイニシャルをもつ単語の多寡

覚書には，それぞれのイニシャルがアングロ＝サクソン系の単純語の語頭に来る頻度が，しばしば記述されている。例えば，〜はイニシャルになることが多い，とか，〜は語頭に来る頻度が少ない，などなど。

(2) 他のイニシャルとの関係

それぞれのイニシャルの覚書には，別のイニシャルについての言及がしばしばある。とりわけ，同じ唇音，同じ歯音，同じ喉音のあいだでは，意味や音の互換性が語られる。

(3) イニシャルの次に来やすい音

イニシャルの後，母音や二重母音が来やすいとか，LやRがつきやすいなど，語彙の傾向が記述されている。

(4) イニシャルの印象

同じイニシャルをもつ語を俯瞰したときに感じ取られる意味論的な印象が記述されている。印象が記述されているイニシャルは，語頭の一つだけの場合もあれば，最多で三つの場合もある（SPR-）。一般によく言及されるのはこの印

象である。

　さて，イニシャルの印象の性格について，もう少し述べておこう。
　一覧表のなかで，英語のもともとの語彙のうち単純語を集めて，語家族を作ってゆく。するとこのとき，複数の語家族があらわれ，われわれはこれらを何らかの方法で配列せざるをえない。そのとき，まったくランダムにおこなうわけにもいかないので，しぶしぶアルファベット順を採用する。こうして，語家族の群れは，その基準語のアルファベット順序で並べられてゆく。さらに，語家族に入らない単純語たちも，孤立語としてアルファベット順序で並ぶ。そうすると，イニシャルごとに，語家族と孤立語の分類ができあがる。
　次に，同じイニシャル（音）の単純語の総体を俯瞰したとき，そこでわれわれは，イニシャル全体に対する漠然とした印象を手にすることになる。マラルメはこう述べていた。

　　そう，sneer はいじわるな笑いで，snake は蛇という邪悪な生き物であるので，SN は，雪の snow などの場合を別にすれば，不吉な2文字として英語の読者に印象づける。Fly は飛ぶか。flow は流れるか。しかし，平らというこの単語 flat よりも飛翔や流体と遠いものがあろうか。のちのち英語の文献文化に専心しようと野心を抱く学生は，諸々の語家族や諸々の孤立語の中に，この種のアナロジーを見出すことになろうが，こうしたアナロジーを自分の記憶に委ねるようにしていただきたい〔…〕。　　　　　　（p. 968）

　同じイニシャルの語家族や孤立語を眺めると，イニシャルについて何らかの印象が浮かんでくる。例えば，sneer や snake を眺めていると，不吉な印象を受けるが，snow はそれに当てはまらない。そして，sneer や snake は，語家族を形成する基準語である一方で，snow は孤立語である。総じて，数の多い語家族の方が，大きな印象を残す。それゆえ，イニシャル SN には，主として否定的な印象が見出される。FL の方も見てみよう。flat は平らで静的な印象を与える一方で，fly, flow は，「飛ぶ」や「流れる」など，流動的な印象を与える。しかも，この三つとも，それぞれが語家族をまとめる基準語である。こ

第六章　「一覧表」の分析　　255

うした場合でも、やはり数を考慮して、イニシャルFLの印象が記述される。

　同様なやり方で、SM、SN、SPをイニシャルにもつ単語たちのおおまかな印象を並べてゆき、それをもってイニシャルSの印象とすることができるし、FL、FR、F＋母音をイニシャルにもつ単語たちのおおまかな印象を並べてゆき、それをもってイニシャルFの印象とすることもできる。それが、一覧表で、イニシャルごとに付された「イニシャルの説明」である。

　ここで、イニシャルの説明について、いくつか注意点がある。

　1）イニシャルの説明は、ヒエラルキーをなしてはいない。つまり、Fの印象の下位に、FLの印象が来る、といった構成になっていないのである。それどころか、イニシャルによっては、単独での説明がなく、他の子音との組み合わせについてのみ印象が記述されている場合もある（C, S）。また、Vのように、イニシャルの印象が記述されていない場合もある。

　2）すでに述べたように、イニシャルは文字であると同時に音である。そして、同じイニシャルが、同じ音を表現しているとはかぎらない。例えば、SとSHは明らかに別の音になる。これについてはマラルメも気づいており、「語頭にSを持つ語は数知れない。Hを伴って新たな音になる」と書いている。また明言されていないが、CとCHも別の音になる。SとCに、イニシャル単独の説明がないのは、イニシャルが単一の音を表示していないことにも由来すると考えられる。この点については、あとでJ（有声歯茎破擦音）とCH（無声歯茎破擦音）とSH（無声後部歯茎摩擦音）の関係を確認するつもりである。

　3）イニシャル単独の説明がある場合、それはイニシャルのもっとも全般的な印象になっていないことが多い。たしかに、一部のイニシャル（B, P, G, T）では、全般的な印象が見てとれる。Bの場合、「すべては密かにつながってい」るとあって、Bの全般的な印象が述べられている。Pの場合、「LやRとの結合によって、単独では欠けている意味を引き出している」わけではないとある。Gの場合、「母音や子音を伴う」際の印象が記述されている。Tの場合、「この文字は、他の文字に比べて、停止の意味が強い〔…〕。すべての母音や二

重母音を伴い，子音ではRだけを伴う」とある。これらは，全般的印象といえる。また，直後に子音の来ないイニシャル（J, Q, H, L, R, M, N）は，結果的に，イニシャル単独の説明が全般的な印象となる。しかしそれ以外の場合（W, F）は，イニシャル単独の説明は，イニシャルの直後に母音ないし二重母音が来る場合であり，それとは別にイニシャルの直後に子音が来る場合の印象が記述されている（詳細はイニシャルFの説明の分析を参照されたい）[25]。

いずれにせよ，同じイニシャルの単語すべてを網羅した記述は不可能でも，多くの語家族に共通する記述は可能である。こうした記述によって，語家族同士の関係を，ゆるやかにつなぐことはできる。語家族がアルファベット順に並んでいるとしても，それは単に乱雑かつ機械的にそうなっているのではなくて，一定の関係性のもとに並んでいるのだと感じることはできる。もちろん，語家族同士の順序に，なんらかの論理や規則は存在しない。しかし少なくともその関係に何かを感じる自由は存在する。この段階で重要なのは，アルファベットの恣意性を廃棄することではなく，それに何かを追加することである。印象の記述によって語家族の順序の恣意性をやわらげること，それがイニシャルの説明の主要な機能である。

イニシャルFの説明

それでは，イニシャルの説明と語家族の関係を具体的に分析してみよう。ためしに，イニシャルFを検証する。イニシャルの説明は次のとおりである。

> Fは，BやPといった他の唇音の二つよりも語頭にくる頻度は少ないが，非

---

[25] ミションが考慮できていないのは，まさにこうしたばらつきである。彼は，イニシャルTの説明をツリーで図式化している（JM, p. 125）。Tの印象の下位に，THやTRを置くという風に。しかし，こうした図式が取り出せるのは，イニシャルTには全般的な印象が記述されているからである。その意味で，ほかのいくつかのイニシャル（B, P, G）でも，同様のツリーが描けるだろう。しかしこのような記述は，直後に子音のこないイニシャルや，単独の説明のないイニシャルでは，成立しない。それは，ミションがイニシャルSの説明を分析している箇所に端的に現れている（JM, p. 124）。

常に独特な価値をもっている。Fは単独で，強くしっかりと包み抱くことを示し，母音や二重母音の前に来る。LやRといった普通の流音とくっつくが，この文字は，Lとともに，飛翔や空間を打つ動作を表わす大半の語を形成する。その動作が，レトリックによって，光かがやく現象の領域に移されることさえある。また古典語におけるように，流れる動作をも表わす。Rを伴って，戦いや隔たりであったり，お互いにつながりのない複数の意味であったりする。[26]   (p. 984)

すでに述べたように，Fにおいても，冒頭で，Fをイニシャルにもつ単語の量と，他のイニシャルたち（唇音）をもつ単語の量とが比較されている。また，Fのあとにどういう音が来るかも指摘されている。こうした情報を踏まえるなら，Fには，厳密には単独の説明が存在しないことがわかる。「Fは単独で，強くしっかりと包み抱くことを示し，母音や二重母音の前に来る」という記述から，Fの後に母音や二重母音が来る際に，「単独」と見なされている。また，その後を読むと，Fの後には，母音や二重母音以外では，LやRがつくことが指摘されている（これらは，「包み抱く」の意味とあまり関係がない）。要するに，イニシャルFの説明は，F＋母音ないし二重母音，FL，FRの三つの印象を述べたものである。実際，一覧表の語家族や孤立語の単語も，そのような形をとっている。

この説明から，(1) F単独（強くしっかり包み抱くこと），(2) FL（飛翔や空間を打つ動作，光りかがやく現象，流れる動作），(3) FR（戦いや隔たり）の三つが取り出せる。イニシャルFに分類された単語たちは，こうした説明とどう関係しているのだろうか。以下では，語家族を中心に調査してゆく。

とりあえず，単語を個別に取り出して，(1)〜(3)に分類すると，次のようになる（「*」のついた単語は，語家族と孤立語で重複して掲載されているもの）。

(1) 強くしっかり包み抱くこと

---

26) 原文ではB, P, L, Rは小文字イタリック体だが，読みやすさを考慮して大文字のFに合わせている。

D se joint à l, souvent grâce à l'intermédiaire d'une voyelle ou d'une diphthongue, que peuvent aussi suivre parfois une autre lettre; et à r. Tire-t-il de son union avec l'une ou l'autre de ces consonnes un sens qui lui manquerait, isolé : on peut en douter; d'autant plus qu'à part l'intention très-nette d'entassement, de richesse acquise ou de stagnation que contient cette lettre (laquelle s'affine et précise parfois sa signification pour exprimer tel acte ou objet vif et net), on ne saurait y voir que rarement la contre-partie, parmi les dentales, de la labiale b.

Paddock, *petit parc à paître*; pale, *poêle*, LAT. pallium; paltry, *loqueteux, vil*; pan, *casserole*; pang, *angoisse*, LAT. pango; to patch, *repriser*; paw, *patte* (GR. πούς); pebble, *caillou*; to pen, *mettre en cage*; pert, *pétulant*; pickle, *conserve*; pig, *cochon*; pimp, *complaisant*; pin, *épingle*; to pine, *languir*; pink, *œillet, rose*; pit, *trou*, LAT. puteus; pith, *moelle*, LAT. plaga (GR. πληγή); plaid, *un plaid*; to plait, *ployer*, LAT. plico (GR. πλέκω); to plight, *engager*; to plough, *labourer*; to pluck, *éplucher*, LAT. pilus; plum, *prune*; to plunder, *piller*, et —— *butin*; poodle, *bichon*; pool, *flaque*, LAT. palus; pop et to — *coup bref et le donner*; poppy, *coquelicot*, LAT. papaver; to pour, *verser*; to prate, *divaguer*; pretty, *joli*; to prop, *soutenir*, LAT. propago; proud, *orgueilleux*, et pride, *orgueil*; to pull, *tirer*; puss, *minet*; to put, *mettre*, etc., etc.

F

to fall, *tomber*.   to foist, *interpoler*.
   offal, *issue, desserte*.

   anvil, *enclume* (où tombe le marteau).

fang, *croc, serre*.   finger, *doigt*.

far, *loin*.   to fare, *aller, se porter*.
   fern, *fougère* (envoyant sa semence au loin).

   to ferry, *passer en bac*.
   farrier, *passer*.
   wherry, *yole*.
     LAT. porro.

---

fleet, *flotte*.
     LAT. fluo.

to fly, *voler*.   to flee, *fuir*.
   to flag, *ondoyer au vent*.
   flake, *flocon*.
   to flaunt, *flatter, se pavaner*.
   to fledge, *emplumer*.
   to flinch, *déserter*.
   to flare } *scintiller*.
   to flicker }
   to flap, *battre des ailes*.
   flurry, *coup de vent*.
   to flutter, *battre des ailes*.
   to flit, *voltiger*.
     LAT. volo.
   flock, *troupeau et bande d'oiseaux*.
   flea, *puce*.
   fowl, *volaille*.
   floe, *banquise poussée par le vent*.
   to flay, *écorcher*.
   flag, *flasque et pendant*.
   lap, *giron, où le vêtement d'une personne est lâche et fait des plis*.

fresh, *frais*.   frisk, *guilleret*.
   to — *frétiller*.
   brisk, *vif et piquant*.
     LAT. frigidus.

Lettre d'une valeur très-particulière, quoique commençant moins de mots que b et p, deux des autres labiales, F indique de soi une étreinte forte et fixe, c'est devant les voyelles et les diphthongues : unie aux liquides ordinaires l et r, elle forme avec l la plupart des vocables représentant l'acte de voler ou battre l'espace, même transposé par la rhétorique dans la région des phénomènes lumineux, ainsi que l'acte de couler, comme dans les langues classiques ; avec r c'est tantôt la lutte ou l'éloignement, tantôt plusieurs sens point apparentés entre eux.

Fain, *aise*, et to — *désirer*; fair, *beau*; fan, *éventail*, allié au FR. van; to fall, *tomber*, LAT. fallo; fallow, *fauve*, LAT. pallidus; farrow, *portée de porcelets*, LAT. porcus; to fawn, *se réjouir*; fear, *crainte*; to feel, *sentir*; fellow, *compagnon*; fen, *marais*; fennel, *fenouil*, LAT. fenum; to fetch, *aller chercher*; few, *peu*; fickle et fidget, *instable*; fiddle, *violon*, LAT. fides; field, *champ*; fiend, *démon*; file, *lime*, LAT. polio; to fill, *remplir* (GR. πλέως), LAT. plere;

「一覧表」イニシャルFの部分

語家族の単語：
  fang（きば），finger
  fast（固定した），fetch*, fast（断食）
  fetter（足かせ）
孤立語の単語：
  farrow（子豚をうむ），fetch*（とってくる），finch（監獄），fist（こぶし），feather（羽毛），funnel（じょうご），fur（毛皮）

(2-1) 飛翔
  語家族の単語：
    fly, flake, fledge（羽根がはえそろった），flurry, flutter, flit（軽く飛ぶ），flock（(鳥の)むれ），flea（のみ），fowl（家禽）
  孤立語の単語：
    fling（ほうりなげる）

(2-2) 空間を打つ動作
  語家族の単語：
    flap, flag
  孤立語の単語：
    flog（むちでうつ）

(2-3) 光かがやく現象
  語家族の単語：
    flare, flicker,
  孤立語の単語：
    flint（火打石）

(2-4) 流れる動作
  語家族の単語：
    flow*, flee, floe（風による海上大流水），flood, float, flush

孤立語の単語：
   flow*（流れる），follow

(3) 戦いや隔たり
  語家族の単語：
   far
   fire
   feud, foe
   to frisk
  孤立語の単語：
   free, from, furrow

(4) 上記三つに当てはまらないもの
  語家族の単語：
   fall*, foist, offal, anvil
   fare, fern, ferry, farrier, wherry
   feed, food, father, fat, fodder, foster, foal, filly
   fight, fit
   peat
   foot*
   fore（前の），(be)fore, first, further, former, for
   foul*（くさい），filth
   fox, vixen
   flat（平ら），floor
   flax（あまいろのあま），fleece（羊毛）
   fleet（艦隊）
   flaunt（これみよがしにふるまう），flinch（見捨てる），flay（はぐ），to flag（しおれる，だらりとたれる），lap
   frech, frisk, brisk（活発な）

孤立語の単語：

fan（扇），fain（よろこんで），to fain（いやがる），to fall, fair（美しい），fallow（淡い黄褐色），fawn, fear, feel, fellow, fen（沼），fennel（ウイキョウ），few, fickle, fidget（おちつかない），fiddle, field, Fiend（悪魔），file（やすり），fill（充たす），film, fin, fir（もみのき），fond（すき），fleer, flaw（きず，ひび），flech（肉），flirt（いちゃつく），flounce, flounder（もがく），flout（ばかにする），flummery（かゆ），flunk(e)y（使用人，へつらいや），fish 魚, folk（人々），follow, foot*, foul（くさい，かぶり），four, foam（あわ），fog（霧），fold（ひだ），frame（形式），freeze（こおる），fret（じれる），friend, frog（かえる），fumble（手探りでさがす），furze（はりえにしだ），fuss（おおあわて，もめごと）

以上のように，イニシャルFの説明は，大半の単語を網羅できていないように見える。しかしそれは，単語をひとつひとつ取り出した場合である。さて，語家族は，語のグループ分けである。したがって，語家族を考慮すると，イニシャルの説明も一変する。語家族をひとつひとつつぶさに見ていくとしよう。

(1) 強くしっかり包み抱くこと

語家族の単語を見てゆこう。

単純に考えるなら，fang ／ finger ／ fast ／ fetch は，何かしっかりとつかむことに関係があるような印象を受ける。

しかしイニシャルの説明は，単語だけでなく，語家族にも対応している。fast と fetch の語家族を見てみよう。

fast, solide, fixé
[A.S. *faest* ; Ger. *fest*, allied to *fassen*, to seize.]
to fetch, aller chercher (atteindre à)
[A.S. *fetian*, to fetch; Ger. *fassen*, to seize.]
fast, jeûne
[A.S. *faestan*, to fast; Goth. *fasttan*, to keep; allied with **Fast**, firm.]

三つの単語はすべて,「つかむ」を意味する単語 fassen に由来し, つかんでとどめておくところから「断食」の意味も派生していることがわかる。こうして, 断食の fast も (1) に含まれる。

　次に, feed の語家族を見てみよう。

  to feed, nourir see under **Food**

  [A.S. *fedan*, to feed, nourish—*foda*, food.]

  food, [A.S. *foda*.]

  father, père

  [A.S. *faeder*, L. *pater*, Gr. *patêr*, Sans. *pitri*, from root *pa*, to feed.]

  fat

  [Ger. *fett*; A.S. *fett*, from *fedan*, to feed.]

  fodder（飼料）see under **Food**

  [A.S. *foder*—*foda*]

  foster（養育する）

  [A.S. *fostrian*, to nourish, *foster*, a nurse, *foster*, food. see **Food**.]

  foal（子を産む）

  [A.S. *fola*, Ger. *fohlen*; akin to Gr. *pôlos*; L. *pullus*, prob. contr. of *puellus*,
   dim. of *puer*, a boy, Sans. *putra*. a son—*push*, to nourish.]

  filly, pouliche（雌の仔馬）

  [Ice. *fyl*, colt; W. *ffilawg*, a filly, a wanton girl.] See **Foal**

　food は食べるもの, feed は食べ物を与えること, fat は食べ物を与えすぎること, fodder は動物の食べ物, foster は食べ物を与えて養うこと, そして, 食べ物を与えて養うべきものが filly で, それを生み出すことが foal で, father は生み育てる存在である。ここまでで, food, feed, fat, folder, foster, father はすべてアングロ＝サクソン語 fedan に行き着く。foal と filly は語源が近いことが示唆されているが, その他の単語とはつながりが見当たらない。この点で語家族の構成に不備があると言えるが, いちおう folder, foster などと

第六章　「一覧表」の分析 263

意味と形の両面で似ているのが確認できる。

ところで,「しっかりと包み抱くこと」を意味する l'étreinte は,「交尾」の意味もある。そこから, father, foster, foal を糸口に, 語家族全体を,(1)に分類できる。

次に, fight の語家族に目を移そう。

> **to fight**
> [A.S. *feohtan*, Ger. *fechten*: prob. conn. with L. pugnus, the fist, Gr. *pux*, with clenched fist.]
> **fit**, *accès*
> [It. *fitta*, a stab or sharp pain, from L. *figo*, to pierce: or from root of **Fight**]

fight も fit も同じ語根に由来する。そして fight では,「固く握ったこぶし」に関係するものとされ, こぶしによる戦闘が想定される。そこから解釈すると, 発作や衝動を意味する fit は, こぶしによる一撃と結びつく。こうして, この語家族も(1)に分類される。

foot の語家族も同様である。

> **foot**
> [A.S. *fot*, pl. *fet*, Ger. *Fuss*; akin to L. *pes, pedis*, Gr. *pous, podos*, Sans. *pad—pes*, to go.]
> **fetter**, chaîne (γρ. πους)
> [A.S. *fetor—fet*. feet.]

どちらも, 足を意味するアングロ゠サクソン語の fet に由来するのだが, fetter は, 足にしっかりとはめられた足かせ・足鎖である。こうして, この語家族は,(1)に分類される。

最後に, fall の語家族を見てみよう。

> **to fall**

[A.S. *feallan*; Ger. *fallen*; connected with L. *fallo*, to deceive, Gr. *sphallô*, to cause to fall, sans. *sphal*, to tremble.]

to foist, *interpoler*

[Fr. *fausser* — L. *fallo*, *falsus*, to deceive.]

offal

[**Off** and **Fall**.]

anvil, *enclume (où tombe le marteau)*

[A.S. *anfilt*, *on filt* — *on fillan*, to fall upon.]

　foist とは,「落ちる」から「変質」の意味が生じて, そこから「改竄」となる。offal は「落ちる」から派生して「捨てられたもの」を指す。anvil（金床）は, ハンマーが落ちる先である。

　CED を見るかぎり, fall と foist, offal は同じ語源である。この二語と anvil の関係ははっきりしないが, マラルメは語源記述からほぼ同じ語源だと判断したと考えられる。ここで意味の方にもう一度注目してみよう。fall は落下であり, 落ちるところから質の下落としての改竄が出てきて, さらに offal は「くず」や「ゴミ」であり, 最後に anvil は鍛冶屋金床で, 鍛冶屋のハンマーの落下地点だが, つまりハンマーをしっかりと受け止める場所なのである。そういう動きの総体として考えたとき, この語家族の全体が, (1) に分類される。

　しかし同時に, fall は, 母音をとり除くと FL である。FL には, 空間を打つ動作の意味があるので, この語家族がそこから整理された可能性がある。この意味で, 語家族 fall は, F と FL の臨界点に位置するとも考えられる。

　孤立語のほうはどうか。

　語家族と重複した fetch を除くと, fist（こぶし）のほか, 包み込む容器としての flinch（監獄）, funnel（じょうご）, さらには feather（羽毛）, fur（毛皮）が入る。そして交尾の意味から, farrow（子豚の分娩）も含まれる。ちなみに, fur は, さやの意味から来ている（[Sp. *forro*, lining; It. *fodero*, sheath, lining: Fr. *fourreau*; Goth. *födr*, a sheath: perhaps from W. *fwrw*, down.]）。そして fur は母音をはさんだ FR だと考えると, 刃物のさやは「戦い」にもつながってゆく。

第六章 「一覧表」の分析

(2)「飛翔」「空間を打つ動作」「流れる動作」「光りかがやく現象」

次に，二つめの意味を分析しよう。まずは，flow の語家族から着手する。

to flow, couler, Lat. fluo

［A.S. *flowan*, Ger. *fliessen*, akin to *fliehen*, to flee, *fliegen*, to fly, L. *fluo*, to flow, *pluo*, to rain, Gr. *phleô*, to overflow, Sans. *plu*, to swim.］

flood, inondation.

［A.S. *flowan*, Ger. *fliessen*, akin to *fliehen*, to flee, *fliegen*, to fly, L. *fluo*, to flow, *pluo*, to rain, Gr. *phleô*, to overflow, Sans. *plu*, to swim.］

to float, flotter.

［A.S. *fleotan, flohan*, to float.］

flush, afflux

［Ger. *fluss—floss*, pa. p. of *fliessen*, to flow; L. *flux-fluo*, to flow.］

fleet, flotte, Lat. fluo.

［A.S. *fliet, flotter, fleotan,* to float, freq. of *fleowan*, to float; Ger. flott—fliessen, to flow; fluit, to float.］

どの単語も FL を共有している。意味の上では，「流れる」の意味から，一挙に流れ出す「洪水」の flood，流れを「漂う」float，水の「殺到」を意味する flush，そして水の上を流れて進む「艦隊」の fleet へと，はっきりとしたつながりがある。語源的には，flush がやや遠くてドイツ語 fliessen の過去分詞から派生しているとされているが，その fliessen はアングロ＝サクソン語 flowan と関係して，ここから flow や flood が出てくる。また，float や fleet はアングロ＝サクソン語の fleotan に由来するが，これは fleowan の反復相である。このように，すべては緊密に関係している[27]。

なお，F のイニシャルの説明には，「古典語におけるように，流れる動作を

---

27) CED には明記されていないが，flewan と fleowan とは密接に関係している。例えば，次を見よ。"The change of *d* into *w* gives AS. *flowan, fleowan*, And E. *flow*" (Hensleigh Wedgwood, *A dictionary of english etymology*, London, Trübner & Co., 1862, p. 65)。

も表す」と述べられていた。これは，CED に表記されているように，ラテン語の fluo とギリシャ語の phleô に「流れる」の意味があるからである。

いずれにせよ，これらの動詞は同じくアングロ＝サクソン語の fliehen や fliegen とも密接に関係しており，英語でこれに対応するのが，次の語家族で扱う flea や fly である。

では，fly の語家族を見てみよう。

to fly, *voler.*
[A.S. *fleogan, fliogan, flion*, Ger. *fliegen*; akin to A.S. *fleotan*, to float, *fleowan*, to flow, L. *volo*, to fly, Sans. *plu*, to swim, fly.]

to flee, *fuir.*
[A.S. *fleohan*, contracted *fleon*, akin to *fleogan*, to fly; Ger. *fliehen*, akin to *fliegen*, to fly.]

to flag, *ondoyer au vent.*
[W. *llag*, slack, slow; Dutch, *flaggeren*, to be loose; akin to L. *flaccus*, drooping.]

flake, *flocon.*
[A.S. *flacea*, snow-flakes—*fleogan*, to fly ; Ger. *flocke*—*fliegen*, to fly ; conn. with L. *floccus*, a flock of wool, Scot. *flag*, a snow-flake.]

to flaunt, *flatter, se pavaner.*
[prob. from A.S. *fleogan*, contracted *fleon*, to fly.]

to fledge, *emplumer.*
[A.S. *fleogan*, Ger. *fliegen*, to fly.]

to flinch, *déserter.*
[a form of *flick* or **flicker**.]　**flicker**　See under **flare**

to flare (to flutter, to flicker), *scintiller.*
[Ger. *flackern*—*flacken*, to flutter, to flare, akin to *fliegen*, to fly.]

to flicker see under **Flare**, *scintiller.*
[A.S. *fliccerian*—*flycge*, able to fly—*fleogan*, to fly.]

to flap, *battre des ailes.*

第六章 「一覧表」の分析　　267

[from the sound, conn. with **Flabby**, **Flaccid**, **Flag**.]

flurry, *coup de vent*.

[perhaps conn. with **Flutter**, **Flit**.]

to flutter, *battre des ailes*.

[freq. of **Flit**; Ger. *flattern*, low Ger. *fluttern*.]

to flit, *voltiger*, Lat. *volo*.

[akin to Scot *flit, flyt*, to remove, Ice. *flyttia*, to transport.]

flock, *troupeau et bande d'oiseaux*.

[A.S. *floc*, a flock, a company, *flyg*, a flying —*fleogan*, to fly.]

flea see under **Flee**, *puce*.

[A.S. *flea* —*fleohan*.]

fowl, *volaille*.

[A.S. *fugel* —*flug*, flight —*fleogan*, to fly; Ger. *vogel*, allied to L. *fugio*, and *volo*, to fly.]

floe, *banquise poussée par le vent*.

[Dan. *floag* (*af üs*, of ice).] see **Flake**

to flay, *écorcher*.

[A.S. *flean*; Ice. *flaga*, to cut turfs. See **Flake**.]

flag, *flasque et pendant*.

[A.S. *fleogan*, to fly.]

lap, *giron, ou le vêtement d'une personne est lâche et fait des plis*.

[A.S. *lappa*, Ice. *lapa*, to hang loose, Ger. *lapp*, slack *lappen*, anything hanging loose; connected with **Flap**.]

lap 以外は，すべて FL の音を共有している。

では，語源はどうか。CED によれば，flit とその仲間（flutter, flurry）以外は，すべて fly と語源が近いことがわかる。

    flaunt ← fly

    fledge ← fly

flock ← fly
fowl ← fly

flea ← flee ← fly
floe / to flay ← flake ← fly
lap ← flap ← to flag / flag ← fly
flinch / flicker ← flare ← fly

flurry ← flutter ← flit ← ?

　最後に，意味はどうか。flit（ひらひら舞う），flurry（突風），flutter（羽根をばたつかせる）はすべて，fly（飛ぶ）と意味を共有している。
　fly から，それぞれ，クジャクの気どった歩き方を経由して「見せびらかす」の flaunt,「羽根をつける」の fledge, 鳥の「群れ」の flock,「家禽」の fowl が出てくる。
　fly のアングロ＝サクソン語 *fleohan* には,「飛ぶ」のほかに「逃げる」の意味があることから,「逃げる」の flee, 逃げるものとしての「ノミ」の flea が生じる。
　fly から，ひらひらと舞う「小片」の flake が出てきて，その先には，海上に浮いた「大浮氷」の floe や，何かを小片にする「皮をはぐ」flay がある。
　fly から，風の中でゆったりとばたつく動作で「風に波打つ」の flag, またその形容詞「たるんだ」の flag, さらに「羽根をばたつかせる」の flap,「だらりとたれた」の lap が派生する。ここで再び flutter と意味が重なってゆく。
　fly から，ひらひらと光が揺れる flare が生じ，そこから同種の意味の flicker が，そしてその一形態として，逡巡の中で「しり込みする」の flinch が生じる。
　さて，いま一度，FL の意味について述べた，文字 F の覚書を見てみよう。

　　この文字は，L とともに，飛翔や空間を打つ動作を表す大半の語を形成する。その動作が，レトリックによって，光かがやく現象の領域に移されることさえある。
　　　　　　　　　　　　　　　　　　　　　　　　　　　　（p. 984）

すでに見たように，fly には「飛翔」の系列語が多くあり，また flag, flap, to frisk では「空間を打つ動作」が見られる。そして，flare, flicker は，火の揺らぎを表すが，これは，翼の動きを隠喩として用いたことから生じていると考えられる。そういう隠喩を考慮して，「レトリック」と言われているのだろう。

ちなみに，語源を考慮しても，孤立語はとくに増えていない。飛翔の意味では，「ほうり投げる」の fling，空間を打つ意味では，「鞭打つ」の flog，光り輝く意味では「火打石」の flint と，そして「流れる」の意味で follow が，(2) に入るだろう。

(3) 戦いや隔たり

まずは fresh の語家族を見ておこう。

> **fresh**, *frais*.
> "*frisking* or in a state of activity and health"
> [A.S. *versc*, Dutch, *versch*, Fr. *fraische*, It. *fresco*, Ice. *friskr*, whence also Fr. *frisque*, lively.]
> **frisk**, *guilleret*,
> **to —**, *frétiller*.
> [old Fr. *frisque*, Ger. *frisch*.] See **Fresh**.
> **brisk**, *vif* et *piquant*, Lat. *frigdus*.
> [other forms are **Fresh**, **Frisk**. Fr. *brusque* — Celt. *Briosg*, *brisc* — *bruys*, haste.]

CED を見るかぎり，すべて同じ語源に由来する。意味の上でも「活きの良い」の frais と「快活な」や「飛び跳ねる」の frisk には親近性がある。CED の方では，fresh の定義からして frisk を用いて「飛び跳ねること，あるいは活動や健康の状態にあること」とされており，関係性は明白である。「飛び跳ねる」の意味から，FL の語家族たちのように「空間を打つ行為」に分類したいところだが，マラルメの挙げている FR の含意に立脚するなら，むしろこの語家族は，飛び跳ねることによって元の地点から移動するという意味で，かろう

じて隔たりの一種に分類できる。

語家族 fire を見てみよう。

> **fire**
> [A.S., Ice. and Dan. *fyr*; Ger. *feuer*; Gr. *pyr*; allied to Sans. *pûvana*, fire, *pû*, pure.]
>
> **peat**, tourbe (Gr. πυρ)
> "a vegetable substance like *turf*, found in boggy places, and used as fuel."
> [acc. to Wedgwood, from old E. *bete*, to mend a fire. Perhaps allied to Ice. *pittr*, a pool, or to Ger. pfütze, a bog.]

音の上では、唇音＋母音という以外あまり似ていない。語源的に見ると、peat は、「火に燃料をくべる」に由来する可能性が指摘されているが、fire との関係は定かではない。意味的には、「火」と、火の燃料となる「泥炭」で、かろうじてつながりが見られる。ちなみに fire には戦火の意味もあるので、ぎりぎり (3) の「戦い」に分類された可能性が高い。

次に、語家族 far を見てみよう。

> **far**, loin
> [A.S. *feor*; Dutch *ver, verre*; Ice. *fiarri*; Ger. *fern*; allied to Gr. porrô, at a distance, pro before, Sans. *pra*, before, and perhaps to A.S. *faran*, Ger. *fahren*, old E. *fare*, to go.]
>
> **to fare**, aller, se porter
> [A.S. *faran*, Ger. *fahren*, to go.]
>
> **fern**, fougère (évocant sa semence au loin).
> [A.S. *fearn*—*faran* , to go.]
>
> **to ferry**, passer en bac.
> [A.S. *ferian*, to convey, *to faran*, to go, Ger. *fähr* a ferry—*fahren*, to carry.]
>
> **farrier**, passer.
> [old Fr. *ferrier*; Fr. *ferrer*, to shoe a horse—*fer*, L. *ferrum*, iron.]

wherry, yole, Lat. porto.
[probably a corr. of **Ferry**.]

六つとも，音はFERないしFARである。語源的には，farrier[28]以外は，「行く」を意味するアングロ＝サクソン語faranに由来する。意味は，farが「遠い」で，遠くへ「行く」のがfare，遠くへ種をまくのが「シダ」のfern，「船で渡す」のがferry，渡すための「平底荷船」がwherry，そして遠方へいく交通手段の部品を作る「蹄鉄工」がfarrierである。どれも，意味的には遠くへ離れる意味でつながっている。母音があるが，FRと考えれば，(3)の「隔たり」に分類される。

また，語家族feudがある。

feud, querelle.
[A.S. *foehdh*; Ger. *fehde*: A.S. *fian*, to hate.]
foe, ennemi.
[A.S. *fah-fian*, *fiogan*, to hate]
See **Feud**, a quarell.

feudもfoeも同じ語源に由来する。音の上でもF＋母音の部分が似ている。意味的にも，feudが「反目・不和」で，foeはその対象である「敵」であるから，換喩的な関係にある。

さらに語家族foreを見よう。

fore, avant.
[A.S., radically the same as **For**.]
(**be**)**fore**, avant.

---

28) 英語のfarrierは蹄鉄工の意味で，鉄を意味するラテン語のferrumに由来するので，この語家族ではまったく異質である。toがついていないので名詞であろうが，マラルメはpasserと訳をつけているので，誤記の可能性が高い。「渡し守」を意味するferrier（ferryman）だろうか。

[A.S. *be-foran*.]

first, *premier*.
[A.S. *fyrst*; Ice. *fystr*, superl. of *fyri*, before: from root of **Fore**]
further, *en outre*.
see under **Forth**
(forth [A.S. *forth*, Dutch, *voord*, *forward*; Ger. *fort*, on, *further*, radically the same as For, Fore.])
[A.S. *furthrian*]
former, *premier* (*celui d'avant*).
[A.S. *forma*, first, superl. of *fore*, and comp. suffix, -er.]
for, *pour*.
[A.S. *for*, Ger. *für*, *vor*, *ver*, akin to L. and Gr. *pro*, Sans. *pru*, before in place or time.]

　音的にはすべてF＋母音＋Rとなっている。CEDに明示されているように，すべて同じ語源である。意味については，foreもbeforeも「前」で，一番前だからfirstは「最初」で，前にはその先という意味があるので「さらに」のfurther, 何かより「以前」の意味でformer, 何かを前にしているという「直面」の意味でforと，すべて，何らかの仕方で「前」という意味でつながっている。そして，前にあるということは，一定の隔たりを意味する。実際，この語家族にはfarの比較級のfurtherが入っており，「前」から「隔たり」への関係が示唆されている。したがって，(3)の「隔たり」に分類できる。

　孤立語はどうか。

　語源をみてもとくに数は増えない。何かから解放されているという意味で隔たりを感じさせるfree,「～から」のfrom, 一定の隔たりをもって並行した「畝」を意味するfurrowなど。戦いを意味するものは，孤立語には見当たらない。

　以上を考慮して，もう一度，イニシャルFの単語群を分類してみよう。新たに加えたものには下線をつけておく。

(1) 強くしっかり包み抱くこと

　語家族の単語：

　　fall, foist, offal, ▲anvil

　　fang（きば）, finger,

　　fast, fetch*, fast

　　feed, food, father, fat, fodder, foster, ▲foal, ▲filly

　　fight, fit

　　foot, fetter（足かせ）

　孤立語の単語：

　　farrow（子豚をうむ）, fetch*（とってくる）, finch（監獄）, fist（こぶし）, feather（羽毛）, Funnel（じょうご）, fur（毛皮）

(2-1) 飛翔

　語家族の単語：

　　fly, flake, fledge（羽根がはえそろった）, ▲flurry, ▲flutter, ▲flit（軽く飛ぶ）, flock（（鳥の）むれ）, flea（のみ）, fowl（家禽）, flaunt, flinch, flay, flag, lap

　孤立語の単語：

　　fling（ほうりなげる）

(2-2) 空間を打つ動作

　語家族の単語：flap, to flag

　孤立語の単語：flog（むちでうつ）

(2-3) 光かがやく現象

　語家族の単語：flare, flicker,

　孤立語の単語：flint（火打石）

(2-4) 流れる動作

　語家族の単語：

flow*, flee, floe（風による海上大流水）, flood, float, flush, <u>fleet</u>

孤立語の単語：flow*（流れる）, follow

(3) 戦いや隔たり

語家族の単語：

far, <u>fare</u>, fern, ferry, ▲farrier, wherry

fire, ▲peat

feud, foe

(fore), (be)fore, first, further, former, for

to frisk, <u>fresh, frisk, brisk</u>

孤立語の単語：

free, from, furrow

(4) その他（意味連関不明）

語家族の単語：

foul, filth, fox, vixen, flat, floor, flax, fleece

小 括

語家族の数で言えば，F の語家族は合計 17 個ある。そしてイニシャルの説明によって語家族をつないでいくと，13 個の語家族がつながる。つまり，イニシャルの説明は，75％以上の語家族を接続している。

これは，そんなに多くないように見えるかもしれない。しかし，説明から外れた語家族の多くは，二語からなる語家族である。

ここで，語の総数を考慮してみよう。

イニシャル F の語家族の全語彙 74 個のうち，(1) ～ (3) の分類からはずれたのは 8 個で，分類された単語の総数は 58 個，そのうち下線のついた語は 36 個である。

当初，イニシャルの説明は，せいぜい 30 個の単語，つまり半分以下しか説明していないように見えた。しかし，語家族を考慮して，説明の言葉を読み解いてゆくと，該当する単語の数は 58 個に増えた。そのうち，語源のつながり

イニシャルFと単語の関係性

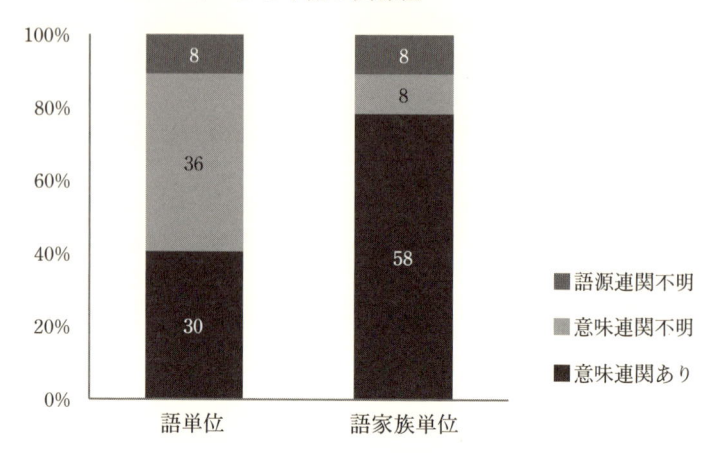

	語源連関不明
	意味連関不明
	意味連関あり

語単位: 30 / 36 / 8
語家族単位: 58 / 8 / 8

が不明な8つの単語（foal, filly, anvil, flurry, flutter, flit, peat, farrier）を除いても，78%にまで増加する。イニシャルFの説明は，語家族のうち8割近くの単語をむすびつけている。

　Fの語家族だけをとりあげた概算ではあるが，マラルメが一覧表をこのように組み立てていると考えると，イニシャルの説明は，語家族同士の恣意性を弱めて，同じイニシャルの単語を記憶の中で統合しやすくしようという試みとして取り組まれていたとひとまず理解できる。

第二節　イニシャル間の恣意性

　アルファベット順が恣意的なのは，語と語の順序に恣意性があるからにとどまらない。語をとりまとめるイニシャル同士の順序にもまた恣意性があるからである。後者の恣意性が，「イニシャル間の恣意性」である。
　一覧表でのこの問題への対処は明らかである。一覧表はイニシャル順ではあるがアルファベット順ではない。いわば音声学的順序とでもいうべきものである。「一覧表への注記」を見てみよう。

従う順序は辞典の順序とは異なる。そこに，唇音・喉音・歯音・流音・スー音・帯気音への分類を認めることができるが，これは，科学的装置の借り物ではなく，おそらくは全体的意味と文字との諸関係によるものである。この諸関係は，もし実在するなら，語の発声に際してしかじかの発声器官を特別に使用することにのみよるものである。　　　　　　　　　　(p. 969)

　本書ではすでに，イニシャル内において，「全体的意味と文字との諸関係」がどのように記述されているかを確認した。しかし，それだけではない。マラルメは，その諸関係が「しかじかの発声器官を特別に使用すること」に基づくと想定している。ここで，イニシャルの類縁性は音声学的である。したがって，この諸関係をより緊密に明示するためには，イニシャル内だけではなく，イニシャル間の諸関係も考慮に入れなければならない。こうして，イニシャルの順序に，音声学的分類が導入される。一覧表のイニシャルの順序は，アルファベット順ではなく，なんらかの音声学的順序である。このことを踏まえて，われわれは次の二点を問うことにしよう。まず，一覧表のイニシャルの順序は，実際に音声学とどのように関係しているのか（形式に関する問い）。つぎに，この順序は「全体的意味と文字との諸関係」とどのように対応しているのか（内容に関する問い）。

1　イニシャル間の形式的有縁化——音声学的序列

グリムの法則による序列

　一覧表のイニシャルの順序は，おおよそ，唇音（B, 〔…〕V, P, F），喉音（G, 〔…〕C, K, Q），スー音（S），歯音（D, T），帯気音（H），流音（L, R），鼻音（M, N）となっており，その他の箇所で予告された順序とは少しずれる[29]。

---

29)　第一に，「プログラム」で告知されたイニシャルの順序を見てみよう。
　　　　　　　　TABLE
　　Voyelles :　　A, E, I ou Y, O, U,
　　Consonnes :　B, W, V; P, F,
　　　　　　　　G, J, C, K, Q,

ひとまずそのずれは置くとして，問題が残る。音声学的分類はあくまで分類であって，順序を決定するものではない，という点である。一覧表の順序はどのような根拠にもとづくのだろうか。その一端は，「結論」の次の一節からうかがえる。マラルメはどうやら，グリムの法則を念頭においているようである。

　唇音，喉音，歯音，スー音，帯気音，流音，この分類は〈文法〉に属するが，〈一覧表〉の中で垣間見られた（アングロ＝サクソン語由来の語家族と孤立語の一覧表である）。こうした順番で配置され，子音はあるときにはb, g, dなどのようにやさしく，またあるときにはp, k, tなどのように強い。ギリシャ語とラテン語の類似に気づいたものには，古典語の子音からゴート語

　　　　　H,
　　　L, R, M, N.
　　　　[T, D, S.]

　「プログラム」の順序で目にとまるのは，歯音のグループが，唇音・喉音のグループと切り離されて括弧に入っていること，次に唇音では，有声と無声のあいだにポワン・ヴィルギュルがあること，また歯音の場合だけ無声と有声の順序が逆転していることなど。各行には音声学的に異なる要素が混入している箇所もあり，全体として，整然とならんでいるとは言いがたい。
　第二に，前頁で引用した「一覧表への注記」のイニシャルの順序を見てみよう。今度は，唇音（B,〔…〕V, P, F）・喉音（G,〔…〕C, K, Q）・歯音（D, T）・流音（L, R）・スー音（S）・帯気音（H）となる。こちらには，そもそも鼻音（M, N）がすっぽり抜けており，スー音と帯気音が最後に押しやられている。
　「プログラム」から，「注記」を介して，「一覧表」へと見てゆくと，ある事実に気づく。それは，アルファベット順が弱まってゆく過程である。「プログラム」では，子音の出だしを見ると，ほとんど非の打ち所のないアルファベット順である。
　　　B, G, H, L, T
　それに対して，「注記」では，一定の不規則さが入りこんでいる。「一覧表への注記」の記述に従ってイニシャルを取り出してみると，次のようになる。
　　　B, G, D, L, S, H
　その反面，「プログラム」ではイニシャルしか出ていないのに対して，「注記」では音の種類をあげていることから，音の種類に対して注意が払われているものと思われる。実際，唇音と喉音に，歯音が接近することで，有声と無声の区別のある音のグループがまとまって配置される。それゆえ，この三種類の音の変化法則を提示したグリムの法則が意識されていると思われる。また，プログラムと注記と一覧表とに共通して，Ｓの位置が不安定であることと，Ｈがまったく孤立していることがわかる。

の子音への変化が，弱音が強音になったり強音が弱音になったりしたものとして現れた。〔…〕第一巻で与えられたラテン語とギリシャ語の単語を用いて，第一巻のもの（そこではケースごとに三つの事例にとどめたが）よりさらに大きな一覧表を，記憶の中で作成するなら，時には意味の逸脱があり，例外も一つならずあることを覚悟しなければならない。時宜を得ずに文字が付け加えられることから混乱が生じる。しかし語頭ではほとんどつねに交替がしっかりと維持されている。例えばグリムの法則であり，ドイツの有名な文法家である，法則の発見者の名前からとられたものである。この法則によって，英語やアングロ＝サクソン語の本来の部分を，アーリア語族へと確実に結びつけることができる。 (pp. 1097–1098)

　グリムの法則は，印欧祖語からゲルマン祖語への分化過程で起きた第一次子音推移を体系化したものである。マラルメの言うとおり，これによって，「英語やアングロ＝サクソン語の本来の部分と，アーリア語族とを確実に結びつけることができる」とされている。この法則では，「有声破裂音＋帯気音」（bh, dh, gh）から「有声破裂音」（b, d, g）へ，「有声破裂音」（b, d, g）から「無声破裂音」（p, t, k）へ，「無声破裂音」（p, t, k）から「無声摩擦音（帯気音）」（f, θ, x）へと推移するとされる。

　この引用から二つのことに気づく。第一に，彼は，グリムの法則という概念について何かしら知っていたということ。第二に，「この分類は〈文法〉に属するが，〈一覧表〉の中で垣間見られた（アングロ＝サクソン語由来の語家族と孤立語のそれである）」と述べていることから，マラルメが，当該の「一覧表」を作成する際に，グリムの法則を意識していたこと。

　とはいえ，マラルメにとって重要なのは，グリムの法則そのものではなく，むしろグリムの法則が語られる際に引き合いに出される音の順序である。一方に，唇音→喉音→歯音という順序が，他方に，有声音→無声音という順序がある。前者の方は，おそらく単純に慣習的なものであるのに対して，後者の方は，この法則が無声音化を記述するものである以上，法則に内在的なものである。マラルメはここで二種類の順序を前提としている。

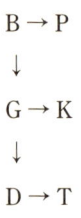

$$B \to P$$
$$\downarrow$$
$$G \to K$$
$$\downarrow$$
$$D \to T$$

これを起点として，三種類の音と有声／無声の区別によって，その他の子音字を分類してゆくと，次のような順序が導かれる。

BVPF／GCKQ／DT

ただし，ここで，イニシャルが必ずしも一つの音を表すわけではない，ということを思い起こそう。たとえば，英語においてCは喉音 /k/ だが，CH はむしろ歯音（歯茎音）/tʃ/ である。そしてこの音を有声→無声の順序に並べるなら，J→C（H）とならねばならない。さらに，J，CH が歯茎音のうちの破擦音であるなら，歯茎音のうち摩擦音が二つある（/ʒ/，/ʃ/）。ただし，英語では，これらのうちの有声音が語頭に来ることがないので，考慮に入れなければならないのは，無声音の方だけである。そしてこれを表すイニシャルが，SH である。そういうわけで，J→C（H）・S（H）（/dʒ/→/tʃ/・/ʃ/）という順序も導かれる。以上のことを考慮しつつ，唇音・喉音・歯音の分類と順序を優先して配置すると，JとSを，無声喉音グループ（CKQ）の前後に，すなわちJをCの直前に，SはQの直後に，挿入することになる。

さらに言えば，上記の歯茎音に似ていて，歯音とも遠くない別の歯茎音がある（マラルメはそれを「流音」と呼ぶ）。もっと正確に言えば，それは，有声歯茎側面接近音 /l/ と有声歯茎ふるえ音 /r/ である。無声歯茎破擦音（CH）が，無声喉音（C）と同じイニシャルを用いるのに対して，これら二つの歯茎音は，独自のイニシャルLとRを持っている。これらはイニシャルとして自律しているので，グリムの法則で用いられる三種の音（唇音，喉音，歯音）の直後に置くことができる。一覧表では，歯音・帯気音・歯茎音（流音）の並びだが，「注記」では，歯音・歯茎音（流音）・帯気音であったことを考慮するなら，マ

ラルメが，歯音とLとの関係を意識していた可能性が高い。それを加味すると，歯音（D・T）のあとに，流音（L, R）が来るのも合点がゆく[30]。こうして，最後に鼻音をおくなら[31]，WとHを除く，一覧表のすべてのイニシャルの序列が導かれる。

BVPF ／ G〔J〕CKQ ／ S ／ DT ／ **LR**（／ MN）

ただし，マラルメは，その他の音を分類するに際して，以上とは別の序列を少しだけ導入している。それが「歴史的序列」と「多数決による序列」である。順次，見てゆこう。

歴史的序列
　イニシャルの覚書をみてゆくと，マラルメは，アングロ＝サクソン語に固有の歴史的つながりも考慮していることがわかる。
　Wの覚書を見てみよう。「GやVをイニシャルにもつすべての語の系列を，ときどき規則的に翻訳し，その場合はまったく文法的なもので，活力を欠いている」と述べられている[32]。このように，W→G（→C），W→Vが，歴史的に関係づけられている[33]。こうして，W——有声両唇軟口蓋接近音——は，唇音Vの手前に置かれると同時に，唇音グループ（BWVPF）の後に喉音グループ（GCKQ）が来ることを動機づけている。

---

30) さらに，Wは，接近音だが，広義の唇音（両唇軟口蓋音）であると考えることも可能である。
31) 歯茎音（流音）L-Rと鼻音M-Nは，音声学的には類縁性が見られないが，英語のもともとの語彙においてはある特性を共有している。それは，これらのイニシャルが，子音の前には来ないということである。マラルメは，RとNについてそれぞれ次のように述べている。すなわち，Rは「このもうひとつの流音は母音や二重母音しか伴わない」(p. 1010)，Nは「LやM同様，次に子音が来ない」(p. 1013) と。
32) 実際，CEDのgimletもしくはgimbletの項目には，"Lang. *jhimbla*, akin to Dutch, *wemelen*, to twist" とある（なお，quenchの項目には，"A.S. *cwencan*〔…〕to waste away; akin to **Wane**" とある）。また，to vieの項目には，"A.S. *wigan*, *wiggan*, to carry on war" とある。
33) ただしWの語家族の中に，G (K) やVをイニシャルにもつ単語は少ない。

次に，Vの覚書に目をうつそう。「単一のUでも二重のWでもないVの音を発音するためにはそれなりの洗練が必要である。イギリス人はフランス人からこの唇音を受け取り，フランス人はラテン語から受け継いだ。ほとんどこれしか存在しない」として vave と vat が例示される。UやWとの関係が指摘される。そして，Vの発音のためには一定の洗練が必要なので，Vは，UとWの後に置かれる。いずれにせよ，マラルメは，Vから始まるアングロ＝サクソン系の単語は Vave と Vat 以外にほとんどないと考えているので，Vには，唇音としての独自の価値を与えていない。それゆえ，「この文字に関しては，それがもともとの語の語頭に来ることは非常に少ないということ以外，言うべきことはない」と述べられている。こうして，洗練の必要性と固有価値の欠如によって，Vは，WとPのあいだに，そっと差し込まれたと考えられる[34]。

B〔W〕VPF／G〔J〕CKQ／S／DT／LR

ところで，CKQ の並びは，単純にアルファベット順に見える。しかし実際はそうではない。Kの覚書を見ると，Kの「大半はCに取って代わられてしまった」とある。したがって，CとKは関係が深いのに対して，「Qは，フランス語ではUを伴うが，古くはUの代わりにWを置いていた。したがってこの喉音は，CWやKWに対応し，二重の特別な音」とされている。ここから，CK／Qという下位区分が読み取れる。ではなぜ，KCではなく，CKなのだろうか。それを考えるには，もう一つの基準を考慮しなければならない。

多数決による序列
　マラルメは，「言語のうちでもっとも重要ないくつかは数の中にある」（p. 968）と書いている。各イニシャルにおいて，その意味は，アナロジーによって結合された単語の数に依存していた。同じように，同じ音声学的グループに

---

34) 実際，CED の Vat の項目には，"L. *vas*, a vessel" とあり，ラテン語の発音からVとWの関係が強化されている。また，マラルメ自身が，"Vave, *girouette*, Lat. pannus" としており，ここからVとPも関係づけられている（ただし CED に Vave は登録されていない）。

属するイニシャルの順序は，同じイニシャルをもつ単語の量に依存している。各種の音は，基本的にそれをイニシャルにもつ語彙が多い順番に並んでいる。

　CとKの関係はこれによる。Kの「大半はCに取って代わられてしまった」ということは，無声喉音の大半はCによって表されるということである。そこからC→Kが導かれる。Qについても同様である。イニシャルQをもつ単語の数はCよりも少ない。それゆえ，Q-C-Kではなく，C-K-Qという順序になるのである。

　Bの覚書には「Bが作る語家族は数多い」とあり，実際に語家族の数も一番多い。Wの覚書には「イニシャルになることが多い」とあり，語家族の数もBについで多い。それに対して，Fの覚書には「Fは，BやPといった他の唇音よりも語頭にくる頻度は少ない」とある。ここから，多数決をとるなら，独自の価値をもたないVを除いて，B→W→P→Fの順番になる。

　さらに，L-R，M-Nの順序にも，数の観点がかかわっている。Lの覚書には，「Lは常に母音を伴って，そのままLの意味を表現する」とあるだけで数の指摘がないのに対して，Rの覚書には，「Rの後に続く語は少ないが，Lと同じく独特な発音を持つ」とされている。また，覚書によれば，Mは「他のいかなる文字にも負けず多くの語の初めに来る文字」であり，Nは「NはMほど頻出ではない」。ここから，L→R，M→Nの順序が導かれる。

　最後に，Hを見てみよう。この文字は，「プログラム」と「注記」において孤立した不安定な位置にあった。「一覧表」においてさえ，覚書からはHの順序を示す記述はない。ただし，多数決という観点をとるなら，Hの位置に一定の説明を与えることができる。覚書には明記されていないが，Hをイニシャルにもつ単語の数は，Tをイニシャルにもつ単語の数よりも少なく，かつ，Hのあとに来るそれぞれのイニシャル（L，R，M，N）よりも単語の数が多い。それゆえ，イニシャルごとの単語の数によって，イニシャルHが，イニシャルTとLのあいだに位置することが正当化される。こうして，「一覧表」のイニシャルの順序がすべて復元できる。

　　　B〔W〕VPF／G〔J〕CKQ／S／DT〔H〕／LR／MN

以上が，一覧表におけるイニシャル間の音声学的序列である。

2　イニシャル間の意味的有縁化──「全体的な意味と音との諸関係」へ

イニシャル内には，おのおのの語家族や孤立語から導かれた，イニシャルの印象がある。それが覚書に記されていた。そして，それぞれのイニシャルが，主に音声学的序列によって配置されていることも確認した。イニシャル内での，「全体的な意味と音との諸関係」はすでに検討した。それでは，イニシャル内の「全体的意味」は，イニシャル間でどのように関係しているのだろうか。従来のイニシャル分析では，それぞれのイニシャルの説明が単体で分析にかけられ，イニシャル相互の関係が注目されてこなかった。しかし，マラルメの説明を詳細に見てゆくと，彼が，イニシャル相互の関係も視野に入れて，イニシャルの説明を記述していることがわかる。

唇音（B-〔W〕-V-P-F）
　Bの覚書の中で，マラルメは「元素的な唇音に多かれ少なかれ含意された意味」を記している。イニシャルの次にLやRが来た場合についての記述を見てみよう。

> 〔…〕それは様々な意味を惹き起こすためのものだが，すべては密かにつながっていて，生産，出産，豊穣さ，幅，誇張・ふくらみ，湾曲，ほら，そして塊，沸騰・興奮，ときには善良さ，祝福（いくつかの語彙の中には，単語ひとつきりでここに並ぼうとしているものも一つならずあるのだが）。以上は，元素的な唇音に多かれ少なかれ含意された意味である。　　　　　　（p. 976）

したがって，これらの含意を考慮して，それぞれのイニシャルの意味を検討しなければならない。
　マラルメは，Pの覚書でこう書いている。

> 〔…〕この文字〔…〕が含む，積み重ね，獲得された豊かさ，停滞というはっ

きりした意図を除けば，Pに，歯音のうちで，唇音Bに相当するものを見出せるとしても，まれなことである。 (p. 982)

率直に，否定的な回答を出しているが，同時に，「積み重ね，獲得された豊かさ，停滞というはっきりした意味」は，BとPに共通していることが示唆されている。実際，Bの覚書では，「豊穣さ，幅，誇張・ふくらみ，湾曲，ほら，そして塊」が指摘されていたので，マラルメはここに親密なつながりを見いだしている。

V-Fの場合はどうか。Fの覚書には，「Fは単独で，強くしっかりと包み抱くことを意味」するとある。「包み抱くこと」は，「誇張・ふくらみ」や「獲得された豊かさ」を想起させる。それゆえ，イニシャルFは，イニシャルBやPと一定の観念を共有している。マラルメによると，Vはほとんど独自の価値を認められていないのだが，無関係というわけではない。vatは，「大樽」や「手桶」を意味する。つまり，「強くしっかりと包み抱く」という含意でつながっているのである。

W-Vはどうか。Wは，「VやGを規則的に翻訳するにとどまり，文法的なもので，活力を欠いている」とある。たしかにGとの関係は希薄であるが，しかしWには，「揺れ動くという意味がある（これは恐らく，文字の曖昧な二重化により，また浮かぶ，水，湿気や，消滅，気まぐれ，さらには弱さの意味による）」ことを考えると，明らかに，vatの大樽や手桶は水と親和性があり，vaveの「風見鶏」は，「揺れ動く」や「気まぐれ」と密接につながっている。

このように，すべての唇音は，ある程度，それらの意味によってつながっている。

喉音（G-C-K-Q）
G-Cの場合。
Gの覚書には次のようにある。「Gは，流音Lを伴うと，Lによって欲望が満たされたかのように，喜び，光などを表現する。またGLは，滑走の観念から，植物の生長や他の様態の発展の観念にも移行する。さらにRを伴うと〔…〕求めていた対象をつぶしたり挽いたりする要求を意味する」。

覚書によると，Cは「Lの付加で，締めつけたり，裂いたり，這い上がったり，といった鋭敏な動作を意味する。Rを伴うと，破裂やひび割れを意味する」。

GLとCLは，「滑走」と「這い上がる」の観念の点で，GRとCRは，「つぶしたり挽いたり」と「破裂やひび割れ」の観念の点で，類似性が見出せる。

ところで，Gの覚書には，「Gは，まず，精神が向かう地点への素朴な憧れを意味する」ともある。この意味は，覚書Kの「家庭的な善良さ」と，それほど遠くないと思われる。

一般に，イニシャルGは，力強い運動を表す。あるときには上昇し，あるときにはつぶしたり，挽いたり，と。イニシャルCは，同様に，「鋭敏な動作」を提示する。イニシャルQは，「動きの快活さや激しさ」である。この点で，三者の共通性は明らかである。

歯茎破擦音・歯茎摩擦音（J−CH−SH）

Jの覚書には，「生き生きとした直接的な行動を表現する傾向を持つ。ただしJ単独でこうした意味を持つとは言いがたい」とある。

Cの覚書には，「CHはしばしば激しい努力を含意することから厳しさの印象を与える」とあり，Sの覚書には，「SHは，はっきりと，遠くへのほとばしり，またしばしば影，恥，避難，また反対に，提示する動作を表わし，そこから単独のSとともに，見るという純然たる行為に戻る」とある。

マラルメは，JとCHとSHの系列を明示的に主題化していないが，「生き生きとした直接的な行動」，「激しい努力」，「遠くへのほとばしり」と，それぞれ類似した観念をもつ。ただし，歯茎音が示す動きは，極端に暴力的なわけではない。Cの覚書に「CHはしばしば激しい努力を含意することから厳しさの印象を与えるが，非好意的なものは何もない」とあるとおりで，何かを破壊するまでには至らない。

歯音（〔S〕−D−T）

Sの覚書には「Sは単独では，置いたり据えたり，あるいは反対に探したりという非常にはっきりした意味しか持たない」「STは，多くの言語で，安定性，率直・免除，焼き入れ，硬さ，塊を表し」とある。

Ｄの覚書には，「この音は，連続していて破裂音のない，深みのある動作，例えば潜ったり，穿ったり，水滴で落下したり，停滞や，道徳的な重さ，暗さを意味する」とある。

　またＴの覚書には，「この文字は，他の文字に比べて，停止の意味が強い」または「安定や駐留という根本的な意味は，ＳＴによって見事に表現されているが，ＴＨによる客観性の概念によってもしばしばもたらされる」とある。

　イニシャルＳは，置くことと探すことという，一見相反する二種類の意味をもつ。だが，実際には，同じことに帰する。土台を探す動きは，土台が見つかれば安定し，さもなければ，さまよい，拡散する。こうして，一方でイニシャルＤの意味「潜る」や「停滞」と，他方でイニシャルＴの意味「はっきりしないほとばしり」や「安定」とつながりうる。

流音（L–R）

　Ｌの覚書には，「この文字は，飛び跳ねるのような意味において自発性を表し，聞く，愛するの意味によってその憧れの力そのものを意味し，この力によって，パンの一かけら（loaf）と閣下（lord）のグループも作る」とある。

　Ｒの覚書には，「この文字は，上昇や，誘拐のような代償を払って達成された目的，充実である。さらに，擬音では引き裂く音になる」とある。

　Ｌには「停滞」の意味があるが，ＳやＤやＴとは異なり停止ではなく，むしろゆったりとしたよどみである。また，ＪやＣＨやＳＨが，直接的な努力や動きを表すのに対して，ＬやＲは，跳躍するにせよ，やわらかく自発的な運動であり（「飛び跳ねるのような意味において自発性」），努力や動きへの準備やその成果を現す。このやわらかさは，高みや外部へと開かれ，それを聞き取り，愛し，切望する。Ｒには，つねに飛翔の運動があり，しかし少しだけ乱暴さがともなう。「上昇や，誘拐のような代償を払って達成された目的，充実」とあるように，これは，力ずくではあるが成功することがわかっているような運動である。どちらの音も，動きの方向が上方や外部である点で，独自なものである。

鼻音（M–N）

　Ｍの覚書には，Ｍの文字は，「何かをなす能力，つまり男性的あるいは母親

的な喜びを表現する。非常に遠い過去からくる意味によれば，尺度，義務，数，出会い，融合，中間項を意味する。最後に急転して〔…〕劣等性，弱さ，怒りを表す」とある。

Nの覚書には，「NはMほど頻出ではなく，充実のしるしが刻まれている。この文字は鋭くきっぱりしていて，例えば，切るという動作」「Lと同様，単純な状態を意味し，時間や空間での近接性を表す」とある。

イニシャルMは，他の者たちの対立に決着をつけ，裁き手や尺度となるにいたる。それによって，他の者たちが出会い，融合することが可能となる。しかしこの中立性は，時に「弱さ」にもつながる。MとNは，それぞれ，「喜び」と「充実」をもち，それぞれに力づよさがある一方で，これらは，「出会い，融合，中間項」と「時間や空間での近接性」のような，類似した観念をもつ。

ふりかえってみよう。

唇音グループは，積み重ねられた豊かさから，つつみ抱くような動き，ふくらみ，湾曲，さらに揺れ動きのような意味系列をもち，それによってB，W，V，P，Fがゆるやかにつながっている。喉音グループは，G単独のように憧れを表す場合もあるが，GLやCLでは，地面すれすれのスムーズな動きを表し，GRやCRは破砕を意味したりする。歯茎破擦音・歯茎摩擦音グループは，生き生きとした直接的な動きや努力を表し，それがJとCHとSHをつなぐ。マラルメはそこに，「直接的で単純な行動」を表すHの反映を見ているのかもしれない。また，THは，つかむような動作を表すこともあるが，むしろ，DやTのような歯音グループは，停止と湧出という二極的な運動である。流音グループの場合，ゆったりとした停滞の動きから，上方にむけた憧れやその実現を表したり，さらにその帰結を導いたりする点で，LやRを結びつけている。鼻音グループのMやNは，喜びや充実，そして，近接性のような共通の観念を持つ。

このように，個々のイニシャルは，おのおのの語家族から導かれた，独自の印象を有している。しかし音は，まったくばらばらのものではない。人間の発声器官から出てくる以上，音声学的グループに分類される。マラルメによれば，それぞれのグループは，イニシャルの意味からみちびかれた，ゆるやかな共通

観念によってつながっており，それが彼の主張する「全体的な意味と音との諸関係」であると考えることができる。

第三節 「一覧表」と現代の言語科学

1 一覧表の挑戦

　マラルメの一覧表が，どのような意味で通常の辞典への挑戦となっているのか。それを，語家族の水準とイニシャルの水準に分けて確認しておきたい。
　まず，語家族の水準に着目しよう。
　一方で，アルファベット分類による同族語の分散は，語家族による語源分類を採用することによってひとまず対処される。これにより，複数言語による単純語の相乗りは，アングロ＝サクソン語のもともとの語彙に限定することで回避できる。他方で，語源分類における配列の不都合は，対象語彙を単純語に限定することで対処される。この二通りの対処によって，アルファベット分類と語源分類の双方の欠点をひとまず切り抜けている。
　その結果，一覧表は，単純語の語源分類となるが，辞書学的に見ると，これは非常に特異なものである。というのも，通常，語源分類の主要な対象は，一言語内の派生関係であり，そこでの家族とは，単純語とその派生語・合成語のつながりである。それに対して，一覧表の対象は，一言語内の単純語のみであり，しかもそこでの家族は，単純語同士の血縁関係である。だからといって，一覧表は，単純語たちに対して，アングロ＝サクソン語にもとづいた語源分類を全面的に適用するわけではない。一定の制約を設けて，意味的つながりと形態的つながりが英語内でも可視的である場合にのみ，単純語たちは家族と見なされる。形態的つながりは，語源学や文献学によって吟味されるのに対して，意味的つながりは，アナロジーによって吟味される。後者では，辞書学における関連語分類の操作を見出すことができる。
　それゆえ，一覧表の家族関係は，単純な語源学にも，語根や語基の文献学にも還元できない。語源学や文献学を踏まえた上で，各人がつながりをどこにど

の程度見出すかによって，家族関係はある程度変化する。ここに，遊戯の要素を認めることができる。マラルメ自身それに自覚的であり，生徒たちに楽しみながら英語を学ばせようとする配慮がうかがえる。「日ごろ言語学習が記憶に強いる労苦は，知性にとっての遊びとなる」(p. 1793)という『英単語』の紹介文は，この意味でまじめに受け取られなければならない。

　次に，イニシャルの水準に着目しよう。

　語家族の形成は，単純語同士の順序に，一定の必然性を与える。しかし，それでも問題の解決にはならない。というのも，語家族同士の，つまり基準語同士の順序に（アルファベット順序の）恣意性が残ってしまうからである。マラルメはこれに対して，イニシャルの意味づけによって対処する。つまり，語家族たちが与える全体的な印象を記述する。そうやって語家族の順序の恣意性を，主観的な印象によってまとめあげる。マラルメ自身，「いまだ科学に属していない」(p. 968)と認めている以上，これを非科学的だといって批判するまでもない。ただし彼は，イニシャルに固有の意味がいつか科学的に実証されるだろうと考えている。

　マラルメの振る舞いの興味深いところは，こうした信念を信念に終わらせずに，徹底して一覧表に反映させている点にある。もしイニシャルに，語頭音に固有の意味があるとするなら，イニシャルをアルファベット順序で配列するのではなく，音声学的に配列する必要がある。こうしてマラルメは，例えばグリムの法則を参考にして，唇音・喉音・歯音を有声から無声の順に並べたり，そこに有声と無声の歯茎音を挿入したり，流音ごと，鼻音ごとに配置したり，と工夫をこらしている。この試みは興味深い帰結をもたらす。というのも，一覧表は，アルファベットによる分類であるにもかかわらず，アルファベット順序ではないからである。ここに，アルファベットの恣意性に対するマラルメの徹底した抵抗と同時に，辞書学の歴史における一覧表の特異な地位を見てとることができよう。

　とはいえ，一覧表は，教育法と言語学的事実とを支えにした特殊な条件下の産物であることも見逃してはならない。一方で一覧表は，教育の現場で利用されるような，暗記帳の類である。そういう意図の下では，時に，正確さよりも

実用性——覚えやすさ，気楽さ——が優先される。それが，語家族の「遊び」[35]であり，イニシャルの覚書の「おしゃべり」や「高尚な気晴らし」[36]である。しかし他方で，一覧表の遊戯性は，実用性に還元できるものではない。マラルメはつねに，それを言語学的事実に結びつけているからである。イニシャルの覚書は，「おしゃべり」や「高尚な気晴らし」であると同時に，「観察によってもたらされ，科学のなにかしらの努力に有用」な試みであるし，語家族の「遊び」は，「言語の確実で神秘的な意図」を捉えようという配慮に基づく。

　マラルメにおいて，遊戯的な英語教育法とまじめな言語学事実とが同居していることは，なんら驚くにあたらない。一覧表が捉えようとしているものは，言い換えるならば，「（英語を書く者にとっては平凡な）しかじかの秘密」である。それは，いまだ十分に科学の観察の対象となっていないが，これからそうなりうるものである。マラルメが，「見事な作家たちがこの件について投げかける淡い光」を尊重し，「遊び」や「おしゃべり」も含めて観察対象としているのはそのためであると考えられる。

2　一覧表の難点

　諸般の事情を考慮しても，一覧表には，多くの問題点があるのは確かである。そもそも，マラルメには言語学の専門知識が乏しく，単語の誤記・誤訳から，語源の不正確さまで，基本的な誤りが多い。くわえて，著者の個人的な準備不足も目立つ。同じ語が複数の語家族に出現することがしばしばあり，イニシャルの順序も，プログラムと本論と一覧表で大きな食い違いを見せている。覚書

---

[35]　「複雑かつ単純なこの作業のようなことを成功させるには，妥当な範囲で，いくらかの遊びというものが必要である。厳密すぎると，言語の諸法則よりもむしろ，言語の確実で神秘的な意図を侵害してしまうことになるからである」（p. 966）。
[36]　「目を通さねばならない者にとっては単調なリストをおしゃべりによって中断するために，と同様に，各系列に含まれて与えられた語集合の二つを結びつけるために，時にはここで，一つならぬ語の意味を，基調となる子音によって説明する試みが現れるようにしていただきたい。これは，観察によってもたらされ，科学のなにかしらの努力に有用だが，いまだ科学に属していない覚書の寄せ集めである。文体の美で今しがた高尚な気晴らしが得られたからには，私たちのつつましい調査に戻っていただきたい」（p. 968）。

に含まれた情報も，イニシャルごとに大きく偏っているがゆえに，イニシャル同士の関係づけが貧弱である。

こうした実際上の欠陥に目をつぶるとしても，原理的な欠陥がいくつも存在する。例えば，イニシャルの意味づけは，語家族同士を関係づけるにせよ，語家族同士の順序にまつわる恣意性を少しも取り去ってはくれないし，意味づけの際に列挙される意味の順序に恣意性が介在するのを防ぐこともできない。同じような問題は，イニシャルの音声学的分類にも当てはまる。イニシャルを同種の音でグループ分けしても，グループ同士の順序には恣意性が入りこんでしまう。先送りにされた問題を根本的に解決する手段は提起されていない。また，イニシャルをアルファベットで表記しながら，それを音声学的に分類すること自体に無理がある。これでは，音声的分類による辞典の挫折の歴史を反復することにしかならない。

そのうえ，実用性も乏しい。ボワシエールは，辞典には二種類のものがあると言っていたが，一覧表は，意味を探すにも言葉そのものを探すにも，あまりに不便である。かろうじて，暗記のための単語帳としては一定の役に立つ。ところどころにアナロジーが挿入されているからである。しかし，アナロジーは，物事を結びつけるにとどまらず，結びつけすぎるもの，混同させるものでもある。単語は，意味や形の点で似ていればそれだけまぎらわしく，記憶のコストが増えてしまう。こうした「アナロジーの魔」を祓う手立ても，『英単語』には記されていない。以上の点で，辞書学的に，まったく不完全と言わざるをえない。

3　一覧表の歴史的位置づけ

しかし，一覧表をその欠点も含めて，辞書学の伝統の中に位置づけることは可能である。

さしあたり，ジャン・プリュヴォーによる辞書学の歩みの時代区分を参照しよう[37]。それによると，17世紀は，一言語辞典誕生の時代，17世紀末から18

---

37) PRUVOST (Jean), *Les Dictionnaires de la langue française*, Paris, PUF, 2002, pp. 58–60.

世紀は，歴史辞典や百科事典の編纂のほかに，学習辞典や専門用語辞典についての考察がなされた時代であった。18世紀末から19世紀前半は，特殊辞書学の時代であり，意味的分類と形式的分類の区別が議論の対象となり，類義語辞典のほかに，関連語辞典やシソーラスが刊行された。言語科学が発達して，言語の専門的研究が進んだことが背景にある。そして，19世紀後半は，文献学的辞書学の時代である。共時的辞典と通時的辞典が刊行されてゆく。前者の代表は『グラン・ラルース』であり，後者の代表は，リトレの『フランス語辞典』(1863年)やアカデミー・フランセーズの『フランス語歴史辞典』の構想に見られる。この時代になると，文献学によって文法の研究だけでなく，語彙の研究も進み，語源学が科学的な体裁をとっていった。そうした成果を反映したのが文献学的辞書学である。一覧表もまた，アングロ＝サクソン語に立ち戻って英語の単純語を解きほぐそうとする点で，文献学的辞書学の申し子である。そのことは，『英単語』が，文献学と名乗りながら同時に辞書学を名乗っていることからも明らかである。

そして，それ以上に重要なのは，一覧表の学習辞典としての機能である。学習辞典には，子供がとっつきやすいように，気楽さや娯楽性を取り入れたものがある。すでにマラルメは『最新流行』のなかで，オギュスト・ブラシェによる「優雅で実用的な」文法書や，「子供にとって読み物となるような」『フランス詩人撰』，子供が歌えるような『リズムと脚韻』，図版で記憶を助ける三ヶ国語の『図解辞典』を紹介していた。ここに，アナロジーの「遊び」と「高尚な気晴らし」をまじえた『英単語』を並べてもよいだろう。20世紀になると，ランドウの指摘にあるように，さらに大衆的で商業的な辞典の類——未就学児童向けの，絵が飛び出す辞典など——が登場する。もちろん，学習辞典の機能はそれに尽きるわけではない。「語彙制限」もまた，その重要な要素である。一覧表は，英語を学習する上で，もっとも基本的な語彙を提示したものである。文献学の時代のマラルメは，単純語の中にそれを見出した。20世紀になると，基本語彙を抽出する方法も洗練されてゆく。英国の教育心理学者エドワード・ソーンダイクは，1921年に『教師の単語帳』[38]を刊行し，多岐にわたるコーパ

---

38) THORNDIKE (Edward L.), *The Teacher's Word Book*, New York City, Teachers College,

スから，5000個の基本語彙を抽出する。それを基に，1930年代から40年代にかけて，対象年齢に応じた『センチュリー辞典』を編纂する。

　20世紀のフランス辞書学の動向は，プリュヴォーが紹介しているベルナール・ケマダの時代区分が参考になる[39]。ケマダは，第1期（50年～65年）を，辞書学と語彙論の相補関係の時代，第2期（65年～80年）を，辞書学（lexicographie）と辞典編纂学（dictionnairique）が専門分化した時代，第3期（80年～95年）を，語彙と辞典の情報科学化の時代と捉えている。実際，1950年代には，語彙論の成果を受けて，フランスで『基本辞典』[40]が刊行される。これは，ジョルジュ・グーゲネムが，テープレコーダーで採取した会話から基本フランス語（1500～3200個）を抽出し，それを段階別に提示したものである。『英単語』における英語の学習が，およそ2500個の単純語から始まるというのは興味深い。また一覧表のように，語彙を，語根・語基・接辞や，単純語・派生語・合成語に分けるという発想も辞典に活用できる。例えば，1982年の『ロベール・メトディック』[41]は，語彙を要素に分解して，1730個の要素から，34290個の語彙を導き出している。辞典編纂の方法そのものの精緻化をうかがい知ることができる。そのうえ，フランスでは80年代以降，辞典の媒体の電子化が進む。90年代になると，名だたる出版社の辞典のCD-ROM版やDVD-ROM版が登場する。また，ケマダの第3期に，プリュヴォーが新たに付けくわえた第4期（95-）には，TLFをはじめ，インターネットでアクセスできる辞典が誕生する。こうして，現在では，辞典のマルチメディア化（視聴覚の統合）や辞典の内的かつ相互的なネットワーク化が進んでいる。この動向は，意外なメリットをもたらす。プリュヴォーは次のように述べている。

　　情報科学的な媒体のおかげで，ついに，辞典が，〔再び〕見出されたアナロジーの時代に身を落ち着けることが可能となっていることもまた，覚えておられよう。たしかに，関連語辞典〔dictionnaires analogiques〕は，少し前に，

　　Columbia University, 1921.
39) PRUVOST, *op. cit*., pp. 79–90.
40) GOUGENHEIM (G.), *Dictionnaire fondamental*, Paris, Didier, 1958.
41) ROBERT (P.) & REY-DEBOVE (Josette), *Robert méthodique*, Paris, Robert, 1982.

ボワシエールのそれ（1862年）にせよ，ロベール刊行のD.ドゥラスのそれ（1971年）にせよ，優れたものがあった時でさえ，限られた成功しかおさめなかった。実際には，語たちが，そこで概念ごとに集められていたとしても，それらの定義は，スペースがないために大幅に短縮されたり削除されたりしていたのである。情報科学は，ひとつのまとまりから，意味論的に結びつけられた別のまとまりへと航行するのを容易にしてくれるので，イラストを時には用いたアナロジー——画像による定義への通路をもった船体の諸部分——を再び活性化させている。[42]

ボワシエールやドゥラスだけではない。マラルメもまた，辞典の有縁化の手段として，アナロジーを一覧表に取り入れていた。そうした試みは，辞書学という分野では，20世紀末になってようやく技術的にうまく実現できるようになってきている。これは，電子媒体が，紙媒体のようなスペースの制約をあまり受けずに済むところによる。そして，この電子媒体の特性のおかげで，辞典は，イニシャルをアルファベット順序で並べる必要性からも解放されつつある。なるほど，単語を検索する際に，見出しの項目がアルファベット順序であることはのぞましい。だが，イニシャルごとにまとまった単語のグループを，イニシャルのアルファベット順序で配置するかどうかは，紙媒体のスペースの問題によるところが大きい。電子媒体のスペースの広大さは，アルファベット順序とアルファベット分類との区別——マラルメが別の理由からおこなった区別——の実現を技術的に可能にしている。

4　心内辞典

しかしながら，そもそも，マラルメの目的は辞書学的なものだったのだろうか。たしかに一覧表は一種の辞典であり，アルファベット分類に対する挑戦である。しかし，彼の目標は，理想的な辞典を編纂することではなかった。むしろそれは，辞典のような装置を使って，われわれの精神に一定の効果をもたら

---

42)　PRUVOST, *op. cit*., pp. 89–90.

すことであった。『英単語』の「序論」ではこう述べられている。「白紙ページの数々に語彙集を表象する——と推測される——われわれの精神にとって、それぞれの語たちの過去の成り立ちについて一つの新たな表象を与える器用な手つきに知恵をつけられて、語たちが、お互いに溶け合ったり争ったり、退け合ったり惹きつけ合ったりして、かつての有様のように立ち現れようものなら、それは魔術さながらであろう」(p. 948)。語の成り立ちの表象を介して、白紙のページの上に、われわれの心のなかで「語彙集〔vocabulaire〕」ないし「小辞典〔lexique〕」を完成させることが目指されている。この辞典を所有したとき、われわれは、「諸々の語が今日作り上げている言語そのものと一体になる」。そして「おぼろげな記憶」は「本当の〈記憶〉」になる[43]。要するに、実在の一覧表は、心の中の辞典を構築するための手段である。この辞典は、言語を記憶して、自在に語彙を引き出せるような、そうした精神の状態ないし活動の比喩と考えられる。

　マラルメが言語教育について思考をめぐらすなかで着想した心の中の辞典は、今日では、認知心理学の研究対象である。現代的な意味での「心内辞典」(mental lexicon / mental dictionary) とは、「人間の言語活動を情報処理活動の一環と見なした際にその言語処理情報活動を通じて、脳内に蓄積・表現されている語彙情報の集合体」[44]である。心内辞典の研究はもともと連合・連想と記憶の研究に由来する。その歴史は、古くはアリストテレスにさかのぼると言われている。やがてイギリス経験論において連合主義として再評価され、19世紀末には連想・連合の臨床的研究が開始され、20世紀前半の行動主義心理学の下でさらに研究が進む。20世紀後半になると、連想研究は、認知心理学に引き継がれる。心内辞典は、心理学で考案された仮説的構成概念の一種であり、その研究の主たる対象は、人間の言語処理の過程で、いかにして語彙情報への

---

[43] 「結論」では、「第一巻よりさらに大きな一覧表を記憶の中で起草する」(p. 1098) 場合についても論じている。
[44] 『単語と辞書』岩波書店、2004年、153頁。以下、心内辞典についての記述はこの著作に負うところが大きい。英語の文献としては次を参照。AITCHISON (J.), *Words in the mind: an introduction to the mental lexicon.* Oxford, B. Blackwell, 1987. なお、本書の第三版の邦訳はエイチソン (J.)『心のなかの言葉——心内辞書への招待』培風館、2010年。

接近と検索がおこなわれているかに存する[45]。

　マラルメは，心内辞典を，無数の白紙のページの上に語彙を並べるような姿でイメージしたが，現代の心内辞典は，必ずしも辞典の比喩におさまりきるものではない。通常，辞典は，単語の集合体としての語彙として表象されるが，語彙情報への接近と検索を考えるには，心内辞典の多層水準性や分散表現性などを考慮に入れなければならない。例えば，単語の表象が，単語一語という単位に限定されず，単語間で使用頻度の高い文字列にも依拠する，といった具合に（このことは，心内辞典が，使用頻度の高い文字列からなる「非単語」（実在しない単語）を含んでいる可能性があることを示唆している――ここにもまた「アナロジーの魔」がひそんでいる）。また心内辞典は静態的なものではない。個人は，何らかの言語環境の影響を受けつつ，みずからの心内辞典に絶え間ない修正と調整を加え続けている。その意味で，心内辞典のモデルは，語彙情報の構築過程を規定する時間要因を変数として組み込んで構築されなければならない。

　現在のところ，アルファベット文字や表音文字など，異なる表記形態ごとに固有のモデルが提案されている。これはまだ通過点であり，最終的には，表記形態を超えた，より一般的なモデルの構築が目指されている。また既存の研究は，心内辞典への接近形態に関するものが多く，心内辞典の表象形態についての実験的研究は，十分におこなわれていない。しかし，情報の獲得と，獲得された情報の検索とが相互依存的であるように，情報への接近形式は接近され検索されるべき情報の表現形式とは決して無縁ではありえない。その意味でも，今後，心内辞典のモデルは，接近形態のみならず，表現形態を解明するものとして構築されてゆくはずである。以上のように，マラルメも一度は着想した「心の中の辞典」は，古代にまで遡ることができると同時に，現在の認知心理学の研究対象でもあるが，その全貌はいまだ明らかではない。

---

45) 心内辞典の代表的なモデルは，K. I. Forster の探索モデル（search model），J. Morton のロゴジェン・モデル（logogen model），J. L. McClelland と D. E. Rumelhart の相互活性化モデル（interactive activation model），C. A. Becker の照会モデル（verification model），W. D. Marslen-Wilson のコホート・モデル（cohort model）がある。

5　知的記憶術

最後に、辞書学の議論と心内辞典の議論が交わる地点について考察しておきたい。それは「記憶術」である。マラルメは、『英単語』のなかで一覧表のことを「知的記憶術」(p. 969) と呼んでいた。記憶術に触れた箇所は他にもあるが (p. 1061)、こうした側面をどう位置づければよいのだろうか。

まずは記憶術の歴史をひもといてみよう。

メアリー・カラザースは、記憶術は、思想史には還元できない固有の実践と考える[46]。それは、新プラトン学派やアリストテレス学派といった各学派のような思想的な系譜に振り分けることはできない。また修辞学史では、記憶は論述と並ぶ技術的な要素のひとつに還元されるが、彼女によれば、記憶術は「読書や瞑想の実践的技術として中世の教育の根底をなすもの」(p. 30) である。その基本原理は「材料を短く切り、きちんと並べ、連想のネットワークを意識的に与える」(p. 31) というものである。中世において記憶力の鍛錬のために教えられてきた初歩的スキームには、図書館や修道院など、具体的な場所を用いるもの、数字を用いるもの、アルファベット（もしくは独自の記号）を用いるものがある（アルファベット式は、例えばアリストテレスが『記憶と想起』のなかで言及している）。

記憶術について書いている中世人たちによれば、記憶は学問の基礎である。当時、アルファベットを覚えることは、無限に豊饒な記憶コードを覚えることだったからである。

アルファベットに関しては、それが記憶術に用いられる以前に、そもそもその存在自体が記憶術的なものとして教えられてきた。『パイドロス』のプラトンを引き継いで、セビリャのイシドルスは、文字の効用を記憶術の観点から定義している。文字が創り出されたのは「物事を記憶するためだった。どこかへ飛んでいってしまわないように文字の中に閉じ込めたのである。われわれの目や耳にはあまりにもいろいろなことが入ってくるので、ただ聞いただけではす

---

[46]　メアリー・カラザース『記憶術と書物』別宮貞徳監訳、工作舎、1997年。以下、本節ではページ数のみを表記する。

べてを理解することがむずかしくまたすべてを記憶のなかに収めることは不可能である」(p. 187)。

そういうわけで、古代の学校ではまず文字を覚えることから始まった。アルファベット順の丸覚えにならないようにばらばらにして練習して、記憶の定着をはかる。文字を覚えたら次は音節を、音節を覚えたら次は単語を、単語を覚えたら次はその組み合わせ方を、と続いてゆく。そしてコロン、コンマ、ピリオドも記憶のためのものである。それは意味単位と息継ぎの区分の表示であり、また覚えられるような短い単位に区切るものでもある。コロンは、構文上は独立ではないが、韻律上は完結した単位を指していた。散文を句切るのに韻律を導入するのも記憶上の効果があるからである。文字によって、口頭言語を音楽のように記号化している。中世音楽のソルミーゼションもこうした営みと関係している。言語において意味単位と音楽を分節するこうしたアルファベットによる記号体系を、マラルメなら「表記法＝記譜法」(façon de noter) と呼ぶかもしれない（これについては第八章で再び取り上げる）。

ともあれ、ここに見られるような階層化されたグリッドをもつファイリング・システムが、カラザースのいう記憶術の初歩的なスキームそのものである。

アルファベット順の用語索引も、今日では辞典や事典の付随した機能であるが、もともとは記憶術だった。書物に簡単にアクセスできない中世では、書物の内容の記憶も重要な作業である。アルファベットのインデックスはそうした記憶術にかかわる。例えば、法律関係では、不在（absentia）、外国資産（alienatione）、食料（alimentis）、抗議（appellationibus）について、すでに学んださまざまなテクストの内容をいつでも引き出して口頭で語れるよう、グリッドを作って記憶する (p. 191)。索引とはこのような心の中の場所(ロキ)を指し示すものであった。それが書物に適用されて、書物の機能に特化すると同時に、書物の普及のおかげで記憶術自体が衰退していった。今日、いやすでに近代の初期から、書物には膨大な単語がアルファベット順に並んでおり、もはやそれは、個人が記憶するものではなく、知りたい項目にアクセスするためのものになっていった。索引の役割が変わったのである。このとき、本来は記憶のよすがであったアルファベットは、恣意的なものに見えてしまう。オングのように、ここに声の文化から文字の文化への移行を読み取って、「アルファベット順の索引は、

実際のところ，聴覚的な文化と視覚的な文化との交点である」[47]と考えることも可能である。

その意味では，アカデミーの辞典の初版が，完全なアルファベット順ではなく語根順であったことは示唆的である。中世から続くこうした分類方法に，ケマダは，体系性と利便性の欠如しか見出していなかったが，そこには記憶術に彩られた伝統の名残りがある。純粋なアルファベット順よりも語根単位の方が記憶には適しているからである。

活版印刷が普及して以降，記憶術は教育プログラムからは放逐されていった。修辞学の授業でも，ある時期から記憶の技術を教えなくなっていった。しかしそれでも言語を習得する局面では，記憶する作業は重要であり，そのためのさまざまな技術が開発されてきた。

> マルーがいっているように，「読み書きは暗唱と密接に結びついている。子どもは短いテクストをそらで覚え，それを教材として自己を形成するとともに，記憶を豊かにする。」人格の形成と記憶の貯蔵——このふたつは古代から中世を通じて，教育，哲学に共通する目標だった。　　　　　　(p. 188)

この言葉は，古代や中世の教育だけでなく，本書で見てきた近代の古典語人文学にも受け継がれている。カラザースは中世における記憶術と書物の関係を論じているが，その続編が書かれるとすれば，グラドゥス（詩作辞典）の問題も当然，入ってくるだろう。第二章で述べたように，コレージュの人文学級では，詩作をしながら語彙や表現を増やしていったのである。そのとき，既存のグラドゥスを参照しながら，最終的には自分の心の中に作るのがよいとされ，また記憶とは心のなかにグラドゥスを所有することだと考えられていたのである。

こうしたことを踏まえて，一覧表に戻ろう。

一覧表では，アルファベットのインデックス性が回帰している。一方で，書

---

47) ウォルター・J. オング『声の文化と文字の文化』林正寛・糟谷啓介・桜井直文訳, 藤原書店, 1991年, 257頁。

物に蓄積されて語彙が膨大なもの，もはや記憶しきれないものになっている。それゆえに，当初は記憶のためのインデックスであったアルファベット索引そのものが無秩序に見える状況に陥っている。しかしその対抗手段としてマラルメが提起するのもやはり，アルファベットのインデックスである。ここでも，先に音が想定され，それを示すのが文字である。しかしその文字は，単に発音を示すだけでなく，個々の単語の過去の痕跡をとどめている。単語の綴りは，言語の歴史を音の観点から映し出す手がかりでもある。こうして人間が記憶のために用いる秩序だったインデックスとしてのアルファベットが，いったん言語の歴史という"非人称"な水準に差し戻された上で，再び秩序立てられて，人間の記憶のために用いられている[48]。

　一般に，アルファベット順の辞典は，それが順序に従って単語を配列している以上，基本的には，前と後の関係で成り立っている。平面を使っていても，単語の配列は，単線的である。一定の閾値を超えると覚えづらくなるのは，こうした原理の単純さにも起因している。それに対して一覧表は，辞典という体裁をとりながら，単線的な貯蔵庫モデルになっていない。一覧表は，平面的であり，左側に基準語，右側に関連語を置くという形で横に広がると同時に，関連語同士の関係性によって下にも広がっている。ここでは，書物というメディアの平面的な特性が大いに活用されている。

　そして一覧表が"読む辞典"というより"書く辞典"だという点も重要である。語源を調べ，それと単語の形態を見比べて，家族関係を平面的に配置しながら覚えてゆく。マラルメにとって重要なのはこうした発見と記憶の"過程"であって，出来上がった一覧法という"結果"は，記憶のよすが以上の存在ではない。したがってそれが，作成者以外の人にとって辞典の役割を果たすかどうかは二次的な問題である。『英単語』の目的は，自分用の辞典を作って言語史を追体験することなのである。

---

48)　ジュネットは「一覧表」のなかに，有縁性の失われた言語のなかで有縁性を再構築する身振りをマラルメに見出して，「第二次クラテュロス主義」と呼んだが，それにあやかるなら，マラルメの身振りは，アルファベットの記憶術的な要素が失われた辞典のなかで記憶術的な性格を再構築する「第二次インデックス化」でも言うべきものである。Cf. GENETTE (Gérard), p. 40.

第七章

近代語と公共性

　前章まで論じてきたように，一方で，『英単語』の辞書学とは，心の辞書学のようにイメージされていた当時の言語学習の方法に則ったものであったが，他方で，辞書学の原理そのものは，当時の言語科学の成果を元にして抜本的な変化が加えられていた。それは，古典文学という人間的な原理よりも，言語の歴史という非人称的な原理にもとづいた「知的記憶術」である。ただし『英単語』が近代語人文学の試みであるなら，それは単に従来の学習方法を近代化しているのみならず，古典語ではなく近代語を用いているという事実もまた重要である。

　そこで第一節では，一覧表にかぎらず，『英単語』のなかで，英語やフランス語のような近代語がどのように位置づけられているのか，その点を論じなければならない。ベルトラン・マルシャルが『英単語』から引き出した「反省」の主題はその恰好の切り口となるだろう。次に，第二節では，『英単語』での近代語の位置づけを踏まえたとき，マラルメの辞書学のなかで，言語の歴史と人間の関係はどのようなものとして描き出されているのかを見ておきたい。そして，近代語が現代のわれわれの活動の手段であり一部である以上，言語が示す公共性のあり方も，古典語とは異なった様相を呈してくるはずである。第三節では，その点に触れながら，90年代のマラルメの詩学を再確認してゆこう。

第一節　言語の自己反省

1　マルシャルによる辞書学

　ミションは辞典をはっきりと主題化していないのだが，ミションによる一覧表の分析を語るにあたって，『マラルメの宗教』（1988 年）の著者であるベルトラン・マルシャルは，『英単語』の序文から，英単語の暗記を辞書学者の作業になぞらえたマラルメの一節を引用したあと，次のように註釈している。

> 辞典を作り直すことは〔…〕語源学によってアルファベットの原初的な有縁性を，そのうわべ上の恣意性の奥に見つけ出し，アルファベット分類の十全な権利を裏付けることである。文献学的詩人が提起する英単語の分類は，実際，イニシャルのまったく独自の重要性の認識に依拠している。(BM, p.458)

　辞典の作り直しは，あきらかに序論を踏まえた内容だが，そこからすぐにイニシャルの議論に移行しているのは，そのあとで分析がなされる一覧表を念頭に置いているからである。このようにマルシャルは，明らかに，一覧表をある種の辞典と見なして，辞典の作り直しの主題を扱っている。ここに，一覧表の辞書学的研究の端緒がある。

　ただし「語源学」や「文献学」という言葉が強調されているものの，マルシャルの解釈は，ミションの解釈と基本的には同じである。マラルメの試みは，純然たる言語学でも，純然たる文学でもないと判断した上で，ミションのいう「第三の道」と同様，マルシャルの「オルタナティヴ」(BM, p. 462) は，『英単語』を，言語そのものの詩的機能に関する分析と位置づける。つまりマルシャルもまた，科学的語源と民間的語源，歴史と象徴のあいだで優先順位をつけることに終始し，両立可能性を突き詰めることがない。「マラルメが関心を示すのは〔…〕言語の記号的次元，単なる表象としてのその機能よりもむしろ言語の象徴的次元である」(*ibid.*)。記号と象徴の対比に依拠したミションの記号論的な分析をそのまま引き受けた上で，さらにマルシャルは「人間学的次元」を

挿入する。「人間の想像物(イマジネール)は，そこにおいて言語がアナロジーのたわむれによって全面的に有縁化されたものとなるそういう場所であるが，そうである以上，象徴的機能は，言語においてこの想像物(イマジネール)——それによって単語たちと事物たちとの一致もしくは融合が実現される——の優位を明示している」(ibid.)。

それゆえマルシャルは，一覧表の語家族の大部分がチェンバースの『語源英語辞典』に想を得たものであると認めながらも，やはりそこでは「アナロジーのたわむれ」が優勢だと考える。ミションと同様，マルシャルもまた語家族の内部の関係と，語家族相互の関係の区別を考慮することはない。すべては，イニシャルと単語たちとのイマジネールな関係の議論へと収斂する。マラルメ自身が『英単語』で言及しているように，このイマジネールな関係は，語頭に同じ子音をもつ単語を配置する韻文詩の技法である「頭韻」にかかわる。マルシャルは，後年の「音楽と文芸」の表現を用いて次のように述べている。「一言語の語彙をイニシャルの特権的記号の下に分類することは，言語の特質，さらに広く言えば人間精神の特質(ジェニー)のあらゆる楽譜の「頭韻のキー」を見出そうと試みることなのである」(ibid., p. 465)。これがマルシャルの「人間学的観点」である。注目すべきは，この観点が，一覧表を中心とする『英単語』を，実に広い射程のなかに置き直している点である。

(1) マラルメがイニシャル G について，god と go を踏まえて「精神が向かう一点への単純な憧れ」と意味づけることにマラルメ的な「神性」の定式を見てとることで，ミション以上に，文献学と神話学（さらには宗教）をはっきりとつなげる道筋を見出している。

(2) 一覧表では，イニシャルの文字と音によって単語たちが関係づけられていることから，そこには「頭韻」があり，マラルメがいう「リズム」があると解釈することが可能である。そうすると，「詩句はリズムのある言語のいたるところにあります。〔…〕本当のところ，散文など存在しません。アルファベットがあり，ついで，多かれ少なかれぎっしり詰まった状態か，多かれ少なかれ拡散した状態の詩句があるのです」(p. 698) という後年の議論にスムーズにつながることがわかる。

(3) マラルメがチョーサーに言及して，キングズ・イングリッシュの創設者

と位置づけるような書き方をしていることをあらためて強調することによって，言語そのものを「潜在的な詩」と捉える一方で，詩の成立を，民衆の無意識な言語彫琢から詩人の意識的な完遂行為への移行によって潜在的な詩が顕在化する局面と捉え，詩を言語に対する反省の契機として位置づける。

(4) (3)によって，マラルメにおける自己反省の主題をくみ取ると同時に，詩人と群衆の双方が共有する「文芸の中にある神秘」，マルシャルがマラルメに見出すある種の"無意識"の主題を認めている。

(5) 『英単語』でのマラルメのイニシャルへの関心が，やがて後年に語られる「文字の神学」やアルファベットの二十四文字（レットル）への敬虔さという主題に結びついてゆき，それが例えば「音楽と文芸（レットル）」では文学論に直結してゆくという見取図が示される。[1]

マルシャルは，「『英単語』は単に英語に関する一冊の著作であるのみならず〔…〕再検討に値する一つの言語哲学を開示している」（BM, p. 456）と主張していた。ミションの著作がなければ，マルシャル自身が，『英単語』の詳細な分析をおこなっていたことだろう。以上で見たように，本書への着眼，細部への指摘，一覧表の位置づけから後年のマラルメとの関係，さらに辞書学的観点の導入まで，マルシャルの先駆性は言うまでもない。

ミションの分析を踏襲したマルシャルの議論には，本論考の第四章で指摘したミションと同じ問題点が当てはまるので，その点は繰り返さない。辞書学的観点についてだけ言えば，マルシャルがマラルメに見出す「辞典」は，一覧表の一つのイニシャル内部における単語同士の関係（god/go/gold）の水準にとどまっており，いわゆる辞書学における索引としてのイニシャルの配列の問題にまではいたっていない。その意味では，本書の前章までの分析は，そうしたマルシャルの議論を補完する試みと言うことも可能である。以下では，一覧表以

---

[1] 本章で主に扱うのは論点(2)と論点(3)であり，論点(5)は次章で扱う。論点(1)は一つの指摘として受け止めるべきものであり，論点(4)は本論考の主題から外れるので稿を改めて論ずることにしたい。

外の点で，いくつか補完しておくことにしよう。

2　言語をめぐる反省

「詩はその全体が言語活動のなかにあり，詩人はみずからが奉仕する言語に対して，反省の位相を与える」（BM, p. 461）。これはマルシャルの指摘である。従来，イマジネーションが大きく介在した詩作は，日常社会や科学研究における「反省」とは無縁と考えられていた。それに対して，ロマン・ヤコブソンら20世紀の言語学者や記号論者は，詩人の創作活動に一定の言語学的役割を与えた。言語のなかに詩的なものが潜在的に遍在しており，文学者は作品を作る過程をつうじて詩的なものを対象化し形象化する。マルシャルが構造主義以降の議論を受け継いでいることは言うまでもないが，彼にかぎらず大半の研究者は，多かれ少なかれ，こうした論理に基づいて「一覧表」を分析してきた。

本論考の関心は，こうした議論自体の是非を問うことではなく，こうした議論が『英単語』に当てはまるかどうかである。

まず『英単語』には詩人による言語の反省という主題が見られる。しかしそれは，作品によって反省の相を与えるというよりはむしろ，言語学者に近い目で言語を反省することである[2]。一例を挙げておけばよいだろう。「実際，チョーサーが君臨する，教師然とした学術的な時代が到来した。英国でこうむった変容の正確な注釈によって，また，その注釈と，綴りがフランス語と同じまま

---

[2]「文献学者諸君は，このことを文学者たちにたずねてみるがよい。言語の年代史において新しく，また或る言語に固有の，この特性のことを」(p. 962)。「幾千の混同が生じたにせよ，なんらかの奇妙さは言語において不相応ではない。というのも，忘れてはならないが，言語学者が憤る異常な事実は，決して直線でできてはいない寄せ集めの仕事に従事する文学者の喜びを，しばしば引き起こす」(pp. 1071–1072)。「（エドワード3世という王の）「キングズ・イングリッシュ」が君臨し，ノルマン=フランス語の要素全体が飲み込まれ，不可分なまでに唯一の言語となった。諸方言の愛国的試み，ウィクリフによる聖書の翻訳と，『農夫ピアズ』の詩。14世紀からそれはお国言葉となり，その一つが培ったのがダンバーとバーンズで，時にウォルター・スコット。英国には，シェイクスピア，ミルトン，バイロンなどがいる。アメリカには，ポーやロングフェローなど。こうした国民の魂の保管者たちの誰にも，自分たちの言語の美をなす結合した二つの言語を分離しようとは思いも寄らない」(p. 941)。

か変化したものとを突き合せることによって,作家たちは,すっかり逸脱していた単語たちを正しい道に置きなおした」(p. 1028)。

これとは別に,『英単語』において詩人による言語の反省が大きく取り上げられた背景には,もう一つの経緯がある。マラルメは,自分が参照した文献学書の原文と照らしてかなり思い切った翻案をしているのだが,初期の研究者がその翻案に過剰な読み込みをしたところから,言語の創始者としての詩人という主題が導かれている。この件は,ほとんど誤読に類するものなので本文中では取り扱わない[3]。

もう一点,詩人による言語の反省という観点で取沙汰される箇所がある。こ

---

[3] 英語史では,英語はおおよそ三つに分けられ,5世紀からおおよそノルマン・コンクエスト(1066年)までが古英語,ノルマン・コンクエストから15世紀末までが中英語,そこからが近代英語となる(とりわけ「大母音推移」が完了していない17世紀半ばまでの英語は,初期近代英語とも呼ばれる)。英語史において,ジェフリー・チョーサーは,中英語で物語文学を書いた最初期の人物である。14世紀後半に書かれた『カンタベリー物語』が成功をおさめ,後世,マラルメにかぎらず「英文学の父」(p. 1200)と呼ばれるようになる。すでに述べたように,『英単語』の「序論」の英語史的記述は,ジョン・アールの『英語文献学』から多くを借用している。当時の宮廷で話されていたノルマン語まじりの英語という点を強調して,「王の英語」つまりキングズ・イングリッシュと呼ぶ点では,アールもマラルメも同じである。しかしアールがチョーサーとガワーをあくまで英語史上の代表的作家として挙げているのに対して,マラルメは,「キングズ・イングリッシュを創始するチョーサー」(p. 960)と書いている。それを考慮して,ミションは,マラルメが,キングズ・イングリッシュの成立における詩人の役割を過大に評価していると考え,詩人独自の英語史観を読み取る。ここから,『英単語』におけるスコットランド語に対するダンバーの功績,ドイツ語に対するルソーの功績も,そのような創始者に対する言及として解釈している。しかしマラルメがチョーサーに触れた箇所は二箇所ある。残りの箇所を見てみよう。「キングズ・イングリッシュの持続的で新たな実在は,認可としてその言語の役に立った王の証書と同じくらい,言語の王たるチョーサーによるものだとするのがふさわしい」(p. 961)。ここにも原書からの大幅な書き替えがあるのだが,それでもマラルメの文章を虚心坦懐に読めば,「正式な認可」と,チョーサーの作品の成功を踏まえて,キングズ・イングリッシュの成立を述べているだけであることがわかる(ちなみにおおよそマラルメの言うとおり,1362年には,エドワード3世の承認を経て「英語答弁法」が施行された。これに伴い,議会の開会宣言が初めて英語でなされ,それ以降英語の使用が一般化していった)。そう考えるなら,一つめの「創始」への言及は,言葉足らずではあるものの,何か特異な言語史観の表明とは受け取れない。ここでは,ミションの言う創始者の役割もマルシャルの言う反省の位相も語られてはいない。

れは，『英単語』全体の趣旨の理解にかかわるので，ていねいに見ておこう。『英単語』の結論の末尾に現れる一節である。

> 自身の文法〔…〕によって，英語は，未来の一時点へと進んだり，また非常に古く，言語活動の神聖な始まりと入り混じった過去の中に再び潜り込んだりする。この言語は，回顧性と同時に先進性という現代の二重の特性がきわだっている点で，すぐれて同時代的な言語である。　　（pp. 1099–1100）

なるほど，『英単語』のなかに言語の創始者としての詩人という主題を読み取ったあとなら，この箇所でも詩人の役割について語る必要があるかもしれない。しかしこの主題を脇に置いて読めば，もう少し別の，というより核心的な記述がなされていることがわかる。

ここでマラルメが語っているのは，英語自体の特徴である。引用の少し前でこう述べられていた。「アングロ＝サクソン語からキングズ・イングリッシュへの移行において英語になった英語のもともとの語彙に関して，英語は単音節的である。しかも間投詞的でさえあって，同じ語がしばしば動詞としても名詞としてもはたらく」（p. 1099）。いわゆるゼロ派生と呼ばれる現象である（動詞と名詞が同形の pin や動詞と形容詞が同形の live）。そしてマラルメにとって単音節化に端的に見られる英語の単純化は，その先進性の証しでもある。同種の現象はフランス語にも見られる。「単純化という同じ近代的思考は，キングズ・イングリッシュにならんとするアングロ＝サクソン語から最後の格変化を除去し，勝者であるパリの方言すなわちイル＝ド＝フランス方言に対しても同じことをほとんど同時期におこなった」（pp. 1028–1029）。つまりこれは，言語の形態をめぐる議論である。

例えば，第六章で見たように，英語の heave, heavy, heaven に相当する単語は，それぞれアングロ＝サクソン語では hefan, hefig, heofon であり，これがそのつどの格変化によって複雑に形を変えて活用する。これでは三つの単語の関係が見えづらい。それに対して英語の場合，三つの単語は途中まで同形である上に，三人称単数形や複数形で s がつくことがある場合を除けば，形が不変である。つまり言語が近代化を遂げて「単純化」されるにつれて，三者に共

第七章　近代語と公共性　　309

通の（語根とは言わないまでも）語幹がいっそうはっきりと浮き彫りになっているのである。マラルメが語っているのは，英語のこうした回顧的かつ先進的な特性である[4]。

　この回顧的特性において反省しているのは，詩人ではなく，言語自身である。ここには，「言語に関するノート」に見られた「自己反省する言語」というマラルメ的な主題を読みとることができよう[5]。ここで重要なのは，近代的思考の反映とされてはいるものの，言語の単純化は，特定の誰かの意図で決定されたものではないし，一朝一夕に決まったわけでもなく，数百年にわたるたゆまない言語使用の成果だということである。こうした言語の自己反省は，ほとんど非人称的なものである[6]。言語の単純化の運動は，特定の個人の意思によるものではないという意味では無意識的だが，同時に，複数の単語のあいだで語調が整えられていくという点では反省的である。いみじくも『英単語』に「言語は，運命に流されるものであると同様に反省されたものである」（p. 949）と書かれていたとおりである。

　『英単語』が開示するのは，言語一般に対するマラルメの夢想でないのは当然として，フランス語と対比された英語の特性よりもむしろ，古典語と対比された近代語の特性である。英語に代表される近代語は，その言語の形態からして自己反省の形態をとっている。したがって，近代語を学び，近代語で文学を書く営みは，古典語の場合とは別の意義を有している，ということがここではほのめかされているのである。

---

[4]　ここで，言語のなかに思考が宿っているという考え方が見られるが，それは後述する人文学の議論で，さらにはっきりと議論の対象となる。

[5]　「言語は彼にとってフィクションのための手段に見えた。彼は〈言語〉の方法に従うだろう。（それを決定すること）／自己反省する言語」（O.C.1, p. 504）。

[6]　ちなみに『英単語』では，英語という言語のなかで，英単語がフランス語の単語を模倣してフランス語風になったり，フランス語の単語が英単語を模倣して英語風になったりといった単語のミメーシスについての記述もある。ここにもまた「言語に関するノート」で触れられている「フィクション」の契機が見いだせるだろう。Cf. 立花史「言語の不完全さに抗して」『戦争と近代』社会評論社，2011年，131-146頁。

第二節　人類の生を生き直す

　近代語は，数百年という個人の制御のおよばない年月をかけて，自己反省という形をとりながらみずから形成してきた。そうした言語に対して人間が取り持つ関係とはどのようなものだろうか。

1　非人称的な生き直し

　象徴主義の隆盛期の1891年，「文学の進化について」というテーマでジャーナリストのジュール・ユレにインタヴューされたマラルメが，自由詩の台頭を横目に，詩句＝韻文についてこう語ったことはよく知られている。

　　本当のところ，散文など存在しません。アルファベットがあり，ついで，多かれ少なかれぎっしり詰まった状態か，多かれ少なかれ拡散した状態の詩句があるのです。　　　　　　　　　　　　　　　　　　　　　　　(p. 698)

　詩句を楽器に例えることのあるマラルメの話であるから，本当のところ「多かれ少なかれ引き締められた状態」とか「多かれ少なかれゆるんだ状態」と訳す方が適切なのかもしれないが，活字として並んだアルファベットの話がその直前にあるから，上記のように訳すことも可能である。イニシャルがあり，ついで，まばらに配置された単語たちがある。しかもそれが，一言語全体というところまで拡散しているのである。こういう言説を前にすると，言語の歴史を等閑視して，共時的な言語のなかに文学性やポエジーが潜在的な仕方でつねにすでに言語のなかに遍在しているかのように考えたくなるのは無理からぬことである[7]。そのとき，一覧表で多くの人が連想するのが，「音楽と文芸」に出て

---

7)　インタヴューのこの発言に対して，マルシャルはこう指摘している。「マラルメの詩学の全体は，『英単語』のなかに，すでにそこに，拡散した状態である〔…〕。ある意味で，マラルメの限定的な詩学，つまり韻律法の規則におよぶ詩学は，言語理論と混ざり合ったより一般的な詩学の特殊事例にすぎない」(BM, p. 467)。

くる「頭韻のキー」という言葉である[8]。たしかに連続性が感じられる。しかしこんな風にアルファベットと詩句のあいだを跳躍して，『英単語』にたどり着けるのだろうか。マラルメはそんな風にして非人称の領域に飛び乗ったのだろうか。一覧表を書いているマラルメは，言語科学を無視して（あるいは抗って），無邪気な想像力を働かせて，言語のなかに文学性や潜在的な詩を見出していたのだろうか。

　そうではない。もう一度ここで『英単語』の序論を読み直しておこう。

> 辞典をまるまる一冊渡される，それは膨大で恐るべきものだ。辞典を所有すること〔辞典に精通すること〕は，大冒険であり，読書に助けを借りたり，文法の初歩を一通り学び終えたりが伴う。〔…〕単語たちは，なんと多くの（原初的でない）ニュアンスを意味していることか。小辞典〔lexique〕の欄の中に配列されるこのような語の乱雑な集まりは，そこに恣意的に，そして何か悪い偶然によって，呼び集められるのだろうか。とんでもない。各々の語は，諸地方または諸世紀を通じて，遠くから，自分の正確な位置に着く，この語は孤立させられ，あの語はある一群に混ぜられるといった具合に。それは魔術さながらで，そのとき，白紙ページの数々に語彙集を表象する——と推測される——われわれの精神にとって，それぞれの語たちの過去の成り立ちについて一つの新たな表象を与える器用な手つきに知恵をつけられて，語たちが，お互いに溶け合ったり争ったり，退け合ったり惹きつけ合ったりして，かつての有様のように立ち現れようものなら，あなた方自身が，諸々の語が今日作り上げている言語そのものと一体となるであろう〔…〕。　　(p. 948)

　ここでは，辞典そのものより辞典編纂について述べられている。通常，アルファベット順の辞典は，単語が雑多に並んでいるように見えるし，意味も複数あって取っ付きにくい対象である。しかし辞書学者のように，個々の単語の成

---

8) 「一方のジャンル〔詩句〕には，〔行の冒頭の〕恭しい大文字つまり頭韻のキーと，脚韻とが規制としてあり，他方のジャンル〔散文〕は，感覚を伝える慌ただしい跳躍でもって，旋回し，そして位置を定める，白紙の上に配置され，それだけですでに意味を表す句読点のままに」(「音楽と文芸」, p. 75)。

り立ちを辿ってページの上に並んだ単語をあらためて見たとき、それまで偶然に思えた単語の位置が、必然的なものに見える。したがって英語の単語を学ぼうとする読者は、辞書学者の作業を追体験する形で、心の中で辞典を作ってゆけば、暗記の作業が合理化できるだろう、というわけである。

そしてこの辞書学が、言語の歴史の"追体験"であるかぎり、それは必然的に二重性を帯びるのである。マラルメが、一覧表のなかで to heave と heaven をつなぎつつ、「かかげる」と「天、かかげられたもの」と書くとき、ここで試みられているのは、長い年月をかけて一定の形をおびていった単語のあいだの派生関係と、今ここにいる詩人の連想とを重ね合わせることである。事後的に確認されるにすぎない言語のたゆみない運動という非人称的な領域に、詩人は仮想的に身を置きながら、数百年の運動の帰結を、自分の思考でそっとなぞっているのである。いや正確には、彼は机の上で動かずに、非人称の領域の方を自分の心のなかの辞典に書き込んでいるというべきかもしれない。マラルメの辞書学には、グラドゥスを非人称化していくような手つきがある。

しかしこうした追体験は、そもそもマラルメ自身が意図的に試みていたことでもある。1869年2月、詩作の末に陥った精神の危機から逃げ出そうと、言語学の勉強を始めた彼は、言語学の勉強を「僕なりのエジプト学」と名付けて、友人のカザリスにこう書いていた。

> 僕の人生の第一の局面は終わった。意識は闇黒に倦み疲れて、今やおもむろに、一人の新しい人間を形成しながら目覚める。〔…〕これは幾年か続くだろうが、その幾年かの間に、僕は、人類の生を、その幼年時代から、自覚的にあらためて生き直す必要がある[9]。

『英単語』は、まさにこうした営みの実演でもある。70年代前半のマラルメは、折しも、自分の心のなかにある言語の来歴を、文献学的辞書学に沿って辿りなおしていたのだと言ってよいだろう。

一方の側には、数百年にわたる言語の遅々とした歩み、とはいえ物量で言え

---

9) MCL, p. 425.

ば個々人の意図など到底およばない混濁した大波がある。他方の側には，数十年の人生を生きるマラルメがいる。そこでは，彼が，現実には身を置くことのできない言語史という非人称的な地点に忍び込み，詩的な感性でその光景に関するさまざまな注記をふりまいていく。そのため，後年の彼の詩論を知る者の目から見ると，マラルメが詩を念頭において言いそうな事柄が，言語の通時的な秩序について言われているような印象を与える。『古代の神々』では，本文とは別に文学作品を添えて「研究の傍らに想像力がある」(p. 1166) と述べられていたが，『英単語』では，研究と想像力が同じ一覧表のなかで隣り合っているのである。

以上を踏まえたとき，言語学か文学，記号か象徴か，語源か想像かといった二項選択の思考にもとづいていた従来の解釈がいかに理不尽であったか，今や明らかである。マラルメは，この二者が両立可能な地点に身を置いている。そして第四章で分析した記号論的モデルは，以上のように，彼の伝記的な証言からも正当化されうるのである。

2　書物の遍在

ところで，こうした言語史を通じた生き直しが，辞典というイメージを帯びると同時に，実際に，紙の上で実践されているところにマラルメの辞書学の特徴がある。彼にとって生き直しを通じて発見される言語の自己反省は，ページの上での出来事でもある。そのことを踏まえるなら，70年代の辞書学と90年代の詩学のあいだの接点にも一定の合理性を認めることができるだろう。

さきほど引用した『英単語』の「序論」に沿って確認しておこう。『英単語』という教材の一節にすぎないのだが，すでにお気づきのように，ここには，「詩の危機」や「文芸のなかにある神秘」で語られたマラルメの詩学へと結実するさまざまな主題が，思いつきのようにとりとめのない形で散見される。

例えば，「詩の危機」のマラルメは，詩句に話が及ぶ文脈で，「考えるとは，付属物なく書くこと」(p. 208) と述べていたように，『英単語』のマラルメにとって語彙の暗記とは，「われわれの精神」が「白紙ページの数々に語彙集を表象」(p. 948) して，一冊の辞典にまとめることなのである。

また、『英単語』の「序論」の冒頭からの引用には、言語の欠陥への取り組みが見られる[10]。単語のリストであるかぎり、語に主導権をゆだねていると言える[11]。その意味でこれは非人称的なテクストである。そして通常の英文をなさない数個の単語の集まりで構成される語家族によって、英語の外のアングロ＝サクソン語における語源的な観念を提示している[12]。その意味で、『英単語』の単語たちは、事物の現実にかかわるコミュニケーションの言語ではない[13]。それは、メッセージの伝達や交換に還元されない仕方で、単語と単語のあいだ

---

10) 「諸言語は、それが複数存在するという点で不完全である。すなわち絶対無二の言葉というものがない。〔…〕jour に与えるにあたかも nuit に与えるがごとく、矛盾して昼には暗い音を、夜には明るい音を与えるという倒錯を前にしたとき、なんと気持ちを裏切られることだろう。〔…〕詩句は、言語の欠陥に対して哲学的に報いているのであって、これこそ高次の補完物である」(「詩の危機」, p. 208)。ただし、言語の欠陥への取り組みは、すでに辞書学でなされていた議論である。ヴォルテールとリヴァロールの発言を引用しておこう。

　ヴォルテールの発言。「あらゆる言語は不完全であるが、かといって言語を変更すべきということにはならない。絶対に、良き作家たちのかつての話し方で満足しておかねばならない。賞賛される作家が十分な数だけいるとき、言語は固定される〔…〕」(VOLTAIRE, *Mélanges philosophiques littéraires et historiques*, Paris, Vialetay, 1971, p. 155)。

　リヴァロールの発言。「われわれが採用する、記憶、判断、趣味のどれにも適したシステムが、言語の最大の欠陥を治癒するはずだということ、請け合ってもよいが、〔そのシステムが〕調和とまとまりと強さをそなえた外観をフランス語に与えて衆目を集めるはずだということを、述べておけば十分である。〔…〕本義的な語法から比喩的な意味への移行が、そこでおのずと姿を現すことだろう。言語の偶然と呼ばれるガリシスム〔フランス語特有の話法〕の数々がこうしてよりよく知られることだろうし、大作家たちの秘密はもはやそれほど神秘的なものではなくなることだろう」(*Prospectus d'un Nouveau Dictionnaire de la langue française par A. C. de Rivarol*, Paris, Imprimerie de Jansen et Perronneau, 1796, p. XX)。

11) 「純粋著作は、詩人の語り手としての消滅を当然の帰結として含意する。詩人は主導権を語群に、互いの不等性の衝突によって動員された語群に譲る」(「詩の危機」, p. 211)。

12) 「詩句——数個の単語を、一つの全体的な、まったく新しい、言語に属さないいわば一つの呪文を形作るがごとき語に作りなおす詩句というもの」(「詩の危機」, p. 213)。

13) 「語るということは、事物の現実に対して、交換的にしか関係を有していない。文学にあっては、それは、事物に対して一つのほのめかしをすること、ないしは、ある何らかの観念がそれをその一部として組み入れるであろうような事物の特質を分離抽出することにとどめる。〔…〕以上のような狙い、私はこれを〈転位〉と呼ぶ」(「詩の危機」, pp. 210-211)。

の関係を提示する[14]）。

　一覧表は表である以上，余白の中に単語を並べ，そこから共通の観念を浮かび上がらせる構造になっている[15]）。それゆえに，行だけでなく面を利用した表現になっている。語家族の中の意味の句切れによって一行空けるなどの工夫は，一覧表に向けられた視線を早めたり遅らせたりする。さらに各イニシャルの下に，大抵は二つ以上の語家族があり，その下に大抵は二つ以上の単語があるので，イニシャル単位で見ると，文字が膨張してゆく形態をとっている[16]）。

　また一覧表で扱われているイニシャルのアルファベットは二十四文字（母音6と子音18）であり，一覧表はそれが織り成す関係性の網の目であるから，それらに対する彼のこだわりは，後年にも認められるだろう[17]）。

　ちなみに，一覧表は，英語のうちアングロ＝サクソン語由来の単純語のリストなので，英語のごく一部しか網羅していない。マラルメは，記憶のなかで一覧表を拡張することは考えていた[18]）。そもそも『英単語』の研究のはるか先に，

---

14) 「諸々の語は，もっとも稀有な，精神にとって価値があると認められる多くの切子面において，ひとりでに高揚する。〔…〕すべての語は，消滅に先だって，へだたりを置いて，あるいは偶然のように遠回しに差し出されて，輝きを迅速に投げ交わす」（「文芸のなかにある神秘」, p. 233）。
15) 「必要とされるへだたりを文ごとに置いて，精神の多様な微光たちを，一つの観念の周囲に結集させること，換言すれば，実のところ，拡張されさえした統語法のこうした鋳型たちを，ごく少数の文が要約するとき，それぞれの文は，段落としてくっきりと浮かびあがり，饒舌さのよどみない流れが運搬するよりももっと自由に，一つの稀有な典型を分離抽出することができるのである」（『ディヴァガシオン』「書誌」, p. 277）。
16) 「書物とは，文字の全面的な膨張であって，文字から，直接に一つの可動性を引き出し，そして，広々とした空間を持つものとなって，いくつものの照応により，なにやら虚構を強固なものとする一つのたわむれ〔un jeu〕の場を設定することになる」（「書物　精神の楽器」, p.226）。
17) 「二十四の文字——無数の奇跡によって何らかの言語つまり自分の言語に固定されたそれらの文字——に対するある種の敬虔さと，次に，詩句という超自然的な語にいたるほどの文字たちの対称性・動作・反射に対するある種の感覚」（「音楽と文芸」, p. 66）。
18) 「第一巻で与えられたラテン語とギリシャ語の単語を用いて，第一巻よりさらに大きな表〔tableau〕を記憶の中で作成するなら（そこではケースごとに三つの事例にとどめたが），時には意味の派生があり，例外も一つならずあることは覚悟しなければならない」（p. 1098）。

「絶対的な意味」の解明の可能性について触れていたことも知られている[19]。したがってここに,彼が追い求めた理想的な「書物」との類似を認めることもできるだろう[20]。

そこから転じて,言語表現以外の領域で詩的なものを見出すとき,あるいは見出すことができると考えるときにも,マラルメは,そこにはエクリチュール,ページ,書物の契機を介在させている。バレエを語るに際して踊り子に文字を認めたり,自然を語るに際して田園にページを認めたり,最終的には世界そのものに書物を認めたりしてゆくことになる。

このように,マラルメの辞書学は,近代語の自己反省にいたる言語史の追体験として提示されている。それはまた追体験であるかぎり,言語史の運動を,詩人の着想がなぞってゆくという形で置かれていた。一覧表に見られる非人称性とはそうしたものである。後年の詩学は,紆余曲折を経て構築されてゆくものであって70年代の辞書学との短絡は避けるべきだが,それでもあらためてここで確認しておくべきことは,70年代に「ページ」の上に見出された近代語の自己反省の下で,詩の可能性が求められてゆくということである。

第三節　一覧表のトポス

前節では,マラルメの詩学に立ち入ったが,マラルメの辞書学に戻ろう。近

---

19)「〔言語の神秘を〕分析するのは,次のようないつかある日にとどめておくのが慎重だろう。すなわち,地上でかつて話された諸言語の膨大な目録をたずさえて,科学が,全時代を通じた全アルファベット文字の歴史を書き,科学が,単語たちの作者である人間によってある時には見抜かれ,ある時には見落とされた,アルファベット文字たちの絶対的な意味がおおよそどのようであったのかを書くだろう,そんないつかある日に」(p. 968)。
20)「〔…〕この著作のうち実際に制作された一断片を示して,この著作の栄えある真正性を,どこか一つの場所から燦然と輝かせる,それなら成功すると思えるのです,──そうやって,生涯かけても足りはしない残りの全体を指し示しながら。つまりつくられたいくつかの部分によって,この書物がたしかに実在することを,そしてまた,自分が知ったそれが,ついに自分が達成しえぬであろうものだということを立証するのです」(「自叙伝」, O.C.1., p. 788)。

代語が自己反省的であり，現代人がそれを辞書学的に学習するならば，言語と話者の関係は，古典語とは異質なものである。近代語は，言語史のなかで学ばれると同時に，現在の話者によってつねに変化しつつある。そのとき，学習される「言語」とは，いつのもの，誰のものだろうか。そもそも，どこあるのだろうか。一覧表を子細に検討するなら，まさにこうしたトポスの問題がはっきりと浮かび上がってくる。

1　一覧表の可動性

　すでに見たように，一覧表は，不動の完成形ではない。マラルメ自身が，一覧表の補完を読者に勧めている。「あとで読者は，この分類を，好きなようにいじることができよう。ある語を孤立語から語家族へ移したり，ある語が居候でしかないとなればそうした遠戚から，語族の一つを解放してやったり，粗を整えて遺漏を埋めたり，と」(p. 966)。ここには，遊戯的要素が見てとれるし，生徒たちに楽しみながら英語を学ばせようとする配慮がうかがえる。ただし，この補完の中心が，語彙の数の加算・除算よりもむしろ，語家族の解体・再構築にあることは興味深い。一覧表の修正ゲームは，原則として，マラルメが選んだ語彙の中でおこなわれる。この遊びの可動性は，単語を別の家族に移すかどうか，あるいは家族の語を孤立語に置きなおすかどうかにある。

　こうした形式的な可動性は，「〈書物〉のための断章」の名で知られる「朗読会」を思い出させる[21]。ツリー状の構築物の一部を入れ替えてゆくという形式

---

21) ある時期マラルメは「朗読会」(lecture) の計画を立てていた。これは「二重の会」とも呼ばれ，基本的に二つの「会」をワンセットとした単位によって催される。
　マラルメの二重の会の構造については，草稿のなかでも記述が錯綜しており，複数のパターンが見られ，そもそも「会」という単位すら容易に確定できない。その事実を踏まえた上でかいつまんで言えば，まずこの会は，ファイル (feuilles) を収納するための漆塗りの家具と観客用の座席（左右に6脚ずつ計12脚）を用意された部屋でおこなわれる。家具には，左上から右下にかけて六つの棚にファイルが五つずつ入っており，それとは別に右上から左下に六つの棚がありそちらは空っぽになっている。用いられるテクストはファイルと呼ばれる。ファイルとは紙を二つ折りにしたもので，その中にはさらに二つ折りのリーフ (feuillets) が二つずつ入っており，さらにその中には折られていない紙片 (feuilletons) がこれも二つずつ入っている。ファイルは六つの棚にそれぞ

的な可動性の点で，両者にはかすかな類似点がある。しかし相違も明らかだろう。朗読会においては，リーフの交換は純粋に儀式的ないし遊戯的なものであって，最終的にリーフは元のファイルに戻る。それに対して，一覧表では，単語の交換は改良のためのものであって，より正確に，より巧みに語家族を作り直すためのものである。そこでは，修正そのものの不適格さが認められないかぎり，単語が元の語家族に戻ることはない。さらに言えば，「書物」は複数の人間のあいだでとりおこなわれる。それは「交換的」ではないが交流的な作品である。その意味では，むしろロンデルや扇，さらには宛名四行詩に引き寄せて考える必要がある。それに対して，一覧表は，基本的に単独で作成するものである。また朗読会には明確な終わりがあって，整理箱が元の位置に戻った時点で終了する。それに対して，一覧表には終わりがない。実のところ，『英単語』に挿入されているのは，一覧表の試作品というべきものであって，一覧表そのものではない。一覧表とは，活動であり，つねに再検討され，更新されてゆくものである。

　一覧表が，その動性のゆえに『英単語』に収まりきらないのだとすれば，その成功よりも失敗について考える方が有意義かもしれない。

　本論考では，すでに一覧表の難点を指摘しておいた。しかし一覧表のさらなる難点は，そのトポスそのものにある。すでに見たように，一覧表は，動的なものである。その運動が依拠しているのは，われわれ自身の言語活動である。

　れ五つずつ入っているので合計30冊あることがわかる。

　　会の手順としては，二つの棚からファイルを一つずつ取り出して横に並べ，中身のリーフを入れ替えて交換部分を朗読する。一定数のファイルに対してこの作業をおこない，その区切りが一つの「会」をなす。休憩をはさんで，入れ替えるリーフを変えて同種の「会」をおこない，二つの会が終わると，ファイルは空っぽの方の棚に移される。一般にこれが「二重の会」と呼ばれる。さらにこの二重の会を，ファイルの位置を変えて再度おこなう。このような作業を反復してゆくと，最終的にはすべてのファイルが，中身が元の状態で元の棚に戻されることとなる。

　　ただし一つの「会」が六つの棚を用いておこなわれると決まっているわけではない。朗読会のヴァリエーションのなかには，左上と右下の棚にある合計10冊のファイルすべてを先に用いて会を構成する方法も見られる。この場合，各ファイルには4枚の紙片（8頁）と二つ折りの2枚のリーフ（8頁）の16ページがあり，それが10冊なので合計160頁が一度の会で移動することとなる。

われわれは,そのつど一覧表に立ち返って改訂をほどこす。語家族が刻々と組み替えられるとき,そこにはわれわれの単語に対する解釈の変化がある。それは単に,かつての分類に対する誤解の修正である可能性もあるが,同時に,日常的な言語使用によって単語に対する語感が変化した可能性もある[22]。この二重の意味で,一覧表の改訂は,歴史的である。

しかしまた一覧表は,その作成が読者にゆだねられている以上,読者たる作成者によって内容が異なる可能性を排除しない。認知心理学の用語である「心内辞典」という表現が適切であるとすれば,それはこの個別性ゆえである。前章で確認したように,心内辞典とは,つまるところ個人の脳内にあると考えられる語彙記憶の布置である。たしかにそれは,個人の言語経験や言語使用によって刻々と変化してゆくであろうし,まったく同一の個人でないかぎり,同じ心内辞典はありえない。しかしそのとき,心内辞典という表現はある種の喩えであっていわゆる辞典ではもはやないし,そのように捉えられた一覧表は,辞書学という当初の試みからは大きく逸脱することになる。

要するに,一覧表を話者に共通のものだと考えた場合,その修正の条件や読者にゆだねられた自由が必ずしもうまく説明できない一方で,個人的なものと解釈するなら,それは厳密な意味での辞典ではなくなる。これが,一覧表がはらむトポスの問題である。

2 さまざまな観点

何度も確認したとおり,『英単語』は辞書学の書である。マラルメにとって辞書学は,辞典を編む作業であると同時に,語彙研究でもある。そして一覧表は,なるほど備忘録や単語帳の一種であるが,しかし語家族は原則的に科学的語源学に基づいたものであった。それゆえ,どの単語をどの語家族に分類するかは,学問的な判断を前提とする。それは,より妥当なものによってそのつど

---

[22] マラルメは,神話学書の『古代の神々』でPrometheusがProméthéeとなったように,Zeusもやがてフランス語化されて「20年後には,あるいはZéeと言っているかもしれません」と指摘している(p. 1559)。ここにも言語に対する歴史性の意識が見られる。

修正されてゆくべきものである。かくして一覧表は，さしあたり個人が英語の単純語の語彙を研究して提示した個人的な「観点」と呼ぶことができる。

『英単語』の興味深いところは，それが単に英語語彙研究の教材であるのみならず，じつは英語文献学全体の研究活動のあり方をメタレヴェルで素描している点にある。研究の観点と，研究全体との相互作用は次のように語られている。本文と目次の両方を見ておこう。

> 英語は，（フランス語を介した）古典語よりもむしろゴート語なのだろうか。これは，肯定でも否定でも答えることのできない問いである。すべては人が立つ観点による。ところが観点は複数あり，当該の問題について，あなたがたに確信を与えることができる唯一のものは，諸々の観点が結びついた，複数の観点の一連の継起でさえある。　　　　　　　　　　（O.C.2, p. 1094）

> 問い。英語は古典語というよりゴート語であるのか。〔…〕様々な見方あるいは書き方の連続的進化を持ち出さないかぎり答えはない。　（O.C.2, p. 946）

英語の学問的位置づけは，さまざまな研究成果が提示した観点同士の結合と継起によるというのがマラルメの見解である。

例えば，英語で，語彙の統計という「観点」に立つならば，フランス語や古典語に由来する単語の数は，ゲルマン系の単語の数のおよそ2.5倍である。ところで，文法の「観点」から，英語はゲルマン系の言語だとされる。その上で，語彙の種類という「観点」に立てば，私生活に関する語彙はゲルマン語系で，産業や学問の語彙は古典語系のように見えるが，それに反する事例も多くある。また，マラルメは，言語の安定という「観点」にも触れている。ラテン語やドイツ語のような「祖語」は，不安定で，他の言語に派生していきやすく，フランス語や英語のような「後裔言語」は，安定しているとは言いがたい。最後に彼は，言語を，単音節言語，膠着言語，屈折言語に分ける形態論という「観点」から英語を分析している。

しかし結合と継起によって英語に関する問いが一つの解に収斂するわけではない。個々の研究者が，それぞれ研究状況をうかがいながら，先行する観点を

組み合わせて英語の全体像を独自に提示してゆく。既存の観点の結合と継起であっても，それがまた一つの「主要な観点」[23]となるためには，他人が提示する結合や継起とは別のものでなければならない。それゆえ一定の蓄積を踏まえながらも，観点と全体像とはここでもずれてゆかざるをえない。そしてこのずれが，研究そのものを新たに動機づけていると言える。

　一覧表の議論に戻ろう。マラルメは，チェンバースの語源辞典を主に参照して一覧表を作成している。作成手続きを見るかぎり，それは学問的な検証を受け入れる余地のあるもので，少なくとも英国の英語話者に共通の一覧表を追究しているように見える。しかし一覧表は，全体としては学術研究ではない。すでに「辞典の有縁化」と定式化した際に確認したとおり，そこにはアナロジーやイマジネーションが介在している。マラルメ自身「遊び」が必要だとさえ述べている。そうである以上，全体と諸観点とのずれは，さらに大きなものであらざるをえない。個々の話者が，それぞれ少しずつ異なる言語経験・言語感（つまり心内辞典）を有していながら，全体としてはコミュニケーションが成立し，あたかも一つの言語を共有しているかのようにも見える。観点の結合と継起を書き留めたマラルメは，たしかにそうした問題を間接的に思考していたように思われるのである。

　ついでに言えば，彼にとってこうした問題は，単に言語の問題や研究活動の問題ではなく，芸術の問題でもあった。マラルメは，『英単語』と近い時期に，芸術家たちを複数の観点として語っている。例えば，1872年発表の「レオン・ディエルクスの詩作品」では，「この詩人と同業者たちの間で，友愛に満ちた観点の交流」(p. 405) がなされるよう期待されている。さらに，1873年11月のフレデリック・ミストラル宛ての書簡では，自らが創設に加わった「国際詩人協会」を，観点の交流をおこなう学問的共同体のように描いている[24]。対話

---

23)「事実確認がどれほど精密で多数になろうと，その無数の細部は，何らかの主要な観点に結びつけられねばならない。主要な観点は，事実確認なしには抽象的で空虚だが，そうした事実確認も，主要な視点なしには空しく散漫なものである」(p. 1029)。

24)「我が親愛なる友よ，これは，ある種のフリー・メーソンあるいは同業者組合にすぎません。〔…〕これらすべては，お互いの観点が無数に異なっていても関係はありませんし，その上，お互いに研究し合い話し合った後では，観点の異なりは，もはやそうしたもの

や研究によって，観点の交流は，一定の帰結を生む，お互いに確信を持てるような何かが見えてくる。この点については，1874年のマネ論が別の角度から敷衍している。

> 芸術的価値は，それがあるところではどこでも識別可能なのであり，芸術家たちは，そういう価値について，作業の孤独さの中では決めかねるが，芸術家同士が接触するうちにはっきり定まってくるもので，あらゆる芸術家たちは，そういう芸術的価値に関する，きわめて中立的な感覚を持つようになる。
> (p. 414)

文献学者たちが，観点の結合と継起を通じて，研究対象について確信を持つように，芸術家もまた，同業者たちの観点を参照するうちに，芸術の価値について「中立的な感覚」を抱くようになる。これは，複数の観点のバランスとして出てくる感覚である。これを通じて，芸術家は，自分の観点をさらに練り上げる。

マラルメが主張する「中立的感覚」は，中庸のモラルといったものとは異なる。1875年発表の「見世物中断」を見ると，芸術家たちの観点の交流は中立的感覚に基づいてなされる。それゆえ，たやすく優劣が持ち込まれるべきではない。だが一方で，芸術家の観点は，観点の交流によって専門的に探求されているがゆえに，一般人の素朴な観点よりも，ある意味では優れているとされる。それゆえ，マラルメは，「結局のところ，私の見方の方が優れていたし，真実にかなう見方でさえあった」(p. 92) と主張する。だが他方で，芸術家個人や芸術家集団が，いくら優れた観点を持っていようと，それだけでは社会を動かせない。そのままでは，「文明は，その状況なら当然受けるべき享楽をもたらす」ことができない以上，既存のジャーナリズムに対抗して，「夢に固有の光の下で出来事に注目する新聞を手助けするための〔…〕夢想家たちの結社〔association〕」の必要性が示唆される (p. 90)。

ではなくなります」(MCL, p. 544)。

3　さまざまな楽器

　ところで心内辞典の一種といえば，一覧表は頭韻によって有縁化されている以上，そこにマラルメが言う意味での「音楽」や「リズム」を見出すことが可能である[25]。一覧表を，個人のものとするか共通のものとするかという問題は，言語にひそむ音楽性を，個人のものとして追求するか，話者に共通のものとして追求するか，あるいはそれらをどう結びつけて共通のものを作りなおしてゆくか，という問いとも交わっている。これは，観点をめぐる彼の発言とともに，後年のマラルメの「詩句」をめぐる問題意識につながってゆく。

　1880年代半ば，マラルメの周囲に集まった象徴主義の若手詩人たちは，「自由詩」と呼ばれる，韻律も脚韻も詩節も自由な新たな詩を作り始めた。自分の好きな音節で改行し，自分のセンスで行末の語を選び，好きなところで筆を置く。マラルメは，みずからは自由詩を実践していない。若手の動向を見計らいながら，「詩の危機」では新興の自由詩と伝統的な定型詩とりわけアレクサンドランと呼ばれる十二音節詩句の位置づけをおこなっている。アレクサンドランは，数百年にわたって国民に普及しており，鳴らせば正統性が響き渡るような「国民的拍子」なのだが，その濫用のために衰退している現状を鑑みるなら，アレクサンドランの使用は，国旗の掲揚のように例外的な機会に限定すべきである（p. 207）。そう主張する一方でマラルメは，17世紀の旧来の自由詩とは区別される近代の自由詩を「多形的（ポリモルフ）」と形容して，その存在の新しさを強調している。1880年代以降，歴史上初めて，この巨大な国民的な楽器に対抗するかたちで，「誰でも，自分個人の奏法と聴覚を持っていれば，自分のための楽器を作ることができる」ような時代になった（ibid.）。

　しかしこの個人的な楽器は「ひとり離れて使うことも，〈言語〉にも捧げる」こともできる（ibid.）。つまり自分の言語感覚を，自由詩のような個人的な表現に用いることも，アレクサンドランにせよほかの新たなものにせよ，国民的

---

[25]　有名な文言だが，マラルメは，1891年1月10日のエドマンド・ゴッス宛ての書簡でこう述べている。「〈音楽〉をギリシャ語の意味で用いてください。つまるところそれが意味するのは，〈観念〉，すなわち諸関係のあいだのリズムです」（*Correspondance VI*, Gallimard, 1981, p. 26）。

で公共的な表現のために用いることもできる。それゆえに「高度な自由」(*ibid.*) と呼ばれるのである。「あらゆる魂は一つの旋律であり、重要なのはそれを結び直すことである。各人のフルートもしくはヴィオラはそのためにある。／私の意見では、自己表現するだけでなく、好きなように自分を調整する本当の条件もしくは可能性は、その後に湧き出してくる」(pp. 207-208)。もちろんこの「条件」はまだ整っていないが、マラルメは、来たるべき舞台芸術のあり方として、(登場人物のいる) 演劇でも音楽でもなく、「複数の声による頌歌(オード)」(p. 202) を構想していた[26]。

ここで、「ひとり離れて使うことも、〈言語〉にも捧げる」こともできるとあるように、詩人たちの共通のプラットフォームが、音楽の比喩とは別に〈言語〉とも呼ばれていることは重要である。共通の〈言語〉から出発して、各人がみずからの楽器を作り、さらにそれを互いに調整して組み合わせ、新たに〈言語〉を作ってゆく。ここにもまた、『英単語』でマラルメが考察した「観点」の運動が見られるのである。

何度も確認してきたように、マラルメによって近代語は、言語史の観点から、古典語とは異なる独自の価値を付与されている。しかし同時に、近代語は生きた言語である以上、そのトポスが不安定で定まらない。このことは芸術の問題へと即座に跳ね返ってくる。不安定な近代語によって言語と文学の公共性はどのように維持されうるのか。そうした問題は、国際詩人協会の提案から「詩の危機」の詩論まで、つねにマラルメのなかに認めることができるのである。

小 括

マラルメは高踏派の周辺から出発して若書きの詩編をいくつか発表するも、20代後半から精神的な失調状態に陥る。「私の〈思考〉は自分自身を思考した」「今や僕は非人称的である」といった書簡の言葉でその危機の様子が知られて

---

[26] KAWASE (Takeo), « Mallarmé face à l'interrègne » : KUMAGAI (Kensuke), *La fête selon Mallarmé*.

いる[27]。そこから80年代半ばに脚光を浴びるまでのあいだ,心の避難所を言語科学に求め,「言語に関するノート」や『英単語』を残していることは知られているとおりである。

　本章の第一節では,言語のなかに文学性の遍在を読み取るといった従来のアプローチからは距離を取って,マラルメのなかに,"言語の自己反省"という主題が見られることを示して,『英単語』の辞書学が,近代語としての英語を対象とすることの意義を論じた。第二節では,マラルメの辞書学が,言語によって人類の生を生き直すという形をとることを確認し,その生き直しの場が,辞典という書物に,さらに書物のページに象徴される非人称的な領域であり,それ以降,彼の詩学がこうしたエクリチュールの場で展開されていく道筋を素描した。そしてマラルメの辞書学が,現在にいたるまでの近代語の生き直しであるかぎりにおいて,それは個人による観点の違いを不可避的に招きよせてしまう。古典作品のラテン語の安定性とは対照的に,近代語の不安定さは,言語の公共性に対して一定の考慮を要請する。自由詩やアレクサンドランをめぐるマラルメの評価は,こうした見地から理解しうるのである。

　1870年代にパリに上京したマラルメは,群衆の存在を再発見したと指摘されてきた。そして1860年代の精神的危機によって彼が逢着した非人称性がいまだ抽象概念で語られる形而上学的なものであったのに対して,70年代の彼は,群衆のなかに非人称性を見出したと言うことができる[28]。その事実は,ある意味で『英単語』にこそもっともよく当てはまる。言語の担い手は,群衆という無名の集団である。ボードレールが,都市の群衆に紛れ込んでその多面的なきらめきに身を任せたのだとすれば,マラルメは,現在にまでいたる言語の悠久の歴史に身をくぐらせて近代語を成立せしめた規則的な運動を生き直そうとしたのである。小説の三人称的な散文の背後に人類史の記述があるように,マラルメの非人称的な詩学の背後には言語史の記述がある。そして,このように言語の担い手に共有されたものとして歴史的に捉え直された近代語の意義と公共性をめぐる問いは,まさしく近代語人文学の思考そのものなのである。

---

[27]　67年5月17日付カザリス宛ての書簡（Corr. I, p. 241）。
[28]　川瀬武夫「祝祭と現在」『早稲田フランス語フランス文学論集』第2号,1995年,45-63頁。

第八章

マラルメと人文学

　文学について語り始めるとき，われわれはともすると，作家，批評家，読者が共有するリテラシーの高い空間を前提として話を進めがちである。しかし文学は，必ずしも愛好家だけのものではない。というより普段は文学など別段興味がないという人たちでさえ否応なく文学と向き合わざるをえない空間がある。それは教育現場である。そこでは，正典化された特定の作品が，音読され，朗読され，暗唱される。それは社会において文学が最も権威をふるう局面である。それゆえに，正典の正統性がつねに問われる。

　フランスでは，ジュール・フェリーの教育改革によって，1880年以降，公教育の民主化・無償化と高等教育の整備が急速に進められていった。マラルメは，52歳で退職を許可される1894年まで，パリの中等教育を受け持つ英語教師であり，変貌するフランスの教育制度を目の当たりにしていた。それゆえに作家と教職を兼ねたマラルメの発言には，当時の教育制度や教育文化に対するさまざまな態度が読み取れる。それだけではない。折しも，退職の歳に，英国のオクスブリッジで講演をおこない，帰国後は「文学基金」を提唱している。マラルメがもっとも教育制度の問題に接近した1890年代半ばの発言を見ながら，彼の希求する「文芸」の一端を明らかにしたい。

第一節　近代語人文学からフランス語人文学へ

1　近代語人文学

　第一章で見たように，近代語人文学とは，古典語人文学でおこなわれていた言語の学習と知性の養成を，現代外国語（とりわけ英語とドイツ語）で代替しようとする試みである。1850年代から台頭しはじめ，1902年の教育改革ではっきりと制度化される。ジュール・シモンとミシェル・ブレアルは，まさにこの系譜に属する。アグレガシオンという教授資格をもたない地方の英語教師でしかなかったマラルメが，人脈があったとはいえ，名門のリセ・コンドルセで職を得られたのは，多分にこの内閣の教育政策に負っている。この観点から今一度，『英単語』に限定せず，70年代のマラルメの活動を整理しておく。

　まずは『英単語』の faire ses humanités という表現に立ち戻ろう。ここには「ギリシャ語やラテン語を学ぶ」のほかに「文芸によって精神を培う」という意味があった。フレデリック・オザナンは，中等教育としての古典教育は，学問の習得ではなく，想像力，記憶力，判断力を鍛えることにあると言った。しかしそもそも古典語の文献を読むことでなぜそうしたことが可能になるのだろうか。ジュール・シモンは従来の人文学を批判しながら，その背景に「哲学，歴史，諸科学を学ぶ最良の手段は，それらをラテン語学習に縫い付けることだというよく知られた理論」[1]があることを指摘している。ラテン語学習を通じて，学問を学ぶことができる。古代ラテン語の文献には，そうした学問が折り込める，折り込まれているという考えをここに見てとることができる。他方で，マラルメもまた，こうした人文学に通じる発想をどこかで共有している。ただし彼の場合，ラテン語ではなく，例えば英語のような近代語がその地位にある。そうした身振りは，ポーを語る文脈でもっとも顕著に現れている。

　　私はポーの意見を崇めている。倫理学であれ形而上学であれ，哲学のどんな

---

1) SIMON (Jules), *La réforme de l'enseignement secondaire*, Paris, Hachette, 1874, p. 297.

残骸も透けて見えることがないだろう。付け加えて言えば、哲学は含み込まれて潜在的でなければならない[2]。

　逆に言えば、ポーの作品を読むなかで何らかの哲学を、そうとは知らぬままおのずと学ぶことができるということになる。こうした作品のあり方は、マラルメ自身が目指したところでもあるだろう。
　ポーを古典のように扱うという身振りは、『エドガー・ポー詩集』評釈の表現からもうかがえる。例えば、マラルメは長年かけた翻訳を、「我が国においてもっとも親しむべく、もっとも敬すべきわれらの先師らと同じく影響を与えたこの天才に対してフランスが好んで示す関心の一記念碑」(pp. 765–766) と位置づけている。またポーの詩論が斬新だとする風評を打ち消してこう述べている。「私の考えでは、これは多分間違いであろう。なぜなら、ここに示されている精妙な構成技法は、どの時代においても、文学の諸形式のうち、言葉の美を最優先させぬもの、〔そうではなく〕なかんずく、演劇においては、各部分を按配するのに用いられたものであるから」(p. 772)。「どの時代においても」という表現から、ロマン主義以前の演劇作品と同等に、古典としての地位を与えようとしている様子が見える[3]。さて、フランスの古典主義作家は、古代の作品に学び、自国語でそれを模倣した模範例として受容されていた。その点で言えば、近代語人文学におけるボードレールの地位は、古典語人文学における17世紀の作家の地位にどことなく似ている。「われわれはその詩編の、ボードレールの手による、範と仰ぐべき見事な翻訳を所有している」(pp. 770–771)。ボードレールはまた「〔ポーと〕同等の天才」(p. 771) である。
　「評釈」よりもずっと以前だが、この二人の組み合わせは、1870年の時点で登場している。マラルメは、英語教師としての職場環境向上のために、ソルボンヌ大学に言語学の学位論文を出す計画を立てていた。その論文は、「ボー

---

[2] 1892年10月27日付シャルル・モリス宛て書簡（MCL, p. 612）。
[3] フランスの古典悲劇に想を得たA. W. シュレーゲルが、ポーの詩論に影響を与えている。LEVINE (Susan), *Poe's critical theory*, Urbana, University of Illinois Press, 2007, pp. 55–76.

レールの思い出とポーの思い出に献じ」られたものだった[4]。計画は頓挫するのだが、その残骸として残ったのが「言語に関するノート」である。言語科学に対する考察が散見される「ノート」と、ボードレールやポーとの接点は一見わかりづらいせいか、両者は合わせて論じられることがほとんどなかった。しかし近代語人文学という補助線を引いて考えるなら、この学位論文の時点で、すでに英語と英詩をめぐる論考だったと考えられる。

また「ノート」にはこう記されている。

　科学とは、したがって、一般文法になるべく歴史的かつ比較論的である〈文法学〉と、〈修辞学〉にほかならない。[5]

第一章で確認したように、リセでは6学年から1学年へと進み、下級学級では文法を学び、途中で（狭義の）人文学を学んで、最後の学年で「修辞学」を学ぶ。修辞学は、中等教育の最終学級である[6]。他方で、当時の歴史比較言語学は、言語の変化や派生を最新の情報と方法で解き明かしていた。言語教育も、こうした知見に沿って合理的におこなおうという主張がなされていた。その一人が、ジュール・シモンの参謀のミシェル・ブレアルである[7]。こうしたことから、この「ノート」は、比較言語学を用いた語学教育を、リセのカリキュラムに沿った形で応用するための考察であったと考えられる。

ところで「ノート」では、古典語よりも近代語に重きを置いて論じようとしていたのではないかと考えられる。「ノート」には「中立的な言語」という表

---

4) 1870年5月22日マンデス宛ての書簡。Cf. Corr. I, p. 324.
5) O.C.1, p. 508.
6) 「ノート」に出てくるモンテスキュー、フェヌロン、ラ・ブリュイエールは、どれも人文学や修辞学の授業でよく扱われる標準的な古典作家たちである。Cf. CHERVEL (André), *Les Auteurs français, latins et grecs au programme de l'enseignement secondaire de 1800 à nos jours*, Paris, Publications de la Sorbonne, 1986.
7) ちなみにブレアルは、比較言語学をフランスに導入するに際して、それがポール・ロワイヤルの一般文法とけっして根本的に対立するものではないことを強調していた。Cf. DESMET (Piet), SWIGGERS (Pierre), *De la grammaire comparée à la semantique: textes de Michel Bréal publiés entre 1864 et 1898*, Leuven, Paris, Peeters, 1995.

現が見られるからである[8]。この言葉は，一見，抽象的な物言いに見えるが，『英単語』にも出ており，「中立的な言語」とは，長年アカデミー・フランセーズによって磨かれてきたがゆえに退屈な言語としてのフランス語のことである[9]。ただし『英単語』の眼目は，「中立的な特性」をもつ英語の分析にある以上，「ノート」の言葉は英語を指した可能性もある[10]。いずれにせよ，前章で述べたように，マラルメにとってこれらは近代語の特徴である。

　しかし，近代語人文学は古典語人文学に完全にとって代わることができなかった。その理由の一つは，英語やドイツ語は，古典語ほどフランス語に密接な関係性を有していないという点にある[11]。ギリシャ語や特にラテン語は，フランス語の形成に大きく関わっており，それによって蓄積された文化も多岐に渡る。それに比べればフランス語にとって英語やドイツ語は，同じく古典語に強い影響を受けた同時代の言語でしかない。そうした当時からの批判を踏まえて『英単語』を読み返すなら，論旨は明快である。ノルマン・コンクエストを決定的な分岐点として，英語を，アングロ＝サクソン語とノルマン語の「結婚」によって説明する[12]。さらに現代フランス語には受け継がれなかった古フラン

---

8) 「中立的な言語〔une langue neutre〕，もしそのようなものがあるなら，ある音がきわだってこれこれを意味し，ある価値を有する」(O.C.1, p. 510)。
9) 「すぐれて中立的な言語〔la langue neutre〕は，フランス語である。まずフランス語に届いて，かつまた，そこでフランス語化しなかったような流離の単語を一つでも見かけることほどまれなことはない。というのも，フランスの固有な特質は，鮮やかすぎるあらゆる色と極彩色との緩和を要求するからである。アカデミーは，ほとんど数世紀を経た操作によって消され変化を加えられた後でしか，そうした語たちのきらめきを認めない」(p. 1078)。またマラルメは，英語にも別種の中立性を見てとっている。
10) 「賢明に語ろうとする者は，英語について一つのことしか言えない。すなわち，英語は，語が単音節の形をとる傾向があるために，また語形に変化が乏しい中立的な特性〔neutralité〕から複数の文法機能を同時に表すのに適しているために，〈語基〉をほとんどむき出しで提示する，ということである」(pp. 1014–1015)。
11) CHERVEL & COMPÈRE, *op. cit.*, p. 32.
12) 「シェイクスピア，ミルトン，シェリー，バイロンと多くの散文作家たち，彼らが，ここで研究される言語の二重の宝物を数世紀にわたって伝え継いできた天才たちである。これら巨匠の誰も，無理解な愛国心から，言語の中で野蛮な要素を古典的な要素つまりフランス語的な要素とされるものから分離しようとは試みなかった。彼ら皆が，英語を現代言語のうちでもっとも独特で，もっとも豊かなものの一つにした解消できない結婚から非常に美しい成果を引き出した」(p. 961)。

ス語が英語のなかに生き残っていることを強調する[13]。フランス語の側から英語を見る書物であることを公言し[14]、英語に渡ったフランス語の資財を分析している。同時代にマラルメが書いた『ヴァテック』への「序文」は英国とフランスのあいだでもっと複雑な関係を見出している。「英国の方は自分のものと信じ、フランスの方はそれと知らずにいる作品、このような例は、あまたの記憶をさぐってみても、特別で唯一のものだ。こちらが原文、あちらが翻訳なのだ。一方〔…〕卓抜な地位で忘れられた創始者も同然の座を、事後とはいえ、フランスの文学史に要求しつつも、作者はその出自と他の見事な素描作品によって、わが国には属していない」(p. 18)。

ついでに『古代の神々』に触れておく。マラルメの知人で代議士のシャルル・セニョボスが、マラルメがパリのリセに移れるようジュール・シモンに取り入ったことはすでに述べた。実際、セニョボスからシモンへの書簡には、「パリ滞在をマラルメ氏に希望させた主たる動機は、学識豊かで教育的な英語文献の翻訳に着手したためです」と書かれていた。しかしなぜ神話学の本なのだろうか。むろん、海外の学問動向をいち早く取り入れることができるようにするのが近代語人文学の目的の一つである。しかしそれだけではない。『古代の神々』の序文にはこう書かれている。「〈神話学〉の学習は今まであまりに頻繁に、そしてあまりに長い間、ある一定の年齢になって初めて学びうるものとされてきたのだが、決して、古典教育〔l'enseignement classique〕のこれこれの学期、これこれの学年に限定されるものではない。神話学の優れた入門書は、児童たちが古代の古典的作品を学ぶ時、すなわちその教育機関の最初から最後まで、常に座右に（それが子供たちの記憶の中に納められるまで）置かれるべきである」(p. 1449)。本書の冒頭でも述べたように、神話学は、コレージュやリセの人文

---

13) 「英語を知る理由はたくさんある。一般には、その文学とその遍在の才のためだが、方法論的には、その形成において非常に強く主張すべきフランス側の寄与のためである（本書の各ページでそうしているとおり）。だが、自国語の過去と同時代の宝物を負っている知識人特有の愛国心を持っているなら、英語に昔のフランス語の単語を認めること以上に貴重なことはない」(p. 1046)。
14) 「ただ単に英語をフランス語から研究するのだ」(p. 950)。

学に含まれる学科の一部であった。教育史家もそう証言している[15]。そしてマラルメは，英国の最新の神話学によって神話の起源が気象現象に還元される光景を見届けたあと，『古代の神々』の巻末で，現代のフランス詩によって神話が再生されているかのように語る。そこにもやはり，英語圏の文化とフランス語圏の文化が協調して近代語人文学を描き出していることが強調されている[16]。

以上のように，パリのリセに移って以降のマラルメには，単なる英語教師にとどまらず，近代語人文学の徒としての側面がある。その身振りは，『大鴉』翻訳や『ヴァテック』「序文」のような文学的な作品から，『英単語』や『古代の神々』のような教材まで，一貫して見て取ることができる。その点で，興味深いのが，ポーの翻訳をめぐるルメール社とのやりとりである。マラルメは「大鴉」の翻訳を当初ルメールに持ち込むが，ルメール側は，大学教授に問い合わせた末，「大学の見解によれば，このような出版物は教科書としてそろえるのにまったく不適格だろう」という回答をよこしたことをマラルメ自身が書簡で告げている[17]。道徳的な面で，ポーが当時の教育界で受け入れられる作家ではなかったことは明らかだが，同時に，マラルメが，教材としてルメール社に売り込んでいた様子もうかがえる。ここにも近代語人文学の身振りが見られる。

そもそも，パリ着任の翌年にはジュール・シモンが保守派の反撃に遭って辞職し，共和派の人脈が機能しづらくなったせいであろうか，1870年代初頭に

---

15) 「伝統的な人文主義教育に寄与していたのは，諸言語や諸文学だけではない。大教室での教育の際にも生徒たちの学習の際にも扱われるいくつかの教科があった。それは，しばしば「寓話」と呼ばれる神話，歴史，年代学，古代地理，語彙論，類語，詩学，修辞学であり，新たな影響に開かれていたこのリストにきりはなかった」（CHERVEL & COMPÈRE, p. 34）。

16) 「きわめて偉大な詩人たちは，〈寓話〉の諸類型を，霊感によって活気づけ，現代的ヴィジョンによっていわば若返らせる（人類が新たな神話を創造しなかった以上これは彼らの義務である）という術を心得ていた。誰かが偏見にまみれて，もはや神々はわれわれのもとで存在の権利を有していないのだと考えていたとしても，ここで現代の〈文芸〉の栄光から借りたページの数々を読むなら，種族の精神的祭礼の何物も死んではいないということが事実であると認識できるだろう」（p. 1566）。普仏戦争による痛手から（ドイツ出身の英国の学者である）ミュラーの名前を伏せたとする論者が多いが，この巻末ではフランス詩を並べることによって一矢を報いていると見なすこともできよう。

17) POE (Edgar Alain), *Le Corbeau*, dossier réalisé par Michaël Pakenham, Séguier, 1994, p. 12.

見られたマラルメの真剣な関心はやがてパリとロンドンを往復する活発な社交生活のなかで薄れていった印象も否めない。そのしわ寄せは，職場の方にやってくる。1876年には，学校関係者から「詩に費やす時間をいくらか削って，もっと授業の準備をするよう」忠告を受けてしまう[18]。

2　フランス語人文学

1870年代以降の教育論争で，シモンやブレアルらの改革派が強調したのは古典語人文学の保守性である。それは単にラテン語という書き言葉の学習を膨大にやらせるだけではない。教え方も，最初に文法や修辞学の規範を頭から叩き込まれる。その教え方自体が強圧的であったがゆえに，学問による合理的な説明に代えていく必要性が唱えられた。それだけではない。ブレアルは言う。「われわれの教授たちはもはやラテン語韻文を勧めようとしない。というのもそれは王侯の美徳をことほぎ，神々への賛美を歌うのに役立つからである」（p. 222）。それだけではない。古典語人文学は，イエズス会の学校で長らく教えられていたことから，キリスト教と異教との調整をはかるためにギリシャ教父やラテン教父の文献を織り交ぜるという配慮がなされてきた。1870年代でさえ上級学級でラテン教父のテクストが用いられていた[19]。それゆえ改革にとって古典語人文学は，第三共和制においてもいまだ生きながらえている旧体制の旧弊だったのである。ブレアルは著作の序文で，「わが国の歴史は，表面的には革命だらけですが，知性的かつ道徳的な根底をなすものはここ2世紀ほとんど

---

18) Corr., V, p. 354.
19) CHERVEL & COMPÈRE, *op. cit.*, p. 12. デュルケムはイエズス会（ジェズイット）の教育を念頭においてこう述べている。「異教を，キリスト教道徳の讃美，宣伝のために役立たせること，それは大胆な企てであり，また一見したところ特別に困難な企てであるようにもみえる。しかしジェズイットたちはそれを試み，これに成功する能力を有していることに十分な自信をもっていた。ただ，そのためには断固として，古代世界を変質させねばならなかった。〔…〕ローマやギリシャのあらゆる伝説，伝統，宗教的な考え方は，こうした精神によって解釈され，すべての善良なキリスト教徒にうけいれられるような意味を付与されたのである」（デュルケム『フランス教育思想史』行路社，1981年，498–499頁）。

変わりませんでした」(p. 3) と述べている。フランスの学校ではあいかわらず，「ラテン語韻文」のクラスで詩作が続けられ，生徒たちはわけもわからないまま作詩法の規則を頭に詰め込んでいる。それに対してブレアルが，詩作までやらせずに幅広く作詩法を学ばせて，作品を味わうにとどめればよいという提案をしたことはすでに述べたとおりである。この改革はジュール・シモンの辞職によっていったんは途絶えるが，1880 年には，バカロレアの試験から，「ラテン語模擬演説」と「ラテン語韻文」の代わりに「フランス語作文」が設置された。いよいよ名実ともに，教育制度が，ラテン語韻文の撤廃に乗り出した。コンパニョンも指摘するように，ラテン語作文の方は修辞学の学級のなかで生きのび，また修辞学自体も，1885 年，1890 年の通達で撤廃されたように見えながらも，実際にはさまざまな形で生きながらえた。むしろ修辞学が批判されるなかで，制度上，「ラテン語韻文はまったく消滅してしまい」，韻文にせよ散文にせよ，たくみな詩作ということ自体に価値が見出されなくなっていった[20]。ここでマラルメのあの一節を読み直してみよう。

> われわれフランス人は詩句に手をつけてしまったのです。
> 政府は何度も変わりましたが，韻律法はずっと手つかずのままでした。幾度かの革命のあいだ，気づかれずにやりすごしたにせよ，この最後の教条も変化しうるという意見のおかげで攻撃を被らずに済んだにせよ。　　　(p. 64)

もちろん前後の文脈から，マラルメが念頭においているのは，フランス語の詩句の話である。生ける古典というべきユゴー[21]が 85 年に亡くなり，やがて

---

20)　例えば1890年の通達。「語の狭い意味で精神の諸能力を発達させること，つまり韻文や散文を楽しく議論し，組み立て，ひねり回すことは重要ではない。少なくともそれは付随的にしか重要ではない。それが教育そのものだとするなら，それは修辞学教師と詭弁家の教育であろう」。Cf. COMPAGNON (Antoine), «La rhétorique à la fin du XIXe siècle (1875-1900)», *Histoire de la rhétorique dans l'Europe moderne: 1450–1950*, dir. par Marc Fumaroli, Paris , PUF, 1999, p. 1218.
21)　ポーに関する言及と似て，ユゴーに関しても，作品のなかに哲学が浸されているかのようにマラルメは記している。「ユゴーは，その不可思議な務めにおいて，あらゆる散文を，哲学も雄弁も歴史も，ことごとくこれを詩句に追い込んでしまった。〔…〕その

自由詩が登場したからである。しかし「詩の危機」の深刻さを推しはかるには，人文学の動向も合わせて見ておく必要がある。詩句はフランス語で始まったものではない。古代から連綿と受け継がれ，近代以降も，古典語の詩句を覚え，語り，書いてきた。そうした制度が1880年代以降，衰退に拍車がかかる一方で，それと前後するように，マラルメの周囲に自由詩の実践者たちが現れたのである。それゆえこの時期は，フランス文化史的に見ても，1902年の改革ほどではないにせよ，詩句というものの公共的な地位が根底的に変化しつつある重要な転機だったと考えられる[22]。危機に敏感に反応したマラルメとしては，文学的な遺産をどう受け継いでいくかという問題に嫌でも向き合わざるをえない。

マラルメは，もっとも近代語人文学の側に傾いていた『英単語』の執筆時期でさえ，グラドゥスを引き継ぎながら新たな試みをおこなっていた。そこには古典語人文学への目配りがあった。ただしマラルメの競争相手は，古代文学ではなかった。ラテン語の課目がフランス語に代わったことからもわかるように，1880年代から1902年まで，古典語の位置を占めたのはフランス語自身である。すでに1840年代から，フランスの古典作家が授業の対象になり始めていたが，1880年代以降，フランス語の正典が刷新され，1890年には，教育上級会議が「古典主義」の範囲を現代作家にまで広げる。新たなフランス語作文（composition en français）と文学テクストの説明（explication de texte）を中心にさまざまな学習方法が蓄積され，フランス語の古典を扱う新たな人文教育が開

　　無自覚な思想とは，詩句と呼ばれる形態は単にその形態自体がそのまま文学であり，また，読み方が抑揚強く発音されるとたちまち詩句があり，文体あればすなわちそこにリズムがあるとする態のものである」（p. 205）．

[22]　コンパニョンはこう述べていた．「チボーデは，一九〇二年の現代教養教育の改革［一九〇二年に中等教育の現代化のために改革がなされ，ラテン語が教育科目から姿を消すことになった］に，真の20世紀の始まりをみていたに違いない．それは，一八九八年とドレフュス事件，一九〇五年と政教分離，あるいは一九一四年と戦争よりも，フランス文化史の視点から見れば，より決定的な出来事であった．アンチモダンの伝統にとって，一九〇二年は鍵となる年であり，ペギーの「現代世界」に対する反抗は——驚くべきではないとしても注目すべき事実であるが——学校の急進的政策に対する反動として始まったのである」（アントワーヌ・コンパニョン『アンチモダン』松澤和宏監訳，名古屋大学出版会，2012年，171-172頁）．

発されていった[23]。それは古典語人文学との対比で「フランス語人文学」と呼ばれる。こうした教育政策の結果，19世紀末から，古典教育の最優秀の生徒に数えられる者たちが，古典語を放棄し，フランス語が，新たな学校文化の中心となった。作家のジュール・ルメートル（1853-1914）は，1898年に，われわれはラテンでもギリシャでもなくフランスの古典主義作家たちに「われわれの精神の形成を負っている」[24]と発言するまでにいたる。「詩の危機」のなかでマラルメが，「われわれの〔古典語の〕六歩格詩句というべきアレクサンドラン」（p. 206）と言うとき，ここにも，フランス語文学のなかにラテン文学に匹敵する「古典」を見出す発想が認められる。

したがって，彼が1886年の時点で「もしフランス精神が，きっちりと想像力豊かで抽象的な，つまり詩的な精神が輝きを放つなら」（p. 157）と述べて，自分の文学的原理を披歴するとき，ゲルマン神話を用いたヴァーグナーの楽劇に対抗しうると考えたこともある程度説明がつく。マラルメは，マックス・ミュラーの神話学を通じて，神話上の登場人物を「気化」し，つまり神話の起源にあった天候現象を見出すにいたっただけではなく，そうした神話学の成果と見合う抽象的な芸術表現を，17世紀のフランス悲劇に見出しつつあった[25]。それは，ギリシャやローマの神話に頼る古典語人文学でも，シェイクスピアやポーに頼る近代語人文学でもなく，当時はっきりと台頭しつつあったフランス語人文学の動きと軌を一にしている[26]。

---

23) CHERVEL & COMPÈRE, p. 33.
24) *Ibid.*, p. 34.
25) 「考えてみると，フランス悲劇の簡素な襞に横たわる意図は，白い灰のなかでよみがえらせた古代にあるのではなく，何もないかほとんど何もない中央の場に，人間の偉大な姿勢を，しかもわれわれの精神的な造型のように生み出すことにあった。／例えばデカルトの内的な操作にもひとしい彫像術であり，登場人物の統一をそなえた当時の意味深い芝居小屋が，舞台と哲学を結びつけてその彫像術を活用しなかったとしたら，抽象的な典型を活性化せんとする長広舌で無色透明なその本性にもかかわらず発明を押し止められていた悪名高い当時の博識な趣味を告発すべきである」（p. 186）。
26) 1871年以降，教育の刷新とナショナリズムの高揚があいまって，フランスの古典を重視する傾向が飛躍的に進み，例えばバカロレアのラテン語作文のテーマが，ラシーヌの作品について論じるフランス文学史から出題されるような横滑りが起きつつあった。Cf. CHERVEL, p. 73. したがって「言語に関するノート」からヴァーグナー論や演劇論にま

第八章　マラルメと人文学

とはいえ，マラルメの作品がフランスの学校教育に取り入れられることは，当時はまず考えられなかった。現代作家を扱うということ自体，相当に思い切ったことであっただけでなく，公教育の場ではロマン派とその末裔は長らく忌避されつづけた[27]。そうであるからこそ，一種の対抗文化としてマラルメは80年代以降，文壇で脚光を浴びたわけである。彼の名声は，マルシャルも指摘するように，公式のフランス語人文学とは真逆の方向で輝きを放っていた[28]。しばしば退廃や晦渋という批判をこうむったのもそのためである。社会の趨勢に対するマラルメの反応はよく知られている。「文芸のなかにある神秘」の一節で，まさに教師のような身振りで「現代人は読む術を知らない」と叱りつける。この物言いは，まるで過去の人は読む術を知っていたかのようであり，自分の作品をまるで同時代とは隔たった昔の作品と見なしているかのようである。しかしこの当時，フランス語人文学は，もはやかつてのように文学を生のモデルとする「修辞学の文化」ではなく，文学をコメントや説明の対象とする「註釈の文化」へと変容しつつあった[29]。作者の意図の観点から作品の出来栄えを鑑

で，マルシャルについで熊谷謙介が摘出したマラルメのデカルト主義は，興味深いことに，フランスの人文教育の動向からもおおよそ説明できる身ぶりなのである。Cf. KUMAGAI (Kensuke), «Mallarmé et «l'esprit français»», *Études françaises*, N. 95, 2009, pp. 77–90.

[27] シェルヴェルによれば，ユゴーの詩の数編は1830年代からすでに選集に収められていたが，「文芸学級」のプログラムのなかで正式に名前が登場するのはラマルティーヌと同じく1895年である。ボードレールの登場は20世紀以降である。CHERVEL (André), *Histoire de l'enseignement du français du XVIIe siècle au XXe siècle*, Paris, Retz, 2006, pp. 452–456.

[28] マルシャルも，修辞学が消えて文学史が導入されつつあった時期にマラルメが文壇で注目を浴びたことに着目している。一方で，「墓」詩群で「自己顕示的演説」(discours épidictique) が見られることからマラルメも修辞学の伝統からまったく自由ではないことを指摘しつつも，「世紀末における詩の自律性は，弁論術の帝国の崩壊と結びついている」として，詩の言語のあり方を，物語り，教え，描写するのとは別のところに求めるマラルメの立場にその兆候を見てとっている。Cf. MARCHAL (Bertrand), «*La Musique et les Lettres* de Mallarmé, ou le discours inintelligible», *Mallarmé ou l'obscurité lumineuse*, dir. Bertrand Marchal & Jean-Luc Steinmetz, Paris, Hermann, 1999, p. 279.

[29] ミシェル・シャルルによれば，修辞学の文化では，「別の言説＝演説の練り上げのための予備教育」として既存の言説＝演説を学ぶのだが，註釈の文化では，文学は神聖化され，目的そのものとなる。それは，「書く」という行為ではなく，註釈を与えるのであ

賞するものになっていた。作品そのものが神聖視されるようになったと言えなくもないが，かつての古典が生の手本であったことを考えると，ここには古典の権威失墜や世俗化が見られる。そうした時代に，マラルメは，忘却と沈黙を肯定して[30]，「修辞学の文化」とも「註釈の文化」とも異なる仕方で，文芸のなかにある神秘を語っていたのである。

　マラルメが「詩の危機」のなかで「言語の二重の状態」について語っているのはすでに述べたとおりである。言語には，生の状態と本質的な状態がある。それはおおよそ，報道の言語と文学の言語に対応する。前者に属するものとして「物語ること，教えること〔enseigner〕，描写すること」が挙げられているのは有名である。ただし，彼は教育全体を否定しているわけではない。「様々な状況」と題された雑誌掲載の文章を見てみよう。

　　教育は，それをもたらす者，それを受け取る者を束縛するが，作品がそこにあるなら話は別だ。学ぶこと〔学ばせること〕は，私には，つねに内なる行為に思われた。ああ，例えば祝祭がそうだが，この外では，何ものもそれを祝うことがない，そしてあの陶酔，つまり年長者の光との新参者たちの融合。思うに，こうした婚姻だけが神秘にかかわるのだ。[31]　　　　　　(p. 334)

　マラルメが評価するのは，作品をつうじた教育である。これは一方で，火曜会のメンバーたちとの親密な交流を思わせるが，他方で，作品をつうじて鑑賞者の心のなかで生じる学びの場面とも読める。祝祭は『ディヴァガシオン』の

る」(CHARLES (Michel), *L'arbre et la source*, Paris, Seuil, 1985, p. 51)。
30)　「読むとは——／次のような実践である——／タイトルというものは声高に語りすぎるおそれのあるものだが，そのタイトルさえ忘却しがちなページ自身の純真さを，ページをめくるごと，その冒頭にくる余白の方へとよりかからせること。そして，一語また一語と克服された偶然が，散種のごとくちらばった極小の裂け目の中にぴたりと並んだとき，先ほどまでは無根拠であった余白が，今や確固たるものとなって，しっかりと回帰する，それは，この向こうに何もないと結論づけるため，これが本物の沈黙なのだと証明するためだ——」(p. 234)。
31)　修正を加えた文章が『ディヴァガシオン』に掲載されているが，大意はそれほど変わらないので，比較的意味の取りやすい雑誌掲載時の形で引用している。

主題そのものと言えるが，引用では祝祭が事例として挙がっているように，祝祭もマラルメの考える学習や教育の一種なのである。ここではそれが年長者と，おそらくは年少である新参者との関係である以上，「遺贈」という主題がかかわってくる[32]。ヴィリエ・ド・リラダンについての講演を見てみよう。

> われわれは別の意志をもって集まっていました。それは，時代に対して遺贈する〔léguer〕前に，フランス語の詩句という，ときに調律の狂った古い楽器を，素晴らしい状態で，必要な調律をきっちりとおこなって，決定的に引き締めなおすことにつきるのです。〔われわれの〕何人かは卓越した楽器職人であることを示しました。　　　　　　　　　　　　　　　　　(p. 33)

フランス語の詩句を次の世代に伝えてゆくこと，ここには，フランス語人文学の発想を認めることができる。そのとき，自由詩は問題にならない。自由詩よりも韻文詩の方がまさっており，韻文詩の方が後世に残ると彼は言う[33]。それは彼の論理では当然であって，自由詩は個人的なものであるかぎり，そこには公共性の契機が存在しない。遺贈や継承の対象になるのは，韻文としての詩句の方である。しかしここでは，かつての人文学のように，特定の詩句を体でおぼえてゆく，という形で考えられてはいない。詩句と言われているのは，特定の詩行ではなく，楽器に例えられているように，手段や方法といった形式の意味である。それは，「韻律法という共有の遺産」や「記譜法」という表現からも見てとることができる[34]。なお「あらゆる個人が，新奇で，個人の息の特性を帯びた一つの韻律法，さらにまた，たしかに，何らかの正書法を持ち寄るという解放」[35]というマラルメの言葉を読む際に，19世紀から，フランス語人

---

32) 遺贈に関しては，次の論文がたいへん示唆的である。熊谷謙介「マラルメと「遺贈」」『人文研究』171号，神奈川大学人文学会，2010年，55-75頁。
33) 「詩句同士の類似や古来の均整といった規則性は長持ちするだろう」(p. 209)。
34) 「フランス語の特質については，いかなる私的な発明も韻律法という共有の遺産を超えることがないとなれば，歌い手が一人離れて，無数の小さな花々のなかに足の赴くままに進んでも，自分の声が何らかの記譜法に出くわすところではどこであれ，花を摘むことなどできやしないという不満が，それでも炸裂することになろう」(p. 208)。
35) 「しかし，さらに，あるいは本当に見積もるべき解放，あらゆる個人が，新奇で，個人

文学の授業の一環として体系的な正書法が導入されたこと[36]をここで思い起こしてもよいだろう。自由詩が一人離れて自分の楽器を奏でるという事態は，マラルメにとって，韻律法の自由化だけでなく，正書法の自由化でもあった。それが彼にとって意味するところは，第三節で明らかになるだろう。

いずれにせよ，重要なのは，形式や規則としての詩句である。それは，自由詩に対する冷やかな評価と結びついている点で，保守的な身振りにも見える。しかし特定の古典を押しつけるような学校的な態度でもない。卓越した数人も，古典作家のように崇められるのではなく，「楽器職人」として，詩句の修繕と維持をつかさどる媒介者として語られるのみである。詩句が非人称化されている，と見ることもできる[37]。しかし同時に，詩句が，既存の表現内容ではなく，これから使うべき表現手段であることに重点が置かれている。註釈や説明の対象ではなく，先人たちに代わって，今度は自分で使いながら伝えてゆく道具である。当時のフランス語人文学が分析，注釈，説明に傾いていたのに対して，マラルメは，書くという行為の教育と遺贈を目指している。

第二節　パブリック・ドメイン

1　爆弾と書物

1894年の2月から3月にかけて，オクスフォードとケンブリッジでマラルメは「音楽と文芸」と題した講演をおこなっている。そのなかで，聴衆に向かって彼はこう語りかける。

　の息の特性を帯びた一つの韻律法，さらにまた，たしかに，何らかの正書法を持ち寄るという解放について，冗談が高らかに笑い，序文執筆者たちの舞台に思いつきを吹き込む」(p. 209)。
36)　CHERVEL, p. 70.
37)　「個人性が消去されて，書物は，ひとが著者としてその本から離れるのと同じく，読者の接近を求めはしない」(p. 217)。

どなたも，書くという能力をその源泉において使ってらっしゃるのではありませんか。

郵便袋につまった手紙の山には，夜ごとに書かれた「未刊の傑作」がひそんでいる。彼は，出版物ではなく，知人に宛てられた手紙の方に，「書くという能力」の源泉を見てとる。人が社会のしかるべき役割を担って暮らしている片手間に「書くと言う能力」を行使する場合には問題はない。しかしこうした能力を徹底的に行使する詩人は，周縁に位置する哀れを誘う人物である。ジュール・ユレによるインタヴューでの言葉を借りれば，資本主義と大衆社会の時代には，詩人は「社会に対してストライキ中」の存在である。その意味で，アナキストと通じるものがある。アナキストが議会に爆弾を投げつけた事件（オギュスト・ヴァイヤンによる下院爆破事件）をほのめかしながら，「私としては，炸裂の明るさゆえ，つまりもしその明るさの与える教育〔enseignement〕があれほど短くなかったならば，この爆弾に関心を寄せるでありましょう」（p. 72）と語る。対する詩人は，同じく社会の片隅に住まって，「あまりに手つかずの概念を爆弾として〈社会〉へと突きつける」（p. 71）。詩人の武器は「手つかずの概念」であり，それを投げつけることにこそ詩人たちの教育がある。しかし詩句の教育が途切れたところを見ると，その持続性もあやしい。英国の大学人を想定してマラルメはこう述べる。

> 皆様と意見の一致を見ましたとおり，私の国でも，皆様の国であっても文学的事実の継続において空隙が生じてはならず，不和でさえ生じてはならないのです。先駆者たちの願いを伝統に結び直すことです。これは執念のごときものですが，これのおかげで私は，今，会衆である著名な教師の方々と若きエリート諸氏の一群を前にして，異国にいるという思いをほとんど感じずに済みそうです。
> （p. 70. 傍点は立花）

もう少し先では，さらにこう続けている。

> 群衆が利益や娯楽や便利を求めてどこかで集まっているどのような場合でも，

数少ない〔文学の〕愛好家にして〔政治の〕素人である者たち〔amateurs〕が，群衆のいるところに無関心を示すという仕方で群衆に共通する動機を尊重しつつ，脇に身を置くようなこうした態度で，少数派を形成することこそが重要なのです。　　　　　　　　　　　　　（p. 72. 傍点は立花）

　定型詩と自由詩の「不和」を念頭に置いて，マラルメは少数の者たちに定型詩句の伝統を継承する"教育"の必要性を説いている。彼の言葉にはある種のエリート主義が見てとれなくもないが，しかしまた彼は，みずからをアナキストやストライキ中の労働者になぞらえることによって，伝統もふくめた体制そのものに刃向っているようにも見える。マラルメが形成を呼びかける少数派とはいかなる陣営に属するのだろうか。文芸における教育とはどのようなものなのか。こうした問いを検討する前に，まず彼が赴いた英国の状況を確認しておこう。

2　知の聖遺物

　一方で，マラルメが講演旅行に出かけた英国の事情はどうか。
　1870年代，マラルメは，『最新流行』の「教育の助言」でエッジワース嬢のアンソロジーを紹介しており，視学官の前で，彼自身がそれを教材にしていた。彼女は児童文学の先駆者のひとりであると同時に，父親のリチャード・ロヴェル・エッジワースらとともに1798年に『実際的教育』という著作を刊行している。父親のエッジワースは19世紀初頭におけるオクスフォード批判の急先鋒として大学史に名を残す人物である。著書名からもうかがえるとおり，旧態依然たる古典教育に対して実際的職業主義を唱える陣営に属していた。
　世紀後半には，古典教養教育をめぐって大論争が繰り広げられ，ジョン・ヘンリー・ニューマン，ハーバート・スペンサー，J. S. ミル，T. H. ハクスリー，マーク・パッティソン，ベンジャミン・ジョウエット，マシュー・アーノルドらが論陣を張った。19世紀をつうじて，オクスブリッジはさまざまな時代の波を受けてゆく。学位試験制度の改革，科学教育の導入，専門職業教育を重視

したロンドン大学の設立,そしてフェロー制度の改革[38]。それまでは国教徒の独身者に限られていたフェローも,50年代半ばには非国教徒にも門戸が開かれ,77年には妻帯も可能となった。70年代から80年代は,もっとも大学改革が発展した時期であり,オクスブリッジは,古典教養教育と職業専門教育との双方を担う大学へと変貌をとげつつあった[39]。マラルメが出会ったのも,オクスブリッジが大幅に改革されて以降のフェローたちである。

なおマラルメと親交があり,マラルメに好意的な記事を書いていたエドマンド・ゴッスが記事を掲載していた『アカデミー』誌もまたオクスフォード改革派の媒体であり,上述のパッティソンによって支援され,そこにはハクスリーやアーノルドといった研究大学志向の改革派が集っていた。またマラルメに打診してきた講演会「テイラリアン・レクチャー」は,ロバート・テイラー卿の遺産によって1845年に創設された有名な現代ヨーロッパ語研究機関であるテイラー協会によって組織されていたものであり,"近代語人文学"とも相性の良いオクスフォード改革派だった[40]。

マラルメが当時コレージュの英語教師であり,かつ若い文学者を随えた象徴主義の領袖であったことは海の向こうでも知られていた。ロンドンの駅では,『ナショナル・オブザーヴァー』誌記者でもあるオクスフォード大学教授チャールズ・ホイブリーに出迎えられ,オクスフォードの駅では,フェローのパウエルに出迎えられた。オクスフォード大学のボドレイ図書館にも立ち寄った後,パウエルの宿舎でウォルター・ペイターに引き合わされている。翌日のケンブリッジ大学では,レナード・ホイブリー(チャールズの弟)らに出迎えられ,講演後の夜には英国の大学人らとフランスの文壇について語り合っている[41]。マラ

---

[38] 「フェロー」は,オクスフォードやケンブリッジにおける有給の特別研究員で,教授や講師を兼ねていた。

[39] マイケル・サンダーソン『イギリスの大学改革 1809-1914』安原義仁訳,玉川大学出版局,2003年,115-129頁。ヴィヴィアン・H. H. グリーン『イギリスの大学——その歴史と生態』安原義仁・成定薫訳,法政大学出版局,1994年,56-82頁。

[40] マラルメの英国人脈については,中畑の次の記述が示唆的である。中畑寛之『世紀末の白い爆弾』水声社,2009年,312-320頁。

[41] ジャン=リュック・ステンメッツ『マラルメ伝』柏倉康夫・永倉千夏子・宮嵜克裕訳,水声社,2004年,447-471頁。

ルメを迎えたのは、ジャーナリズムと関わりのある大学人や作家たちであった。

　帰国後に書かれた「有益な遠出」のなかでマラルメは、オクスフォードの制度を「王侯からの遺贈、さまざまな形の贈与にほかならぬこれらの修道院あるいはクラブを結びつけたもの」（p. 55）と考えている。その古き良き姿が愛でられているが、マラルメにとってそれはフランスが取り入れるべき制度ではまったくなかった。

　マラルメは、もちろん肯定的な側面も指摘している。オクスブリッジには、若者のための「思索の場」（ibid.）がある。「どのカレッジの宿舎も、知の愛好家のそうした一群を、数世紀来、自分のものとして抱え、彼らは次々と選ばれ、受け継がれてゆく」（p. 56）。そこでは「実験」や「発見」がなされている（ibid.）。要するに、研究と高等教育がきちんとなされているのである。充実した書斎と豊かな食事が保証されている。マラルメは、フェローへの羨望の念を隠していない。「構想の点でも地位の点でもアカデミーは比較にならない」（ibid.）とさえ述べている。

　しかし彼らは、宿舎の内部では妻帯が許されないが、アンシャン・レジーム下の聖職者や貴族にも似た特権を有している。それを認める「社会的寛容さ」が英国にはある。しかしフランスは、そういうものに不信感を抱く。フランスには、そうした特権的な制度を認めない「明るい正義の本能」（ibid.）があるのだという。

> われわれの国の実情に身を置くとき、〔修道院内禁域のごとき英国の大学の〕そうしたありように反対してしまうのだ、外部から認可されたこのたぐいまれな身分に対する何かしれぬ敵意がしみ込んでいるからである。〔…〕こういう逃走、自己自身の内部への逃走はぜひとも必要なものである、とはいえ、それもかつてはまだ可能だったのだが、いまや身を引いて自己自身の内部に向かおうにも、その自己自身というのが、すでに遠くなっているのではないだろうか。
>
> （p. 57）

　オクスフォードの幸福な学究生活を成立させているのは、王国からの認可を受けた修道僧や貴族のような特権が社会的に受け入れられているからだとマラ

第八章　マラルメと人文学

ルメは考えている。フェロー制度が「知の聖遺物」(p. 59) とも評されているのはそのためである。他方で「我が国の実情」は，よくもわるくも民主制であり，国民はフェローの特権的な待遇を認めないだろう。

しかしマラルメにとって重要なのは，国民がそれを認めるかどうかではなく，そうした特権的な身分が，そもそも「書くという行為」を可能ならしめるものではないという点である。ウォルター・ペイターのような「当代きっての精妙をきわめた散文家」(p. 56) がいることを踏まえた上で，作家を育成するのに適した環境ではないとされている。マラルメは，講演旅行からの帰国後，「文学基金」を提案する。そこには，オクスブリッジの「フェロー」の優雅な学究生活を踏まえた上での，「我が国の実情」に即した提案が見られるだろう。しかしそもそも，フランスの事情とはどのようなものだったのだろうか。

3　フランスの高等教育

歴史

マラルメのいう「わが国の実情」を知るには，まず高等教育制度の歴史を確認する必要がある。「19世紀のフランスに近代的な意味での大学は存在しなかった」とさえ言われる。19世紀は，フランス高等教育の停滞期であり，世紀末になってようやく変革が本格化する。その歩みをざっと振り返っておこう[42]。

1806年，ナポレオンの「帝国大学令」によって帝国大学が設立されるが，これは帝国全土の中等以上の各種学校を一手に監督する文科省に該当し，コンドルセの理念ともベルリン大学の理念とも異なる中央集権的な行政機関であった。むしろ今日でいう大学に相当するものは，17の大学区に設置された単科大学(ファキュルテ)の方である。単科大学には，伝統的な神学・法学・医学と新設の理

---

[42]　主な参考文献は以下のとおり。
　　梅根悟『世界教育史大系〈9〉フランス教育史』講談社，1975年。
　　田原音和『歴史のなかの社会学——デュルケムとデュルケミアン』木鐸社，1983年。
　　渡辺和行「〈論説〉一九世紀フランスのファキュルテ」『香川法学』第10 (3/4) 号，1991年，275-306頁。
　　C. シャルル，J. ヴェルジェ『大学の歴史』岡山茂・谷口清彦訳，白水社，2009年。

学・文学の5種類がある。この五つは，帝国大学によって独立に管理されているが，それは，五つがそろっているパリにおいても例外ではない。こうした中央集権主義は，第二帝政においていっそう強化がはかられる。単科大学の資産や不動産は没収され，大学人ではなく大学区長や視学総監が権力を有し，教授任命権さえ公教育大臣の権限であった。教育内容も統制が厳しく，クーザン，ギゾー，ミシュレ，ジュール・シモン[43]らが職を追われた。

　1806年の「帝国大学令」から1896年の「総合大学設置法」までのほぼ一世紀のフランス高等教育に見られる一貫した特質——これは五月革命後の1968年11月の「高等教育基本法」制定まで引き継がれる——は，中央集権的な国家統制であるが，その制度的内実としては，第一に，単科大学とグランゼコールの併存，第二に，単科大学（とりわけ文科と理科）とリセの親密性がある。

　5種類のうち，神学・医学・法学の各単科大学は，神学者，医者，法曹関係者を輩出する専門的職業教育を担当し，その他の専門職（高級官吏，軍人，産業人・技師など）の養成は，グランゼコールが担っていた。つまり大学教授の要請も，「理工科学校」（École polytechnique）や「高等師範学校」（École normale supérieure）が任にあたっていたため，理科と文科の大学の存在が微妙かつ貧弱なものとなっていた。1808年3月17日の勅令によって単科大学には学位授与権の独占が保証される。バカロレアが，中等教育の修了証明であると同時に大学入試資格でもあることからわかるように，単科大学は，事実上，リセ修了を保証する試験機関であった。そのため，単科大学は中心都市のリセに併設されて固有の設備を有さず，教授は兼任の場合があり，教科課目も相同的かつ連続的なものであった（単科大学の授業は通常，一般大衆向けの「公開講義」で専門性の低いものであった）。その結果，リセや単科大学の教授になる場合，高等師範学校の卒業生であれば，整った環境で短期間（平均23歳）のうちに教授資格を得られるのに対して，文・理科大学の出身者は，教授資格取得までに10年から15年かかるため，バカロレアを取るとすぐに下級教職に就職するのが慣例であった[44]。単科大学は，高等教育機関の体をなしておらず，とりわけ

---

43)　公教育大臣のジュール・シモンは，大学で教鞭をとる哲学者でもあった。
44)　20代後半のマラルメによる博士論文執筆計画は，この道筋に沿ったものと考えられる。

文科に関して言えば，リセと同じく「古典教育」の知的再生産に終始していたのである。

　ナポレオン3世は，1860年代，対イタリア政策の失敗によってカトリック勢力の支持を失うと，台頭するブルジョワジー勢力の要求に応じざるをえず，いわゆる「自由帝政」と言われる自由主義政策の時代が到来する。このとき公教育大臣に任命されて大学改革に乗り出したのがヴィクトル・デュリュイである。1868年，彼は，教育から独立し総合研究専門の機関として「高等研究院」（École pratique des hautes études）を設立する。これは，特別補助金を与えて，実験施設とスタッフを既存の施設内に配置するための仕組みである。当初は，(1) 数学，(2) 物理・化学，(3) 博物学・生物学，(4) 歴史学・文献学の4部門が設けられ，各部門の研究主任は，コレージュ・ド・フランス，高等師範学校，ソルボンヌ大学の教授たちが務めた（ちなみに歴史学・文献学の研究主任の一人がミシェル・ブレアルである）。

　その後，1870年代の不安定な政情ののち，議会制民主主義が確立しつつあった1878年，ルイ・リアールやエミール・ブトミーのほか，ミシェル・ブレアル，ガブリエル・モノー，イポリット・テーヌ，エルネスト・ルナン，ルイ・パストゥール，フュステル・ド・クーランジュといった錚々たる学者陣がコレージュ・ド・フランスにつどい，本格的な大学改革を推進するべく「高等教育協会」が発足する。従来の古典教育からはずれた新しい人文・社会科学の導入者たちが，閣僚や官僚となって第三共和政の教育改革を主導していった。

　協会発足後，すぐさま学士号準備生のための給費制度が開始され，83年には，一般向けの「公開講義」と並行して，登録者限定の「閉鎖講義」がようやく始まる。また80年には文学学士，哲学学士，歴史学学士の三つが設けられ（さらに86年には近代語学士が追加され），それに応じて共通試験（ラテン語作文，フランス語・ラテン語・ギリシャ語の模擬演説）と専門試験が設けられた（ちなみに，1907年に試験は完全に分化されるが，古典教育の名残りであるラテン語作文とラテン語模擬演説は，1920年まで各学士の試験制度に組み込まれていた）。

　1880年以降の改革の目指すべき方向は，総合大学の創設であった。ジュール・フェリーは，初等教育の無償化と世俗化に成功したあと，83年に全単科大学にアンケートを求め，総合大学の構想には広範な賛同が得られたものの，

その具体的方針については紛糾した。そこで，高等教育局長のリアールたちは，既存の単科大学の自治を立法化してから単科大学同士の統合のあと，総合大学に統一する方針を立てた。かくして85年に単科大学は法人格を，93年には複数の単科大学の連合教授団に法人格を付与し，最終的に96年の「総合大学設置法」で，この連合教授団に「ユニヴェルシテ」の呼称を与え，ついに総合大学が誕生する。しかしもともと総合大学の構想は，高等教育の効率化，大学を核とする地方分権化，科学による精神的社会秩序の構築を目指して，パリを除く地方に，5大学ないし6大学の一大拠点を作る計画であった。その計画を，既存の単科大学の自治権の強化から始めたために，各大学区に15の総合大学を創設するにとどまった。各総合大学は，各単科大学が伝統的な団体性を回復したまま，5学部から2学部までの格差のある総合大学ができあがった。またグランゼコールと大学の関係は，高等師範学校とソルボンヌを連結するという試みだけで終わった。こうして新たな大学の枠組みは整ったが，古い人文学的古典教育と新しい科学との研究・教育をめぐる実質的な問題は20世紀にもちこされることとなった[45]。

文学の位置

当時の高等教育改革は，(1)社会の民主化・大衆化への対応，(2)工業化以降の経済的社会条件に適合的な教育体制の希求，(3)教育を通じた国民統合による増大する社会的緊張の緩和を目指していた。(1)や(2)には，マラルメが求めるような文学の介在する余地は乏しいがゆえに，ときにアナキストにみずからを投影しているのである。しかし(3)において文学は一定の役割を果たしうるはずだが，当時の制度が，「科学」を国民統合に掲げていた以上，制度の内部にマラルメの考えるような文学の位置を見出すことはむずかしいように見える。

田原音和によれば，19世紀フランスの学術制度は三つの機能の分業体系だった。第一は，リセと連動した文・理科大学および高等師範学校の中等・高等教員養成機能であり，第二は，医科，法科および各種の専門学校による専門的職業人の養成機能である。そして第三に，コレージュ・ド・フランスや学士院

---

[45] そのときクローデルが人文学をめぐる論争に巻き込まれることになる。

などにおける研究機能である。当時の大学改革とは，教育機関である第一と第二に，研究機関としての第三を付け加えることであった[46]。

　学士院のなかでも，科学アカデミーや道徳政治科学アカデミーは，目覚ましい研究成果を上げており，そうした側面を大学に取り込むことが当時の課題であった。さて，マラルメの目指すべき方向も，部分的にこうした時代の趨勢と重なり合う。フランス学士院のアカデミー・フランセーズが，一流とされる作家が研究や執筆をおこなえるもっとも名誉ある組織[47]として存在した一方で，リセと文科大学が，古典語人文学という枠内においてかろうじて文学的な執筆行為を教える場として存在していた。したがって韻律法を伝承する場を模索する際，マラルメは，リセ・文科大学という第一部門と，アカデミーという第三部門をむすぶ直線上で思考しているのである。

　第三部門のなかでもアカデミー・フランセーズは，作家たちを含む研究機関という点で，マラルメが属する「少数派」の場として参考になる。実際，1895年発表の「擁護救済」のなかで，宗教的祭式にも似たアカデミーの施設や振る舞いに興味を示しているが，不満をいくつか述べている。一つ目は，その人物崇拝である。「すべての害は，このとりちがえにおいて次のことに帰せられる。彼らが不死であるよう望まれているのだが，代わりにそうであるべきなのは作品である」（p. 271）。著作よりも著者を尊ぶ制度である。第二に，その権威主義である。彼らは，「教育の行き届いていない政府」（ibid.）の代わりに，保存してきた規範にのっとって，書物や人に決定を下す。アカデミーの会員は，国に代わって価値基準を示す組織である。マラルメは，アカデミー・フランセーズが国家と取り持つ関係を肯定的に見ていない。第三に，アカデミーは，功成り名遂げた人物たちの組織であるから，対外的に賞与はおこなっているものの，

---

46) 田原音和「大学改革の論理と共和主義的イデオロギー」『歴史のなかの社会学』木鐸社，1983年，233頁。
47) よく知られているように，この組織は，リシュリューに認可されたフランス最古のアカデミーである。作家，芸術家，学者，聖職者など40人の終身会員からなり，緑の礼服に二角帽で（聖職者以外は）帯剣しており，リシュリューの定式にあやかって会員たちは「不死の者」と呼ばれている。『アカデミー辞典』を定期的に刊行してフランス語の規範を維持してきた。

若手自身が会員として恩恵を得られる場でない。マラルメは,「有益な遠出」のなかで「不死の幻影を調べた者は良く知っているとおり,不死は,未来の群衆の無差別な救済にくわえて,何人かの若者たちによって更新される,人生の始まりへの崇拝のうちにある」(p. 61) と述べている。

それに比べれば,オクスブリッジは,フランスが目指した研究大学としての機能をすでにそなえており,フェローはその証人である。そこでは,アカデミーのような権威主義とは別に,学者が,研究を維持するための環境が整備されている。しかし学者は,作家ではない。該博な教養を口頭で披見することはできるが,何かを作品として打ち立てようとする人物ではない。その意味で,アカデミー・フランセーズと同様,フェローのいるオクスブリッジもまた,マラルメの目指すところとは異なるのである。

4　文学基金

確認しておくと,マラルメは,フランスにおいて人々が「詩句に手をつけてしまった」という出来事を重く見て,「文学的事実の継続において空隙」が生じないように,「先駆者たちの願いを伝統に結び直すこと」が必要だと考えている (p. 70)。彼の目指すところは,若手作家一般の育成でも伝統の忠実な継承でもなく,古典を継承しながら,なおかつ新たなものを生み出そうとする例外的な書き手の育成にある。それが,著作権料を利用した「文学基金」を提唱した経緯である。

「文学基金」の提案は,同年,「音楽と文芸」の講演旅行から帰ったあとに,フランス国内で発表されたものであるが,構想の大元は,1865年にマラルメの知人ウージェーヌ・ルフェビュールが書簡でマラルメに提案した着想に由来する[48]。また直接のきっかけは,マラルメがオクスブリッジでの講演旅行のと

---

[48] 「時とともに利息をつぎつぎと加えてゆくと資本がどれほど迅速に増えていくものか,君は知っているね。こんなことを言うのは,ぼくの財産のうちで,いまのぼくには自由にできない部分を未来の詩人に贈与しようってことを考えているからなんだ。その額は百年後には大変なものになるはずだ,4000フランが50万フランになる。〔…〕これが原則だが,実際の施行方法に頭を悩ましている。で,君に助けてほしい。／数名の若い詩

きに英国のフェローの優雅な学究生活に刺激を受けたためである。しかしルフェビュールの着想が基本的には若手一般の育成方法であるのに対して，マラルメにとって重要なのは，古典の自由な継承である。ここで古典として挙がっているのは，ラシーヌなど，単に著作権が切れた古典というだけでなく，社会で認知された「正典」である。

著作権が50年で失効すると，出版商人たちは，古典を重版する。その際の利益は商人たちのものとなる。しかしここにある種の搾取があるのではないか。商人は，すでに作家たちが確立した正典としての地位を利用している。「結果として，出版商人は，彼の個人的功績による儲けに加えて，著作物の内在的かつ公共的な価値を相続している」(p. 60)。そうであるなら，作家の遺産をその一族が受け継いだあと，今度は出版商人たちが受け継いでいることになる。

ここで，「パブリック・ドメイン」が有形無形の公共財を指し，国有地の含意もあることから，マラルメは出版商人を，国有地で産業を営む者に例えて，その場合，税金を支払うかたちで権利を返すべきであるのと同様に，重版産業もまた，パブリック・ドメインの使用について一定の負担を負うべきだと考える。その一方で，文学上のパブリック・ドメインは，古典作家につづいて，みずから「内在的かつ公共的な価値」を生み出そうとする者たちが相続するべきであるとして，若手の文学者たちが生活に困らずに創作活動ができるように，一定の金額を支給することを提唱している（負担金の徴収と支給は，国かその代理機関がおこなう）。

この基金は議論を呼びはしたものの，政府がまともに取り上げるとは思えず，ましてそこで選び出されるのが，マラルメが待望するような若手になるはずもない。さらにベルヌ条約など著作権法の国際的整備を考えると，なおさら現実性は乏しい。しかしこの提案の企図自体は注目に値する。

人に一定の期間年金をあたえるというのがいいか，それとも全額を詩人たち全部のために残し，彼らがそれを使って，客間がひとつと，専用の劇場と読書室と図書室がある一種の協会をつくれるようにすべきだろうか」(MONDOR (Henri), *Eugène Lefébure: sa vie, ses lettres à Mallarmé*, Gallimard, 1951, p. 199, 清水徹「音楽と文芸」『マラルメ全集 II 別冊 解題・註解』筑摩書房, 1989年, 323–324頁).

国民のもとでかつて著作物が輝いたことのあるどんな国民も〔…〕文学的な
〈資財〉としか命名しようのない総額を所有している。国家が少しでも同意
してくれれば，国民は，国家から，〈文芸〉に対する干渉ないし配慮を——
現代的に，そして現金のかたちで——軽減してやるものだ[49)]。　　(p. 58)

　国家が〈文芸〉に口出しをして，しかるべき正典をさだめ，それを教育の名
の下に国民に押し付ける。例えば中等教育でカリキュラムに組み込まれている
ラテン語詩人や17世紀のフランス作家とそれに基づいた学習がまさにそうで
あるように。要するに，マラルメが求めているのは，国家の意向とは独立に，
文学の伝統的な資財を自由な仕方で活用できるような環境である。
　この提案が，英国の大学を視察したあとになされたことは注目に値する。国
家からの自由は，まさにフランスの大学改革の際に議論になった問題であった。
60年代以降，国家による中央集権的な大学管理の拒絶から，自由をめぐって，
「大学レッセ・フェール」論と，「大学団体（コルポラシオン）」論が論争を繰り広げた。前者は，
学問の世界もまた市場原理にゆだねるべきだとする立場である（ナポレオンの
「帝国大学」に対する反発を起源とする）。後者を支持する者たちは，中世の大学
の自立性を尊び，国家の介入に対して団体的自律性を擁護していた。この議論
は結局，微妙な形で収束するのだが[50)]，「大学レッセ・フェール」論の背景には，
「私立政治学学校」の成功がある[51)]。

---

49) 「文学的な『資財』」〔« Fonds » littéraire〕には当然「文学基金」の意味が，総額
〔somme〕には同時に一揃いの書物を指す「全書」の意味が重ね合わされている。資財
と基金のダブルミーニングには，文学の資財は基金としてしかるべきところに分配され
るべきであるとする彼の主張がはっきりと表れている。
50) 敗戦後，教育制度の改革による祖国復興と国民統合が目指されていたことと，王党派
やカトリックの勢力がいまだ大きかったことから，「大学団体」論の方が優勢を保ち，
77年の急進共和派の勝利によって，「レッセ・フェール」論は退潮していった。上述の
大学改革が進むのは，これ以降のことである（田原前掲書，242-253頁）。
51) 高等教育協会の重要メンバーであるブトミーは，北フランスの大繊維資本家ジャック・
ジークフリードとともに，1871年，株式会社「私立政治学学校」(École libre des sciences politiques) を創設している。「シアンスポ」と呼ばれるこの学校の創設には，ロス
チャイルド家のフランス銀行をはじめとする大手銀行や，スエズ運河会社，鉄道・製鉄
会社の資本が参加し，経済的自由主義を校風とする株式会社の大学として財界人たちに

第八章　マラルメと人文学

マラルメの文脈に立ち戻るなら，公的介入からの自由という主題は，マネ論を彷彿させる[52]。1870年代，マラルメは，公衆が注目したマネの作品が官展の意向で「干渉」された事件に対して，サロン批判してマネを擁護した。しかしマネ擁護のときは自由化を求める大衆の側につくという形で論陣を張ることができたのに対して，90年代には大衆社会をそのまま肯定していては文学の遺産が失われる恐れがある。「文学基金」のマラルメは，制度的枠組みの必要性を考慮している。基金の提案はこうした点も当然，折りこみ済みである。

　実際，「文学基金」において課税される古典作品と，マラルメの重視する文芸とがかならずしも対応していない。前者にはラブレー，モンテスキュー，シャトーブリアンという名前が見られるとおり，散文作品で有名な作家たちが混じっているのに対して，彼が継承を呼びかける文芸とはまずもって定型詩句のことである。つまり「文学基金」の構想には，その時々の政府の教育方針とも，大衆の気まぐれな需要や好みとも別に，伝統を継承しながら新たな文学を生み出してゆけるような「公共の領域」のあり方が模索されていたと考えられる[53]。国家が強制しなくとも，著作権の失効した作家のいずれかは今後も幅広く読まれるはずである。そうして国民の文学的「資財」を元手に文学「基金」が立ち上がるなら，自発的に古典を継承しながら新たな試みを実践する若手作家も現れるだろう。制度をうまく運用すれば，国家の干渉などせずに，国民が文学を享受し，再生産してゆくはずなのである。

　マラルメ自身，新聞メディアが，作家たちにインタヴューをおこなって，メ

　　　歓迎されていた。教育界への新興ブルジョワジーの積極的な進出の一例である。
[52] 「その時まで公衆の中に潜在したいくつかの傾向が，一人の画家において，その芸術的表現，あるいはその美を見出したような場合は直ちに，公衆がその画家を知るようになる必要がある。一方を他方に紹介しないのは，不手際を嘘や不正にすり替えることだ」（「1874年のための絵画審査委員会とマネ氏」，p. 414）。
[53] したがって『フィガロ』紙の「論説」に，文学基金の構想の美学的側面が刈り取られて，基金の仕組みの部分だけが掲載されたことに対して，1894年7月付のメリー・ローラン宛ての書簡で「ほとんど別の記事になってしまう」（Corr. VII, p. 23）と不満を述べている。また彼は，『ジル・ブラース』紙の紙面上で，ジャン・アジャルベールに「政府の文学，政府の文学者を作ることにしか役に立たない」と言われたことにも納得ができなかった。同年10月22日付のアジャルベール宛ての書簡では，「丸め込まれたが，納得していない」として，話し合いを持ちかけている。

ディアと作家の双方がともに「同業者組合(コルボラシオン)」として意見を表明するという動きに期待をかけている (p. 62)。ここで問題になっているのは，出版業界を味方に率いた，作家たちの「自治」であると言える。当時の大学人が，中央集権的な大学管理と市場原理の導入を拒絶して大学団体の自治を唱え，公教育とは距離をとって高等教育と学術研究を再構築していた[54]（一般向けの「公開講座」から専門教育用の「閉鎖講座」への移行はその流れである）。それと並行して，マラルメもまた，文学に対する国家の介入（人文学の規範化やアカデミー・フランセーズの活動）と資本主義的な自由放任や文学的な個人主義から距離を置いて作家団体の自治を唱え，それによって公教育から独立した場で，文学的伝統を踏まえた創作環境の再構築を提唱していたのである[55]。「音楽と文芸」で語られた「少数派」の育成も，この文脈で理解することができる。そうした含みを踏まえて，今一度「音楽と文芸」を読み直してみよう。

第三節　マラルメの「文芸」

　すでに述べたように，「音楽と文芸」は，1894年にオクスフォードとケンブリッジでおこなわれた講演原稿に，若干の訂正を加えて活字化したものである。
　この講演では，前半部では文芸や文学とは何かという理念的な問題について，後半部では政治的・社会的危機の時代における文芸の要請について語られ[56]，表題どおり，音楽と文芸の関係が問われる一方で，演劇という集団的な祝祭と書物という個人的な祝祭についても言及されている。いわば，この時期までの

---

54) ついでに言えば，大学より大きな「自治」を確立していたのは学士院である。学士院は，優秀な研究者の海外派遣，適切なポストへの就任推薦，アカデミー賞金の配分による研究奨励など，潤沢な資金を用いて知的革新の中心拠点となっていたが，同時に，学問研究に特化することによってリセや大学のように政府の干渉を受けない知的独立を堅持していた。当時の大学は，教育機能を維持しつつ，学士院に準ずる自立性を求めていた。
55) つまり「有益な遠出」は，大学の自治にもとづくオクスブリッジの研究と教育を参考にして，作家たちの自治にもとづく文学の公共性を思考したものと考えることができる。
56) 清水徹「音楽と文芸」『マラルメ全集 II　別冊　解題・註解』筑摩書房，1989 年，316-334 頁。

彼の文学観を概括するような内容になっている。奇妙なことに，この講演のなかでは文芸の内容そのものはほとんど語られていない。マラルメは，フランスにおける詩句の危機的現状と継承を，文芸の存在様態と役割を語っている。つまり特定の作品や作家について語っておらず，文芸というものを突き放して外側から眺めたような形になっているのである。

こうした点は，従来，マラルメという作家の視野の広さや洞察の深さと見なされる一方で，その主張内容については，文学の自律性を擁護する言説として受け止められてきたように見える。本節では，歴史的文脈を踏まえて，その点を再検討することにしたい[57]。

1 「文芸」の二重性

「音楽と文芸」のなかで，マラルメは詩の定義[58]とも似た口ぶりでこう述べている。

> 本当のところ〈文芸〉とは何でしょうか。言説として遂行される心的探究でないとすれば。──〔世界の〕光景がある種の想像的な理解にたしかに対応しているばかりか，そこに映し出される望みがあるということを定義する，

---

[57] 「音楽と文芸」に言及した研究は多いが，それ単体で扱った論考はそれほど多くない。近年の主なものだけ挙げておく。
  KILLICK (Rachel), «Mallarmé's Rooms: The Poet's Place in *La Musique et les Lettres*», *French Studies*, vol. 51, n°2, April 1997, pp. 155–168.
  HOLMES (Anne), «*La Musique et les Lettres*: premier jet et texte imprimé», *La Licorne*, n°45, «Mallarmé et la prose», P. de la Maison des sciences de l'homme et de la société, 1998, pp. 145–149.
  MARCHAL (Bertrand), «*La Musique et les Lettres* de Mallarmé, ou le discours inintelligible», *Mallarmé ou l'obscurité lumineuse*, dir. Bertrand Marchal & Jean-Luc Steinmetz, Paris, Hermann, 1999, pp. 279–294.
[58] 「詩とは，人間の言語を，その本質的なリズムへと連れ戻して，生存の諸相の神秘的な意味を表現することである。かくして詩は人間の地上での滞在に真正性を授け，唯一の精神的な務めを構成するのである」（1884年6月27日付レオ・ドルフェ宛て，Corr. II, p. 266）。

つまり自分自身に対して立証するために，言説として遂行される心的探究でないとすれば。 (p. 68)

　文芸は，直接には社会に寄与せず，その意味では遊びのようなものかもしれないが，それでも人間精神による一種の探究であり，そこには，想像力によって，つまりマラルメのいう「フィクション」をつうじて世界の光景と向き合うことができて，世界の光景を把握することもできる。つまり，ほかの知識や思想をもった人間がそれを伝達する手段の教育にはとどまらず，それをつうじて，洞察や照応を得ることが可能となるものである。人は文学を原理としてそこから世界について学び，世界との関係を築くことができるのだという発想が認められる[59]。

　教育史家によれば，19世紀の中等教育において「文芸」(lettres) という言葉には「人文学」(humanités) の響きがある。中等教育における狭義の「人文学級」は，「文芸学級」とも呼ばれていたことからもわかるように，実際，文法学級を終えたあと，修辞学級の手前で，ラテン語韻文を実践する課程であった[60]。

---

[59] 『英単語』のなかでも詩人の営みについてこう述べられていた。「世界の諸光景の中に忽然と姿を現す象徴に甘んじるだけでなく，それら諸光景と，それらを表現する言葉との間に，ある種のつながりを打ち立てようと望む想像力のかくも見事な努力は，言語の神聖で危険な神秘の一つにかかわる」(pp. 967–968)。世界と言葉のあいだに強固な関係を打ち立てようとする行為には，やはり文学の自律性には還元できない何かがある。

[60] リトレの辞典によれば「（複数形で）コレージュやリセで，哲学を除いて，文法より上の諸学級のことで，今日，文芸学級と言われている」。教育史家も同じように証言している。「「人文学を修める」という表現には時代によってさまざまな外延がある。それはすべての課程を学ぶことだろうか，あるいはただ後半の二つあるいは三つの学級を学ぶことだろうか。19世紀において〔狭義の〕人文学は，「上級学級」とも呼ばれる「文芸学級」〔classe de lettres〕と同一視されており，6学年から4学年までの「文法学級」と呼ばれるものにおいてなされた文法教育と，原則的に区別されていた」(André CHERVEL, p. 8)。ついでに言えば，さらに時代を遡るとフランスの大学では文法学級と修辞学級のあいだの学級が，詩学級（classe de poésie）と呼ばれていた時期もあった (ibid., p. 7)。また les belles-lettres の方も「文芸」と訳され，人文学そのものを伝統的に指してきたのは周知のとおりである。第一章で述べたように，そもそも humanités 自体が，lettres humaines の意味で用いられてきた経緯がある。

第八章　マラルメと人文学

本書の冒頭で述べたように，人文学は「リベラルで，無償で，無関心」[61]なものとされる。つまり何か特定の目的や利益関心に基づいた現実的で専門的な活動ではない。自由な人間を作るために，想像力，判断力，記憶力に働きかける知的訓練である。そして表現の訓練でもある。その意味で，人文学の無償性は，文学の自律性と似通っている。しかし強いて言えば，人文学は，あくまで教育や養成であって，それは人間の生や社会実践に，つまり公共性にはっきりと結びついたものである。マラルメはどちらの意味で用いているのだろうか。彼がリセの教員であると知っている者はそこに人文学の含意を強く感じ取っているかもしれないが，同時に彼は高名な詩人でもある。そして講演会場は，フランスの大学と同様，伝統的な古典教育がかつてなされた場であると同時に，今や学術研究と高等教育の場でもある[62]。「音楽と文芸」の「文芸」は，文学と人文学の両方が折り込まれたものとしてと読む必要がある。
　「文芸」の二重性を踏まえて，本講演に挿入されたいささか寓話風の一段落を読み直そう。以下はその全文の引用である。

> 　同時代人たちの元にある知的な飽和状態を一切忘れて——わざと知らないでいるというのならまずくはありません——，一人の男が到来する可能性があります。非常に単純かつ原始的な何らかの頼みの方途，例えば四季に固有の交響楽的方程式にしたがって，光線と雲の習性を知るために[63]。〔以下は〕熱気や悪天候——これらによって，われわれの情念が多様な天空〔ciels〕の支配下にあるのですから——と似た次元の二，三の注記です。すなわち，〔一切の忘却によって〕自分自身によって再創造された彼が，そのほかを一掃して，二十四の文字——無数の奇跡によって何らかの言語つまり自分の言語に固定されたそれらの文字——に対するある種の敬虔さと，次に，詩句という超自然的な語にいたるほどの文字たちの対称性・動作・反射に対するある種の感

---

61) CHERVEL, *op. cit.*, p. 9.
62) さらに言えば，オクスフォードやケンブリッジでマラルメを出迎えたホイブリー兄弟やルイス・ダイヤーは，古代ギリシャ語の教師である。
63) 草稿では「習性」（habitude）に形容詞が付されているので「知る」の目的語ととる（cf. p. 1604）。

覚とをきちんと取って置くよう気を付けてきたなら，エデン的文明人たる彼は，他の富にくわえて，至福の要素，つまり一つの地域と同時に一つの教義を所有しているのです。彼の主導権か，あるいは神的な文字たちの潜在的な力が，文字たちを作品にすることを彼に教えるその時に。

　われわれの資財の無邪気さが協働して，正書法という古代の書物からの遺産は，それ自身，自発的に，記譜〔表記〕の一方法を，〈文学〉として切り離すのです。これは手段ですが，それ以上のもの！　原理なのです。われわれの構成からかたどった，文の輪郭もしくは二行詩の広がりが，われわれにおけるさまざまな洞察や照応の開花を手助けするのです。　　　（p. 66-67）

　ここでは文学というものが非常に切り詰めた仕方で定式化されているのがわかる。誰かが，一切の知をいったん括弧に入れて天空を見上げ，四季の移り変わりや天候の変化にかかわる原始的な方法で，「光線と雲の習性」を知ろうとする[64]。それと類比的な仕方で，われわれが，すべての知を脇に置いて，フランス語のアルファベット二十四文字と，詩句に対する感覚とだけを保持し続けるなら，文字たちを作品にする方法が告げられる。正書法という書物からの遺産と，個人の特異性の協働によって，韻律法が文学としておのずと浮かび上がる。韻律法は，手段であるばかりでなく原理であり，人間の構成からかたどったものであり，その手段に従って作品を作ることによって，洞察や照応が得られる。

　以下で，この一節を中心に「音楽と文芸」に註釈を付しておこう。

＊

　まず，マラルメは，単に文学の話をしているわけではない。人がみずからを創造しなおす場面が描かれている。知識獲得とは別の目的で，過去の文献に向き合う自己形成である。そこには，一定期間，特定の態度だけを維持するよう

---

64)　むろんここには，「自然の悲劇」をめぐるマラルメの思考が折り込まれているのだが，いったん措いておく。マルシャルは「自然の悲劇」の観点からこの一節を読み解いている。Cf. MARCHAL (Bertrand), *Religion de Mallarmé*, Paris, José Corti, 1988, pp. 486-487. キリックも前掲論文でこの箇所を引用しているが，意欲的な解釈は見られない。

な鍛錬がある。人を全面的に創造しようというこの鍛錬は、全人的教育であり、『英単語』の序論で言及されていた「人文学を修める」という表現をやはり彷彿させる。そもそも、デュリュイも語ったように、人文学の使命は「人を作ること」であった。マラルメが語っているのは、通常の人文学、単に人間を作ることではない。「自分自身によって再創造された」という言い方からわかるように、人間の「再創造」に関わる。人間を作ることが人文学であるなら、人間の再創造は、人文学のやり直しということになるだろう。

「再創造」という語は、一方では、「エデン」という語と並ぶことでキリスト教的なスピリチュアリスムを匂わせているが、他方で、すでに述べたように、人間の作り直しという革命期の議論を想起させる。モナ・オズーフが『生まれ変わった人間』のなかで詳細に論じたように、王制と教会に特徴づけられた旧体制を刷新しようとした革命政府は、社会の諸側面を、古代の共和国の理念的なイメージに合わせて作り直そうとした。そのとき、「人間を作り直す」もしくは「新たな人間を養成する」という観点から教育改革が検討されたのだが、それはまた、不公正で堕落した文明に対する「無垢の再構築」を意味するものでもあった[65]。ブレアルは、革命は何度も起きたが、教育は変わらないままだと言っていたが、裏を返せば、そこには教育改革こそ抜本的な革命だという考えが垣間見える。「音楽と文芸」の文脈に戻るなら、上掲の引用のなかで「古代の書物からの遺産」と言われていることも重要である。「古代」（antique）とあるように、マラルメは古代のギリシャ語やラテン語の文献までも念頭に置いていると考えられる。古代から連綿と受け継がれた詩句（にもかかわらず手をつけられてしまった詩句）がほのめかされている。「詩句に手をつける」という革命を経験したフランスの作家として、マラルメは詩句による人間の作り直

---

[65] 「それゆえ、ルソーの著作の読書に寄りかかったフランス革命こそが、一つの望みに道を拓き、その望みが一つの事業となる。それが、新たな無垢の再構築、新たなアダムの再創造〔recréation〕である。革命期の人々が、この並外れた試みを自分たちの企ての核心に据えるのを見ると、実に面白くまた謎めいてもいる」（OZOUF (Mona), *L'Homme regénéré: Essais sur la Révolution française*, Paris, Gallimard, 1989, p. 118）。また次も参照されたい。JULIA (Dominique), «Les humanités dans les projets d'instruction publique pendant la Révolution française», *Enseigner les humanités*, Paris, Éditions Kimé, 2010, pp. 35–64.

しを語っている。

　古典語人文学にはラテン語韻文の修練があった。そのためには，自在に組み替えてラテン語韻文を作れるようにするために，ラテン語詩人の文言を頭に詰め込んでおかねばならなかった。また第三共和制の教育では歴史教育が重んじられ，学校の外の専門分化した資本主義社会には情報があふれていた。そうした「知的飽和」に対して，マラルメの教育は「忘却」から始まる。たしかに人文学には無償性の理念があり，目的や利益，専門知識から距離をとる[66]。しかし彼の場合，その無償性が極限にまで推し進められて，ほとんど一切の忘却のもとでなされている。

　しかしそこに鍛錬や規律がないわけではない。古典語人文学のような規範の押し付けと情報の詰め込みとは異なるが，かといって自由詩人のように，いわば個人の「資財の無邪気さ」だけで音楽を奏でることではない。アルファベットに関するある種の尊重姿勢と，詩句に対するある種の感覚とを維持しなければならない。さきの引用で「気を付けてきたなら」と過去表現になっているのは，一定期間の修練が必要であることを前提としている。そしてこの修練には，書物から正書法を継承することが含まれている。古代から連綿と伝わって今日にいたるフランス語の正書法は，必ずしも口語と対応していないし，発音しない文字もたくさん含まれる。それが脚韻の選択に判断を及ぼしもする。マラルメにとってこの正書法は，定型詩句を考える上で不可欠である。逆に言えば，この正書法を尊重せずに個人で自由に吟ずる詩の類は，人文学の埒外である（埒外そのものが否定されているわけではないにせよ）。

　そしてこの鍛錬は，内容を切り詰めた形式的かつ感覚的なものであるだけでなく，規範性もまたぎりぎりまでそぎ落とされている。というのも，正書法の尊重と並んで，「われわれの資財の無邪気さ」が重視されているからである（上述のとおり，「無邪気さ」もまた人間再生の主題系に属する）。両者の相互作用によって，文学は，「自発的」に切り出される。ただしこの自発性は，主体性では

---

[66]　古典語人文学を改革しようとしたジュール・シモンは，教育改革の図書のエピグラフに「私は心に物を詰め込むよりは，心を鍛えたいと思う」というモンテーニュの言葉を掲げている。SIMON (Jules), *La réforme de l'enseignement secondaire*, Paris, Hachette, 1974, p. 1.

ない。マラルメの語る教育は，誰かが特定の規範を課すという形をとらないという意味では，自己教育に近い。たしかにそこには自律性がある。しかしこの鍛錬で主導権を握っているのは，正書法と無邪気さ，文字の尊重と詩句に対する感覚である。そこではやはり，何かが，詩人に「文字たちを作品にすることを教える〔enseigner〕」という構図が維持されている。「詩の危機」で言われていた「語群に主導権を譲る」（p. 211）という現象は，いわば語群に「教わる」局面だと言うことができるだろう。人間主体の自由に立脚した従来の人文学に対して，知を削ぐいで文字と感覚に主導権をゆだねる人文学というものを思い浮かべるなら，それは非人称な人文学と言えるだろう。

2　文字の神学

「音楽と文芸」のなかで寓話風に語られた「二十四の文字」の教えには，言語史の追体験としての辞書学という『英単語』の発想の痕跡を見て取ることができる（「一覧表」のイニシャルの数も二十四である）。しかしなぜ，詩句において「二十四の文字」が重視されるのだろうか。この点を考えるにあたって避けて通れないのが「文字の神学」である。

またマラルメは，詩句＝韻文（vers）という概念を拡張して，散文のいたるところに詩句を見出す。また本人も，いわゆる韻文詩のほかに，さまざまな種類の散文詩を書いている。十二音節詩句から『賽の一振り』まで，同じ詩句として語ることを可能にする原理の一端が，文字にある。「本当のところ，散文など存在しません。アルファベットがあり，ついで，多かれ少なかれ詰まった状態か，多かれ少なかれ拡散した状態の詩句があるのです」（p. 698）。したがって本節では，アルファベット二十四文字に対する彼の敬虔さを見ておくことにしよう。

はっきりと「文字の神学」という言葉が用いられているのは一箇所だけである。それは死後出版された比較的まとまった1895年頃の草稿にある。「一つの主題についての変奏」の一部として『ルヴュ・ブランシュ』誌掲載を意図して書かれたものと考えられる。文字の神学を語る散文では，めずらしく「辞典」が語られている。

ある語彙の全体は，これだけは！　詩人と万人に共通に所属している。万人の業というのは，結構なことだと思うが，その語彙を絶えず日常的な意味作用に連れ戻すことにある，ちょうど国民の領土が維持されるようにだ。私には，その辞典が一冊あれば十分ということになろう。あるいはまた，辞典を生にひたせばよい，私は生から辞典を搾り出し〔exprimer〕，語をその潜在的な意味において用いるだろうが。

　〈詩句〉，そして音声言語に由来するがゆえに結局はあらゆる書き物は，口頭試験〔発声の試練〕を受けることができること，もしくは，外的提示の一様式として，高みであっても群衆のなかでも納得のいく反響を見出すために，発声法に立ち向かえることを，みずから示さなければならない一方で，〈詩句〉は，その諸要素が心的音楽たちへと気化しながら沈黙を通過するその沈黙の彼方で生起して，繊細なわれわれの感覚，夢に関するわれわれの感覚を触発するのである。　　　　　　　　　　　　　　　　（p. 474）

　詩人はここで何をしているのだろうか。たしかに彼は，生から辞典を搾り出している[67]。マラルメにとって生や現実の事物は詩作の対極に位置するものなので，まさに生活で辞典を用いて表現できるような事柄に関してなら，その辞典の方があればそれで十分なのである[68]（これはまた，マラルメのいう「操作」[69] や非人称化と同系列の営みであろう）。このとき辞典は，名称をもった事物をすべて気化した潜在的な詩句のようなものである。

　生にひたされた辞典と，生から搾り出された辞典では何がちがうのだろうか。

---

67) 「擁護救済」のなかでも「散乱した単語たちが散り敷く，辞典という，死を思わせる舗石」（p. 270）と言われており，辞典は生よりも死の側にある。
68) そしてこのような観点に立って今一度，この引用を読みなおすと，冒頭の「語彙」という単語にも「語彙集」の意味が含まれていることに気づく。大衆にもまた，「語をその潜在的な意味において用いる」可能性，つまり詩を書いたり読んだりする可能性が秘められていることを踏まえたマラルメの表現だと見ることができよう。
69) コーンはこの語（opération）に手術や切除の意味を読み込んでいる。Cf. COHN (Robert Greer), *Mallarmé's Divagations: a guide and commentary*, New York, P. Lang, 1990, p. 229.

それは，生の一部として辞典がある状態と，辞典の一部として生がある状態との相違である。二つめの段落の方を読めば，ここで「生」と言われているものは，ひとまず音声と受けとってよい。詩句にかぎらず，およそ書かれたものは，口頭言語とは異なるが，それでも，その気になれば発声してみることができるものである。潜在的な声ではあるが聞き取り可能なものでもあることがおおよそわかる。実際の声が「気化」されて潜在的な声によって生み出されるという意味で，詩句は，いったん言葉が沈黙を通過した先で生じる「心的音楽」である。そしてこれが，「われわれの繊細な感覚」を刺激する。あとで見るように，こうした詩句への繊細な感覚は，マラルメにとって決定的に重要な要素である。
　ともあれ，ここから彼は，さらに沈黙の方へと向かって，フランス語のなかで発音されない文字に考察を進める。

>　やむをえず短く述べるなら，これ以上の……〔欠落部分〕に従うことなどできるだろうか。目の快楽が，消えた記号たち（私は複数形のｓのことを想定している）の等価性のあいだに停滞しているのだが，単数形で同じ音の脚韻をそれに対抗させることができるだろうか。しかし私は，この特別な事例から，似たような解放の全体をつかさどっているはずの感情の正確な質を推論しており，そういう推論がふさわしいのは，人が，そこで何かを失いながらも，はっきりあるいは十全に事をおこなうことをめざして，ある種のしつこい催促を本当に振り払う場合にかぎられる。人を死に至らしめる諸々の古き煩頊を手にして，しかもそれらの夢想的なるものから金属を採掘している私は，どんな青くさい単純化によってもたしかに説得されはしない。性急な事例を再掲するなら——しかもあらゆる文法の外で哲学的にそうするなら，といっても文法なるものが，言語の骨格であると同時に潜在的で独自の哲学であるなどということがないとしての話だが——例えば，この複数形のｓと，動詞のなかで二人称単数形に付け加わるｓ——このｓもまた，数によって引き起こされるｓと同様に変化を表現するが，それは話し手に関するもので……——とのあいだに，しっかり理解してほしいのだが，たしかに神秘的な或る関係が，実在しないなどと言われたところで説得されることはない。

最後に言及されている「この複数形のsと，動詞のなかで二人称単数形に付け加わるs」を例に引用の冒頭から話を進めるなら，発音されない子音sをともに持つ単語同士の脚韻は，たとえ発音が同じでもsのつかない脚韻とはまったく異なっており，後者には，前者がもつような「目の快楽」が生まれない。彼は断固として，「消えた記号たちの等価性」を意に介さず，そこに神秘的な関係も存在しないと言って単純化する主張（例えば，口頭の言語と対応していないから正書法を簡略化しようとするような主張）を拒絶する。そうした主張は，文法が，「言語の骨格であると同時に潜在的で独自の哲学である」ことをわかっていない。マラルメは，何気ない対応関係に見える文法に，哲学のようなものが宿っていると考える。ここにもまた，同時代における文学の世俗化に対する彼の反応を見てとることができるが，同時に，第七章で確認したように，マラルメが『英単語』を通じて獲得した「言語の自己反省」の観点が垣間見られる。またこれは，ポーやユゴーの詩に見られる非明示的な哲学にも通じる観点でもある。いずれも，マラルメが，敬して読むべき古典語や古典作品を前にしたときの言葉であった。

　それでは，このsにそのような価値を与えているものは何なのだろうか。ここで，彼は『英単語』の「一覧表」のような手つきで，文字の価値について語りだす。

　　言っておくがSは分析的な文字，すぐれて解散的で散種的な文字である。…であるような古い神聖な原動力をさらけ出すこと，もしくは神経の隅々まで衒学的な自分をご披露することをお許しいただきたい。この機会に，音声言語もしくは難読書が有する，言語的価値と純粋な象形文字的価値にくわえて，正書法によって漠然と示される秘密の方向，詩句を徴づけることになる一般的純粋記号に神秘的な仕方で寄与している秘密の方向が実在することをはっきりと言っておく。

　　したがって私はこう考える。われわれ高踏派が抱いたような，神学生や聖職者の感じを与えるある種の敬虔さ——sangは現在分詞一般よりもむしろflancと対にして用いられる——を別にすれば，類似母音の繰り返しを用い

ることで脚韻に，動きがあって遠くからの魅力を伝えようとしなければ，脚韻はほとんど変化をこうむることはないだろう。ただしそういう方法を用いる場合でも，あらかじめしっかりとした脚韻を踏んでおかねばならず，その次に脚韻がぼかしをおこなうものである。／しかしこの主題について明証性が私の心にますますはっきりしてくるにつれて，私は，自分の考えを表明するのにますます慎重になる。そのわけは，〈文字〉の神学とまさに呼んでもよさそうなものに関して，ほとんど通じていない現代人をあきれさせるのではないかと思うからである。　　　　　　　　　　　　　　　　　(p. 475)

　従来の高踏派の先で，新たな韻文詩を作る道筋について彼は述べている。しっかりと脚韻を踏むのは当たり前で，その上で「類似母音の繰り返し」(assonance) によって脚韻以外のところで遠くからの照応関係と動きを加えて，脚韻の機械的な反復をぼかしてゆく。
　類似母音が話題の中心になっているが，その前にまず脚韻をしっかり踏むことが大前提である。ｓの話とｇやｃの話は，脚韻にかかわっており，そのときマラルメは，文字に対する「ある種の敬虔さ」を強調している[70]。なぜ sang は，動詞の現在分詞 -ssant や -çant よりも flanc と対にされやすいのか。さきほどは語尾の s にこだわったように，彼はここで，語尾のｇとｃの関係に強い類似性を認めている。ｇとｃは，同じく喉音を表す文字であり，一覧表においても同種の音として両者は近い位置に置かれていた（第六章第二節で述べた事情から，あいだに j が入る）。もちろんさきほどの s と同様，sang と flanc のｇやｃも発音されることはない。しかし正書法には残っており，それでも視覚を通じて潜在的な音が読み手を喜ばせる。このように発音されない文字が示す「方向性」まで含めてアルファベット二十四文字を尊重する姿勢が，「〈文字〉の神学」と呼ばれている。
　それにしても，こうした文字の価値とは，いったいどのような種類のものな

---

70) ただし s の話と g や c の話は少し異なる。g や c は辞典に載っているような語彙綴り (l'orthographe lexicale) の子音字であるのに対して，語末の s は，活用によって生じる文法綴り (l'orthographe grammaticale) の子音字である。

のだろうか。引用からすると、それは「言語的価値」ではないとされているので、例えば接頭辞や接尾辞のような形態素が有する意味内容とは別物であることがわかる。またそれは、文字自体が何かをかたどっているという象形文字的価値でもないとされている。この三つの価値の違いについて理解を深めるべく、別のテクストを参照しよう。語末かどうかの限定もなく、アルファベット文字一般について述べられている。

> しかり！　その二十四の記号とともに〈文学〉は、複数が融合して文という諸形象ついで詩句──精神的な十二宮図のように配置されたシステム──になることによってであるかのごとく、〈文芸〉〔les Lettres〕と正確に命名された〈文学〉は、なにやら神学のようなみずからの固有の抽象的で秘教的な教義を含んでいる。率直に言ってそれは、諸概念の次のような性格のゆえである。それら諸概念は、通常の範囲を超えた気化の度合いに至ると、典型をなす至高の諸手段によってしか自己表現をなしえないというもので、その手段の数もまた、諸概念の数と同じく、無限ではない。　　　　(O.C.1, p. 624)

十二宮図という表現には深入りせず、西洋占星術を念頭に置きながら、文字からなる文学が、星の動きや集まり方によって図形なり運勢なりを描き出すことになぞらえられていると考えるにとどめておこう。

ここでは、文字とそれが指し示す概念との関係が、「通常の範囲を超えた気化の度合い」の観点から述べられている。さきほどの引用と突き合わせると、どうやら文字の神学的価値は、この気化によるものらしいことがわかる。気化とは事物の具象性や人物の人物性を取り去って非人称化する操作である。この特性から、文字の神学的価値は、言語的価値や象形文字的価値をある程度「気化」した後で残るものであろう。

われわれは、こうした文字の価値にすでに出会っている。『英単語』の「一覧表」におけるイニシャルの覚書である。本論考をつうじて何度も確認したように、例えばHのイニシャルの語家族のうち、to heave を中心とする語家族では、heaven（天）と heavy（重い）から「高くかかげる」といった概念が抽出され、ついでほかの語家族からも概念が抽出され、このようにしてイニシャ

ルHのすべての語家族の観念から，帰納法的にHの価値が語られていた。さきほどの引用の言葉で言えば，一覧表のイニシャルの覚書にも，「通常の範囲を超えた気化の度合い」が見られる。一覧表で語られていたのは，文字の神学的な価値だったと見なしてよいだろう。

ただし一覧表との相違点も確認しておく必要がある。まず，言語によって着目する子音の場所が異なっているという点である。一覧表における文字の価値は，イニシャルに限定されている。それは，一つには，一覧表が単純語の語幹に関する比較文献学的な分析であることに由来するが，もう一つには，ゲルマン系（マラルメは「北方」と呼んでいる）の言語の特性を利用した詩のあり方にも関係しており，こう述べられている。「北方の天才に固有の方法であり，多くの著名な詩句が多くの模範を示している方法，つまり，〈頭韻〉である」（p. 967）。それに対してマラルメが注目するフランス語の特徴は，発音されない子音が多いという点である。このことが，詩句にとって命とも言うべき脚韻にかかわるときはなおさら重要である。こうしてフランス語を念頭において「文字の神学」を語るとき，語末の読まない子音の価値に話が及んだのである。

文字の神学的価値は，必ずしも比較文献学的な価値ではない。例えば，flancとsangの場合，語源的にflancのcが語源的にはgだったとかsangのgが語源的にはcだったとかそういう経緯は必要ではない。しかしこうした着眼点自体は，『英単語』に見られるような比較文献学的な背景を抜きに考えることはむずかしい。文字の神学的価値は，比較文献学が，フランス語の詩句の読み手に与える効果のようなものである。

*

ここまでの議論を確認しておこう。『英単語』にも当てはまることだが，彼の言う「文字」はパロールであると同時にエクリチュールでもある。時代的制約から[71]，当時はマラルメにかぎらず，音と文字がしばしば同一視されていた

---

[71] ちなみにこの時代は，音声を再現する装置どころか，国際音声記号（IPA）さえ存在しなかった。IPAが成立するのが1897年であり，フランスの言語学者ポール・パシー（父親はノーベル平和賞受賞のフレデリック・パシー）の主導による。

ことを踏まえて，文字の神学を理解しておく必要がある。非人称性を重視する彼は，口頭言語より文字言語にこそ「心的音楽」としての詩の契機を見る。かくして黙読によって音が潜在化する文字だけでなく，そもそも口頭でも発音されない文字の価値もまた検討対象となる。この価値は，言語的なものでも象形文字的なものでもなく，あえていえば神学的価値というべきものである。その価値は，他の価値を「気化」して，いわば帰納法的に導かれるものであるという点で，『英単語』の一覧表と同種の着想が見られるのだが[72]，同時に一覧表とは異なり，必ずしも文献学的なつながりを前提しなくてもよい。辞典との関係に触れておけば，文字の神学において文字（の神学的価値）は，ある種のインデックスである。それは通常の辞典のように単語を引き出すためのインデックスではなく，概念そのもののインデックスである。そして冒頭の引用に戻るなら，文字の神学的価値が「繊細なわれわれの感覚，夢に関するわれわれの感覚を触発する」ことによって詩が享受される。ここでは，文字の価値とそれに対する感覚とが連動しているのである。

最後に，『英単語』の一覧表から，90年代の草稿を見渡してわかることは，マラルメが，当時の比較文献学そのものというよりも，その効果を用いて思索を巡らしている。比較文献学の身振りをうまく活用しながら，『英単語』では「知的記憶術」を素描していたが，今回の草稿では「文字の神学」を導き出している点である。言語は歴史的堆積物であり，そこには伝達の機能には還元できない複雑な要素がそなわっている。比較文献学は，そうした要素に光を当てて言語の歴史を浮かび上がらせたが，マラルメは，比較文献学そのものより，比較文献学が開示した言語のもつ奥行きに，詩句の新たな可能性を見出しているのである。

この観点からすると，フランス語は恰好の対象である。フランス語では語末の子音字を発音しないことが多い。この無音の文字が，エクリチュールとして見た場合，脚韻の選択に一定の影響をおよぼす。しかしここで考えるべきは，

---

[72] ミションは，『英単語』第二版の草稿を見て，大幅に内容が削られてもなお一覧表が残されていることから，詩人にとっての一覧表の重要性を強調している（p. 51）。本論考に即して考えるなら，一覧表の重要性は，後年の「文字の神学」にまでその影響が残るほど，彼にとって決定的なものだったと言えるだろう。

ラテン語との対比である。ラテン語は書き言葉であり，古典期を過ぎると音の脱落やリエゾンも現れるものの，書かれた文字はおおむね発音される。しかしフランス語はそうではない。書き言葉であると同時に話し言葉であり，また発音される音と綴りに大きな乖離がある（19世紀の中等教育では，保護者の要望もあり，フランス語の正書法が本格的に教科に組み込まれてゆく[73]）。

マラルメはそこにむしろフランス語の詩句の価値を見出している。ヴァーグナー論によれば，フランスの精神は，「きっちりと想像力豊かで抽象的な，つまり詩的」（p. 157）なものである。フランス語には，口頭で読まれて味わわれるだけでなく，ページの上でも味わわれ，口頭で語られる「報道」の言語には還元できない抽象性がある。ラテン語が，第二言語として主に書物から学ばれ，口語であるフランス語には還元不可能な独自の世界としてその存在を示しているが[74]，フランス語もまた，母語でありながら，ラテン語とは異なる仕方で，口語とはいったん切り離された別の世界を有している[75]。少なくとも，マラルメはそのような点においてフランス語の韻文に豊饒な可能性を見出している。彼の作品の難解さの一端は，こうした可能性の探求にある。

このように，ラテン語との対比でマラルメの発言を見ていくとき，散文（詩）集『ディヴァガシオン』の「はしがき」もまた示唆的である。「見かけ上は散漫なたわ言だが，一つの主題，唯一の主題を扱っている。部外者としてこれを見直すなら，それはあちこちが壊れているが，かえってそこから散歩者に自ら

---

73) LAURENTI, *Op. cit*., p. 68.
74) 「古代は間接的にしか歴史に属しておらず，それは時系列的かつ地理的に限定できる一時代や一文明ではない。古代という語が指し示すのは，科学的基準ではなく漠然とした帰属感情に応じて混ざり合った，非常に不均質な時間と空間の広大な星雲である。この帰属は，ラテン語というきわだった特定の古語〔…〕と，徳〔virtus〕のある種の理念とに基づいている〔…〕」（SAMIDANAYAR-PERRIN (Corinne), *Modernités à l'antique: parcours Vallésiens*, Paris, Champion, 1999, p. 15）。同書では，そうした指摘のあと，「古代」の構成要素が，修辞学，公的ないし私的な夢想，政治的イデオロギーの三つの側面に分類されている。
75) この別の世界はまた，本章第一節で述べた神話の賦活にも関わっている。潜在的な声としての文字の効果に立脚した文学はまた，神話学による古代神話の読み替えとも連動している。マラルメは，神話的形象を非人称化された典型として享受する新たな姿勢によって，古代文化を，近代語人文学のなかに包摂することを考えているのである。

の教義を発散する修道院のようなものである」(p. 82)。すさんでひびだらけの修道院から聞こえてくる声は，古典語の呪文を含んでいるにちがいない。ここで言われている「一つの主題」とは祝祭のことである。マラルメは，カトリックのミサの先に未来の祝祭の可能性を見ていたわけだが，ミサはもともとギリシャ語混じりのラテン語でなされる行事であった。また「詩の危機」によれば，読書という孤独な祝祭の場に向けて，彼の詩句は「言語に属さないいわば一つの呪文を形作るがごとき語」(p. 213) たらんとしている。呪文のような語と言われるとき，宗教的な典礼で用いられる古典語の文言を念頭に置いているように見える。このようにマラルメが思索をめぐらすところには，かつてはラテン語が交わされた空間の陰がしばしば見え隠れしているのである。

3　人文学の空間

　最後に，人文学と重ね合わされたマラルメの文芸が，現実にはどのような場をもちうるのかを考察しておきたい。

　講演旅行からの帰ったのち，マラルメが「有益な遠出」と題する文章を発表し，そのなかで「文学基金」を提唱したことはすでに述べたとおりである。そのなかで，マラルメは，「パブリック・ドメイン」という言葉を用いている。パブリック・ドメインとは，公共財のことであり，直接的には，著作権の失効した文学作品のことである。しかしまた，それは文字通り，公共利用される地理的な領域を意味する。マラルメは，その両者を意識的に重ね合わせている。

> これまで語った〈パブリック・ドメイン〉は，この場合には，公共の広場か何かしらの建造物を申し分なく体現している。この場所は，多数の市民たちの管轄下にあるもので，実際，誰か一人の市民のものではない。　　(p. 62)

　ここでは，文学的な公共財を，広場や建造物のような空間的な公共財と結びつけて思考されている。「音楽と文芸」で語られている「詩の〈祝祭〉」を念頭において詩人が語っていると考えるなら，「広場」はまさに祝祭のために市民

が集まるスペースであり[76]，「建造物」は，演劇を催す劇場か，ミサの形式を借りた未来の祝祭のための教会のごとき施設を想定するのが妥当かもしれない。あるいは，ルフェビュールの原案に戻って，この建造物を図書室として描くことも可能である。マラルメ自身，文学基金の会計課を国会図書館内に置くことを検討しているのだからなおさらである（p. 61）。

しかし同時に，文学基金が，オクスブリッジの大学制度を意識して提案されたことを考えると，公共の「建造物」は，ある種の学校であってもよいはずである。図書館が併設されていて，そこには多くの古典が配置されている。そして古代の書物をひもときながら，詩句の伝達と創作がなされる。若い文学者を励ますために「賞を与えてもいい，賞の必要のない場合には収入をさまざまな文学的祝賀行事に充てる」（p. 59）。学士院を思わせる行事や機能によって少数を育成する場——パブリック・ドメインをこうした建造物として思い描くなら，それは当時のフランスで登場し始めた研究大学を思わせる。文学の公共性をめぐるマラルメの身振りが，大学改革をめざす大学人の身振りに似ていることはすでに指摘したとおりである。文学を，規範化された人文学から切り離して伝統と革新が交差する環境として整備しようとするマラルメの立場は，大学を，中等教育から切り離して高等教育と研究の場として打ち立てようとする当時の動向と重なり合う。前者は文学者の自治を求め，後者は大学人の自治を求める。当時，「大学団体論」に与した大学人たちは，フランスの伝統的な大学像の再建を期待し，上意下達の中央集権主義ではなく，年長者と年少者のゆるやかで自主的な連帯を，中世の同業者組合(コルポラシオン)を理想としていた。それゆえ，マラルメの"文学団体論"が，コレージュを併設したかつての大学の姿に似てくるとしても不思議ではないだろう。中世のコレージュは大学の学芸学部に設置された補助金付きの学寮であり，そこでは一定数の給費生を収容していた[77]。1880年代

---

76) 川瀬武夫「広場と花火——マラルメと都市の祝祭をめぐる七つの変奏」『現代詩手帖』第42巻5号，思潮社，2001年，50-57頁。

77) デュルケム前掲書，223-226頁。ついでに言えば，同じ箇所でデュルケムは，こうしたコレージュのあり方を，当時のオクスフォード大学とソルボンヌ大学の教授陣が共有していた平等思想に結びつけている。くわえて，コレージュの成立以前は，生徒と教師の個人契約であったとされていることも興味深い。

の大学改革も,学士号準備生のための給費制度とともに始まった。これらの学生の教育に従事して演習(コンフェランス)を担当する助教授(maître de conférence)の職が新設される。82年には「学生(エチュディアン)」の名が用いられ,翌年には閉鎖講義の登録が開始され,従来型の公開講義はやがて廃止されて,少数派のための制度となる。ここに今日のフランスに見られる大学の原型がある。

しかし大学とマラルメの文学ないし文芸では事情がやはり異なる。文芸には人文学が重ね合わされている。文芸を「心的探究」として徹底するためには,少数派のための研究環境が必要である一方,文芸は公教育に組み込まれてきたことからもわかるように,公共のものであり,それを享受する権利は万人にある。伝統的な人文主義者であれば,人間の形成,市民の養成のための権利と義務という仕方で語るだろうが,マラルメは,文字通り,万人が用いている言語によって成されたものとして文芸の公共性を主張する。そのかぎりで文芸は,高等教育のように「閉鎖講義」に徹してはならない。マラルメが「カトリシスム」で用いた言葉を借りるなら,彼の文芸は,少数派のための制度だけでなく,かつての大学のように公開講義用の「円形大講堂(アンフィテアトル)」(p. 240)を要請する。「マラルメの文芸には,集団的祝祭と個人的祝祭という二通りの表現形態がある。「自分の偉大さを発表する集まりに無自覚に参加する大衆に対しては,演劇という場で,他方,個人は,明快に解き明かす書物,つねづね読み親しんだ書物から明晰を求める」[78](p. 69)。

こうしたことを考慮すると,マラルメの考えは,19世紀末のリセと大学よりも,ルネサンス期の学芸学部のコレージュに近いようにも見える。

> 現代のリセとは異なり,昔のコレージュ,社会的な威厳の恩恵を受けていたコレージュは少なくとも,複数の文化的機能を保証しており,その機能は,その学校の生徒でない公衆にも開かれていた。劇場,図書館〔…〕を挙げるにとどめておくが,言うまでもなく宗教的活動も含まれる。したがってコレー

---

[78] ちなみに少数者と多数者のために制度を二分するという方法は,19世紀の中等教育でも何度か見られる。例えば,1863年にデュリュイが「特別中等」を,1891年にレオン・ブルジョワが「現代中等」を設置している。いずれも,中産階級を対象として古典教育を簡略化した教育課程である。

ジュは，授業内で生徒に惜しみなく授けられる教育に集約されるものではなく，この厳密な枠組みの外部では校則も適用されなかった。最初のフランス悲劇であるジョデル作の『囚われのクレオパトラ』は，1553年にボンクールのコレージュで書かれて上演されている。同時期，プレイヤッド派の詩人たちは「フランス語の擁護と顕揚」のためにコクレのコレージュに集まった[79]。

それは，演劇も文学も宗教も包み込むパブリック・ドメインであった。もちろん，マラルメが考える未来の祝祭は，既存の宗教そのものではないし，また未来の文学も，もはや古代を手本としたものでない。その意味で，マラルメの文芸は，16世紀のものとはまったく異質である。しかし当初から，教育と表現，学問と文学，教室や図書館と演劇や宗教的祭式を内包する「公共領域」が存在したことは注目に値する。しかもそれは，コレージュという人文学の空間だったのである。講演から帰る途中，英国の「モードリアン・カレッジ」の塔を眺めながら，フェローシップのような制度は，「別の面から言えば，いわば前もってすでに存続しつづけていたのではないだろうか」と自問している（p. 57）。いにしえのコレージュの制度もまた，マラルメの思考の未来の片鱗としてすでに存在していたのだろうか。

小　括

教育史家によれば，19世紀の教育改革は最終的に古典語人文学に代わる決定的なモデルを見出せず，近代語人文学やフランス語人文学のかたわらで，1902年の教育改革まで，ラテン語を用いた教育がなされてゆく[80]。人文学もまた，マラルメの生きた時代には「空位期」だったのである。とはいえ，人文学の動向と照らし合わせることで，マラルメの身振りのいくつかに説明を付すこ

---

79) CHERVEL COMPÈRE, *op. cit.*, pp. 21–22.
80) HOUDART-MEROT (Violaine), « Les humanités dans l'enseignement littéraire au lycée depuis 1880 », *Enseigner les humanités: Enjeux, programmes et méthodes de la fin du XVIIIe siècle à nos jours*, Paris, Kimé, 2010, p. 81.

とができる。

　第一節で見たように，1870年代は，パリ有数の名門のリベラル校に英語教師として赴任した手前，そこで地位向上を図るためには，一介の英語教師にとどまらず，近代語人文学の徒として振る舞わざるをえなかった。その要請は，「言語に関するノート」から，『英単語』や『古代の神々』を経て『大鴉』翻訳や『ヴァテック』の「序文」まで，彼の職業活動のみならず文学活動にまで及んでいる。

　そして80年代後半以降は，文壇で詩人として脚光を浴びたことから，ユゴーの死や自由詩の台頭を横目に，フランス詩人として，フランス語とフランス文学の行く末を案じる巨匠のように振る舞っている。そのため，フランス語人文学と独特の関係を取り持つことになる。一方で，ヴァーグナーに対しては，フランス語人文学を体現するかのような発言が見られるのに対して，国内に向けては，大衆社会と資本主義に抗うかのように，沈黙と忘却をもってテクストに向き合う姿勢を説き，詩句の遺贈と教育に思いをめぐらす。

　第二節からは「音楽と文芸」と「有益な遠出」を扱った。90年代半ばのマラルメは，随所で教育の主題に触れ，オクスブリッジの講演旅行を機に，フェロー制度を念頭に置きながら「文学基金」を提唱した。その背景にあるのは西欧先進国が進めていた大学改革である。フランスの場合，従来は教養教育の場や職業教育の場であった大学に学士院のような研究機能を統合する形をとった。また大学の株式会社化に対して「大学団体」論が提唱されていた。こうした文脈を踏まえて，マラルメの「文学基金」を，高等教育機関の給費制度の一種と捉えなおすことによって，伝統と革新をつなぎ合わせるための韻律法の伝承と少数派の形成から，「同業者組合」への呼びかけやアカデミー・フランセーズへの複雑な思いまで，さまざまな点に対して説明が得られた。

　第三節では，マラルメが擁護した「文芸」の内実を論じた。当時の中等教育において「人文学級」が「文芸学級」とも呼ばれていたことからも，「文芸」と「人文学」には歴史的に深いつながりがある。リセの教師であると同時に詩人であるマラルメが，教養教育と専門教育が交差するオクスブリッジでおこなった講演は，まさに「文芸」の二重の意味で読まれる必要がある。そうした問題意識から，人が書くことを学ぶ局面をマラルメが記述した箇所を取り上げた。

そこには,「人を作る」という人文学の伝統的な理念が見てとれるだけでなく,「古代」の書物を読むという契機が語られ,18世紀末以降はっきりと浮かび上がる「人間の作り直し」という主題まで確認することができる。

次に,「音楽と文芸」のなかで説かれている「二十四の文字」の教えが,マラルメにとってどのような意義を有するのかを知るために,「文字の神学」をめぐる草稿を分析した。彼にとって文字は,韻文と散文の両方の構成要素として,余白と並んで重要なものである。非人称性の詩学を語るマラルメにとって,詩とはまずもって,原理的には音読可能なテクストから音声を抽象化して,沈黙のなかで享受するものである。黙読の黙せる声が意味と協働して「心的音楽」となる。さらに彼は,音読に際してさえ発音されない子音字にまで考察を進める。黙読で読まれないだけでなく音読でも読まれない文字は,眼を通じて抽象的な仕方で心的音楽を奏でる。『英単語』のなかでは,最新の言語科学に立脚して,言語のうち伝達手段の要素に還元不可能なところに歴史的厚みを見出したが,「文字の神学」では,そうしたところに今度は詩の厚みが読み取られている。マラルメにとってこうした文字の位置づけは,ラテン語との差異化をはかるのみならず,古代神話の遺産を近代語人文学のなかに包摂する手続きとしても機能している。

ところで,「パブリック・ドメイン」としての文芸を重視するマラルメにとって,文芸は万人のものであって,大学の専門教育のように内に引きこもるものであってはならない。そのため彼の文芸は,群衆向けの回路と読書人向けの回路の両方を用意している。こうしたマラルメの問題関心は,「宗教」や「祝祭」の観点で分析されるとともに,まずもって「人文学」の観点から検討されなければならないものである。

マラルメが英語教師という必要に迫られた労苦のために多くの時間をとられた哀れな詩人であるという通念は,彼みずからが「自叙伝」で演出したイメージである。そのイメージは,物理的な時間と労苦の点ではそれなりに妥当かもしれない。しかし文学に微塵も興味のない公衆が文学と出会い,選別された正典が恭しく読み上げられる「人文学」という公共の場に長らく身を置き続けたことが,文学史にマラルメの名が刻まれるにあたってどれほど貢献したのか。そのことを今一度,考えてみる必要があるだろう。

結　論

　マラルメは,『英単語』や『古代の神々』を教師として「必要に迫られた労苦」と位置づけている。しかし1970年代末ごろから『古代の神話』にはマラルメの詩学を読み解く重大な鍵があると研究者のあいだで受け止められるようになり、ベルトラン・マルシャルや竹内信夫の功績もあって，今日，『古代の神々』は一定の研究価値を有する著作と考えられるようになった。『英単語』もそれに準ずる地位にある。

　しかし，英語教師マラルメが教材として書いた『英単語』や『古代の神々』のなかに詩人マラルメを知る上で重要な知見がひそんでいるという事態がなぜ生じてしまうのか。この奇妙な逆説については，これまで正面から検討されることはなかった。

　本書は，この逆説に一定の答えをあたえようとするものである。マラルメがリセの英語教師であると知りながら，なぜか多くの人が忘れてしまうのだが，リセという場所は，文学とは無縁の場所ではない。正確に言えば，当時の中等教育も文学も，人文学という文化的かつ制度的な実践の一部だった。そして19世紀後半は，他の西欧先進国と同様，伝統的な古典語人文学に代わるモデルを求めて，さまざまな議論や実践がなされた激動時だった。『古代の神々』や『英単語』は新たな人文学の一環として書かれているがゆえに，それは当時の"最新流行"の教材でありながらマラルメ詩学の鍵ともなりうるのである。

　したがって本書において『英単語』からマラルメを論じるということは，人文学の見地から彼の活動を位置づけなおすということを意味する。このような見地に立つとき，われわれはマラルメの言説を，単なる「創作の哲理」とするのでもなく，詩人の政治的な身振りとして位置づけるのでもなく，人文学という社会的実践との交渉として捉え直すことになった。人文学が文学界にも教育界にも還元不可能な複合領域であるかぎりにおいて，本書のアプローチは，作

家の身振りを文学界の動向に照らして解明しようとする既存の社会学的な手法とも一線を画している。

人文学の危機

　文学の公共性はマラルメの晩年の重要な主題となるが、その前に「人文学」の含意についてもう少し確認しておこう。第一章で述べたように、16世紀末から19世紀まで、近代フランスの人文学とは、まずもって中等教育で学ぶさまざまな学科のことであった。コレージュやリセは、一貫したラテン語学習の場であった。ラテン語の文法から始めて最後はラテン語による模擬演説まで、ラテン語からフランス語に訳し、ラテン語で作文し、ラテン語韻文を創作し、ラテン語で模擬演説を用意する。そして古代の大作家の模範的な模倣者として、17世紀や18世紀のフランス文学の古典を学ぶ。それは語学や文学をつうじて道徳的価値を教える全人的教育の機会でもあった。古代文化の叡智に触れて文化的な繊細さを身につけさせることで、人間がともすると陥りがちな粗野な暴力を遠ざけること。人文学の目的が「人間を作ること」にあるとされてきた所以である[1]。古き良き古典教育という意味では反動的な印象を抱きやすいが、そう単純ではない。フランス語の普遍性を謳いあげたリヴァロールはコレージュの人文学に対してむしろ批判的な言葉を残している。コレージュを批判したルソーが『エミール』で示した代替案は、学習目的の世俗化や対象年齢の引き上げにかかわる側面があったにせよ、基本的には人文学の延長線上で考えられている。革命期には古典語人文学を解体するような「科学的」なカリキュラムが検討されたが、検討にたずさわった政治家たち自身が、古典語人文学を修めた者たちであり、理念化された古代の共和国像を模範として国家の抜本的な改革を試みたのである。

　19世紀に入っても、依然としてこうした人文学の伝統は存続していたが、現代外国語が加わり、歴史や地理も独立した教科となり、フランス語の教科も

---

[1]　現代日本の国語教育も、近代ヨーロッパの古典教育の遠い子孫である。

重視されてゆくなかで，他の教科との競争が激化する[2]。その結果，古典教育の意義がいっそう厳しく問われるようになった。1850 年代になると，守勢に立たされた擁護者たちは，古典語人文学を，内容よりもその「知的鍛錬」という一点において擁護することもあった。識者に教育改革の必要性を認知させる決定的な契機となったのは普仏戦争の敗戦である。それ以降，共和派を中心に，戦勝国のドイツの教育制度を多少なりとも参考にしてフランスの中等教育および高等教育の改革が模索されていったが，本格的な改革が実施されるのは，共和派が安定した政権の座についたのちの 1880 年代以降のことである。

こうした事情もあって，本書で扱う 1870 年代前半の改革は，教育史においても 1880 年代以降の改革の前触れとして簡単に触れられるにすぎない。だが 1873 年のティエール内閣総辞職までの短期間におこなった改革とその余波（1872 年には文法規則は教師の説明事項となったこと，1874 年に修辞学の授業での 16 世紀の作家を義務づけたことや現代外国語の口頭試験が加わったこと）は，当時の教育現場では無視できないものであり，教科書産業にもその反応が顕著に見られ，その痕跡は，『英単語』にも反映されることになる。本書の第一章は，それらの詳細を跡づけている。

しかし公教育大臣ジュール・シモンが，1872 年に『フランス公教育小論』を著したミシェル・ブレアルとともにおこなおうとした改革は，そうした微細な制度変更にとどまるものではない。そこには，古典語人文学の存亡というフランス文化史的にも重大な問題が賭けられている。従来の古典語人文学の学科を縮減して，それらを代替し更新しうる学科と方法を導入すること，それは，数百年にわたる教育文化の伝統を，最新の言語科学によって根本的に刷新しようという画期的な試みの始まりであった。

近代語人文学の強化のために，文相がリセ・コンドルセの英語教師を増員するという政策を聞きつけて，文相に直々に書簡を送って志願したのが英語教師マラルメである。パリ・コミューンが鎮圧されるのを待ってから上京したこと

---

[2] 横山裕人「学校とレトリック —— 19 世紀フランス中等教育の場合」『規範から創造へ —— レトリック教育とフランス文学』，平成 6・7・8 年度科学研究費（基礎研究（B）(2)）による研究成果報告書，1997 年，31 頁。

が書簡から知られており，政治に対する無関心を皮肉られることもあるマラルメだが，教育改革という政治にははっきりとコミットしていたと言える。もちろんそれも，パリで職を得るための口実であったことはまず間違いないし，シモンへの書簡の前に強力な人脈にたよって根回しを済ませていたのも事実である。またパリ着任後しばらくは薄給のため，苦労した証拠も残っている。それゆえに，文筆のかたわら『英単語』や『古代の神々』を執筆したのは「必要に迫られた労苦」だというマラルメの自己理解はまちがってはいない。

しかし重要なのは，研究者が「必要に迫られた労苦」という言葉を受け取る際の含意である。一介の英語教師の小遣いかせぎのためなら，もっと簡単な本でも済ませられただろう。しかし当時のマラルメは，正式な教授資格を持たない下級教員でありながら，シモン文相の教育政策の一環で，英語教師としてパリの名門校に派遣されていたのである。この当時の彼は，薄給を補う資財を欲していただけでなく，賃上げ交渉のためにも，視学官の評価を得られるよう，教師としての見識を示す必要があった。出版が遅れることになるとはいえ，『英単語』や『古代の神々』（どちらも70年代前半に執筆されたと推測できる）に見られる最新の言語科学への依拠と「人文学」や「古典教育」の刷新をうかがわせる文面は，共和派の教育改革に対するはっきりとした目配せとして理解することができる。こうした文脈を考慮することで『英単語』の意義がいっそうはっきりと浮かび上がってくる。

従来の研究では，「自叙伝」などに見られる教職への不満を文字通り受け取るあまり，英語教師としての側面がいささか軽視されすぎてきた。またこの点では社会学者や歴史学者も同断である。文学界での作家マラルメの振る舞いにばかり議論が集中し，英語教師マラルメの教育界での振る舞いを完全に看過してきた。本書は，ささやかながら，先行研究のそうした欠落を埋めようとした研究である。

『英単語』の辞書学

ブレアルが『フランス公教育小論』で主張したように，1872年に，文法を教師の説明事項とする通達が出される。旧来のように文法をそのまま覚えさせ

るのではなく，言語の歴史を踏まえて，そこから導かれた法則性にもとづいて合理的に教えること——本書ではさしあたり「文献学メソッド」と呼んでいる——が推奨された。新教材である『英単語』にもそうした側面が見られることは，第二章で指摘したとおりである。

しかし『英単語』はそれに尽きるものではない。さらに教育現場に寄り添って「辞書学」を試みている。マラルメにとって英単語を文献学的に学ぶことは，辞典という"結果"よりも，辞書学者の仕事の文献学的な"過程"を追体験することであり，それは各自が心の中でみずからの辞典を書きあげてゆくことを意味する。いわば「心の辞書学」と言うべきものである。教育現場に寄り添っていると言ったのは，当時の中等教育では，午前と午後の授業をおこなう以外は，生徒が自習や暗記のために使う時間が多く取られていたからである。実際，狭義の「人文学級」では，生徒が，グラドゥスと呼ばれる詩作のための類語辞典に助けを借りつつ，古代詩人の詩句を模したラテン語詩の実践をおこない，やがて心のなかに作り上げたグラドゥスだけで，自在にラテン語詩を書けるようにしてゆく，という学習がなされていた。『英単語』の背景には，こうした教育実践がある。

これらの文脈を踏まえたとき，『英単語』のうちで大部を占める「一覧表」についても理解が深まる。マラルメの説明を注意深く読み返すなら，第三章で確認したとおり，一覧表は，構造主義者が考えたような，単純に文字（もしくは音）を（再）有縁化するといったクラテュロス的な試みではないし，言語科学を無視した民間語源学でもない。また「言語学的観点」に「文学的観点」を対置したものでもないし，「絶対的意味」の探求そのものでもない（そうした言葉を用いているが，それはマラルメの試みそのものの説明ではない）。一覧表の企図は，もっと手前で，あるいはもっと教育的に，英語の日常的な実践のなかで人が語について抱くような標準的な印象を提示することである。それは，「事物を描くのでなく，事物が生み出す効果を描く」[3]とか「語の蜃気楼」[4]とマラルメが言う場合に想定されているものと似ているだろう。

---

3) Corr. I, p. 137.
4) Corr. II, p. 278.

とはいえ，一覧表の奇妙な配列を考えるにあたっては，『英単語』の立脚する「辞書学」に立ち入っておかねばならなかった。それが第五章の研究である。『英単語』の序論でマラルメは辞典の恐ろしさを語っている。辞典のなかにアルファベット順に並べられた単語の膨大さ，その配列の単調さ，個々の意味の多様さは目もくらまんばかりである。一覧表は，アルファベット順の辞典の煩わしさに対抗して語を有機的に関係づける試みである（それゆえに「辞典の鍵」と言われる）。そしてこれは伝統的な辞書学における配列の問題と通じている。ケマダによれば，近代以降の辞典は，アルファベット順の一貫した優位とそれに対するさまざまな対案のせめぎ合いであった。フランスには辞書学の長い歴史があり，17世紀以降，配列についてもさまざまな試みがなされてきた。とりわけ19世紀には，比較文献学が学問分野として誕生したことによって，辞書学も大きな発展を遂げている。『関連語辞典』の著者であるボワシエールがみずからの辞典のダイジェスト版を「辞典の鍵」と呼んでいたことも含めて，辞書学の歴史は，マラルメの試みを理解するための重要な補助線となっている（ついでに言えば，第七章で指摘したように，言語の欠陥を補うという発想自体，「詩の危機」のマラルメ以前に，辞書学者たちの問題意識であった）。

　アルファベット順以外の辞典を概観してわかることの一つは，厳密なアルファベット順の辞典の恣意性（語同士の関連性が見えにくいという特性）に対抗して，歴史上，さまざまなオルタナティヴが試みられてきたということである。第四章で，『英単語』の先行研究においてトドロフの記号論が誤解されてきたことを確認した上で，辞典に見られる関係づけを分析できるようにトドロフの記号論を論じなおした。従来，一覧表についての分析は，イニシャルとその下にある語群のあいだでのみなされてきたが，一般的に言って，辞典はイニシャルの配列もふくめて，語の関係づけの全体が構築物をなしているのが普通である。実際，一覧表のなかでは，語が，イニシャルのアルファベットごとに配列されているが，しかしアルファベット順そのものではない。「辞書学」という構想に沿って一覧表を論じるには，イニシャル内の関係づけだけでなく，イニシャル相互の関係づけも考慮に入れなければならないことがわかる。

　第六章の分析をつうじて，一覧表が，語の語源的関係づけ，語家族のアナロジー的関係づけ，イニシャル相互の音声学的関係づけ，イニシャル相互の意味

的関係づけという四つの方法によって構成されており，かなりの部分がマラルメの言葉どおり，語源を考慮しているということ，そしてイニシャルの覚書と単語のあいだに一対一対応では関係づけが見えなくても，語家族単位で見ていくと，大半の語家族が「覚書」によってカバーされていることがわかった。現代科学の観点を踏まえてみると，テープレコーダーやITなどテクノロジーの発達によって，マラルメが一覧表でやりたかったことの一部は，さまざまな仕方で実現されている。また普通の辞典ではなく心のなかの辞典であるということに関して言えば，現代では，認知心理学において「心内辞典」という概念が存在し，語彙記憶メカニズムのモデル構築が試みられている。一覧表の先にはこうした現代の知見が存在する。

　しかし一覧表が，厳密には辞典でも記憶メカニズムでもないのも事実である。ここで，一覧表を「知的記憶術」と位置づけるマラルメの見解に立ち戻っておく必要がある。記憶術の歴史をひもとくなら，アルファベット順に物事を配列するという操作は，記憶術として物事を関係づける技術そのものだった。この観点からすると，実は，アルファベット順の恣意性こそが近代的なものであって，それは記憶術的なアルファベット配列が，書物の文化のなかに応用されて情報量が急増した結果，恣意的な印象を与えるようになったのである。一覧表は，一般的に言えば，みずからが生み出したアルファベット順によって語彙から疎外された人間が，語彙を再び人間の手に取り戻すための試みである。しかしその際に，人間の文化よりも言語の歴史が基礎に据えられている。それは，非人間的な——マラルメの用語で言えば「非人称的な」——関係づけの原理の導入である。ここに，人文主義的な伝統とは異なる原理を認めることができる。

人文学の再構築

　第七章で論じたように，マラルメは，比較文献学に依拠しながら，近代の西欧語のなかに言語の自己反省を見ている。その典型が英語であり，英語の単語は，アングロ＝サクソン語の時代には長い屈折語尾をもった複雑な形態を有していたが，近代化を経るにつれて形態が単純化し，pinやliveのように同じ語形で複数の品詞を兼ねるものが出てきた。今日では「ゼロ派生」と言われるこ

うした現象を前にして，マラルメは，言語が，かつて語根だったみずからの姿を映し出していると考え，自己反省的な単純化に，言語のもっとも近代的な姿を見てとる。それゆえ心の辞書学とは，言語に反省の位相をあたえるものではなく，言語の歴史に即して人類の生を生き直すことによって，言語の自己反省までも追体験する，そうした経験である。古典語人文学では，言語習得とは，自己表現のために単語をリスト化することを意味したが，『英単語』では，言語の歴史という歴史的な非人称性に身をゆだねる行為なのである。この言語の歴史の追体験によってアルファベット順の辞典の恣意性を克服するという『英単語』の冒頭で提示された辞書学の構想が，彼の詩学と通じていることは言うまでもない。

　ところで，マラルメのさまざまな活動を人文学という観点から眺めた場合，どのように位置づけられるだろうか。今一度，第八章の議論を確認しておこう。

　すでに第一章で述べたように，70年代のマラルメは，一介の英語教師のみならず，近代語人文学の徒としても振る舞っていた。古典語に対して近代語には言語そのものの自己反省が宿っていると主張し，さらにフランス語にとっての英語の近さを力説する一方で，英語圏の神話学の最新の成果をいち早く紹介している。近代語人文学の擁護者としての顔は，「必要に迫られた労苦」にのみ見られるものではない。『ヴァテック』の序文では英国の作家ベックフォードの作品をフランス文学として称揚している。ポーの詩の翻訳をたてつづけに雑誌に投稿して英語圏の知人を増やしたのも同時期の出来事である。90年代のマラルメは，ユゴーの死や自由詩の登場を直接の文脈として「詩句の危機」を論じるのだが，彼が伝承の必要性を訴えているのは「われわれにとっての六歩格詩句と言うべきアレクサンドラン」(p. 206)である。公教育の再編成にともなってフランス人文学がマラルメの問題意識に上ってくる。1880年代以降，フェリーの改革によって中等教育からラテン語韻文の授業が消滅し，フランス文学の授業のなかでフランス詩は扱われるものの，従来の古典語人文学のように実作を中心としたものではなく，文学史の授業に代わりつつあった。

　1894年，英語教師を退職したマラルメは，「音楽と文芸」と「有益な遠出」を発表する。基金を募って，少数の若手作家を育成するという彼の提案は，文学的なエリート主義という印象を与えかねないが，オクスブリッジのフェロー

制度に想を得たものであることからもわかるように，マラルメの関心は，パブリックな役割を果たしうる文学に，高等教育にも似た制度的枠組みを与えられるかどうかという点にあったと考えられる。そこではまた，資本主義社会のなかで文学の公共性が出版産業の利権を生むことを見越して，著作権料によって将来の公共性を買い支えする仕掛けが検討されている。「すべては美学と経済学に要約される」(p. 76) というマラルメの言葉は，こうした意味でも理解することができるだろう。

「音楽と文芸」のなかでマラルメは，具体的な作家や作品の話をしていない。文芸の理念と社会的役割とその危機的現状，そして伝統と革新を橋渡しする作家の育成を語っている。要するに，文芸が，強い公共性の意識の下で語られている。また古代の書物を前に修練を積んで，詩作を実践する現場が暗示的に述べられている。このように，制度的な保護が検討され，社会に一定の寄与を果たす文学，公共性の下にある文芸，そして一義的には詩作として理解された文芸とは，言葉の当時の含意を考慮するなら，人文学の別名である。マラルメの「文芸」は，このように，文学と人文学という二重の意味で理解されなければならない。

「古代の下にある複数のモデルニテ」[5]とはある研究書の題名だが，実際，こうした古典語人文学の空間が，19世紀の詩人に影響を与えなかったはずがない。ボードレールやランボーが，すでに十代の頃，まずはラテン語韻文でその文才を発揮していたことはよく知られている。「深遠な修辞学」を探究したボードレールは，グラドゥスを用いて，いくつかのラテン語詩を作ったのみならず，自作のフランス語詩句のなかにもラテン語の詩句の透かし彫りを埋め込んで見せた[6]。恐るべき通行人として文学史上の傑作を若いうちに書ききったランボーも例に漏れない。「母音」と題されたフランス語詩句は，グラドゥスを引いてラテン語の単語や形容語句や迂言表現からイマジネールを構築したものだ

---

5) SAMIDANAYAR-PERRIN (Corinne), *Modernités à l'antique: parcours Vallésiens*, Paris, Champion, 1999.
6) SAMIDANAYAR-PERRIN (Corinne), «Baudelaire poète latin», *Romantisme* - Vol. 31 - Issue 113, 2001, pp. 87–103.

とされている[7]。世紀末のデカダン派の詩人たちでさえ,ボードレールの「我がフランシスカへの讃歌」のようなラテン語詩の退廃的な世界に魅了された。

　マラルメの場合,古典語人文学の教育の履修者であるのは事実であり,それなりに優秀な成績をおさめたものの,題名をのぞいてラテン語の自作詩は残していない。また成人後の詩のなかにラテン語詩句の影響を指摘する研究も現時点では存在しない。こうした伝統は,マラルメに何の影響も与えなかったのだろうか。この問いに対する答えはすでに本書のなかにある。彼はボードレールやランボーよりもある意味でずっと根深い形で向き合っていたというものである。ただし古典語人文学よりもむしろそれに代わって台頭した近代語人文学やフランス語人文学という枠組みにおいてである。

　1870年代のマラルメに従えば,近代語は,言語の歴史に沿って見てゆけば過去にそれが有していた関係性を映し出している。したがって言語は,人間が設けた価値や規範に沿って学ぶのではなく,言語の歴史に沿って学ぶ必要がある。そのとき近代語が,自己反省的なものであることがわかる。近代語には,意思疎通の意味とは別様に読み取るべき言語学的な深みがあり,近代語はそうしたものへの反省を促す。しかし70年代においてはいまだこれらは,最新の歴史科学の成果を確認し,人間を超えた歴史という非人称な水準において言語文化を捉え直すにとどまった。

　1890年代のマラルメは,フランス語人文学との関係で読み進めることができる。彼は,比較文献学や比較神話学の痕跡は消し去って,そこから得た着想をフランス語内部の議論として定式化している。したがって詩は,人間の感情の発露ではなく,言葉の配列のなかで文字(あるいは音)が織り成す相互関係に沿って読まれる必要がある。そのとき詩のフランス語の有する自己反省性が開示される。文法には哲学がひそんでおり,文字には観念がひそんでいるがゆえに,詩句には意味内容とは別様に読み取るべき文学的な深みがあり,詩句はそうしたものへの反省を促す。

　19世紀まで,西洋の知識階層にとって,「古代」は独自の空間を構成してい

---

7)　FRANC (Anne-Marie), « «Voyelles», un adieu aux vers latins », *Poétique*, n. 60, 1984, pp. 414–422.

た。それはまずもって古典語（とりわけラテン語）に基づいているがゆえに，母語とは泰然と隔てられており，古典語の作品は，無条件の文化的価値を付与されているがゆえに特別な自律性を帯びていた。それに対してマラルメは，当時の言語科学のように，意思疎通には還元不可能な文法や正書法に着目して，潜在的な音としての文字の関係性に，フランス語の文芸の可能性を求めた。「文字の神学」は，フランス語のなかに古代に代わる自律した世界を構築するための手がかりだったと考えられる。それは，古典語人文学の衰退期にあって，フランス語のなかに，生きた古典を生み出すことのできるような言語空間を設定し直す試みだったと捉えることができる。

　しかしそれは容易なことではない。古典語人文学においては，ラテン語という書き言葉のうちで特定の作品が規範化されていたのに対して，近代語人文学やフランス語人文学においては，言語は生きているがゆえにつねに変化してゆく。文学は，自由詩のように生きた言語を使う個人によってばらばらになる危険がある。放っておくと，言語の公共性は失われる。それゆえにマラルメは，公共の言語に奉仕しうるようなパブリックな文芸を求めた。そしてそのような公共性の場を保つためには，制度化が模索される。しかしまた文芸がパブリックなものであるためには，読書という個人的な祝祭だけでなく，舞台芸術という集団的な祝祭を備えていなければならなかった。

　本書で扱ったマラルメのテクストはごく一部であり，『英単語』の分析を別にすれば，比較的フォーマルなアプローチとなった。本書の研究は，マラルメのテクストのいっそう詳細な読み解きに，あるいは教育制度との関係のさらに具体的な分析へと引き継がれるべきものだろう。しかしマラルメと人文学の関係の輪郭は，すでに本書で明らかになっているかと思われる。言うまでもなく，1870年代の言説と1890年代の言説は，ジャンルも対象もマラルメの立ち位置も異なっている。前者は，教育者としての英語論であり，後者は，詩人としてのフランス文学論である。しかしどちらも，近代語や近代文学に関するある種の教育論もしくは学習論を含んでおり，それが古典語人文学との暗示的ではあるが明白な対比の下で語られている。マラルメのこうした側面のことを，本書は「人文学の再構築」と位置づけたのである。それは，いわゆる文学の自律性の称揚というより，文学の自律性という概念さえも可能にする広大な地平を，

言語論や教育論をつうじて整備するような挙措であったと言えよう。詩人としてのマラルメの評価は，文学や人文学に対する意識によって決まってきたわけではないが，実作者として卓越した作家性を発揮したマラルメが，同時に，文学や，文学が否応なく関係をもつ人文学という価値や制度に対して鋭敏な意識を有していたことが，詩人としての彼に独自の地位を与えていることもまた事実である。文学を根本的に問い直そうとする者がマラルメに行き着く理由の一端も，こうした事情にあると考えられる。

マラルメ以後

　人文学をめぐる論争は，マラルメの没後もやむことはない。1902年からの教育改革によって，ラテン語が中等教育の課目から姿を消す。懸念を抱いたエミール・デュルケムが教育史の講義をおこなった。アントワーヌ・コンパニョンはここに，フランス文化史上の大きな断絶を見る。しかも20世紀初頭の論争には，マラルメも関わっていた。

　1911年，近代語人文学をめぐる論争のなかで，ポール・クローデルが思わぬ批判を受ける。新古典派のピエール・ラセールから見れば，クローデルは，古典語人文学の放棄によって台頭した文学の代表例だった。ロマン派，ランボーやマラルメの悪影響が指摘される。「アリストテレスをマラルメと結合して何かを生み出せるとはだれも思いもよらなかったはずだ。だがクローデル氏の『詩法』を生み出した。そこには，マラルメの『ディヴァガシオン』のもっとも純粋な文体で表現された，有神論的形而上学の常套的な文言や古典的かつ伝統的な議論が，非常に不恰好な体裁をとった形で見られる」[8]。クローデルの文学には，「知性と詩的なもののあいだの本性上の両立不可能性」[9]が認められる。ラテン語とフランス語の規範の擁護者であるラセールにとって，それは「教養ゆたかなフランスの知性たちにおける正確さ，明晰さ，秩序，推論，方法の危

---

8) LASSERRE (Pierre), *Les Chapelles littéraires: Claudel, Jammes, Péguy*, Paris, Librairie Garnier Frères, p. 20.
9) *Ibid.*, p. 17.

機」¹⁰⁾であった。

　クローデルは、ほとんど直接的な反論をしていないが、古典語教育、翻訳、ロマン主義の評価など、人文学をめぐるさまざまな論点について随所で持論を披瀝している。一つはっきりと言えるのは、彼が韻文より散文の陣営の側にいるということである。自由詩とは差別化を図りながら、「数的で人工的なリズムを、われわれの口とわれわれの肺から出る言葉そのもの〔…〕に置き換えて、フランス語散文の伝統的な流れに身をまかせ」たと述懐している¹¹⁾。ただし興味深いことに、書き言葉に関してはまた別の態度をとり、正書法の改革に対しては断固として反対する。

> フランス語は英語よりはっきりと発音する言語である。その単語たちは、比類ない繊細さと多様さをそなえた音同士のニュアンスと諸関係でもって組み合わされる。正書法は、そうしたニュアンスや諸関係を非物質化し、それぞれの単語を観念の純粋な反響たらしめている¹²⁾。

書物に書かれた声なき声を尊び、さらには声なき声においてさえ発せられることのないフランス語の子音字に観念の音楽を見て正書法に断固として敬虔たろうとする——ここでクローデルは、マラルメが書き留めた「文字の神学」の教義を実に明快に代弁しているように思われる。ついでに言えば、マラルメは、二人称単数の活用と名詞の複数形のsにこだわったが、どちらも文法綴りと言

---

10) LASSERRE (Pierre), *La Doctrine officielle de l'université française: critique du haut enseignement de l'État, défense et théorie des humanités classiques*, Paris, Mercure de France, p. 154.
11)「私と自由詩人とのあいだに認めうる違いは、自分が絶縁し緩和しようと試みたアレクサンドランから彼らが離れていったのに対して、私の方は、数的で人工的なリズムを、われわれの口とわれわれの肺から出る言葉そのもの、〔…〕同時に作家の心と観衆の心のなかにいわば理解可能な一連の動きとして創造される言葉そのものに置き換えて、フランス語散文の伝統的な流れに身をまかせる以外のことをしなかったのです」(CLAUDEL (Paul), BZAZUD (Maryse) (éd.), *Supplément aux Œuvres complètes*, t. II, Paris, L'âge d'homme, 1991, p. 76)。
12) CLAUDEL (Paul), *Œuvres complètes, XVIII: Accompagnements—Discours et Remerciements*, NRF Gallimard 1961, p. 34.

われるものである。つまり辞典に登録された語彙綴りではなく，文法とともに変化する綴りである。「音楽と文芸」では「文字たちの対称性・動作・反射」と言われていたが，実際のところ発音が覆い隠して文字が示すのは，語彙よりは文法の局面，さらに一般化して言えば，規範よりは使用の局面でもあった。

そうしたマラルメの感覚をある意味で突きつめたかのように，クローデルが散文において尊重するのは，標準的な発音が覆い隠すもの，つまり口語フランス語の多様性である。その意味で，彼はフランス語の誤りにも寛容な態度をとる。フランスはその地理的状況のゆえに民族も多様であり，フランス語の話し言葉も多様である。フランスの歴史と革命は，各市民に主権をあたえた。小さな主権たちが，「〈世論〉と呼ばれるある種の法廷の権威のもとで隣接する主権たちと外交的かつ法的な継続的交渉」[13]をやり続けてきた。クローデルにとって文学は，エリートの娯楽ではなく，このような主権者同士の抗争の場である。それゆえに理性的なものを規範文法と同一視する旧態依然とした古典語人文学にははっきりと否をつきつける[14]。クローデルの議論にはナショナルな響きが強いとはいえ，公共性に対する問題意識を，フランス語の内なる他者たちの方へと展開したものと言える。

ここでサンゴールに言及しておいてもよいだろう。サンゴールは，19世紀の末に西欧の大きな転換点を見出し，それを「1889年の革命」と呼ぶ。これは，哲学者アンリ・ベルクソン（1859-1941年）の『意識に直接与えられたものについての試論』が刊行された年であり，サンゴールは，これ以降，西欧には，推論的理性よりも直観的理性に重きを置く知の系譜がはっきりと登場したと考えている。この文脈でサンゴールが描き出す文学者の系譜は，おおまかに言えば，ランボーに始まり，クローデル，ペギー，サン＝ジョン・ペルス，そしてセゼールに至る。サンゴールにとって象徴主義は，革命の申し子なのである。こうした直観的理性に黒人文化との接点を見出して，彼は，ダマスやセゼール

---

13) CLAUDEL (Paul), BZAZUD (Maryse) (édit.), *Supplément aux œuvres complètes*, t. II, Paris, L'âge d'homme, 1991, p. 108.

14) Cf. ALEXANDRE (Didier), « Claudel et la querelle des humanités modernes: Positions et propositions de Claudel », *Paul Claudel et l'histoire littéraire*, Franche-Compté, Presses Universitaires de Franche-Comté, 2010, pp. 213-230.

とともに，文学という抗争の場をフランス一国からアフリカ大陸やアメリカ大陸にまたがるフランス語圏へと，欧州白人内部から黒人をふくめた人種間の方へと拡張した。ネグリチュードの文学運動である[15]。その先でクレオールの作家たちも現れるだろう。またサイードは，アウエルバッハを読み解きながら，新たな人文学を思い描いた。20世紀の歴史を経て人道主義と人文主義を融合したディアスポラ的経験の人文学[16]である。ここにはもう，われわれにとって身近な光景が広がっている。

＊

19世紀末から20世紀初頭に，伝統的な意味での文芸／人文学は一度死んでいる。人文学の空間は，伝統的な価値によって守られるだけでなく，そのつど同時代の専門知との関係のなかにある。ただしそれは，専門知に付き従うという意味ではない。一定の拮抗関係のなかで，人文学の原理そのものがそのつど再編成されてゆく。そのつど原理をずらしながら，そのつど新たに武装しながら。そのとき人文学が，つねにヒューマニズムの側に立つとはかぎらない。剝き出しの暴力を前にした際には，人間性を擁護するという出方も必要である。伝統的に，イソクラテスのパイデイアの頃から，人文学は人間性と結びついてきた。しかし本書で論じたように，マラルメの人文学というものが存在するとすれば，それは非人称性に特徴づけられている。人間的なものと人間的ならざるもののあいだにある。ここから，われわれはさまざまな人文学を新たに構想してゆくことができるはずである。

---

15) Cf. 立花史「グリオとシンコペーション——マラルメを読むサンゴールの奇妙な洞察」『ブラック・モダニズム』吉澤英樹編，未知谷，2015年，251-285頁。
16) エドワード・W. サイード『人文学と批評の使命——デモクラシーのために』村山敏勝・三宅敦子訳，岩波書店，2013年。

主要な書誌

マラルメのテクストと書簡

Petite philologie à l'usage des classes et du monde. Les mots anglais par Mr Mallarmé, professeur au Lycée Fontanes, Truchy, Leroy frères, successeurs (Imprimerie A. Derenne, Mayenne), [1877], xxxv–352 p.

Thèmes anglais pour toutes les grammaires, Les mille problèmes, dictons et phrases typiques de l'anglais, groupés d'après les règles de la grammaire. Préface de Paul Valéry, NRF, Gallimard (Imprimerie R. Bussière, Saint-Amand), [1937].

Recueil de "Nursery Rhymes", texte établi et présenté par Carl Paul Barbier, Gallimard, 1964.

Les Dieux antiques, Nouvelle mythologie d'après George W. Cox, Gallimard, 1925.

Œuvres complètes, I, éd. Bertrand Marchal, Bibliothèque de la Pléiade, Gallimard, 1998.

Œuvres complètes, II, éd. Bertrand Marchal, Bibliothèque de la Pléiade, Gallimard, 2003.

Correspondance Lettres sur la poésie, Gallimard, 1995.

Correspondance, I, 1862–1871, éd. Henri Mondor et Jean-Pierre Richard, Gallimard, 1959.

Correspondance, II, 1871–1885, éd. Henri Mondor et Lloyd James Austin, Gallimard, 1965.

Correspondance, III, 1886–1889, éd. Henri Mondor et Lloyd James Austin, Gallimard, 1969.

Correspondance, IV, 1890–1891, éd. Henri Mondor et Lloyd James Austin, 2 vols., Gallimard, 1973.

Correspondance, V, 1892, éd. Henri Mondor et Lloyd James Austin, Gallimard, 1981.

Correspondance, VI, janvier 1893–juillet 1894, éd. Henri Mondor et Lloyd James Austin, Gallimard, 1981.

Correspondance, VII, juillet 1894–décembre 1895, éd. Henri Mondor et Lloyd James Austin, Gallimard, 1982.

Correspondance, VIII, 1896, éd. Henri Mondor et Lloyd James Austin, Gallimard, 1983.

Correspondance, IX, janvier-novembre 1897, éd. Henri Mondor et Lloyd James Austin, Gallimard, 1983.

Correspondance, X, novembre 1897–septembre 1898, éd. Henri Mondor et Lloyd James Austin, Gallimard, 1984.

Correspondance, XI, Supplément et Index, éd. Henri Mondor et Lloyd James Austin, Gallimard, 1985.

AUSTIN (Lloyd James), La Correspondance de Stéphane Mallarmé: Compléments et sup-

pléments, in *French Studies*, vol. XL, n° 1, january 1986, pp. 13–25.
——, La Correspondance de Stéphane Mallarmé: Compléments et suppléments, II, in *French Studies*, vol. XLI, n° 2, april 1987, pp. 155–180.
——, La Correspondance de Stéphane Mallarmé: Compléments et suppléments, III, in *French Studies*, vol. XLIV, n° 2, april 1990, pp. 170–195.
——, La Correspondance de Stéphane Mallarmé: Compléments et suppléments, IV, in *French Studies*, vol. XLV, n° 2, avril 1991, pp. 166–194.
——, La Correspondance de Stéphane Mallarmé: Compléments et suppléments, V, in *French Studies*, vol. XLVII, n° 2, april 1993, pp. 172–201.
——, La Correspondance de Stéphane Mallarmé: Compléments et suppléments, VI, in *French Studies*, vol. XLVIII, n° 1, January 1994, pp. 17–49.
MARCHAL (Bertrand), La Correspondance de Stéphane Mallarmé: Compléments et suppléments, VII, in *French Studies*, vol. L, n° 1, January 1996, pp. 35–53.
——, Deux lettres à sa grand-mère [27 avril, 2 mai 1869]... Notes de Bertrand Marchal, in *Nouvelle Revue Française*, janvier 1995, pp. 67–73.
——, Notes et documents: La Correspondance de Stéphane Mallarmé. Compléments et suppléments, VIII, in *Revue d'histoire littéraire de la France*, XCIX, 1999, pp. 1063–1077.
Correspondance: compléments et suppléments, éd. Lloyd James Austin, Bertrand Marchal et Nicola Luckhurst, coll. Legenda, European Humanities Research Centre, Oxford, 1998.
Documents Mallarmé, I, éd. Carl Paul Barbier, Nizet, 1968.
Documents Mallarmé, II, éd. Carl Paul Barbier, Nizet, 1970.
Documents Mallarmé, III, éd. Carl Paul Barbier, Nizet, 1971.
Documents Mallarmé, IV, éd. Carl Paul Barbier, Nizet, 1973.
Documents Mallarmé, V, éd. Carl Paul Barbier, avec tableau généalogique de la famille de S. Mallarmé, Nizet, 1976.
Documents Mallarmé, VI, éd. Carl Paul Barbier, Nizet, 1977.
Documents Mallarmé, VII, éd. Carl Paul Barbier, Nizet, 1980.
Documents Mallarmé Nouvelle Série, I, éd. Charles Gordon Millan, Nizet, Saint-Genouph, 1998.
Documents Mallarmé Nouvelle Série, II, éd. Charles Gordon Millan, Nizet, Saint-Genouph, 2001.
Documents Mallarmé Nouvelle Série, III, éd. Charles Gordon Millan, Nizet, Saint-Genouph, 2003.
POE (Edgar Alain), *Le Corbeau*, dossier réalisé par Michaël Pakenham, Séguier, 1994.
『マラルメ全集』筑摩書房、全五巻、1989–2010年。

マラルメ『英単語』に関する論文と書籍

CHECCAGLINI (Isabella), Mallarmé et l'Anglais: question de point de vue, *Le Texte étranger*, no. 5, 2003 (?), pp. 54-61.

GENETTE (Gérard), *Mimologiques: voyage en Cratylie*, Paris, Seuil, [1999], 1976.

LAROCHE (Hugues), Poésie de la linguistique: la tentation du dictionnaire, SEMEN, no. 24, 2007. <http://semen.revues.org/document5933.html> (janvier 2012)

LASERSTEIN (P.-G.), Mallarmé, professeur d'anglais, *Les Langues Modernes*, 43 (janvier-février 1949), pp. 25-46.

MARCHAL (Bertrand), *Religion de Mallarmé*, Paris, José Corti, 1988.

MICHON (Jacques), *Mallarmé et Les Mots anglais*, Montréal, Presses de l'Université de Montréal, 1978.

――, La Langue dans la langue. Ce que c'est que l'Anglais de Stéphane Mallarmé, in *Études Littéraires*, nº 22, «Mallarmé—Inscription, marges, foisonnement», Université Laval, été 1989, pp. 27-35.

MOUNIN (Georges), *Sept poètes et le langage: Stéphane Mallarmé, Paul Valéry, André Breton, Paul Eluard, Francis Ponge, René Char, Victor Hugo*, Gallimard, 1992.

MADOU (Jean-Pol), «Mallarmé, l'anglais à la lettre», *Littérature*, Nº 121, 2001. Les langues de l'écrivain. pp. 32-47.

RUPLI (M.) & THOREL-CAILLETEAU (S.), *Mallarmé. La grammaire et le grimoire*, Genève, Librairie Droz, 2005.

WISER (Antonin), D'un déplacement avantageux: Les Mots anglais de Mallarmé, *Littérature*, no.157, 2010, pp. 3-16.

大出敦「言葉と観念――『英語の単語』に見られるマラルメの言語観」『教養論叢』No. 118, 2002年, 97-117頁.

川瀬武夫「マラルメと始原の言語」『ユリイカ』第11巻13号, 1979年11月, 176-183頁.

菅野昭正『ステファヌ・マラルメ』中央公論社, 1985年.

佐々木滋子「マラルメの「言語の科学」1」『関東学院大学文学部紀要』第33号, 1981年, 133-157頁.

――「マラルメの「言語の科学」2」『関東学院大学文学部紀要』第37号, 1982年, 93-109頁.

――「マラルメの「言語の科学」」『人文科学研究』一橋大学研究年報24号, 1985年, 45-124頁.

高橋達明「言語の科学」I-IV, 『人文論叢』48-51号, 2001-2004年.

寺田光徳「言語の組織と有縁性――マラルメの『英語の単語』をめぐって」『文経論叢 人文学科篇』第3号, 弘前大学人文学部, 1983年, 71-92頁.

三木英夫「«Les Mots anglais»とマラルメの詩論」『言語文化研究』第2巻, 1976年, 209-231頁.

マラルメを論じた上記以外の書籍

BOHAC (Barbara), *Jouir partout ainsi qu'il sied: Mallarmé et l'esthétique du quotidien*, Paris, Classiques Garnier, 2012.
CHASSÉ (Charles), *Les clefs de Mallarmé*, Paris, Aubier, 1954.
COHN (Robert Greer), *L'Œuvre de Mallarmé: Un Coup de dés*, traduit par René Arnaud, Les Lettres, 1951.
——, *Mallarmé's Divagations: a guide and commentary*, New York, P. Lang, 1990.
COCTEAU (Jean), *Un rêve de Mallarmé*, Fata Morgana, 2005.
DO (Christian), *Mythe, mythologie et création de Max Müller à Stéphane Mallarmé*, thèse de doctorat soutenue à Queen's University en septembre 2001.
DURAND (Pascal), *Mallarmé: du sens des formes au sens des formalités*, Paris, Seuil, 2008.
GUIRAUD (Pierre), *Langage et versification d'après l'œuvre de P. Valéry*, Paris, Klincksieck, 1953.
KUMAGAI (Kensuke), *La fête selon Mallarmé: République, catholicisme et simulacre*, Paris, l'Harmattan, 2008.
MARCHAL (Bertrand), *La religion de Mallarmé*, Paris, José Corti, 1988.
——, «Baudelaire-Mallarmé: Relecture ou La fleur et La Danseuse», *Baudelaire: Nouveaux chantiers*, éd. Jean Delabroy et Yves Charnet, Presses universitaires du Septentrion, 1998.
——, *Stéphane Mallarmé*, Ministère des affaires étrangères: ADPF, 1999.
——, *Salomé: entre vers et prose, Baudelaire, Mallarmé, Flaubert, Huysmans*, Paris, José Corti, 2005.
—— (éd.), *Mallarmé, mémoire de la critique*, textes choisis et préfacés par Bertrand Marchal, Presses de l'Université Paris-Sorbonne, 1998.
MARCHAL (Bertrand), KLEIN (Raoul), «Fiction et modernité», entretien, *Mallarmé*, Inter-Universitaires, 1998.
MARCHAL (Bertrand), POULY (Marie-Pierre), *Mallarmé et L'Anglais récréatif: Le poète pédagogue*, Paris, COHEN & COHEN, 2014.
MILLAN (Gordon), *Les Mardis de Stéphane Mallarmé, mythes et réalités*, Paris, Nizet, 2008. (柏倉康夫『マラルメの火曜会――神話と現実』丸善, 2012年)
MUSÉE DÉPARTEMENTAL STÉPHANE MALLARMÉ (exposition), *Edmond Deman, éditeur de Mallarmé*, réd. par Adrienne-Fontainas, 1999.
——, *Bonnard, Vuillard, Mallarmé*, catalogue par Marie-Annne Sarda, 2000.
——, *Mallarmé et «La dernière Mode»: velours et guipure*, catalogue par Pauline de Lannoy, Antoine Terrasse, 2003.
——, *My Mallarmé is rich: Mallarmé et le monde anglo-saxon*, dir. Hervé Jubeaux, 2006.
——, *Au temps de Mallarmé, le faune*, textes de Hervé Joubeaux et Christiane Dotal, 2004.
——, *Le Carrefour des demoiselles*, 2007.
——, *Femmes de Mallarmé*, catalogue par Anne Borrel, 2011.

Musée Départemental Du Sens (exposition), *Mallarmé et les siens*, textes de Bertrand Brousse, Christine Givry et Raoul Fabrègues, 1998.
Mondor (Henri), *Vie de Mallarmé*, édition complète en un volume, Gallimard, 1950 (1941).
——, *L'Affaire du Parnasse Stéphane Mallarmé et Anatole France*, Paris, Éditions Fragrance, 1951.
——, *Eugène Lefébure, Sa vie—Ses lettres à Mallarmé*, Paris, Gallimard, 1951.
Murat (Michel), *Le vers français: histoire, théorie, esthétique*, Paris, H. Champion, 2000.
Richard (Jean-Pierre), *L'Univers imaginaire de Mallarmé*, Éditions du Seuil, 1961.
Sasahara (Tomoko), *La Dernière Mode de Mallarmé: sa dimension historique et la réflexion sur son écriture*, thèse de doctorat soutenue à l'Université Paris IV Sorbonne en septembre 2004.
Schérer (Jacques), *L'Expression littéraire dans l'œuvre de Mallarmé*, Paris, Nizet, 1947.
——, *Grammaire de Mallarmé*, Nizet, Paris, 1977.
Stanislas (Marie-Thérèse), *Geneviève Mallarmé-Bonniot*, préfacé par Michel Gauthier, Paris, Nizet, 2006.
Steinmetz (Jean-Luc), *Stéphane Mallarmé, l'absolu au jour le jour*, Paris, Fayard, 1998. (ジャン=リュック・ステンメッツ『マラルメ伝』柏倉康夫・永倉千夏子・宮嵜克裕訳, 水声社, 2004 年)
Thibaudet (Albert), *La Poésie de Stéphane Mallarmé: étude littéraire*, Editions de la Nouvelle Revue Française, 1912 (Paris, Gallimard, 1926).
Thébault (Karine), *Stéphane Mallarmé et ses ancêtres*, ÉGV éd., 2004.
Touya De Marenne (Éric), *La musique et poétique à l'âge du symbolisme: variations sur Wagner: Baudelaire, Mallarmé, Claudel, Valéry*, Paris, l'Harmattan, 2005.
Valéry (Paul), *Ecrits divers sur Stéphane Mallarmé*, Paris, Editions de la N.R.F., 1950.
Wieckowski (Danièle), *La Poétique de Mallarmé: la fabrique des iridées*, Paris, SEDES, 1998.
Williams (Heather), *Mallarmé's ideas in language*, New York, P. Lang, 2004.
岡山茂『ハムレットの大学』新評論, 2014 年。
黒木朋興『マラルメと音楽』水声社, 2013 年。
佐々木滋子『「イジチュール」あるいは夜の詩学』水声社, 1995 年。
——『祝祭としての文学——マラルメと第三共和制』水声社, 2012 年。
清水徹『書物について——その形而下学と形而上学』岩波書店, 2001 年。
永倉千夏子『〈彼女〉という場所——もうひとつのマラルメ伝』水声社, 2012 年。
中畑寛之『世紀末の白い爆弾——ステファヌ・マラルメの書物と演劇, そして行動』水声社, 2009 年。
——『ステファヌ・マラルメの書斎』神戸, Éditions Tiré-à-Part, 2013 年。
原大地『マラルメ　不在の懐胎』慶應義塾大学出版会, 2014 年。
宗像衣子『マラルメの詩学——抒情と抽象をめぐる現代の芸術家たち』勁草書房, 1999 年。
立仙順朗『マラルメ——書物と山高帽』水声社, 2004 年。

マラルメに関する上記以外の論文

GAÈDE (Edouard), « Le problème du langage chez Mallarmé », in *RHLF*, 68, 1968, pp. 45-65.

GILL (Austin), « Mallarmé fonctionnaire, d'après le dossier F 17 21231 des Archives Nationales, (I) & (II) », in *RHLF*, janvier-février et mars-avril, 1968, pp. 2-25, 253-284.

GUYAUX (André), « Jeux de rimes et jeux de mots dans les poésies de Mallarmé: une poétique de la mosaïque », *Poésies, Stéphane Mallarmé*, Presses de l'Université Paris-Sorbonne, 1998, pp. 191-200.

——, « Mallarmé, Thibaudet et l'« Allusion » et le sens caché », *L'Allusion dans la littérature*, textes réunis par Michel Murat, Presses de l'Université Paris-Sorbonne, 2000.

HOLMES (Anne), « La Musique et les Lettres : premier jet et texte imprimé », *La Licorne*, n° 45, « Mallarmé et la prose », P. de la Maison des sciences de l'homme et de la société, 1998, pp. 145-149.

KAWASE (Takeo), « Mallarmé face à l'interrègne », *ELLF*, n° 52, 1988, pp. 82-99.

KILLICK (Rachel), « Mallarmé's Rooms: The Poet's Place in La Musique et les Lettres », *French Studies*, vol. 51, n° 2, April 1997, pp. 155-168.

KUMAGAI (Kensuke), « L'« anti-nature » mallarméenne? Les attaques de Maurice Pujo et d'Adolphe Retté », *RHLF*, no. 2, 2008, pp. 407-419.

——, « Mallarmé et « l'esprit français » », *Études françaises*, N. 95, 2009, pp. 77-90.

LAWRENCE (Joseph), « Mallarmé et son amie anglaise », in *Revue d'Histoire Littéraire de la France*, n° 65, 1965, pp. 457-478.

LÉON-DUFOUR (Brigitte), « Mallarmé et l'alphabet », in *Cahiers de l'Association Internationale des Etudes Françaises*, n° 27, « Stéphane Mallarmé », mai 1975, pp. 321-343.

MAÁR (Judit), « L'Artiste caché — ou les paradoxes de la création: Lecture comparée d'un poème et d'une prose de Mallarmé », *Bulletin d'études parnassiennes et symbolistes*, no. 25, 2000, pp. 183-197.

MADOU (Jean-Pol), « Mallarmé, l'anglais à la lettre », *Littérature*, no. 45, 1998, pp. 32-47.

MARCHAL (Betrrand), « Baudelaire-Mallarmé: Relecture ou La fleur et La Danseuse », *Baudelaire: Nouveaux chantiers*, éd. Jean Delabroy et Yves Charnet, Villeneuve-d'Ascq, Presses universitaires du Septentrion, 1995, pp. 147-157.

——, « Pour (ou contre) un « Tombeau de Victor Hugo » », *La Licorne*, no. 45, 1998.

——, « Poésie et droit de cité », *Mallarmé, 1842-1898: un destin d'écriture*, Gallimard; Réunion des Musées Nationaux, 1998, pp. 37-46.

——, « Mallarmé et la République des Lettres », *Mallarmé, 1842-1898: un destin d'écriture*, Gallimard; Réunion des Musées Nationaux, 1998, pp. 117-125.

——, « La Musique et les Lettres de Mallarmé, ou le discours inintelligible », *Mallarmé ou l'obscurité lumineuse*, dir. Bertrand Marchal & Jean-Luc Steinmetz, Paris, Hermann, 1999, pp. 279-294.

——, « Verlaine selon Mallarmé », Paul Verlaine, s. l., dir. par Pierre Brunel et André

Guyaux, Presses de l'Université Paris-Sorbonne, 2004, pp. 7–17.
——, « Mallarmé et Zola », *Les Cahiers naturalistes*, no. 81, 2007, pp. 47–53.
——, « Proust et Mallarmé », *Bulletin d'informations proustiennes*, no. 40, Presses de l'École normale supérieure, 2010.
——, « Mallarmé critique d'art ? », *RHLF*, no. 2, 2011, pp. 333–340.
——, « Petite histoire du Coup de dés », *Transversalités*, n° 134, 2015, pp. 109–113.
MARCHAL (Bertrand), LECOURT (Vincent), « Le Musée départemental Stéphane Mallarmé à Vulaines-sur-Seine », *Histoires littéraires*, no. 14, avril–juin, 2003, pp. 159–163.
MIYABAYASHI (Kan), « Beautés de l'anglais de Séphane Mallarmé (I) : Deux notices sur Edgar Allan Poe », *The geibun-kenkyu: journal of arts and letters*, vol. 72, pp. 214–230.
——, « Beautés de l'anglais de Séphane Mallarmé (II) : William Cowper et le Chevalier de Chatelain », *The geibun-kenkyu: journal of arts and letters*, vol. 77, pp. 253–266.
MIYAZAKI (Katsuhiro), « Mallarmé et la création du Conseil supérieur des Beaux-arts en 1875 — La question de l'« intrérêt général » du Salon chez Mallarmé — », *Études françaises*, n° 80, pp. 76–88.
ÔDE (Atsushi), « Une linguistique de poète : Mallarmé autour de « Notes sur le langage » », *Études de langue et littérature françaises*, N° 80, 2002, pp. 63–75.
RENAULD (Pierre), « Mallarmé et le mythe », in *RHLF*, n° 73, janvier-février 1973, pp. 48–68.
ROGER (T.), « Mallarmé et la transcendance du langage : lecture du *Démon de l'analogie* », *Littérature* n° 143, 2006, pp. 3–27.
SAKAGUCHI (Shusuke), « Sur le mouvement de l'espace dans la poétique de Mallarmé », *ELLF*, no. 100, 2012.
SAINT-GÉRAND (Jacques-Philippe), « Ne pas s'incruster dans un moule mélodique séculaire et ne faisant qu'un avec le lecteur déjà » — Contraintes de rythme et syntaxe chez Mallarmé, in *Faits de langue et sens des textes*, sous la direction de Franck Neveu, SEDES, 1998, pp. 219–236.
——, « Comme une araignée sacrée… » : note sur Stéphane Mallarmé et les sciences du langage contemporaines (1842–1898), in *La Licorne*, n° 45, « Mallarmé et la prose », P. de la Maison des sciences de l'homme et de la société, 1998, pp. 51–82.
——, « Ordre, syntaxe et rythme chez Mallarmé », in *L'Information grammaticale*, n° 80, 1999, pp. 34–40.
SIRVENT (Michel), « Mallarmé scriptographe ou le bonheur d'impression », Po&sie, no. 120, 2007, pp. 357–372.
SOUFFRIN (Eileen), « La source des Thèmes anglais de Mallarmé », in *Revue de Littérature Comparée*, n° 29, 1955, pp. 107–108.
——, « Coup d'œil sur la bibliothèque anglaise de Mallarmé », in *Revue de Littérature Comparée*, n° 32, juillet-septembre 1958, pp. 390–396.
STEINMETZ (Jean-Luc), « Heredia et Mallarmé. Une amicale compréhension », *José-Maria*

de Heredia, poète du Parnasse, s. l. dir. De Yann Mortelette, PUPS, 2006, pp. 57-68.

——, « Gustave Kahn et Mallarmé. Péripéties du vers libre », *Gustave Kahn: 1859-1936*, Classique Garnier, 2009, pp. 111-122.

VADÉ (Yves), « « Le hasard vaincu mot par mot »: Mallarmé entre le Petit traité de poésie française et le Traité du Verbe », Les « Poésies » de Stéphane Mallarmé, « Une rose dans les ténèbres », Paris, SEDES, 1998, pp. 111-121.

VAN LAERE (François), « L'anthropologie mythologique de Mallarmé », in *Cahiers de l'Association Internationale des Etudes Françaises*, n° 27, « Stéphane Mallarmé », mai 1975, pp. 345-362.

川瀬武夫「Connotation にかんする基礎理論粗描」『フランス語学研究』第 10 号，フランス語学会，16-31 頁，1976 年．

——「アドルフ・レッテのマラルメ攻撃——マラルメ同時代批評史の試み (1)」『ヨーロッパ文学研究』第 33 号，早稲田大学文学部，1985 年，116-131 頁．

——「〈危機〉以前の危機——マラルメ「窓」をめぐって」『早稲田大学大学院文学研究科紀要 第 2 分冊』第 41 号，早稲田大学，1995 年，33-45 頁．

——「礼節と韜晦——書簡におけるマラルメ」『早稲田文学（第 8 次）』第 233 号：特集 宛名のある言葉，早稲田文学会，1995 年，32-39 頁．

——「祝祭と現在——マラルメの 1870 年代を読むために」『早稲田フランス語フランス文学論集』第 2 号，1995 年，45-63 頁．

——「隠蔽されたペニュルティエーム——マラルメとブルトン」，鈴木雅雄編『シュルレアリスムの射程 言語・無意識・複数性』せりか書房，1998 年，223-235 頁．

——「広場と花火——マラルメと都市の祝祭をめぐる七つの変奏」『現代詩手帖』第 42 巻 5 号，思潮社，1999 年，50-57 頁．

——「亡霊の調伏——マラルメ「弔いの乾杯」註解のための予備的なノート」『早稲田大学大学院文学研究科紀要 第 2 分冊』第 45 号，早稲田大学，1999 年，29-44 頁．

——「《苦悩》について——マラルメ初期詩篇註解 (1)」『早稲田大学大学院文学研究科紀要 第 2 分冊』第 47 号，2001 年，3-15 頁．

——「墓堀り人夫としての詩人——マラルメ初期詩篇註解 (2)」『早稲田フランス語フランス文学論集』第 10 号，早稲田大学フランス文学研究室，2003 年，122-137 頁．

——「エマニュエル・デ・ゼサールの役割——マラルメ初期詩篇註解 (3)」『早稲田大学大学院文学研究科紀要 第 2 分冊』第 52 号，2006，71-85 頁．

——「《まぼろし》について：マラルメ初期詩篇註解 (4)」『Études françaises』，2012 年，173-194 頁．

——「詩人の朝あるいは不毛な徹宵——マラルメ初期詩篇註解 (5)」『早稲田大学大学院文学研究科紀要 第 2 分冊』第 59 号，2013 年，23-36 頁．

——『ステファヌ・マラルメと同時代のジャーナリズムとの関係についての研究』早稲田大学，2004 年．

熊谷謙介「「自然は起こる，付け加えるものはない」：ステファヌ・マラルメの「印象派の画家たちとエドゥアール・マネ」」『Résonances 東京大学大学院総合文化研究科フランス語系学生論文集』創刊号，東京大学教養学部フランス語部会，2002 年，

68-74 頁.
── 「受肉の原理を超えて──マラルメ「カトリシスム」を中心に」『日本フランス語フランス文学会関東支部論集』第 16 号, 2007 年, 161-171 頁.
── 「「自己 Soi」の祝祭──マラルメ「カトリシスム」を中心に (2)」『日本フランス語フランス文学会関東支部論集』第 17 号, 2008 年, 83-93 頁.
── 「マラルメと「遺贈」──『賽の一振り』を中心に」『人文研究』171 号, 神奈川大学人文学会, 2010 年, 55-75 頁.
坂巻康司「マラルメの見たゾラの演劇──自然主義と象徴主義の狭間で」『関西フランス語フランス文学』第 11 号, 2005 年, 27-38 頁.
佐々木滋子「国家と詩人 (上)」『言語文化』第 26 号, 一橋大学語学研究室, 1989 年, 3-36 頁.
── 「国家と詩人 (下)」『言語文化』第 27 号, 一橋大学語学研究室, 1990 年, 25-45 頁.
立花史「マラルメと言語学──「言語に関するノート」を中心に」『日本フランス語フランス文学会関東支部論集』第 17 号, 2008 年, 95-107 頁.
── 「マラルメと「自然の悲劇」──『古代の神々』についての試論」『AZUR』第 10 号, 成城大学フランス語フランス文化研究会, 75-93 頁, 2009 年.
── 「文芸のなかにある知──「批評詩」へ向けたマラルメの道筋」水声社, 2010 年, 233-251 頁.
── 「言語の不完全さに抗して」『戦争と近代──ポスト・ナポレオン 200 年の世界』, 社会評論社, 2011 年, 131-146 頁.
── 「マラルメの辞書学──『英単語』第一巻「一覧表」の解読」『フランス語フランス文学研究』第 102 号, 189-204 頁, 2013 年.
野口修「マラルメのロンドン国際博覧会に関する探訪記事について」『フランス語フランス文学研究』第 81 号, 23-33 頁, 2002 年.
── 「「芸術の異端──万人のための芸術」と言語共同体」『AZUR』第 16 号, 2015 年, 87-104 頁.
原山重信「マラルメにおける〈大衆〉について」『日本フランス語フランス文学会関東支部論集』第 12 号, 2003 年.
福山智「マラルメによる《aspect》──不可視と可視のはざまで」『日本フランス語フランス文学会関東支部論集』第 17 号, 2008 年, 109-121 頁.
松本雅弘,「白い蝶あるいはジャーナリズムの方へ：マラルメとジャーナリズムをめぐって」『鳥取大学教養部紀要』第 28 号, 1994 年, 437-463 頁.
松村悠子「マラルメと畳韻法：「音楽的な序曲」を中心に」『Études françaises』第 22 号, 86-99 頁, 2015 年.
宮嵜克祐「マラルメとギュスターヴ・カーン──詩句の観念をめぐる論争」『関西フランス語フランス文学』第 7 号, 2001 年, 13-22 頁.
村上由美「マラルメにおけるロイ・フラーの問題──「もうひとつの舞踊論～バレエにおける背景, 最近の事例に基づいて」から」『日本フランス語フランス文学会関東支部論集』第 19 号, 2010 年, 69-83 頁.

雑誌特集・論文集・専門誌

Bulletin des études valéryennes (Mallarmé/Valéry — poétiques), colloque international, 23, 24, 25, avril 1998, vol. Préparé par Anne Mairesse, Centre d'études valéryennes, vol. 25, no. 78, mars 1998.
Europe (Stéphane Mallarmé), vol. 76, no. 825-826, janvier-février, 1998.
La Licorne (Mallarmé et la prose), dir. Henri Scepi, l'UFR Lettres de l'université de Poitiers, no. 45, 1998.
Les «Poésies» de Stéphane Mallarmé, «Une rose dans les ténèbres», dir. Jean-Louis DIAZ, SEDES, 1998.
Magazine littéraire (Mallarmé: la naissance de la modernité), no. 368, septembre, 1998.
Mallarmé, textes réunis par Raoul Klein, Mont-de-Marsan, Éditions InterUniversitaires, 1998.
Mallarmé, 1842-1898: un destin d'écriture, Gallimard; Réunion des Musées Nationaux, 1998.
Poésie, Stéphane Mallarmé, dir. François-Charles Gaudard, C.A.P.E.S./ Agrégation Lettres, Ellipses, 1998.
Po&sie (Mallarmé), dir. Michel Deguy, Belin, no. 85, 1998.
La Quinzaine littéraire (Mallarmé), no. 749, novembre, 1998.
Revue de littérature comparée (Stéphane Mallarmé), éd. Pierre Brunel, Didier-Erudition, no. 286, 1998.
Stéphane Mallarmé, actes du colloque de la Sorbonne du 21 novembre 1998, éd. André Guyaux, Presses de l'Université Paris-Sorbonne, 1998.
Bulletin des Amis de Stéphane Mallarmé, rédacteur Gordon Millan, Musée departemental Stéphane Mallarmé, no. 1, été 1999, no. 2, hiver 2000.
Bulletin d'études parnassiennes et symbolistes (La réception de Mallarmé), éd. Peter Hambly, ALDRUI, no. 24, automne 1999.
Bulletin des études valéryennes (Mallarmé / Valéry — poétiques), actes du colloque international de Montpellier, textes réunis par Serge Bourjea, Université Paul Valéry, no. 81-82, 1999.
Mallarmé ou l'obscurité lumineuse, dir. Bertrand Marchal & Jean-Luc Steinmetz, Paris, Hermann, 1999.
Mallarmé, et après?, dir. Daniel Bilous, Paris, Noésis, 2006.
L'affaire Mallarmé: le poète et la danse, dir. Daniel Conrod, Riveneuve éd.; Archimbaud éd., 2013.
Mallarmé herméneute, actes du colloque organisé à l'Université de Rouen en novembre 2013, Publications numériques du CÉRÉdI, 2014.
Études Stéphane Mallarmé, Classique Garnier, no. 1, 2013.
Études Stéphane Mallarmé, Classique Garnier, no. 2, 2014.
『無限』第39号, 1976年7月号, 政治公論社.

『海』(特集 マラルメの現在), 1978年9月号, 中央公論社。
『ユリイカ』(特集 マラルメ), 1979年11月号, 青土社。
『ユリイカ』(特集 ステファヌ・マラルメ), 1986年9月号, 青土社。
『現代詩手帖』(特集 マラルメ 2001), 1999年5月号, 思潮社。
『舞台芸術』第16号(マラルメ, ジュネ, パゾリーニを〈横断〉する。小特集マラルメ・プロジェクト), 角川学芸出版, 2012年。
『マラルメ研究資料Ⅰ』マラルメ・データベース研究会, 1993年。
『マラルメ研究資料Ⅱ』マラルメ・データベース研究会, 1993年。

19世紀の出版社と書店の出版カタログ

BIBLIOTHÈQUE NATIONALE DE FRANCE, *Catalogues de libraires et d'éditeurs: 1811-1924*, Paris, Bibliothèque nationale de France, 2003.
DELAGRAVE, *Catalogue de livres d'étrennes*, Paris, 1874.
FURNE & JOUVET, s.t., février 1874.
HACHETTE, *Deuxième partie du catalogue: littérature générale et connaissances utiles*, Paris, juillet 1874.
HACHETTE, *Publications nouvelles de la librairie Hachette*, Paris, mars 1873-mai 1874 (la collection incomplète de la BN).
HETZEL, *Catalogue de J. Hetzel & Cie*, août 1873.
HETZEL, *Catalogue de J. Hetzel & Cie*, août 1874.
LEMERRE, *Catalogue de la Librairie*, Paris, avril 1874.
LORENZ (Otto), *Catalogue général de la librairie française*, Paris, O. Lorenz, 1867-1945, 34 vol.

教育史に関する書籍と論文

ALBERTINI (Pierre), *L'École en France XIXe-XXe siècles: de la maternelle à l'université*, Paris, Hachette, 1992.
BILL (E. G. W.) & MASON (J. F. A.), *Christ Church and Reform 1850-1867*, London, Clarendon Press, 1970.
BROCK (M. G.) & CURTHOYS (M. C.), *The History of the University of Oxford: Volume VII: Nineteenth-Century Oxford, Part 2: Nineteenth Century Vol 7*, Clarendon Press, 2000.
CHAMPEAU (R. P.), *De l'éducation dans la famille, le collège et les institutions*, Paris-Bruxelles, 1868.
CHARLE (Christophe), *Les élites de la république 1880-1900*, Paris, Fayard, 1987.
——, *La naissance des «intellectuels»*, Paris, Minuit, 1990. (シャルル『知識人の誕生 1880-1900』白鳥義彦訳, 藤原書店, 2006年)
——, *La république des universitaires, 1870-1940*, Paris, Seuil, 1994.
——, *Paris: fin de siècle*, Paris, Seuil, 1998.

―, *Histoire des universités: XIIe–XXIe siècle*, Paris, PUF, 2012.
CHARLE (Christophe), VERGER (Jacques), *Histoire des universités*, Paris, PUF, 2007.（クリストフ・シャルル，ジャック・ヴェルジェ『大学の歴史』岡山茂・谷口清彦訳，白水社，2009年）
CHARLES (Michel), *L'arbre et la source*, Paris, Seuil, 1985.
CHERVEL (André), « Sur l'origine de l'enseignement du français dans le secondaire », *Histore de l'éducation*, vol. 25, 1985, pp. 3–10.
―, *Les auteurs français, latins et grecs au programme de l'enseignement secondaire de 1800 à nos jours*, Paris, Publication de la Sorbonne, 1986.
―, « l'histoire des disciplines scolaires. Reflexion sur un domaine de recherche », *Histoire de l'éducation*, 1988, vol. 38, pp. 59–119.
―, *Histoire de l'enseignement du français du XVIIe au XXe siècle*, Paris, Retz, 2006.
―, « Les humanités classiques: la fin du modèle rhétorique (1800–1880) », *Enseigner les humanités: Enjeux, programmes et méthodes de la fin du XVIIIe siècle à nos jours*, dir. Jean-Nöel Laurenti, Paris, Éditions Kimé, 2010.
CHERVEL (André) & COMPÈRE (Marie-Madeleine), « Les humanités dans l 'histoire de l 'enseignement », *Histoire de l'éducation*, vol. 74, 1997, pp. 5–38.
COMPÈRE (Marie-Madeleine), « La tardive constitution de l'enseignement des humanités comme objet historique », *Histoire de l'éducation*, vol. 74, 1997, pp. 187–203.
COMPÈRE (Marie-Madeleine) & PRALON-JULIA (Dolorès), *Performances scolaires de collégiens sous l'Ancien Régime: Étude de six séries d'exercices latins rédigés au collège Louis-le-Grand vers 1720*, Paris, Publications de la Sorbonne, 1992.
DURKHEIM (Émile), *L'évolution pédagogique en France*, Paris, F. Alcan, 1938.（エミール・デュルケム『フランス教育思想史』小関藤一郎訳，行路社，1981年）
FUMAROLI (Marc), *L'âge de l'éloquence*, Paris, Éditions Albin Michel, 1996.
―, (dir.), *Histoire de la rhétorique dans l'Europe moderne: 1450–1950*, Paris, PUF, 1999.
―, GREEN (Vivian, H. H.), *The universities*, Harmondsworth, Penguin, 1969.（ヴィヴィアン・H. H. グリーン『イギリスの大学――その歴史と生態』安原義仁・成定薫訳，法政大学出版局，1994年，56–82頁）
JACQUET-FRANCILLON (François) & KAMBOUCHNER (Denis) (dir.), *La Crise de la culture scolaire: origines, interprétations, perspectives*, Paris, PUF, 2005.
JAMATI (Viviane-Isambert), *Les savoirs scolaires. Enjeux sociaux des contenus d'enseignement et de leurs réformes*, Paris, L'Harmattan, 1990.
JOUVANCY (Joseph de), *De ratione discendi et docendi*, Paris, 1691.
JULIA (Dominique), « Les humanités dans les projets d' instruction publique pendant la Révolution française », *Enseigner les humanités: Enjeux, programmes et méthodes de la fin du XVIIIe siècle à nos jours*, dir. Jean-Nöel Laurenti, Paris, Éditions Kimé
LÉON (Antoine), *Histoire de l'enseignement en France*, Paris, PUF, 1967.（アントワーヌ・レオン『フランス教育史』池端次郎訳，白水社，1969年）

Massol (Jean-François), *De l'institution scolaire de la littérature française (1870-1925)*, Grenoble, Ellug, 2004.

Menant (Sylvain), «L' enseignement des hunanités dans les collèges de l' Ancien Régime: buts et pratiques», *Enseigner les humanités: Enjeux, programmes et méthodes de la fin du XVIIIe siècle à nos jours*, dir. Jean-Nöel Laurenti, Paris, Éditions Kimé, 2010.

Prias (Louis-Henri) (dir.), *Histoire générale de l'enseignement et de l'éducation en France*, Paris, t.III (De la révolution à l'école républicaine), Paris, Nouvelle Librairie de France, 1981.

Milo (Daniel), «Les classiques scolaires», *Les lieux de mémoire*, t. II-3, Paris, Gallimard, 1986.

Monaigne (Michel de), *Essais*, 1580. （モンテーニュ『エセー』一〜六，岩波書店，1965-1967 年）

Ozouf (Mona), *L'Homme regénéré: Essais sur la Révolution française*, Paris, Gallimard, 1989.

Prost (Antoine), *Histoire de l'enseignement en France, 1800-1967*, Paris, A. Colin, 1968.

Rollin (Charles), *De la manière d'enseigner et d'étudier les belles-lettres, par rapport à l'esprit et au cœur [Traités des études]*, Paris, 1726-1728.

Rousseau (Jean-Jacques), *Émile ou De l'éducation*, Paris, 1762.

Samidanayar-Perrin (Corinne), *Modernités à l'antique: parcours Vallésiens*, Paris, Champion, 1999.

Sanderson (Michael) (dir.), *The Universities in the Nineteenth Century*, London, Routledge & Kegan Paul, 1975. （マイケル・サンダーソン『イギリスの大学改革 1809-1914』安原義仁訳，玉川大学出版局，2003 年〔編訳〕）

Savoie (Philippe), *La construction de l'enseignement secondaire (1802-1914): aux origines d'un service public*, préf. Antoine Prost, ENS, 2013.

綾井桜子「フランス古典中等教育にみる修辞学の再編：エリートの教養としての「書く技術」」『教育學研究』第 68 (2) 号，2001 年，171-180 頁。

上垣豊「古典人文学による知的訓練―― 19 世紀フランスにおける教養論争の一側面」『龍谷紀要』第 33 巻第 2 号，2012 年，59-74 頁。

梅根悟『世界教育史大系〈9〉フランス教育史』講談社，1975 年。

金子晴勇『エラスムスの人間学』知泉書院，2011 年。

近藤勲・黒上晴夫・堀田龍也・野中陽一『教育メディアの開発と活用』ミネルヴァ書房，2015 年。

齋藤桜子「近代的教養としての修辞学――フイエの「観念力」に関する一考察」『教育哲学研究』第 78 号，1998 年，17-33 頁。

塩川徹也編『規範から創造へ――レトリック教育とフランス文学』平成 6・7・8 年度科学研究費（基礎研究 (B)(2)）による研究成果報告書，1997 年。

柴田三千雄・樺山紘一・福井憲彦編『フランス史〈3〉19 世紀なかば〜現在』山川出版社，1995 年。

上智大学中世思想研究所編『ルネサンスの教育思想』上，東洋館出版社，1985年。
上智大学中世思想研究所編『ルネサンスの教育思想』下，東洋館出版社，1986年。
谷川稔編『規範としての文化』平凡社，1990年。
田原音和『歴史のなかの社会学——デュルケムとデュルケミアン』木鐸社，1983年。
畠山達「七月王政の学校教育と文学——ボードレールを事例として」『仏語仏文学研究』第37号，2008年，3-28頁。
渡辺和行「一九世紀後半フランスの歴史家と高等教育改革」『思想』第799号，1991年，125-141頁。
——「〈論説〉一九世紀フランスのファキュルテ」『香川法学』第10 (3/4) 号，1991年，275-306頁。

グラドゥスとそれに関する論文

ENNEN (Robert. Campion), « The early history of the Gradus ad Parnassum », *Archivum historicum Societatis Jesu*, 1987, vol. 56, pp. 233–261.
CHAMPRON (Emmanuelle), « Le Gradus ad Parnassum: Pratiques éditoriales et usages familiers d'un dictionnaire poétique latin (XVIIe–XVIIIe siècles) », *Bulletin du bibliophile*, 2013/2, pp. 1–15.
FRANC (Anne-Marie), « « Voyelles », un adieu aux vers latins », *Poétique*, n. 60, 1984, pp. 411–422.
SAMIDANAYAR-PERRIN (Corinne), « Baudelaire poète latin », *Romantisme*, Vol. 31, Issue 113, 2001, pp. 87–103.
PAJOT (le père), *Art poétique*, La Flèche, 1645.
BRIET (le père), *Thesaurus Poeticus*, 1652.
(anonyme), *Synonymorum et Epithetorum Thesaurus*, 1662.
(anonyme) *Novum Thesaurus: Gradus ad Parnassum*, 1659.
(anonyme), *Gradus ad Parnassum sive Latinae poeseos tyrocinium*, 1655.
(anonyme), *Gradus ad Parnassum sive Novum synonymorum epithetorum et phrasium poeticarum thesaurus*, 1666.
NOËL (François), *Gradus ad Parnassum*, 1856.
NOËL (François), *Gradus ad Parnassum*, nouvelle édition par F. de Parnajon, 1867.
VANIÈRE (le père), *Dictionarium Poeticum*, 1710.
——, *Epitome Dictionarii Poetici*, 1717.
WAILLY (Alfred de), Nouveau dictionnaire de versification et de poésie latines, "Gradus ad Parnassum", précédé d'un Traité de versification, 1888.

辞書学に関する文献

20 ～ 21 世紀

AITCHISON (J.), *Words in the mind: an introduction to the mental lexicon*. Oxford, B.

Blackwell, 1987.
BARNHART (Clarence L.), American Lexicography: 1947-1973, *American Speech*, 53-2, 1978, pp. 83-140.
CAPUT (Jean-Pol), *L'Académie française*, Paris, PUF, 1986.
CELEYRETE-PIETRI (Nicole), *Les dictionnaires des poètes: de rimes et d'analogies*, Lille, Presses Universitaires de Lille, 1985.
CHAPMAN (Robert L.) (éd), *Roget's International Thesaurus*, 5e édition, 1992.
DOTOLI (Giovanni), *Dictionnaire et litterature: défense et illustration de la langue française du XVIe au XXIe siècle*, Fasano, Schena, 2007.
GOUGENHEIM (G.), *Dictionnaire fondamental*, Paris, Didier, 1958.
LANDAU (Sidney), *Dictionaries 2nd edition: The Art and Craft of Lexicography*, Cambridge, Cambridge University Press, 2001. [édition revue et augmentée de la première en 1984]
MALKIEL (Y.), A typological Classification of Dictionaries on the Basis of Distinctive Features, *Problems in Lexicography*, Bloomington & Hague, Indiana University & Mouton, 1967, pp. 3-24.
PRUVOST (Jean), *Dictionnaires et nouvelles technologies*, Paris, Presses universitaires de France, 2000.
——, *Les Dictionnaires de langue française*, Paris, PUF, 2002.
QUEMADA (Bernard), *Les Dictionnaires du français moderne 1539-1863*, Paris, Didier, 1967.
REY (Alain), *Littré: l'humaniste et les mots*, Gallimard, 1970.
ROBERT (P.) & REY-DEBOVE (Josette), *Robert méthodique*, Paris, Robert, 1982.
THORNDIKE (Edward L.), *The Teacher's Word Book*, New York City, Teachers College, Columbia University, 1921.
VAULCHIER (Henri de), *Charles Nodier et la lexicographie française 1808-1844*, Paris, Didier-Erudition, 1984.
——, Le *Dictionnaire de l'usage de l'Académie française* (1835) et le *Complément* de Louis Barré (1837), avril 2008.
<http://www.dicorevue.fr/auteurs/04-08_complement_louis_barre.html> (mars 2011).
エイチソン (J.)『心のなかの言葉――心内辞書への招待』宮谷真人・酒井弘訳, 培風館, 2010年。
ランドウ (シドニー・I)『辞書学のすべて』小島義郎・高野嘉明・増田秀夫訳, 研究社出版, 1988年。
松本裕修ほか『単語と辞書』岩波書店, 2004年。

17 ～ 19世紀
ACADÉMIE FRANÇAISE, *Le Dictionnaire de l'Académie françoise*, Paris chez la veuve de J. B. Coignard et chez J. B. Coignard, 1694, 2 vol.
——, *Registres de l'Académie francaise*, t. I (1672-1715), Paris, Firmin Didot, 1895.

ARNAUD (E.), *Introduction à la chimie*, Lyon, 1650 (?).

BARRÉ (Louis), *Complément de Dictionnaire de l'Académie française*, Paris, Firmin Didot frères, 1842.

BESCHERELLE (Louis-Nicolas), *Dictionnaire national ou dictionnaire universel de la langue française*, Paris, Simon & Garnier, 1845, 2 vol.

BOISSIÈRE (Prudence), *Dictionnaire analogique de la langue française: répertoire complet des mots par les idées et des idées par les mots*, Paris, Larousse et A. Boyer, 1862.

——, *Clef des Dictionnaires: au moyen de laquelle beaucoup de recherches jusqu'alors à peu près impossibles deviennent faciles dans tous les dictionnaires*, Paris, Broyer, 1872.

COPPIER (G.), *Essays et Definitions de Mots*, Lyon, 1663, 2 parties en 1 vol.

CHAMBERS (William & Robert), *Chambers's information for the people*, t. 2, London, Orr and Smith, 1849.

CHARRASSIN (Frédéric), *Dictionnaire des racines et dérivés de la langue française*, Paris, A Héois, 1842.

DARBOIS (L.-F.), *Dictionnaire des dictionnaires. pour apprendre plus facilement et pour retenir plus promptement l'orthographe et le français*, Paris, l'auteur, 1830.

DEGARDIN (F.), *Homonymes et Homographes*, Paris, Vve Maire-Nyon, 1857.

DONALD (J.), *Chambers' Etymological Dictionary of the English Language*, London, W. et R. Chambers, 1874.

DUHAMEL DU MONCEAU (L.-H.), *Traité des arbres et arbustes qui se cultivent en France en pleine terre*, t. 1, Paris, H. L. Guerin & L. F. Delatour, 1755, 2 vol.

FONTAINE (C.-F.-J.), *Vocabulaire orthographique par ordre des sons, ou Peinture méthodique de tous les sons de la langue française*, Paris, l'auteur, an IV–1795.

FRÉRON (E.-C.), *Année littéraire*, 1754–1790, 37 vol.

FURETIÈRE (Antoine), *Second factum pour Messire contre quelques-uns de l'Académie françoise*, Amsterdam, Henry Desbordes, 1686.

NOËL (Léger), *Dictionnaire mnémonique universel de la langue française*, Paris, Siége de la publication [*sic*], 1857.

RICHELET (Pierre), *Dictionnaire françois*, Genève, Herman Widerhold, 1679–1680, 2 vol.

RIVAROL (Antoine de), *Prospectus d'un Nouveau Dictionnaire de la langue française par A. [C.] de Rivarol*, Paris, Imprimerie de Jansen et Perronneau, 1796.

ROBERTSON (Théodore), *Dictionnaire idéologique: recueil des mots, des phrases, des idiotismes et des proverbes de la langue francaise classés selon l'ordre des idées*, Paris, A. Derache, 1859.

ROGET (Peter Mark), *Thesaurus of English Words and Phrases*, London, Longman, Brown, Green and Longmans, 1852.

WEDGWOOD (Hensleigh), *A dictionary of english etymology*, London, Trübner & Co., 1862, 3 parties en 4 vol.

言語学に関する論文と書籍

SUENAGA (Akatane), *Saussure, un système de paradoxes: langue, parole, arbitraire et inconscient*, prefacé par Arrivé Michel, Limoge, Lambert-Lucas, 2005.

BAUDRY (Frédéric), De l'interprétation mythologique, *Revue germanique et française*, fév. 1865, pp. 203–232.

BLAIR (Hugh), *Leçons de rhétorique et de belles-lettres*, traduites de l'anglais par J. P. Quénot, Paris, Lefèvre, 1821, 3 vol.

BOPP (F.), *Grammaire comparée des langues indo-européennes comprenant le sanscrit, le zend, l'arménien, le grec, le latin, le lithuanien, l'ancien slave, le gothique et l'allemand*, t. 1, avec l'introduction par Bréal, Paris, Imprimerie nationale, 1866–1875.

BRÉAL (Michel), Quelques mots sur l'instruction publique en France, Paris, Hachette, 1872.

BRÉAL (Michel), *De l'enseignement des langues vivantes*, Paris, Hachette, 1893.

CHASLES (Émile), *Note sur la philologie appliquée*, Paris, Imprimerie impériale, 1865.

——, *Pratique et théorie. Lois de la prononciation anglaise*, Paris, P. Dupont, 1873.

EARLE (John), *The Philology of the English Tongue*, 2nd ed. revised and enlarged, Oxford, Clarendon Press, 1873.

HUDSON (Grover), *Essential introductory linguistics*, 1993.

LECLAIR (Lucien) & ROUZÉ (C.), *Grammaire française rédigée d'après le programme officiel des écoles de la ville de Paris*, 1880.

LHOMOND (Charles-François), *Éléments de la grammaire latine*, Paris, Colas, 1779.

SCHAEFFER (J.-M.), *Nouveau dictionnaire encyclopédique des sciences du langage*, Paris, Seuil, 1995.

SEVRETTE (Jules), *Petite grammaire pratique de la langue anglaise à l'usage des commençants, accompagnée de nombreux exercices par M. J. Sévrette*, Paris, Belin, 1875.

VOLTAIRE, *Mélanges philosophiques littéraires et historiques*, Paris, Vialetay, 1971.

WALLIS (John), *Grammatica linguae Anglicanae*, in *Reprint series of Books relating to the English Language*, vol. 4, Tokyo, Nan'un-do, 1970.

カー（フィリップ）『英語音声学・音韻論入門』竹林滋・清水あつ子訳，研究社，2002年。

寺澤盾『英語の歴史』中央公論新社，2008年。

ミシェル・ブレアルに関する論文と書籍

BOUTAN (Pierre), *De l'Enseignement des langues: Michel Bréal linguiste et pédagogue*, Paris, Hatier, 1998.

CHEVALIER (Jean-Claude) et DELESALLE (Simone), *La linguistique, la grammaire et l'école: 1750–1914*, A. Colin, 1986.

Coll., *Histoire, Épistémologie, Langage*, vol. 17, n° 1: Théories du langage et enseignement des langues (fin du XIXe siècle/début du XXe siècle), 1995.

DÉCIMO (Marc), *Michel Bréal (1832-1915)*, Catalogue de l'exposition, Orléans, Centre Charles Péguy, 2 fascicules, nombreuses photographies, 1997.
KAHN (Pierre), Enseigner les sciences en vue des «usages de la vie»: Réflexions sur un paradigme de l'école primaire au XXe siècle, *Carrefours de l'éducation*, n° 11, 2001, pp. 34-51.
RIDOUX (Charles), La philologie romane et la réforme universitaire de la fin du XIXe siècle: le rôle du Collège de France, *Le Moyen Age*, t. 115, 2009, pp. 469-486.
SIMON (Jules), La réforme de l'enseignement secondaire, Paris, Hachette, 1874.

その他の文献

ALDER (Ken), *The measure of all things: the seven-year odyssey and hidden error that transformed the world*, Free press, 2002. (ケン・オールダー『万物の尺度を求めて――メートル法を定めた子午線大計測』早川書房、2006 年)
ALLEN (J. H.), GREENOUGH (J. B.), *Allen and Greenough's New Latin Grammar*, Boston, London, Ginn & Company, 1903.
BAUDELAIRE (Charles), *Œuvres complètes II*, Gallimard, 1976.
BEAUCHAMP (A. de), *Recueil des lois et règlements sur l'enseignement supérieur*, t. II, Paris, Delalain Frères, 1880.
BOTS (Hans), WAQUET (Françoise), *La République des Lettres*, Belin, 1997. (H. ボーツ＆ F. ヴァケ『学問の共和国』知泉書館、2015 年)
CARRUTHERS (Mary), *The book of memory*, Cambridge, New York, Cambridge University Press, 1990. (メアリー・カラザース『記憶術と書物――中世ヨーロッパの情報文化』別宮貞徳監訳、工作舎、1997 年)
COMPAGNON (Antoine), *Les antimodernes: De Joseph de Maistre à Roland Barthes*, Paris, Gallimard, 2005. (アントワーヌ・コンパニョン『アンチモダン』松澤和宏監訳、名古屋大学出版会、2012 年)
DERRIDA (Jacques), *La Dissémination*, Paris, Seuil, 1972. (ジャック・デリダ『散種』藤本一勇・立花史・郷原佳以訳、法政大学出版局、2012 年)
――, *L'Université sans condition*, Paris, 2001. (ジャック・デリダ『条件なき大学』西山雄二訳、月曜社、2008 年)
ECO (Umberto), *Semiotics and the philosophy of language*, London, Macmillan, 1984. (ウンベルト・エーコ『記号論と言語哲学』谷口勇訳、国文社、1996 年)
KRISTEVA (Julia), *La Révolution du langage poétique. L'avant-garde à la fin du XIXe siècle: Lautréamont et Mallarmé*, coll. Tel Quel, Seuil, 1974.
LANHAM (Richard A.), *Handlist of rhetorical terms: a guide for students of English literature*, Berkeley, Los Angeles, University of California Press, 1969.
LASERSTEIN (P.-G.), *English in a nutshell: l'anglais eclair*, Le Havre, Éditions Butterfly, 1948.
LUHMANN (Niklas), *Die Kunst der Gesellschaft*, Frankfurt a. M., Suhrkamp, 1995. (ニク

ラス・ルーマン『社会の芸術』法政大学出版局,2012 年)
ONG (Walter J.), *Orality and literacy: the technologizing of the word*, London, Methuen, 1982.(W. J. オング『声の文化と文字の文化』林正寛・糟谷啓介・桜井直文訳, 藤原書店, 1991 年)
BURKE (Peter), *A Social History of Knowledge: from Gutenberg to Diderot*, Cambridge, Polity Press, 2000.(『知識の社会史——知と情報はいかにして商品化したか』井山弘幸・城戸淳訳, 新曜社, 2004 年)
RANCIÈRE (Jacques), *La nuit des prolétaires: archives du rêve ouvrier*, Fayard, 1981.
——, *Mallarmé: politique de la sirène*, Paris, Hachette, 1996.(ジャック・ランシエール『マラルメ——セイレーンの政治学』坂巻康司・森本淳生訳, 水声社, 2014 年)
スタンダール『アンリ・ブリュラールの生涯』上下巻, 桑原武夫・生島遼一訳, 岩波書店, 1974 年。
TODOROF (Tzvetan), Introduction à la symbolique, *Poétique*, 11 (1972), pp. 273-308.
WILSON (Thomas), *The art of rhetorique, for the use of all suche as are studious of Eloquence, sette forth in English*, 1553.(トマス・ウィルソン『修辞学の技術』上利政彦・藤田卓臣・加茂淳一訳, 九州大学出版会, 2002 年)
YATES (Frances A.), *The art of Memory*, London, New York, Routledge & Kegan Paul, 1990.(フランセス・A. イエイツ『記憶術』玉泉八州男監訳, 水声社, 1997 年)
イソクラテス『弁論集 I』小池澄夫訳, 京都大学学術出版会, 1998 年。
逸見喜一郎『古代ギリシャ・ローマの文学——韻文の系譜』放送大学教育振興会, 1996 年。
キケロ『弁論家について』下, 大西英文訳, 岩波書店, 2005 年。
國原吉之助『ラテン詩の誘い』大学書林, 2009 年。
アンソニー・グラフトン『テクストの擁護者たち——近代ヨーロッパにおける人文学の誕生』ヒロ・ヒライ監訳, 福西亮輔・辻川慶子訳, 勁草書房, 2015 年。
根占献一『共和国のプラトン的世界』創文社, 2005 年。
野内良三『レトリック入門——修辞と論証』世界思想社, 2002 年。
廣川洋一『イソクラテスの修辞学校——西欧的教養の源泉』岩波書店, 1984 年。
安酸敏眞『人文学概論』知泉書館, 2014 年。

あとがき

　本書は，博士論文を新たな観点から大幅にリライトしたものであり，第一回法政大学出版局学術図書刊行助成によって出版された。助成の選考には，出版局による候補選定と，匿名の専門家による査読がなされている。

＊

　『英単語』を研究テーマにはっきりと選んだのは，パリ第4大学の指導教授に会いに行った頃だったと記憶している。ミションの研究が研究者に与えた反応や影響力を聞いて，1978年に出たミションの研究が21世紀になってもいまだに決定版のように流通している事態に危惧を抱いて『英単語』の研究を決意した。

　先行研究を踏まえるのは研究の基本だが，それは後続の研究者にとって助けになることもあればしがらみになることもある。数年の試行錯誤ののち，結局，『英単語』全体のおおまかな下訳を作り，全貌を見渡しながら理解を深めることでようやく「辞書学」という包括的な観点にたどりつくことができた。テクストに隅々まで目を通して内容を理解するというのはごく普通のことだが，当時は研究者でさえなかなかそこまでできないほど，『英単語』は内容が見通しづらく，その価値のはっきりしない著作だったのである。

　結局，筆者の博士論文は「辞書学」という観点から『英単語』の一部分を詳細に分析することで一通りの完成を見たが，すでに留学を終えて日本で非常勤講師を始めており，時間がとれなかったために日本語で書き上げた。マラルメ読者の少ない言語で書いたこともあってしばらく放置していたが，事態が急変したのは，応募書類を送った法政大学出版局の方から助成対象者に選ばれたと知らされたときである。

　実は，博士論文を提出後も，「心の中の辞典」という筆者自身が導き出した

結論に困惑していた。一体この「心の中の辞典」はどこからやってきたのか。19世紀のフランス社会においてどのような意味を持っていたのか。助成に応募する前年からこの問題について再調査を始め、足かけ2年の歳月をかけて、「人文学」の観点から博士論文に大幅に加筆して本書の体裁にまとまった。

　昨今では、複数の雑誌論文をつなげて手際よくまとめた博士論文が増えているが、本書は、一つの構想の下に書き下ろした博士論文を、さらに数年かけていっそう大きな主題系のなかに置きなおしている。出来栄えはともかく、このような好機にめぐまれた研究書はめずらしいのではないかと思う。

＊

　それにしても、なぜあれだけ細やかに作り込まれたマラルメの韻文詩を一つも扱わなかったのか。散文詩でも重要な作品があるのではないか。本書を手に取った方々からは、そうした疑問の声が聞こえてきそうである。その理由の一端は、筆者が大学院で川瀬武夫先生の授業に参加した経験にあるのかもしれない。

　当時、先生は初期詩編を毎年一篇ずつ扱ってらっしゃった。不思議なもので、先生の手にかかると、隙間なく踏み固められたかに見える先行解釈のどれもがひどく不十分であることが明らかになる。そして学年末の授業には先生の方からさしあたり行き着いた解釈が提示されるのだが、それが今までのどんな解釈よりも堅固でかつ魅力的だった。そうした名人芸を何年も目の当たりにするうちに、個人的に愛読するならともかく、よほどの手間をかけないかぎり、韻文詩の註釈で先行研究を更新するのは至難の業だと気づかされた。ともに授業を受けたランボーやヴェルレーヌの研究者にとっては学ぶところの多い授業の一つであろうが、マラルメを専門とする院生たちは打ちのめされていた。先生の研究のあとには草一本も残らない。若い筆者はそういう思いを抱いた。実際、先生の下で学んだ幾人かのマラルメ研究者はいずれも、マラルメとその時代の知見が深められるような散文作品から研究に着手している。

　しかし研究の厳しさを思い知ると同時に、草一本も残さないような入念な研究姿勢に魅了されたのも事実である。それは当時の研究の動向そのものとも重なるものだった。20世紀後半には多種多様な人間がマラルメを語り、興味深

い問題をいくつも提起し，提起するだけでも価値があったのに対して，後続の世代は，一つ一つの問題提起にきちんと決着をつけようとして細分化された研究に取り組んできた。近年のマラルメ研究が外部にはわかりづらく，続々と出るマラルメ研究書が膨大な情報を盛り込んだ敷居の高いものになっている背景には，そうした事情が関係している。ただし今日，マラルメ研究は細分化の一途をたどっているわけでもなく，これまでの研究蓄積に立脚して，マラルメと同時代のさまざまな作家との関係を扱った広がりのある研究も増えつつある。

かくいう筆者も，なるほど『英単語』という著作がマラルメという作家を理解するにあたって重要な参照点の一つだとは考えるものの，何人もの研究者が何世代にもわたって研究するべき対象だとは思わない。筆者の一代で終わらせようという気持ちで『英単語』の研究を続けてきた。実際，その努力はそれなりに実ったと確信しているが，本書を見れば明らかなとおり『英単語』研究の完結には程遠い。『英単語』全体を扱えたわけではないし，学際的な研究の制約もあって各分野の専門家から見ると，さぞや拙い内容だろう。そうした点については，読者諸氏のご批判を仰ぎたい。

*

日本のマラルメ研究は高い水準にあると言われる。しかしそれは，言語の壁もあって研究者以外でマラルメを読む者が少ないという事態の裏返しでもあるように思われる。筆者が「人文学」という主題と向き合った事情の一端がここにある。フランスにせよ英語圏にせよ，ごく一部の高密度な研究を別にすれば，マラルメの名を冠した雑多な書籍が膨大に刊行されている。研究と銘打つのであればしかるべき手続きが求められるが，一般の愛好家には自由に読む権利がある。厳密な研究書の安心感は何物にも代えがたいが，思い入れのこもった愛好家のエッセイや，予想の斜め上を行く哲学者の力技も味わい深い。フランスでは今日でも，マラルメがいまだ共通のプラットフォームとしての痕跡をかすかにとどめている。

こうした現象は，20世紀の一時期に作られた「神話」であるのみならず，生前のマラルメがみずから引き受けた立ち位置でもある。そしてこの立ち位置を理解するために，作家や作品を研究するだけでなく，当時の文学の土壌とな

った社会的実践のあり方を掘り下げたいという思いが本書の研究につながっていった。もちろん文学の公共的な役割は、フランスだけに見られるものではなく、日本でも、かつては和漢の教養という形で存在した。筆者としては、本書とともに今後は、国際比較の観点から日本における人文学についても考えてゆく必要性を感じている。それは、日本語圏において、とりわけ大学という場でフランス文化をどう伝えてゆくべきかという筆者自身の職業的な問題関心と密接に結びついている。

また「デジタル・ヒューマニティーズ」という言葉が飛び交うことからもわかるとおり、今日、メディア環境の大きな変化にともなって人文学のあり方も変容しつつある。途方もない規模で増大しつづけるアーカイヴを前に、どのようにして歴史と向き合えばよいのか。そもそもアーカイヴという概念そのものをどのように捉えてゆけばよいのか。考えるべきことは多い。人文学は過去に何度も変貌を遂げてきたが、そうした過去に学びながらも、新たな環境のなかで変わるものと変わらないもの、目につくものと見過ごされるものに目を凝らしてゆきたい。

*

筆者の長い研究歴において恩のある方々は大勢いる。

博士論文を審査していただいた早稲田大学文学学術院教授の川瀬武夫先生、一橋大学名誉教授の佐々木滋子先生、早稲田大学文学学術院教授の鈴木雅雄先生はその筆頭である。川瀬先生の研究姿勢と佐々木先生の研究テーマは、筆者の研究にとって決定的な意味を持っている。また鈴木先生には、幅広いパースペクティヴから筆者の博士論文に深い理解を示していただき、刺激的な指摘をいくつもいただいた。

パリ第4大学では指導教授であったベルトラン・マルシャル先生に大変お世話になり、今でも筆者の研究成果を心待ちにしていただいている。*Études Stéphane Mallarmé* 誌の次号のために寄稿した拙論が受理されたのも、編集委員の一人である先生の理解なしには考えにくい。

マラルメ研究会でお世話になった方々にも感謝の気持ちを表しておきたい。まずは東京大学名誉教授の竹内信夫先生に。それから神戸大学准教授の中畑寛

之氏，東北大学准教授の坂巻康司氏，慶応義塾大学准教授の大出敦氏，一橋大学准教授の森本淳生氏，神奈川大学准教授の熊谷謙介氏に。同じ非常勤の立場にある永倉千夏子氏，黒木朋興氏，松村悠子氏，村上由美氏に。留学時代の同僚の福山智氏や野口修氏に。また年齢差を感じさせない気軽さで意見を交わし合えた原山重信氏に。そしてラテン語に関して意見をいただいた片山幹生氏に。

末筆ではあるが，中山眞彦先生を中心とする定例研究会の方々にも貴重なご意見をいただいた。関東学院大学准教授の郷原佳以氏をはじめ合評会の参加者の方々にもお礼を申し上げておく。

*

ところで，本書の研究が，マラルメを歴史的な作家たらしめた社会的な条件にかかわる以上，筆者の研究環境を支えていただいた方々にも特別の感謝の念を捧げておきたい。

まずは両親と妹に。物わかりのよすぎる両親を持ったために，いささかお世話になりすぎたようにも思う。また一時は京都大学で同じ授業を受け，同大学で西洋古典学科に進学した妹の存在が，本書の主題そのものに何らかの影響を与えたような気がしている。

そして早稲田大学中央図書館の職員の方々に。昨今，何かと世間の口にのぼる大学ではあるが，日本有数の図書館を有している。筆者の研究は，充実した蔵書にくわえ，日々，重い書籍を運搬し，カウンターで柔軟にご対応いただいた（非正規あるいは正規の）職員の方々の存在によって支えられてきた。

またスウェーデンの画家トーマス・ブロメー（Thomas Broomé 1971– ）氏に（日本では「ブルーム」という表記を時折見かけるが，スウェーデン語のわかる方から，現地での発音はむしろ「ブロメー」に近いとご教示をいただいたので，本書ではそう表記しておく）。偶然，ウェブ上で見つけた氏の作品に魅せられて，本書の装丁に使いたいと申し出たところ，快く引き受けていただいた。文字と単語にこだわった本書にはこれ以上のヴィジュアルは考えにくい。マラルメ読みとしては，現役の現代画家とともに本を作れたことも嬉しい。本書の読者には，ブロメー氏の優雅なマニエリスムを存分にご堪能いただきたい。

最後に，助成をいただいた法政大学出版局の方々に，とりわけ編集長の郷間

雅俊氏に。彼のような良き理解者に出会えなければ，筆者の研究がこうした形で世に出ることは到底考えられなかった。今回，ブロメー氏の作品を基にご提案いただいた美しい装丁を含め，郷間氏の幅広い編集手腕に筆者は信頼を寄せているが，それに加え，最後まで辛抱強く校正にお付き合いいただいた同氏のお人柄にも，ただただ頭が下がる思いである。

　2015年初秋　　哲学堂の近傍にて

著　者

人名索引

ア 行

アーノルド，マシュー　343-44
アール，ジョン　103, 105-06, 134-41, 145, 157, 178, 236, 308
アイソーポス　27
アウエルバッハ，エーリヒ　391
アミヨ，ジャック　69
アリストテレス　17, 296, 298, 388
アルノー，アントワーヌ　207
アンペール，ジャン＝ジャック　78
イソクラテス　15-16, 391
ヴァーグナー，リヒャルト　337, 370, 375
ヴァイヤン，オギュスト　342
ヴァニエール神父　126-27
ヴァレリー，ポール　8-10
ウィクリフ，ジョン　307
ヴィリエ・ド・リラダン，オギュスト　1, 101, 340
ヴィルアルドゥアン　71
ウーラント，ルートヴィヒ　49
ウェルギリウス　ix, 22, 27, 59, 117, 130, 132
ヴェルレーヌ，ポール　8, 36
ウェントワース，ハロルド　199
ウォリス，ジョン　103, 172
ヴォルテール　24, 315
エウリピデス　22, 27
エーコ，ウンベルト　217
エジェル，エミール　77-78, 80, 82, 93, 136
エッジワース嬢　59, 61-62, 343
エドワード3世　307-08
オウィディウス　27, 130
大出敦　7, 10, 155
オギュスト，フィリップ　87
オザナン，フレデリック　28-29, 328
オズーフ，モナ　26, 360
オング，ウォルター・J.　125, 299-300

カ 行

カエサル，ユリウス　22, 26, 116, 200
カト　26
カザリス，アンリ　33, 313, 326
カラザース，メアリ　298-300
ガワー，ジョン　308
川瀬武夫　33, 325, 372
菅野昭正　7, 10
キケロ　16, 22, 27, 30, 59
キシュラ，ジュール　78
ギゾー，フランソワ　347
キュフ，フィリップ　39, 41, 56-59, 95
ギロー，ピエール　8
グーゲネム，ジョルジュ　294
クーザン，ヴィクトル　79, 347
クール・ド・ジェブラン，A.　172, 186, 221
グールモン，レミ・ド　142
熊谷謙介　325, 338-39
クラテュロス　8, 301, 381
グリム，ヤーコブ　50, 104, 243, 277-80, 290
クレチアン・ド・トロワ　70
クローデル，ポール　349, 388-90
グロート，ジョージ　49
グロティウス，G.　50
ゲーテ，ヨハン・ヴォルフガング　49-50, 59
ゲサール，フランソワ　78
ケマダ，ベルナール　91, 205-07, 209-11, 221, 294, 300, 382
ゲルヴィーヌス，ゲオルク・ゴトフリート　50
コーン，ロバート・G.　9, 241, 363
コックス，ジョージ・W.　35, 99, 103
コピエ，G.　207
コルネイユ，ピエール　79
コンドルセ，ニコラ・ド　26, 346
コンパニョン，アントワーヌ　335-36, 388
コンペール，マリー＝マドレーヌ　2, 18, 25, 32,

417

58-59, 124, 331, 333-34, 337, 374

サ 行

サイード, エドワード 391
佐々木滋子 7, 10, 33, 160
笹原朋子 38-39, 94
サンゴール, レオポール・セダール 390
サン=ジョン・ペルス 390
ジークフリード, ジャック 353
シェイクスピア, ウィリアム 59, 107, 116, 307, 331, 337
シェリー, パーシー・ビッシュ 116, 331
シェルヴェル, アンドレ 2, 18, 20-21, 25, 29, 32, 58-59, 124, 330-31, 333-34, 337-38, 341, 357-58, 374
シェレール, オギュスト 80
シモン, ジュール 29-32, 34-36, 44, 47, 82, 92-93, 95, 123, 144, 328, 330, 332-35, 347, 361, 379-80
シャーヴェ, オノレ
シャスル, エミール 36, 104-05, 143
シャッセ, シャルル 89
シャトーブリアン, フランソワ・ルネ・ド 354
シャラサン, フレデリック 73, 206, 221-23, 225
ジュヴァンシー神父 23
シュオッブ, マルセル 142
ジュネット, ジェラール 6, 9-10, 150, 172, 183, 301
ジュリアン, ジャン 125-26
シュレーゲル, フリードリヒ 329
シュロッサー, フリードリヒ・クリストフ 50
ジョーンズ, ダニエル 200
ジョワンヴィル, ジャン・ド 70-71
スキート 199
スキピオ 26
スコット, ウォルター 42, 59-61, 307
スタンダール 129-30
ステンメッツ, ジャン=リュック 32, 338, 344, 356
スペンサー, ハーバート 343
セヴィニェ夫人 79
セヴレット, ジュール 59, 62-63, 94-95
セゼール, エメ 390
セニョボス, シャルル 33, 35-36, 92, 332
セルバンテス 59
ソーンダイク, エドワード・L. 203, 293
ソシュール, フェルディナン・ド 44

タ 行

タキトゥス 30, 117
田原音和 346, 349-50, 353
ダマス, レオン=ゴントラン 390
ダランベール, ジャン・ル・ロン 18
ダルボワ, L. 206, 209
ダンテ・アリギエリ 59
ダンバー, ウィリアム 307-08
チェンバース, ウィリアム 103, 105, 134, 160, 184, 187-88, 200-01, 236, 305, 322
チョーサー, ジェフリー 116-17, 305, 307-08
ディーツ, フリードリヒ 78, 80-81, 90, 206
ティエール, アドルフ 29, 36, 44, 379
ディエルクス, レオン 33, 322
ティトゥス=リウィウス 27, 30
ディドロ, ドニ 18, 24
ティボーデ, アルベール 8-9
テイラー, ロバート 344
テーヌ, イポリット 348
デカルト, ルネ 23, 337-38
デ・ゼサール, エマニュエル 33
デゾブリ, シャルル 40, 42, 71-72, 91
デブレオ 208
デムラン, カミュー 25
デモステネス 59
デュフルー, ジョルジュ 135
デュリュイ, ヴィクトル 27, 44, 100, 104, 348, 360, 373
デュルケム, エミール 17, 22, 25, 334, 346, 372, 388
デリダ, ジャック 178, 181
ドゥガルダン, F. 209
ドゥラス, D. 295
ドゥンカー, マクシミリアン・ヴォルフガング 50
トドロフ, ツヴェタン 9, 12, 176, 178, 186, 188-89, 223, 236, 382
ド・ビイス, オギュスタン 172
ド・ブロス, シャルル 103, 172
ドラクロワ, ウージェーヌ 102
ドレフュス, アルフレド 44, 336
トレル=カイユトー, S. 6-7, 10, 38, 142-43
トレンチ, リチャード 135

ナ行

中畑寛之　39, 41, 89, 204, 344
ナポレオン・ボナパルト　20-21, 26, 64, 184, 346, 353
ナポレオン3世　348
ノエル, レジェ　73, 206, 214-15, 225
ノエル, フランソワ　131, 127

ハ行

バーンズ, ロバート　49, 307
バーンハート, クラレンス　199
バイイ, アナトール　78
バイイ, オギュスト　44
バイロン, ジョージ・ゴードン　307, 331
ハクスリー, トーマス・ヘンリー　343-44
パシー, ポール　368
バシュレ, テオドール　71
パジョー神父　125
パストゥール, ルイ　348
バティエ, ウィリアム　59-60
パリス, ガストン　77-78
パリス, ポーラン　79
バレ, ルイ　206, 217, 224-25
バンヴィル, テオドール・ド　33
バンヴェニスト, エミール　176, 178
ビュイソン, フェルディナン　44
ビュフォン, ジョルジュ＝ルイ・ルクレール・ド　27
ビュルヌフ, ウージェーヌ　64-65, 78, 84-85
フェヌロン, フランソワ　58, 330
フェリー, ジュール　44, 93, 327, 348, 384
フォリエル, ジャル　78
フォルトゥール, イポリット　82, 93
フォンテーヌ, クロード＝フランソワ＝ジョゼフ　206, 209
ブドー, ジャン　124
ブトミー, エミール　348, 353
フュステル・ド・クーランジュ, N.D.　348
フュマロリ, マルク　2, 335
フュルチエール, アントワーヌ　206-07, 220, 223-24, 229
ブラシェ, オギュスト　38, 40-41, 43, 74, 76-77, 79-93, 95, 112, 118, 136, 213, 293
プラトン　16, 172, 298
プリー, マリ＝ピエール　37
ブリエ神父　125
ブリュヴォー, ジャン　292, 294
ブルジョワ, レオン　373
プルタルコス　25-26
ブレア, ヒュー　103
ブレアル, ミシェル　ix, 31-32, 38, 44-53, 55, 58, 60, 62-72, 74, 77-78, 80-85, 92-95, 100, 107-09, 112, 114-15, 118-20, 123, 131-33, 136, 142-44, 232, 328, 330, 334-35, 348, 360, 379-80
ブレトン, ジュヌヴィエーヴ　33
ブレトン, ルイ　33-34
フロリアン, ジャン＝ピエール・クラリス・ド　58
フロワサール, ジャン　71
フンボルト, アレクサンダー　50
フンボルト, ヴィルヘルム　232
ペイター, ウォルター　344, 346
ペギー, シャルル　390
ベックフォード, ウィリアム・トマス　384
ベナール, ギヨーム　125-26
ベルクソン, アンリ　390
ペロー, シャルル　48, 58, 62, 114
ボアク, バルバラ　37
ポー, エドガー・アラン　35, 101, 116, 144, 183, 252, 307, 328-30, 333, 335, 337, 365, 384
ボードレール, シャルル　2, 101-02, 142-43, 326, 329-30, 338, 385-86
ボップ, フランツ　44, 78, 100, 232
ボードリー, フレデリック　82, 84-85, 93
ホメロス　27, 59
ホラチウス　22, 25, 27, 130
ボワシエール, プリュダンス　73, 204-06, 210-14, 225, 292, 295, 382

マ行

マコーリー, トーマス　49
マネ, エドゥアール　101, 323, 354
マラルメ, アナトール　99
マラルメ, ジュヌヴィエーヴ　98
マルキール, ヤコフ　198, 234
マルシャル, ベルトラン　3-4, 7, 9, 142-43, 147, 303-08, 311, 338, 359, 377
マルティ＝ラヴォー, シャルル・ジョゼフ　38-39, 41, 52, 72-76, 80, 95, 112, 213, 216

人名索引　419

マレルブ, フランソワ・ド 70, 91
マンデス, カチュール 33-34, 101, 330
ミシュレ, ジュール 347
ミション, ジャック 4, 6-7, 9, 38, 97-98, 102-05, 134, 137, 142, 147, 157, 163, 171-89, 191-92, 200, 223, 235-36, 239, 241-42, 248-49, 252, 257, 304-06, 308, 369
ミストラル, フレデリック 44, 322
ミュラー, フリードリヒ・マックス 50, 103-04, 110, 135, 142, 178, 232, 333, 337
ミル, ジョン・スチュアート 343
ミルトン, ジョン 116, 307, 331
ムナン, シルヴァン 24
ムリエ, アドルフ 35
モトゥレ, ジュール 59, 61
モノー, ガブリエル 348
モンジャン, モーリス 82
モンテーニュ, ミシェル・ド 18, 21, 23, 69, 361
モンテスキュー, シャルル・ド・ 27, 330, 354
モンドール, アンリ 36, 100, 352

ヤ 行

ヤコブソン, ロマン 9, 178, 307
ユゴー, ヴィクトル 48, 142, 335, 338, 365, 375, 384
ユレ, ジュール 311, 342

ラ 行

ラシーヌ, ジャン 27, 337, 352
ラゼルスタイン, P. G. 6-8, 97-99, 143, 147, 160
ラ・フォンテーヌ, ジャン・ド 25, 27, 58
ラ・ブリュイエール, ジャン・ド 330
ラブレー, フランソワ 18, 354
ラマルティーヌ, アルフォンス・ド 48, 338
ラムス, ペトルス 18
ランスロ, クロード 65, 68

ランドウ, シドニー 195, 199, 201-02, 204, 293
ランフロワ, H. 215
ランボー, アルチュール 127, 385-86, 388, 390
リアール, ルイ 348-49
リヴァロル, アントワーヌ・ド 24, 206, 214-15, 217, 315, 378
リシャール, ジャン=ピエール 9, 181, 252
リシュレ, ピエール 206-07
リトレ, エミール 19, 40-43, 71, 73, 76, 79-81, 88-92, 95, 111-12, 142, 190, 234, 293, 357
リュクルゴス 26
リュブリ, M. 6-7, 10, 38, 142-43
ルイ 16 世 26
ルカヌス ix, 132
ルソー, ジャン=ジャック 23, 25-26, 308, 360, 378
ルナン, エルネスト 29, 44, 232, 348
ルニョー, アンリ 33
ルフェビュール, ウージェーヌ 100, 103, 351-52, 372
ルブラン, アルマン 41-42, 53-56, 58-60, 108
ルペルティエ, ルイ=ミシェル 26
ルメートル, ジュール 337
レイサム, ロバート・ゴードン 111, 190
レイヌアール, フランソワ=ジュスト=マリー 78
レオン, アントワーヌ 20
ローラン, メリー 204, 354
ロジェ, ピーター・マーク 206, 216-17
ロベスピエール, マクシミリアン 25
ロベルトソン, テオドール 73, 206, 217, 225
ロモン, シャルル・フランソワ 64-65, 72, 75
ロラン, シャルル 23, 66-67
ロングフェロー, ヘンリー・ワーズワース 50, 307

●著者

立花 史（たちばな・ふひと）

1974 年生まれ．早稲田大学等非常勤講師．フランス文学専攻．共著に『危機のなかの文学』（水声社），『戦争と近代』（社会評論社），『マラルメの現在』（水声社）ほか，論文に「マラルメの辞書学──『英単語』第一巻「一覧表」の解読」（『フランス語フランス文学研究』102 号），「デリダ美学の研究──文学，あるいはフィクション性の制度」（『現代思想』2015 年 2 月）ほか，共訳書にデリダ『散種』（法政大学出版局），同『哲学への権利 1』（みすず書房）がある．

マラルメの辞書学

『英単語』と人文学の再構築

2015 年 9 月 30 日　初版第 1 刷発行

著　者　立花　史
発行所　一般財団法人　法政大学出版局

〒102-0071　東京都千代田区富士見 2-17-1
電話 03 (5214) 5540　振替 00160-6-95814
組版：HUP　印刷：三和印刷　製本：誠製本

© 2015 Fuhito Tachibana
Printed in Japan

ISBN978-4-588-49511-3

フラグメンテ
合田正人 著 ………………………………………… 5000 円

造形芸術と自然
松山壽一 著 ………………………………………… 3200 円

表象のアリス　テキストと図像に見る日本とイギリス
千森幹子 著 ………………………………………… 5800 円

土地の名前、どこにもない場所としての
平野嘉彦 著 ………………………………………… 3000 円

二葉亭四迷のロシア語翻訳
コックリル浩子 著 ………………………………… 5400 円

近代測量史への旅
石原あえか 著 ……………………………………… 3800 円

ディドロの唯物論　群れと変容の哲学
大橋完太郎 著 ……………………………………… 6500 円

石の物語　中国の石伝説と『紅楼夢』『水滸伝』『西遊記』を読む
ジン・ワン 著／廣瀬玲子 訳 ……………………… 4800 円

思想間の対話　東アジアにおける哲学の受容と展開
藤田正勝 編 ………………………………………… 5500 円

東アジアのカント哲学　日韓中台における影響作用史
牧野英二 編 ………………………………………… 4500 円

ハイデガー読本
秋富克哉・安部浩・古荘真敬・森一郎 編 ……… 3400 円

存在の解釈学　ハイデガー『存在と時間』の構造・転回・反復
齋藤元紀 著 ………………………………………… 6000 円

ハイデガー『哲学への寄与』研究
山本英輔 著 ………………………………………… 5300 円

フッサールにおける〈原自我〉の問題
田口茂 著 …………………………………………… 4900 円

表示価格は税別です